정선교 장편소설
하얀 늪

국립중앙도서관 출판시도서목록(CIP)

하얀 늪 : 정선교 장편소설 / 지은이 : 정선교. -- 서울 : 한누리미디어, 2015
  p. ;   cm

성남시 문화예술발전기금의 지원을 받아 출판 제작되었음
ISBN 978-89-7969-630-1 03810 : ₩15800

한국 현대 소설[韓國現代小說]

813.7-KDC6
895.735-DDC23   CIP2015025791

정선교 장편소설

한누리미디어

머리말

정년퇴임하고 나니 요즘 뭘 하고 지내느냐고 물어오는 게 지인들의 인사다. 내 대답은 그냥 글 쓰고 있다고 하면 작가냐고 묻는다. 말하기 나름이지만 가끔은 그냥 작가라고 말하기도 한다. 그러면 그들은 대뜸 무슨 작가냐고 물어온다. 한 번 듣고서 개념이 잡히지 않는 저속한 그들을 위해서 나는 그냥 소설가라고 답한다.

하긴 소설가이기도 하고 작가이기도 하다. 그러나 꼬리말처럼 따라다니는 그런 호칭 따위는 별로다. 나는 단지 공기의 밀도가 가라앉는 답답한 방안에서 뿌리를 찾을 수 없는 글 나부랭이를 끄적일 뿐이다. 바로 그것이 나의 열정이다. 그런 열정이 나 스스로에게 족쇄를 채워 놓는다. 그만한 열정이 없었다면 작품이 탄생했을까?

그렇다. 소설가라고 하면 그들은 먼저 가난이라는 걸 떠올리기 때문에 그냥 글 쓴다고 해 버린다. 하지만 지금은 물질문명이 정신문명을 압도하는 시대다. 물질문명이 인간의 영혼에 침투한다면 혼란스러워 방황하게 되고, 급기야 삶마저 물질이 지배하게 된다면 인간은 비참해질 수밖에 없을 것이다. 이런 인간의 상처를 보듬고 더 나은 세상을 제시하는 게 소설이다.

비록 현실에서는 영향력이 크지 않더라도 인간적 삶을 되돌아보고, 또 살아야 할 이유와 새로운 제도를 찾도록 유도한다면 소설은 사회적 역할을 다하는 것이라고 생각한다. 그러므로 나는 더더욱 창작을 포기하지 않는다. 인생을 포기할지언정 소설 창작만은 포기할 수 없다는 일념으로, 뼈를 깎는 노력으로 나만의 창작 세계를 개척해 나가는 작가로 남을 것이다. 그렇게 작가의 인생은 문학예술이 되고, 그 문학예술은 열정적으로 타올라 사회를 밝히는 등불이 되는 것을 바랄 뿐이다.

비견 같지만 출산의 고통만큼이나 힘들게 장편소설 《하얀 늪》을 탄생시켰다. 그렇다고 해서 달라지는 건 없다고 해도 좋을 듯 싶다. 있다면 한동안 서점에 책이 깔린다는 것일 게다. 그리고 약간의 칭찬과 험담을 듣는다. 그러면 또 힘차게 밀려오는 시장의 파도에 떠밀려 소설은 저 멀리 밀려가 표류할 것이다.

지난 1월에 장편소설 《황금사장》이 출간되었다. 그리고 이번에 장편소설 《하얀 늪》이 출간되면서 2015년에는 장편소설 2권을 출간하게 되었다. 더군다나 장편소설 《황금사장》은 '문학세계문학상' 대상과 한국신문예협회 문학상 대상에다 '허균문학상' 대상 등을 받았다.

이번에 출간하는 장편소설 《하얀 늪》도 많은 독자들의 품에서 사랑받는 작품으로 자리하길 바라는 마음이다.

2015년 초가을

저자 **정 선 교**

차례 Contents

하나

텔레비전 화면에서는 예쁜 여자 아나운서가 정오뉴스를 진행하고 있었다. 올해 백화점과 면세점 업체들은 해외 관광객이 급증하고 있어, 명품 매출이 지속적으로 상승할 것이며, 지난해의 성장률을 돌파하는 좋은 기록을 세울 것으로 전망한다는 보도였다. 이어서 권한그룹이 수주한 성남시 판교 아파트 건설이 차질을 빚고 있는데 문제는 부지 확보에 있다고 했다.

"음, 우리 연지가 뉴스까지 진행하게 되었군."

권한열 회장은 자신의 딸이 진행하는 뉴스 화면을 보고 잠시나마 흐뭇했다. 강릉 바닷가 고향집에서 요양 중이던 권한그룹 권한열 회장은 정기적인 병원진료를 받기 위해 서울로 올라와 있었다. 권한열 회장은 병원에 가기 전에 그룹 본사 빌딩에 있는 자신의 방에서 텔레비전 뉴스를 보고 있었다. 그렇지 않아도 지연되고 있는 판교 아파트 건설 문제를 해결할 방도를 생각하게 되자 권한열 회장은 푹 가라앉는 기분에 휩싸였다.

권한그룹의 판교 신도시 외곽에 위치한 마지막 아파트단지다. 그곳은 각 기관은 물론 일반인들의 관심도가 매우 깊은 곳이다.

예전에 권한열 자신이 소유하고 있던 땅이 건설부지 한가운데 박혀 있는 1

천여 평의 임야가 문제였다. 예전 같았으면 쓸모없는 황무지에다 그린벨트로 개발제한지역이고 해서 그냥 남에게 내준 것이 무척 후회스러웠다. 이제 와서 그 땅을 막상 매입하려니 골머리를 썩게 만들고 있었다.

토지의 주인을 수소문해 보니 독일로 이민가서 거주하고 있는 사람이었다. 그러니 토지정리 작업이 계속해서 지연되고 있었고, 거기다 사업자금이 몇 개월째 묶여 있는 상태라 권한열은 무척 답답하기만 했다. 국내로 들어와 협상을 하겠다는 지주는 차일피일 미루며 나타나지 않기 때문이었다. 여러 번 사람도 보내고 연락을 취했으나 기다리라는 통보만 받고 있는 상태였다.

'똑똑' 출입문을 노크하는 소리가 들렸다. 이어 출입문이 열리는 동시에 단정한 정장차림의 중년 남자가 들어와 깍듯이 인사를 했다. 그는 권한열이 호출한 아파트 건설담당 이사였다. 심장에 해롭다는 것을 알면서도 권한열은 담배를 피워 물었다. 그만큼 요즘 그의 심정이 착잡했다. 메마른 입술 사이로 담배연기를 뿜어낸 그의 시선이 소파로 와서 앉은 건설담당 이사를 향했다.

"줄리안이라고 했나? 아직 연락이 없어?"

"네, '줄리안 한' 입니다. 그 여자, 다음 주에 들어와서 만나겠답니다."

"남자가 아니고 여자야?"

"네, 프랑스 남자와 결혼한 교포입니다."

권한열 회장이 뜻밖이라는 듯이 고개를 갸웃거렸다. 그는 또 협상기일이 늦춰질 것 같아 조바심이 났다. 토지 소유자를 만나야 해결될 문제라서 더욱 그런데 그의 염려와는 다르게 양손을 깍지 끼고 서 있는 건설담당 이사의 표정은 밝았다.

"늦었지만, 토지 매입에는 큰 문제가 없을 것 같습니다."

"왜? 무슨 연락이라도 왔나?"

"그쪽 일정 때문에 늦었지만, 저희 금액에 수긍하는 것 같았습니다."

"다행이군. 하지만 만약을 대비해서 항상 그쪽 정보에 신경을 써야 돼."

권한열은 뜻밖의 희소식에 밝은 표정을 지었다. 담당 이사가 들고 들어온 결재서류가 든 바인더를 회장 앞에 펼쳐 놓았다. 아파트 건설 자재를 공급할 기업선정에 관한 서류였다. 서류를 들여다본 권한열이 사인을 하며 말했다.

"성광기업은 생산시설이 빈약하니 조심해야 할 거야."

"네, 그러나 설비구조가 전부 신형이고, 금융기관 신용평가 등급이 높아 염려하지 않아도 될 것 같습니다."

결재를 마친 권한열은 느긋하게 의자 등받이에 기대앉았다. 결재 바인더를 집어든 담당 이사가 일어나서 허리를 굽혀 인사를 했다. 몸을 돌려 나가려던 그가 되돌아서서 주춤거렸다. 권한열이 의아스럽게 쳐다봤다.

"왜? 할 말이 있나?"

"그런데….'"

"뭐?"

"그, 줄리안 한이 회장님을 알고 있는 눈치였습니다."

"나를?"

"네, 직접 찾아뵈면 알 것이라고."

"난, 모르는 이름인데."

권한열은 외국 출장을 다니기도 했고, 여러 바이어들을 만났지만 처음 듣는 이름이었다. 더욱이나 여자 이름이기에 낯설기만 했다.

머뭇거리던 담당 이사가 고개를 갸우뚱하며 돌아서서 걸어나갔다. 권한열은 '줄리안 한' 이라는 이름을 기억해내려고 했지만 전혀 알 수 없었다.

2014년 장마가 끝나고 태양이 뜨겁게 대지를 달구는 날씨와 함께 바캉스를 기다리는 사람들을 설레게 하는 계절이었다. 이제 40이 될까 말까 한 나이의 사내는 계절도 잊은 채 작곡사무실에서 프로듀싱작업에 열중이었다.

연예기획사인 '샤인' 의 가수와 인기가 높은 여배우 '조지나' 의 신곡 발표를 위해 작곡편집에 몰두하고 있었다. 그런데 작곡을 하였으나 흡족하지 못해 벌써 몇 번째 편집을 하고 있는데, 여러 번 스마트폰이 진동하고 있었다.

그래도 그는 악보에서 눈을 떼지 않고 손으로 스마트폰을 집어 들었다.

샤인의 사장이자 대표인 '연우'는 귀찮은 생각에 스마트폰 전원을 꺼놓으려다가 망설였다. 아버지에게서 걸려온 전화이기 때문이었다.

통화버튼을 누른 그는 미간을 찌푸렸다. 대뜸 권한그룹의 회장인 권한열의 큰 목소리가 튀어나와서였다.

"넌 왜, 연락도 안 하고, 애비 전화를 안 받느냐?"

"죄송합니다. 작업 중이라서."

"애비가 죽어도 모르겠구나?"

"왜? 편찮으세요?"

"그게 아니고. 다음 주에 시간 좀 내라."

"무슨 일이신데요?"

"판교 아파트단지 건설 문제 때문인데, 너도 참석했으면 좋겠다."

"말씀 드렸잖아요. 저는 관심 없다고."

연우는 탐탁지 않은 표정을 지었다. 권한열 회장은 아들이 권한그룹의 후계자가 되기를 바라고 있었으나, 아들 연우는 아버지의 탐욕으로 일으킨 권한그룹에 관심이 없었다. 연우는 아버지를 멸시하고 있었다. 아버지의 야욕으로 가득한 울타리를 벗어나 유학을 떠났던 것이다. 그러나 권한열 회장은 아들에 대한 집념이 변하지 않았다.

"너, 언제까지 애비 말을 안 들을 거냐?"

"저는 이대로가 좋아요."

"애비가 죽은 다음엔 어떻게 할래? 넌, 외국어에 능통하잖니. 아파트 부지 문제로 협상할 사람이 외국에서 오니 일단 참석해라."

"……."

"알았니?"

"네."

권한열 회장의 다그치는 물음에 아들 연우는 마지못해 대답했다. 통화를 끝내려던 그는 입맛을 다시며 다시 귀를 기울였다. 다시 아버지의 목소리가 들렸기 때문이었다.

"너, 연지 소식 들었니?"

"아뇨, 무슨 일 있어요."

"연지가 승원이하고 결혼하겠다고 하더라."

연지는 아나운서 권연지로 연우의 배 다른 여동생이고, 승원은 진승원으로 권한그룹의 부회장 진기남의 아들로, 그룹내 개발국장을 담당하고 있었다.

"그렇군요."

"그런데 일찍 결혼시켜 달라고 하는데, 넌 어떻게 할 거냐?"

"저는, 신경 쓰지 마세요."

연우는 사실 여동생의 결혼에 별로 관심이 없었다. 다만 오만태가 여동생의 결혼 상대자가 아니라는 것만은 다행으로 여겼다.

권연지가 진승원과 결혼을 결심하기 전에 오만태와 육체관계를 했다는 사실을 그가 알았더라면 충격이 컸을 것이다. 연우는 다시 작곡한 오선지를 들여다보며 피아노 건반을 하나씩 두들기고 있었다.

얼마 후 다시 스마트폰이 진동했다. 연우는 또 미간을 찌푸렸다. 낯익은 발신자 번호였다. 바로 오만태였다. 그가 왜 전화를 했을까? 생각해 보지만 연우는 그를 두려워할 필요가 없다고 생각했다. 주저하던 연우가 통화버튼을 눌렀다.

"대표님, 안녕하십니까."

연우는 오만태가 무슨 이유로 전화했는지 궁금하기도 했지만 대답도 하지 않았다. 잠시 침묵이 흐르고 오만태의 웃음소리가 들렸다.

"이젠 인사도 안 받으십니까. 그래도 함께 일했던 옛정이 있는데."

"어리석은 사람. 난, 할 말이 없는데, 용건만 말해."

"그러시겠죠. 과거가 있는 여자를 사랑하기에 스타로 만들기가 쉽지 않을 테니까."

"그런 말이라면 들을 필요가 없으니, 전화하지 않았으면 좋겠어."

"그럴까. 당신은 평생 당신 아버지를 저주하게 될 거야."

울컥 화가 치민 연우는 통화를 끝내고 스마트폰을 탁자 위에 던졌다. 다시 오선지에 시선을 옮긴 그는 건반을 치려던 손가락을 멈추었다.

오만태의 마지막 말이 아무래도 의미심장하게 느껴졌다. 자신이 모르는 집안의 내력을 그가 알고 하는 말인 것만 같았다. 답답한 심정을 감출 수 없어 벌떡 일어났다. 냉장고에서 냉수병을 꺼내 입에다 대고 벌컥벌컥 들이켰다.

한창 무더위가 기승을 부리는 대낮이었다. 연우는 지프차를 몰고 강남대로에 있는 권한그룹 본사를 향해 가고 있는 중이었다. 자동차의 냉방 온도를 낮추어도 등에는 땀방울이 흐를 지경이었다. 신호등에 멈추어 선 차량이 길게 늘어서 있었다. 아버지가 호출했던 시간을 깜박 잊었던 그는 짜증이 나기도 했다. 계속해서 벨소리기 울리는 휴대폰을 집어들었다.

"너, 어디냐?"

"네, 지금 가는 중입니다."

연우는 재촉하는 아버지의 목소리에 미간을 찌푸렸다. 그는 아버지가 오라는 시간보다 30분이나 늦게 권한그룹 본사에 도착했다. 그러나 그는 아버지 사업에 참여하고 싶지 않았기에 느긋한 마음으로 승강기에 올라탔다.

마주치는 회사 직원들 중에 그에게 인사를 하는 사람도 있었다. 이미 그가 회장의 아들이라는 것을 알고 있기 때문이었다.

회장실에는 권한열 회장이 간부직원들과 아파트 건축 진척상황을 검토하고 있었다. 노크 소리에 모든 사람의 시선이 출입문을 향했다.

연우가 문을 열고 들어섰다. 권한열 회장을 제외한 직원들이 일어나 그에게 목례를 했다. 간부직원들 중에는 개발국장인 진승원도 있었다. 진승원이 그에게 권한열 회장의 옆에 있는 소파를 가리키며 앉기를 권했다.

연우는 간단히 목례를 하고 소파에 가서 앉았다. 다시 권한열 회장과 간부직원들이 머리를 맞대고 서류 검토에 들어갔다. 관심이 없는 연우는 지루하기만 했다. 그는 이미 안면이 있는 진승원을 이따금 살펴봤다.

진승원은 연우 자신의 여동생과 결혼 상대자로 되었기 때문이었다. 또 다시 노크 소리와 함께 여비서가 들어와 권한열 회장 앞에 다소곳이 섰다.

"회장님, 오셨는데요."

"음, 이리로 모시지."

권한열 회장이 기다리던 아파트 건축부지 소유자가 도착한 것이다. 여비서가 출입문으로 다가갔다. 여비서의 안내를 받고 유럽풍 패션의 재킷과 스커트를 걸친 중년여인이 들어왔다. 나이가 들었지만 아직도 젊은 시절의 미모가 드러나는 여인이었다. 모두들 일어나서 그녀를 맞이했다.

진승원이 당당하게 걸어 들어온 여인을 소파로 안내했다. 여인은 다소 긴장한 표정으로 권한열 회장에게 손을 내밀었다. 여인의 손을 잡은 권한열 회장의 눈빛이 흔들렸다. 소파에 앉은 여인이 권한열 회장을 빤히 올려다봤다.

엉거주춤 서 있던 권한열 회장은 혼잣말처럼 중얼거렸다.

"한경숙? 네가 줄리안 한이야?"

"왜요. 하기야 많은 세월이 지났으니 잊었을지도 모르지요."

"어떻게 네가."

"그 땅, 나를 보내려고 주지 않았나요?"

"음."

그 말에 충격을 받은 권한열 회장은 현기증을 일으켜 소파에 털썩 주저앉았다. 그는 차마 과거를 떠올리고 싶지 않았다. 그러나 매입하려는 부지를 그녀에게 주었던 것이라고는 미처 생각지도 못했다. 그 당시엔 가치도 없는 땅이었기에 버리기는 아까워서 그녀에게 인심을 썼던 것이었다.

직원들의 시선이 한경숙에게 쏠렸다.

'한경숙이라고.'

연우는 소리 없이 한경숙의 이름을 되뇌었다. 그가 자신의 유전자에 대한 의혹을 풀 수 있다고 생각하던 여자였다. 간부직원들은 협상 대상자가 권한열 회장이 알고 있는 사람이라고 생각하여 안심하는 표정이었다. 하지만 권한열 회장과 연우는 각기 다른 생각으로 긴장하였다.

여비서가 찻잔을 들고 와서 탁자에 내려놓자 진승원이 그녀에게 권했다.

"오시느라고 수고하셨습니다. 연락 주시면 공항에 마중을 나갔을 텐데."

"아니, 괜찮습니다."

한경숙의 목소리는 차분했다. 권한열 회장은 과거를 잊어버리고 싶었다. 그리고 부지 문제 협상이 쉽지 않을 것 같은 예감에 찻잔을 집어 들었다.

실내에 있는 사람들을 둘러본 그녀의 시선이 연우에게 멈추었다. 그리고 눈을 가늘게 뜬 그녀의 속눈썹이 흔들렸다. 침묵을 깨고 그녀가 말했다.

"한국에 머무를 시간이 많지 않으니 본론부터 해결할까요?"

한경숙의 말은 사람들의 관심을 집중시키는 말이었다. 사람들의 표정을 살핀 그녀의 시선이 다시 연우에게 멈추었다.

권한열 회장은 기대하는 바가 컸지만 말없이 고개를 끄덕였다. 사실은 그녀의 입에서 과거가 흘러나올 것 같아서 아들과 직원들이 있는 곳에서 섣불리 말할 수가 없었다. 그녀가 다시 입을 열었다.

"다른 사람이 배석하지 않은 자리에서 직접 대화하고 싶은데요."

"모두 나가 있어."

한경숙의 요구에 권한열 회장은 낮은 목소리로 직원들에게 지시를 했다. 눈치를 살피던 간부직원들이 자리에서 일어섰다.

하지만 연우는 그녀에게 묻고 싶은 말이 있기에 일어나서도 망설였다.

간부직원과 연우가 나가고 권한열 회장이 비로소 한경숙에게 물었다.

"어떻게 지냈어?"

"회장님 덕분에."

"다행이군."

"난, 결혼해서 아들도 있으니 부러울 게 없지만."

권한열 회장은 날카롭게 돌변하는 한경숙의 눈빛에 마음이 편하지 않았다.

그녀가 무슨 말을 하든지 듣기 좋은 말이 아닐 것이라고 생각할 수밖에 없었다. 그를 노려보던 그녀가 이어서 말했다.

"당신에게 쫓기듯이 한국을 떠날 때, 내 마음 알아요? 내가 얼마나 고통스러웠는지 아느냐고요?"

"어쩔 수 없었어. 하여튼 미안하군."

"미안하다고 할 필요는 없어요. 당신은 이미 그 대가를 받았으니까."

"대가? 대가라니?"

권한열 회장은 의아스럽게 생각했다. 한경숙을 보내고 아쉬워했던 것이라면 그도 수긍할 수 있었다.

그녀가 그의 생각을 빤히 들여다보기라도 한 것처럼 코웃음을 쳤다.

"모르겠죠. 알면 벌써 나한테 연락했을 테니."

"……?"

"그런 눈으로 보지 말아요. 그 걸 가르쳐 주려고 왔으니까."

"……?"

"당신 옆에 있던 젊은이가 당신 아들인가요?"

"그런데?"

"어쩐지 닮았더군요."

"내 아들이니까."

권한열 회장은 당연한 질문을 한다고 생각했다. 그러나 그녀가 고개를 가로저었다.

"아니, 당신이 죽인 천주영(주영건설 대표, 천상희 친부)을 닮았다는 것을 아직 몰랐던 모양이군요."

"뭐? 무슨 소리야?"

"나는 당신을 저주했기에 당신 아들과 천(주영) 사장의 아들을 바꿨지요. 그런데 소식을 들으니 당신은 당신 아들을 죽인 겁니다. 그건 당신 스스로 저주받은 행동이죠."

"뭐라고?"

"믿지 못하겠으면 유전자 검사라도 해 보시든지."

하얗게 질린 권한열 회장이 벌떡 일어났다. 꿈속에서라도 생각할 수 없는 일이기에 그는 소파를 붙잡고 휘청거렸다. 그는 이제까지 쌓아온 모든 것이 허물어지는 것만 같았다. 그럴 수는 없었다.

자세를 바로잡은 그는 그녀의 뺨을 후려치려고 팔을 휘둘렀다. 그렇지만 도리어 그녀에게 팔을 잡힌 그가 휘청거렸다. 그녀가 비웃었다.

"80을 바라보는 나이에 늙어서 화낼 기운도 없으면서, 당신과 인연은 이것으로 끝이라고."

"이, 천박한 계집애가!"

"천박하다고? 당신 자신을 아직 모르는 모양이네. 더 이상 말하기 싫어. 다만 당신에게 받은 땅은 그냥 돌려줄 테니, 호텔로 사람을 보내."

"야! 이 개만도 못한 년아! 네 년이."

머리끝까지 화가 치민 권한열 회장이 고함을 쳤다. 그러나 한경숙이 팔을 밀어젖히는 바람에 그는 말을 잇지 못하고 소파에 털썩 주저앉았다.

그녀는 그를 무시한 채 출입문을 향해 걸어갔다. 뒤늦게 그가 그녀를 향해 소리 질렀다.

"이 악마 같은 계집년아! 사실이라면 네년을 가만 둘 줄 알아!"

"저주받을 놈! 당신은 악마야."

한경숙은 혼잣말처럼 뇌까리며 회장실을 나왔다. 그녀는 오랜 세월동안 가슴에 쌓였던 응어리가 한꺼번에 사라지는 것처럼 통쾌하고 홀가분한 마음이었다. 뒤도 돌아보지 않고 회장실을 나온 한경숙은 출구로 이어진 비서실을 당당하게 걸어 나갔다. 비서실에는 간부직원과 연우가 결과를 기다리고 있었다. 그들은 굳은 표정을 하고 나오는 한경숙과 권한열 회장 사이에 무슨 대화를 했는지 무척 궁금한 표정이었다. 다만 권한열 회장의 고함소리로 심상치 않은 분위기를 느낄 뿐이었다.

연우가 그녀에게 다가와 앞을 가로 막아섰다.

"죄송합니다만, 잠간 애기 좀 할 수 없습니까?"

"땅 문제라면 권한열 회장에게 물어봐요."

"그게 아니고, 잠시만 시간 좀 내주십시오."

한경숙은 간절하게 부탁하는 연우를 뚫어지게 바라봤다. 눈빛이 흔들렸다. 연우는 권한열 회장과는 다르게 부드럽고 생각이 깊어 보였다. 한경숙은 권한열 회장에 대한 저주로 아버지가 바뀌어버린 연우가 안쓰럽기도 하여 죄책의식을 느꼈다.

"좋아요. 그러나 길게 애기할 시간은 없어요."

"감사합니다."

연우는 한경숙을 지하의 커피숍으로 안내하였다. 한경숙은 막상 연우와 마주앉으니 애틋한 마음이 들었다. 한경숙은 권한열 회장에게 연우가 천주영의 아들이라는 것을 밝혔으니, 숨길 필요가 없다고 생각했다.

그녀는 그에게 첫마디를 했다.

"정말, 닮았어요."

"네?"

"아니, 뭐가 알고 싶은 거죠?"

한경숙은 아무리 봐도 연우가 권한열 회장과 다르게 훤칠한 외모이고 느끼는 인상은 전혀 달랐다. 잠시 생각하던 연우가 다시 입을 열었다.

"혹시 제 어머니를 아십니까?"

"물론 알지요. 그러나 돌아가신 어머니도, 당신을 키워주신 어머니도, 생모가 아니라는 것을 말해야겠네요. 그걸 알고 싶은 거죠?"

"네? 그렇다면 저는?"

"내 탓도 있으니, 우선 미안하게 생각해요. 하지만 이렇게 살아서 남부럽지 않은 인생을 누릴 수 있다는 것도 내 덕분이라고 생각하세요. 권한열 회장에게 희생당하고 외국으로 쫓겨날 수는 없었어요. 어느 여자든지 나와 같은 심정일 겁니다. 천(주영) 사장 부인과 권(한열) 회장 부인이 하루 차이로 낳은 아들을 내가 바꿔 놓고 비행기를 탔던 것이지요. 당신에게는 미안하지만, 결과적으로는 당신에게도 그리 나쁜 운명만은 아니라고 생각해요."

그 말을 듣게 된 연우는 온몸의 피가 빠져나가는 허탈감에 젖었다. 자신의 유전자에 대한 의혹은 풀렸으나 설마하던 일이 현실로 나타났다.

어느 정도 추측은 했지만 절망하지 않을 수 없는 일이었다. 아니 추측하고 있었기에 충격이 더욱 컸다. 한편 아버지의 울타리를 벗어나고 싶었던 감정은 필연이라는 생각을 했다.

한경숙은 이어서 말했다.

"나중에 천(주영) 사장과 가족이 화재로 사망했다는 소식을 들었지만, 아는 사람은 다 알아요. 권 회장의 지시를 받은 하수인의 범행이라는 것을. 결국 권 회장은 자신의 아들을 죽인 것이지."

"제게 한 말을 아버님에게도 했습니까?"

"모르고 있었으니, 충격을 받았겠지…."

"차라리, 영원히 묻어두시지."

"아니, 묻어두기에는 내가 힘들어서 그럴 수 없었어. 난 이따금 떠오르는 과거의 상처 때문에 무척 괴로웠어. 이젠 과거에서 벗어나고 싶어. 그 땅도 권 회장에게 받은 것이라 돌려주기로 했어."

"……?"

"하여튼 훌륭하게 커줘서 내가 덜 미안하네. 그럼, 내가 볼 일이 많아서."

잠시 침묵을 지키던 한경숙이 자리에서 일어섰다.

충격에 빠졌던 연우도 따라 일어서서 말없이 인사를 했다.

커피숍을 나가는 한경숙을 한동안 바라보던 연우는 자리에 털썩 주저앉았다. 그는 한경숙을 원망하기보다는 자신을 키워준 아버지를 저주하고 싶었다. 끝내 얼굴도 모르는 부모를 사망시킨 범인이기 때문이었다.

고통스러운 연우는 머리를 움켜쥐고 탁자에 엎드렸다.

천주영이 생부라는 사실만은 부정하고 싶었다. 젊음의 혈기로 사랑할 수밖에 없었던 천상희(천주영의 딸, 조지나 친모)가 친누이였다는 사실만큼은 믿을 수 없었다. 세상은 그를 희생 제물로 삼았을 뿐만 아니라 가혹한 운명을 짊어지게 했던 것이다.

물밀듯이 다가오는 회한과 번뇌, 그리고 애증이 그의 심장을 갈기갈기 찢어버리는 고통을 안겨주었다. 연우는 갑자기 허허벌판에 홀로 서 있는 고독함에 젖었다. 그는 어떻게 살아가야 하는지 스스로에게 질문을 던졌다. 그러나 변한 것은 없었다. 그는 어차피 스스로 울타리를 치고 혼자만의 삶을 살아왔다고 자위를 했다. 그것은 자기 스스로를 방어하는 방법이기도 했다. 다만 '권연민(연우의 본명)'이라는 이름으로 존재할 것인가가 의문이었다. 아니 그는 권연민도 아니고 천연민도 아닌 연우로 존재하고 싶었다.

한동안 번민하던 연우는 자리에서 일어섰다. 무엇보다도 아버지의 반응이 궁금하지 않을 수 없었다.

커피숍에서 나온 그는 회장실로 들어갔다. 회장실에는 권한열 회장 혼자 소파에 앉아 서류를 들여다보고 있었다. 그는 소파로 다가가며 아버지 눈치를 살폈다. 권한열 회장이 그를 올려다보며 소파를 가리켰다.

"앉아라."

권한열 회장은 연우가 한경숙으로부터 모든 사실을 들었다는 것을 모르고 있었다. 그러나 연우는 권한열 회장이 어떤 반응이든 보일 것이라고 추측했다. 그러나 권한열 회장은 그에게 별다른 내색을 하지 않고 다시 시선을 탁자 위의 서류로 향했다. 권한열 회장이 들여다보고 있는 서류는 호텔 건축 공정 보고서였다. 볼펜으로 서류를 두드리던 그가 불쑥 말했다.

"호텔부지 문제는 해결됐다."

아버지 사업에 관심이 없는 연우는 말없이 고개를 끄덕였다. 그는 아버지와 같이 앉아 있는 것조차 바늘방석에 앉은 것 같았다.

사실 권한열 회장은 서류를 건성으로 들여다보고 있었다. 그도 괴롭기는 마찬가지였기 때문이다. 자신의 손으로 친아들을 죽음으로 몰았다는 좌절감에서 헤어날 수 없었다.

권한열 회장은 연민이 자신의 아들이 아니라는 사실도 부정하고 싶은 심정이었다. 그리고 연민 앞에서는 감정을 드러내고 싶지 않았다. 그가 사업을 제외하고 유일하게 집착했던 아들이었기 때문이었다. 뿐만 아니라, 수술을 받았던 심장이 칼로 도려내는 것처럼 고통스러웠다. 태연한 표정을 하고 있지만 권한열 회장은 간신히 통증을 참고 있는 것이었다. 탁자 위에 놓인 서류마저 가물거렸다. 숨을 몰아 쉰 그는 아들의 눈치를 살폈다.

"시간 있으면 밥이나 같이 하자."

"저 약속이 있어서요."

연우는 별다른 약속도 없으면서 변명을 하였다. 권한열 회장은 더욱 아들에 대한 애착심으로 했던 말이었다. 각기 다른 생각에 잠긴 그들 사이에 잠시 침묵이 흘렀다. 연우는 직접 친아들이 아니라는 것을 알았느냐고 물어볼 수도 없었다. 그렇다고 무작정 아버지의 반응을 기다릴 수도 없어 답답했다.

"강릉으로 내려가실 겁니까?"

"아니, 네 어미도 서울 집에 와 있단다."

소파 등걸이에 몸을 묻은 권한열 회장은 눈을 지그시 감았다. 그는 다시 심장에 통증을 느꼈으나 애써 담담한 모습을 보이려고 했다. 자칫하면 아들에게 감정을 드러내 보일 것만 같아서였다. 눈치를 살피던 연우가 부스스 자리에서 일어섰다. 꾸벅 인사를 하고 회장실을 나온 연우는 공허한 마음으로 발걸음을 옮겼다.

연우는 갑자기 시간이 정지된 공간 속에 있는 것 같았다. 분명히 숨을 쉬고 있지만 참된 의미의 생활이 지워져 버린 상태였다. 자신의 울타리를 치고 지금까지 그 속에서 살았지만 그 울타리마저도 사라지고 만 것이다.

지하 주차장으로 향하는 연우는 목적지를 잃은 사람 같았다. 승용차 운전석에 올라앉은 그는 영혼을 잃은 투명인간처럼 넋을 놓고 어두운 공간을 주시했다. 살아있는 자체가 무의미하다고 생각했다. 그가 삶의 의미를 추구하던 공간은 스스로 만든 울타리 속이었다. 그런데 그 공간에는 생명체가 존재하지 않았다. 단지 정적과 암울한 어두움뿐이었다.

그때 정적을 깨는 스마트폰 벨소리가 울렸다. 연우가 이따금 연락을 주고받았던 안종호에게서 걸려온 전화였다. 외톨이가 된 심정인 그는 반가웠다.

안종호는 연우의 학창시절 친구 상식의 형이었다. 형제가 없는 연우이기에 형처럼 사적인 얘기도 주고받는 사이였다. 강원도에서 정치인으로 출발해서 중앙당 청년국 간사로 있는 그는 아직도 국회의원 출마를 꿈꾸고 있었다.

퇴근시간 술을 파는 음식점 안에는 샐러리맨들로 가득했다. 술 취한 사람들이 와자지껄 떠드는 소음과 뿌연 연기가 가득했다.

연우는 안종호와 마주앉아 술잔을 기울이고 있었다. 안종호가 연우의 빈 잔에 술을 채워주며 말했다.

"저번에는 고마웠어. 다음 달에 적금타면 갚을게."

"고맙기는, 형과 나 사이에 당연한 거지. 형수님 건강은 어때?"

"응, 괜찮은 거 같은데, 몸이 약해서 큰일이야."

안종호의 아내는 임신한 채 병원에 입원 중이었다. 그런데 아파트 전세 보증금을 올려달라는 집주인의 독촉까지 받아 힘든 상태였다. 그것을 알고 연우가 도와주었다. 재산이 많지 않은 정치인들의 생활은 겉보기와 달리 넉넉하지 않았다. 더욱이나 안종호의 아버지가 하던 사업이 부도나면서 생활 형편이 더욱 어렵게 된 것이다.

"종호 형. 정치 그만두고 안정적인 직장생활을 하지?"

"아직은 꿈을 접을 수 없어."

"형수님이 힘들어 보여서 그래."

"이해를 해 주는 아내가 고맙지. 그런데 아버지 건강은 어떠시냐? 가뵙지도 못하고."

"이제 연세도 많으시니."

"너희 아버지는 대단하신 분이야."

그들은 오랜만에 만난 술자리라 마다하지 않고 술잔을 비웠다. 그리고 지난 추억을 떠올리며 대화를 주고받았다. 그러나 연우의 머릿속에서는 정립이 되지 않는 아버지와의 관계를 떠올리고 번민하고 있었다.

술이라도 흠뻑 취해 혼란스러움에서 벗어나고 싶은 심정의 그였다. 그를 바라보던 안종호가 넌지시 물었다.

"뉴스를 보니 권한그룹 후계자에 대해서 말이 많던데, 넌 어떻게 생각하니?"

"난, 아버지 사업에 관심 없어."

"그래도 넌, 하나밖에 없는 아들이잖아."

"내가 아니어도 후계자는 있어."

연우는 여동생 권연지의 결혼상대자인 진승원을 떠올렸다. 진승원의 아버지 진기남 부회장은 권한그룹의 산증인이기도 했다. 연우는 진승원에 대해 잘 알고 있었다. 누구나 그를 권한(그룹)의 차세대를 이끌고 갈 엘리트로 손꼽고 있었다. 연우는 그가 겉모습과는 달리 그룹 경영에 욕망을 갖고 있다는 것도 알고 있었다. 연우는 애초부터 아버지 사업에 뛰어들고 싶지 않았었다. 특히 친아들이 아니라는 진실이 그의 감정을 혼란스럽게 만들고 있었다.

"종호 형, 만약 말이야. 내가 아버지의 아들로 태어나지 않았다면 어떻게 됐을까?"

"그게 무슨 말이야. 영화제작을 하더니 엉뚱한 시나리오를 떠올리는 거 아니야?"

"그런가. 그렇지만 현실은 이따금 변수가 있어. 야구에서 9회 말 투 아웃에 역전 드라마가 있듯이, 승리한 사람은 자신의 실력이라 하고 패배한 사람은 세상을 원망하지."

"그럴 수도 있겠지, 복권에 당첨되는 사람의 운명처럼. 그러나 반드시 행복한 것도 아닌 것처럼 불행한 것도 아닌 것 같아. 거기엔 또 다른 운명이 기다리고 있으니까."

"인간은 자신이 행복한 순간을 몰라. 불행해져야 지난 시간이 행복하다는 것을 알지."

연우는 자신의 운명에 대해서 말하고 싶었다. 하지만 혼자만이 해결할 운명이기에 당장은 말할 수가 없었다. 인간의 운명은 60여 가지가 존재한다고 한다. 그것은 따를 수밖에 없는 운명이 있고 자신이 개척해 나가야 하는 운명이 있다고 한다. 가장 중요한 것은 운명에는 조건이 따르고 조건이 미래를 만든다면 그 조건을 스스로 바꿔줘야 한다는 것이다.

술이 거나하게 취해 안종호와 헤어진 연우는 늦은 밤에 지나의 아파트로 들어갔다. 지나는 연우를 기다리다가 지쳐 잠이 들어 있었다. 가수로 데뷔하기 위해 노래 연습을 했을 뿐만 아니라 잡지사 화보 촬영에도 시달렸다.

벨소리를 듣고 깨어난 지나는 허겁지겁 현관으로 나가서 문을 열었다. 그녀는 연우에게서 풍기는 술 냄새에 눈살을 찌푸렸다. 몸을 가누지 못할 정도로 흐느적거리는 그가 빙긋이 웃었다.

"나의 천사 같은 요정, 미안해."

"많이 마셨나 봐요. 무슨 일 있었어요."

"있었지. 지나를 생각하는 일."

"연락하지 그러셨어요. 마중 나갈 텐데."

"흠, 우리 요정. 힘들게 하면 안 되지."

연우가 비틀거리며 현관 안으로 들어섰다. 눈동자를 크게 뜨고 놀란 지나가 그를 부축하여 침실로 데리고 들어갔다. 몸을 가누지 못할 정도로 취한 그가 침대 위에 벌렁 누웠다. 만취한 그의 모습에 그녀는 당황할 수밖에 없었다.

흐릿한 눈빛으로 바라보던 그가 그녀를 껴안으려고 팔을 뻗었다. 그러나 이내 힘없이 팔을 떨어뜨리며 중얼거렸다.

"미안해. 미안하다고. 나한테는 지나 밖에 없어. 내 곁에, 영원히 있을 거지. 죽을 때까지 있을 거지."

술에 취한 연우는 이내 네 활개를 펴고 눈을 감았다.

지나는 유달리 술에 취한 그에게 무슨 일이 있는 것만 같았다. 항상 카리스마가 넘쳤던 그의 모습이 아니었다. 또한 독백처럼 흘리는 그의 말투에 특별한 의미가 내포되어 있다는 예감이 들었다.

그의 옷을 벗겨내고 내려다보는 그녀는 알 수 없는 불안감에 휩싸였다. 요즘 그가 이따금 침울한 표정을 하기에 의아스럽게 생각한 지나였다.

날로 번창하고 있는 샤인 연예사업에 문제가 있는 것도 아니었다. 그에게 아무래도 심상치 않은 일이 생긴 것만 같아서 지나는 잠을 이루기 힘들었다.

뒤척이다가 새벽녘에서야 잠이 들었는가 싶다가 이른 아침에 눈을 떴다. 인사불성이 되어 잠들어 있는 연우를 바라보는 지나는 행복하면서도 한편 두렵기만 했다. 행복한 현실이 꿈이 아니기를 바라는 마음이었다.

행복은 인내와 도전 속에 피는 열매라고 했다.

그녀는 아침의 맑은 공기 속에 두려움을 떨쳐 버리려고 아파트를 나왔다. 아침의 도시는 간밤에 내린 이슬방울을 털어내고서 아주 서서히 달아올랐다.

술에 취해 잠들었던 연우는 늦은 시간에 눈을 떴다. 지나는 보이지 않았고 어디선가 스마트폰 진동소리가 들렸다. 진동소리가 멈추자 그는 가까스로 몸을 일으켰다. 옷걸이에 걸린 양복에서 스마트폰을 꺼내 들고 살폈다.

구성미(계모)에게서 여러 차례 걸려온 전화였다. 그는 전화를 걸려다가 진동 상태를 벨소리로 바꾸었다. 스마트폰을 들고 거실로 나간 연우는 속이 쓰리고 갈증을 느꼈다. 주방으로 가던 그는 방금 산책을 마치고 돌아와 싱크대 앞에 서 있는 지나의 뒷모습을 발견했다.

그녀가 레인지에서 끓고 있는 냄비를 들고 돌아섰다. 초췌한 얼굴의 그를 바라보는 그녀의 입가에 미소가 피어올랐다.

그녀는 연우를 위해 끓인 해장국을 식탁 위에 올려놓으며 물었다.

"술을 많이 마셨던데요. 무슨 일 있었어요? 잠꼬대까지 하고."

"그랬나? 생각이 안 나네."

"사고라도 나면 어떡해요. 그럴 정도면 저더러 나오라고 전화라도 하지."

"미안해."

연우는 들고 있던 스마트폰을 식탁 위에 내려놓고 냉장고 문을 열었다. 냉수병을 집어든 그는 그대로 입에 대고 벌컥벌컥 들이마시며 지나의 표정을 살폈다.

그는 새삼스럽게 의지할 사람이 그녀뿐이라고 느꼈다. 그러나 아버지의 아들이 아니라는 사실을 말할 수는 없었다. 식탁 위에 내려놓은 스마트폰에서 벨소리가 울렸다. 폰을 집어 들고 통화버튼을 누른 그의 표정이 일그러졌다.

"어제 술을 많이 마셔서."

"……."

"아버지가 또?"

"……."

"알았어요. 바로 갈게요."

지나가 통화를 하는 연우를 빤히 쳐다보고 있었다. 깊은 한숨을 내쉬는 그가 그녀를 바라보며 다급하게 말했다.

"아버지가 또 쓰러져서 병원에 입원했다는군."

"어쩌지요. 수술까지 하셨는데."

"나, 지금 가볼게."

"국물이라도 들고 같이 가세요."

"아니, 지금 아무것도 먹을 수 없어. 그리고 지나는 오늘 일정이 바쁘잖아. 미안해."

연우는 서둘러 욕실로 들어갔다. 지나는 연우가 권한열 회장의 건강이 걱정되어 술을 많이 마신 것이라고 짐작했다.

잠시 후 연우는 욕실에서 나와 옷을 갈아입었다. 숙취로 머리가 어지러운 그는 허둥대며 현관으로 나갔다. 지나가 드링크제를 그에게 건네주었다. 서둘러 구두를 신던 그는 마지못해 드링크제를 마시고 현관문을 나섰다.

권한열 회장은 대학병원 응급병실에 입원해 있었다. 연우가 병실에 들어섰지만 권한열 회장은 의식이 없는 상태로 산소마스크를 쓰고 있었다. 계모 구성미가 굳은 표정으로 연우를 맞이했다.

병실 분위기로 봐서 권한열 회장의 병이 심각하다는 것을 느낄 수 있는 그였다. 아울러 계모인 구성미가 권한열 회장을 통해 자신에 대한 진실을 알고 있는지 모른다는 생각에 눈치를 살폈다. 그러나 그를 대하는 구성미의 표정은 변함이 없었다. 그녀는 단지 건강이 악화되는 권한열 회장만 걱정하는 표정이었다. 마침 담당주치의 홍 박사가 간호사와 함께 병실에 들렀다. 권한열 회장의 건강상태를 체크한 홍 박사가 위로의 말을 주었다.

"회장님 건강 때문에 걱정이 많으시겠습니다."

"어떤 상태이십니까?"

"허혈성 심장질환입니다. 급성관상동맥증후군이기도 한데, 심리적 충격을 받으신 것 같습니다. 당분간 안정을 취하고 경과를 지켜 봐야 되겠습니다."

"의식이 없으신 것 같은데."

"아, 안정제를 투여해서 그러니 염려하지 마십시오."

홍 박사가 병실을 나가고 침묵이 흘렀다. 연우는 건강이 악화된 아버지에 대한 감정들이 혼란스러웠다. 아버지와 담을 쌓고 살아왔던 순간들이 새삼스럽게 떠올랐다. 자신을 길러준 아버지이기도 하지만 자신의 친부모를 사망케 만든 아버지이기도 했다. 아버지에 대한 애증과 분노가 얽힌 감정이지만 현실은 변함이 없었다.

구성미는 남편의 건강 악화에 나름대로 복잡한 생각을 떠올리고 있었다. 그녀는 남편의 사망 후에 일어날 일들을 생각하지 않을 수 없었다. 경제적인 안락함을 목적으로 권한열 회장의 후처가 되었던 그녀였다.

연우가 권한그룹을 이어받을 후계자에 관심이 없다는 것을 알고 있는 구성미에게는 기회다. 그녀는 남편이 자신의 딸(권연지)이나 예비사위(진승원)에게 권한그룹을 물려주기를 바라는 마음이었다.

두 번씩이나 쓰러진 권한열 회장의 건강 악화로 권한그룹의 임원진과 간부 직원들이 동요하기 시작했다. 겉으로 드러내지 않지만 그들은 나름대로 후계 자로 예측되는 대상자의 눈치를 살폈다.

그들이 각기 이해타산을 갖고 예상하는 후계자 중에는 권연민(연우)과 진기남 부회장, 권한 캐피탈 사장과 배수진의 아버지 권한화학 배석진 등이 주축이었다. 또한 구성미와 진승원도 유력한 대상자이기에 후계자 구도가 혼잡했다.

권한열 회장의 건강악화가 지속되면서 후계자 선정이 급진적으로 대두되었다. 진승원은 호시탐탐 노리던 야망을 실현시킬 기회가 왔다고 판단했다. 누구도 묵묵히 업무에 열중하는 그를 인정하지 않는 사람은 없었다. 그는 자신의 능력을 보여줄 시기가 왔다고 생각했다. 그는 목적을 달성하기 위해 절실하게 도움이 필요한 아버지 진기남 부회장을 설득 중이었다.

"제 자신뿐만 아니라, 아버지와 권한의 발전을 위한 일입니다."

"글쎄. 기업은 무너트릴 수 없는 절차와 틀이 있어. 너, 엉뚱한 생각 말아라. 회장님에게는 엄연히 아드님이 계신다. 회장님이 병환중인데 이사회 소집은 안 돼."

"아버지는 왜, 아들의 장래를 무시하려고 하십니까? 어차피 저도 권한열 회장의 사위로서 권한의 총수가 될 수도 있습니다. 평생 권 회장 밑에서 굽실거리실 겁니까?"

"넌, 젊은 패기 하나만 믿고 그러는데, 그룹의 총수가 될 그릇은 따로 있다는 것을 모르냐?"

"그릇은 무엇을 담느냐에 달렸습니다. 하여튼 권한을 위해 석유개발 프로젝트를 브리핑할 기회를 주세요."

"……"

"아버지니까, 제 뜻을 말했던 것이고, 일단 이사회를 소집해 주세요. 회장님이 병환중이더라도 권한(그룹)은 존속시켜야 하지 않겠습니까?"

"그럼, 프로젝트에 대한 브리핑만 할 거냐?"

"네, 저를 믿으세요."

진승원은 새로운 사업으로 자신의 능력을 인정받고 싶었다. 사업이 실행되면 자연스럽게 사업을 장악할 수 있었다.

그는 간절한 눈빛으로 아버지를 쳐다봤다. 진기남 부회장은 아들의 능력을 인정하지만 권한열 회장을 실망시키고 싶지 않았다. 지금까지 그는 권한열 회장의 결정에서 벗어나는 행동을 하지 않았기에 부회장까지 올라있었다. 그렇다고 애비로서 아들의 장래를 막을 수도 없고 권한의 발전을 위해 아들의 요구를 거절할 수도 없었다.

일주일 후 권한그룹의 회의실에는 대낮처럼 밝은 불이 켜져 있었다. 권한의 장래를 개척하는 사업을 브리핑하고 결정하는 이사진과 임원진의 연석회의가 열리는 날이었다.

총무과 직원들이 회의 참석 이사진과 임원들을 일일이 안내하고 있었다. 진승원은 긴장된 상태로 석유개발 프로젝트 브리핑 자료를 들여다보고 있었다. 인터폰 벨소리가 울렸다.

"총무과장입니다. 지금 다들 모이셨습니다."

"응, 알았어. 지금 갈 테니 준비해."

진승원은 곧 인터폰을 끄고는 양복 상의를 걸쳐 입었다. 브리핑 자료를 집어든 그는 아버지 진기남 부회장실로 들어갔다. 진기남 부회장은 돋보기 안경을 쓰고 책상 위에 펼쳐놓은 서류를 검토하고 있었다.

"아버님, 준비되었다고 합니다."

"알았어. 실수하지 말고 성실하게 해라."

진기남 부회장은 아들보다 더 긴장하는 모습이었다. 그들이 회의실로 들어가자 참석자들이 저마다 자리에서 일어나 허리를 굽혔다. 진기남 부회장이 회장 자리에 가서 앉자 그들도 제자리에 앉았다.

백색 전등 불빛 아래 제각기의 표정을 달리한 모습들이 모인 것 같았다. 그런데 진승원의 시선을 끄는 참석자가 있었다. 진기남 부회장 옆 좌석에 앉아 있는 중년 여인이었다. 그 여인은 다름 아닌 권한열 회장의 아내 구성미였다. 그녀는 진기남 부회장의 간곡한 출석요청을 받고 대주주인 권한열 회장의 대리로 참석한 것이다. 나름대로 경영에 참석하고 싶었던 그녀는 서슴지 않고 부회장의 요청을 받아들인 것이다.

　진기남 부회장이 총무과장에게 회의 시작을 알리는 눈빛을 보냈다.

　"그럼 본 회의를 시작하면서 부회장님의 말씀이 있겠습니다."

　총무과장의 말에 진 부회장이 책상 위에 놓인 마이크를 앞으로 끌어 당겼다. 회의를 주관해 본 경험이 많지 않은 진기남 부회장이 잠시 주춤거렸다. 좌중을 둘러본 그가 무겁게 입을 열었다.

　"먼저, 모두들 바쁘신데 참석해 주셔서 감사합니다. 그리고 권한열 회장님의 건강이 하루 속히 회복되시기를 바랍니다. 급하게 회의를 소집한 것은 권한의 미래를 결정하는 프로젝트 안건 때문입니다. 그럼 먼저 기획개발 본부장의 브리핑을 듣도록 하겠습니다."

　진기남 부회장의 말에 이어 진승원 본부장이 일어섰다. 그의 손에는 레이저 지시봉이 들려져 있었다. 그는 부회장과 구성미, 그리고 참석자들을 향해 목례를 하고는 연단으로 나아갔다. 스크린 앞에 선 그는 손에 들고 있는 지시봉 버튼을 눌러 환등기를 켰다. 중국을 포함한 아시아권 지도가 화면에 비춰졌다. 그리고 앞쪽을 향해 브리핑을 해 나갔다.

　"이제 중국은 세계 경제에 주목을 받을 만큼 떠오르는 별이라고 합니다. 아시다시피 중국은 어마어마한 면적을 갖고 있습니다. 인구로 말하자면 새삼 설명드릴 필요가 없는 줄 압니다. 자, 이곳을 보십시오."

　진승원은 레이저 지시봉으로 산둥반도를 가리켰다. 빨간 불빛이 산둥반도의 차오저우시를 지적하고 있었다. 참석자들은 모두 빨간 레이저 지시봉을 따라 시선을 집중시켰다.

"여긴 우리나라와 가장 가까운 곳에 위치한 차오저우시입니다. 우리나라와는 서해바다를 사이에 두고 있습니다. 바로 이곳이 유정이 발견된 장소입니다. 중국 정부에서는 아직 확실한 걸 모르고 있습니다. 극비리에 제가 구성한 팀이 스웨덴의 석유탐사팀을 고용하여 유정을 찾아낸 것입니다. 중국에서는 우리가 청나라 때 침몰한 배를 탐사하는 걸로 알고 있습니다. 그러나 이젠 유정이 발견되었으므로 향후 20년간 바다사용권을 조건으로 중국 당국과 계약을 체결할 수 있습니다."

잠시 브리핑을 중단한 진승원 본부장은 득의에 찬 표정으로 좌중을 둘러보았다. 모든 사람의 눈동자가 놀라는 눈빛이었다. 그와 시선이 마주친 구성미의 얼굴에는 만족스러운 미소가 떠올랐다.

구성미는 진승원이 사위로서 뿐만 아니라 장차 권한의 총수로서 부족함이 없다고 생각했다. 지시봉은 다시 차오저우를 가리키고 있었다.

"중국은 지금 지진과 양쯔강 범람으로 대단한 물난리를 겪으면서 심각한 어려움에 빠져들고 있습니다. 따라서 외국의 막대한 투자를 기다리고 있는 중입니다. 우리 그룹에서 중국바다에 막대한 개발비를 선투자한다는 조건을 그들이 받아들일 수밖에 없는 상황입니다. 석유탐사팀의 보고에 의하면 석유 매장량이 무려 30억 배럴 이상이라고 합니다. 스웨덴 탐사팀과의 계약은 10년이고, 그 기간 안에 기술적인 이전을 협정해 놓은 상태입니다. 이상으로 중국 석유개발 프로젝트에 대해서 말씀 드렸습니다. 궁금한 점이나 의문사항이 있으시면 말씀하십시오."

장황하게 설명을 마친 진승원이 좌중을 둘러보았다. 첫 번째로 그의 시선이 진기남 부회장과 마주쳤다. 진기남 부회장은 아들이 장하다고 생각하면서도 긴장한 표정으로 좌중의 반응을 살피고 있었다. 권한화학의 배석진 사장은 못마땅하다는 표정이었다. 진승원 본부장이 참석자의 호응을 받는 것은 그룹후계 구도와도 영향이 밀접하기 때문이었다. 배석진 사장의 금테 안경이 반짝거렸다.

"한 가지 묻겠는데…."

"네."

진승원은 약간 상기된 표정이었다. 이번 프로젝트를 성공시켜야 그룹 내의 입지를 견고하게 다질 수 있다. 그룹의 자금이 개발기획팀으로 집중될 것이고 그가 실세로 떠오를 것이라고 확신하기 때문이었다.

배석진 사장이 꼼꼼하게 작성한 메모지를 들여다보며 질문할 태세였다. 진승원은 답변할 자료가 충분하게 준비되어 있었다. 참석자들의 눈길이 배석진 사장에게 쏠리고 있었다.

"사전에 권한열 회장님의 지시를 받고 탐사를 했었는지?"

"물론입니다. 우리 정부기관과도 협약된 사항입니다."

"그런데 우리는 왜 모르고 있었지? 더구나 나는 화학 사장인데."

"그건 기밀을 유지해야 했고 혹시나 유정을 발견하지 못할지도 모른다는 우려 때문이었습니다."

"그럼, 한 가지 묻겠는데 중국의 바다에서 작업한다면 수심은 몇 미터나 되고, 시추작업에 따른 어려운 문제에 대한 연구와 대책은 있는가?"

역시 배석진 사장의 질문은 주변적이기는 하지만 꼼꼼히 짚고 넘어가려는 의도가 다분했다. 진승원은 질문을 예상한 것처럼 자만심으로 가득한 표정으로 답변했다.

"네, 유정이 발견된 차오저우 앞바다는 수심이 60미터 이하로서 해류 속도가 5노트에 지나지 않습니다. 간만의 차가 있을 뿐 그리 큰 문제는 없을 것 같습니다. 외국의 경우를 보면…."

진승원의 꼼꼼하고 자세한 설명에도 배석진 사장은 석연치 않은 표정을 지었다. 그의 설명에 이어 잠시 침묵이 흘렀다. 참석자들은 사전에 석유개발 프로젝트에 관한 브리핑이라고 생각지도 못했기에 검토할 시간도 충분치 않았다. 진승원은 누가 어떤 질문을 할지 지켜보고 있었다.

"만일 중국 측과 협상을 한다면 누가 나설 것인가? 우리 그룹 차원에서만 보안을 유지하고 협상을 진행할 수 있겠는가?"

이번에는 풍채 좋은 한규석 이사가 느리게 질문을 꺼냈다. 그는 통상사업부와 가까운 인맥을 형성하고 있어 그런 방향으로 묻는 말이었다.

"그건 아직 확정이 되지 않았습니다만, 회장님의 의견과 이사님들의 결정에 따라야 할 것 같습니다. 제가 중국과의 정보는 최대한 수집할 것입니다. 다만…."

진승원의 답변에 이어 회의장은 난상토론이 벌어졌다. 참석자들은 대체적으로 석유개발 사업에 찬성하면서도 자금조달 문제와 외국기업의 참여, 사업부 설립 등을 우려하는 목소리였다.

휴식시간을 포함해 3시간여 동안 회의를 하였으나 회장도 참석치 않았기에 결론을 얻기는 무리였다. 최종적으로는 다시 검토할 시간을 갖고 다시 의논을 하기로 하고 회의를 마쳤다.

8월 말이었다. 의식을 잃고 중환자실에 입원했던 권한열 회장은 건강이 상당부분 회복되어 특실로 옮겨졌다. 진기남 부회장으로부터 회의 결과를 보고받은 권한열 회장은 한동안 심사숙고했다. 의식을 잃기 전에 이미 석유개발 프로젝트의 경과를 알고 있던 그는 아파트 건설 사업이 한창 추진 중이라 쉽게 결론을 내릴 수 없었다.

권한열 회장은 판교 아파트단지 건설 사업에 전력을 다하고 있으나 석유개발 사업도 놓치고 싶지 않았다. 우선 자금조달이 문제였다. 암암리에 정부에서 석유개발 사업자금을 일부 지원받기로 했지만 단순하지 않았다.

권한열 회장은 아파트 사업을 정상궤도로 올려놓을 때까지 석유개발을 지연시키기로 결정했다. 그러나 석유개발에 필요한 기술검토를 완벽하게 하기 위해 진승원 본부장을 이사로 승격시키도록 했다. 그리고 진승원과 딸의 약혼을 서두르라고 아내에게 말했다.

며칠 후 언론에 권한그룹이 석유개발 사업에 투자할 것이라는 기사가 떴다. 권한에서는 외부에 노출시키지 않으려던 정보가 흘러 나간 것이다. 언론 기사와 함께 주식시장에서 권한의 주가가 상승곡선을 이루었다. 그렇지 않아도 권한의 판교 아파트사업을 관심 있게 지켜보던 투자자들이 몰려들었다.

누구보다 권한그룹의 기사에 민감한 사람은 오만태였다. 그는 땅거미가 지는 시간에도 사무실에 남아 서성거리고 있었다. 그가 마음을 안정시키지 못하는 것은 권한의 주가를 상승시키는 프로젝트만이 아니었다. 이사로 승격된 진승원과 권한열 회장의 딸 권연지가 약혼식을 할 것이라는 기사 때문이다.

오만태는 하루 종일 틈만 나면 권연지에게 전화를 걸었다. 그러나 그녀는 전화를 받지 않았다. 그는 그렇지 않아도 요즘 와서 그녀와 통화하기 힘들었던 이유를 뒤늦게 알게 된 것이다.

오만태는 권연지를 이용하려던 계획마저 뜻대로 되지 않아 분통이 터졌다. 그는 고통스러워하다가 자살을 선택한 누나와 달리 정조를 헌신짝처럼 여기는 여자들에게 분노를 느꼈다.

오만태는 다시 스마트폰을 들고 권연지에게 전화를 걸었다. 그러나 역시 전화를 받지 않는다는 멘트만 흘러나왔다.

참을 수 없는 충동에 휘말린 오만태는 의자를 집어 던졌다. 의자가 벽에 걸린 거울에 부딪치는 소리와 함께 유리가 산산조각 나서 떨어졌다. 오만태는 누구에겐가 분풀이라도 하지 않으면 견디지 못할 것 같았다. 어둠이 내려앉는 사무실 유리창에 도로를 지나가는 차량의 헤드라이트 불빛이 스쳐 갔다.

자동차 경적소리가 그의 심장을 더욱 뜨겁게 달구었다. 장승처럼 버티고 서서 씨근덕거리던 그는 다시 스마트폰 번호를 눌렀다. 배우 배수진의 전화번호였다. 하지만 그녀도 전화를 받지 않았다. 미간을 찌푸린 그는 다시 송채연에게 전화번호를 눌렀다. 조금 탁한 그녀의 목소리가 흘러 나왔다.

"네, 부장님."

"너, 어디야?"

"클럽에 공연하러 왔는데요."

"내가 매니저한테 지시할 테니 오늘은 공연하지 마."

"왜요?"

"왜요라니. 거기로 갈 테니 기다려."

"네, 알았어요."

채연이 마지못해 대답했다.

명령조로 목소리를 높인 오만태는 통화를 끝내고 주먹으로 탁자를 후려쳤다. 사무실을 뛰쳐나간 그는 주차장으로 가서 승용차에 올라탔다.

그는 누군가 쫓는 사람처럼 승용차를 난폭하게 몰고 나갔다. 어둠이 깔린 거리에는 자동차가 물결을 이루고 있어 그를 더욱 흥분하게 만들었다. 그는 경적소리를 울리며 자동차 사이를 곡예하듯이 빠져 나갔다.

클럽 안은 언제나 탁한 공기 속에 현란한 조명으로 가득했다. 오만태는 분노를 삭이려는 듯이 연거푸 맥주잔을 들어 마시고 있었다. 그에게 굽실거리던 클럽 사장이 자리에서 일어나 사라졌다. 그의 옆에 앉은 채연이 눈치를 살피며 그의 잔을 채워주었다. 그녀는 공연하려고 준비했던 무대의상을 그대로 걸치고 있는 상태였다. 그녀는 불만스러웠지만 내색을 할 수 없었다.

"무슨, 안 좋은 일이라도 있나 봐요. 혹시 지나가 결혼한다는 소식 때문에 그러세요?"

"바보 같은 놈."

"누구요? 웅수 오빠요?"

"멍청한 놈이야."

"아, 웅수 오빠가 지나를 만났다는 소식은 들었어요. 무슨 일 있어요?"

"묻지 마. 오늘은 그냥 술이나 실컷 마시고 싶으니. 왜 자꾸 물어? 너도, 내가 귀찮아?"

"아이 참! 부장님은 왜 저한테 화를 내시고 그러세요. 저는 부장님 없으면 못 살잖아요."

"그래, 자꾸 따지지 말고, 넌 무조건 나를 믿어."

충혈된 눈동자로 바라보던 오만태가 채연의 어깨를 끌어당겨 안았다. 민소매의 드레스를 걸친 그녀의 어깨가 드러나 육감적이었다.

그는 서슴지 않고 그녀의 겨드랑이 속으로 손을 밀어 넣었다. 그리고 브래지어 속을 더듬더니 젖가슴을 움켜쥐었다. 흠칫하는 그녀는 주위 시선을 의식하지 않을 수 없었다.

"아잉. 부장님."

"왜? 남자친구하고 헤어졌다면서. 너도 다른 놈 만나니?"

"무슨 말예요? 저 아무 남자나 만나는 여자 아닌 걸, 잘 아시면서."

"그래, 너만은 내 여자야."

희소를 흘린 오만태가 채연을 끌어안고 입술을 덮쳤다.

그녀는 평소와 다른 그의 행동에 당황했다. 그러나 그를 거부할 수도 없었다. 그에게 입술을 허락하면서 그녀의 눈동자는 주위를 살피고 있었다. 정기적으로 공연을 했기에 그녀에게 호감을 갖는 손님들을 의식하지 않을 수 없었다. 젖가슴을 주무르던 그의 손길이 그녀의 드레스 밑을 더듬었다. 그녀는 마지못해 그의 손을 붙잡았다.

"부장님."

"가만 있어."

"하지만 여기서는."

사람들의 시선을 의식하는 채연은 자존심이 상했다. 그러나 오만태의 손길이 우격다짐으로 그녀의 팬티 속으로 들어와 허벅지 사이를 더듬었다.

그녀는 창피하기도 했지만 묘한 감각을 느꼈다. 음모를 쓸어내린 그의 손끝에 여성을 마찰 당했다. 팬티 속을 더듬는 손을 거부하려던 그녀는 허벅지를 조이며 그에게 착 달라붙었다.

"하지 마세요."

"너, 아무래도 이상한데."

"아잉, 여기서는 싫어요."

"지금 네 모습이 섹시한데."

오만태는 눈을 하얗게 흘기는 채연을 쳐다보며 희소를 흘렸다. 그리고 그녀의 숩한 여성을 더듬던 손을 슬며시 빼냈다. 비로소 안도하는 그녀가 옷매무새를 가다듬었다. 그도 새삼스럽게 사람들의 시선을 의식하며 주위를 둘러보았다. 광란의 음악 속에 흥에 취한 사람들의 목소리만 들릴 뿐이었다.

그런데 그들을 뚫어지게 바라보는 눈빛이 있었다. 벽 쪽에 놓인 소파에서 혼자 앉아있는 남자였다. 오만태에게 끌어 안겼던 채연을 뚫어지게 바라보는 남자의 눈빛이 반짝이며 빛났다. 모자를 눌러쓰고 앉아있는 남자는 다름 아닌 채연의 애인 임한구였다.

임한구는 자신을 외면하려는 채연의 마음을 의심하지 않을 수 없었다. 그녀는 집을 나가면 전화도 받지 않았다. 밤늦게 들어오거나 하룻밤을 외박하는 경우도 늘어갔다. 그는 일을 하느라고 바빴다는 그녀의 핑계를 믿을 수 없어서 미행하기 시작한 것이다. 그리고 오늘 비로소 그녀와 오만태의 관계가 평범하지 않다는 것을 알게 되었고 배신감을 참을 수 없었다.

그러나 임한구는 끝까지 채연을 믿고 싶었다. 흥청거리는 분위기 속에 조명이 어두워지고 스테이지에 선정적인 의상을 걸친 여자 가수가 나왔다. 느린 발라드 음악이 흐르고 남녀가 몸을 밀착시키고 블루스를 추어갔다.

술이 거나하게 취한 오만태가 채연을 끌고 스테이지로 나갔다. 그녀는 그의 목덜미에 팔을 두르고 거의 매달리다시피 안겼다. 그러자 오만태는 그녀의 둔부를 끌어당겨 밀착시켰다. 그들을 뚫어지게 바라보는 임한구의 눈동자에 불꽃이 튀었다. 그녀를 신뢰하려던 그의 믿음은 여지없이 무너져 버린 것이다. 임한구는 당장이라도 쫓아나가고 싶은 충동에 휘말렸다. 하지만 그는 주먹만 불끈 쥐고 이를 악물었다. 그들을 추적하여 끝장을 보고 싶었다.

오랜 시간동안 술을 마시던 오만태가 비틀거리며 채연을 데리고 클럽을 빠져 나갔다. 임한구는 눈치 채지 않게 그들을 뒤쫓아 나갔다. 도로변에 다가간 오만태가 지나가는 택시를 향해 손을 흔들었다.

임한구는 재빨리 도로변에 세워둔 자신의 승용차 운전석에 올라앉았다. 그리고는 승용차 시동을 걸어놓고 그들의 동태를 살폈다. 그들이 택시에 올라탔다. 임한구는 그들을 태운 택시를 뒤쫓았다.

술에 취한 오만태는 자신을 뒤쫓는 사람이 있다는 것도 모르고 채연을 끌어안았다. 그녀도 술 몇 잔을 받아 마셨기에 취한 상태였다. 그녀는 기분이 좋지 않은 오만태에게 신경을 쓰지 않을 수 없었다.

"요즘은 바쁘셨나 봐요?"

"음, 그런 일이 있었어. 왜?"

"부장님, 생각나서 외로웠어요."

"그래? 점점 요부 같아지네."

"아잉! 몰라요."

오만태가 채연의 턱을 들어 올려 입술을 포갰다. 그들은 이내 혀와 혀를 교환하며 농도 깊은 키스를 했다. 백미러로 그들을 살펴보던 택시기사가 묘한 웃음을 흘렸다. 택시는 사당동 번화가를 지나가고 있었다.

순간 오만태는 술기운에 무심코 자신이 거주하고 있는 아파트를 기사에게 말했던 것을 떠올렸다. 오만태는 자신의 숙소에 여자를 들인 적이 아직은 없었다. 그만큼 그는 자신의 신변관리에 철두철미했다.

"아, 저기 골목 안에 세워주쇼."

택시가 멈춘 곳은 모텔이 즐비한 골목 안이었다. 택시에서 내린 오만태는 채연을 끌어안고 마주보이는 모텔로 걸어갔다. 택시가 사라지고 승용차 한 대가 골목 입구에 와서 멈추었다. 그들을 뒤쫓아 온 임한구의 승용차였다.

임한구는 승용차 시동과 라이트를 끄고 정면을 응시했다. 채연의 허리를 껴안고 모텔로 들어가는 오만태를 노려보는 그의 눈빛이 번쩍였다.

오만태가 모텔로 들어서자 중년 여주인이 반갑게 맞이했다. 그가 한국에 와서 임시로 거주했던 모텔이라서 안면이 있었다. 여주인은 채연을 힐끔힐끔 쳐다보면서 직접 방을 안내했다. 그리고 과일과 음료수가 담긴 쟁반을 들고 들어왔다. 과도를 집어 들고 사과를 깎아 주는 여주인이 호들갑을 떨었다.

"오랜만이네요. 요즘은 어떻게 지내세요?"

"장사는 잘 되시고."

"그럭저럭 먹고 살지요. 사장님은 더 좋아지셨네요. 이렇게 예쁜 아가씨도 있고. 애인이신가 보다."

"애인이니까, 여기 왔지."

여주인의 말을 농담으로 받아들인 오만태가 싱긋이 웃었다. 채연은 부끄러운 생각에 다소곳이 앉아 있다가 여주인이 주는 사과를 받아들었다.

오만태의 대답이 기분 좋기도 했지만 여주인은 거북하기만 했다. 오만태도 마찬가지로 여주인이 나가기만 기다렸다. 너스레를 떨던 여주인이 나가고 오만태가 기다렸다는 듯이 허겁지겁 채연을 끌어안았다. 탁자 위에 놓인 과일 쟁반이 바닥에 떨어져 과도와 같이 뒹굴었다.

그는 그녀를 침대에 눕히고 입술을 덮쳤다. 그가 성급하게 그녀의 옷을 벗기려 했다. 그녀가 그의 가슴에 손을 뻗으며 빤히 올려다봤다.

"잠깐만요. 씻고 싶어요."

"안 씻어도 괜찮아."

"그렇지만."

오만태는 마지못해 채연을 풀어 주었다. 침대에서 일어난 그녀는 그의 시선을 의식하면서도 익숙하게 옷을 벗었다. 이미 그와 잦은 육체관계로 해서 그녀는 전혀 두려워하지 않았다. 침대에 누운 그는 그녀의 풍만한 둔부를 빤히 바라보고 있었다. 뒤를 돌아본 그녀가 그에게 하얗게 눈을 흘겼다.

"먼저 씻으실래요?"

오만태는 귀찮다는 표정으로 말없이 침대에서 일어났다. 그도 역시 서슴지 않고 옷을 벗어던졌다. 채연은 그가 벗어놓은 옷을 집어 옷걸이에 걸면서 힐끔거렸다. 그의 하복부에는 벌써 남성이 발기되어 우뚝 솟아 있었다. 욕실로 들어간 그는 짧은 시간에 샤워를 끝내고 나왔다. 그녀는 큰 타월로 발가벗은 몸을 감추고 욕실 앞으로 다가갔다. 그가 불쑥 그녀의 풍만한 젖가슴을 움켜쥐었다.

"채연인 멋있어."

"아잉! 부장님."

몸을 사린 채연이 오만태의 손을 뿌리치고 욕실로 들어갔다.

오만태는 발가벗은 상태로 침대 위에 벌렁 누웠다. 그는 볼륨감 넘치는 그녀의 알몸을 떠올리며 TV 리모컨을 집어 들었다. TV 전원을 켜니 남녀의 정사장면이 화면에 펼쳐졌다. 누군가 먼저 방을 이용한 손님이 보고 있던 방송이었다. 저절로 흥분이 되는 그의 남성이 불끈거리고 솟아났다.

욕실에서 나온 채연은 TV 화면에 펼쳐진 영상을 보고 얼굴을 붉혔다. 발가벗은 남녀의 국부가 적나라하게 드러나 있었다. TV 화면을 외면한 그녀는 공연히 수줍은 표정으로 침대 위로 올라가 반듯이 누워 눈을 감았다. 잔뜩 흥분해서 기다렸던 오만태가 그녀의 몸 위에 엎드리더니 젖가슴을 움켜쥐었다. 그가 젖가슴을 혀로 핥기 시작하고 그녀는 옅은 신음을 흘렸다.

풍만한 그녀의 젖가슴이 그의 타액으로 적셔졌다. 젖꼭지가 그의 입속으로 빨려 들어가고 그녀의 허리가 들썩거렸다.

이미 그의 애무에 단련된 그녀의 육체가 뜨거운 열기에 휘말렸다. 그는 마치 마네킹을 다루듯이 그녀의 숨겨진 성감대를 애무했다.

"부장님."

그녀의 입에서 뜨거운 숨결이 뿜어져 나왔다. 흥분하는 그녀를 내려다보는 그의 눈빛이 이글거렸다. 그는 쾌감을 참지 못하는 그녀의 표정을 즐기고 있었다. 그것이 세상 사람들에 대한 복수라고 생각했다.

젖꼭지를 농락하던 그의 혀끝이 점점 밑으로 내려갔다. 눈을 지그시 감고 있던 그녀가 화들짝 놀라며 상체를 들어 올렸다. 한참 절정을 향해 치닫는 그들의 거친 숨소리였다. 그녀는 빠르게 진퇴하는 그의 허리를 움켜잡고 눈을 지그시 감았다. 그가 그녀의 허리를 들어 올리며 남성을 깊이 밀어 넣었다.

그녀는 내장까지 헤집고 들어올 것 같은 충격에 입술을 깨물며 그를 올려다봤다. 그런데 그녀의 시야에 길게 드리워진 그림자가 서 있었다. 급히 숨을 들이마신 그녀가 외마디 소리를 질렀다.

"어떻게?"

오만태의 등 뒤에 나타난 실루엣에 채연은 경악하지 않을 수 없었다. 모자를 눌러쓴 남자의 눈빛에 채연은 숨조차 쉴 수 없었다.

그 그림자는 채연의 애인 임한구였다. 그녀의 부릅뜬 눈동자로 엉겁결에 오만태가 뒤를 돌아봤을 때는 이미 늦은 순간이었다.

임한구의 오른손에 스패너가 들려져 있었다. 그 스패너가 오만태의 뒤통수를 내리쳤다. 그는 신음소리도 없이 침대에서 굴러 떨어졌다.

"헉! 뭐, 뭐야?"

오만태의 머리에서 솟구친 피가 순식간에 바닥을 흥건하게 적셨다. 벌떡 일어난 채연은 모포를 당겨 젖가슴을 가렸다. 임한구는 숨 쉴 틈도 주지 않고 오만태를 밟고 서서 스패너를 휘둘러댔다.

오만태의 머리에서 솟구친 피로 방안에는 선혈이 낭자했다. 얼굴이 하얗게 질린 채연은 침대 모퉁이에 웅크리고 바들바들 떨고 있었다. 악귀처럼 변한 임한구의 눈빛이 송채연을 노려보았다.

"이, 개만도 못한 것들!"

"누구야?"

온통 피범벅이 된 오만태의 눈동자는 공포에 싸여 있었다. 그리고 숨넘어가는 목소리를 흘리는 그의 얼굴은 피범벅이 되어 있었다.

임한구가 스패너를 휘두르며 오만태에게 다가섰다. 임한구를 피해 엉금엉금 기어가던 시야에 번쩍이는 물체가 들어왔다. 탁자에서 쟁반과 함께 떨어진 과도였다. 오만태는 과도를 집어 들고 상체를 일으켰다. 순간 그에게 다가서던 임한구가 비틀거렸다.

"윽! 이런, 좆 같은 자식이?"

오만태가 집어든 과도로 임한구의 복부를 찌른 것이다. 오만태는 때를 놓치지 않고 과도를 휘둘러 그의 복부를 연거푸 찔렀다.

비틀거리는 임한구의 눈동자에 핏발이 섰다. 몸의 균형을 잃고 휘청거리던 임한구가 스패너를 휘둘렀다. 둔탁한 소리와 함께 스패너에 가격당한 오만태의 이마에서 피가 솟구쳤다.

신음소리와 함께 두 남자는 잠시 정지되어 있었다. 그리고 임한구는 오만태의 몸 위에 힘없이 쓰러졌다. 시간마저 멈추어버린 객실 안은 전쟁터처럼 선혈이 낭자했다. 와들와들 떨고 있던 송채연은 뒤늦게 비명을 질렀다.

악! 모포를 뒤집어 쓴 채연은 비틀거리며 침대에서 일어나 방을 빠져 나왔다. 간신히 복도로 나온 채연은 알몸으로 몇 걸음도 걷지 못하고 주저앉았다.

복도 양쪽의 방문들이 열어 젖혀졌다. 비명소리에 놀란 숙박 고객들이 나왔다. 모텔 여주인이 층계를 뛰어 올라왔다. 방안을 들여다본 여주인이 기겁을 하여 다시 층계를 뛰어 내려갔다.

사태를 알게 된 숙박 고객들이 흠칫하며 저마다 한 마디씩 했다. 사람들의 웅성거리는 소리와 함께 밤공기를 깨트리는 구급차 사이렌 소리가 멀리서부터 다가왔다.

경찰과 구급대원들이 들이닥친 모텔 주변은 삽시간에 긴장감이 감돌았다. 2구의 시신과 모포에 감싸인 채연도 구급대원들에 의해 구급차에 실려졌다.

둘

지나는 스케줄이 없는 날이기에 집에 머물러 있었다. 연우가 출근하고 그녀는 잠시 생각에 잠겼다. 아무래도 요즘 안색이 좋아 보이지 않는 연우의 모습이 걱정되어 그녀도 마음이 편치 않았다. 주방 정리하던 손을 멈추고 소파에 앉은 그녀는 무심코 신문을 뒤적거렸다. 그녀의 시선을 사로잡는 기사가 있었다.

'한밤의 치정살인!' 지나는 친구 채연의 이름이 실린 사건이기에 긴장하지 않을 수 없었다. 그런데 임한구가 채연과 오만태가 투숙한 모텔로 잠입했고, 임한구와 오만태가 격투 끝에 사망했다는 언론기사에 지나는 기겁을 했다.

채연이 어떻게 해서 오만태와 은밀한 관계를 맺게 되었는지 이해할 수 없었다. 지나는 같은 꿈을 안고 고향에서 떠나온 친구 채연이 애틋하고 안타까웠다. 지나는 채연의 사건이 남의 일 같지 않았다. 지나가 사랑하는 연우도 배수진은 물론 많은 여자들의 시선을 받고 있었다. 지나는 연우가 침울한 표정을 보이는 것이 여자관계 때문인지도 모른다는 생각을 했다. 어쨌든 그녀는 연우가 경계했던 오만태가 사망했다는 소식은 다행이라고 생각했다.

병원에 입원해 있던 권한열 회장도 오만태의 사망 소식을 알게 되었다. 그는 몸은 불편했으나 앓던 이를 뺀 것처럼 마음이 홀가분했다. 그러나 연우는 오만태의 소식을 뒤늦게 알게 되었다. 사무실에 나간 그는 여전히 과거의 진실에 얽매여 우울하고 일이 손에 잡히지 않았다. 그런데 결재를 받던 기획담당 치프매니저 고 부장이 그에게 물었다.

"대표님, 소식 들으셨어요?"

"무슨 소식을요?"

"오만태 부장 말예요."

"오만태가, 왜?"

"BS에서 키우던 수습생과 모텔에 들어갔다가 그 여자 애인과 난투극 끝에 사망했다는데, 신문 못 보셨어요?"

"오만태가?"

초점을 잃은 눈빛으로 연우는 멍하니 허공을 응시했다. 고 부장이 결재바인더를 들고 나간 후에도 그는 꼼짝하지 않았다. 오만태의 사망은 전혀 예기치 않은 충격이었다. 암적인 존재였다. 그런데 그는 왠지 허전하기만 했다. 그는 자신과 아버지와 관계된 비밀을 그가 무언가 알고 있으리라고 생각했기 때문이었다. 갑자기 오만태가 했던 말의 의미를 항상 되새기고 있었다.

'당신은 평생 당신 아버지를 저주할 것이다.'

오만태가 했던 말이었다. 그는 오만태가 사망하기 전에 더 자세하게 듣지 못한 것이 무척 아쉬웠다. 비밀을 알고 있는 사람은 당사자인 그와 아버지였다. 무슨 생각인지 비밀을 묵인하고 있는 아버지가 두려웠다.

시간이 갈수록 초조해지는 연우는 아버지가 원망스럽기도 했다. 아버지로 인해서 친부모가 사망했고, 사랑할 수밖에 없었던 여인이 남매지간이라는 사실은 되돌릴 수 없는 너무나 가슴 아픈 상처였다. 번민에 휩싸인 그는 일에 집념할 수도 없어 사무실을 배회했다. 술이라도 취하지 않으면 견딜 수 없는 지경이었다. 스마트폰을 집어든 연우는 망설였다. 막상 술을 같이 할 사람이 마땅치 않아서였다. 부담 없이 사석을 같이 할 사람은 역시 안종호였다.

전화번호를 누르려던 그는 벨소리를 듣고 멈칫하였다. 지나에게서 걸려온 전화였다. 그는 아직까지 자신의 비밀을 알려줄 수 없는 그녀이기에 그녀의 전화조차 부담스러웠다. 통화버튼을 누르자 그녀의 울먹이는 목소리가 흘러나왔다.

"오빠! 어떡해? 으흑!"

"왜, 그래?"

"엄마가 교통사고를 당해서 위급하대요. 어떡해요?"

"뭐라고? 그럼 가봐야지. 기다려 지금 갈게."

연우는 급히 통화를 끝내고 사무실을 뛰쳐나왔다. 연우는 아버지의 가족에서 외톨이가 된 심정이었다. 지나는 유일하게 남은 가족 같은 존재였다.

정신없이 주차장으로 달려간 그는 승용차에 올라 가속페달을 힘껏 밟았다. 가뜩이나 혼란스러운 그는 또 다른 불안감에 휩싸였다.

퇴근시간이라 교통이 혼잡하여 연우의 마음을 더욱 조급하게 만들었다. 지나가 아파트 입구에 나와 기다리고 있었다. 시간을 지체할 수 없는 그는 눈은 퉁퉁 부은 그녀를 태우고 어두워지는 밤길을 재촉했다.

시종일관 눈물을 흘리는 지나였다. 연우는 새삼스럽게 그녀의 어머니를 찾아보지 않은 것이 미안하기도 했다. 평일이어서 영동고속도로는 혼잡하지 않았다. 그는 급한 마음에 자동차 가속페달을 힘껏 밟았다.

강릉으로 질주하는 승용차 안에서 지나는 지쳐서 졸고 있었다. 3시간 가까이 걸려 강릉에 도착했다. 병원 주차장에 승용차를 주차시키니 졸고 있던 지나가 벌떡 일어나 뛰쳐나갔다. 이어 허둥지둥 응급실로 찾아갔다. 그러나 이미 그녀의 어머니는 응급치료를 받고 위급환자 병실로 옮겨진 후였다.

연우가 뒤늦게 지나를 쫓아왔다. 그런데 그녀가 병실을 찾아가니 마침 병실에서 나오던 담당의사와 간호사가 그들을 가로막았다. 담당의사가 눈물을 글썽거리는 지나를 보고 고개를 저으며 물었다.

"가족 되시나요?"

"네, 제가 딸인데요."

담당의사가 차트를 들여다보며 다시 고개를 좌우로 흔드는 모습에 지나는 다급하게 대답했다. 안타까운 눈빛으로 바라보는 의사의 표정은 몹시 굳어 있었다. 연우가 앞으로 나섰다.

"어떻게 된 겁니까?"

"마음에 준비를 하셔야겠습니다."

"네?"

"저희로서는 최선을 다했으나 위독한 상태입니다. 지금은 환자가 조금 의식이 있으나 위장파열과 뇌손상으로 회복할 가능성이 희박합니다."

"안 돼! 엄마 안 돼!"

의사의 말이 떨어지는 동시에 지나는 울음을 터트리며 주저앉았다. 연우가 얼핏 지나를 부축하며 재차 의사에게 물었다.

"회복 가능성이 없다고요? 지금 볼 수는 있겠지요?"

"네, 하지만 환자가 안정을 취해야 하니 조심하십시오."

조심스럽게 고개를 끄덕이는 의사 표정을 보던 간호사가 병실문을 열고 안내했다. 흐느껴 우는 지나는 연우의 부축을 받고 병실로 들어갔다. 적막이 깃든 병실에는 기계음만이 흐르고 있었다.

지나는 한 걸음에 침상으로 다가갔다. 그녀는 무너지듯이 산소 호흡기를 쓰고 있는 어머니의 가슴에 엎드려 통곡을 했다.

"엄마, 미안해. 내가 잘못했어. 엄마 미안해. 정말 미안해."

"이러시면 환자에게 고통만 줍니다."

쫓아 들어왔던 간호사가 지나를 일으켜 세웠다. 간호사의 제지를 받은 지나는 어머니의 손을 잡고 침상에 엎드려 흐느꼈다. 그 모습을 본 연우의 눈동자에 눈물이 맺혔다. 서럽게 우는 지나의 모습에서 연우는 자신도 모르게 눈시울을 적셨다. 병상에 누운 지나의 어머니 손이 움직였다.

"엄마, 미안해."

지나는 손을 마주잡는 어머니의 모습에 더욱 흐느껴 울었다. 그런데 병상에 누운 지나의 어머니를 바라보던 연우는 심장이 멈추는 것만 같았다.

연우는 자신의 눈을 의심할 수밖에 없었다.

'아니야. 아닐 거야.'

연우는 속으로 뇌까렸다. 그러나 나이가 들었지만 그녀의 얼굴에는 천상희의 윤곽이 뚜렷이 남아 있었다. 연우로서는 결코 인정할 수 없는 현실이었다. 그는 부정하고 싶은 마음으로 고개를 설레설레 흔들었다. 그러나 부정할 수 없는 천상희였다. 더욱이나 지나가 천상희를 엄마라고 하지 않던가.

연우는 머리가 뻐개질 것처럼 혼란스러웠다. 유학 위해 한국을 떠날 때는 천상희의 남편(조재천)이 살아있었다. 그렇다면 그 후에 지나를 낳았다는 말인가. 아니면 천상희가 재혼을 해서 낳았는지도 모르는 일이었다.

연우는 갑자기 온몸이 얼어붙는 것만 같았다. 어떻든 간에 천상희는 자신과 친남매간이기에 지나가 조카라는 사실을 부정할 수 없었다.

연우와 시선이 마주친 천상희의 눈빛이 반짝거렸다. 그리고 천상희의 동공이 멈추었다. 가늘게 떨리는 천상희의 눈빛이었다. 그녀는 전혀 예기치 않은 연우의 방문에 너무도 당황했다. 벌써 많은 세월이 흘렀지만 천상희는 연민(연우)을 잊을 수 없었다. 훌쩍거리던 지나가 시선을 마주하고 있는 연우와 천상희를 번갈아 쳐다보더니 울먹거리는 목소리를 흘렸다.

"엄마, 우리 회사 대표님이셔."

우연의 일치이지만 천상희는 믿을 수 없었다. 순간적으로 옛 추억을 떠올린 그녀는 그가 반갑기도 하고 원망스럽기도 했다.

지나는 그들 사이에 숨겨진 관계를 모르기에 훌쩍거릴 뿐이었다. 잠시 안타까운 표정으로 바라보고 있던 간호사가 주춤거리며 지나에게 다가갔다.

"저기, 죄송하지만 원무과로 같이 가서야겠는데요."

"네? 왜요?"

"보호자 확인이 필요해서요."

간호사를 바라보는 지나의 뺨에는 눈물이 주르르 흐르고 있었다. 그녀는 손바닥으로 눈물자국을 문지르며 일어섰다. 지나와 간호사가 나간 병실 안은 기계소리와 천상희의 가냘픈 숨소리만 들렸다.

연우와 천상희는 석고상처럼 눈빛만 마주하고 있었다. 긴 세월이 지난 만큼 할 말도 많으련만 그들은 각기 격한 감정에 얽매어 있었다.

우려했던 일이 현실로 드러난 것이다.

천상희가 손가락을 흔들며 고개를 까딱거렸다. 연우는 천상희가 가까이 와 달라는 것을 알 수 있었다. 천상희를 바라보는 연우의 일그러진 눈동자에는 눈물이 맺혀 있었다. 잠시 주춤거리던 그가 그녀에게 다가갔다. 그녀가 무슨 말인가 하려는지 입술을 움직였다. 깊이 숨을 들이마신 그가 허리를 굽혀 귀를 기울였다. 그녀의 입에서 가느다란 목소리가 흘러 나왔다.

"다행이야, 죽기 전에, 만나서."

더듬거리는 천상희의 목소리에 연우는 고개를 끄덕였다. 그리고 그녀의 손을 잡아 주었다. 그는 그녀가 친남매라는 사실을 모르고 있는 것이 당연하다고 짐작했다. 그러나 알려줄 용기가 나지 않았다. 눈물이 맺힌 그녀의 눈동자에 엷은 눈웃음이 흘렀다. 그녀의 입술이 다시 달싹거렸다.

"지나가, 지나가 당신 딸."

"뭐라고?"

이게 무슨 말인가. 연우는 천상희의 목소리가 동굴 속에서 메아리치는 것만 같았다. 갑자기 귀가 멍멍했다. 교통사고로 충격을 받은 그녀가 사람을 잘못 알고 말했을 것이라고 생각했다.

연우는 얼어붙은 모습으로 천상희를 뚫어지게 내려다봤다. 있을 수 없는 말이었다. 그러나 천상희의 고통스러운 표정 속에는 여전히 미소가 번졌다.

"연민(연우) 씨. 당신 딸이니……, 잘 부탁……."

천상희는 말을 마저 잇지 못하고 얼굴을 찡그렸다. 통증을 견디지 못하는 표정이었다. 연우는 갑자기 온몸의 피가 빠져 나가고 세상이 빙글빙글 돌아가는 것 같았다. 그녀가 지금 무슨 말을 하는 것인지? 그는 스스로 질문을 던졌다. 한 마디로 사랑했던 누나가 그의 딸을 낳았고, 그가 결혼하려는 여자가 자신의 딸이라는 말이라는 걸 알아 차렸다.

연우는 온몸이 땅 속으로 가라앉는 심정이었다. 다리가 후들거리고 가슴이 떨린 그는 벽을 지탱하고 창문으로 다가섰다. 가혹한 운명은 연우를 또 다시 처참하게 만들고 있었다. 그는 1%의 확률이라도 모든 게 헛된 꿈이기를 바라는 심정이었다. 그런데 그가 돌아보니 천상희가 경련을 일으키고 있었다.

다급해진 그는 비상벨부터 눌렀다. 의사와 간호사, 그리고 지나가 황급히 병실로 들어왔다. 그리고 의사가 천상희에게 응급조치를 했다.

의사의 말로는 천상희의 건강 상태가 언제까지 지속될지 장담할 수 없다고 했다. 상태가 위급해서 수술도 할 수 없고, 열흘이 될지 한 달이 될 수도 있다는 말이었다. 하지만 6개월은 못 넘긴다고 했다. 연우는 지나를 위로하기는커녕 자신조차 추스르기 고통스러웠다. 또한 그녀를 마주하고 있을 용기도 없었다. 지나는 모든 스케줄을 취소하고 어머니의 병실을 지키기로 했다.

하룻밤을 뜬눈으로 지새운 연우는 초췌한 몰골로 혼자서 서울로 올라왔다. 그는 도저히 맑은 정신으로 혼란스러움을 견딜 수 없어서 양주를 병채 들고 들이마셨다. 아버지(권한열)가 원망스러웠다. 저주스러운 운명과 견딜 수 없는 고통은 아버지의 야욕이 원인이었다.

연우는 회사 사무실에도 나가지 않고 매일 밤낮을 술로 지새웠다. 그리고 결국은 지나로부터 천상희가 사망했다는 전화를 받았다.

울먹이는 천상희 목소리를 영원히 지울 수 없을 것 같았다. 그는 천상희의 장례식에 참석하기 위해 다시 강릉으로 내려갔다. 그러나 그는 장례식에 참여하지 않고 먼발치에서 바라만 볼 뿐이었다. 지나를 딸로 알고 있는 한 대면할 수가 없었다. 장례 후 혼자 서울로 돌아온 그는 자신의 숙소에 있었다.

9월이 지나고 있었다. 태풍의 영향 때문인지 강한 바람이 불어왔다. 유리창을 흔드는 바람이었다. 벌써 가을의 문턱에 접어든 계절이었다.

술에 취해서 소파에 잠들었던 연우는 눈을 뜨기조차 귀찮았다. 스마트폰 벨소리가 끊어졌다 이어지기를 반복했다. 지나에게서 걸려온 전화였다. 며칠째 그녀에게서 전화가 걸려왔지만 그는 받지 않았다.

문자 수신 알림이 울렸다.

'오빠! 왜 전화 안 받아요? / 전화 통화가 안 되네요. / 바빠서 그렇지요? / 어디 아파요? / 식사는 어떻게 하고 있어요? / 오빠! 미안해. 나 때문에 걱정하게 해서.'

스마트폰에는 지나에게 걸려왔던 전화와 문자가 가득했다. 마지막으로 찍힌 문자는 그녀가 뒤처리를 하고 주말에 올라오겠다는 것이었다.

화요일이었다. 휴대폰 화면을 확인하던 연우는 무언가 해야 한다는 생각으로 벌떡 일어났다. 숙취로 인한 현기증이 일어났다. 그는 천상희가 자신과의 관계를 지나에게 밝힐 것이 두려웠다. 그런데 지나는 별다른 반응을 보이지 않았다. 천상희가 의식을 회복하지 못하고 사망한 것을 알 수 있었다.

연우는 천상희가 풀지 못할 숙제를 남겨 놓고 죽었다고 생각했다. 그의 가혹한 운명과 업보는 멈추지 않았다. 그는 천상희가 딸만큼은 더 이상 불행하지 않기를 바랄 것이라고 생각했다. 연우는 지나가 자신과 천상희 사이에서 태어난 딸이라는 사실을 영원히 모르기를 바라는 마음이었다. 만약에 지나가 알게 된다면 큰 충격을 받고 고통스러워 할 것이다. 그 자신은 고통을 감수한다고 해도 지나만큼은 상처받지 않기를 간절히 바랄 뿐이었다.

지나의 행복을 위해서는 인연을 끊는 방법뿐이라고 연우는 판단했다. 지나를 사랑했기에 선택한 것이었다. 그러나 단순한 문제가 아니었다. 지나가 받을 상처를 줄이기 위해서는 그녀 스스로가 연우 자신을 포기하도록 하는 방법을 택할 수밖에 없었다. 그렇게 하기 위해서는 그녀를 실망하게 만들어야 했다. 연우는 지나를 위해 희생시킬 다른 여자가 필요했다. 배수진을 떠올렸으나 지나가 이미 알고 있어서 효과가 없을 것 같았다.

연우는 문득 지나의 친구 채연을 떠올렸다. 지나와 같이 몇 번 식사를 같이

했었던 그녀가 연습생으로 받아달라고 간청하던 모습이 떠올랐다. 그녀라면 충분히 유혹에 말려들 것이고 지나도 큰 충격을 받을 것이라고 판단했다.

시계는 벌써 정오를 가리키고 있었다. 굳은 표정으로 일어선 연우는 부리나케 욕실로 들어가 샤워부터 했다.

며칠 만에 말끔하게 차려입은 연우는 사무실로 내려갔다. 의아스러운 눈빛으로 쳐다보는 직원들을 대면하는 그는 이방인 같은 심정이었다.

책상 위에는 밀린 결재서류들이 쌓여 있었다. 연우는 서류들을 대충 훑어보며 스마트폰을 집어 들었다. 저장된 전화번호들을 뒤적이다가 통화버튼을 눌렀다. 신호음이 한동안 이어졌다. 신호음이 끊어질 무렵 가라앉은 여자의 목소리가 들렸다. 채연이었다.

"어머, 대표님! 안녕하세요. 대표님이 어떻게 전화를?"

"음, 요즘 많이 힘들지?"

"네, 집에만 처박혀 있어요."

"할 말이 있으니 점심식사 같이 할까?"

"지나는요?"

"아직, 안 올라온 모양인데."

"저야, 대표님을 모시면 좋지요."

연우는 약속시간과 장소를 알려주고 통화를 끝냈다. 그리고 인터폰을 눌러 고 부장에게 소속 연예인들의 스케줄 일정 계획을 가져오라고 했다. 그리고 고 부장이 들고 온 일정계획을 한동안 살펴보았다. 계획안에는 기업에서 요구하는 광고모델과 CF모델, 공연 등 스케줄이 다양하게 포함되어 있었다. 연우가 손가락으로 한 곳을 짚었다.

"여기, 인삼축제, 내가 추천할게요."

"누구를요?"

"채연이라고, 우리 오디션에 참가했었는데, 당분간 방송에는 못 내보내도 일반 공연은 출연시켜도 괜찮을 겁니다."

"오디션을 하지 않아도 될까요?"

"나이트에서 일했으나 수습기간은 필요하겠지. 고 부장을 찾아보라고 할 테니 살펴보세요."

"알았습니다."

고 부장이 나가고 연우는 잠시 생각에 잠겼다. 사람은 어차피 서로의 욕구를 만족시키는 계약 속에 살아가는 것이다. 연우는 채연이 바라는 욕구가 무엇인지 잘 알고 있었다. 그녀를 이용하기 위해서는 그녀가 자발적으로 욕구에 만족하게 만들면 오해의 소지가 없을 것이라고 생각했다.

무교동에 있는 레스토랑 안에는 은은한 샹송이 흘러나오고 있었다. 크지는 않지만 아늑한 분위기였다. 가운을 걸친 여자 종업원이 연우와 채연이 마주 앉은 탁자 위에 스프와 샐러드 등 주문한 식사를 가져다 놓았다.

다소 얼굴이 핼쑥해진 채연은 다리를 꼬고 앉아 있었다. 그러나 연우를 이따금 쳐다보는 그녀의 표정은 밝았다. 연우가 포크를 집어 들었다.

"사고 때문에 힘들었지?"

"네."

기어 들어가는 목소리로 간신히 대답한 채연은 남자관계로 벌어진 일이기에 수치스러움에 얼굴을 붉혔다.

채연은 연우와 마주할 수 없어 시선을 피했다. 슬그머니 포크를 집어 드는 그녀를 그가 힐끔 쳐다봤다,

"지나 어머니 장례식엔 다녀왔어?"

"네, 대표님은 안 보이던데요."

"바쁘기도 하고, 내가 꼭 갈 필요는 없으니까."

"하지만, 지나와 결혼한다는 말이."

"그건, 언론이 만들어 낸 루머지. 난, 독신주의자고 지나의 재능이 필요할 뿐이야."

채연의 의아스러운 질문이 끝나기도 전에 연우가 가로채서 말했다.

채연은 지나에게 들었던 말과 다르기에 그를 빤히 쳐다봤다. 그러나 그는 태연하게 포크로 음식을 찍어 먹었다.

유명 연예인이나 기획사 대표들이 여자편력이 심하다는 것을 채연은 새삼 느꼈다. 그녀는 지나가 안타깝기도 했지만, 자신의 처지가 더 급했다. 그나마 돌봐주던 오만태마저 없는 터에 어떻게든지 연우에게 매달릴 수밖에 없는 상황이었다. 연우가 점심식사를 같이 하자고 했기에 일말의 희망을 갖고 있었다. 그러나 남자관계로 일어난 사건을 알고 있는 그가 어떤 생각을 하고 있는지 두려웠다. 그런데 여자에 대해 집착하지 않는 그의 말에 다소 안심했다.

"대표님이 식사를 같이 하자고 해서 기뻤어요."

"아, 난, 채연이에게 다른 여자와 다른 매력과 재능을 발견했어. 그 재능을 살리고 싶은데 어떻게 생각해?"

"정말요? 대표님 고마워요. 그 은혜 평생 안 잊을게요."

활짝 미소가 떠오르는 채연의 얼굴이 갑자기 밝아졌다. 연우는 담담한 표정으로 고개를 끄덕였다. 그리고 안주머니에서 팸플릿 한 장을 꺼내 그녀 앞에 내밀었다.

"내가 미리 준비한 건데, 내일 고 부장을 찾아봐. 축제 현장까지 회사 차로 데려다줄 거야."

"어머! 대표님! 고마워요."

팸플릿을 집어 들어 살피는 채연의 얼굴에 함박웃음이 흘렀다. 그녀를 슬그머니 쳐다보는 연우의 입가에 미소가 번졌다. 그는 그녀 스스로 유혹에 말려든 것을 보고 더 이상 다른 말을 하지 않았다.

식사를 끝낸 그는 그녀의 빌라까지 그녀를 태워다 주었다. 그의 외제 지프 차가 사라지고 그녀는 모든 것이 꿈만 같았다.

채연은 임한구와 오만태가 죽고 나서 좌절감에 젖어 있었다. 한동안 경찰서에 불려 다니며 사람들의 손가락질을 받는 것 같아서 얼굴조차 들고 다니기가 힘들었다. 그런데 이미 지나에게서 마음이 떠나 있는 연우의 도움은 그녀에게 새로운 인생을 열어주는 신의 손길 같았다.

다음날이었다. 채연은 들뜬 마음으로 샤인으로 가서 고 부장을 찾아갔다. 고 부장이 그녀의 아래 위를 훑어보더니 축제 공연에 대해서 자세하게 설명을 해 주었다. 수요일과 목요일 이틀간 공연이고 나이트클럽에서 받았던 개런티보다 많은 액수였다. 뿐만 아니라 TV방송으로 방영되는 축제였다.

고 부장은 채연에게 매니저를 붙여주었다. 회사차량 밴을 이용해 매니저가 그녀를 도와줄 것이라고 했다. 약속시간을 정한 채연은 가벼운 발걸음으로 샤인 건물을 나왔다. 그리고 잠시 생각하다가 다시 건물로 들어갔다. 연우에게 고맙다는 인사를 할 생각이었다.

대표실 입구 비서실의 여비서가 그녀를 기다리라고 했다.

막상 여비서의 안내를 받고 대표실로 들어간 채연은 웬지 주눅이 들었다.

연우는 책상 위에 놓인 서류를 검토하고 있었다. 그런데 의외로 연우는 기다렸다는 듯이 그녀를 반갑게 맞이했다.

"음, 왔어? 잠시만 앉아있어."

채연은 소파로 가서 엉거주춤 앉았다. 처음으로 들어와 보는 대표실은 생각보다 간소하면서도 미적 감각이 뛰어난 인테리어로 꾸며져 있었다. 서류검토를 끝낸 연우가 담담한 표정으로 소파로 와서 앉았다.

"그래, 고 부장은 만나봤어?"

"네, 고맙습니다."

"고맙기는, 사람은 각자의 욕구를 충족시키며 살게 되어 있어."

"매니저가 회사차로 데려다준대요."

"잘 됐군. 식사 안 했지? 같이 가지."

연우는 채연이 대답하기도 전에 소파에서 일어섰다. 잠시 주춤거린 그녀는 지남철에 이끌리듯이 그의 뒤를 따랐다.

여비서의 시선을 의식하는 채연은 공연히 힘을 주고 발걸음을 옮겼다. 지하주차장으로 간 그녀는 그가 승용차 운전석에 오르는 것을 보고 멈칫거렸다. 그리고 그녀도 조수석에 올라앉았다. 채연은 순간 들이마신 숨을 멈추었다. 연우가 그녀를 향해 상체를 굽힌 것이었다.

지금까지 그녀가 느꼈던 느낌과는 다른 남자의 체취가 그에게서 풍겼다. 고급스러운 도시의 남자에게서 흐르는 향기였다. 그녀의 코앞에 그의 깊은 눈빛과 육감적인 입술이 어른거렸다.

불현듯 그가 키스라도 하는 것만 같아서 눈앞이 캄캄했다. 그런데 그가 묵묵히 안전벨트를 당겨 그녀에게 채워 주었다. 그녀는 공연히 얼굴이 화끈거렸다. 주차장을 빠져 나가는 승용차 안에서 그녀는 그를 힐끔거리며 쳐다봤다. 나이에 비해 젊어 보이는 그의 뚜렷한 이목구비와 함께 부드러운 인상은 여자들의 인기를 받을 만하다고 느꼈다. 드라이브하듯이 여유 있는 표정으로 그가 운전한 승용차는 시외의 한적한 음식점 앞에서 멈추었다.

숯불갈비를 전문으로 하는 음식점이었다. 음식점 안으로 들어간 연우는 주문을 하고 스마트폰을 들고 직원들에게 업무지시를 하느라고 바쁜 모습을 보였다. 그리고 이따금 그녀를 향해 엷은 미소를 지어보였다.

채연의 마음을 설레게 하는 표정이었다.

음식을 먹기 시작하고 그가 담담한 표정으로 그녀에게 말했다.

"열심히 해야 돼. 이제부터는 채연이 본인 하기에 달렸으니까."

"네, 대표님 실망시키지 않도록 보답하겠습니다."

채연은 무릎을 조아리고 앉아있었다. 허벅지가 드러나는 짧은 스커트와 몸에 착 달라붙는 나시티를 걸친 그녀의 육감적인 젖가슴이 풍만해 보였다. 그녀는 드러난 허벅지를 감추려고 짧은 스커트를 밑으로 잡아 당겼다. 그의 시선을 의식해서였다. 하지만 그는 더 이상 별다른 말을 하지 않았다.

식사가 끝나고 연우는 음식점 주변에 있는 저수지로 걸어나갔다. 채연은 묵묵히 그를 따라 걸었다. 낙엽이 떨어지는 여유로운 풍경 속에 낚시를 하는 사람들의 모습이 보였다. 그들 중에는 젊은 남녀도 있었다.

채연은 연우의 한가한 모습에 왠지 데이트를 하는 기분이었다. 저수지를 한 바퀴 돌고 그가 팔로 그녀의 허리를 감싸며 주차장으로 이끌었다.

"오래간만에 맑은 공기를 마시네. 이제 가지."

"네."

"채연인 다른 여자와 다른 매력이 있어."

"네?"

채연은 다리에 힘이 풀려 주저앉을 것만 같았다. 허리를 감고 있는 그의 팔에서 전달되는 온기에 마취당하는 기분이었다. 내려다보는 그의 그윽한 눈빛이다. 그녀는 은연중에 그의 가슴에 매달리고 싶은 심정이었다. 그러나 그는 그녀의 허리에 감았던 팔을 풀고 승용차로 다가갔다.

연우가 운전석에 올라가고 채연은 마음 한 구석이 허전한 가운데 조수석에 올라앉았다. 그녀는 그가 무슨 말인가 할 것 같아서 기대하지만 그는 묵묵히 승용차를 몰아 서울로 돌아왔다.

그녀 집 앞까지 태워다 준 그는 의미가 담긴 듯한 미소를 남기고 사라졌다. 그녀는 무엇인지 모를 채워지지 않는 아쉬움을 느꼈다.

수요일이었다. 채연은 나이트클럽에서 일하던 마음과 다른 각오로 축제 공연에 임했다. 죽은 오만태와는 다르게 매니저는 그녀를 꼼꼼하게 도와주었다. 의상도 샤인에 준비되어 있던 것을 제공해 주었다. 대기하고 있는 동안에도 다른 가수보다 불편하지 않도록 세심하게 살펴 주었다.

클로즈업되는 방송국 카메라를 직시하고 다소 긴장이 되었으나 예전의 송채연이 아니었다. 첫날의 축제 공연은 채연이 바라던 대로 실수 없이 마칠 수 있었다. 그녀가 회사로 돌아온 시각은 어둠이 내려앉기 시작한 밤이었다.

그녀는 혹시나 연우를 만날 수 있을는지 몰라 사무실로 들어갔다. 마침 복도를 빠른 걸음으로 걸어오는 고 부장과 마주쳤다. 그녀가 꾸벅 인사를 했다.

"고 부장님, 감사합니다."

"응 그래. 수고했어."

"저기, 대표님 계신가요?"

"글쎄, 조금 전에 계셨는데, 모르겠어."

업무에 바쁜 고 부장은 채연의 말에 신경 쓸 틈이 없는지 빠른 걸음으로 사라졌다. 그녀는 망설이다가 대표실이 있는 층계로 올라갔다. 대표실 입구의 비서실에는 모두 퇴근했는지 직원이 보이지 않았다. 그녀는 주춤거리다가 대표실 문 앞으로 다가섰다.

귀를 기울이던 그녀가 노크를 하려는데 문이 열렸다.

"아, 채연이. 공연은 어땠어?"

"대표님 덕분에 잘 한 것 같아요."

"그래, 다행이군. 그런데."

머뭇거리는 연우를 바라보는 채연의 눈동자가 동그랗게 떠졌다. 그녀의 요즘 관심사는 그의 말이었다. 고개를 끄덕인 그가 그녀의 어깨에 손을 얹었다.

"음, 같이 술 마실 친구가 필요했는데, 채연인 어때?"

"저요? 사주실래요?"

"괜찮겠어?"

"그럼요. 그렇지 않아도 고마워서 제가 살려고 했는데요."

"그래? 그럼 가지."

연우는 채연을 힐끔 쳐다보고 앞서서 복도를 걸어 나갔다. 건물을 나온 그는 사무실 뒤편으로 향하는 골목으로 갔다. 그가 들어선 곳은 작은 공간의 스탠드바였다. 홀 안에는 은은한 피아노 연주가 흘러나오고 있었다. 그는 여자 바텐더가 있는 코너로 다가갔다. 채연도 그를 따라가서 옆자리에 앉았다. 그가 바텐더에게 손을 들어 보였다.

"미스 민, 안녕."

"대표님 요즘 다른 데 가시는지, 안 보이시네요."

'미스 민'이라 불리는 여자 바텐더가 미소로 연우를 맞이했다. 30대로 보이는 여인이었다. 그녀는 익숙한 손놀림으로 양주병과 얼음, 그리고 투명유리잔을 꺼내 놓았다. 빙긋이 웃음을 흘린 연우가 채연에게 물었다.

"뭘 마시고 싶어? 칵테일 한 잔 해도 되나?"

"네, 저 술 잘 마셔요."

"그럼, 미스 민이 알아서 맛있는 칵테일해 주지."

미스 민은 대답 대신 미소를 짓고 돌아섰다.

그녀는 와인과 양주, 그리고 향료를 혼합한 병을 흔들었다. 그리고 채연 앞에 유리잔을 놓고 따라주었다. 빨간 열매가 담긴 칵테일은 보기도 좋았다. 미스 민이 연우에게 양주를 따라주려고 손을 뻗으니, 채연이 먼저 양주병을 집어 들었다. 그리고 연우의 유리잔에 양주를 붓고 얼음을 채워주었다.

"자, 한 잔 하지."

채연은 잔을 들어 연우의 잔에 살짝 부딪치며 배시시 미소를 지었다.

그들은 잔을 들어 입술을 적셨다. 그리고 그녀는 바텐더를 의식하고 그의 옆으로 의자를 당겨 앉았다.

그녀는 될 수 있으면 그와 친밀하다는 것을 보여주고 싶었다. 그녀는 민소매의 원피스를 걸치고 있어서 볼륨감 있는 몸매가 더욱 돋보였다. 채연의 아래 위를 훑어본 미스 민이 엷은 웃음을 흘리며 다른 손님에게 다가갔다.

작은 스테이지에서는 하얀 드레스를 걸친 피아니스트가 피아노를 연주하고 있었다. 높낮이를 오르내리는 피아노의 음률이 잔잔하게 울리는 분위기는 저절로 술을 마시게 했다. 채연은 스테이지를 향한 연우의 표정이 왠지 우울한 것만 같았다.

"무슨 일 있으세요?"

"아닌데, 왜?"

"그냥. 조금 쓸쓸해 보여서요."

"그렇게 보였나? 남자는 가을을 탄다고 하잖아. 나는 한 여자에게 집착하지 못하지만, 가끔 곁에 누군가 있었으면 하지. 그러면서도 낯선 곳으로 떠나고 싶은 나 자신을 몰라."

"보기보다 대표님은 쎈티하신 면이 있나 봐요."

"사람은 누구나 혼자 태어났다가 홀로 사라진다고 하잖아. 아옹다옹 살지만 허무한 거지. 그냥 살아 있는 것을 즐겨야 하는데."

채연은 연우의 말에 새삼스럽게 깊은 감동을 받았다. 그리고 나이는 어려도 그를 감싸고 싶은 모성애를 느꼈다.

여성들에게는 하늘이 내려주신 세 가지 힘이 있다고 한다. 그 첫째는 성적으로 남자를 사로잡는 것, 둘째는 아내의 자리를 차지하는 것, 셋째는 어머니의 자리에 앉는 것, 그 모든 것은 모성애로부터 출발하는 여자의 본능이었다.

연우를 향한 채연의 모성애는 여자의 본능이기도 했다. 그녀는 이미 두 남자의 손길을 거친 육체였다. 채울 수 없이 허전한 그녀의 가슴 속에는 가수에 대한 열망과 본능의 불꽃이 타오르고 있었다.

벌써 그의 양주잔을 몇 차례 채워주고 있는 채연이었다. 그녀도 어느새 칵테일 잔을 비우고 있었다. 바텐더 미스 민이 다시 칵테일을 만들어 채연 앞에 놓아주었다. 칵테일 잔을 집어든 채연은 슬그머니 연우의 팔을 잡고 머리를 기댔다. 술에 취했기 때문만은 아니고 막연한 기대감이었다. 누군가 의지하고 싶은 마음이기도 하지만, 그녀는 꿈을 실현시키기 위해서 그의 도움이 절실히 필요했다. 그러나 그는 술잔을 들어 마시고 벌떡 일어났다.

"늦었으니 가야지."

술값을 치른 연우는 출입문 쪽으로 걸어 나갔다. 채연은 아쉬움을 남기고 나가는 그를 따라 나섰다.

그가 지나가는 택시를 불러 세웠다. 그녀를 태운 그도 따라서 택시에 올라탔다. 그는 운전기사에게 그녀의 집이 있는 동네로 가자고 요구했다. 그녀의 집이 있는 골목 어귀에서 그가 택시를 세우며 운전기사에게 말했다.

"기사 아저씨, 잠깐만 기다리세요."

"혼자 가도 되는데요."

채연은 뒤따라 내리는 연우를 빤히 바라봤다. 그러나 그는 묵묵히 그녀의 팔을 잡고 길을 재촉했다. 그의 행동을 알 수 없는 그녀는 눈치를 살피며 앞장서서 걸었다. 묵묵히 골목 모퉁이를 돌아선 그가 그녀의 팔을 낚아챘다. 그녀를 바라보는 그의 눈빛이 가로등에 반사되어 반짝였다.

"나, 지금 채연이 입술을 갖고 싶어."

연우의 가슴에 끌어안긴 채연은 숨이 막힐 지경이었다. 그녀의 눈앞에 그의 입술이 다가와 있었다. 그의 숨결 속에는 뜨거운 열기가 흘러나왔다. 그녀는 대답 없이 눈을 감았다. 남자의 입술은 너무나도 뜨겁고 감미로웠다. 그녀는 자신도 모르게 다리가 휘청거렸다.

그러나 그는 이내 키스를 끝내고 돌아섰다. 채연은 골목어귀를 돌아서는 연우의 뒷모습을 뚫어지게 바라보며 한동안 서 있었다. 그의 발자국 소리가 사라지고 그녀는 비로소 집으로 발걸음을 옮겼다. 집으로 들어온 그녀는 넋을 놓고 소파에 주저앉아 있었다. 그의 키스는 어떤 의미였을까. 짧은 키스였지만 그녀의 가슴을 황홀하게 만든 충격이었다.

목요일이었다. 축제 공연을 끝낸 채연은 연우의 전화를 받았다.

서울로 오면 전화를 하라는 것이었다. 그녀는 하루하루 그를 만나는 마음이 점점 더 설레였다. 묘한 기대감이 그녀를 사로잡았다. 그러나 저녁식사를 하고 그는 별다른 말이 없이 그녀를 집까지 태워다 주기만 했다. 그녀는 그에게 집착하게 되고 깊은 늪으로 빠져 들어가는 것만 같았다.

금요일이었다. 축제 공연이 끝난 채연은 집안에 있으려니 답답하기만 했다. 차라리 나이트클럽에서라도 일을 하면 마음이 편할 것만 같았다. 아침 일찍부터 일어난 채연은 더욱 연우의 연락이 기다려졌다.

조지나의 소식도 궁금했다. 하지만 채연은 연우를 자신만의 남자로 상대하고 싶은 욕구를 느꼈다. 정오까지 집안을 배회하던 채연은 벨소리가 울리는 스마트폰을 황급히 집어 들었다. 연우임을 확인한 그녀의 얼굴이 밝아졌다.

"네, 대표님."

"지금 골목 앞이니 같이 점심식사하지?"

"네, 알았어요. 금방 나갈게요."

통화를 끝낸 채연은 급히 서둘렀다. 다시 세면을 하고 서둘러 화장을 끝낸 그녀는 옷을 들고 거울 앞에 섰다. 옷맵시가 마음에 들지 않아 다른 옷을 걸쳤다가 벗기를 반복했다. 민소매 티와 짧은 스커트에 니트웨어를 걸친 그녀는 나름대로 연우의 관심을 받으리라고 생각하고 집을 나섰다.

그녀는 기다리고 있던 승용차에 올라타며 눈웃음을 지었다.

"기다리게 해서 미안해요."

"치장하느라고 그랬구나. 예쁜데."

채연은 연우의 칭찬 한 마디에 하늘을 날 것만 같았다. 그러나 그는 이내 담담한 표정으로 차를 몰고 나갔다.

자동차가 도착한 곳은 성남 분당 회집, 회를 전문으로 하는 식당이었다. 그곳에서 식사를 하면서 그는 휴대폰으로 직원에게 업무지시를 하기도 했다. 그리고 회를 집어 그녀에게 권하는 자상한 모습을 보였다.

"이 집은 단골로 왔던 집이라 잘 알아. 맛있을 거야."

"네, 저도 회 좋아해요."

"그리고 다음 주부터는 정기적으로 호텔공연을 하게 될 거야. 고 부장이 연락할 테니 준비하고 있어."

"네, 감사해요."

"감사? 채연이 하기에 달렸다니까."

연우는 더 이상 다른 말을 하지 않았다. 그녀는 다음 스케줄까지 세심하게 배려하는 그에게 감사의 마음을 표현하고 싶었다.

식사를 끝낸 그는 그녀를 집까지 태워다 주면서도 침묵을 지켰다. 그녀는 스킨십을 했던 그가 정색하는 모습에 갈피를 잡을 수가 없었다. 그녀가 그의 관심을 끌어낼 것은 여자라는 것 밖에 없었다. 은연중에 그의 스킨십을 기대하던 그녀는 자존심도 상했고 다소 실망스럽기도 했다.

자신을 도와주려는 그의 의도가 의아스러웠다. 하지만 매일같이 만나서 식사를 하거나 술을 마시게 되니, 그녀는 점점 그에게 집착할 수밖에 없었다.

그녀는 그가 자신의 재능을 정말 인정하는지, 아니면 지나와 관계가 멀어진 그가 호감을 갖고 있는 것인지도 모른다고 생각할 수밖에 없었다. 아무튼 그녀는 그의 도움이 절실하게 필요했다.

토요일 오후였다. 연우는 간부직원들과 미팅을 하고 있었다. 매월 마지막 주말마다 다음 달의 스케줄을 논의하는 자리였다. 각 부서마다 업무일정과 회사전체에 대한 협조사항을 전달하고 이어서 영화제작 파트를 담당하고 있는 홍 부장이 연우의 의견을 물었다.

"천상의 빛, 시나리오가 완성 단계인데 어떻게 할까요?"

"음. 내년 봄에 크랭크인하려고 하니, 스태프 선정하기 전에 스토리보드를 먼저 준비하도록 하세요."

"그리고, 대한필름에서 영화제작을 하는데."

"아, 그건 내게 맡겨줘요."

연우가 손을 들어 홍 부장의 말을 막았다. 이미 그는 대한필름이 주연배우를 캐스팅하기 위해 오디션을 한다는 소식을 알고 있었다. 특히 그는 대한필름의 협조요청을 받은 상태였다. 미팅이 종료되고 간부직원들이 나간 사무실에 혼자 남은 그는 초조한 표정을 지었다. 이따금 시계를 바라보던 그는 일어나서 창가로 다가갔다.

10월의 계절은 제법 싸늘해진 날씨였다. 창문으로 내려다보이는 도로에는 가로수에서 떨어진 낙엽이 쌓이고 있었다. 연우는 다시 벽시계를 올려다보았다. 그때 휴대폰 벨소리가 울렸다. 기다리던 전화라고 생각했다. 그러나 그는 휴대폰을 들고 쳐다보기만 했다. 지나에게서 걸려온 전화였다. 전화벨 소리가 끊어졌다가 다시 울렸다. 그때서야 그는 천천히 통화버튼을 눌렀다.

"오빠, 지나예요. 바쁘신가 봐요."

"아니, 왜?"

"저, 오전에 올라왔어요. 늦어서 미안해요."

"미안하긴."

지나의 목소리는 미안함과 반가움으로 가득했지만 연우는 높낮이가 없는 무뚝뚝한 말투였다. 잠시 뜸을 들이던 지나가 걱정스러운 목소리를 흘렸다.

"점심 식사는요?"

"아직."

"집에 와서 드실 거죠?"

"글쎄."

"바쁘신가 봐요. 그래도 같이."

"하여튼 알았어."

연우는 지나가 말을 잇기도 전에 전화를 끊었다. 왠지 평상시와 다르게 냉랭하게 들리는 그의 목소리에 지나는 기분이 언짢았다.

지나는 연우가 어머니의 장례식에 참여하지 않았기에 서운하기도 했었다. 하지만 바쁜 업무 탓이라고 생각했다. 단 하나의 가족인 어머니마저 죽고 나니 의지할 사람은 오직 연우뿐이었다.

지나는 절망적인 슬픔 속에서 더욱 연우가 보고 싶었다. 먼 친척들의 도움으로 장례식을 마쳤지만 뒷정리가 만만치 않았다.

서울에 올라와서 먼저 마트부터 들러 연우를 위한 식사준비를 했다. 그리고 연우가 무척 반겨 주리라 기대하고 전화를 했던 것이다. 지나는 왠지 사무적인 연우의 말투를 의아스럽게 생각했다.

식탁을 정성스럽게 꾸민 지나는 거울 앞에 앉았다. 어머니의 죽음에 대한 슬픔과 장례식으로 피곤한 탓인지 얼굴피부가 거칠어진 것만 같았다. 다시 세면을 하고 거울 앞에 앉았다. 연우를 반갑게 맞이할 마음에 들뜬 지나는 나름대로 단장을 했다. 현관의 차임벨 소리가 울렸다. 지나는 부리나케 달려 나가 현관문을 열었다.

"오빠!"

지나는 현관 문 앞에 서 있는 연우의 목에 매달렸다. 그러나 그는 무표정한 얼굴로 현관 안으로 들어섰다. 무안한 그녀는 어색한 미소를 지었다. 그녀는 그가 업무에 시달려 피곤해서 그럴 것이라고 생각했다. 그녀는 그의 팔을 잡고 주방으로 이끌었다. 그리고 손바닥을 펼쳐 보였다.

"짠! 오빠 배고프지. 오빠 좋아하는 고등어 조림했어."

그는 말없이 식탁 앞에 앉았다. 그녀는 가스레인지 위에 놓인 냄비를 들어 식탁 중앙에 올려놓았다. 그녀가 뚜껑을 여니 김이 모락모락 피어올랐다. 배시시 미소를 지은 그녀는 그의 옆에 바짝 붙어 앉았다. 그리고 그의 수저를 가지런히 놓아주었다. 수저를 집어 드는 그의 눈빛이 흔들렸다.

"오빠, 늦게 와서 미안해. 오빠 식사는 어떻게 하는지 걱정됐어."

그녀가 고등어조림 토막을 꺼내 접시에 담아서 그의 앞에 놓아주었다. 그는 여전히 침묵을 지키며 식사를 했다.

그녀는 그를 이해하려고 하지만 왠지 불안했다. 그녀는 쑥스럽지만 미소를 잃지 않았다. 식사가 끝나고 그는 거실 소파로 가서 앉았다. 설거지를 끝낸 그녀는 커피를 끓여 거실로 가져갔다.

"내가 타는 커피 마시고 싶었지요?"

신문을 펼쳐 보고 있던 그는 커피 잔을 집어 들면서 고개를 끄덕였다.

그녀가 그의 옆에 달라붙어 앉았다. 그녀도 커피를 한 모금 마시면서 그의 팔을 잡았다. 그는 그녀를 의식하면서도 애써 외면하려고 했다. 그의 얼굴을 가까이 들여다보는 그녀의 얼굴에 보조개가 깃들어졌다.

"오빠, 어디 아파요? 기분이 안 좋아 보이네요."

"앞으로 오빠라고 부르지 않았으면 좋겠어."

정면을 주시하는 그의 첫마디 말에 그녀의 눈동자가 동그랗게 떠졌다.

그녀는 갑자기 찬물을 뒤집어 쓴 것만 같았다. 말문이 막힌 그녀가 그를 빤히 쳐다봤다. 그의 감정이 없는 목소리가 이어졌다.

"난, 지나가 소속한 회사의 오너로만 존재하고 싶어."

"그게, 무슨 말이에요?"

"내가 여기에 올 일은 없을 거야. 다만 너를 정상에 오르도록 오너 역할은

할 거야. 그러나 홍 부장이 뒷바라지할 테니 그렇게 알아."

"오빠. 갑자기 왜 그래요?"

"오빠라고 부르지 말라니깐, 네 장래를 위해서라도. 그러니 나에 대한 관심은 버려."

"내가 싫어진 거예요? 엄마가 죽고. 나를 믿을 수 없어서 그런 거예요?"

"한 여자에게 집착하지 못하는 내 성격 잘 알잖아."

"그, 그게 아니죠? 나를 동정해서 그런 거지요."

그의 갑작스러운 말은 그녀에게 큰 충격이었다. 어머니를 잃은 절망감을 느끼게 하는 말이었다. 그녀의 눈동자에 글썽거리던 눈물이 뺨을 타고 주르륵 흘러 내렸다.

그녀를 외면한 그의 눈빛이 떨렸다. 그는 마른침을 꿀꺽 삼켰다.

"어떻게 생각하든 상관없어."

"아니죠? 나를 사랑한다던 말이 진심이었죠? 결혼하자고 했잖아요?"

"그리고, 대한필름 오디션에 참가할 준비를 해. 대한에서 지나를 주연배우로 캐스팅하려고 하니."

그는 사무적인 말투를 흘리고 소파에서 일어섰다.

지나는 그가 권유하는 스케줄에 관심이 없었다. 오직 그녀를 사랑했던 그가 냉정해지는 이유를 알고 싶었다. 그에 대한 사랑을 포기한다는 것은 어머니를 잃은 슬픔보다 더한 절망이었다.

그녀는 긴 시간을 떨어져 있던 자신 탓이라고 생각하고 그의 다리를 붙잡고 매달렸다. 그러나 그는 뚜벅뚜벅 현관으로 걸어 나갔다.

"오빠! 내가 잘못 했어요."

그녀는 현관문을 나서는 그를 따라 나섰다. 그는 뒤도 돌아보지 않고 아파트를 빠져 나갔다. 그녀는 승용차에 오르는 그를 쫓아갔다. 그러나 주차장을 떠나는 그의 승용차를 바라보고 서 있을 수밖에 없었다. 그녀는 화단 경계석에 털썩 주저앉아 흐느꼈다. 날벼락 같은 상황에 그녀는 고개를 설레설레 흔들었다. 하루아침에 그의 마음이 변할 리가 없다고 생각했다.

그녀의 아파트를 나온 연우는 참았던 감정이 솟구쳤다. 백미러로 넋을 잃고 바라보고 있는 그녀를 바라보는 그의 눈동자에 눈물이 글썽거렸다. 하지만 그는 크게 숨을 들이마시며 냉정해야 한다고 다짐했다.

그녀의 미래를 위해서 겪어야 할 고통이었다. 그녀가 충격을 받았겠지만 시간이 해결할 것이고 그녀의 행복을 위한 조건이었다.

그는 회사 사무실에 승용차를 주차시키고 채연과 만났던 스탠드바로 갔다. 아직은 이른 시간이라 홀 안에는 손님이 많지 않아 조용했다.

그는 바텐더가 있는 코너로 가서 앉았다. 코너 안쪽에 있는 작은 문이 열리고 짙은 화장을 한 여자가 간신히 허리를 굽혀 나왔다. 여자 바텐더 미스 민이었다. 그녀가 그를 발견하고 반가운 표정을 지었다.

"오늘은 혼자 오셨네요. 저번에 같이 왔던 아가씨는 어쩌시고?"

"술이나 줘요."

미스 민이 돌아서서 양주병과 얼음, 그리고 유리잔을 그의 앞에 내려놓았다. 그녀가 안주를 마련하는 사이에 그는 유리잔에 양주를 따라 들이켰다. 안주를 가져다 놓은 그녀가 눈을 동그랗게 떴다.

"급하시기는, 천천히 드세요. 저도 한 잔 주시고."

그는 미스 민이 내미는 술잔에 양주를 따라 주었다. 그녀가 그의 빈 잔에 양주를 따르고 얼음을 채웠다. 양주 한 모금을 마신 그녀가 얼굴을 찡그렸다. 안주로 놓은 사과 조각을 집어든 그녀가 그의 눈치를 살폈다.

"오늘은 아가씨 안 오는 모양이네요. 심심하시면 다른 아가씨 부를까요?"

미스 민이 팔로 턱을 고이고 그를 빤히 쳐다봤다. 그가 대답 대신 손을 가로저었다. 다시 양주잔을 들어 마신 그는 휴대폰을 꺼내 들었다. 그리고 번호를 눌렀다. 채연의 전화번호였다. 그의 대답을 기다리던 미스 민이 다른 손님에게로 갔다.

정면을 응시한 그는 휴대폰의 착신 신호를 기다리고 있었다. 전화를 기다렸다는 듯이 채연의 목소리가 흘러나왔다.

"대표님."

"응, 뭐해?"

"그냥 있어요. 어디세요?"

"나, 저번에 만났던 술집인데. 나올 수 있어?"

"혼자세요?"

"음. 힘들면 나중에."

"아녜요. 지금 갈게요."

그의 물음이 끝나기도 전에 채연이 대답했다.

통화를 끝낸 그는 다시 양주잔을 들고 한 모금 마셨다. 다른 손님과 얘기를 주고받던 미스 민이 그에게 다시 돌아왔다.

"아가씨 오기로 했나 봐요. 애인이세요?"

"애인?"

그는 헛웃음을 흘렸다. 미스 민이 눈가에 자잘한 미소를 흘렸다.

"나이가 20년은 어려 보이던데, 역시 능력이 있으셔."

"능력보다는 사회가 나를 만드는 거지."

"그게 능력이지요."

"그럼, 실패하는 것도 능력인가. 능력보다는 운명이지."

"어쨌든 사장님은 여자들한테 인기가 많잖아요."

"인기가 아니고 보는 사람에 따라 필요한 조건이지. 필요에 의해 만나는 인연은 계약이고."

"어려운 말 모르겠어요. 술이나 한 잔 더 주세요."

빙긋이 웃음을 흘린 그가 그녀의 잔에 술을 따라 주었다. 잡담을 주고받는 시간이 20여 분 흘러가고 입구로 들어서는 채연의 모습이 보였다. 플로어 스커트에 속살이 드러나 보이는 블라우스 위에 니트웨어를 걸친 그녀는 두리번거리다가 연우 옆 좌석으로 와서 앉으며 밝은 미소를 띠었다.

"벌써 몇 잔 마시셨나 봐요."

연우는 대답 대신 눈웃음을 지어 보였다. 미스 민이 안면이 있는 채연을 향해 고개를 까닥이며 아는 체를 했다.

"뭐 드릴까요?"

"저번에 그거 주세요."

"아, 스크류드라이버던가? 안주도 더 시키실 거죠?"

채연을 대신해서 연우가 고개를 끄덕였다. 그리고 채연을 빤히 쳐다보면서 눈을 깜박이며 고개를 갸웃거렸다.

그는 일부러 술 취한 표정을 지었던 것이었다. 그의 우스꽝스런 표정에 그녀가 미소를 흘렸다. 그녀는 그가 자신에 대한 관심을 표현하는 것이라고 알고 기분이 좋았다. 친밀감을 느낀 그녀는 그의 팔을 손바닥으로 툭 쳤다.

"장난꾸러기 애들 같아요."

"채연이 옆에 있으니 마음이 편해서."

칵테일을 가져다 놓는 미스 민이 의미심장한 눈빛으로 그들을 쳐다보았다. 미스 민이 사라지고 그들은 술잔을 부딪쳤다. 여러 잔을 마신 연우는 한 모금 마시고 내려놓았으나 채연은 단숨에 잔을 비웠다.

연우는 연예기획사 소속 연예인들에 관한 얘기를 했다. 주로 연예인들이 알고 있어야 할 상식들이었다.

채연은 이따금 나이트클럽에서 일하던 고충을 털어 놓았다. 점점 달아오르는 홀 안의 분위기를 따라 그들도 대화에 열중했다.

칵테일을 세 잔째 마신 그녀의 볼이 발그스름하게 변해 있었다. 초저녁이지만 술기운이 거나해진 그가 일어섰다. 밖으로 나온 연우는 골목을 벗어나 천천히 걸음을 옮겼다. 거리에는 퇴근을 서두르는 직장인들의 발걸음이 바쁘게 움직이고 있었다. 눈치를 살피며 나란히 걷고 있던 채연이 슬그머니 그의 팔을 잡았다. 그가 별다른 반응을 보이지 않자 그녀는 더욱 밀착하여 걸음을 옮겼다. 신호등을 기다리던 사람들을 지나치면서 그가 불쑥 물었다.

"내 숙소에 가서 차 한 잔 타줄 수 있어? 채연이가 타주는 커피를 마시고 싶은데."

"대표님 숙소요?"

"왜, 어려운 부탁인가?"

"아뇨. 저는 좋아요. 대표님만 좋으시다면."

자잘한 미소를 흘린 연우가 앞장서서 걸어갔다.

그는 샤인 건물 입구로 들어가서 주위를 살폈다. 야간 경비를 준비하는 경비원이 그를 보고 넙죽 인사를 하고 지나쳤다.

채연은 그의 숙소에 초대 받았기에 마음이 들떴다. 승강기를 이용해 그의 숙소 복도에 내린 그녀는 묘한 기분이 들었다.

대리석으로 꾸며진 복도 벽은 단아하면서도 환상적인 인테리어로 되어 있었다. 그를 뒤따라 들어간 그녀는 왠지 자신이 초라해 보였다. 넓은 공간에 배열된 가구들과 구조는 그녀가 느끼지 못한 분위기를 연출하고 있었다. 넋을 놓고 있는 그녀에게 연우가 주방 쪽을 가리켰다.

"커피 솜씨 좀 볼까."

"입맛에 맞을는지 모르겠어요."

"채연이 손맛이니 맛있겠지."

그의 칭찬에 그녀는 구름 위를 걷는 것만 같았다. 술기운 탓인지 그녀는 얼굴이 화끈거렸다. 니트웨어를 벗은 그녀는 주방으로 들어가 싱크대 앞에 섰다. 그녀가 커피를 타는 동안 그는 방으로 들어가 간편한 실내복으로 갈아입고 나왔다. 그녀가 커피 잔을 들고 거실로 나오니 거대한 스크린처럼 벽에 부착된 텔레비전이 켜져 있었다.

"제 습성대로 커피를 탔는데 괜찮은지 모르겠어요."

"난, 잡식 동물이지만, 특히 아름다운 여자가 타주는 커피가 맛있던데."

소파에 앉아 있던 그의 그윽한 눈빛이 그녀를 향했다. 그녀는 우스갯소리를 하는 그의 옆에 가서 앉으며 배시시 미소를 지었다.

TV에서는 여자 연예인들이 나오는 오락프로그램이 진행 중이었다. 여자 연예인들이 즉석 댄스를 추며 게임을 하는 장면이었다. 볼륨감 넘치는 둔부를 흔드는 모습에 그녀가 그의 눈치를 살폈다.

"대표님은, 어떤 여자를 좋아하세요?"

"그때 감정에 따라 달라. 지금은 채연이가 좋은데."

"정말예요?"

"그럼, 사실 오디션에서 채연이를 눈여겨 보았었지. 그때 기억이 나서 연락했던 거야."

"고마워요, 대표님."

그녀는 모든 여자들의 시선을 받고 있는 그의 옆에 있다는 것만으로도 황홀한 기분이 들었다. 더욱이나 그의 집에서 관심을 받고 있으니 어느 여자 부럽지 않았다. 그녀는 문득 지나가 떠올랐다. 지나의 사랑을 빼앗고 싶은 충동이 일어났다. 그녀는 슬그머니 그의 어깨에 머리를 기댔다.

그녀는 TV 화면을 응시하는 그를 빤히 올려다봤다. 별다른 반응을 보이지 않던 그가 소파등받이에 비스듬히 기대더니 그녀의 어깨 위로 팔을 뻗었다. 비로소 안도감에 젖는 그녀의 얼굴에 홍조가 떠올랐다. 어깨를 당기는 그의 눈빛과 시선이 마주쳤다. 그녀의 눈앞에 다가와 있는 그의 입술이었다.

TV에서는 여자 연예인들의 웃음소리가 흘러나오고 있었다. 그녀는 그의 짧았던 키스를 떠올렸다. 짧은 순간이었지만 아직도 여운이 남는 스킨십이었다. 들이마신 숨을 멈춘 그녀는 눈을 사르르 감았다. 입술과 입술이 포개졌다.

순간의 그녀의 감정. 그것은 그를 자신의 남자로 이끌었다는 자만심이고 그녀의 미래를 보장받을 수 있는 행운의 기회였다.

천금 같은 기회를 놓치고 싶지 않은 그녀는 그의 목에 팔을 감고 매달렸다. 그녀가 살짝 벌린 입술 사이로 그의 혀가 밀고 들어왔다. 입속의 돌기들을 예민하게 만드는 짜릿함. 그녀는 모든 것을 그에게 받쳐도 하나도 아깝지 않았다. 지금까지 겪었던 남자와 다른 황홀함. 그가 빨아 당겼는지 그녀가 밀어 넣었는지 그의 입속에 그녀의 혀가 빨려 들어갔다.

그는 농도 깊은 키스를 하면서 그녀의 표정을 살폈다. 상기된 얼굴빛으로 그녀는 지그시 눈을 감고 그의 혀를 받아들이고 있었다. 그는 그녀의 블라우스 속으로 손을 밀어 넣었다. 브래지어 속으로 들어간 그의 손아귀에 풍만한 젖가슴이 가득 들어왔다. 그녀의 어깨가 흠칫거렸다. 그녀는 거부하기는커녕 그의 가슴을 파고들었다.

그는 의미심장한 눈빛으로 그녀를 바라보며 젖가슴을 애무했다.

그녀의 풀어 헤쳐진 블라우스 속의 브래지어가 점점 밀려 내려갔다.

그녀를 소파 위에 밀어서 눕힌 그의 손끝에서 스커트 호크가 풀어졌다. 그의 입에서 흘러나온 열기가 그녀의 귀와 목덜미를 뜨겁게 달구었다. 그리고 그의 손끝이 스커트를 밀어내리고 팬티 속을 더듬었다. 그녀의 둔부가 꿈틀거렸다. 그녀는 가수의 꿈을 키울 수 있다는 희망보다는 뜨거운 열기에 휘말렸다. 두 남자를 거친 그녀의 육체가 반란을 일으킨 것이다.

"대표님?"

"지금 널, 갖고 싶은데, 괜찮아?"

깊고 그윽한 그의 눈빛이다. 그녀는 대답 대신 보일 듯 말 듯 고개를 끄덕였다. 그가 다시 그녀의 허벅지 사이를 더듬으며 키스를 했다. 그녀가 벌린 허벅지를 사이로 그의 하복부가 잇닿아 있었다.

"지금, 이 순간을 후회해?"

"저, 잠깐만요."

대답 대신 고개를 좌우로 흔든 그녀는 몽롱한 눈빛으로 속삭였다. 깊은 눈빛으로 내려다보던 그가 그녀의 몸 위에서 상체를 일으켰다.

상기된 눈빛으로 그녀도 일어났다. 풀어헤쳐진 스커트가 주르륵 미끄러져 바닥에 떨어졌다. 그리고 블라우스가 풀어 헤쳐진 그녀의 앞가슴이 드러나 보였다. 블라우스 옷깃을 움켜쥔 그녀는 욕실로 뛰어 들어갔다.

볼륨감 넘치는 그녀의 뒷모습을 바라본 그는 침착하게 침실로 들어갔다.

그리고 휴대폰을 꺼내 들었다. 조지나의 전화번호를 누르고 창문으로 다가섰다. 연결 음악소리에 이어 지나의 목소리가 들렸다. 울었는지 가라앉았지만 기다렸다는 듯이 반기는 목소리였다.

"네, 오빠."

"지금 나한테 올 수 있지?"

"술, 드셨어요?"

"올 수 있냐고?"

"바로 갈게요."

통화를 끝내는 그는 무척 굳어 있었다.

휴대폰을 내려놓은 그는 안절부절 못하며 방안을 서성거렸다. 그러나 그는 이내 침착한 표정으로 침대 위에 걸터앉았다. 그의 머릿속에는 지나가 도착할 시간을 가늠하는 생각으로 가득했다.

방문 앞에 큰 수건을 몸에 두른 채연의 그림자가 길게 드리워졌다. 그는 이내 얼굴에 웃음을 짓고 그녀를 향해 팔을 벌렸다.

채연은 조심스러운 발걸음으로 연우에게 다가섰다. 그는 벌린 팔 안으로 다가서는 그녀를 끌어안았다. 그녀의 몸을 감쌌던 수건이 바닥에 미끄러져 내렸다. 샤워를 했는지 그녀의 발가벗은 알몸에서 향기가 흘러 나왔다. 그는 그녀를 침대 위에 눕히고 상체를 실었다. 젖가슴을 두 손으로 가리고 고개를 외면한 그녀는 눈을 감고 있었다.

그는 그녀의 턱을 바로 세우고 입술을 찾았다. 입술과 입술이 마주하고 그녀의 팔이 그의 목을 감쌌다. 이미 스킨십으로 달아올랐던 그녀의 육체가 뜨거워졌다. 혀와 혀가 엉키고 그들은 서로의 타액을 들이마셨다. 그는 생각보다 그녀가 경험이 많고 예민하다는 것을 느꼈다.

그녀의 목덜미와 젖가슴이 타액으로 적셔졌다. 그녀는 그의 입속으로 젖꼭지가 빨려 들어가는 순간 온몸에 돌기가 돋아나는 것 같았다.

두 남자의 죽음 이후 그녀의 몸속에 꺼져가던 그녀의 성욕이 활활 타오른 것이다. 그러나 그는 서두르지 않았다. 그들의 발가벗은 육체가 침대 등불 아래서 꿈틀거렸다.

벽시계를 올려다본 그는 젖가슴을 움켜쥐고 그녀의 허리와 배꼽 근처를 혀로 핥았다. 점점 밑으로 내려간 그의 혀끝이 그녀의 허벅지 사이까지 내려갔다. 그녀의 허벅지 사이에 머리를 묻은 그의 혀끝에서 돌기를 일으켰다. 허리를 파르르 떠는 그녀가 그의 머리를 붙잡았다.

"읍, 난 몰라."

침실 안은 벽시계의 초침소리와 습한 열기로 가득했다. 그녀가 안타까운 표정으로 둔부를 들어 올렸다. 붉은 침대 등불 아래 그녀의 허벅지 사이가 흐릿하게 드러났다. 그녀의 몸속에서 흘러나온 체액으로 적셔진 여성이 윤기를 발했다.

그는 다시 벽시계를 올려다보며 습지로 변한 그녀의 여성을 쓰다듬었다. 그의 하복부에는 우람하게 발기한 남성이 용솟음치고 있었다. 지나를 기다리는 그의 육체는 먹잇감을 바라보는 짐승처럼 뜨거워져 있었다.

어렴풋이 현관문 열리는 소리와 함께 발자국소리가 들렸다. 연우는 채연의 허벅지를 벌리고 남성을 움켜쥐었다. 그리고 습하게 변한 여성 속으로 밀어 넣었다.

"읍! 자기야."

화들짝 놀란 채연이 연우의 허리를 움켜쥐었다. 몸속으로 미끄덩하고 밀려 들어가는 순간, 그는 깊게 숨을 들이마셨다. 정작 그녀는 다른 남자보다 우람한 남성에 충격을 받은 상태였다. 상체를 들어 올린 그녀는 바르르 떨었다.

연우를 올려다보는 채연의 눈동자가 크게 떠졌다. 침실 문 앞에 길게 드리워진 그림자가 있었다. 당황하는 채연과 다르게 연우가 몸속을 채웠던 것을 뺐다가 다시 깊숙이 밀어 넣었다. 쾌감을 감당하기 힘든 채연은 입술을 지그시 깨물며 그의 등 뒤에 드러난 그림자를 뚫어지게 쳐다봤다.

"아니, 어떻게 네가?"

당황한 채연은 소리 없는 혼잣말을 뱉어냈다. 그 그림자는 분명히 고향친구 지나였다. 전혀 예기치 않은 지나의 출현이었다. 어둠 속에서 뚫어지게 바라보고 있는 지나의 눈빛이었다. 잠시 당황했던 채연은 도리어 지나의 눈빛을 피하지 않았다. 지나의 남자를 차지했다는 희열로 가득했다. 우정 때문에 자신의 욕망을 버리고 싶지 않았다.

"아, 대, 대표님. 읍!"

비웃듯이 지나를 노려보는 채연의 입술에서는 더욱 선정적인 신음이 흘렀다. 연우는 지나가 바라보는 상대가 누구인지 감지하고 있었다.

연우는 지나에게 보여주려고 의도적으로 만든 상황이었다. 그는 전혀 지나를 의식하지 못한 것처럼 채연의 허리를 들어 올리며 몸속으로 진퇴시켰다. 육감적인 나신을 비트는 채연의 입에서 흐느낌이 터져 나왔다.

충격에 휘말린 지나는 다리에 힘이 풀려 쓰러질 것만 같았다. 야릇한 눈빛으로 쳐다보는 채연의 시선이 심장을 찌르는 것만 같아 고통스러웠다. 발가벗고 엉킨 그들을 도저히 바라보고 있을 수가 없어 나가려고 해도 꼼짝할 수가 없었다. 지나의 두 눈에서 굵은 눈물방울이 주르륵 흘러내렸다.

울음이 터져 나올 것만 같은 지나는 간신히 벽을 의지하고 걸음을 옮겼다. 어떻게 연우의 숙소를 빠져 나왔는지 모르게 지나는 밤이 이슥한 도로를 걷고 있었다.

지나는 문이 닫힌 가게 앞에 주저앉아 울음을 터트렸다. 한동안 흐느껴 울던 지나는 어둠 속을 응시했다. 도저히 믿기지 않았다. 지금까지의 연우를 되돌려서 떠올렸다. 그가 그녀를 가슴에 피어나는 꽃이라고 했다. 그리고 죽을 때까지 곁에 있고 싶은 여자라고 했었다. 고향으로 돌아가 아담한 집을 짓고 오붓하게 사는 것이 행복이라고 했었다. 권한열 회장과 가족들 앞에서 결혼한다고도 했던 그의 사랑을 한 번도 그녀는 의심치 않았다.

갑자기 변한 연우의 모습을 지나는 인정할 수가 없었다. 무엇이 그를 변하게 했는지 전혀 알 수가 없었다. 그녀의 과거까지도 사랑했던 남자였다. 그녀는 고개를 설레설레 흔들었다. 결코 그의 진심이 아니라고 생각했다. 더욱이 나 상대가 고향친구인 채연이라는 사실이 오히려 지나를 위로했다. 성공하고 싶은 채연의 유혹에 휘말린 것인지도 모른다는 생각을 했다.

아무리 사랑이 깊은 남자라도 여자의 유혹에는 약하기 마련이다. 지나는 시간이 필요하다고 생각했다. 시간이 지나면 연우가 변명을 할 것이고 그녀 는 당연히 그를 이해할 각오가 되어 있었다.

남자나 여자나 과거와 실수는 있기 마련이다. 그가 그랬듯이 그 흔적마저 감싸게 되면 더욱 사랑의 의미는 깊어질 것이다.

11월 초는 깊어가는 가을만큼 가로수는 낙엽을 떨어트리고 앙상한 가지를 드러내고 있었다. 지나는 대한필름에서 제작하려는 오디션에 참여하여 여주 인공에 캐스팅되었다. 그러나 조금도 기쁘지 않았다. 그날 이후로 연우의 모 습을 볼 수가 없었고, 홍 부장이 그녀를 전담하고 있었다.

같이 기뻐해 줄 사람이 없는 지나는 허전하기만 했다. 잠을 이룰 수도 없었 다. 가까스로 눈을 붙였다가도 바람소리에 눈을 번쩍 떴다. 연우의 발자국소 리가 들리는 것만 같아서였다.

전화도 불통이고 전원이 끊어져 있다는 멘트만 들렸다. 회사에서는 장기간 휴가를 갔다고 하는 그가 어디에 있는지 도통 짐작이 가지 않았다.

스마트폰을 들고 한숨을 내쉬던 지나는 고개를 갸웃거렸다. 항상 고향에 내려가서 조용히 살고 싶다던 연우의 그늘진 표정이 떠올랐다.

창밖을 내다보던 지나는 거실을 서성거리며 생각에 잠겼다. 그리고 부리나 케 가방을 챙긴 그녀는 트렌치코트를 걸치고 칼라깃을 세웠다. 그녀는 빠른 걸음으로 현관문을 열고 나섰다.

셋

강릉의 산들이 가을 색으로 물들고 하늘은 바다와 함께 더욱 맑고 푸르렀다. 바닷가에 곡예하듯이 솟아 있는 암벽 밑의 갯바위 위에 두 남자가 낚싯대를 드리우고 있었다. 가을 햇살을 받아 반짝이는 바다가 깊은 상처마저 감싸듯이 펼쳐져 있었다. 때로는 불어오는 바람에 밀려온 파도가 갯바위에 부딪쳐 하얀 거품을 일구어냈다.

갯바위에 나란히 앉은 두 낚시꾼의 시선은 먼 수평선을 향해 있었다. 머리가 희끗희끗한 노인의 옆에 있는 남자는 등산모를 깊이 눌러쓰고 있어 나이를 짐작할 수 없었다. 침묵을 지키던 노인이 낚싯대를 급히 채어 당겼다. 물살을 이루며 끌려온 낚싯줄 끝에 큼직한 감성돔이 잡혀 올라왔다. 펄떡거리는 고기를 움켜쥔 노인의 입가에 미소가 떠올랐다.

"허허, 제법 큼직한 놈이네."

등산모를 쓴 사내의 얼굴에 엷은 미소가 떠올랐다. 그는 믿을 수 없는 운명에서 탈출하려고 서울을 떠나온 연우였다. 그러나 그는 여전히 죽음보다도 깊은 고통에서 벗어날 수가 없었다.

가느다란 실타래 같은 연민의 정이 그를 붙잡고 있었다. 그는 낚시를 하는 것이 아니라 바닷바람에 아픈 상처를 드러내놓고 있었다.

"자, 한 잔 하지."

노인이 찌그러진 노란 알루미늄 그릇을 연우에게 내밀었다.

노인은 권한열 회장의 운전기사였던 민철만이었다. 그가 연우가 받아든 그릇에 막걸리를 가득 부었다. 연우는 막걸리를 바닥까지 마시고 그에게 그릇을 넘겨주었다.

그리고 그에게도 막걸리를 듬뿍 따라 주었다. 단숨에 술을 들이마신 민철만이 수염에 묻은 술을 손바닥으로 문질렀다.

"출출할 때는 막걸리가 최고지. 그래, 그 여자는 만나봤나?"

"누굴, 말씀이죠?"

"아! 그 왜, 한경숙인가?"

"아, 네."

"궁금한 건 알아냈나?"

연우는 대답 없이 쓴웃음을 지었다. 민철만은 다시 낚시 바늘에 미끼를 달고 바다로 던져 넣었다. 그리고 두 사람은 권한열 회장의 장황한 일대기를 그려내고 있었다.

넷

19 73년 5월, 한겨울 동안 백설로 덮여 있던 강원도의 산과 들은 점차 푸른 수목으로 바뀌고 있었다. 하지만 뿌연 하늘에는 먹구름이 짙게 끼어 있었다. 진달래의 꽃망울을 시샘하듯이 빗방울이 후드득 떨어지고 있었다. 여름이면 피서를 즐기는 사람들로 북적거릴 경포호의 주변과 바닷가에는 겨울잠에서 깨지 못하는 상점들과 여관들이 정적 속에 잠겨 있었다.

파도가 일렁이는 해안 도로변에는 점차 굵어진 빗줄기가 쏟아지고 있었다. 검은 승용차가 해안도로변의 오솔길로 접어들었다. 나무숲으로 둘러싸인 오솔길 끝에는 별장 한 채가 그림처럼 들어 있었다. 승용차 운전석 문이 열리고 검은 선글라스를 착용한 정장차림의 사내가 차 안에서 내려섰다.

30대 중반 나이의 젊은이는 권한건설의 사장 권한열이었다. 그는 일찍 건설업체와 대형잡화(슈퍼마켓) 가게를 운영하고 있으며, 시청 행정자문위원으로 강원도의 저명한 사회지도자이기도 했다.

승용차 조수석 문이 열렸다. 그 안에서 양장 차림의 20대 중반의 여인의 모습이 나타났다. 굴곡 있는 몸매에 체구가 늘씬한 여인은 주저하지 않고 익숙한 발걸음으로 별장 안으로 걸어 들어가고 있었다.

별장 안의 거실로 들어선 여인은 잠시 주춤거리다가 서슴없이 걸친 옷을 벗었다. 생동감 넘치는 여인의 나신이 드러났다. 뒤쫓아 별장 안으로 들어온 권한열이 그녀의 등 뒤에 다가와 껴안았다.

여인의 젖가슴이 그의 손아귀 속에 들어갔다. 남자의 손길을 거부감 없이 받아들이고 서 있던 그녀가 그의 가슴에서 벗어나 욕실로 다가갔다.

소파에 걸터앉은 권한열의 시선이 여인의 볼륨감 넘치는 둔부로 향했다. 여인은 한때 그의 회사에서 근무하던 '한경숙'이었다. 그녀와 은밀한 관계를 맺게 된 것은 대략 1년 전이었다.

대관령 출신인 산골에서 어렵게 대학을 졸업한 한경숙은 권한건설에 입사하였다. 그리고 권한열의 눈도장을 받은 그녀는 비서실에서 일하게 되었다. 가난에 시달리는 생활에 지쳤고, 항상 그림을 그리는 화가의 꿈을 버리지 못한 한경숙은 권한열의 유혹을 뿌리칠 수 없었다.

젊은 나이이면서도 학교와 복지시설을 지원하는 사회사업가로 사람들의 선망의 대상이던 권한열은 엄연히 아내가 있는 남자였다. 하지만 한경숙은 가난을 탈출하고 자신의 꿈을 이루기 위해 그의 경제적인 도움이 필요했다. 그러다 보니 육체와 마음은 차츰 그의 여자로 변모되어 갔다. 그리고 3개월쯤 지나서 권한열은 한경숙을 경쟁회사의 비서실에 취업하도록 하였다. 이유는 경쟁회사의 정보를 빼내기 위해 그녀를 이용한 것이다.

자선사업가의 가면을 쓴 그의 내면은 욕망으로 가득한 기업인일 뿐이었다. 숨겨져 있는 그의 야욕을 알게 된 그녀였지만 이미 때늦은 후회였다. 단지 그녀는 서로 이용하고 산다는 현실을 배웠을 뿐이었다.

욕실에서 수건으로 나신을 가리고 나온 한경숙은 말이 필요 없었다. 시간이 지나면서 여자의 성적인 욕망에도 익숙해져 갔다.

침대 위에서 누워 있는 그녀의 모습을 바라본 권한열은 걸치고 있던 팬티를 벗고 침대로 올라갔다. 그녀의 젖가슴과 하복부를 덮고 있는 수건을 벗겨냈다. 발가벗겨진 그녀의 알몸 위를 그의 손길이 더듬어 갔다.

발가벗은 남녀의 나신이 격랑의 몸부림을 하는 시간이 30여 분 지속되었다. 그리고 숨넘어가는 신음소리에 이어 남녀의 나신이 하나가 되어 멈춰섰다. 뜨거운 오르가슴으로 한경숙은 현기증을 느껴 눈을 감았다. 정적 속에 거칠어진 빗줄기가 창문을 두드리는 소리가 들려 왔다.

한경숙의 몸 위에 엎드려 있던 권한열이 부스스 일어났다. 뚫어지게 내려다보는 그의 눈빛을 의식한 그녀는 고개를 외면하였다. 습관처럼 그의 욕구를 받아들이는 여자가 되었지만 아직도 남자의 시선을 마주할 수 없었다. 더욱이나 성적인 희열에 익숙해지고부터는 성희에 젖었던 표정을 그에게 보이고 싶지 않았다. 그것은 자존심이었다.

모포를 끌어당겨 얼굴을 가린 한경숙은 실눈을 뜨고 욕실로 들어가는 권한열의 뒷모습을 바라보았다. 창문을 두드리는 빗방울소리 그리고 파도소리 속에 그녀의 뜨거웠던 심장이 식어가고 있었다.

욕실에서 그가 나왔다. 주섬주섬 옷을 걸쳐 입었다. 그때서야 한경숙은 눈을 뜨고 그를 보았다.

"가시려고요?"

"음."

"회사에는 출장이라고 하셨잖아요."

"오늘 고아원과 양로원 방문 약속이 있어. 병원에도 가 봐야 되고."

권한열은 시큰둥한 표정으로 침대 모서리에 걸터앉았다. 거기에 한경숙도 일어나 앉으며 눈을 동그랗게 떴다. 왜 병원에 가야 하는지의 이유가 궁금하기 때문이었다. 그가 슬그머니 그녀를 끌어 당겨 안았다. 그녀가 걸치고 있던 모포가 흘러내리고 뽀얀 피부의 어깨와 젖가슴이 드러났다. 잠시 주춤하던 그가 안주머니에서 봉투를 꺼내 침대 위에 내려놓았다.

"경숙이 앞으로 된 등기야."

"등기라니, 뭔데요?"

"경기도 광주대단지(성남시 판교)에 사무실을 건축하려던 토지 문서야."

권한열의 말은 사실이었다. 판교에 1천여 평이 넘는 황무지를 저가로 매입해서 가등기를 해 놓았던 등기권리증이었다. 사실 그곳은 교통이 좋지 않은데다 야산지대이고 그린벨트로 건축허가가 나지 않았다. 다시 처분하려고 해도 매수할 작자도 없었다. 가지고 있어봐야 종합과세만 늘어날 것 같아 그녀에 대한 보상으로 생각하고 권리등기를 넘겨주게 된 것이다.

한경숙은 시답지 않은 표정을 지었다. 권한열이 중요한 재산을 넘겨줄 리가 없다고 생각했다. 그러나 그의 성의를 무시할 수가 없었기에 그녀는 젖꼭지를 주무르는 그의 손을 담담히 받아들이고 있었다.

"어디 안 좋으세요. 병원은 왜요?"

"마누라가 병원에 입원했어."

한경숙은 권한열의 아내가 임신했다는 것을 알고 있었다. 자식을 갖고 싶었던 그의 소원이 이루어진 것이었다.

여자의 심리인지는 몰라도 한경숙은 씁쓸함에서 벗어날 수 없었다. 이따금 심장병에 시달리던 그는 아내와 이혼하겠다고 푸념하던 말을 가슴에 담아두고 있었다. 그리고 자신을 아내로 맞이하겠다는 말도 했었다.

한경숙은 권한열과 나이 차이도 많았다. 애정이 있는 것도 아니었다. 하지만 그의 재물과 사회적 지위가 가져오는 유혹에 휘말린 그녀는 은연중에 그의 아기를 갖고 싶었다. 그런데 권한열 사장이 오랫동안 기다렸던 아기를 그의 아내가 결국은 낳게 된 것이다.

그렇게 되자 한경숙은 꿈과 희망을 빼앗긴 허탈한 심정이었다.

"어느 병원인데요?"

"대한병원."

"거기? 이틀 전에, 천 사장 부인도 입원했어요."

"왜?"

"아기 낳는 날이 되어가나 봐요."

그 말에 권한열 사장은 미간을 찌푸렸다.

강릉을 기반으로 하는 강원도에서 그의 명성을 모르는 사람은 없었다. 중앙정부의 국토종합개발 사업과 관광단지개발 사업에 관여하여 대규모 관광호텔 건립에 착수하고 있었다. 그런데 그가 사업을 확장하는 데 걸림돌이 되는 경쟁회사가 있었다. 그가 항상 눈엣가시처럼 여기는 경쟁업체는 '주영건설'이었다. 그리하여 권한열 사장은 암암리에 인력을 동원하여 자신의 비서 한경숙을 주영건설의 비서실에 근무하게 만들었던 것이다.

그녀가 말하는 천 사장은 '주영건설'의 '천주영'이었다. 권한열과 천주영의 악연은 고등학교시절부터 시작되었다.

강릉에서 부유한 가정에서 태어난 권한열은 학교 친구들에게 부러움의 대상이었다. 하지만 정작 친구들은 천주영을 더 믿고 따랐다.

평창 산골에서 가난한 가정의 외아들로 태어난 천주영은 과묵한 성격이기는 하지만 카리스마 있는 외모로 믿음직하였다. 그리고 항상 힘들고 어려운 친구들을 돕는 일에 앞장섰다. 그러나 표면적으로는 권한열과 천주영은 서로의 집을 오가는 막역한 친구사이였다.

공교롭게 천주영 사장도 건설업체 외에 대형잡화가게(슈퍼마켓)를 운영하고 있었다. 작은 소매업을 시작하여 소규모 건축 사업으로 자수성가한 천주영 사장은 건실한 기업인으로 사람들에게 정평을 받고 있어서 권한열로서 경쟁의식을 느끼지 않을 수 없었다.

천주영과는 달리 권한열은 아버지의 유산을 물려받은 재력으로 사업 확충을 할 수 있었다. 일찍 결혼했던 천주영에게는 어린 딸이 있었다. 사업에서도 경쟁의식을 느끼고 있는 권한열은 천주영 사장이 또 자식을 갖게 되었다는 말에 언짢은 표정을 지었다.

권한열은 천주영이 딸과 같이 있는 정겨운 모습을 부러워했었다. 자연히 아기를 갖지 못했던 아내를 더욱 등한시하며 못마땅하게 여겨왔었다. 물론 교육자 집안의 아내와 정략결혼을 했기에 애정도 존재하지 않았다.

침대에서 일어난 비서 한경숙이 수건으로 젖가슴을 가리며 욕실로 들어갔다. 미간을 찌푸린 권한열은 탁자에 엉덩이를 걸쳤다.

그는 요즘 정부에서 실시하는 지방도로 건설사업 입찰에 참여중이다. 그런데 입찰에 같이 참여한 천주영의 소식에 신경을 곤두세울 수밖에 없었다. 담배를 피워 물었던 그는 샤워를 마치고 욕실에서 나오는 한경숙을 지그시 바라보았다.

"주영의 입찰 내정가격을 알아봤어?"

"이틀 후에 결정될 거예요. 그런데 며칠 전에 시청 산업과 과장이 다녀가던데요."

"음, 그럴 수 있겠지. 내정가격 나오면 바로 연락해."

권한열은 태연한 표정으로 고개를 끄덕이지만, 시청 과장이 무슨 일로 천주영을 만났는지 조바심이 났다.

힐끔 처다본 한경숙은 날카로운 그의 눈빛에 섬뜩함을 느꼈다. 자선사업가로 존경받고 있었지만 그녀만이 느낄 수 있는 잔혹함이 스며있었다. 평상시 인사하고 부드리워 보이지만 그는 이중인격의 본색을 드러내 보였다.

별장 밖은 더욱 거세진 빗줄기가 쏟아지고 있었다. 숲속의 나무들이 비바람에 흔들렸다. 그리고 파도소리와 함께 소금기가 가득한 바람이 불어오고 있었다. 별장을 나온 그들은 부리나케 승용차에 올라탔다. 더욱 굵어지는 빗줄기와 함께 번개에 천둥치는 소리마저 들려왔다.

승용차 앞 유리창 와이퍼가 움직이고 빗방울이 튀었다. 흐릿한 시야 속에 번갯불이 번쩍였다. 그리고 나무숲 사이에서 또 다른 불빛이 번쩍였다.

별장에서 나오는 권한열과 한경숙을 살피는 그림자가 있었다. 그들은 모르고 있었지만 나무 뒤에 검은 우비를 뒤집어 쓴 그림자의 손에 들린 카메라 셔터가 빠르게 눌러졌다. 여러 번의 셔터를 누르는 소리와 함께 플래시의 불빛이 번개 속으로 스며들었다.

굵었던 빗줄기가 걷히며 먹구름이 짙었던 하늘이 맑게 개이고 있었다.

강릉시내에서 제일 규모가 큰 고아원은 '시온의 집'이었다. 시온의 집 건물 입구에는 사람들이 모여 있었다. 고아원을 방문하는 손님을 맞이하기 위해 기다리는 시청 직원들과 고아원 종사자들이었다.

고아원 입구에서 주름살이 깊게 패인 중년 남자와 단정한 옷차림의 여인이 걸어 나왔다. 그들은 강릉시청의 부시장과 '시온의 집' 원장이었다. 대기하고 있는 직원들 앞으로 걸어 나온 부시장이 하늘을 올려다보았다. 손바닥을 펼쳐 보인 그가 혼잣말을 흘렸다.

"맑아졌네. 요즘 날씨, 도통 알 수가 없어."

"날씨도 권 위원님 방문을 알아보는 모양입니다."

뒤에 있던 젊은 시청 직원이 부시장의 말을 받아 너스레를 떨었다. 직원의 말은 상사에게 잘 보이려는 아첨이었다. 사람들의 시선을 받은 직원은 겸연 쩍은 표정을 지었다. 그들 앞에는 원생들을 대표한 어린 원생들도 있었다. 부시장과 시청 직원이 하는 말을 듣고 원생 보모끼리 귓속말을 주고받았다.

"누구를 기다리는데 시청에서도 나왔어요?"

"김 선생은 얼마 안 돼서 모를 거야. 우리뿐만 아니라, 강릉 발전을 위해 사재까지 털어 지원하시는 위원님이셔."

"뭐하는 분인데?"

"차츰 알게 될 거야. 젊은 나이지만 국회의원으로 추대 받는 분이야."

대기하고 있던 사람들의 시선이 입구를 향했다. 입구로 미끄러져 들어온 검은색 승용차가 멈추어 섰다. 부리나케 내려선 운전기사가 승용차 뒷좌석 문을 열었다. 승용차에서 내려선 사람은 말끔한 점퍼차림에 넥타이를 걸친 권한열이었다. 반가운 표정을 짓고 있는 부시장이 그에게 다가갔다.

"어서 오십시오. 찾아 주셔서 고맙습니다."

"아니, 부시장님께서 어떻게 아시고."

"권 위원님이 오신다기에."

"이런, 잠깐 들른 것인데."

"항상 우리 시에 복지 지원을 해 주셔서 감사할 뿐입니다."

"모두가 잘 사는 사회를 만들어야 강릉시가 발전하지요."

대기하고 있던 직원들과 고아들이 권한열에게 깍듯이 고개를 숙여 인사를 했다. 악수를 나누는 권한열과 부시장 앞으로 여자 고아원장이 나서며 정중하게 고개를 숙이며 미소를 지었다.

"매번 도와주셔서 정말 감사합니다."

"내게 감사할 필요는 없어요. 누구나 해야 할 일인데."

권한열은 인자한 표정으로 원생들에게 다가갔다. 미리 교육을 받은 고아들이 이구동성으로 '고맙습니다!' 라고 외쳤다. 이어 권한열은 일일이 고아들의 어깨를 다독이기도 하고 머리를 쓰다듬어 주었다.

그는 다른 원생들과 달리 어린 소녀 앞에 무릎을 구부리고 앉았다. 소녀의 양손을 잡은 그가 환한 표정을 지었다.

"은영이가 더욱 예뻐졌구나."

"안녕하세요."

긴 머리를 두 갈래로 따서 가지런히 묶은 소녀가 생글거리는 미소를 지었다. 갓 태어나 부모에게 버림받았지만 어엿하게 중학생으로 성장한 은영이었다.

권한열이 관심을 갖고 오랫동안 지원해 왔던 소녀였다. 유난히 크고 까만 눈망울을 가진 소녀는 나이에 비해 키가 작지만 다른 고아원생들에 비해 성숙해 보였다.

동그랗고 풋풋한 얼굴에 귀염성이 가득한 은영은 고아원 내에서도 원장과 보모들의 특별한 사랑을 받고 있었다. 권한열도 깊은 관심으로 돌보고 있는 소녀였다. 그가 소녀를 끌어당겨 어깨를 안아 주었다. 바라보고 있는 고아원 원장이 흡족한 미소를 띠었다.

"권 위원님이 특별히 보살펴 주시니 공부도 잘 하고 동생들도 잘 보살핀답니다."

"그래, 건강하고 공부도 열심히 해라."

원장의 안내를 받은 권한열과 부시장이 건물입구로 향한 층계로 올라섰다. 입구로 들어서는 권한열이 뒤를 돌아보았다. 소녀를 바라보는 권한열의 눈빛이 자잘하게 흔들렸다. 건물 안으로 들어서자 제각기 뛰어놀고 있던 고아원생들이 주변으로 몰려들었다. 주위로 몰려드는 어린 원생들에게 일일이 관심을 표시하였다. 그리고 원생들의 방을 빼놓지 않고 들어가 격려를 했다.

어린 원생들이 있는 방이었다. 그는 침대 위에 누워있는 어린 남자 아기를 번쩍 들어서 안았다.

"이름이 '만태' 였지? 많이 컸네."

"모두, 권 위원님 덕분입니다."

옆에 서서 바라보던 고아원장이 무척 흡족한 미소를 지었다. 그때 아기를 안고 있던 권한열의 점퍼에 물이 주르륵 흘렀다. 아기가 오줌을 싼 것이었다. 당황한 고아원장이 권한열의 품에 안겼던 아기를 받아 안았다.

"이런, 어쩌지요. 죄송합니다."

"괜찮아요. 나도 어린 시절에 유난히 오줌을 자주 싸서 어머니를 힘들게 했거든요."

권한열의 유머가 깃들인 자상한 모습에 일동은 웃음을 터트렸다.

방마다 돌아다니며 고아들을 살피는 그의 모습은 인자하고 다정해 보여서 사람들을 감동시켰다. 그의 일거수일투족을 유심히 바라보는 여직원들이 눈빛을 반짝거리며 속삭였다.

"생각보다 젊은 나이인데, 정말 대단하네."

"재력도 대단하지만, 잘 생겼어. 부인이 누구인지 부럽네."

"얘는? 올라가지 못할 나무, 생각지도 마라."

여직원들의 귓속말을 들었는지 권한열의 얼굴에 흐뭇한 미소가 번졌다.

사람들은 방마다 들어가 고아들을 살핀 권한열을 따라다녔다. 원장실로 안내된 그는 습관처럼 지원금이 들어있는 봉투를 내놓았다. 그리고 그는 당연하다는 표정으로 고아원을 나섰다. 부시장의 식사 권유도 사양한 그는 승용차에 올라탔다. 검은 승용차는 또 다른 고아원과 양로원을 차례대로 방문하였다. 복지 시설들을 돌아본 그는 늦은 시간에 대한병원에 도착했다.

임신한 그의 아내가 입원하고 있는 산부인과 병동으로 들어갔다. 침상에 누워있던 아내는 얼굴을 찡그리며 일어나 앉았다. 심장병을 앓고 있던 와중에 산통에 시달리는 아내의 얼굴은 병색이 완연하였다. 권한열은 아내를 보고도 별다른 내색을 하지 않았다. 평소에도 대화가 없었던 그들 사이에는 침묵이 흘렀다. 아내의 담당 간호사가 그에게 상냥한 미소를 지었다.

"사모님이 힘들어 하기에 무통주사를 놓아 드렸습니다. 담당의사 선생님이 내일 분만하실 것이라고 했습니다."

"아, 그래요. 수고했어요."

고개를 끄덕이는 권한열의 눈치를 살피는 간호사는 공연히 허둥거렸다. 여인들이 바라는 결혼대상 이상형인 그였다. 젊은 나이에 사업가로 성공한 그는 병든 아내를 극진히 보살피는 남편이라고 소문이 자자했다. 아내의 침상을 정리하던 간호사가 존경의 눈초리로 그의 옆모습을 힐끔거리며 훔쳐보았다.

병실 문이 스르르 열리고 병실을 순회하는 간호사가 들어왔다. 뒤를 돌아보던 간호사가 탁자 위에 놓인 물주전자를 건드리는 바람에 병상 위로 물주전자가 떨어졌다. 바라보고 있던 권한열이 반사적으로 침상 밑으로 떨어지려는 물주전자를 붙잡았다. 당황한 담당 간호사가 얼굴을 붉혔다.

"어머! 죄송해요."

"음, 괜찮아요. 누구나 실수하기 마련이니까."

병실로 들어선 순회 간호사가 놀라서 눈을 크게 뜨고 바라봤다. 그러나 도리어 권한열은 간호사에게 자상한 눈빛을 보내고 있었다. 담당 간호사는 서둘러 그의 아내가 덮고 있는 모포를 새 것으로 교체하였다.

물에 젖은 모포를 집어든 담당 간호사의 당황하는 표정이다. 하지만 그는 온화한 표정으로 주머니에서 수표 한 장을 꺼내 내밀었다.

"밤낮으로 고생이 많지요. 아내를 보살펴 줘서 고마워서 식사라도 같이 했으면 좋은데 시간이 없어서."

"아니, 저희 이런 사례 받을 수 없어요."

"사례가 아니고 환자의 건강을 위해 노력하는 의료진의 노고와 특히 아내를 보살펴 준 보답이니 거절하지 말아줘요."

눈동자를 크게 뜨고 바라보는 담당 간호사가 주춤거렸다. 권한열이 간호사의 가운 주머니에 슬며시 수표를 집어넣어 주었다.

그의 눈빛은 자상하면서도 거부할 수 없는 존재감이 서려 있었다. 마지못해 고개를 숙여 보인 간호사가 벗겨낸 모포를 들고 병실을 나갔다. 병실을 들어서려던 순회 간호사가 나지막하게 말했다.

"조심하지 그랬어."

"네가 들어오는 걸 보다가 그랬잖아."

"역시 권 사장은 멋있는 남자야."

"얘는? 약혼까지 했으면서."

"사모님은 좋겠다."

간호사가 나가고 그의 아내는 벽을 향해 등을 지고 돌아누웠다. 아내의 뒷모습을 바라보던 권한열은 유리창문 밖을 향해 돌아섰다. 긴급 사이렌소리를 울리며 다가온 구급차가 응급실 앞에 멈추어 서는 급박한 상황을 내려다보고 있었다. 한동안 창밖을 내다보던 그가 아내의 등을 향해 다가섰다. 그리고 아내의 어깨에 손을 얹었다.

"건강도 안 좋은데, 고생스럽지. 당신, 인내심이 많으니 견뎌내리라고 믿어."

벽을 향해 돌아누워 있는 아내는 묵묵부답이었다. 아니 그녀는 남편을 향한 자존심에 지지 않으려고 이를 악물고 통증을 참고 있었다.

헛기침을 한 그는 천천히 돌아서서 병실 문을 열고 나섰다. 그는 환자들의 일그러진 표정과 약냄새가 진동하는 병원에서 탈출하고 싶었다. 병원 앞에는 운전기사가 승용차를 대기시키고 있었다. 그는 운전기사가 문을 열고 기다리는 승용차 뒷좌석에 올라탔다. 승용차가 출발하자 그는 팔짱을 끼고 눈을 감았다.

피곤한 하루였다. 그는 혼자가 되는 시간이 외로웠다. 사람들의 박수갈채를 받는 그의 내면은 항상 외로움에 젖어 있었다. 병든 아내의 얼굴이 떠올랐다. 아내를 사랑할 수 없기에 그의 내면은 결코 행복하지 않았다.

사회지도자로 추앙 받는 겉모습과 달리 그는 항상 스트레스에 시달렸다. 아내에 대한 불만과 미래에 대한 불안감에 쌓여 있었다. 자신의 욕구불만을 해소하려는 그의 여자관계는 의외로 단순하지 않았다.

한경숙과의 만남도 마찬가지였다. 물론 경쟁기업의 정보를 알기 위해 이용하는 것이지만 고독함을 불태우는 수단이기도 했다. 자신의 욕망과 행복을 추구하기 위해서는 무엇보다 경제적인 부를 축적해야 한다고 생각했다.

화폐는 삶의 수단이기도 하지만 목표이기도 하다. 권한열은 자신의 꿈을 실현하기 위해서는 무엇보다도 재력이 필요하다고 생각했다. 그는 국민소득이 높아지면 관광사업이 발전할 것이라고 미래를 예견했다.

그는 강원도의 명물이 될 호텔을 건립하려고 추진 중이다. 그러기 위해서는 어떻게든지 시청 도로건설 입찰을 낙찰시켜야 한다.

그런데 경쟁 업체 천주영의 주영건설이 문제였다. 주영건설을 떠올릴수록 권한열은 불안한 생각이 들었다. 시청 과장이 천주영을 만나서 무슨 대화를 했고 어떤 거래가 있었는지 전혀 알 수가 없어 궁금하기만 했다. 믿고 있던 한경숙에게서도 확인할 수 없는 상황이었다. 물론 강직한 성격의 천주영이 시청 과장과 뒷거래를 했을 것이라고는 생각하지 않았다.

입맛을 다신 권한열은 좌석 등받이에 고개를 젖혔다. 운전을 하던 기사가 백미러를 통해 권한열 사장을 힐끔 쳐다보며 눈치를 살폈다.

민철만, 그는 권한열의 운전기사이며 모든 궂은일을 담당하는 충복이었다. 뒷골목 건달출신인 민철만이 경찰에 구속된 것을 권한열 사장이 여러 번 구제해 주었다. 그리고 그의 노모와 가족을 보살펴 주었기에 권한열 사장의 말이라면 죽는 시늉까지 해야 했다. 자동차 뒷거울에 드러난 민철만 기사를 빤히 쳐다보던 권한열이 입을 열었다.

"요즘 어머니 건강은 괜찮은가?"

"네, 사장님께서 도와주시는 덕분에 시장에도 걸어다니십니다."

"결혼생활은 행복하고?"

"네, 제 아내도 권 사장님 은혜를 잊지 않고 있습니다."

권한열이 자신의 잡화가게(마트)에서 근무하는 여직원과 민철만의 결혼까지 주선해 주었다. 그러니 민철만은 자신의 인생을 새롭게 만들어준 권한열을 하늘같이 떠받들 수밖에 없었다.

권한열의 수족이 되어 그림자처럼 따르는 민철만은 권한열의 표정만으로도 느낌을 알 수 있는 정도였다. 백미러를 들여다보던 민철만은 권한열이 무엇인가를 고민하고 있다는 것을 알아차렸다.

다섯

결재 바인더를 들고 있는 여직원이 권한건설 빌딩의 3층 복도로 빠른 걸음을 한다. 그녀는 비서실에서 근무하는 여비서 구성미였다.

사장실 푯말이 붙은 문 앞에 다가간 그녀는 옷차림을 다시 살피고 노크를 했다. 안에서 굵직한 남자 목소리를 듣고 그녀가 문을 열고 들어갔다. 전등불도 켜지 않은 실내의 창가에 권한열이 등을 돌리고 앉아 있었다.

어두운 공간에서 사색하는 권한열의 모습에 익숙했던 구성미지만 항상 긴장을 하지 않을 수 없었다.

여비서의 하이힐 소리를 듣고 회전의자에 앉아있던 권한열은 돌아앉았다. 그리고 뚫어지게 바라보는 권한열을 향해 구성미가 조심스러운 발걸음으로 다가갔다.

빤히 쳐다보는 권한열의 눈빛을 피한 구성미가 결재 바인더를 책상 위에 펼쳐 놓았다. 그리고 다소곳이 손을 모으고 서 있었다. 그녀에게 시선을 향해 있던 권한열은 말없이 결재서류를 들여다보고 결재를 했다. 결재를 끝내고 회전의자에 비스듬하게 기대어 편한 자세로 앉으며 그녀에게 물었다.

"미스 구가 입사한 지도 오래 됐지?"

"네."

"그래, 힘들지 않나?"

"아뇨, 사장님 덕분에 익숙해졌습니다."

"다행이군. 그래 사회는 미스 구처럼 본인의 일을 열심히 하는 사람이 필요해."

자상한 눈빛을 지은 권한열이 고개를 끄덕였다.

구성미는 입사 시절부터 권한열이 특별하게 대해 준다는 것을 알고 있었다. 사회 지도자로 존경받고 있는 사장으로부터 관심을 받는다는 것은 직장 생활을 하는 직원으로서 영광이고 기쁨이었다.

결재서류를 집어든 구성미가 나가지 않고 주춤거렸다.

"저어."

"뭐, 할 얘기가 있나?"

"강민일보 박재필 기자가 사장님을 뵙겠다고, 밖에서 기다리고 있습니다."

"강민일보?"

"네, 예약이 없었기에, 사장님 일정이 바쁘다고 했지만, 꼭 만나 뵐 일이 있다고."

강민일보는 강원도의 지방신문이었다. 권한열은 기업인들의 만남 장소와 회사 홍보를 위해 박재필 기자를 만났던 기억을 떠올렸다. 언론을 이용하여 최대한 자신의 이미지를 부각시키고 있었다. 양손으로 머리를 쓸어 올리며 생각하던 그가 들여보내라고 손짓을 했다. 구성미가 나가고 잠시 후 문이 열렸다. 그리고 국방색 점퍼를 걸친 나이 30대로 보이는 박재필이 들어섰다.

박재필 기자가 소파에 앉은 권한열에게 꾸벅 고개를 숙여 인사를 했다. 밝은 미소를 지은 권한열이 양손을 벌리며 소파에서 일어나 맞이했다.

"아이구! 우리 지역 언론에 노고가 많은 박 기자께서 웬일로. 어서 오시오."

"너무 치켜세우지 마십시오. 강원도에서 권한열 회장님을 뵙는 것만으로도 영광인데요."

"하하, 회장이라니? 나야, 뭐. 언제든지 문을 열어 놓고 있으니까."

"요즘 권한열 회장님 인기가 하늘을 치솟습니다. 국회의원 출마를 하신다는 소문도 있고."

"난, 정치에 관심 없어. 단지 강원도 주민들에게 도움이 되려고 노력할 뿐이지."

권한열은 자신을 회장이라고 부르는 호칭이 싫지 않았다. 이미 사회인으로부터 익히 듣고 있는 호칭이었기 때문이었다.

문이 열리고 비서 구성미가 찻잔을 들고 들어와 탁자 위에 올려놓았다. 그녀를 향한 박재필의 눈빛이 반짝였다. 시원한 이마에 옅은 화장을 하고 있는 그녀의 모습은 화사하게 보였다. 박재필의 시선이 찻잔을 내려놓고 돌아서서 걸어 나가는 여비서의 뒷모습을 따라갔다.

비서 구성미의 타이트한 스커트에 드러나는 엉덩이가 가볍게 흔들렸다. 문을 나서고 있는 구성미에게 향한 박재필 기자의 눈빛도 따라서 묘하게 흔들렸다. 거기에 일거일동을 살피던 권한열이 희미한 미소를 흘렸다. 그리고 차를 마시라고 그에게 손짓하였다.

"외국에서 가져온 보이차인데 마셔 봐요. 박 기자는 아직 독신이라면서?"

"저에 대해서도 알고 계시니 역시 대단하십니다."

"그런데, 우리 미스 구가 마음에 드시나?"

"견물생심이지요. 저 같은 사람에게 가당치도 않습니다."

박재필은 자신의 속내가 드러난 것 같아서 겸연쩍은 표정을 지으며, 머리를 긁적거리며 어색한 웃음을 흘렸다.

권한열은 박재필이 사람들의 단점을 들추어내어 사리사욕을 채우는 언론인이라는 것을 잘 알고 있었다. 그렇기에 그를 상대하기가 꺼려졌다. 그러나 약점을 잡히지 않으려고 권한열은 호탕한 웃음을 터트렸다.

"우리 권한을 잘 살펴 줘. 난 사업보다도 강원도민에게 관심이 많아서 말이야."

"제가 무슨 힘이 있습니까. 권한이야말로 강원도뿐만 아니라, 전국에서 손꼽히는 건설회사 아닙니까."

"모두 도와주고 있는 덕분이지. 조금이라도 더 가진 사람이 베푸는 사회가 되도록 노력하는데, 그게 힘들어."

"지금 하시고 계신 복지지원도 대단하신데요."

"그건 내가 하고 싶은 일의 십분의 일도 안 돼. 그런데 오늘은 무슨 일로 오셨는가?"

권한열의 물음에 박재필은 긴장하는 표정을 지었다.

오랫동안 권한열의 뒷조사를 해 왔던 그는 잠시 뜸을 들이며 자신의 목적을 상기시켰다. 사회 지도자로 추앙받는 거목을 마주하고 그는 긴장하지 않을 수 없었다. 권한열은 경색하는 박재필의 눈빛이 예사롭지 않음을 직감했다. 깍지 낀 양손을 무릎에 얹은 박재필이 주춤거렸다.

"강원도에서 권한열 회장님을 무시할 수 없기에 사실은 어떻게 해야 할지 고민했습니다."

"무슨 일로 고민을 했지. 내가 언론에 도움이 된다면 뭐든지 해야겠지."

권한열을 빤히 쳐다본 박재필이 들고 들어온 서류가방을 뒤적였다. 그가 꺼내 든 것은 각봉투였다. 봉투 속에서 사진들을 꺼내 권한열 앞에 밀어 놓았다. 사진을 집어 들고 들여다보던 권한열의 눈빛이 흔들렸다.

두 남녀가 별장으로 들어가는 장면과 침대 위에서 행해진 정사 장면 등을 촬영한 사진들이었다. 어둠 속에 흐릿하게 드러나는 두 남녀의 모습이지만 권한열은 자신과 비서였던 한경숙의 사진이라는 것을 알 수 있었다.

'어떻게 이 사진을?'

순간적으로 긴장한 권한열은 흠칫하며 소리 없는 신음을 흘렸다. 그러나 그는 흔들림 없이 태연한 모습으로 바꾸어 빙긋이 웃음을 흘렸다.

"재미있는 사진이군."

"어디인지 아실 것 같은데요?"

"글쎄, 이건 내 별장인 것 같은데. 빌려달라는 사람이 많아서 누구인지 모르겠군."

"죄송하지만, 이 사진을 언론에 공개할 생각입니다."

"이 사람아, 좋은 사회를 만들려면 사람들의 아픈 상처를 감추어주는 미덕이 필요한 거라네. 누구인지 모르지만 공개가 되면 얼마나 괴롭겠나."

"······."

"박 기자는 완벽한 인생을 살고 있다고 생각하나?"

"저는."

말문이 막힌 박재필 기자가 도리어 난처한 표정을 지었다.

역시 권한열은 대단한 사람이라고 박재필은 생각했다.

사실 사진으로 한 몫을 챙길 생각이었던 박재필 기자가 도리어 당황하였다. 그렇다고 단도직입적으로 사진의 남자가 권한열 본인이라며 돈을 요구하기도 두려웠다. 물론 권한열이 사진의 장본인이라는 것을 인식한다는 것을 박재필은 느낄 수 있었다.

자세를 전혀 흔들리지 않는 권한열이었다. 그는 강릉의 복지와 자선사업으로 덕망이 높은 지도자의 품위가 돋보이는 모습이었다. 그렇다고 박재필도 물러설 수도 없었다. 권한열이 잔에 물을 따라서 마시는 동안 박재필은 어떻게 대처해야 할지 궁리를 하고 있었다.

물잔을 내려놓은 권한열은 미간을 찌푸렸다. 그리고 이내 자상한 눈빛이 박재필을 향했다.

"자네라면 어떻게 하겠나?"

"무슨 말씀이신지."

"자네가 이 사진의 장본인으로서 사회에 매장되었다면."

"그, 그거야."

당황하는 박재필의 표정을 놓치지 않는 권한열이었다. 산전수전을 다 겪은 그였다. 자신과는 상관없는 이야기를 들은 사람처럼 느긋하게 소파에 등을 기대어 앉았다. 그리고 청중을 향해 연설하는 지도자처럼 품위를 잃지 않는 묵직한 목소리를 흘렸다.

"세상은 말이야. 누구나 실수가 있는 법이지. 신이 아니기에 사람의 실수는 아름다움이고 보호 받아야 되는 것이지. 그런데 실수를 한 사람의 상처에 칼을 들이대면 이 사회가 어떻게 되겠나. 물론 박 기자의 정의감은 인정하고 썩어가는 상처는 도려내야지. 그러나 상처를 도려내는 것만으로 사회가 밝아지지는 않아. 보듬고 사랑으로 감싸줘야 더 밝은 세상이 오는 것이지."

"……."

"내가 시에 박 기자를 언론인 대상 후보로 추천할 걸세. 그리고 노고에 감사 표시를 하고 싶네. 대신, 그 사진을 내게 주게."

"네? 하지만."

권한열의 말에 거부하고 싶은 박재필은 심호흡을 했다. 그리고 소파 옆으로 손을 뻗치는 권한열을 뚫어지게 쳐다봤다. 소파 옆에는 작은 금고가 있었다. 권한열이 금고 다이얼을 열고 작은 상자를 꺼내 박재필 앞에 밀어 놓았다. 탁자 위에 놓인 상자를 바라본 박재필은 마른 침을 꿀꺽 삼켰다. 권한열이 상자를 열어 보라는 눈빛을 하며 고개를 끄덕였다.

"고생하는 박 기자의 노고에 보답하고 싶은 거네. 넣어 두게."

의아스런 박재필이 손가락을 뻗어 상자 뚜껑을 젖혀 보았다. 상자 안에는 5백원(1971년 화폐)권 현금다발이 가득했다.

그가 찾아온 목적이 달성된 것이다. 자신도 모르게 심장이 뛰는 박재필의 얼굴에 미소가 가득했다. 역시 권한열은 배포와 배짱이 크다는 것을 의식했다. 더 이상 대화가 필요치 않은 묵언의 교환이었다.

박재필은 손가방에서 봉투 하나를 더 꺼내 탁자 위에 올려놓았다. 하지만 권한열은 봉투를 거들떠보지도 않았다. 담담한 표정으로 느긋하게 박재필의 행동을 주시했다.

다만 그의 입가에 떠올랐던 엷은 비웃음이 사라지고 있었다.

"원본과 필름도 들어 있겠지."

"네? 네. 물론이지요. 권 회장님의 넓은 도량에 탄복했습니다."

"사람은 말이야. 알고도 모른 체할 일도 있고, 몰라도 알 수 있는 방법이 있어. 자신의 한계가 넘치는 일에 공연한 관심을 가졌다가 후회하기도 하고."

"네 네. 회장님의 말씀 깊이 명심하겠습니다. 그리고 존경합니다."

"그래요. 그럼 바쁠 텐데 가서 일 봐요."

목적을 달성한 박재필이지만 권한열의 말 속에 숨겨 있는 의미에 압박감을 느꼈다. 박재필은 탁자 위에 놓인 상자를 집어 들고 일어섰다. 그리고 몇 번인가 권한열을 향해 허리를 굽혀서 고개를 꾸벅였다.

문 앞으로 다가간 그는 돌아서서 다시 허리를 굽혀 인사를 했다. 상자를 옆구리에 끼고 나가는 박재필의 모습에 권한열은 씁쓸하게 입맛을 다셨다.

권한열은 박재필을 쓰레기 같은 인간이라고 단정지었다. 하지만 그런 인간에게 허섬을 노출 당한 것이 분하기에 소파걸이를 주먹으로 쳤다.

박재필이 언제 다시 찾아와 언론에 공개한다고 협박을 할지도 모르는 일이었다. 애초에 그가 한경숙을 만나게 된 것이 실수였다. 그는 그녀가 자신의 미래에 걸림돌이 될 여자라고 생각했다.

소파에서 일어난 권한열은 깊게 숨을 들이마시며 창가로 다가갔다. 투명 유리창을 통해 밖을 내다보며 그는 다시는 누구에게도 약점을 보이지 않으리라고 다짐했다.

그는 정적 속에 서 있었다. 실내에는 벽시계의 초침 돌아가는 소리만 들렸다. 그는 총무과장을 불러 모종의 지시를 했다.

5월이다. 새달이 바뀌면서 권한열은 호텔 건축 준비를 위해 박차를 가했다. 완성된 설계도를 들고 현장을 찾았다. 설계사무실 직원과 권한건설 책임자들도 대동하였다. 현장을 둘러보던 권한열은 건축 예정지와 도로 사이를 가로

박고 있는 주택과 야적장을 바라보며 이맛살을 찌푸렸다. 야적장에 쌓아놓은 폐자재들이 넘쳐 호텔부지까지 침범해 있었다. 중간에 버티고 있는 건물만 없으면 차량 진입로뿐만 아니라 반듯한 호텔을 건축할 수 있었다.

문제는 그 건물이 천주영의 주택과 야적장이라는 것이다. 권한열이 애초에 호텔 건축부지로 선정하고 부지를 매입하고 보니 협소한 것 같았다. 계획을 변경하여 부지 확장을 하고 보니 천주영의 건물이 중간에 남게 된 것이다.

권한열로서는 천주영의 건물을 제외하고 호텔건축을 결정할 수밖에 없었다. 도저히 계획대로 건축을 할 수 없다고 판단했다. 현 상태에서 호텔을 건립하면 두고두고 후회할 것만 같았다.

동행하고 있는 사람들은 말없이 서 있는 권한열의 눈치만 살폈다. 갈등에 쌓인 권한열은 고개를 저었다. 그리고 들고 있던 설계도를 총무과장에게 건네주었다.

"일단 중단해."

"네? 어떻게 설계도까지 나왔는데."

"도저히 이대로는 안 되겠어. 잠시 보류하도록 해."

총무과장 진기남은 이해할 수 없다는 표정을 지었다. 진기남 과장은 기획 업무까지 담당하고 있는 주요간부 직원이었다.

민철만 운전기사가 권한열의 왼팔 역할을 한다면 진기남 총무과장은 오른팔이었다. 진기남은 고지식하면서도 묵묵히 심복 역할을 해 보지만 때로는 권한열에게 유일하게 충언을 하는 직원이었다.

진기남 과장은 권한열의 단호한 결정에 실망하는 표정이었다. 무슨 말인가 하려던 그가 소리 없는 한숨만 내쉬었다.

변경된 건축계획을 진행 중이던 간부 직원들도 낙심하는 표정이었다. 권한열은 탐탁지 않게 여기는 진기남을 모르는 것은 아니었다. 하지만 그에게는 좀 더 미래를 내다보는 욕망이 있었다.

현장에서 돌아오는 승용차 안에서 권한열은 천주영의 주택과 창고를 인수

할 방도만 떠올렸다. 하지만 천주영은 빈손으로 출발하여 마련했던 건물이기에 호락호락하게 매도할 리가 없었다.

자신의 사무실로 돌아온 권한열은 서성거리며 고심하였다. 아무리 생각해도 묘안이 떠오르지 않아 그는 답답한 심정으로 창문가에서 팔짱을 끼고 서 있었다. 막판에는 시청에서 도로 입찰과 건물을 교환하자고 천주영과 단판을 해야 할지도 모른다는 생각이 떠올랐다.

사무실 문을 노크하는 소리가 들렸다. 문이 열리고 여비서 구성미가 그를 향해 빠른 걸음으로 다가왔다.

"대한병원에서 급한 연락이 왔습니다."

"왜?"

"방금 아기를 낳았는데, 사모님 건강이 안 좋은 모양입니다."

"알았어. 민 기사에게 차 대기시키라고 해."

권한열은 아내가 걱정되기보다는 태어난 아기를 본다는 기쁨이 더 컸다. 황급히 건물을 나온 그는 승용차에 올라 병원으로 향했다.

병원으로 향하는 도로가 번잡하였다. 그는 기업가의 이미지를 더욱 확고히 해야겠다는 생각을 했다. 머릿속에 박재필이 놓고 간 사진 속의 한경숙이 떠올랐다. 예리한 눈빛으로 정면을 응시한 권한열은 민 기사에게 말했다.

"자네가 할 일이 있네."

"네! 말씀하십시오."

민철만은 모처럼 사장의 지시에 촉각을 곤두세웠다. 백미러로 보이는 권한열의 날카로워진 눈빛을 의식했다.

입맛을 다신 권한열은 잠시 생각하더니 입을 열었다.

"경숙이를 외국으로 보내려는데."

"네?"

"경숙이가 비행기에 탑승하는 걸 꼭 확인해. 국내에 있으면 절대 안 돼."

"비행기에 타지 않으면, 어쩌지요?"

"그건 자네가 알아서 해. 내 앞에 나타나지 못하게."

민철만 기사는 권한열과 한경숙의 은밀한 관계를 알고 있었다. 권한열의 알아서 하라는 지시는 한경숙의 운명을 좌우하라는 명령이었다.

민철만은 긴장하지 않을 수 없었다. 건달세계에서 잔뼈가 굵은 민철만으로서는 충분히 알아들을 수 있는 암시였다.

병원에 도착한 권한열은 중환자실로 옮겨진 아내를 볼 수 있었다. 인공호흡기를 끼고 있는 아내는 의식이 없어 인사불성이었다. 담당의사는 산모가 분만 전에 호흡곤란을 일으켜 심폐소생술을 했다고, 부득이 제왕절개로 아기를 낳았다고 했다. 그리고 합병증으로 아내의 건강상태가 매우 좋지 않다는 의사의 말에 권한열은 한숨을 내쉬었다.

아내의 초췌한 모습에 권한열은 암울하기만 했다. 그러나 신생아실에서 자신의 아기를 보게 된 권한열의 표정은 무척 상기되었다.

갓 태어난 아기들 속에 있어 윤곽이 모두 비슷하지만 분명히 아들이었다. 드디어 바라던 아들을 갖게 된 그는 한동안 신생아실을 떠나지 못했다. 같은 시간대에 천주영도 아들을 낳았다는 소식을 전해 듣게 되자 입맛을 다셨다.

권한열은 특별히 담당 의사에게 당부를 하고도 안심이 되지 않았다.

담당 의사를 만나고 나온 권한열은 잠시 서성거렸다. 자식을 갖게 된 아버지의 입장에서 더욱 미래에 대한 욕망이 끓어올랐다.

그는 원무과로 들어가 회사로 전화를 걸었다. 얼마 지체하지 않아 총무과장 진기남이 서류가방을 들고 왔다. 그가 미리 준비시킨 것이었다. 서류가방을 확인한 그는 한경숙에게 만나자는 전화를 걸었다.

승용차에 올라탄 권한열은 민철만 운전기사에게 경포호수로 가자고 했다.

한경숙이 먼저 와서 약속장소인 다방에서 기다리고 있었다. 주영건설의 입찰 예정가격을 알고 싶어서 만나자고 하는 것으로 알고 급하게 왔던 것이다. 그러나 권한열은 한경숙을 데리고 말없이 해변을 걸었다.

수평선으로부터 밀려오는 파도소리 속에 하얀 날개를 퍼덕이는 갈매기가 머리 위로 날아다녔다.

권한열은 한경숙의 생각과는 달리 그녀를 떠나보내려고 결심한 것이다. 그녀가 언론에 공개된다는 것은 그동안 쌓아온 그의 이미지에 먹칠을 하는 것이다. 그러나 막상 그녀와 함께 해변을 걷다 보니 말문이 열리지 않았다. 그동안 관계를 가지면서 그녀와 애정이 전혀 없었던 것은 아니기 때문이었다.

한경숙의 원피스가 바람에 날리며 관능적인 몸매의 윤곽이 드러나 보였다. 권한열은 뒤늦게 그녀를 보낼 수밖에 없기에 아쉬웠다. 육체를 뜨겁게 달아오르게 했던 시간들이 필름처럼 그의 머릿속에서 돌아가고 있었다.

권한열의 의도를 모르는 한경숙은 이따금 눈치를 살폈다. 묵묵히 걸어가다가 먼저 입을 연 것은 한경숙이었다.

"아기는 낳았어요?"

"음. 아들이야."

"축하해요. 천 사장도 오전에 아들을 낳았다고 좋아하던데요."

"그렇군."

권한열이 이미 알고 있는 사실이기에 무덤덤한 표정으로 걸었다. 한동안 해변을 걷던 그는 그녀를 데리고 다방으로 들어갔다. 커피를 시키고 그녀는 손가방을 열고 서류봉투를 꺼내 그에게 전해 주었다.

"어제 결정된 입찰 내정가예요."

"그래?"

그가 무척 좋아할 줄 알았다. 그러나 별로 탐탁하게 여기지 않는 표정에 한경숙은 서운했다. 나름대로 신경을 써서 구입한 입찰 내정 산출 근거이기 때문이었다. 창문 밖으로 보이는 바다 위에는 짙어지는 석양빛으로 솜털처럼 하얀 구름들이 꽃잎처럼 물들어 있었다.

권한열이 자잘한 눈빛을 한경숙에게 보냈다.

"나를 만났던 걸 후회하지?"

"갑자기 왜? 그런 말씀을."

"난, 경숙이가 행복하기를 바라기에 하는 말이야."

행복이라는 권한열의 말에 한경숙의 시선이 유리 창문을 향했다.

한경숙은 결코 행복하다고 말할 수는 없지만 미래의 행복을 위해 그의 숨겨진 여자가 되었던 것이다. 때로 그녀 자신도 후회스러웠던 것은 사실이었지만 말로 표현할 수는 없었다. 이미 엎질러진 물을 주워 담을 수도 없고 현실에서 도피할 방법도 없었다.

그녀는 그의 말을 듣고만 있었다.

"경숙이가 내 곁에 있는 것은 서로 불행이야. 인간적으로도 경숙이를 불행하게 만들고 싶지 않아. 내가 경숙이를 구속하고 있다는 생각이 들기도 하고."

"사장님을 탓하고 싶지 않아요."

"세상에는 많은 인연이 있지. 그 인연이라는 것이 필연이기도 하지만, 서로의 가슴을 갉아 먹는 시간이기도 한 거야. 이제 놓아줄게. 경숙이의 꿈을 펼치도록 해."

"네? 무슨 말이에요?"

그녀는 눈을 동그랗게 뜨고 그를 직시했다. 어쩌면 그녀도 이런 날이 오리라고 은연중에 예측하고 있었는지도 모른다. 하지만 직접 그에게서 듣고 보니 너무나 당황스러웠다. 그가 고개를 끄덕였다.

"그래, 경숙이가 하고 싶었던 그림 공부도 하고, 새로운 세상에서 살아. 프랑스 여권과 경숙이가 서운하지 않게 자금을 마련했어."

"그게. 저에 대한 보상인가요?"

"보상이라기보다 내가 행복하게 해 주지 못하니까, 경숙이를 넓은 세상으로 보내주는 거야."

한경숙은 망치로 머리를 얻어맞은 것처럼 아찔하였다. 그러나 그에게 매달리거나 애원하고 싶지 않았다. 어쩌면 당연한 결과이지만, 애정은 없었으나 배반당했다는 감정에 분노가 치밀었다.

자신의 아기를 갖게 된 남자의 이기심과 위선적인 욕망이었다. 그의 가식적인 위로와 인생론과 같은 변명들이 그녀의 귀에는 들리지 않았다.

권한열과 헤어진 한경숙은 아무리 진정시키려고 해도 버림받았다는 소외감을 떨쳐 버릴 수가 없었다. 한국전쟁 때문에 고아가 되었던 그녀는 지금 고아원 시절보다 더한 고독감이 스며들었다. 그의 가슴 아래 깔려 허우적거리던 자신의 발가벗은 육체가 원망스러웠다. 아니 희열을 느끼던 스스로에게 구역질이 났다. 그녀의 고독함과 원망은 불같은 복수심으로 타올랐다.

강릉 시내의 밤이면 여행하는 사람들을 유혹하는 휘황찬란한 불빛으로 가득했다. 하지만 시내 변두리와 건물과 건물 사이의 골목길은 어둠에 싸여 있었다. 건물 사이에 정원이 보이는 병원 건물로 마스크를 쓴 여자가 들어섰다. 이따금 구급차가 드나들지만 일부 의료진이 퇴근하고 보호자들도 드물게 보이는 병원은 조용하기만 했다.

가운 같은 흰옷을 걸친 여인이 산부인과 병동으로 들어섰다. 하루 일과에 지친 간호사들이나 복도를 지나치는 환자들도 여인을 눈여겨보는 사람은 없었다. 복도를 지나쳐 간 여인은 신생아실 앞에 멈추어 서서 주위를 살폈다.

전등불이 꺼져 있고 신생아실에는 희미한 비상등의 불빛만이 흐르고 있었다. 여인은 조심스럽게 신생아실 문을 열고 들어섰다. 작은 랜턴을 켜든 여인은 아기들을 살폈다.

신생아들이 발목에 차고 있는 발찌를 일일이 확인했다. 그리고 잠시 주위를 두리번거렸다. 숨을 깊이 내쉰 여인은 두 신생아 발찌를 빼서 서로 바꾸어 놓았다. 그리고 잠든 두 신생아 바구니를 바꾸어 놓았다.

다시 한 번 아기의 발찌를 확인한 여인은 신생아실 문을 열고 복도의 동태를 살폈다. 간호실에 있던 당직 간호사가 화장실로 들어가는 것을 보고 여인은 재빠르게 복도를 걸어 나갔다.

복도 끝에서 뒤를 돌아본 여인은 산부인과 병동을 나와 병원 입구로 향했다. 병원에서 나온 여인은 가로등 밑에서 마스크를 벗었다. 그녀는 다름 아닌 한경숙이었다.

그녀는 복수를 하겠다고 한 것이 신생아를 바꾸어 놓았다. 그러니까 권한열의 아들과 천주영의 아들이 바꾸어진 것이다. 한경숙은 지나가는 택시를 향해 손을 흔들었다. 그녀를 태운 택시가 어둠 속으로 사라졌다.

그리고 다음날이었다. 권한열은 한경숙이 비행기를 타고 국내를 떠났다는 민철만의 보고를 받고서야 안도의 한숨을 내쉬었다.

권한열은 한경숙이 아쉽기도 했지만 쉽게 돌아오지 않을 것이라고 생각했다. 항상 화가가 되려던 그녀가 꿈을 실현시키는 데 만족할 것이라고 판단했기 때문이었다. 그러나 그녀를 통해 위로를 받았던 그의 마음은 황량한 들판에 서 있는 것처럼 고독하였다.

아기를 낳은 권한열의 아내는 병원에서 한동안 치료를 받다가 퇴원하여 집에서 요양 중이었다. 권한열은 아기를 보고 싶은 생각은 굴뚝같지만 심장이 약해 합병증으로 고통스러워하는 아내를 대면하기는 싫었다. 그는 떠나보낸 한경숙의 모습이 간절했다.

아직 퇴근할 시간이 되지 않았지만 그는 마음이 안정되지 않아 자신의 사무실 안을 우왕좌왕하다 소파에 앉았다. 눈을 감고 있던 권한열은 불쑥 일어나 전화 다이얼을 눌렀다. 전화통화를 끝낸 그는 거울 앞에서 머리와 옷매무새를 단정하게 다듬었다.

비서실에 들른 그는 용무가 있어 자리를 비운다고 알리고 건물을 나왔다. 민철만이 승용차를 대기시키고 있었다.

그는 잠시 주춤거리다가 민철만에게 지폐 몇 장을 건네주었다.

"볼 일이 있어서 내가 운전할 테니, 민 기사는 술이라도 한 잔 하며 쉬도록 하지."

'네' 하고 허리를 굽혀 인사한 민철만은 두 말 없이 지폐를 받아들고 승용차 열쇠를 권한열에게 건네주었다. 병원 입구를 향해 걸어 나가는 민철만의 뒷모습을 바라보던 권한열은 운전석에 올라앉아 시동을 걸었다.

잠시 무엇인가 생각하던 그는 핸드브레이크를 풀고 가속 페달을 밟았다.

그가 도착한 곳은 예전에 방문했었던 고아원이었다. 고아원 건물 앞에는 미리 연락을 받은 고아원장이 입구를 주시하고 있었다. 원장 옆에는 소녀가 다소곳이 서 있었다. 그는 백미러를 들여다보고는 양손으로 머리를 쓸어 올렸다. 운전석 문이 열리자 잘 닦여진 구둣발을 밖으로 내밀었다. 고아원 원장이 소녀를 데리고 승용차 앞으로 다가왔다.

그의 모습은 사회복지를 위해 헌신하는 기업인이었다. 자상한 눈빛을 지어 보이며 고아원 원장에게 천천히 다가갔다.

"번거롭게 해 드려 미안하오."

"아니요. 저희 아이들을 보살펴 주는 위원님이 너무나 고맙습니다. 특히 위원님의 귀여움을 받는 은영이는 영광이지요."

"딸같이 생각하는데…. 모든 아이들에게 혜택을 줘야 하는데…."

"무슨 말씀을, 저희를 지원해 주시는 것도 너무 크고 감사한데요."

"그럼, 바람 쏘일 겸, 식사 같이 하고 데려 와도 되겠지요?"

"네. 그러세요. 은영아, 고맙다고 인사해야지."

고아원 원장 옆에 있는 소녀는 권한열에게 친근한 표정을 지어 보였다. 이미 연락을 받았던 소녀의 얼굴은 귀여운 미소로 가득했다. 다소 수줍어하던 소녀는 원장의 말에 까만 눈동자를 크게 뜨고 깜박였다. 그리고 고개를 숙여 권한열에게 인사하였다.

그는 원장에게 인자한 눈빛을 보내며 소녀의 어깨를 토닥거렸다.

"그럼, 데리고 나갔다 오겠습니다. 은영이도 인사해야지."

"다녀오겠습니다."

권한열이 조수석 문을 열었다. 어린 소녀 은영은 마치 먼 여행이라도 떠나는 것처럼 마냥 즐거운 표정으로 원장에게 손을 흔들어 보였다.

그가 은영을 번쩍 안아서 조수석에 태웠다. 허리를 굽혀 인사를 하는 원장은 지도자의 품위를 잃지 않는 그를 존경하는 눈빛이었다. 그는 근엄한 태도로 원장에게 목례를 하고 운전석에 올라 앉았다. 고아원장이 정중한 자세로 손을 흔들어 보였다. 권한열 사장은 자상한 표정으로 은영에게 안전벨트를 걸어주었다. 그는 다시 은영의 어깨를 토닥이고 승용차를 출발시켰다. 조수석에 앉은 은영이 승용차 뒤를 돌아보며 고아원장에게 손을 흔들었다. 승용차가 대로로 나서고 은영이 상큼한 미소로 그를 바라봤다.

"저요, 너무 좋아요. 이런 차, 처음 타 봐서요."

"그러니? 앞으로 시간 내서 자주 태워 줄게."

"정말이에요?"

"그럼! 아저씨는 은영이처럼 부모를 잃은 아이들이 행복한 세상을 만들려고 한단다. 그리고 특히 은영이를 귀여워하는 거 잘 알지?"

"네, 저도 아저씨가 좋아요. 아빠 같아요. 아저씨가 저를 훌륭한 사람이 되기 바라는 거 알아요. 아저씨가 시키는 일은 무엇이든지 할 거예요."

"그럼, 그래야지. 약속하는 거다?"

권한열은 생글생글 웃음을 흘리는 은영의 얼굴을 빤히 내려다보았다. 큰 눈망울을 깜박이던 소녀가 눈웃음을 지어 보였다. 소녀와 시선이 마주치는 그의 입가에 묘한 미소가 떠올랐다. 그리고 그의 시선이 소녀의 아래 위를 훑어보았다. 소녀의 스커트 밑으로 뽀얀 피부의 허벅지가 드러나 보였다.

"네. 나중에 아저씨 같은 남자와 결혼할 거예요. 그런데 아저씨, 어디 가는 거예요?"

"음."

말을 하려던 권한열은 승용차가 출렁거리는 탓에 흔들리는 핸들을 바로 잡았다. 도로에 파인 웅덩이를 지나친 것이었다. 뒤뚱거리던 은영이 권한열의 팔을 붙잡고 매달렸다. 그때 그는 한손을 뻗어 소녀의 어깨를 껴안았다.

여자로 갓 피어나는 어린 소녀의 체취는 싱그러웠다. 그의 턱밑에서 빤히 올려다보는 소녀의 동그란 얼굴에 엷은 보조개가 피어났다.

"음. 은영이가 가 보고 싶은 곳이 어디지?"

"음. 맛있는 거 먹고, 재밌는 데 구경도 시켜 주세요."

"그래. 그럼, 우리 맛있는 거 먹으러 갈까?"

"정말이에요?"

"그럼, 오늘은 은영이를 위해서 뭐든지 해 주고 싶다."

"아이 좋아라."

권한열은 기뻐하는 은영의 표정을 보고 흐뭇한 미소를 지었다. 운전을 하면서도 이따금 그의 시선이 소녀를 향했다.

승용차 유리창 밖을 내다보고 있는 소녀는 티 없이 맑은 표정을 하고 있었다. 앞가슴이 제법 부풀어 오르는 소녀의 모습은 인형 같았다. 뽀송하게 돋아난 솜털과 맑은 피부는 금단의 동산에서 자라고 있는 요정의 모습이다.

바닷가의 밤은 육지보다 빠르게 깊어갔다. 여름의 소란을 기다리는 수평선이 발끝으로 포말을 밀어냈다. 나지막이 다가오는 바다. 모래 알갱이 사이로 꺼져 사라지는 파도 무늬가 쓸쓸하다. 해안가에 줄지어 자리 잡은 민박집의 빨랫줄에 걸린 생선들이 바람에 허수아비처럼 흔들렸다.

해안가의 국도에는 이따금 어둠을 헤치고 차량들이 지나갔다. 솔밭 속으로 이어지는 오솔길 끝에는 별장 하나가 숲 가운데서 장승처럼 버티고 있었다. 나뭇가지에 앉았던 들새가 푸드덕 날갯짓을 하더니 날아갔다.

오솔길로 검은 승용차 한 대가 들어와 별장 앞에 멈추어 섰다. 그와 동시에 검은 그림자가 별장 뒤로 숨어들었다. 창문가에 붙어선 그림자는 꼼짝하지 않았다.

승용차 라이트가 꺼지고 운전석에서 남자의 모습이 들어났다. 불빛도 없는 어둠 속이라 남자의 모습은 알 수 없었다. 남자가 조수석으로 다가가 작은 물체를 끄집어내서 안았다. 남자의 가슴에 안긴 물체는 스커트가 말려 올라간 어린 소녀였다.

남자는 축 늘어진 소녀를 안고 별장 안으로 들어갔다. 별장 안에 전등 불빛이 밝혀졌다. 별장 뒤에 웅크리고 있던 그림자가 창문을 통해 안을 들여다보았다. 남자가 안고 들어온 소녀를 침대 위에 눕혔다. 창문 안을 들여다보던 그림자의 눈빛이 번뜩였다. 등을 지고 있는 남자의 어깨 너머로 소녀의 모습도 보였다. 의식을 잃은 소녀의 팔과 다리가 축 늘어져 있었다.

침대 위에 눕혀진 소녀를 잠시 내려다보던 남자가 소녀의 옷을 벗겨냈다. 실오라기 하나도 없이 발가벗겨진 소녀의 나신이 드러났다.

이제 갓 피어나는 소녀의 젖가슴, 그리고 잔디처럼 음모가 돋아난 둔덕과 허벅지의 뽀얀 살결이 불빛에 드러났다. 전등불이 꺼지고 정적 속에 별장 안은 어둠에 갇혔다.

문이 열리는 소리에 이어 욕실에서 불빛이 흘러나왔다. 다시 욕실 불이 꺼지고 남자가 방 안으로 들어왔다. 그리고 침대가 있는 방안에 희미한 붉은 등이 켜졌다. 발가벗고 등을 돌리고 있는 남자의 손에는 물에 젖은 수건이 들려져 있었다. 침대 옆에 무릎을 꿇은 남자가 소녀의 젖가슴과 음부를 쓰다듬었다. 창문 안을 주시하던 그림자가 옅은 신음을 흘리며 사진을 찍고 녹음기에 녹음을 하고 있었다.

소녀의 알몸을 쓰다듬던 남자의 예민해진 눈빛이 창문을 향했다. 그림자 대신에 바람에 흔들리는 넝쿨 잎이 창문에 스치고 있었다. 그러나 남자의 손길은 여전히 소녀의 알몸을 쓰다듬고 있었다. 남자의 손길에 의식을 잃고 있는 소녀의 발가벗겨진 몸이 꿈틀거렸다. 이글거리는 남자의 눈빛. 남자의 손에 들려진 젖은 수건으로 소녀의 음부를 정성스럽게 닦아주고 있었다.

탁자 위에 수건을 내려놓은 남자가 소녀의 허벅지 사이로 머리를 묻었다.

남자가 천천히 침대 위로 올라갔다. 그리고 소녀의 허벅지를 벌리고 무릎을 꿇었다. 창문 안을 들여다보던 그림자가 고개를 좌우로 비틀며 발돋움하면서 녹음을 하고 사진을 찍었다.

"악!"

의식을 잃었던 소녀는 충격적인 통증을 견디지 못해 상체를 일으켰다. 고통스러운 하복부를 바라보던 소녀는 경악하여 눈을 부릅떴다.

허벅지가 터지고 찢겨 나갈 것 같은 고통에 소녀는 바들바들 떨었다. 뒤늦게 경악하여 남자를 올려다보는 소녀의 눈동자가 공포에 질려 있었다.

"아저씨! 왜 이러세요?"

"나를 좋아한다면서, 내가 시키는 대로 한다면서."

"그러나 이건, 싫어. 아파요."

"널 여자로 만들어 주려는 거야."

숨을 몰아쉬는 남자의 음흉한 목소리. 소녀는 몸속을 점점 파고드는 고통에 이를 악물며 치를 떨었다. 그리고 고통에서 벗어나려고 허우적거리는 소녀는 허벅지를 더욱 벌릴 뿐이었다.

원망스러운 눈빛으로 남자를 향한 소녀의 입술이 일그러졌다.

"싫어요. 아저씨, 죽을 것 같아요."

"조금만 참아. 난, 너를 보살펴 줄 거야. 여자는 누구나 겪는 고통이란다. 말을 하지 않을 뿐이야. 다른 사람에게 말하면 창피하잖아."

"아저씨, 그냥, 제발 보내주세요. 이런 건 싫어요."

"물론 보내줘야지. 너도 사랑받는 여자가 되는 것이니, 오늘 있었던 일을 말하면 안 돼."

숨 가쁘게 말을 하는 남자의 엉덩이가 앞뒤로 흔들렸다.

"살려 주세요. 정말 싫어요."

"널 행복하게 살게 해 주는 거라니까. 내가 널 얼마나 좋아하는지 알아?"

"하지만 이건 싫어요. 아저씨는 좋은 사람이잖아요. 그런데 왜 이러세요. 사람들에게 말할 거예요."

"말하면 안 돼!"

단호하게 내뱉은 남자는 행위를 멈추고 소녀를 내려다보았다. 울먹이며 간신히 숨을 몰아쉰 소녀의 눈동자에서 눈물이 흘러내렸다. 남자가 소녀의 뺨에 흘러내리는 눈물을 손바닥으로 닦아주었다. 그리고 타이르듯이 자상한 말투를 흘렸다.

"여자는 누구나 생리를 시작하며 처녀가 된단다. 그리고 여자로 아름다워지려면 누구나 겪는 고통이란다. 난 네가 정말 사랑스러워. 그래서 너를 세상에서 제일 아름다운 여자로 만들어 주려고 하는 거다. 오늘 일을 다른 사람에게 말하면 너만 바보가 되고, 세상에서 제일 불행한 사람이 되는 거란다."

소녀는 말없이 흐느껴 울기만 했다. 남자가 소녀의 뺨에 입맞춤을 했다. 그리고 소녀의 입술에 입술을 마주했다. 소녀의 입술이 남자의 입속으로 빨려 들어갔다. 남자는 소리가 나도록 소녀의 입술을 빨고 농락하였다. 순간 소녀가 구역질을 하며 버둥거렸다. 내려다보던 남자의 입에서 사뭇 다정한 목소리가 흘러 나왔다.

"내 보살핌으로 넌 행복해지는 거다. 부모에게 버림받았던 너였지만 이제부터 어느 여자보다 행복해지는 거다. 그런데 오늘 일을 다른 사람에게 말하면 너는 모든 것을 스스로 포기하고 영원히 불행해지는 거라는 걸 알아라. 다른 여자들도 첫 경험이 있지만 말하지 않을 뿐이란다."

"……."

"아프겠지만, 흠. 널 행복한 여자로 만들어 주는 거란다. 아, 알았지?"

소녀는 대답이 없었다. 다만 몸속으로 깊숙이 밀려드는 이물질로 해서 느껴지는 통증에 입술을 깨물고 있을 뿐이었다.

얼마 후였다.

"아저씨! 악!"

단발마의 신음소리와 함께 소녀의 발가벗겨진 연약한 몸이 축 늘어졌다. 고통을 참지 못한 소녀가 다시 의식을 잃고 만 것이다. 계속해서 헐떡거리는 남자의 가슴 아래 깔린 연약한 소녀의 나신이 힘없이 흔들거릴 뿐이었다.

창문에 비치는 그림자의 눈동자가 반딧불처럼 번뜩였다.

소녀를 덮친 남자는 권한열이었고, 소녀는 고아원의 은영이었다.

그리고 검은 그림자는 박재필 기자였다.

여섯

하루가 다르게 날씨가 더워지고 있었다. 여름이 다가오는 계절이다. 결재서류를 들여다보던 권한열이 일어나서 창문을 열어 젖혔다. 지난밤에 아내의 신음소리와 아기의 울음소리에 잠을 설친 그였다.

양팔을 들어 올려 기지개를 켠 그는 길게 하품을 했다. 노크소리가 들렸다. 그가 대답도 하기 전에 총무과장 진기남이 부리나케 들어왔다.

"사장님! 큰일 났습니다."

"무슨 일인데?"

"내일 입찰에 주영건설이 유력하다는 정보가 들어왔습니다."

"그럴 리가. 주영 입찰 내정가격을 이미 알고 있잖아."

"내정가격을 다시 산출했다고 합니다."

"뭐라고? 누가 그래?"

"우리 측에 정보를 제공하는 산업과 직원입니다."

권한열로서는 당황하지 않을 수 없었다. 진기남 과장의 말에 충격을 받은 그는 양손으로 책상을 붙들고 부르르 떨었다.

한경숙으로부터 받은 정보를 기초로 내정가격을 결정했던 것이다. 그렇다고 내정가격을 더 낮추어 공사 이익금을 포기할 수는 없었다. 호텔건축비를 마련하려면 특히 국고 보조금이 필요한 상태였다.

천주영을 떠올린 권한열은 이를 부득 갈았다. 당장 긴급한 조치를 하지 않으면 그의 계획은 모두 수포로 돌아가고 말 것이다.

그는 책상 주위를 맴돌았다. 자신의 욕망을 달성하기 위해 그는 항상 마지막 수단을 준비하고 있었다. 걸음을 멈추고 이맛살을 찌푸린 권한열은 주먹을 불끈 쥐고 소파 팔걸이를 쳤다.

"알았어. 민 기사 좀 올라오라고 그래."

"혹시, 시청에 들어가시려고요?"

"모든 것은 순리대로 해야 돼. 하늘은 희망을 가진 사람을 버리지 않아."

권한열의 말에 진기남 과장이 고개를 갸우뚱하였다.

진기남은 권한열의 사업 초기부터 같이 했던 참모다. 그는 권한열과 같은 나이였지만 중학교를 중퇴한 학력뿐이었다. 지식이 없는 그는 성실하게 일하는 권한열의 심복이었다. 그는 권한열의 명석한 머리와 추진력에 감탄하고 복종할 뿐이었다.

총무과장 진기남이 나가고 잠시 후에 민철만 운전기사가 눈치를 살피며 들어왔다. 민철만은 직접 사장실로 불려오는 경우가 많지 않았기에 긴장하고 있었다. 그러나 권한열은 담담한 표정을 하고 앉으라고 손짓했다.

민철만이 소파에 앉자 권한열이 묵직한 목소리를 흘렸다.

"사람이 산다는 것은 짐승이나 다름없는 것이지. 하지만 인간은 생각할 줄 알고 도전한다는 거지. 행복은 행복해지려고 노력하는 순간이 행복한 거지. 요즘 민 기사는 행복한가?"

"네, 사장님 덕분입니다."

"그래, 다행이군. 그런데 세상 모르고 날뛰는 사람이 있어. 누군가가 멈추게 하지 않으면 다른 사람들이 불행해질 수밖에 없어. 자네도 그렇게 생각하지?"

"네. 그렇습니다."

초등학교도 나오지 못한 민철만은 사람들에게 존경을 받고 있는 권한열의 어려운 말을 모두 이해할 수는 없었다. 하지만 무엇인가 심각한 그의 표정에서 자신에게 무슨 일인가 지시하려고 한다는 것을 의식했다.

권한열이 뚫어지게 민철만을 쳐다보다가 고개를 들어 천장을 향했다.

"사람이 하는 일은 하늘만 알고 있지."

"……"

"주영건설이 문제야."

"네?"

"자네도 봤지. 호텔을 건립하려는 부지 가운데 버티고 있는 건물을."

"그건 천주영 사장 주택과 야적장 아닙니까?"

"자네도 잘 알고 있군. 폐자재를 남의 땅까지 침범하며 쌓아 놓은 것은 자신만 생각하는 비인간적인 행동이야. 자연과 환경을 해치는 부도덕한 행동이지. 사람은 관용을 베풀고 살아야 하지만 때로는 다른 사람에게 피해를 주는 인간을 계도할 필요가 있어. 그래야 정의로운 사회가 되는 것이지."

"사장님, 말씀은 당연합니다."

민철만은 강릉의 실력자이며 지도자인 그를 모시게 된 것을 자랑스럽다고 생각하고 있었다. 그런데 권한열의 말을 이해하지 못하는 민철만은 연신 머리를 조아렸다. 그건 권한열의 장황한 말 중에는 처리해야 할 일이 있다는 것을 그가 알고 있기 때문이었다.

민철만의 시선이 소파 팔걸이를 움켜쥐는 권한열의 주먹을 향했다.

"그래서 말인데, 우선 그 야적장에서 흘러넘치는 폐자재들을 소각시켜 없애야겠어."

"하지만 주택이 인접해 있어 사람이…"

권한열이 흠칫하는 민철만을 날카롭게 바라보았다. 그걸 모르고 말하느냐는 눈빛이었다. 그러나 민철만으로서는 말하지 않을 수 없었다.

야적장은 주택과 인접해 있고 폐자재들은 주택을 둘러싸고 적재되어 있었다. 폐자재를 소각시킨다면 천주영 사장의 주택마저 화염에 쌓일 것이 뻔한 사실이었다.

뒷골목에서 잔뼈가 굵은 민철만이었지만 두려움을 느끼지 않을 수 없었다. 직접적인 지시보다 강력한 명령이 내포된 목소리였다. 그리고 회사직원이 아닌 자신에게 일을 맡기려는 이유를 알 것도 같았다. 하지만 사람의 생명이 좌우되는 일이었다.

"하지만 사람이…."

"그럼, 사람들을 대피하라고 알리겠나? 알린다고 순순히 피할 것 같은가? 운명은 재천이야."

"……?"

"내일 공사 입찰 전에 소각해야 할 거야."

민철만은 더 이상 질문을 할 수 없었다. 단지 권한열의 거부할 수 없는 말의 의미는 분명하게 알아들을 수 있었기에 그는 갑자기 소름이 돋았다.

권한열의 어떤 지시도 거역할 수가 없었다. 아니 지시하기 전에 그의 고민을 해결하는 것이 은혜에 보답하는 것이라고 민철만은 늘 생각하고 있었다.

숨조차 쉴 수없는 정적 속에 권한열이 물 한 잔을 따라 마시고 낮은 목소리를 흘렸다.

"알아들었나?"

"네!"

권한열의 낮은 목소리에는 중압감을 느끼게 하는 카리스마가 담겨 있었다. 내일 있을 공사입찰 전이라면 오늘 밤에 해결할 일이었다.

잠시 침묵을 지키던 민철만은 소파에서 일어서며 90도 각도로 허리를 굽혀 인사를 했다.

숨소리마저 삼킨 그는 뚜벅거리는 걸음으로 사무실을 나섰다.

권한열에게 신뢰 받을 수 있는 모습을 보이기 위한 민철만이었다.

민철만이 나간 후 권한열은 꼼짝도 하지 않고 깊은 생각에 잠겨 있었다. 전등불도 켜지 않은 컴컴한 사무실 안은 적막이 흘렀다. 떡떡거리는 벽시계 소리처럼 그의 심장소리가 높아져 갔다.

민철만이 실수 없이 일을 처리해 주기를 기다릴 뿐이었다. 그로서는 사업의 활로를 가로막는 장애물을 제거하는 최후의 수단이 이 길 밖에 없었다.

결과를 기다려야 하는 권한열은 흘러가는 시간이 초조하기만 했다. 긴 숨을 들이마신 그는 고개를 흔들었다.

지루한 시간을 즐기고 싶은 그의 심정이었다. 자신의 후계자로 태어난 아들의 모습을 떠올렸다. 그는 집으로 갈 생각으로 오랫동안 앉았던 소파에서 일어나 사무실을 나섰다.

사장실을 나오는 권한열을 보고 대기하고 있던 비서들이 모두 일어나 허리를 굽혀 인사를 했다. 비서실 안을 살피며 걸어가던 권한열의 시선이 여비서 구성미에게 향했다.

긴 머리를 틀어 올린 구성미는 오늘 따라 산뜻한 치장을 하고 있었다. 짧아 보이는 스커트에 목이 패인 블라우스를 걸친 그녀에게서 더욱 고혹적인 여인의 자태가 드러나 보였다.

고개를 숙였던 구성미의 시선이 권한열과 마주쳤다.

그녀는 공연히 얼굴을 붉혔다. 애인과 만날 약속이 있던 그녀는 퇴근시간을 기다리던 중이었다.

권 사장이 사무실을 나가고 구성미도 자주 시계를 들여다보았다. 전화 벨소리를 듣고 그녀는 다른 직원의 눈치를 살피며 수화기를 들었다. 애인의 목소리에 짧게 대답한 그녀는 핸드백을 들고 사무실을 나섰다.

회사를 나온 구성미는 멀지 않은 커피숍으로 들어갔다. 탁자 앞에서 기다리고 있던 남자가 그녀에게 손을 흔들었다.

짧게 머리를 깎은 그녀의 애인 한석호였다.

그녀가 5년 동안 교제를 했던 그는 대학선배였다. 그와 탁자를 마주하고 앉은 그녀가 눈을 흘겼다.

"전화하지 말라니까?"

"시간이 지나도 안 와서 그렇지."

"사장님이 늦게 퇴근하는 걸 어떡해."

"무슨, 종살이하는 것도 아니고."

"요즘은 사장님이 예민해져서 눈치 보기 힘들어."

애인 한석호가 종업원을 불러 차를 주문하는 사이에, 구성미는 핸드백을 열어 손거울을 보며 화장을 고쳤다.

한석호가 거울을 보는 그녀를 뚫어지게 쳐다보는 사이에 종업원이 커피와 홍차를 가져다 놓았다.

찻잔을 집어든 그녀가 그에게 퉁명스럽게 물었다.

"일자리는 어떻게 됐어?"

"이력서는 여러 곳에 제출했는데 소식이 없네."

"어쩌려고 그래? 공무원 시험이라도 치루지."

"이제 와서 무슨 공무원 시험."

눈살을 찌푸린 구성미는 탐탁지 않은 표정을 지었다. 그녀는 군대에서 전역하고 1년이 지나도록 직업 없이 빈둥거리는 한석호가 불만이었다. 물론 그는 입대 전에 중소기업에서 근무했었다. 그런데 전역 후에 그는 사진작가가 되겠다면서 직장생활을 포기한 것이었다. 그녀는 그의 개념 없는 생활에 조금씩 실망하고 있었다.

커피숍을 나선 그들은 맥주 전문점으로 들어갔다. 팝송이 흘러나오는 홀 안에는 젊은이들의 열기가 가득했다. 자주 찾는 곳이기에 그들은 자연스럽게 맥주를 마시며 대화를 했다. 어느 정도 취기가 오른 구성미가 한석호에게 투정을 부렸다.

"정말, 어쩔 거야?"

"취직해야겠는데. 적당한 자리가 없어서."

"밤낮 적당한 자리라고만 그래. 전번에도 합격통보 받은 회사에 안 나가고."

"염려 마. 안 되면 아버지가 하는 서점이라도 내가 할 테니. 이제 나가자."

"서점을 한다고?"

한석호가 동그랗게 눈을 뜨고 바라보는 구성미의 손을 잡아끌었다. 구성미 아버지의 서점을 인수받아 하겠다는 한석호의 말이 탐탁지 않았다.

술집에서 나온 한석호는 음식점이 즐비한 번화가를 지나 골목으로 들어섰다. 모텔과 여관이 즐비한 골목이었다. 그녀는 잡고 있는 그의 손을 뿌리쳤다.

"싫어. 나 내일 일찍 출근해야 된단 말이야."

"새삼스럽게 왜 그래? 조금 있다가 가면 되잖아."

"피곤해서 그래."

"그러니까 쉬었다가 가자고."

빤히 처다보던 구성미는 마지못해 한석호에게 이끌려 모텔 안으로 들어갔다.

그녀가 순결을 주었던 그와 육체관계를 갖게 된 것이 벌써 2년이나 지나고 있었다. 그동안 어떤 약속도 하지 않았지만 암암리에 결혼을 당연지사로 받아들이고 있었다.

일곱

강릉시가의 밤은 여느 때나 마찬가지로 파도소리와 불빛을 동반하는 어둠이 찾아왔다. 시내에서 경포호로 향하는 대로변의 주택들 중에 늦은 밤에도 불빛이 흘러나오는 창문이 있었다. 거실에는 노인과 부부, 그리고 어린 소녀가 화기애애한 모습으로 둘러 앉아 있었다. 그들은 천주영과 그의 아내 민 씨 그리고 그의 노모 박 여사였다.

모포에 싸인 아기를 내려다보는 그들의 얼굴에는 웃음이 가득했다. 어린 아기를 번쩍 들어서 가슴에 안은 노모는 손자가 무척 사랑스럽다는 표정이었다. 건넌방에서 놀고 있던 다섯 살 된 천주영의 딸, 상희가 거실로 나왔다. 인형처럼 깜찍하고 얼굴에 보조개가 드리운 상희는 주위사람들에게 귀여움을 독차지하고 있었다.

상희가 동생 아기 옆에 털썩 주저앉았다. 까맣고 큰 눈망울로 아기를 내려다보는 상희의 얼굴에는 생글거리는 미소가 번졌다.

노모가 사랑이 가득한 눈빛으로 상희를 바라봤다. 그리고 손녀의 엉덩이를 투덕거리며 머리를 쓰다듬었다. 상희가 손가락으로 아기의 볼을 찌르며 키들거렸다.

"내 동생, 너무 귀여워."

"손가락으로 그러면 아기 다친다."

"할머니, 나도 안아 볼래."

"아직 네가 안으면 안 돼."

"피이! 내 동생이란 말이야, 어때."

"상희는 어려서 힘들어. 아기가 더 크면 안아."

"안고 싶은데…."

할머니의 말에 상희가 입술을 삐죽 내밀며 뾰로통한 표정을 지었다.

식구들의 얼굴에 환한 웃음이 퍼졌다. 인형처럼 눈을 동그랗게 뜬 상희가 천주영의 무릎 위에 올라앉았다. 남편을 힐끔 쳐다보는 민 씨가 상희의 이마에 흘러내린 머리카락을 쓸어 올려 주었다. 잔잔한 눈빛으로 딸을 바라보는 그녀의 눈가에 미소가 번졌다.

"네 동생이니까, 앞으로 많이 안아 줄 수 있어."

"피잇! 나보다 아기가 더 예쁜 거지?"

"아니, 동생은 남자고, 상희는 여자야. 우리 상희가 예쁘지."

"내 동생이 남자라고?"

"그럼, 넌 귀여운 딸이고. 아기는 듬직한 아들이니까."

"남자는 뭐가 달라?"

상희의 물음에 식구들은 서로를 마주보며 웃음을 지었다. 시선이 마주친 천주영과 부인 민 씨는 의미 있는 미소를 흘렸다.

눈을 크게 뜨고 손녀를 바라보던 노모가 엷은 미소를 띠었다. 그리고 겸연쩍은 표정을 짓는 며느리를 대신해서 손녀에게 설명을 했다.

"아기는 남자라서 아빠처럼 고추가 달렸단다."

천주영과 민 씨는 웃음을 터트렸다. 하지만 정작 상희는 무슨 의미인지 모르는 표정으로 눈동자를 크게 떠서 천주영을 올려다봤다.

멀쑥해진 민 씨가 자리에서 일어났다. 그리고 시어머니의 품에 안겨 있는 아기를 받아 안았다.

"이제 할머니, 주무셔야지. 상희도 얼른 자라."

"벌써, 시간이 오래 됐네."

"어서 주무세요."

민 씨는 아기를 안고 방으로 들어갔다. 천주영이 안고 있던 상희를 내려놓으면서 일어서고, 허리를 잡고 일어서던 박 여사가 휘청거렸다.

천주영이 얼른 어머니를 부축하였다. 그의 부축을 받고 일어선 박 여사가 상희를 향해 손을 뻗었다.

"상희는 할머니 집에 가서 같이 잘래?"

"응, 할머니하고 잘 거야."

노모의 힘겨워하는 모습에 천주영은 안쓰러웠다. 원래 그는 부모의 집에서 같이 살았었고 주택을 새로 짓고 분가한 것이었다. 아버지가 죽고 혼자 있는 어머니와 살기를 원했다. 하지만 그의 어머니는 자식에게 부담 주는 것이 싫고 혼자 있는 것이 편하다면서 극구 거절을 했다.

"어머니, 힘드신데 저희와 같이 사시도록 하세요."

"애비야, 난 혼자 있는 게 편해서 그러니 자꾸 말하지 마라. 나중에 수족을 못 쓰면 그때 들어오마."

상희가 통통 뛰는 발걸음으로 할머니의 손을 잡고 현관을 나섰다. 뒤쫓아 현관을 나온 천주영이 구부정한 허리로 층계를 내려가는 노모를 안쓰럽게 바라봤다. 그의 어머니 집은 길 건너에 있는 주택가에 있었다. 그는 노모와 딸이 길을 건너 골목 안으로 사라지는 모습을 물끄러미 바라보고 있었다.

층계를 내려온 천주영은 야적장 주변을 돌아보았다. 건축폐기물과 재활용품, 그리고 사무실에서 나온 서류뭉치들이 바람에 날리고 있었다.

천주영의 주택 근처는 황량한 들판이었다. 원래 주택들이 있었지만 권한열이 호텔부지로 매입하여 철거하였기에 잡초들만 무성하였다.

그는 길게 하품을 하면서 집으로 향해 걸어갔다.

현관 문 닫히는 소리와 함께 어둠이 짙어진 주변은 정적이 내려앉았다. 이따금 어둠 속으로 헤드라이트를 밝힌 차량들이 질주했다. 멀지 않은 곳에서 불어오는 바닷바람이 가로수 가지를 흔들었다. 도로 근처에는 주차되어 있는 주인 없는 화물차량들이 짐승처럼 웅크리고 있었다.

천주영의 주택 창문에서 흘러나오던 전등불이 꺼진 지 오래 되었다. 길 건너에 주차된 화물차량 한 대의 운전석 문이 천천히 열렸다. 운전석에서 검은 그림자가 조심스럽게 내려섰다. 멀리서부터 자동차가 달려왔다. 검은 그림자가 화물차 뒤로 몸을 숨겼다. 지나가는 자동차 헤드라이트에 비춰진 그림자는 모자를 푹 눌러쓴 사나이였다.

자동차 전조등 불빛이 스치고 지나가자 사나이가 화물칸에서 기름통을 꺼내들었다. 기름통을 들고 재빠르게 길을 건너간 사나이는 천주영의 야적장으로 들어섰다. 사나이는 기름통의 마개를 따고 야적장 주변을 돌며 기름을 쏟아 부었다. 그리고 사나이는 라이터를 켜서 야적장에 던졌다. 순식간에 불길이 야적장을 덮쳤다.

길을 건너간 사나이는 재빨리 화물차에 올라가 시동을 걸었다. 불길로 뒤덮인 야적장을 확인하는 사나이의 눈빛이 번쩍였다. 화물자동차가 강릉시내 방향으로 어둠 속을 헤집고 질주해 사라졌다.

야적장의 불길은 천주영의 주택까지 집어 삼키고 있었다. 그 순간 소방차의 긴급 사이렌 소리가 울려 퍼졌다.

화염에 휩싸인 현장 주변은 소방차와 구급 병원차량, 그리고 경찰 차량으로 가득해졌다. 뱀의 혓바닥처럼 날름거리는 불길에 밝혀진 사고현장에 검은 연기가 치솟았다. 소방관의 손에 들려진 호스에서 물줄기가 분수처럼 쏟아져 나갔다. 하지만 폐지와 기름에 젖은 폐자재는 악마처럼 모든 것을 불사르고 있었다. 연이어 폭발물 터지는 소리와 함께 건물이 무너져 내렸다. 인명구조를 시도하려고 주택으로 들어가려던 구조대가 뒤로 물러섰다.

인접한 건물이 없기에 다행인지 몰라도 주택과 야적장은 삽시간에 소각되고 피어오르는 연기 속에 앙상한 기둥만이 타오르고 있었다. 화재가 진압되고 구급대원의 들것에 시체들이 실려 나왔다.

다음날 천주영의 시신이 안치된 병원 빈소에 갑작스럽게 연락을 받은 조문객들이 드나들었다. 조문객을 맞이하는 유가족은 천주영의 어린 딸 상희와 노모 박 여사뿐이었다.

박 여사에게는 원래 천주영 위로 큰아들이 있었다. 그러나 6.25전쟁 당시에 사망하였기에 시댁식구가 없었다.

박 여사에게 고인이 된 오빠가 있었으나 친척이 많지 않아 조문객을 시중드는 사람들은 박 여사와 촌수가 가깝지 않은 친정식구들이었다. 빈소를 찾는 조문객들 사이로 권한열이 간부직원들을 동반하고 나타났다.

조문객들의 시선을 받으며 향을 올린 그는 애잔한 표정으로 유가족을 위로하였다.

"갑작스러운 사고에 얼마나 애통하십니까?"

"바쁜데 와줘서 고마워. 한열일 보니 상희 애비가 더욱 불쌍하네."

"제가 주영이 대신 자식 노릇을 하겠습니다."

"너무 고마워서."

눈물을 흘리는 박 여사는 말을 잇지 못했다. 그녀는 자신의 아들과 권한열이 경쟁 상대였었다는 것을 모르고 있었다. 다만 학교 동창으로 우정이 두터운 친구 사이로만 알고 있었다. 그만큼 학창시절에는 그들이 서로의 집을 드나들며 식구들과도 가까웠기 때문이다.

날벼락처럼 외아들을 잃은 박 여사는 슬픔 속에서 아들의 친구가 반가울 뿐이었다. 조문객도 찾지 않는 늦은 시간에 박 여사는 기진맥진하여 상희를 안고 누워 있었다. 잠들었던 상희가 부스스 일어나 앉았다.

철이 없는 상희는 부모가 사망했다는 사실도 모르고 있었다. 그런데 빈소에 올려진 천주영과 아내 민 씨, 그리고 어린 아기의 영정을 올려다보던 상희가 울먹거리며 박 여사를 흔들었다.

"할머니, 아빠하고 엄마 어디 갔어?"

"웅? 우리 상희 깼구나. 아빠 엄마, 여행 갔는데 올 거야."

"그런데 아빠, 엄마 사진이 왜 저기 있어?"

"잘 다녀오라고."

목이 멘 박 여사의 목소리가 목에 걸렸다.

손녀를 부둥켜안은 박 여사는 왈칵 눈물을 쏟아냈다. 무엇인가 범상치 않은 예감을 느꼈는지 상희의 눈동자에 눈물이 글썽거렸다. 그리고 울음을 터트렸다.

"흑, 흑! 거짓말이지? 나, 아빠 엄마한테 갈래! 할머니 거짓말쟁이야!"

상희가 두 발을 구르며 서럽게 울기 시작하자 박 여사는 어찌할 바를 모른다. 남아 있는 조문객들을 맞이하던 식구들이 우르르 몰려들었다. 사람들이 쩔쩔매며 달래도 상희의 울음은 그치지 않았다. 조문객들마저 상희를 애처로운 눈빛으로 바라보았다. 결국 박 여사의 외사촌 자매가 상희를 업고 빈소를 나갔다. 화재현장과 함께 천주영의 가족들의 죽음이 언론에 보도되었다.

그리고 권한열이 평생토록 천주영의 유가족을 돕겠다는 기사가 실렸다. 그렇지 않아도 존경을 받았던 권한열의 우애에 사람들은 뜨거운 시선을 보냈다.

천주영이 사망하자 시청의 공사입찰은 자연스럽게 권한건설로 낙찰되었다. 권한열은 천주영의 유가족을 돌본다는 미명 아래 주영건설을 흡수 합병했다. 그리고 화재로 을씨년스러워진 천주영의 건물을 포함한 대지 위에 호텔건축을 착공했다.

걸림돌이 없어지게 되고 사업이 날로 번창하니 권한열에게는 두려움이 없었다. 다만 시름시름 앓던 아내가 사망하고, 그의 내면은 더욱 고독하지 않을 수 없었다.

아내가 탐탁지 않았던 권한열이었다. 그러나 밀려드는 아내의 빈자리는 그도 알 수 없는 허전함이었다. 특히 귀가를 하려는 그의 발걸음은 무겁기만 했다. 어쩌면 아내의 원망하는 눈빛이 그의 위안이 되기도 했기 때문이었다.

머칠 동안 바쁘게 현장을 다녔던 권한열은 늦은 시간에 회사로 돌아왔다. 대부분의 직원들이 퇴근한 시간이기에 비서실에는 여비서 구성미 혼자 남아 대기하고 있었다. 입사 당시부터 권한열에게 인정도 받았지만 비서실에 근무한 지 오래된 비서였기에 그는 스스럼없게 대했다.

문득 그녀가 예전보다 성숙한 여인이 되었다고 느끼고 있었다. 미소가 깃든 그녀의 얼굴을 바라보며 권한열은 사무실로 들어가려던 걸음을 멈추었다.

"영업부장은 퇴근했나?"

"네. 서진기업 업무과장을 만나고 들어가신다고 했습니다."

"내일 출근하면 나에게 오라고 해."

"네. 알겠습니다."

자신의 방으로 들어간 권한열은 소파에 털썩 주저앉았다. 불도 켜지 않은 사무실 벽을 응시하며 한경숙을 떠올렸다. 예전 같았으면 한경숙에게서 쌓인 스트레스를 풀고 위안을 받았다는 생각을 하면서 그녀를 못내 아쉬워하고 있었다.

요즘 유일한 즐거움은 아들의 모습을 보는 것이었다.

문이 열리고 구성미의 화사한 얼굴이 나타났다.

"회장님, 녹차라도 드릴까요?"

"녹차? 글쎄."

권한열이 멍하니 넋을 잃고 그녀를 쳐다보았다. 요즘 회사직원들은 모두 권한열에게 회장이라는 칭호를 붙였다.

문을 열고 들어선 그녀는 다리를 모으고 반듯한 자세로 그의 대답을 기다렸다. 타이트한 스커트를 걸친 그녀의 볼륨감 있는 몸매가 드러나 보였다. 권한열은 술이라도 한 잔 하고 싶은 생각이 들었다. 잠시 후, 그의 입이 열렸다.

"녹차보다 미스 구. 저녁 식사했나?"

"아뇨. 아직."

"그럼 나하고 식사 같이 할까?"

"네?"

"술 한 잔 하고 싶은데."

"회장님하고요?"

비서 구성미는 돌연한 권한열의 제안에 대답하지 못하고 우물쭈물했다.

직원이 직장의 오너로부터 식사를 같이 하자는 제안을 듣기는 쉽지 않았다. 망설이는 그녀를 바라본 그가 소파에서 일어섰다. 그리고 출입문을 향해 뚜벅뚜벅 걸어 나왔다. 대답을 하지 못한 그녀는 그가 무심코 물어봤던 것으로 알았다. 그런데 그가 그녀의 어깨를 가볍게 쳤다.

"가자고. 뭐가 맛있을까?"

구성미는 긍정도 부정도 할 수 없었다.

그녀는 권한열을 따라 자석에 이끌리듯이 걸음을 옮겨 회사를 나왔다. 승용차를 대기시켜 놓은 민철만 운전기사가 뒷문을 열어 주었다. 주춤거리던 구성미는 권한열의 눈짓을 받고 빨려 들어가듯이 승용차에 올라탔다. 그가 운전기사에게 말하는 행선지의 음식점은 그녀가 알 수 없는 이름이었다.

권한열과 뒷좌석에 나란히 앉은 구성미는 꼼짝할 수도 없었다. 옷자락이라도 닿을 것만 같은 그녀는 숨조차 쉴 수 없을 지경이었다.

그만큼 그녀는 사장과 자신의 신분 차이에 열등의식을 느낀 것이다.

승용차가 도착한 곳은 고급음식점 주차장이었다. 권한열은 운전기사 민철만에게 식사를 하고 기다리라고 지시를 했다.

구성미가 권한열의 뒤를 따라 들어간 곳은 고급 인테리어로 장식된 양식전문점이었다. 홀 안에는 피아니스트가 연주하는 피아노 음률이 잔잔하게 울려 퍼지고 있었다. 구성미로서는 처음 들어와 보는 음식점이었다. 단정한 제복을 걸친 남자 종업원이 주문을 받으려고 다가왔다.

권한열은 구성미에게 메뉴판을 보여주었다.

"미스 구가 좋아하는 걸 골라 봐."

"저는?"

메뉴판을 들여다보던 구성미는 영어로 된 메뉴의 이름에 당황했다. 이름만 들었던 메뉴이기에 그녀는 주저하지 않을 수 없었다. 그렇다고 내색을 할 수도 없는 그녀는 메뉴판에 시선을 향하면서도 권한열을 곁눈질했다.

그녀는 슬그머니 그의 앞에 메뉴판을 밀어 놓았다.

"약주하신다고 했으니 회장님께서 맛있는 걸로 주문해 주세요."

"그럴까?"

권한열에게 음식을 주문받은 종업원이 깍듯이 인사를 하고 카운터로 갔다.

구성미는 권한열과 마주 앉아있기가 부담스러웠다.

여자 가수가 나와서 피아노 반주에 맞추어 샹송을 불렀다. 구성미는 왠지 권한열의 시선이 그녀의 앞가슴으로 향하는 것만 같아서 블라우스 옷깃을 여몄다.

여가수의 이국적인 목소리가 흐르는 가운데 종업원이 주문한 음식을 식탁 위에 진열해 놓았다. 식탁 위에는 갖가지 양념으로 구워진 스테이크와 꽃으로 장식한 케이크와 빵, 그리고 과일 등이 푸짐하게 차려졌다. 그리고 잘 닦여진 그릇에는 외국산 위스키 병이 담겨 있었다.

권한열이 포크와 칼을 집어 들고 고기를 썰면서 말했다.

"내가 가끔 오는 곳이거든. 이 집 고기는 마블링이 좋아."

권한열이 고기를 썰어 담은 접시를 구성미 앞에 놓았다. 구성미도 무엇인가 해야 할 것 같아서 집게로 얼음을 집어 그의 유리잔에 넣어 주었다. 그리고 위스키 병을 들어 그에게 내밀면서 어색한 미소를 지었다.

"제가 한 잔 따라 드릴게요."

"음, 그러지."

어설픈 미소를 지은 구성미가 권한열이 집어 들고 내미는 유리잔에 위스키를 따랐다. 술을 따르는 그녀의 손이 미세하게 떨렸다. 위스키를 받아 내려놓은 그가 위스키 병을 들어 내밀었다.

"미스 구도 한 잔 하지. 위스키 할 수 있겠어? 아니면 와인을 가져오라고 할까?"

"아뇨. 그냥 한 잔만 마실게요."

주춤하던 구성미는 유리잔을 들어 권한열이 따르는 위스키를 받았다.

와인을 시킨다는 것이 번거로웠던 그녀는 애인 한석호와 만나서 간혹 위스키를 마신 경험도 있었다.

구성미는 권한열이 내미는 잔에 부딪고 위스키를 한 모금 삼켰다. 목구멍으로 넘어가는 알코올이 짜르르했다. 연거푸 위스키 두 잔을 비운 그가 천천히 입을 열었다.

"회사가 뜻대로 되고 있지만 사실 나는 고달파. 진심으로 믿을 수 있는 사람도 없고. 직원들 관리하기도 쉬운 일이 아니야. 인간 사회는 믿음과 신뢰가 제일 중요한데…."

"……."

"난, 아름다운 사회를 만들려고 노력하지만. 사회에는 따돌림받고 천대받는 사람이 의외로 많아. 그런 사람들이 없는 사회를 만들어야 하는데…."

"……."

"어쩌면 나 자신이 그들보다 더 외로운 길을 가고 있는지는 모르겠지만."

구성미는 권한열의 말에 대답할 수 없었다. 회사와 사회에 대한 그의 언행은 사람들의 신망을 받고 있기 때문이었다. 다만 그녀는 그의 말 속에 의외로 고독함이 스며들어 있다는 것을 느낄 수 있었다.

그녀가 평소에 생각했던 그녀와 다른 세상의 남자가 아니고 평범한 남자의 모습이었다. 자신의 외로움을 푸념하는 듯하는 권한열의 말에 그녀는 왠지 위로를 해 주고 싶기도 했다.

권한열은 수시로 잔을 비우며 말을 했고, 조금은 듣기 지루한 구성미도 그가 이따금 권하는 탓에 위스키 두 잔을 비웠다.

그녀는 주로 그의 말을 듣고 있을 뿐이었다. 그의 목소리에 조금 취기가 있었다.

"난, 서울에 권한의 본사를 둘 생각인데 미스 구는 어떻게 생각하지?"

"네?"

갑작스러운 권한열의 물음에 그녀는 당황하여 되물었다.

그녀는 그의 눈빛을 직시했다. 그녀의 앞가슴을 향한 그의 눈빛에는 나이 많은 직장 상사가 아니고 이글거리는 남자의 열정이 담겨 있었다. 그러나 그녀는 자신의 느낌을 의심했다.

다시 권한열이 말을 이었다.

"미스 구도 서울에 가서 일할 수 있어?"

"글쎄요. 서울에 연고도 없고, 갑작스런 말씀이라서."

여가수의 애잔한 샹송이 이어지고 잠시 침묵이 흘렀다.

어쨌든 직장생활을 그만 둘 수는 없는 구성미로서는 권한열이 배려하고 있다는 것은 알 수 있었다.

오랫동안 비서실에서 근무했던 구성미는 권한열의 개인생활에 대해 다른 직원보다 잘 알고 있었다. 그래서 그녀는 그의 눈빛으로 자신에게 호감을 갖고 있는지도 모른다고 생각했다. 다시 이어지는 그의 말에 그녀는 흠칫했다.

"미스 구를 오랫동안 좋은 감정을 갖고 봐왔어. 그래서 미스 구를 내 곁에 있게 하고 싶은 거지."

구성미는 자신의 생각을 들킨 것만 같았다. 그녀의 머릿속이 갑자기 혼란스러워졌다. 자신도 그의 관심 있는 배려를 알고 있었는지도 모른다.

그녀는 어쩌면 아내를 잃은 그가 외로워서 하는 말일지도 모른다고 생각했다. 그리고 그녀는 공연한 생각을 지우려고 고개를 살짝 흔들었다.

다시 권한열이 그녀에게 넌지시 물었다.

"애인은 있겠지?"

"네?"

"결혼할 남자가 있냐고?"

"아, 아뇨! 지금은."

반문했던 구성미는 자신도 모르게 거짓말을 하고 있었다. 어쩌면 여직원들이 결혼하면 퇴사 당하는 모습 때문이 아니었을까. 왠지 그녀는 자신을 속이고 싶었던 것이다. 간혹 회사에서 마주치면 빤히 바라보던 그의 눈빛에 드리워진 의미를 그녀는 나름대로 판단했다.

여자는 누구에게도 관심을 받는 순간을 즐긴다.

권한열이 고개를 끄덕였다.

"그럼, 상처를 받은 모양이군."

"……."

"내가 그 상처를 씻어주면 안 될까?"

"네? 무슨."

"회사에서 내가 의지할 사람이 필요하지만, 집에서 나를 기다려 줄 여자가 더 필요하다는 말이지."

"회장님?"

구성미는 권한열의 말을 정확하게 알아들을 수 있었으나 반신반의했다.

순간 그녀는 오히려 강한 거부감을 느꼈다. 물론 사람들이 부러워하는 재력을 가진 남자라는 환경은 그녀가 호감을 가질 만했다. 그러나 나이도 10년 훨씬 넘게 차이가 나고 자식까지 있는 상처한 남자였다.

갑자기 그녀는 직업도, 생활에 대한 열정도 없는 한석호가 원망스러웠다.

"이런 얘기는 미스 구니까 하는 거야."

"너무, 당황스럽고. 저는 아직 젊었어요."

"젊음? 그걸 유지해 줘야지. 배신을 하지 않는다면 말이야. 인간에게는 신뢰가 가장 중요해."

"그러나 저는."

"괜찮아. 강요하고 싶지 않으니, 없었던 걸로 해도 좋고. 다만 나를 믿을 수 있다면 언제든지 답변해 줘."

또 다시 침묵이 흘렀다. 권한열의 말은 구성미가 생각지도 않았으며 황당하면서도 당황스러웠다. 그러나 그녀의 머릿속은 혼란에 빠졌다. 부유한 삶이 행복일 수밖에 없는 욕망의 유혹이었다.

양식전문점을 나올 때 권한열은 거나하게 취해 있었다. 입구를 나서면서 그녀는 헛걸음을 딛는 그를 엉겁결에 부축했다.

비틀거리던 권한열은 구성미의 부축을 받고 자잘한 미소를 지었다. 그리고 그녀를 오히려 끌어안았다. 그녀는 그에게서 흘러나오는 체취에 숨을 쉴 수조차 없었다. 그에게서 흘러나오는 체취는 풍족한 상류사회의 향기였다.

현기증을 느낀 그녀는 얼굴을 붉히며 그에게서 벗어났다.

다음날 아침이었다. 회사에 출근한 구성미는 책상에 턱을 괴고 창밖을 바라봤다.

회장실에서 호출하는 벨소리가 들렸다. 평상시 같으면 그녀가 들어가서 지시를 받았을 것이다. 그러나 그녀는 권한열을 마주하기가 두려웠다. 그녀는 오히려 고개를 숙이고 서류 작성에 몰두하는 척하였다.

그녀는 회장실로 들어가는 미스 박을 훔쳐보며 안도의 한숨을 내쉬었다.

시간이 흘러가면서 구성미는 두려워하지 않을 것이라고 다짐했다. 어차피 권한열의 제안을 거부할 것이기 때문이었다.

권한열도 구성미를 특별히 호출하지 않았다. 마음을 그렇게 결정하니 그와 마주쳐도 두렵지 않았다.

퇴근 후에 그녀는 평상시처럼 애인 한석호를 만나고 있었다. 맥주를 마시며 대화를 나누던 한석호가 그녀의 눈치를 살폈다.

"나, 장사할 거야."

"무슨 장사?"

"다방을 인수 받으려고."

"경험도 없이 아무나 하나?"

"난 할 수 있어. 그러니 성미가 도와주면 좋겠어."

"직장은 어떡하고?"

"성미는 직장에 계속 다녀."

"그럼 뭘 도와달라고?"

구성미는 한석호의 말이 실망스러웠지만 대수롭지 않게 받아들였다.

항상 만나면 그녀가 취직부터 물어보니 미리 하는 말이라고 생각했다. 한석호 자신의 마음을 알아주기를 바라기에 오히려 권한열에게 오빠(석호)라고 거짓말을 해서라도 그의 취직을 부탁하고 싶은 심정이었다.

맥주잔을 비운 한석호가 머리를 긁적거렸다.

"사실 자금이 모자라거든, 성미가 모아놓은 돈을 줬으면 좋겠어."

"무슨 말이야? 그럴 수는 없어. 우선 취직부터 해."

"그럼, 나하고 결혼 안 할 거야?"

"그게 도와달라는 조건이야?"

발끈하지 않을 수 없었다.

구성미는 뻔뻔스럽게 언성을 높이는 한석호를 노려보았다. 결혼을 당연시하고 있었지만 결혼하자는 약속은 하지 않았다. 더욱이나 프로포즈는커녕 처음으로 입 밖에 흘리는 결혼에 대한 그의 말이었다. 그런데 결혼을 조건으로 돈을 요구하는 한석호의 말에 그녀는 갑자기 증오하는 불길이 끓어올랐다. 그러나 한석호는 피식 웃음을 흘렸다.

"넌, 내 여자야. 그러니 나를 도와야지."

"어떻게 그런 말을 할 수가 있어? 내가 석호 씨 소유물인 줄 알아?"

"그럼, 어쩔 거야? 누가 남의 여자를 데려가겠어? 여자들은 얼마든지 많아!"

"뭐라고? 석호 씨가 그런 남자였어? 나쁜 놈! 더 이상 안 만날 거야!"

"그럴 수 있을까?"

술이 취한 한석호가 자신만만한 표정으로 웃음을 터트렸다. 주위에 있던 손님들의 시선이 그들을 향했다. 머리꼭대기까지 화가 뻗친 구성미가 자리를 박차고 일어나며 그를 노려보았다. 그의 뺨을 후려치고 싶은 것을 참고 그녀는 음식점을 뛰쳐나왔다.

그녀 자신도 모르게 눈에서 눈물이 흘러 내렸다. 그녀는 지나가는 택시를 불러 세웠다. 음식점 입구에서 흐느적거리는 한석호가 손을 흔들며 그녀를 부르고 있었다.

창문으로 보이는 길가에는 청바지와 민소매를 걸친 여인들이 수다를 떨며 걸어갔다. 성급하게 여름을 맞이하는 관광객들의 모습이었다. 창가에 서서 바라보던 구성미는 이제까지 즐거웠던 날들과 희망이 물거품처럼 사라지는 것 같아서 허전하기만 했다. 오랫동안 교제를 해 왔던 한석호의 인간성에 너무나 실망스러웠다.

결혼에 대한 약속을 표현하지 않았지만 구성미는 한석호의 사랑을 의심치 않았다. 여자가 남자에게 육체를 허락한다는 것은 단순히 성적인 욕구를 위해서만이 아니라, 사랑하는 마음을 확인시키기 위해서다.

그런데 한석호는 마치 하수인을 다루듯이 그녀를 지배하는 남자로 군림하고 있었다. 구성미는 한석호를 생각할수록 치가 떨리고 절망스러웠다. 단지 성적인 노리개가 되었다는 생각이 그녀를 좌절감에 빠지게 만들었다.

이틀 동안 한석호에게서 여러 번 사무실로 전화가 걸려 왔다. 하지만 그녀는 다시는 만날 일이 없다는 말을 하고는 전화를 받지 않았다.

사실 구성미는 한석호가 취중에 했던 말이기를 바랐다. 그래서 은연중에 그의 용서해 달라는 말을 기다렸다. 그러나 그녀의 마지막 희망은 물거품처럼 사라졌다. 용서를 구하기는커녕 그는 정조를 잃은 여자를 어떤 남자가 좋아하겠느냐는 협박조의 말을 뱉어놓고는 그후 전화도 하지 않았다.

구성미는 너무나 쉽게 포기하는 한석호가 저주스럽고 좌절감이 들었다. 하지만 그럴수록 그녀는 그에 대한 미련을 버리고 냉정해질 수 있었다. 단지 그를 통해 느꼈던 경험들이 다른 인생의 밑거름이 될 것이라고 위안을 했다.

그녀는 다시는 절망하지 않도록 새롭게 태어나야 한다는 것도 알았다. 무능하고 집념이 없는 남자를 잊어버리고 행복을 보장 받을 수 있는 미래가 절실했다.

오후 늦은 시간에 권한열은 호텔건축공사 현장을 둘러보고 있었다. 건축허가가 나왔고 현장에는 부지를 조성하는 중장비들의 엔진 소음으로 가득했다. 어두워지는 시간이지만 서치라이트가 현장을 대낮처럼 밝히고 있었다.

장마철이 다가오기 전에 기초공사를 마칠 그의 계획이었다. 현장을 돌아본 그는 승용차를 타고 회사로 향했다. 회사에 돌아온 권한열은 자신의 사무실로 들어가려다가 발걸음을 멈추었다.

직원들이 퇴근한 비서실에는 구성미가 혼자 남아 있었다. 책상 위에 엎드려 사무를 보던 그녀가 다소곳이 일어나 인사를 했다. 권한열은 고개를 끄덕였다.

"미스 구. 아직 퇴근 안 했군."

"늦으셨군요."

"음. 미스 구도 퇴근하지."

엷은 미소를 지어보인 권한열은 자신의 사무실 문을 열고 들어갔다. 전등을 켜고 호텔건축 설계도를 책상 위에 펼쳐 놓았다. 수시로 검토했지만 앞으로 강릉의 명물을 지으려고 그의 손에서 떠나지 않는 설계도였다.

설계도면을 살피던 그는 사무실 문이 열리는 소리에 고개를 돌렸다. 퇴근 준비를 마친 구성미의 모습이었다.

"회장님. 시키실 일 없으세요?"

"응, 퇴근해도 괜찮아."

"저녁식사도 하지 않으셨잖아요. 약속 있으세요? 저, 배고픈데요."

"배고프다고?"

설계도로 시선을 향하던 권한열이 구성미의 당돌한 말에 고개를 돌렸다.

배시시 미소를 짓고 서 있는 구성미의 모습을 보는 권한열의 눈동자가 껌벅거렸다. 그는 문득 자신의 여자가 되어 주기를 희망했던 말이 떠올랐다. 그러나 나이 차이가 있는 젊은 그녀를 받아들이라고 기대하지는 않았었다. 그러나 왠지 그녀에게서 기분 좋은 대답을 들을 것만 같았다.

"그럼 나하고 같이 식사할까."

"사 주실래요?"

"그렇지 않아도 어떻게 할까 생각 중이었는데, 잘 됐네."

권한열은 책상 위에 펼쳐 놓은 설계도를 접어 두었다. 그리고 상의를 걸치고 사무실을 나왔다. 구성미도 다소곳이 그의 뒤를 따라 나섰다.

건물을 나온 그는 민철만 운전기사에게 대기하고 있으라고 지시를 했다.

같이 간 곳은 길 건너에 있는 일본 음식 전문점이었다. 그는 참치 회와 초밥, 그리고 맥주를 주문했다.

이미 술을 같이 마셨던 구성미는 맥주를 받아 마셨다.

호텔건축에 열정을 쏟고 있는 권한열은 공사에 관한 얘기들을 했다. 그는 은연중에 자신이 물었던 말에 그녀가 어떻게 받아들이고 있는지 반응을 살폈다. 그러나 그는 그녀의 대답을 재촉하지 않았다.

구성미는 묵묵히 그의 말을 듣고만 있었다. 얘기 도중에 쌓인 그동안의 피곤은 양팔을 뻗어 기지개를 켜는 것으로 해결했다.

"요즘은 피곤해서."

"건강을 살피면서 하세요. 회장님이 건강하지 않으면 회사에 타격이 크잖아요."

"기초공사가 끝나면 며칠 쉬려고 생각 중이었지."

"언제 기초공사가 끝나요?"

"이번 주말까지는 끝내야지."

구성미가 힐끔거리며 권한열의 눈치를 살폈다. 그녀는 자신의 여자가 되어 달라던 그의 말을 깊이 새기고 있었다.

그녀가 그런 생각을 하게 된 가장 큰 요인은 애인 한석호에 대한 원망이었다. 어차피 젊은 청춘의 희망을 포기할 바에야 풍요로운 삶을 누리고 싶은 그녀의 심정이었다.

"집에서 쉬실 건가요?"

"아니. 오래간만에 여행이라도 갈 생각이야. 머리도 식힐 겸."

초밥을 집으려던 구성미가 포크를 떨어트렸다. 권한열에게 온 신경을 쓰고 있던 그녀가 실수를 한 것이었다. 얼굴을 붉힌 그녀는 얼른 떨어트린 포크를 집어 올려놓았다. 바라보고 있던 권한열이 종업원을 불러 포크를 새로 가져오게 했다.

그를 바라보는 그녀의 눈썹이 자잘하게 떨렸다. 그와 시선이 마주친 그녀의 눈가에 눈웃음이 깃들었다.

"저도, 가고 싶어요."

"미스 구도?"

"네, 데려가 주실래요?"

"미스 구라면, 난 좋지."

뜻밖의 말에 권한열은 구성미를 빤히 쳐다봤다. 듣고 싶었던 그녀의 대답이었다. 여행을 같이 가고 싶다고 말하는 의미는 자신의 요구를 수락한다는 것이었다. 그는 기쁨 대신에 마주앉은 그녀의 손을 슬며시 잡았다. 그녀는 뚫어지게 쳐다보는 그의 눈빛을 직면할 수 없어 고개를 숙였다. 갈등에 싸였던 마음을 스스로 결정한 것이었다.

권한열이 맥주잔을 들어서 단숨에 비웠다.

남자는 즉흥적이고 충동적이며 여자는 감성적이고 순정적이라고 하지만 남자는 욕망에 의한 의지가 깊고 여자는 삶의 방식에 대한 집념이 강하다. 남자는 여자의 모든 것을 소유하고 싶어 하지만 여자는 항상 능력 있는 남자의 여자가 되려는 빈틈없는 본능을 지니고 있다.

권한열은 호텔 부지의 기초공사가 계획했던 대로 마무리가 되어가고 있어 가벼운 마음이 되었다.

일주일 전부터 시멘트 타설 작업과 철근작업이 시작되었다. 그의 머릿속에는 구성미와 여행을 떠날 생각으로 가득했다. 그러나 집을 비울 것을 생각하니 무엇보다도 어린 아들이 걱정이었다.

회사의 업무 중에도 권한열은 수시로 집에 들러 아들을 살펴보는 습관이 있었다. 그만큼 그가 정성을 쏟을 수밖에 없는 귀중한 외아들이었다.

권한열은 가정부와 유모에게 덤으로 돈을 주면서 아들 관리를 신신당부하였다. 그리고 그는 민철만 운전기사에게 휴가를 주었다.

회사직원들은 모르지만 민철만 운전기사는 권한열이 구성미와 같이 여행을 떠난다는 것을 눈치 채고 있었다.

녹음이 우거진 여름의 하늘에는 깃털처럼 고운 구름이 흘러가고 있었다. 달리고 있는 차창 밖을 바라보는 구성미의 머리카락이 바람에 휘날렸다. 그녀는 다시는 좌절하지 않는 행복한 미래가 되기를 바라는 마음이었다.

핸들을 잡고 있는 권한열의 시선이 이따금 그녀에게 향했다. 부풀어 오른 앞가슴이 벌어진 블라우스 사이로 드러나 보였다. 그리고 그의 시선이 그녀의 스커트 자락 밑으로 내려갔다. 뽀얀 살결의 젖가슴과 허벅지를 쳐다보는 그의 눈동자가 흔들렸다.

그녀는 그의 시선을 감지하면서도 태연스러운 표정을 짓고 있었다. 그와 시선을 마주친 그녀가 배시시 미소를 지었다.

"회장님은 나이보다 젊어 보이세요."

"그렇게 보여?"

"네. 20대 같아요."

"다행이군. 미스 구보다 늙어 보이면 어쩌나 걱정했지."

권한열이 싱긋이 웃음을 흘렸다.

다른 말이 필요 없었다. 말로 표현하지 않았지만 구성미가 자신의 마음을 받아들인다고 판단했다.

여유로운 모습으로 운전을 하는 그는 이따금 회사를 이끌어 나갈 자신의 포부를 그녀에게 말했다.

회사 간부 직원들에게도 말하지 않는 속내를 그녀에게 드러내 보인 것이었다. 그녀는 다른 직원들보다 그의 생활에 대해 잘 알고 있었다.

권한열의 장래 사업운영 계획을 듣는 구성미는 마치 그의 여자가 되었다는 느낌에 무척 흡족하였다. 그가 누구에게도 자신의 속내를 드러내 보이는 성격이 아니라는 것을 그녀는 잘 알고 있었기 때문이었다. 마음이 편해진 그녀는 홀로 된 아버지와 오빠가 평창 산골에서 농사를 짓고 있다는 가정에 대한 얘기들을 서슴없이 말했다.

해가 중천에 떠 있었다. 해안도로를 따라 달린 승용차가 정동진에 도착했다. 점심 식사를 해야 할 시간이 훨씬 지나고 있었다. 권한열은 관광객들이 드나드는 음식점 앞에 승용차를 주차시켰다. 운전석에서 내린 그가 조수석 문을 열고 구성미를 기다렸다. 차에서 내린 그녀는 어깨를 감싸주는 그에게 밝은 미소를 지어 보였다.

식당으로 들어간 권한열은 오래간만의 여유로운 여행에 만족했다. 더욱이나 구성미와 함께 있으니 다시 젊은 시절로 돌아가는 기분이었다.

식탁 위에 주문한 매운탕이 먹음직스럽게 놓여졌다. 그녀는 팔을 걷고 매운탕을 접시에 떠서 그의 앞에 놓아주었다. 뿐만 아니라 그에게 수저를 챙겨주기도 하고 물을 따라주기도 하면서 그의 식사를 도왔다.

구성미는 권한열의 여비서 역할을 충실하게 수행했다. 아니 그의 여자가 되기 위한 역할을 정성들여 보이고 있었다. 그녀의 일거수일투족을 살피는 그는 흐뭇한 미소를 지었다.

식사가 끝나고 그는 그녀가 가져다준 커피를 마시며 조심스럽게 물었다.

"애인이 있었다고 했던가?"

"네."

"가끔 생각이 나겠군."

"아뇨. 기억조차 하기 싫어요."

구성미는 서슴지 않고 단호하게 말했다.

애인이 있었다는 것을 숨기고 싶지 않았다. 그리고 남자에 대한 미련이 없다는 것을 권한열에게 강조하고 싶었다.

그런데 그는 그녀가 무슨 이유로 애인과 헤어졌는지 알고 싶었다. 남자는 여자가 자신만의 여자가 되기를 바란다. 그러나 그는 더 이상 묻지 않았다.

식사를 마치고 그들은 다시 여행을 시작했다. 포항을 향해 달리는 승용차는 영덕에 이르렀다.

꼬불꼬불한 오르막길과 내리막길의 도로 옆으로는 파도가 출렁이는 절경들이 한눈에 들어왔다. 포말을 일으키는 파도 위로 그림처럼 춤사위를 하는 갈매기의 모습에 구성미는 문득 행복이라는 단어를 떠올렸다.

승용차에서 내린 그들은 해수욕장이 바라보이는 길을 걸었다. 나란히 걷던 권한열이 구성미의 손을 슬며시 잡았다.

전혀 거부감이 들지 않는 그녀가 눈웃음을 지며 그를 바라보았다. 그녀는 그가 진심으로 자신을 원하는 남자라고 느꼈다. 아니 그들의 눈빛은 사랑이라는 감정보다는 서로를 필요로 하는 간절함이었다.

어둠이 짙어진 저녁에서야 그들은 포항에 도착했다. 저녁식사와 함께 가볍게 술을 마신 그들은 젊은이들이 활보하는 번화가를 걸어다녔다.

처음 와 보는 도시의 모습에 구성미는 다른 생각을 할 수 없었다. 오직 남자의 보호를 받으며 여행을 즐긴다는 기분에 젖어 있었다.

권한열은 다시 그녀를 승용차에 태웠다. 그 승용차는 관광호텔 주차장으로 미끄러져 들어갔다. 구성미는 운전석에서 내리는 권한열을 보며 혼란스러웠다. 그러나 조수석 문을 열고 기다리는 그의 모습을 보고 그녀는 주저할 필요가 없다고 생각했다. 이미 그를 따라 여행을 하기로 결심을 하였기에 당황한다는 것이 오히려 가식적으로 느껴졌다.

권한열을 따라 호텔 방안에 들어간 구성미는 장승처럼 서 있었다. 그녀는 결심했던 바와 다르게 방을 나가고 싶은 심정이었다.

그가 몸을 사리고 있는 그녀에게 다가갔다. 그리고 그녀를 포옹했다. 그의 가슴에 안긴 그녀는 다리가 후들거리며 떨렸다. 그녀가 애인 한석호 외에 다른 남자에게 안긴 것은 처음이었다. 권한열이 구성미의 턱을 받쳐 들고 내려다보았다. 시선이 마주친 그의 눈빛이 이글거렸다.

그녀는 가까이 다가오는 그의 입술을 의식하고 눈을 감았다. 그녀의 입술 위에 그의 입술이 포개졌다. 그녀는 남자의 향기가 아니라 능력 있는 남자의 체취를 느꼈다. 그리고 그녀의 현실과 다른 상류사회의 유혹이 깃든 남자의 목소리가 들렸다.

"미스 구를 행복하게 해 줄게."

"……."

"내 아들의 엄마가 돼 줄 거지?"

구성미는 대답 대신 권한열의 입술을 받아들이고 있었다.

그가 그녀를 안아서 침대 위에 눕혔다. 그의 가슴 아래 깔린 그녀는 애인 한석호에게서 받았던 절망감이 눈처럼 녹아내리고 있었다.

그의 혀가 그녀의 입술을 벌리고 침범하였다. 그리고 그녀의 혀가 그의 입 속으로 빨려 들어갔다. 동시에 몸속에 잠재되어 있던 성감이 불씨를 일으켰다. 구성미는 피부를 감싸고 있는 감각기관들이 예민해지는 것을 느꼈다. 여자를 다루는 그의 애무는 섬세하였다.

그녀의 혀를 탐닉하던 그의 혀끝이 그녀의 귓불과 목덜미, 그리고 블라우스를 헤치며 젖가슴으로 파고들었다. 애인 한석호의 가슴에서 여자가 되었던 그녀였다. 다른 남자의 뜨거움에 그녀의 어깨가 자잘하게 떨렸다.

"저, 저 샤워 좀 할게요."

이글거리는 눈빛으로 내려다보던 권한열이 구성미를 풀어 주었다. 침대에서 벗어난 그녀는 뒤로 돌아서서 조심스럽게 블라우스와 스커트를 벗었다. TV를 켜고 화면을 주시하는 그의 시선이 그녀의 뒷모습을 뚫어지게 바라보았다. 굴곡 있는 둔부와 젊은 몸매를 지닌 그녀의 자태는 무척 선정적이었다.

팬티와 브래지어만 걸친 몸을 큰 수건으로 감춘 그녀는 욕실을 향해 갔다. 그는 욕실로 들어가는 구성미의 뒷모습을 보며 마른 침을 삼켰다.

그녀가 길지 않은 시간에 샤워를 하고 나온 뒤 그도 욕실로 들어갔다. 그가 욕실에서 나왔을 때 그녀는 모포를 머리 끝까지 당기고 벽을 향해 누워 있었다. 수건으로 물기를 닦아낸 그도 침대 위로 올라갔다. 모포를 들추고 들어간 그가 그녀를 끌어 당겨 안았다.

반듯이 눕혀진 그녀는 눈을 감은 채 그에게 모든 것을 맡기고 있었다. 그의 입술이 그녀의 입술 위에 머물렀다. 그의 혀가 그녀의 입속을 유린하였다. 그는 그녀가 이미 성적인 경험이 다분하다는 것을 알면서도 결코 서둘지 않았다. 그는 그녀의 혀를 입속으로 강하게 빨아 당겼다.

구성미는 이미 남자와 교제를 했었다는 사실을 감추지 않았다. 직접적으로 표현하지 않았지만 그녀가 이미 성적인 쾌감을 알고 있다는 사실이었다. 그런 그녀는 그의 입속에 빨려 들어간 혀가 휘말리면서 자신도 모르게 뜨거워졌다. 하지만 그녀는 순수함을 알리기 위해 몸을 꼿꼿이 하고 주먹을 쥐었다.

권한열의 애무는 섬세하였다. 혀에 돌기를 일으킨 그는 구성미의 목덜미와 귓불, 그리고 젖가슴을 타액으로 적셔 나갔다.

그녀는 젖꼭지가 그의 입속에 빨려 들어가 돌기를 일으키는 순간 파르르 떨었다. 그녀의 몸은 애인 한석호로 인해 성적인 본능에 익숙해져 있다는 것을 감출 수 없었다. 구성미는 짜릿해지는 쾌감을 감추려고 자신도 모르게 흘러나오는 옅은 신음을 목구멍 속으로 삼켰다. 그러나 여러 여자를 상대한 권한열은 그녀가 흥분하는 표정을 읽고 있었다.

그녀의 젖꼭지를 혀끝으로 굴리는 그의 손이 밑으로 내려갔다. 그녀는 그의 손이 음부를 쓰다듬는 감각에 허벅지를 조였다.

권한열의 혀끝이 뱀의 혓바닥처럼 구성미의 알몸을 샅샅이 훑고 내려갔다. 젖가슴을 맴돌던 혀끝이 옆구리와 허벅지, 그리고 음모가 돋아난 둔덕에 열기를 뿜어냈다. 온몸의 신경들이 돋아나는 쾌감을 감추려는 구성미는 아랫입술을 깨물었다. 주먹을 쥐고 있던 그녀는 모포를 움켜쥐었다.

그녀는 애인 한석호에게서 경험하지 못한 쾌감에 현기증을 느꼈다. 그녀는 자신도 모르게 그의 머리를 밀어 내려고 했다. 그러자 그가 그녀의 두 손을 누르고 허벅지 사이에 머리를 묻었다.

"생각보다 성미의 몸이 아름다워."

남자의 칭찬은 여자의 감정을 뜨겁게 만든다. 그래서일까. 성미는 감당할 수 없는 쾌감에 급히 숨을 멈추었다. 몸속으로 치밀고 들어오는 뜨거움에 그녀는 현기증마저 느꼈다.

"괜찮아. 지금, 모습이 아름다워."

숨기려던 자신의 감정을 들킨 구성미는 무안하여 말없이 눈을 흘겼다. 그러나 그녀는 이내 팔을 뻗어 권한열의 허리를 움켜쥐었다.

인간의 욕망만큼 세월은 새로운 문명의 사회를 만들어낸다. 세계 체육계를 장식하는 1988년 하계올림픽이 서울에서 열렸다. 그러나 올림픽은 과소비와 사치향락 풍조를 만연시키는 등의 부정적 결과를 낳기도 했지만 건설업과 관광사업, 그리고 대형마트들을 발전시켰다. 권력과 재력이 있는 사람은 더욱 부를 누리는 시대였다.

경제적인 성장을 주도하던 수출이 부진에 빠져 경기는 급속도로 악화되어 있었다. 하지만 권한열의 사업은 날로 번창하였다. 그가 운영하는 권한건설은 국내 굴지의 기업이 되어 서울에 본사를 두었다. 1992년 200만호 주택건설 사업으로 경기 5개신도시개발에 권한건설이 분당신도시 토목현장에 뛰어들어 2개 공구를 맡아 공사를 하게 되었다.

그리고 건설했던 호텔은 강원도를 찾는 사람이면 누구나 찾을 수 있는 관광호텔로 발전했다. 거기다 강릉을 비롯해 서울과 인천에 대형마트를 포함한 유통회사가 그룹기업이 되었다. 그렇게 날로 번창하자 권한열은 모름지기 권한의 그룹 회장이 되었다.

1994년 더위가 기승을 부리는 여름이었다. 저녁노을이 짙어지는 강릉 해변에는 해수욕에 지친 인파들로 혼잡하였다. 비키니를 걸친 젊은 여자들이 몸매를 드러내고 몰려다닌다. 해변에 줄지어 있는 상가들은 손님을 상대하느라 혼잡하다. 평상 밑에 웅크리고 있는 강아지는 수평선으로부터 잔잔하게 밀려오는 파도를 바라보았다.

해수욕을 하는 사람들의 시선이 한 곳에 머물러 있었다. 밀려드는 파도를 헤치고 다가오고 있는 세 대의 서핑보드였다. 집채 같은 파도를 등에 업고 좌우로 혹은 공중에서 회전을 하는 서핑보드가 다가왔다. 그리고 젊은 청년들이 서핑보드를 옆구리에 끼고 모래사장을 걸어 나왔다. 피서객들의 시선이 검게 그을린 근육을 드러낸 건강한 청년들에게서 떠나지 않았다. 특히 서글서글한 눈동자와 뚜렷한 골격을 가진 청년에게 시선이 집중되었다.

그는 권한열의 외아들 권연민이었다. 사람들의 시선에도 그들은 담담한 표정으로 상점 앞으로 가서 평상에 걸터앉았다. 연민이 수건으로 몸의 물기를 닦아내면서 웃었다.

"종식아! 너, 많이 늘었다."

"아직 웨이크와 라이딩이 서툴러. 우리 형이 잘 하지."

"나도 연민일 따라가려면 힘들어."

"종호 형, 벌써 늙었슈? 내가 형한테 배운 건데."

"연민은 운동신경이 좋잖아. 나는 한동안 보드 타지도 않았고."

거칠어진 숨을 몰아 쉰 연민은 평상위에 벌렁 누웠다. 그는 며칠째 집에 들어가지 않고 친구 집에 머무르고 있었다. 그리고 친구와 친구의 형 종호와 시간을 보내고 있었던 것이었다.

그는 아버지가 바라는 아들이 되기 위해 모범생이 되어 공부를 했고, 모두 부러워하는 대학의 정외과에 합격하였다. 그러나 그는 대학 진학을 포기하였다.

연민은 아버지가 원하는 삶의 틀에서 벗어나 자유롭고 싶었던 것이다. 또한 정치에 관심도 없었고, 다양한 삶의 모습을 영상이나 음악으로 담아내고 싶었다. 자신이 직접 연기자들을 발굴하고 제작하는 삶을 살고 싶은 욕망도 버릴 수 없었다. 대학 진학을 포기한 그는 아버지에게 유학을 보내달라고 조르고 있었다.

그러나 권한열은 자신의 욕망을 아들이 이루어주기를 바라기에 완고하게 거절했다. 연민은 아버지와 보이지 않는 승강이를 하고 있어 집에도 들어가지 않고 있다. 그렇게 벌써 반년이 지나도록 아버지의 의견에 부딪치고 있지만 그도 자신의 꿈을 버릴 수는 없었다.

누워있던 그는 종호가 누군가에게 인사하는 목소리에 벌떡 일어났다.

"선배님, 오래간만입니다."

"아! 종호구나."

종호가 인사하는 사람은 권한열의 운전기사인 민철만이었다. 또한 초등학교 선배이기도 했다.

연민이 그를 보고 시큰둥한 표정으로 외면을 했다. 권한열의 심부름을 하던 중에 지나치던 민철만은 검은 선글라스 너머로 연민을 빤히 바라봤다.

"연민아. 식구들이 기다리는 것 같던데."

"……."

"회장님도 걱정하시잖아."

묵묵히 침묵을 지키는 연민의 시선은 수평선을 향해 있었다. 그를 내려다보던 민철만이 발걸음을 옮겼다.

연민이 그의 뒷모습을 힐끔 쳐다보고는 슬며시 일어섰다. 민철만과 연민을 번갈아 쳐다보던 종식과 종호도 자리에서 일어났다. 서핑보드를 들고 걸어가는 그들의 머리 위로 이글거리는 태양의 열기가 쏟아지고 있었다.

강릉시내에서 해변으로 향하는 도로변에는 새로운 아파트들이 한창 들어서고 있었다. 중형승용차 한 대가 아파트 신축공사장을 벗어나 해변으로 향하는 옆길로 들어섰다.

출렁이는 파도와 노송들이 어우러진 산자락에 조성된 넓은 대지 위에 고급주택들이 들어서 있었다. 승용차가 작은 동산 위 2층 주택 앞에 멈춰 섰다. 젊은 운전기사가 내려와 문을 열어주는 승용차에서 50대 후반의 남자 모습이 나타났다. 며칠간 출장을 마치고 주말을 맞이하여 귀가하는 권한열이었다.

흘러가는 세월만큼 그의 머리도 희끗희끗하였다. 철문이 열리고 앞치마를 두른 중년 여인이 다소곳이 서서 인사를 했다. 가정부였다.

철문 안에는 잘 정리된 잔디와 정원수로 가꾸어진 정원이 보였다. 권한열이 집안으로 들어가고 민철만 운전기사는 차고 문을 열고 승용차를 몰고 들어갔다.

권한열이 한가롭게 정원을 돌아보는 사이에 가정부가 앞서서 주택의 현관문을 열고 들어갔다. 거실 안에는 2층으로 오르는 계단과 주방과 복도로 이어지는 방문들이 보였다. 고풍의 가구들로 꾸며진 거실 유리창에는 담쟁이 넝쿨 잎이 바람에 흔들려 여유로움을 느끼게 했다. 거실로 들어간 가정부가 안쪽을 향해 외쳤다.

"사모님, 회장님 오셨습니다."

방문 열리는 소리와 함께 가벼운 원피스를 걸친 여인이 복도에서 걸어 나왔다. 그 여인은 권한열의 여비서였던 구성미다. 아내가 사망하고 적적함을 견디지 못하던 권한열은 결국 비서 구성미를 아내로 맞이한 것이다. 그리고 뒤늦게 딸까지 낳아준 아내를 무척 흡족하게 여겼다.

구성미가 권한열과의 결혼을 선택한 것은 행운이었다. 물론 경제적인 안정을 위한 선택이었지만 딸까지 낳고 보니, 확고부동하게 회장의 사모님 대우를 받을 수 있었다. 남편의 귀가를 맞이하는 그녀의 얼굴에 잔주름이 지나간 세월의 흔적을 드러내 보이지만 몸매는 관능적이었다.

현관에 들어서는 권한열을 향해 걸어가는 그녀의 드레스 자락이 출렁이고 풍만한 둔부가 흔들렸다. 거실로 들어선 그는 주위를 두리번거렸다. 그는 귀염둥이 딸인 연지를 찾는 것이었다. 그가 퇴근하면 언제나 재롱을 부리며 반기던 연지가 보이지 않기 때문이었다.

"연지는?"

"자고 있어요."

구성미는 자신이 낳은 딸을 무척이나 사랑하는 남편이 고맙기만 했다. 환한 미소를 지은 그녀는 남편이 들고 들어온 서류가방을 받아 들고 물었다.

"피곤하시죠?"

"응, 샤워 좀 해야겠어."

"준비해 놓을게요."

"연민인 어디 갔나?"

두리번거리던 권한열이 목욕물을 준비하러 가는 구성미에게 물었다. 그가 누구보다 관심을 기울이고 있는 가족은 전처가 낳은 아들이었다.

자신을 마중하러 나올 아들을 기대했던 그는 미간을 찌푸렸다. 앞서 걷던 구성미가 돌아서서 대답하기 난처한 표정을 지었다. 연민이 이틀 전에 집을 나가 소식이 없었기 때문이었다.

권한열은 자신의 모든 것을 물려줄 아들 연민을 강하게 키우고 싶었다. 그래서 어려서부터 일일이 아들을 관리하고 스파르타식으로 키워 왔다. 연민도 그의 희망을 저버리지 않고 머리도 좋고 단정한 품행으로 자랐다. 그런데 요즘 연민이 반항적으로 변하고 있었다. 더욱 그를 골치 아프게 하는 것은 아들이 대학에 합격하고도 진학을 포기한 것이다. 그는 대답을 못하는 아내를 보고 미간을 찌푸렸다.

"연민이 어디 갔냐고?"

"그게."

구성미는 자신도 알 수 없기에 마주 보이는 가정부의 눈치를 살폈다.

그녀는 지나간 세월동안 어린 연민을 자신이 낳은 아들처럼 보살폈다. 그러나 연민은 커갈수록 그녀를 냉정하게 대하며 대화를 하지 않으려고 했다.

권한열은 아내가 말 못할 상황이라는 것을 알 수 있었다. 가정부가 조심스럽게 입을 열었다.

"사모님도 모르시죠. 연민학생이 이틀 전에 집을 나가서 소식도 없어서요."

"어디 있는지 알아봐야지."

"삐삐를 쳐도 전화가 없어서."

구성미가 주눅이 들린 표정으로 작은 목소리를 흘렸다. 미간을 찌푸린 권한열은 입맛을 다시며 복도를 지나 안방으로 들어갔다.

요즘 그는 마주쳐도 말 한 마디 하지 않는 아들이 서운하기도 하고 괘씸하였다. 어쩌면 기업을 확장하는 것이 욕망이기도 하지만, 아들을 사랑하는 아버지의 모습을 보이고 싶기 때문이었다.

권한열은 저녁식사가 끝나도록 아들이 나타나지 않아 언짢았다. 구성미는 남편이 원하는 만큼 연민을 관리하지 못하는 자신의 능력을 탓하고 있었다. 하지만 그녀가 낳은 자식도 아니었기에 연민의 마음을 헤아리는데 한계가 있었다. 그녀가 할 일은 기분이 좋지 않은 남편의 마음을 편하게 해 주는 것 밖에 없었다. 잠자리에 들어간 그녀는 남편 옆에 누우며 눈치를 살폈다.

"여보. 너무 걱정 마세요. 지금까지 연민이 말썽 부린 적은 없잖아요."

"차라리 말썽 부리는 게 낫지. 도통 말을 하지 않으니."

"들어오겠지요. 그리고 연민이 그렇게 원하는데 유학을 보내주세요."

"그놈이 애비 말은 안 듣고, 딴따라들이 하는 일에 관심을 가지니까 그렇지."

"사람마다 재능이 다른 걸 어떡하겠어요."

"자식이 크니까, 사업하는 것보다 힘들군."

입맛을 다신 권한열이 한숨을 내쉬었다.

구성미가 남편의 팔을 끌어당겨 머리에 베었다. 그와 시선이 마주친 그녀의 눈가에 자잘한 미소가 떠올랐다. 잠자리에서 그녀가 남편을 위로하는 것은 부부관계가 최고다. 더욱이나 딸을 낳고 한창 성적으로 절정기에 오른 그녀가 먼저 남편에게 다가가는 것이 습관이 되었다. 하지만 나이 차이가 많은 남편이 쉽게 피곤을 느끼는 것이 문제였다.

구성미는 손을 뻗어 남편의 가운데 물건을 움켜쥐었다. 아내의 손길을 의식한 그가 그녀의 젖가슴을 움켜쥐었다. 나이가 들수록 풍만해지는 그녀의 젖가슴이 그의 손아귀 속에서 휘말렸다. 저절로 민감해지는 그녀는 남편의 몸 위에 엎드렸다. 그리고 물건을 쥐고 마찰하며 젖꼭지를 남편의 입에 밀어 넣었다.

늙어가는 남편과 부부관계를 하기 전에 하는 전희행위였다. 그녀의 입속으로 드나들던 물건이 발기하고 있었다.

"그만 됐어."

구성미는 남편의 물건을 쥐고 흔들며 잠옷을 벗었다. 그리고 뒤로 돌아 남편의 얼굴에 엉덩이를 들이댔다.

열어놓은 침실 창문 커튼이 흔들렸다. 커튼 사이로 침실을 들여다보는 눈동자가 있었다. 밤늦게 귀가한 권한열의 아들 연민이었다.

유학을 고집하는 그는 대학진학을 원하는 아버지를 피하고 있었다. 아버지가 집에 있는지 확인하려고 침실 안을 살피는 것이었다. 마른 침을 삼키는 연민의 눈빛이 반짝였다. 붉은 침대 등불 아래 발가벗은 여자가 아버지의 몸에 올라가 육체관계를 하는 장면이다. 그러나 그는 별로 놀라는 기색이 아니다. 사춘기를 지나면서 아버지의 침실을 여러번 엿보았기 때문이었다.

연민이 아버지의 침실을 엿보게 된 것은 3년 전이었다. 공부를 하다가 깜박 잠이 들었던 그는 여자의 신음소리를 듣고 잠에서 깨었다. 그리고 아버지의 침실을 엿보게 되었고, 그는 충격을 받았다.

아버지의 여자가 자신을 낳아준 생모가 아니라는 사실은 이미 알고 있었다. 나이 차이에서도 알 수 있지만 주위 사람들도 공공연하게 알리고 있었다.

사춘기 시절의 연민에게 아버지의 정사장면은 성적인 충동을 유발하기도 했지만 사회지도자로 존경받는 아버지의 모습이 아니라는 생각에 실망이 컸다. 실망을 느끼게 하는 요인은 무엇보다도 아버지의 여자였다.

아버지를 유혹하는 눈빛과 선정적인 그녀의 옷차림이 역겨웠다. 그는 차츰 아버지의 여자를 경멸하기 시작했다.

다음날이었다. 아침에 식사를 하는 식탁에서 권한열은 아들의 모습을 볼 수 있었다. 권한열은 화가 치미는 것을 참고 있었고, 연민도 모든 것이 탐탁지 않은 표정이었다.

대화가 없는 냉랭한 분위기 속에 식구들은 침묵 속에 식사를 하고 있었다. 밥을 먹던 권한열이 연민을 힐끔 쳐다봤다.

"요즘, 어디에 있었니?"

"친구 집에요."

"식구들이 걱정하는 걸 알면 행선지를 밝히고 다녀야지."

"네."

연민은 더 이상 말하기 싫다는 듯이 짧게 대답했다.

권한열이 다시 무슨 말인가 하려는데, 딸 연지의 식사를 도와주고 있던 구성미가 권한열의 옆구리를 툭 쳤다. 아내의 만류에 그는 못마땅하다는 표정을 하고 딸의 머리를 쓰다듬었다. 그러나 그는 참지 못하고 다시 말했다.

"정말, 대학에 안 들어갈 거니?"

"국내는 싫어요. 유학 보내주세요."

"넌 그릇이 그것 밖에 안 되니. 지 에미를 닮아서."

밥 먹기를 중단한 권한열이 수저를 내려놓고 일어섰다. 식구들의 시선이 2층 서재로 올라가는 그의 뒷모습으로 향했다.

구성미는 남편 권한열의 급한 성격이 항상 언짢았다. 그녀는 차라리 연민의 섬세하고 과묵한 성격이 남자답다고 생각했었다. 날카로운 인상의 남편과 다르게 연민은 의외로 다정다감한 내면이 있었다.

구성미는 연민의 계모로서 연민을 아직도 어리다고 판단하는 남편이 탐탁지 않았다. 그리고 아들을 과잉보호하는 남편의 아집이라고 생각했다.

여름에는 테니스, 겨울에는 아이스하키를 즐기는 연민은 건강미 넘치는 체격의 청년이었다. 카리스마 넘치는 남편과 달리 연민은 깊고 부드러운 눈빛과 뚜렷한 윤곽의 외모였다.

담요에 싸인 어린 시절부터 연민을 보살폈던 구성미였다. 그런데 장성한 연민은 그녀를 어머니라고 부르지 않으며 살갑게 대하지 않았다. 그녀는 항상 남편과 연민 사이에서 갈피를 잡지 못하고 눈치만 살피었다.

일어나서 그녀는 커피포트를 렌지 위에 올려놓았다. 아침 식사 후에 남편의 커피만큼은 가정부의 손을 빌리지 않고 그녀가 습관처럼 하는 일이었다.

권한열이 출근하고 집안은 고요하기만 했다. 며칠 동안 집을 비웠던 연민은 2층 자신의 방에 틀어박혀 피아노 연주를 하고 있었다. 틈틈이 익힌 피아노 연주 실력은 수준급이었다.

침실에서 구성미는 잡지책을 뒤적이고 있었다. 어렸던 연민이 자라고 나니 집안에서 그녀가 할 일은 별로 없었다. 은연중에 그녀가 귀를 기울이고 있던 피아노 음률이 멈추었다.

연민은 피아노 건반 위에 손을 올려놓은 채 멍하니 창문을 바라봤다. 그의 어린 시절은 엄격한 아버지의 모범적인 아들이었다. 그는 아버지의 극진한 보살핌을 받는 아들이라는 것에 만족했었다. 그런데 고등학교 시절부터 그는 새장에 갇힌 새처럼 답답함을 느꼈다. 그리고 왠지 암울하게 느껴지는 가정에서 탈피하고 싶었다.

더욱이나 아버지의 내면에서 풍기는 비밀스러움은 연민을 알 수 없는 불신의 세계로 몰아갔다. 아버지의 정사 장면, 아버지를 그림자처럼 따르는 아버지의 여자, 생모에 대한 의혹을 불러일으키는 동기였다.

가족사진 앨범 중에서 발견한 생모의 모습은 고결하고 품위가 있었다. 하지만 어머니의 굳은 표정은 그에게 무엇인가 암시하는 것만 같았다. 아버지가 자주 에미를 닮았다는 말을 떠올린 그는 벌떡 일어나 거실로 내려갔다.

주방에는 가정부가 배추를 다듬고 있었다. 그녀는 이북 개성 출신으로 연민의 생모가 사망하기 이전부터 같이 살고 있는 가정부였다. 식구들은 그녀를 개성댁이라고 호칭했다.

홀로 월남한 그녀는 어느덧 육십이 가까워지는 나이였다.

냉장고에서 냉수를 꺼내 마신 연민이 식탁 앞에 앉으며 그녀에게 물었다.

"아줌마. 우리 엄마는 어떤 분이셨지요?"

"네, 엄마? 그건 왜 갑자기."

"그냥 알고 싶어서요."

"참말로 곱상하고 인자한 사모님이셨지."

배추를 다듬던 손을 멈춘 개성댁은 과거를 회상하는 눈빛으로 천장을 바라봤다. 연민에게 생모와 아버지의 여자에 대해서 말해 주는 사람은 아무도 없었다. 나이가 들수록 그는 궁금했지만 아버지의 시선을 의식해서 누구에게도 물어 볼 수 없었다. 주위를 둘러본 그가 다시 물었다.

"어떻게 돌아가셨어요?"

"지금 같으면 살아 있을지도 모르지. 약 한 첩 제대로 써보지 못하고 죽었으니."

"병원에도 안 가셨어요?"

"심장병인데 지병이라 의사도 어쩔 수 없다고 했단다. 약이라도 제대로 썼으면 좋았겠는데, 네 아버지가 워낙 바빠서."

"……."

"사장님도 어쩔 수 없는 선택이었어."

말꼬리를 흐린 개성댁이 크게 한숨을 내쉬었다. 연민은 그녀의 말에 더욱 의아스러워 했다.

약을 제대로 못 썼다는 말인가, 아니면 아버지가 바빠서 병든 어머니를 돌볼 시간이 없었다는 말인가. 그런저런 의문이 느껴지고 있었다. 그리고 어쩔 수 없는 선택이라는 것에는 아버지가 생모의 병을 치료할 수 없었던 이유가 있었던 것 같았다.

"무슨 선택이요?"

"여자의 일생은 남자와 다르지. 그게 운명인 걸."

연민은 운명론으로 돌리는 개성댁의 말이 더욱 알쏭달쏭했다. 자신의 생모가 죽은 이듬해에 아버지가 재혼했다는 것을 알고 있었다. 아버지의 재혼과 생모의 죽음에 연결되는 원인이라도 있는 것일까.

"아버지는 지금 그 분을 어떻게 만났어요?"

"누구? 아, 지금 사모님. 사모님은 아버지 회사의 비서실에서 여비서로 근무했었지."

"여비서였다고요?"

주방 입구를 살피는 개성댁이 고개를 끄덕였다.

연민은 아버지와 구성미 사이에도 묘한 의혹이 숨겨져 있는 것만 같았다. 아버지의 침실을 엿보고 나서부터 아버지와 구성미 사이에서 흐르는 역겨움을 강하게 느껴 왔었다. 흐느적거리는 허리와 살집이 오른 엉덩이를 흔들며 아버지의 뒤에 서 있는 여인의 그림자. 항상 짙은 화장을 하고 있는 구성미에게서 흘러나오는 이미지는 마치 창부와 같았다.

생각할수록 혼란해지는 연민이었다. 어쨌든 의혹의 울타리를 벗어나 자신이 하고 싶은 영화 연출에 관한 공부에 전념하고 싶었다.

관심과는 다르게 법조인이 되기에 집착하는 아버지의 반대에 부딪친 것이었다. 국내 대학이 아닌 유학을 가고 싶은 그는 어떻게 하든지 아버지의 허락을 받아낼 기회를 엿보고 있었다.

권한열은 며칠 동안 집안에 틀어박혀 있는 아들 연민이 탐탁하지 않지만 잔소리를 하지는 않았다. 어린 시절부터 항상 장학생을 놓치지 않으며 고분고분하던 아들이기에 언젠가는 자신의 말을 들으리라고 판단했기 때문이었다. 그리고 그가 집안에서 즐거움을 느낄 수 있는 것은 어린 딸 연지의 재롱이었다.

권한열이 회사에 나가지 않고 집에 머물러 있던 날이었다. 그는 내년 총선거에 국회의원으로 입후보할 준비를 하고 있었다. 서재에서 소속 정당인 정국당에서 보내온 서류를 살피던 그가 고개를 들었다. 개성댁이 서재 문을 열고 들어서고 있었다. 앞치마에 손을 닦으며 다가선 그녀가 주춤거렸다.

"회장님."

"무슨 일이요?"

"밖에 어떤 사람이 와서 회장님을 뵙겠다고 명함을."

권한열은 회사에서 찾아올 사람이 없었기에 의아스러웠다. 명함을 받아 바라보던 그가 미간을 찌푸렸다. 명함에 적힌 사람의 이름은 강민일보에 근무하던 박재필이다. 박재필에게서 한경숙과의 관계로 만났던 좋지 않은 기억을 떠올렸다. 박재필이 찾아온 이유를 생각하는 그는 께름칙한 느낌이 들었다.

명함으로 책상을 툭툭 치던 권한열은 고개를 끄덕였다.

"들어오게 하세요."

권한열의 무거운 목소리를 듣고 개성댁이 서재를 나갔다. 서재를 나온 개성댁이 복도를 지나는 순간 연민이 자신의 방에서 나오고 있었다.

유학에 대한 자신의 뜻을 관철시키려고 아버지를 만날 생각이었다. 층계를 향하던 개성댁이 뒤돌아섰다. 그리고 서재로 향하는 연민을 불러 세웠다.

"어디 가려고?"

"아버지, 서재에 계시죠?"

"지금 들어가지 마. 회장님을 찾아온 손님이 올라올 거야."

권한열은 개성댁이 나가고 다소 긴장한 표정으로 있었다. 서재문이 열리고 박재필이 들어섰다. 박재필은 예전의 모습이 아니었다. 세월이 묻어나 보이는 중년 남자의 모습이었다. 의자에 비스듬히 앉았던 권한열이 반가운 표정을 지어 보이며 일어섰다.

"하! 이거 박 기자, 오랜만이군."

"늙으셨지만 아직도 정정하시네요."

"세월을 비껴 갈 수 있나. 자네도 어지간히 나이가 들어 보이는군."

손님이 왔다는 소식을 들었던 아내인 구성미가 찻잔이 담긴 쟁반을 받쳐 들고 서재로 들어왔다. 탁자에 녹차를 내려놓는 그녀를 유심히 살피던 박재필의 눈빛이 날카로웠다. 그가 알고 있던 권한열의 아내 모습이 아니었다.

구성미가 서재를 나가고 권한열이 차를 권했다. 찻잔을 집어든 박재필이 의아스런 표정을 지었다.

"사모님이?"

"벌써 오래된 얘기네. 그래, 요즘 어떻게 지내나?"

"회장님이 국회의원 선거에 입후보하실 거라는 소문이 자자하더군요."

"그거야, 뭐. 주위에서 권하기에."

연륜이 묻어나는 권한열의 표정은 자만심으로 가득했다.

박재필은 그의 위엄이 서린 모습에도 느긋한 자세로 있었다. 권한열의 말을 듣고 오히려 그의 입가에 묘한 미소가 흘렀다.

"저도 정당 활동을 하고 있습니다."

"정치. 마약 같은 것이지. 쉽지 않겠군."

"정치가 바뀌져야 한다는 사명감에 민국당 오산지역에서 활동하다가 강릉 지구당으로 왔습니다."

"그래서, 한동안 보이지 않았군."

여당의 추천을 받은 권한열과 달리 박재필은 야당이었다. 박재필에게 약점을 잡혔었던 권한열이었다. 그러나 그는 속으로 박재필을 비웃고 있었다.

정치를 시작하는 사람들이 대부분 정당의 끄나풀이 되어 한 건을 노리기 때문이었다. 그러나 박재필은 거들먹거리는 자세로 들고 온 손가방을 열었다. 박재필이 손에 꺼내든 것은 소형 녹음기였다. 의아스러운 눈빛을 발하던 권한열의 시선이 박재필의 손에 들려진 녹음기로 향했다.

박재필이 탁자 가까이에서 허리를 숙이며 낮은 목소리로 말했다.

"회장님은 의원 입후보를 포기하실 겁니다."

"글쎄, 나도 심사숙고하지만, 지지하는 사람들 성의를 무시할 수도 없고."

"어떤 일이 있어도 입후보하시면 안 됩니다."

"무슨 이유라도 있나?"

"회장님은 오래 전에 어린 고아 소녀를 무참하게 성추행했기 때문입니다."

"뭐라고?"

당황한 권한열이 허리를 곧게 펴고 앉았다. 박재필의 말은 분명 협박이었다. 권한열이 놀라는 것이 당연하다는 듯 박재필의 입가에 비소가 흘렀다.

박재필이 들고 있던 녹음기를 탁자 위에 올려놓고 버튼을 눌렀다. 녹음기에서 어린 소녀의 비명이 흘러 나왔다.

"하악! 엄마 얏."

"나를 좋아한다면서, 내가 시키는 대로 한다면서."

"아, 아저씨! 싫어. 아파요."

"널 여자로 만들어 주려는 거야."

숨을 몰아쉬는 남자의 음흉한 목소리와 날카로운 소녀의 울부짖음이었다. 권한열을 경멸하는 박재필의 눈빛. 전혀 예상치 못한 상황에 당황하는 권한열의 하얗게 질린 표정. 소녀의 절규는 그치지 않았다.

"싫어요. 아저씨! 죽을 것 같아요."

"조금만 참아. 난, 너를 보살펴 줄 거야. 여자는 누구나 겪는 고통이란다. 다만 말을 하지 않을 뿐이야. 다른 사람에게 말하면 창피하잖아."

"아저씨! 그냥, 제발 보내주세요. 이런 건 싫어요."

"물론 보내줘야지. 너는 사랑받는 여자가 되는 거라고, 오늘 있었던 일을 말하면 안 돼."

권한열은 너무나 오래 전의 일이라서 잊고 있었다. 영원히 숨겨졌다고 생각했었다. 그런데 한경숙과의 관계를 조건으로 협박했던 박재필이 다시 그의 치부를 갖고 나타난 것이다. 그러나 그는 산전수전을 다 겪은 사업가였다.

오랜 세월 동안 쌓아온 품위를 잃지 않고 권한열은 태연한 자세로 고쳐 앉았다. 녹음기에서는 잡음과 함께 소녀의 울부짖음이 흘러나오고 권한열의 입가에 경련이 일어났다. 소녀의 울부짖는 날카로운 비명소리가 메아리처럼 서재 안에 울려 퍼졌다.

"제발, 살려 주세요. 아저씨! 보내 주세요. 정말 싫어요."

"널 행복하게 살게 해 주는 거라니까. 내가 널 얼마나 좋아하는지 알아!"

"하지만 이건 싫어요. 아저씨는 좋은 사람이잖아요. 그런데 왜 이러세요. 원장님에게 말할 거예요."

"말하면 안 돼!"

"흐윽! 으윽!"

"여자는 아름다워지려면 누구나 겪는 고통이란다. 난 네가 정말 사랑스러워. 그래서 너를 세상에서 제일 아름다운 여자로 만들어 주려고 하는 거다. 오늘 일을 다른 사람에게 말하면 너만 바보가 되고, 세상에서 제일 불행한 사람이 되는 거란다."

"아저씨! 악!"

소녀를 안심시키는 말과 훈계와 협박을 번갈아 하는 남자의 목소리와 단발마의 소녀 신음소리를 끝으로 철컥하고 녹음기가 멈추었다.

듣고 있던 권한열의 이마에 땀방울이 맺혔다. 거기에 박재필은 어떻게 하겠느냐는 듯 권한열을 바라봤다. 그러나 권한열의 자세는 흔들리지 않았다. 다만 그의 눈동자에 핏발이 섰다.

"내가 예전에 말했던 걸로 아는데. 사람은 말이야, 실수를 하기 마련이지. 그 실수는 아픈 상처로 남게 마련이고. 인간이라면 그 아픈 상처를 감싸줄 줄 알아야 돼."

"물론 권한열 회장님의 말씀은 익히 알아들었습니다. 하지만 한 번의 실수가 아니고 어린 소녀를 무참하게 짓밟은 인간은 사회에서 도태되어야 하는 걸로 알고 있습니다."

"사람은 신이 아닌 이상 완전하지 못해. 실수를 모르고 사는 것이 아니고 후회와 성찰을 하면서 일생을 사는 것이 인간이지. 사람마다 운명은 어쩔 수가 없는 걸세."

흥분하기 시작한 권한열의 목소리가 점점 커지고 있었다. 박재필은 뉘우침도 없이 설교를 하려는 권한열이 파렴치하게만 보였다. 기가 막힌다는 표정을 지은 박재필이 지지 않고 목소리를 높였다.

"어떻게 지도자로 존경받는 회장님께서 이기적인 말을…. 부끄럽지도 않습니까? 만약 회장님 딸이 그런 치욕을 당해도 그런 말로 무마시킬 겁니까? 회장님 딸도 추행하실 건가요?"

"뭐라고? 이 사람이 막말을 하는군. 남의 아픈 상처를 파헤치는 사람은 영원히 씻을 수 없는 고통을 받게 될 것이네."

권한열의 말은 도리어 박재필을 압박하는 경고 메시지였다.

박재필은 예전처럼 그가 협상을 제의할 줄 알았었다. 그러나 의외의 반격에 박재필은 화가 치밀었다.

지나간 세월동안 갖은 고초를 경험한 권한열은 예전처럼 호락호락하지 않았다. 씨근덕거리던 박재필이 자리에서 벌떡 일어섰다.

"정말 그러실 겁니까! 후회하실 텐데요."

"날 협박하지 말고, 소신대로 하게나."

"좋습니다. 당신은 국회의원 입후보는커녕 사회에서 매장될 것입니다."

"신은 도울 자만 돕는다네. 자네는 평생 남의 상처만 들추고 살 것인가?"

"알았습니다. 반드시 후회할 겁니다."

권한열을 노려보는 박재필의 얼굴이 붉으락푸르락하였다. 그러나 권한열은 조금도 흔들림이 없었다.

박재필은 당당하게 돌아서서 문을 향해 걸어 나갔다. 문을 박차고 나가던 박재필이 흠칫 놀라서 걸음을 멈추었다. 문앞에 서 있던 연민과 마주쳤던 것이다. 부딪칠 뻔했던 연민이 박재필에게 고개를 꾸벅하였다. 하지만 독기가 오른 박재필에게 연민은 안중에도 없었다.

박재필은 마주친 연민을 밀치고 층계를 향해 갔다. 서재에서 흘러나오는 대화를 엿듣고 있던 연민은 놀란 가슴을 손으로 쓸어내렸다. 아버지에게 유학을 보내달라는 간청을 하려던 참이었다.

연민은 아버지를 찾아온 손님이 있다는 말을 듣고 호기심이 일어났다. 그리고 언성을 높이는 아버지와 손님의 목소리에 무심코 귀를 기울이게 된 것이었다. 그리고 그가 듣지 말아야 했던 아버지의 또 다른 모습에 경악하지 않을 수 없었다. 충격을 받은 연민은 층계를 내려가는 박재필의 뒷모습이 사라진 후에도 꼼짝할 수가 없었다.

권한열은 박재필이 나가고 고개를 숙인 채 소파에 몸을 깊숙이 묻고 있었다. 철퇴를 맞은 듯이 충격적인 사태가 발생한 것이었다.

이제까지 쌓아온 명예가 한꺼번에 사라질 것이다. 그의 뇌리에는 모든 사람들이 손가락질을 하는 모습이 떠올랐다. 어떤 방법으로라도 사태를 수습하지 않을 수 없었다. 비장한 각오로 전화기를 집어든 그는 다이얼을 돌렸다.

연민 또한 감당할 수 없는 충격에 빠졌다. 자신의 방으로 들어온 그는 낙심한 채 의자에 주저앉았다. 지도자로 존경 받아오던 모범적인 아버지의 모습이 여지없이 추악하게 변했다.

아버지의 가슴 밑에 깔려 발가벗고 있던 아버지의 여자 모습, 그리고 아버지에게 짓밟히던 소녀의 절규가 귓가에 메아리쳤다. 연민은 아버지의 진면목에 대해 강한 의혹에 휘말렸다.

아들을 끔찍하게 여기던 아버지가 아니었다. 존경하던 아버지의 모습도 아니었다. 위선과 가식의 가면을 쓰고 있는 아버지는 야욕으로 가득한 남자였다. 그리고 아버지의 여자도 단순히 성욕의 희생물이라는 생각을 하는 동시에 연민은 묘한 쾌감을 느꼈다. 아버지를 경멸하는 반발의식이었다.

30여 분이 지나고 연민은 층계를 올라오는 발자국 소리에 청각을 곤두세웠다. 예민하게 반응한 연민은 방문 앞으로 다가섰다. 층계를 올라온 구두발자국 소리가 서재 앞에서 멈추어 섰다. 마른 침을 삼킨 연민은 잠시 멈추었다가 방문을 열고 나갔다. 누군가가 서재로 들어가고 문이 닫혔다.

권한열은 소파에 앉아 깊은 생각에 잠겨 있었다. 그는 서재로 들어오는 사내를 향해 말없이 앉으라고 손짓을 했다.

서재에 들어온 사내는 다름 아닌 권한열의 운전기사였던 충복 민철만이었다. 민철만은 권한열의 배려로 호텔 지배인으로 일하고 있었다.

전화연락을 받고 달려온 민철만은 무척 긴장하는 표정이었다. 다급한 일이 아니면 권한열이 그를 집으로 호출하지 않기 때문이었다.

입맛을 다시며 권한열이 입을 열었다.

"요즘 어때. 애들은 잘 크고?"

"네, 회장님 덕분에 편안합니다."

"박재필. 그 놈이 왔다 갔어."

"재필이가요?"

민철만은 같은 나이 또래의 박재필을 잘 알고 있었다. 물론 한경숙과 관련된 일도 알고 있었다. 심상치 않은 일이 벌어졌다는 것을 예감한 민철만이었다. 권한열이 화를 참지 못하겠다는 듯이 목소리를 높였다.

"그 자식이 협박을 하고 갔어. 고아들을 돌보던 시절의 실수를 어떻게 알았는지, 녹음기까지 들이대는 거야. 그런 놈은 인간 쓰레기야."

"녹음기를요?"

민철만은 녹음기의 어떤 내용이 권한열을 화가 나게 했는지 궁금했다. 그러나 권한열이 말하기 전에 물어본다는 것은 금기사항이었다. 권한열의 사생활에 대해 너무도 잘 알고 있는 민철만은 여자관계일 것이라고 추측을 했다. 고아들과 관련된 여자관계라면 어렴풋이 권한열이 급하게 호출한 까닭을 알수 있었다. 권한열이 민철만의 눈치를 살폈다.

"그래서 말인데, 자네가 조치해 줘야겠어."

"어찌, 할까요?"

"영원히 입을 못 열게 만들어줬으면 좋겠어."

"네?"

"남의 상처를 건드리고 다니는 인간은 사회에서 도태시켜야 돼."

"아, 네."

민철만은 더 이상 되물어 볼 필요가 없었다. 직접적인 지시는 아니었지만 사회에서 도태시킨다는 것은 뻔한 명령이었다.

민철만으로서는 신과 같은 권한열의 명령이었다. 두 손 마디를 눌러 소리를 낸 그는 비장한 표정으로 일어섰다. 그리고 권한열에게 90도 각도로 허리를 굽혔다.

"바로 연락드리겠습니다."

"음, 역시 내 뜻을 알아주는 사람은 자네뿐이 없어."

다시 한 번 허리를 굽혔던 민철만이 서재 입구를 향해 걸어갔다. 그를 바라보는 권한열은 길게 한숨을 내쉬었다. 민철만이 서재를 나서는 순간 문 뒤로 몸을 숨기는 그림자가 있었다. 그들의 대화를 엿듣고 있던 연민이었다.

연민은 민철만을 아버지가 무척 신임하고 있다는 것을 익히 알고 있었다. 낮은 목소리였지만 그는 아버지의 또 다른 잔인함에 놀라지 않을 수 없었다.

다음날 아침이었다. 식사를 마친 권한열은 배달된 강릉 지방지 신문을 펼쳐들고 있었다. 사회면 한 귀퉁이에 야당 당원이 술집 앞에 쓰러져 사망했다는 기사가 실려 있었다. 경찰에서는 지병을 앓고 있던 그가 술이 과해서 심장마비로 사망했을 가능성이 많다고 발표했다. 그 기사를 보고 고개를 끄덕인 권한열은 들고 있던 신문을 탁자 위에 집어 던졌다.

식사를 하고 나온 연민은 아버지가 보고 있던 신문에 호기심을 느꼈다. 층계를 올라가는 아버지의 뒷모습을 바라보던 연민은 탁자 위에 던져진 신문을 집어 들었다. 꼼꼼하게 살피던 시선이 박재필의 사망 소식이 실린 기사에 멈추었다.

어제 아버지 권한열과 충복 민철만의 대화를 엿들었던 것과 아침신문에 박재필이 죽었다는 기사에 온몸에 소름이 돋아나며 한기를 느꼈다. 그런 연민은 더욱 유학을 떠나고 싶은 심정이 끓어올랐다. 그리고 아버지의 곁을 하루라도 빨리 떠나고 싶어졌다.

연민의 심정과 달리 권한열은 누구보다도 아들에게 존경받는 아버지가 되고 싶었다. 그는 자신의 치부를 알게 된 아들이 실망하고 있다는 것을 전혀 알지 못했다. 다만 사회물정을 모르는 아들의 반발이라고만 생각했다. 아들이 자신의 바람을 충족시켜 주기를 인내심을 갖고 기다리는 것이 최선이라고 생각했다.

강릉 시내 변두리에 위치한 민국당 강원도지부 사무실로 사람들이 우르르 몰려 들어갔다. 검은 리본을 달고 있는 그들의 표정은 우울했다. 박재필의 장례에 참여했던 사람들이었다. 제각기 의자와 소파에 주저앉은 사무실 분위기는 무겁게 가라앉았다.

아르바이트 여학생이 눈치를 살피다가 그들에게 음료수 캔을 가져다주었다. 소파에 앉았던 남자가 탁자 위에 놓인 캔을 집어 팔걸이를 툭툭 쳤다.

"박(재필) 부장이 누구하고 같이 있었는지, 아는 사람 없어?"

"경찰은 뭐하고 있는 거야?"

"여당을 위한 경찰이니 우리 당원 죽은 일에 신경 쓰겠습니까."

"전부 썩었어. 빨리 갈아치워야 돼!"

벌컥 화를 내는 남자는 지구당 위원장이었다. 간부나 당원들은 위원장의 말에 눈치만 살폈다.

강원도에서 오랫동안 언론에 종사했던 박재필의 역할이 당에서 꼭 필요한 상황이었다. 경찰에서는 평소 건강이 좋지 않았던 박재필이 폭음으로 심장마비를 일으켜 사망했다고 중간 수사 발표를 했다. 당원 누구도 경찰의 발표에 이의를 신청할 자료를 갖고 있지 않았다.

"선거는 지금부터가 중요한데 박 부장이 없다면 타격이야."

"……"

"그날, 박 부장 나가는 걸 본 사람 없어?"

위원장의 물음에 당원들은 침묵으로 일관하였다. 위원장은 박재필의 죽음이 타격이기도 하지만 도리어 여당을 몰아부칠 기회라고 생각하고 있었다. 모두 꿀먹은 벙어리처럼 대답을 하지 않는 모습에 위원장이 자리를 박차고 일어났다. 낙심하는 표정으로 그가 위원장 사무실로 들어가는 모습을 당원들은 빤히 바라보고만 있었다.

젊은 당원 한 명이 불쑥 일어나 위원장실로 들어갔다. 위원장실로 들어선 젊은이는 청년부를 담당하고 있는 안종호 부장이었다. 그는 대학을 졸업하고 정치에 입문한 엘리트였다. 그는 위원장 명패가 놓여있는 책상 앞으로 다가섰다. 머리를 짚고 있던 위원장이 그를 올려다보았다.

"안 부장, 왜?"

"박 부장님이 사고를 당하던 날 점심 식사를 같이했습니다."

"그런데, 무슨 말 들었어?"

"무슨 말보다는, 저녁에 친구를 만난다고 했습니다."

위원장은 처음 듣는 말에 귀가 솔깃하였다. 의자에서 일어난 그는 소파로 자리를 옮겨 앉았다. 그리고 안종호에게 앉으라고 손짓했다. 안종호가 무릎 위에 손을 모아 깍지를 끼고 소파에 앉았다. 탁자에 손을 얹은 위원장이 상체를 앞으로 굽혔다.

"친구를 만난다고 했다고? 친구가 누구인데?"

"무심코 들었지만 생각해 보니 민철만이라고 했던 것 같습니다."

"확실해? 민철만이 누구야?"

"권한의 권(한열) 회장 운전기사로 일하고 있는 줄로 알고 있습니다."

위원장의 눈동자가 커다래졌다. 권한열이 여당 국회의원으로 입후보 대상 인물이었기 때문이었다. 위원장 머릿속에는 박재필의 사망이 정치적인 음모가 있다는 판단을 했다. 아니 그는 그렇게 연결하고 싶었다.

"권 회장이라면 권한열? 확실한가?"

"민철만이 국민학교(초등학교) 선배이기에 틀림없습니다."

"민철만이 여당 당원인가?"

"당원은 아니어도 권한열 회장의 충복입니다. 권한열 회장의 도움을 받고 뒷골목생활을 청산했습니다."

"그럼, 권 회장의 지시를 받고 박(재필) 부장을?"

위원장의 목소리가 낮게 깔렸다. 그는 그럴 리가 없다고 생각하며 말꼬리를 흐렸다. 권한열은 강릉지역뿐만 아니라, 강원도민에게 존경받는 지도자였기 때문이었다. 안종호가 눈을 가늘게 뜨고 기억을 더듬었다.

그리고 박재필이 했던 말들을 떠올렸다.

"박 부장님이 근래 모습은 자신만만해 보였습니다. 권 회장을 입후보시키지 않으면 선거에서 여당을 이길 수 있다고 했습니다."

"그래?"

"그리고 술에 취해 하는 말이라 흘려 들었지만, 권 회장이 입후보 못하게 만들 자료를 갖고 있다고 했습니다."

"권 회장의 약점을 쥐고 있었다는 말인데…."

손을 모아 턱을 받친 위원장이 심사숙고하였다. 의자에 몸을 깊숙이 묻은 그는 박재필을 가해한 사람이 권한열의 지시를 받은 민철만이라는 것이 중요하지는 않았다. 그는 선거에 이용할 방법을 생각하고 있었다.

침묵 속에서 위원장이 어떤 생각을 하는지 궁금했다. 위원장이 탁자로 상체를 기울이며 안종호를 빤히 바라봤다.

"그걸 우리가 파헤칠 수는 없어. 다만 이 기회에 박 부장이 시도했던 방법을 우리가 하는 거야."

"무슨? 박 부장님이 뭘 생각했는지 모르잖습니까?"

"그건…. 방법은 모르지만 목적만 같으면 돼."

"어떤?"

"자네는 앞으로 우리 당을 짊어지고 갈 엘리트야. 민철만이 권 회장의 충복이라고?"

"네. 그건 확실합니다."

"그럼, 민철만을 역이용하는 거야."

"어떻게요?"

"박(재필) 부장이 언론 출신이니 아마도 나하고 같은 결과를 생각했을 거야. 민철만을 이용해서 유권자에게 권한열의 선거자금을 공급하게 만들고 언론을 이용하는 거지."

"그러나 민철만이 그렇게 할지, 그리고 언론이 모두 여당 편향인데…."

"그건 염려 마. 자네가 민철만의 후배라고 했잖아. 민철만이 내가 보낼 사람과 만나게 자네가 주선해 주면 돼. 그리고 언론이 우리 뜻대로 되면 좋고, 도리어 언론이 권 회장에게 정보를 제공한다고 해도 타격을 받을 테니 손해 볼 것은 없어."

"민철만을 만날 수 있게 할 수는 있습니다."

"그럼, 됐어."

위원장의 눈빛이 번뜩였다. 긴장하는 표정을 지은 안종호는 숨을 깊게 들이마셨다. 정치를 이끌어가는 여당에 반감을 갖고 학생운동도 했었다. 젊은 혈기로 야당에 뛰어들었으나 정치적인 음모를 피부로 느끼고 두렵지 않을 수 없었다. 위원장은 계속해서 세부적인 계획을 안종호에게 지시했다.

권한열의 권한호텔은 날로 발전을 거듭해 갔다. 인테리어를 새롭게 하고 단장하는 호텔건물은 강릉의 대표적인 건축물 중 하나였다. 저녁 이후의 숙박뿐만 아니라, 대낮에도 팔짱을 끼고 드나드는 남녀의 모습을 보기는 어렵지 않았다.

권한열의 배려로 영업담당 지배인을 하고 있는 민철만은 부러울 것이 없는 생활이었다. 민철만의 하루일과는 아른 아침 출근하여 시설을 점검하는 것부터 시작되었다. 종업원들을 감시감독하고 정오가 가까워서 영업 준비를 마치는 시각이었다.

민철만이 잠시 숨을 돌리는 동안 직원들이 식사교대를 하고 있었다. 그러나 그는 점심 식사만큼은 집에 가서 하는 습관이 있었다. 그만큼 그가 아내와 자식을 사랑하기 때문이었다. 인터폰에서 여직원의 목소리가 흘러나왔다.

"민(철만) 지배인님, 전화 왔습니다."

민철만에게 걸려오는 전화는 대부분 여행사나 고객들이었다. 식사를 하러 갈 생각이었던 그는 조금은 귀찮았다. 그는 의자에 비스듬히 앉은 자세로 수화기를 집어 들고 습관적으로 전화를 받았다. 그런데 묵직한 남자의 목소리는 그가 일상적으로 들었던 어감이 아니었다.

"민철만 지배인이요?"

"네! 권한의 민 지배인입니다. 무엇을 도와드릴까요?"

"나, 부영금고 조기주요."

"아, 네. 이사장님."

의자에서 벌떡 일어난 민철만은 수화기를 고쳐 잡았다. 그는 조기주를 익히 알고 있었다. 권한열과 절친한 신용금고 이사장이었다. 민철만은 마치 이사장 면전에 있는 것처럼 허리를 굽실거렸다. 기업인들에게 잘 보인다는 것은 호텔영업에도 영향이 있지만 권한열에게도 도움을 주는 것이었다.

"권한열 회장이 내년 선거에 입후보한다는 것은 잘 알고 있겠지?"

"네, 물론입니다."

"그래서 말인데, 내가 권 회장 모르게 선거를 도와주고 있어. 그 사람 성격이 그런 걸 싫어하잖아."

"네. 지당한 말씀이죠."

"자네가 나를 좀 도와줘야겠어."

"당연하죠. 말씀만 하십시오."

굽실거리며 이사장의 지시를 받은 민철만은 빠른 걸음으로 사무실을 나왔다. 그렇지 않아도 권한열의 은혜에 보답할 기회를 기다리고 있던 민철만이었다.

승용차를 몰고 나온 민철만은 시내 외곽에 있는 목재상회로 갔다. 그곳에 민철만을 기다리고 있는 사람이 있었다. 민철만은 그에게서 손가방을 인수받았다. 민철만이 인수 받은 손가방 안에는 두터운 봉투들이 들어 있었다. 그는 이사장의 지시대로 봉투를 다른 사람에게 전달하고 있었다. 신처럼 모시는 권한열을 돕는 일이었기에 무척 흡족하고 뿌듯하였다. 그러나 그는 과잉

충성이 자신의 인생을 파멸시키고 권한열을 곤경에 처하게 만든다는 사실을 모르고 있었다.

서울에 있는 사무소와 경기도 5대신도시인 성남의 분당신도시 현장을 다녀온 권한열은 흡족한 표정으로 회장실에 들어섰다. 들어서기 무섭게 비서가 따라들어와 신문사 국장한테 전화가 걸려왔었다는 보고를 받았다.

권한열은 권한건설을 분당신도시 건설 계기로 전국적인 건설기업으로 확장할 계획을 갖고 있었다. 그리고 분당신도시에 본사를 설치하려고 직접 출장을 다녀온 것이다. 그는 전화가 걸려왔던 신문사 국장에게 선거에 필요한 정보를 제공받고 있었다. 의자에 앉은 그는 전화 다이얼을 돌렸다.

"아, 심 국장. 전화했었더군. 요즘 분위기가 어떤가?"

"회장님이 걱정하실 일이, 다행히 제가 갖고 있습니다만."

"무슨 일인데?"

"선거 운동을 시작하셨습니까?"

"무슨 말이야?"

권한열이 미간을 찌푸렸다. 물론 여러 방향으로 국회의원 입후보를 위해 노력하고 있었지만 중앙당에서 자세한 계획이 전달되지 않고 있는 상황이어서 준비단계에 있었다. 그러나 선거를 앞두고 갖가지 루머가 퍼지고 있는 실정이다. 조심스러운 심 국장의 목소리에 권한열은 불길한 예감이 들었다.

"유권자에게 선거자금을 전달하는 사진이 투고되었습니다."

"무슨 선거자금? 누가 그 짓을 해!"

"민철만입니다. XX의원 원장과 XX서점 사장과 만나서 상자가 전달되는 장면입니다."

"뭐라고? 누가 보낸 거야?"

"익명입니다. 조심하셔야겠습니다."

"알았어. 그 사진 내게 보내게."

권한열은 심 국장과 통화를 끝내고도 한동안 움직이지 않고 서 있었다.

전혀 예상치 않았던 일이고 누구보다도 믿고 있었던 민철만이었다. 치미는 울화를 참고 그는 천천히 수화기를 내려놓았다. 믿는 도끼에 발등이 찍힌 격이 되어 버렸다. 그리고 머릿속은 혼란스러웠다.

두 시간 후 그는 인편으로 배달된 사진을 받았다. 사진을 바라보는 그는 도리어 냉정해지고 있었다. 심사숙고하던 그는 민철만에게 전화를 걸었다.

석양이 저물고 있는 시각이었다. 권한열의 호출을 받은 민철만은 시계를 들여다보았다. 권한열이 지시한 장소로 가야 할 시간이 되었다. 그런데 권한열을 만나러 가야 할 장소가 권한건설의 자재창고였다. 시내에서 외진 곳이기에 의아스러웠다.

자재창고 앞에 도착한 민철만은 권한열의 승용차를 발견했다. 창고 문을 열고 들어선 민철만은 어두운 창고 안을 두리번거렸다.

그리고 둔탁한 소리가 들렸다. 헉! 하고, 급히 숨을 멈춘 민철만은 뒷머리를 강타 당했다. 그는 헛걸음을 치다가 앞으로 고꾸라졌다.

머리를 들어 뒤를 돌아보니 권한열이 각목을 들고 서 있었다. 어둠 속에서 드러나는 권한열의 차가운 눈빛이었다. 예상치 못한 상황에 정신이 없는 민철만은 무엇이 권한열을 분노하게 했는지 전혀 알 수가 없었다.

"회장님! 왜 이러십니까?"

"넌, 너무 많은 것을 알고 있어."

가라앉은 목소리와 함께 권한열의 손에 들린 각목이 허공을 갈랐다. 허공을 가른 각목은 민철만의 안면을 강타했다. 창고 안에 픽! 하는 소리가 메아리를 울리게 했다. 양손으로 눈을 감싼 민철만은 바닥에 나뒹굴었다. 그리고 질질 끌려간 그는 의자에 앉혀졌다. 눈에서 피가 흘러나와 시야를 분간할 수 없었지만, 감히 저항을 할 수 없었다.

"배은망덕한 인간."

묵직한 목소리를 흘린 권한열이 밧줄로 민철만을 의자에 꽁꽁 동여맸다. 그리고 다시 각목을 들어 그의 어깨를 내리쳤다. 그러자 민철만은 뼈마디가 부서지는 고통을 견디지 못해 신음을 흘렸다.

"회장님!"

"이 버러지만도 못한 인간아! 인간이 제일 하지 말아야 할 짓이 배반이라는 걸 모르나!"

"회장님 저는 절대로 배반을."

"주둥이는 살아 있어서. 내가 언제 네놈한테 선거자금을 배달시켰어?"

"그건 부영금고 이사장님의 전화를 받고. 옥!"

민철만은 순수한 충성심에서 했던 일이라는 것을 알리고 싶었다. 그러나 그는 말을 끝내기도 전에 비명을 질렀다. 또 한 차례 각목이 그의 복부를 강타한 것이다. 그의 눈에서 솟구치던 피가 흘러내리고 있었다. 그는 희미한 시야 속으로 보이는 권한열의 모습이 성난 야차 같아서 공포를 느꼈다. 권한열의 목소리는 음산하기까지 했다.

"이놈아! 조기주가 야당 패거리인 걸 몰라!"

"악!"

연달아 강타당한 민철만은 변명도 못하고 외마디를 질렀다. 그는 어렴풋한 의식 속에서 무언가 잘못되었다는 것을 알았다. 음모에 당했다는 것을 알았다는 것은 때늦은 후회였다. 분노를 참지 못해 각목을 휘두르던 권한열이 피투성이가 되어 버린 민철만을 내려다보고 있었다.

"네 놈, 입을 영원히 봉해 버릴 수도 있다는 걸 명심해. 앞으로 내 눈앞에 나타나지 마!"

권한열이 들고 있던 각목을 던졌다. 각목이 뒹구는 소리가 공간을 울렸다. 그는 낫을 들고 민철만을 묶었던 밧줄을 끊었다. 그가 흥분을 가라앉히는 동안 창고 안은 고요한 적막이 흘렀다.

권한열의 멀어져가는 구두발자국 소리와 함께 민철만은 점점 의식을 잃어가고 있었다.

여덟

가을이 멀지 않은 계절이건만 막바지 여름의 뜨거운 태양이 대지를 뜨겁게 달아오르게 했다. 어둠이 짙어지는 밤이 되어도 번화가를 누비는 피서객들의 발걸음은 멈추지 않았다. 그러나 시내에서 조금 벗어난 주택가는 고요한 적막이 깃들어 있었다. 옹기종기 모여 있는 집들은 태양에 달구어진 찜통 같은 열기를 식히느라 창문들을 열어 젖혀 놓고 있었다.

전등불도 켜지 않은 단출한 가구의 좁은 단칸방이었다. 하지만 창문으로 스며드는 달빛으로 방안의 모습이 드러나 보였다. 그리고 달빛 속의 공간은 습한 열기로 가득하다.

방바닥에 깔려 있는 이부자리 위에 발가벗은 젊은 남녀가 하나 되어 허우적거리고 있었다. 그들은 결혼하고 1년이 갓 넘은 신혼부부였다.

아내의 젖가슴을 보듬어 안고 거친 숨을 흘리는 남자의 등줄기에는 땀방울이 흥건했다. 그는 권한건설의 중장비 포클레인 기사 조재천이었다. 그의 아내는 죽은 천주영의 딸 천상희였다. 서른이 넘어서 결혼한 조재천은 이삼일이 멀다 하고 부부관계를 하고 있었다.

흘러내리는 땀방울을 주체할 수 없는 그는 잠시 숨을 몰아쉬었다. 거친 숨을 몰아쉰 그는 아내를 지그시 내려다보았다.

"아이! 어떡해."

조재천은 아내의 안타까워하는 모습이 더욱 사랑스러웠다. 동안의 앳되어 보이는 얼굴에 짙은 눈썹을 깜박이는 큰 눈망울, 그리고 미소와 함께 드리워지는 보조개. 가진 재산도 없고 평범한 그가 천상희를 아내로 맞이하게 된 것은 크나큰 행운이었고, 사랑하지 않을 수 없었다. 더욱이나 성적인 희열을 알게 된 아내가 더욱 깜찍하고 앙증맞아 보였다.

"빨리."

한창 희열의 늪에 빠져 있던 천상희가 남편의 허리를 끌어 당겼다. 반사적으로 재천의 물건이 뜨거운 늪으로 변한 그녀의 몸속으로 밀려들어갔다.

감당하기 힘든 쾌감. 그러나 그는 두 손으로 아내의 도톰한 볼을 감싼 채 내려다보고만 있었다. 입술을 지그시 깨물던 그녀가 그에게 눈을 흘겼다.

"자기야. 뭐해?"

"너무 예뻐서."

"피잇!"

천상희가 입술을 삐죽 내밀며 홍조를 띠었다. 그녀는 비록 단칸방의 결혼생활이지만 남편의 사랑만으로도 행복했다.

할머니 밑에서 자라난 그녀의 유년시절은 외롭기만 했다. 더욱이나 할머니마저 죽고 그녀는 사람들의 시선마저 두려워하는 외톨이가 되었다. 그러나 그녀는 선천적으로 타고난 미소를 항상 잃지 않았다.

그녀에게 운명처럼 다가섰던 남자가 조재천이었다. 물론 내성적인 조재천이 처음에는 천상희를 먼발치에서 바라보기만 했었다. 그의 용기 있는 프러포즈가 의외로 그녀의 마음을 열게 한 것이다. 남편을 만나게 된 그녀는 처음으로 행복이라는 단어의 의미를 알게 되었다. 풍족하지 못한 결혼생활이지만 오히려 미래에 대한 희망을 갖게 되는 계기였다.

천상희는 시간이 갈수록 가정을 꾸려나가는 아내의 역할이 행복하기만 했다. 그리고 그녀는 차츰 부부관계에서 느끼는 성적인 쾌감에 빠져 들었다.

여자는 성적인 역할을 통해 여자로 다시 태어나는 것이다. 여자의 본능은 그녀의 삶을 윤택하게 만드는 활력소였다. 엑스터시에 빠져 들었던 그녀는 남편의 가슴 속에 머리를 묻고 허리를 들어 올렸다. 그때서야 조재천은 물건을 그녀의 몸속으로 밀어 넣고 진퇴시켰다.

결혼 초에는 부부관계를 하면 통증만 느껴 남편의 스킨십조차 두려워했던 천상희였다. 그러나 시간이 갈수록 짙어지는 희열은 그녀를 새롭게 태어나게 하였다.

천상희는 꺼질 것 같은 신음을 흘리며 남편에게 매달렸다. 벌린 입술을 다물지 못하는 아내의 표정을 내려다보는 조재천은 더 이상 참을 수 없었다. 그는 아내의 이마에 흘러내린 머리카락을 쓸어 올려 주고 입맞춤을 했다. 순간 천상희가 꺼져가는 숨을 삼키며 파르르 떨며 상체를 들어 올렸다.

거친 숨을 몰아쉰 천상희는 남편의 가슴 속을 파고들었다. 물건이 뜨거운 샘물로 휘감기는 감각에 조재천은 온몸의 신경이 녹아 버리는 것만 같았다. 그리고 꿈틀거리는 아내를 부둥켜안고 경직되었다. 천상희는 속으로 뿜어져 들어오는 정액의 뜨거움에 몸서리쳤다.

그들은 하나가 되어 꼼짝하지 않았다. 끈적이는 땀방울과 헐떡이는 숨소리가 이어졌다. 가쁜 숨을 진정시킨 천상희의 몽롱한 눈빛이 남편과 마주쳤다. 그녀는 아직도 질 속에서 꿈틀거리는 남편의 물건을 의식하며 배시시 눈웃음을 지었다. 아득한 희열 속에서 거친 숨을 진정시킨 조재천이 아내의 입술에 키스를 했다.

조재천은 두 형제의 차남으로 태어났다. 그의 부모는 형처럼 대학에 진학하기를 원했다. 그러나 공부에 뜻이 없고 내성적인 그는 고등학교를 졸업하고 한동안 건설업체의 노무자로 일을 했었다. 그리고 뒤늦게 중장비 면허를 취득한 그는 권한건설에 입사하게 된 것이다.

조재천은 업무와 관련하여 자주 마트에 들르게 되었고, 그곳에서 상희를 만나게 되었다. 그 마트는 권한열이 운영하는 사업체 중에 하나였다.

조재천은 마트의 경리로 일하고 있던 천상희를 보고 첫눈에 반했다. 가족으로부터도 외면을 당한 그는 외로운 생활을 하고 있었다. 6개월간이나 그녀의 주위를 맴돌기만 하던 그의 용기가 그녀의 마음을 열게 했다.

조재천의 프로포즈를 받고 천상희는 당황하고 두려웠다. 그리고 그녀는 비로소 자신의 미래에 대해 고민했다.

어린 시절부터 바느질 솜씨가 좋다고 칭찬을 받았던 천상희는 의상점을 갖는 것이 소원이었다. 스물다섯이 되도록 결혼에 대한 생각을 전혀 하지 않았다. 물론 동안의 미모를 지닌 그녀에게 교제를 신청하는 남자들이 적지는 않았다. 그러나 자신의 처지에 대해서 항상 열등감에 젖어있던 그녀는 남자의 시선조차 두려워했었다.

천상희는 어린 시절에 죽은 부모의 모습조차 가물가물하였다. 다만 건실한 사업가였던 부모와 갓 태어난 남동생이 화재로 인하여 사망하고 집안이 몰락하였다는 말을 할머니로부터 통해 들었을 뿐이다.

할머니와 단둘이 남게 된 그녀는 아버지 친구였던 권한건설의 권한열 회장에게 생활비와 학비를 받으며 자랐다. 할머니는 항상 그녀에게 권한열을 감사하게 생각해야 한다고 말했었다.

천상희를 마트에 근무하게 해 주었던 사람도 권한열이었다. 그녀는 남편을 만나게 된 것도 권한열의 덕분이라 더욱 감사하게 생각하고 있었다.

1년에 한두 번씩은 찾아와 위로를 하던 권한열을 천상희는 사석에서는 아저씨라고 불렀다. 그녀는 결혼조차도 권한열의 승낙을 받았다.

천상희는 남편이 내성적이어서 사랑한다는 말을 듣지 못했지만, 표정과 눈빛만으로도 남편의 사랑을 느낄 수 있었다. 남편의 사랑 속에 결혼생활을 시작한 천상희는 꿈에 부풀었다. 다리가 퉁퉁 부어 퇴근을 해도 남편을 위해 끼니를 준비하는 아내의 모습을 잃지 않았다. 특히 요즘에 와서 남편의 퇴근을 기다리는 그녀의 가슴은 뜨겁게 달아올라 있었다. 요즘 들어 성적인 희열을 더욱 느끼게 된 그녀가 적극적으로 남편을 기다리게 된 것이다.

남편의 거칠었던 숨소리가 잦아지고 천상희는 몸속에서 꿈틀거리는 남성을 느꼈다. 절정의 환희에 빠져 들었던 그녀는 다시 성적인 욕구를 느꼈다. 그러나 남편에게 솔직하게 표현할 수 없는 그녀는 젖가슴을 만지고 있는 남편의 허리를 끌어안았다. 그리고 습기어린 목소리를 흘렸다.

"자기야! 아잉."

조재천이 아내의 얼굴을 내려다봤다. 앙증맞은 얼굴에 홍조를 띠운 그녀는 새침한 표정을 하였다. 아내의 욕구를 알아차린 조재천이 허리에 힘을 주어 몸속으로 진퇴시켰다. 그러나 몸속을 채웠던 물건이 점점 수축하고 있어 그는 진땀을 흘렸다. 그는 혹서의 공사현장에서 고된 작업을 했기에 지쳤다고 생각했다.

그녀는 정색을 하고 남편을 배려했다.

"자기, 오늘 힘들었구나?"

"응. 물류센터 증축공사 때문에."

천상희는 남편을 이해하면서도 몸속에서 다시 치미는 욕구를 참지 못해 불만스럽기도 했다. 그녀는 남편의 허리를 끌어안고 있던 팔을 풀었다. 남편이 몸 위에서 내려가고 그녀는 양 다리를 벌리고 반듯이 누웠다.

창문으로 들어오는 달빛에 발가벗은 그녀의 알몸이 고스란히 드러났다. 조재천은 고개를 돌려 아내의 육체를 빤히 바라봤다. 통통하면서도 곡선을 이루고 있는 그녀의 나신은 조각 같았다. 우윳빛 살결을 이루고 있는 그녀의 허벅지 사이로는 보기 좋게 음모가 돋아나 있었다.

1994년 봄이었다. 권한마트는 항상 붐비는 고객들로 혼잡했다. 천상희는 회계장부를 들여다보며 컴퓨터 좌판을 두들기고 있었다. 마트에서 카운터를 담당하고 있는 여직원 두 명이 사무실로 들어왔다. 근무 교대를 끝내고 들어온 지은과 은경이었다. 그녀들은 아이가 있는 가정주부로 시간제 아르바이트를 하는 중이었다. 근무일지에 사인을 마친 그녀들이 천상희의 등 뒤로 다가섰다.

"상희 씨, 쉬었다가 해."

"음."

그녀들은 천상희와 같은 나이 또래였기에 친근한 사이였다. 그녀들의 근무 관리도 천상희의 담당이었다.

기지개를 켜는 천상희가 그녀들을 향해 고개를 돌리며 눈웃음을 쳤다. 그녀들은 휴식시간에 수시로 만나서 속마음을 주고받았기에 습관처럼 휴게실로 갔다.

커피 한 잔씩을 뽑아들고 지은이 목을 좌우로 비틀며 피곤함을 드러냈다.

"어제 저녁에 잠을 설쳤더니."

"남편에게 시달렸구나?"

은경이 까르르 웃으며 핀잔을 보냈다. 공연히 얼굴을 붉히는 천상희는 말 없이 그녀들의 대화에 집중하였다. 은경의 물음에 지은이 눈을 흘겼다.

"아니, 요즘은 귀찮아."

"벌써 남편이 귀찮으면 어떡하니?"

"난, 애를 낳고도 별로 느끼지 못하겠어. 그냥 의지하고 사는 거지."

"하기는, 나도 뒤늦게 좋은 기분을 알지만 별로야. 남자들은 그거 안 하고 못 사나?"

그녀들의 말을 듣는 천상희는 남편에게 안겼던 지난밤을 떠올렸다.

그녀들과 달리 천상희는 퇴근 시간이 기다려졌다. 남편을 기다리는 시간이면 온몸이 뜨거워졌다. 성감을 느끼기 시작한 것은 결혼하고 두 달도 지나지 않아서였다. 이제는 남편의 가슴 속에서 자지러지는 희열에 빠져드는 밤이 기다려지는 천상희였기에 그녀들의 말이 이해가 되지 않았다.

"상희 씨는 어때?"

"뭐를?"

천상희는 은경의 물음을 뻔히 알면서도 반문하였다. 남편이 기다려진다는 표현을 하기가 쑥스러웠다. 호기심으로 가득한 눈빛으로 바라보는 그녀들의 시선에 천상희는 새침한 표정을 지었다. 은경이 눈을 흘겼다.

"잘 알면서. 남편과 그거 할 때, 어떤 기분이냐고?"

"나도 별로야."

"하기는 결혼하고 이삼년은 지나야, 남편이 기다려질 거야. 대부분 아이를 낳고 나서, 그때서야 그게 좋은 걸 알지."

"그런가?"

천상희는 그녀들의 말과 달랐다. 숫기가 없는 남편에게 사랑한다는 말은 직접 듣지 못했지만, 그녀는 남편만 봐도 저절로 가슴이 뜨거워졌다. 남편의 스킨십만 받아도 짜릿해지며 온몸에 전율이 일어났다. 다른 여자들과 다르게 성적으로 민감하다는 것을 의식할 수 있었다. 그리고 남편은 좀 더 경제적으로 윤택해지면 아기 갖기를 원하지만 그녀는 반대로 아기를 낳아 기르는 여자들을 부러워 했다.

무더위를 식히는 빗줄기가 쏟아지고 있었다. 권한열은 굵은 빗방울이 흘러내리는 창문을 바라보며 눈살을 찌푸렸다. 마트 옆에 물류센터 건립을 서두르고 있었다. 장마철 이전에 50퍼센트 이상 건물신축 공정을 마칠 계획으로 지하층 기초공사를 하는 중이어서 그는 걱정이 태산 같았다. 어제 밤부터 내리기 시작한 비가 멈추지 않고 더욱 세차게 내리고 있기 때문이다.

집에 들어오자 점점 어두워지는 하늘에서 사납게 쏟아지는 빗줄기 속에 건물이 진동하는 천둥마저 치고 있었다. 그리고 번쩍이는 번개가 창문으로 스며들고 그와 마주앉은 아들 연민의 얼굴이 드러났다.

권한열은 건물신축에 신경을 쓰고 있으면서도 아들을 못마땅하게 바라보았다. 연민이 음악과 영화제작에 관한 공부를 하겠다면서 유학을 보내달라고 간청하기 때문이었다.

"아버지가 저를 생각하는 마음은 충분히 압니다. 하지만 제 생각도 이해해 주시기 바랍니다. 생전 처음의 제 요구를 들어 주십시오."

"그래도, 유학은 안 돼. 딴따라들이나 하는 일을 하게 할 수는 없어. 넌, 이 애비가 자랑스러워하는 아들이야."

"저는 정치 같은 일에 관심이 없습니다."

"애비가 바라는 대로 하지 않겠다면 차라리 집에 있어."

연민이 여러 번 간청하지만 권한열은 그의 요구를 완고하게 받아들이지 않았다. 이제는 유학을 고집하는 아들의 말만 나와도 그는 무관심한 표정을 지었다. 그렇다고 연민은 아버지의 의견을 따를 생각은 전혀 없었다. 서로 고집을 꺾지 않으려는 그들의 대화는 중단될 수밖에 없었다.

침묵 속에 별안간 전화 벨소리가 울렸다. 창문을 두드리는 빗소리 속에 전화 벨소리가 한 번, 두 번 연이어 들렸다.

권한열은 아들에 대한 인내심을 시험하듯이 벨소리를 듣고 있다가 수화기를 집어 들었다. 수화기 너머로 다급한 목소리가 들렸다.

"회장님! 큰일 났습니다!"

"사람이 경망스럽기는? 밑도 끝도 없이 무슨 일이야?"

"기초공사 현장 지하로 급류가 덮쳤습니다."

"그럼, 장비를 동원해서라도 막아야지."

"이미 물에 잠겨서 토사가 매몰되고 있습니다. 마트 건물도 균열이 나고 붕괴될 것만 같습니다."

"뭐라고! 그럼, 빨리 묻어야지 뭐하고 있어!"

미간을 찌푸린 권한열은 언성을 높이며 소파에서 벌떡 일어났다.

그는 당황할 수밖에 없었다. 마트와 연결하여 건물을 신축하고 있기 때문이었다. 애초에 설계사무실에서 위험성이 높다고 하는 것을 그가 밀어붙였다. 다시 공사를 하더라도 마트에 영향을 주는 일은 막아야 한다고 판단했다. 그런데 귀에서 공사현장 감독의 난처한 목소리가 들렸다.

"지금은 곤란한데요. 토사를 막으려고 현장에 투입된 중장비와 인부들도 매몰 직전입니다."

"이 사람아! 마트가 붕괴되면 자네가 책임질 건가? 다른 장비 투입해서 당장 흙을 다시 메우라니까!"

"그렇지만 기사들과 인부들이 갇혀 있어서."

"잔소리 말고 무조건 덮으라고!"

"네! 알았습니다."

와락 소리를 지른 권한열은 수화기를 팽개치듯이 내려놓았다. 여전히 굵은 빗줄기가 쏟아지고 있었고 다시 천둥치는 소리가 유리 창문을 흔들었다.

연민은 당황하는 아버지에게 자신의 요구를 관철시킬 수 없었다. 아버지가 통화하는 상대에게 무슨 말을 들었는지 모른다. 다만 평소 아버지의 준엄한 모습과 다르기에 놀랄 뿐이었다.

연민은 시큰둥한 표정을 하고 거실로 내려왔다. 거실에는 가정부 개성댁이 소파에 앉아 세탁물을 정리하고 있었다. 소파에 걸터앉은 그의 시선이 TV화면을 향했다.

긴급뉴스가 전달되고 있었다. 강원도에 폭우가 쏟아져 인명 피해가 많다는 내용이었다. TV화면에는 서치라이트 불빛 아래 흙탕물로 수몰된 신축공사 현장에 투입된 중장비와 소방차, 그리고 병원구급 차량들로 혼잡하였다.

다급한 뉴스보도에 연민은 아버지의 격한 목소리를 떠올렸다. 사고 현장 옆으로 아버지의 마트 건물이 드러나 보였기 때문이었다.

사고현장에서 구조된 사람들이 흙투성이가 되어 들것에 들려져 나오는 화면을 보는 연민은 우울한 기분에 젖어 들었다.

빗줄기 속에 구급차량의 번쩍이는 불빛과 사이렌 소리는 수해현장의 긴급한 상황을 대변하고 있었다.

마음이 조급해진 권한열은 운전기사에게 차를 대기시키라고 지시를 하고 서재를 나왔다. 연민은 2층에서 내려오는 아버지의 표정이 평상시와 달리 당황하고 있다는 것을 느꼈다. 그는 거실 창문을 통해 승용차에 오르는 아버지의 뒷모습을 보며 왠지 안타까운 생각이 들었다.

권한열이 현장에 도착했을 때는 이미 토사 매설작업이 끝난 상태였다. 다행인지 몰라도 마트 건물은 균열이 조금 생겼을 뿐이다. 현장에 투입되었던 인원들은 중경상을 입고 모두 구출되어 병원으로 이송되었다.

공사현장을 돌아본 권한열은 도리어 담담하였다. 현장과 마트 사이에 철근 골조로 보완을 하고 다시 공사를 시작하면 된다는 낙관적인 생각을 했기 때문이었다.

권한열은 구출된 기사와 인부들을 위로하기 위해 병원으로 향했다. 그가 병원에 들어서니 신문기자들이 몰려들었다. 구조된 사람은 모두 다섯 명이었다. 중경상을 당한 네 사람은 일반 병동에 있었고 한 사람은 중환자실에서 의식불명 상태였다.

그 환자는 중장비 포클레인 기사 조재천이었다. 공교롭게도 권한열이 돌봐주었던 천상희(주영건설 회장 천주영의 딸)의 남편이었다. 의식도 없이 산소 마스크를 쓰고 있는 조재천의 병상에는 천상희가 눈물을 흘리고 있었다.

권한열은 그녀를 보는 순간 천주영을 떠올리지 않을 수 없었다. 권한열은 벗어났다고 생각했던 끈질긴 악연이기에 피하고 싶은 심정이었다. 그러나 주위 사람들의 시선을 느낀 그는 천상희의 어깨를 다독이며 위로하였다.

"많이 놀랐겠구나."

"걱정하게 해 드려서 죄송해요."

"괜찮아. 불편한 것이 있으면 언제든지 내게 말해."

"항상, 아저씨에게 폐만 끼쳐서 너무 미안해요."

"걱정하지 마. 시련이 지나면 반드시 좋은 일이 있어."

천상희는 남편의 갑작스런 사고에 경황이 없었다. 시댁 식구에게조차 외면 당한 그녀가 의지할 사람이 없었다.

권한열은 그녀를 어린 시절부터 아버지를 대신해서 보살펴준 아버지의 친구였다. 권한열의 위로에 그녀는 더욱 감정이 북받쳤다. 그러나 권한열은 그녀와의 인연에 종지부를 찍고 싶은 심정이었다.

번쩍거리는 플래시 불빛을 터트리며 기자들의 카메라가 권한열을 향하고 있었다. 취재기자들을 의식한 그는 죽은 친구(천주영)를 대신해서 돌봐주던 가족이 사고를 당해 안타깝다는 말을 강조하였다. 그런 그는 짐짓 애통한 표정으로 천상희를 위로하고는 기자들에게 둘러싸여 병실을 나갔다. 그의 뒷모습을 바라보던 천상희는 하염없이 눈물을 흘리고 있었다.

1994년의 무더위가 물러가고 오대산과 대관령은 오색단풍으로 물들었다. 그러나 가을은 길지 않았다. 동장군이 찾아온 산과 들이 온통 하얀 눈밭으로 변했다. 창문가에 서 있는 천상희는 가로수의 눈꽃을 보고도 무감각하였다.

남편은 혼수상태에서 깨어났으나 의식이 없었다. 담당 의사는 뇌경막을 손상당하여 마땅한 치료방법이 없고 장기간 요양을 하면 좋아지는 경우가 있다고 하였다.

조재천이 병상에 누워 있은 지도 벌써 3개월이 지나고 있었다. 천상희는 남편 옆을 지키느라 직장에도 나가지 못하고 있었다. 더욱이나 병원비가 만만치 않아서 그동안 저축했던 돈으로는 감당할 수가 없었다. 남편이 근무한지 얼마 되지 않아 퇴직금도 회사에서 주는 위로금을 넣어둔 통장잔고도 바닥을 드러낸 상태였다.

천상희에게 남은 돈이라고는 집세 보증금뿐이 없었다. 병원에서는 특별히 치료할 방법이 없으니 퇴원해도 괜찮다고 했다. 그러나 그녀는 당장 남편을 집에서 요양시킬 경제적인 형편이 되지 않았다. 그렇다고 의식도 없는 남편을 혼자 놔두고 직장생활을 할 수도 없었다. 그런 괴로움과 고민 속에 빠진 그녀의 하루하루는 지옥 같았다.

1996년 새해를 맞이하고 있었다. 새해부터 수해로 매몰되었던 물류센터 건축현장은 다시 공사를 시작하여 완공을 서두르고 있었다. 권한열은 신년을 기점으로 강원도의 마트에 공급되는 물류들을 확보할 계획이었다.

포부가 큰 만큼 보관시설이 필요하다고 생각한 그는 신축창고에 각별한 관심을 갖고 있었다. 그러나 현장을 둘러보니 예상한 만큼 공사가 진척되지 않아 그는 책임자를 추궁했다.

"이렇게 공사해서 밥 먹고 살겠나?"

"겨울이고 중장비 기사들 작업능력이 떨어져서 그렇습니다."

"요즘도 겨울이라고 공사에 차질이 있을 수 있나?"

"요즘은 공사 경험이 없는 기사들만 있어서요. 이런 때 조(재천) 기사 같은 기사들이 있었다면."

권한열은 말꼬리를 흐리는 책임자를 흘깃 쳐다봤다. 그의 날카로운 눈빛에 민망한 책임자가 머리를 긁적거렸다. 사실 조재천을 잊고 있었다. 어쩌면 천상희와의 대면을 피하고 싶었던 까닭도 있었다. 공사현장을 벗어나 걸어가던 권한열은 뒤따라오는 총무과장에게 넌지시 물었다.

"조(재천) 기사는 어떻게 됐어?"

"산소 마스크는 벗었으나 의식이 없는 모양입니다. 그런데 근로복지공단에서 조사를 나온다고 합니다."

"왜?"

"산재보험에 가입하랍니다. 조 기사 의료비 문제가 신문에 게재된 모양입니다."

"상관하지 마. 그걸 가입해서 보험금이 지급되면 공연히 늘어나는 보험료만 더 내야 되는 걸 몰라?"

권한열은 천상희를 오랫동안 도와주었고 생활비와 학자금만으로도 보상은 충분하다고 판단했다. 그렇기에 그는 도의적인 면에서는 떳떳하기에 불필요한 지출을 하고 싶지 않았다. 그러나 지금까지 그녀를 돌봐주던 자신에 대한 사회여론을 생각하지 않을 수 없었다. 승용차에 오른 그는 곰곰이 생각하다가 운전기사에게 조재천이 있는 병원으로 가자고 했다.

병원에는 절망 속에 빠진 천상희가 넋을 놓고 있었다. 대화상대가 없는 그녀는 언어를 잃어버린 생활에 젖어 있었다. 권한열의 방문에 병원 원장과 간호사들이 대동하였다. 그녀는 불쑥 나타난 권한열의 방문이 반갑기는 하지만 힘든 상황을 하소연할 수는 없어 우울한 표정으로 서 있었다.

권한열이 그녀에게 물었다.

"고생하는군. 조금 좋아졌나?"

"아직."

말꼬리를 흐리는 천상희를 바라본 권한열의 시선이 병원 원장에게 향했다. 그가 말하는 의미를 알아챈 병원 원장이 조심스럽게 입을 열었다.

"저희로서는 최선을 다했으나 뇌경막이 손상되어서 방법이 없습니다. 다만 요양관리를 잘하면 회복될 수도 있습니다. 다만 의료비가 만만치 않아서."

"그럼 퇴원해서 치료해도 괜찮다는 말인가요?"

"네."

"음?"

잠시 생각한 권한열은 난처한 표정을 지었다. 그를 향하고 있는 의료진들의 시선을 의식하지 않을 수 없었다. 죽은 친구(천주영)의 가족을 살펴주고 있다는 선행이 알려져 있음을 묵과할 수 없었다. 더욱이나 자신의 회사에서 사고를 당한 직원이었다. 그러나 언제 완치될지 모르는 조재천 기사의 의료비를 부담해 준다는 것은 낭비라고 생각했다.

문득 권한열은 가정부 개성댁이 일을 그만둔다고 아내(구성미)가 했던 말을 떠올렸다. 가정부가 잊어버렸던 여동생을 찾았고, 여동생과 같이 살려고 한다는 것이었다. 그는 새로운 가정부를 들이는 것보다 천상희가 가정 일을 도울 수 있다면 경제적인 지출을 줄이는 동시에 도의적으로 자신의 입지를 세울 수 있다는 생각을 했다. 그리고 고개를 끄덕이는 권한열이었다.

"그럼, 퇴원을 하도록 하지."

"네? 하지만 지금은."

권한열의 말을 듣고 주춤거리던 천상희가 말꼬리를 흐렸다.

그녀도 남편을 퇴원시켜 집에서 간호하고 싶었다. 그러나 당장 미납된 병원비뿐만 아니라, 남편을 치료할 비용도 없었다. 생활비를 벌기 위해 일도 해야 되지만 집세도 밀린 형편이었다.

권한열이 그녀의 속내를 들여다보듯이 빤히 바라보며 엷은 미소를 띠었다.

"상회가 내 집에 들어와서 남편도 돌보고 가정 일을 도와주면 될 것 같은 데."

"제가요?"

"음. 마침 가정부가 나간다고 하니, 남편 치료비는 걱정 말고. 어떻게 생각하지?"

"저는, 아저씨에게 너무 부담을 드리기만 해서."

"괜찮아. 누구보다 먼저 내가 친구(천주영) 딸을 살펴줘야지 어떡하겠어."

천상희는 고맙기도 하지만 사실 권한열 집에 들어가 생활한다는 것이 쉽지 않을 것 같았다. 그러나 그녀로서는 남편(조재천)을 돌보며 생활해 나갈 다른 방도가 없었다.

그동안 밀렸던 남편 조재천의 병원비를 권한열이 지불해 주기로 약속하고 병실을 나갔다.

그가 사라지자 천상희는 의식이 없는 남편을 물끄러미 바라봤다.

자신에게 행복을 느끼게 했던 남편이었다. 그렇지만 너무도 짧은 시간이었기에 남편이 원망스럽기도 했다.

아홉

연민은 늦게까지 친구들과 술을 마셨기에 해가 중천에 뜬 시각에 침대에서 일어났다. 주방으로 내려가서 냉수를 마신 그는 거실 소파에 털썩 주저앉았다. 대문이 열리는 소리에 연민은 거실 창밖을 내다보았다. 대문이 열리고 소형 화물차가 보였다. 언뜻 보아도 이삿짐이 분명했다.

남자들이 화물차에 실린 짐들을 풀어 놓았다. 물끄러미 바라보던 연민은 어리둥절하였다. 분명히 집으로 들어오는 이삿짐이었기 때문이었다. 남자들 사이에서 아담한 체구의 여자가 스커트 자락을 찰랑이며 열심히 짐을 내리는 모습이 보였다. 이따금 집안을 향하는 여자의 큰 눈망울이 깜박거렸다. 남자들과 대화를 하며 미소를 짓는 여자의 얼굴에 보조개가 드리워졌다.

연민은 여자의 앳되어 보이는 동그스름한 얼굴이 귀엽다고 생각했다. 오랫동안 일했던 가정부가 일을 그만둔다는 말을 들었던 기억을 떠올렸다.

그러나 아무리 생각해도 이삿짐의 주인으로 보이는 그녀가 가정부 일을 할 여자 같지는 않아 보였다. 아니면 방이 많으니 여대생에게 자취방으로 세를 준 것인지도 모른다고 생각했다. 주방에서 개성댁이 나왔다.

"연민 학생, 식사해야지."

"네. 그런데, 누가 이사 오나요?"

"아니, 회장님 친구 딸이야."

개성댁의 대답을 듣고 연민은 더욱 어리둥절했다. 고개를 갸웃거린 연민은 주방으로 들어가 식탁에 앉았다.

안방 침실에서 구성미(권한열의 두 번째 아내)가 나왔다. 이어서 인형을 들고 나온 연지가 구성미의 치맛자락을 붙들었다. 현관문 앞으로 다가서는 사람들의 발자국 소리를 듣고 연민은 식사를 하던 수저를 멈추었다.

짙은 화장으로 치장한 구성미가 풍만한 엉덩이를 흔들며 현관으로 다가가서 문을 열었다. 구성미는 문 앞에 서 있는 여자를 향해 함박웃음이 묻어나는 표정으로 다가섰다.

"어서 와요. 회장님에게 말씀 들었어요. 반가워요."

"사모님 감사합니다."

연민은 눈가에 자잘한 미소를 띠운 여자가 구성미에게 공손히 인사를 하는 모습을 멍하니 쳐다봤다. 왠지 낯설지 않은 그녀에게는 묘한 매력이 풍겨났다. 그녀는 권한열의 배려로 이사를 오게 된 천상희였다. 그러나 연민은 그녀가 어떻게 이사를 오게 되었는지 전혀 알 수가 없었다.

구성미가 현관 옆의 건넌방을 향해 걸어가며 말했다.

"감사하긴. 이제부터 한 식구인걸."

"폐를 끼치게 되어 죄송합니다."

"아니, 말동무가 생겨서 나는 좋아요."

구성미가 안내하는 건넌방은 미닫이문 사이로 뒷방과 연결되어 있었다. 이삿짐을 옮기는 남자들이 침대와 옷장, 그리고 화장대를 집안으로 들여오고 있었다.

수저를 놓은 연민은 주방 앞에 서서 이삿짐을 옮기는 광경을 바라보았다. 그런데 이삿짐 화물차 뒤에 병원 구급차가 와서 멈추어 섰다. 흰 가운을 걸친 대원들이 구급차 문을 열고 들것에 실린 환자를 들어냈다.

연민은 의식도 없는 환자가 옮겨지는 것을 보고 더욱 의아스러웠다. 환자가 천상희의 남편이라는 것을 모르는 그로서는 어리둥절할 수밖에 없었다.

짐들이 단출해서 이삿짐을 옮기는 시간은 오래 걸리지 않았다. 연민은 나머지 짐 정리를 하는 천상희를 뚫어지게 바라보고 있었다.

안락의자를 들고 들어오던 천상희가 현관 문턱에 걸려 휘청거렸다. 바라보고 있던 연민이 반사적으로 다가가서 의자를 붙들었다. 의자를 마주 잡고선 연민과 천상희의 시선이 마주쳤다. 연민은 왠지 낯설지 않았던 그녀에게서 묘한 감정을 느꼈다. 20대 중반의 나이의 크고 검은 그녀의 눈동자 속에 넋을 잃고 바라보는 그의 모습이 드러나 보였다.

천상희는 권한열에게 고등학교를 졸업한 아들이 있다는 것은 알고 있었다. 하지만 그의 아들 모습은 결코 고등학교를 갓 졸업한 남자가 아니었다. 뚜렷한 이목구비에 건강미가 넘치는 젊은 남자의 부드러운 눈빛. 순간적으로 그와 시선이 마주치자 그녀의 속눈썹이 가늘게 떨렸다.

그녀는 어색한 미소를 지었다. 얼어붙은 것처럼 서 있던 연민은 경색된 표정으로 의자를 들어 건넌방으로 옮겨줬다.

옷장이 놓인 건넌방 침대 위에는 조재천이 죽은 듯이 누워 있었다. 미닫이 문 너머의 뒷방에는 화장대와 옷장, 그리고 살림들이 어수선하게 쌓여 있었다. 방으로 들어온 천상희가 이불과 옷 보따리들을 풀어 정돈했다. 멀거니 바라보던 연민이 말없이 그녀의 짐정리를 도와주었다. 연민은 천상희가 원하는 대로 가구들을 정돈시켜 주었다. 이따금 구성미와 개성댁이 건넌방을 기웃거리며 들여다보았다. 옷장 정리를 끝낸 천상희는 살림이 담긴 상자를 풀었다. 연민이 묵묵히 상자에 담긴 살림살이들을 꺼내서 그녀에게 건네주었다. 가구와 살림정리를 끝내고 그녀는 눈가에 자잘한 미소를 지었다.

"고마워요."

연민은 왠지 천상희의 눈빛을 마주할 수가 없었다. 다만 그녀의 목소리가 유달리 곱고 사근사근하다고 느꼈다. 쑥스러운 그는 빠른 걸음으로 그녀의 방을 나와 2층으로 올라갔다. 자신의 방으로 들어간 그는 공연히 얼굴이 화끈거렸다. 단아하면서도 귀염성 있는 그녀의 모습이 그의 뇌리에서 사라지지 않았다. 또한 그녀가 어떻게 이사를 왔는지 더욱 궁금했다.

저녁식사 무렵에 연민은 주방에서 개성댁을 돕고 있는 천상희의 모습을 볼 수 있었다. 권한열은 아직 귀가하지 않은 시간이었고, 구성미와 연민이 식탁에 마주앉았다. 식사준비를 마친 개성댁이 구성미 옆에 가서 앉고 수건으로 손의 물기를 닦으며 서 있는 천상희가 눈치를 살폈다. 그녀를 바라본 구성미가 연민 옆자리를 향해 손짓했다.

"상희 씨, 앉아서 같이 식사해요."

주춤거리던 천상희가 조심스러운 몸놀림으로 연민 옆의 의자에 앉았다. 천상희를 바라보는 연민은 가깝게 느껴지는 그녀의 채취에 긴장을 했다.

수저를 집어 들던 구성미가 연민과 천상희의 무거운 표정을 살폈다. 그녀는 뒤늦게 천상희를 소개해야겠다고 생각했다.

"아, 상희 씨는 가족이나 다름없어."

"……."

"개성댁은 알고 있지만, 상희 씨의 돌아가신 아버님(천주영)이 회장님과 친구였어. 그동안 상희 씨를 회장님이 보살펴 주었었지. 상희 씨 남편이 회장님 회사의 포클레인 기사였는데 안타깝게도 지난 번 수해로 사고를 당했어. 그래서 회장님이 같이 살자고 했어."

"잘 생각했어. 좋으신 분들이니까."

개성댁이 구성미의 말을 거들었다. 눈가에 미소를 지은 천상희가 가볍게 목례를 했다. 정면을 주시하던 연민은 곁눈질로 그녀의 모습을 훔쳐보았다.

구성미 옆에 앉아 있는 딸 연지도 또랑또랑한 눈빛으로 그녀를 쳐다보았다. 구성미가 연지의 어깨를 토닥이며 이어서 말했다.

"앞으로 아줌마를 대신해서 연지를 보살피고 가사일도 돌봐줄 거야. 자, 식사들 하지."

식구들이 수저를 들고 식사를 시작했다. 밥을 먹으면서 연민은 힐끔 천상희의 표정을 살폈다. 순간 연민은 아버지의 가식적인 모습을 떠올리며 다소곳이 식사를 하는 천상희에게 동정심을 느꼈다. 그리고 '잔소리 말고 무조건 덮어!' 라는 아버지의 음성이 쟁쟁하게 들렸다. 아울러 TV 뉴스의 사고현장을 떠올렸다. 어쩌면 인명구조부터 했더라면 그녀의 남편이 의식불명상태는 면했을 것이라는 생각에 연민은 아버지를 대신한 죄책감이 들었다.

연민의 죄책감은 아버지에 대한 환멸감이었다. 그는 시간이 갈수록 아버지의 비인간적인 행동과 사업윤리에 실망하지 않을 수 없었다. 사회지도자의 가면을 뒤집어쓰고 있는 아버지의 본 모습은 기만과 야욕에 휩싸인 추악한 남자였다. 그는 아버지를 대신해서 그녀 앞에 무릎을 꿇고 싶은 심정이었다.

다음날 이른 아침이었다. 부스스 눈을 뜬 천상희는 남편의 침대로 다가갔다. 고요하게 누워있는 남편의 모습을 물끄러미 내려다보았다.

요즘에 팔다리를 조금씩 움직이는 남편을 보니 다행스러웠다. 그러나 지난 시간으로 되돌리고 싶은 그녀의 마음이었다. 행복했던 결혼생활은 너무나 짧았고, 하루하루가 예측할 수 없는 시간의 연속이기에 고달팠다.

문득 천상희는 짧은 시간이지만 남편과 행복했던 기억을 떠올렸다. 그리고 뜨겁게 달아올랐던 희열의 순간들이 그리워진 천상희는 남편의 가슴에 엎드렸다. 그녀의 가슴 속에 잠재되어 있던 불꽃이 뜨거워지고 여자의 본능이 꿈틀거렸다. 그러나 남편의 가슴에서는 미약한 숨소리만이 들릴 뿐이다. 그리고 민감해지려던 세포들이 차갑게 식어 버렸다.

절망감에 싸여 있던 천상희는 남편의 시트를 걷어내고 새 것으로 갈아 끼웠다. 방을 나와 아직도 어둠이 걷히지 않은 거실을 지나 주방으로 들어갔다. 여동생과 같이 살겠다며 떠난 개성댁의 빈 자리는 그녀의 몫이었다.

부지런히 아침 식사준비를 마치고도 시간이 남아 있었다. 천상희는 잠시 거실 창문 앞에서 밖을 내다보고 있었다. 정원에는 지난밤에 내린 눈이 소복하게 쌓여 있었다. 아름답게 보여야 할 풍경은 사람 마음에 따라 달라 보이는 것이었다. 문득 자신이 해야 할 일이 떠올랐다. 현관문을 나선 그녀는 싸리 빗자루를 집어 들었다. 그리고 대문으로 향하는 길을 쓸었다.

떠오르는 태양의 빛을 반사하는 흰 눈을 쓸어내고 있는 여인의 스커트 자락이 찰랑거렸다. 결코 허드렛일을 해 보지 않은 것 같은 여인의 자태는 소녀의 순박한 몸짓 같았다. 2층 창문으로 밑을 내려다보던 연민은 부리나케 추리닝을 걸치고 방을 나왔다. 빠른 걸음으로 2층 계단을 내려온 그는 현관문을 열고 나와 빗자루와 삽을 집어 들었다.

천상희를 의식하는 연민은 묵묵히 눈을 치웠다. 쌓인 눈을 쓸어내던 그녀가 잠시 멈추어 그를 쳐다봤다. 그는 수북하게 쌓인 눈을 삽으로 퍼내고 있었다. 이목구비가 뚜렷한 그의 역동적인 모습에는 젊은 혈기가 넘쳐 흘렀다.

그녀는 다시 빗자루로 눈을 쓸어내었다. 그들의 빠른 손놀림으로 현관에서 대문 사이에 소복하게 쌓였던 눈 대신에 길이 나타났다.

시간이 가면서 천상희는 새로운 생활에 익숙해지고 있었다. 하지만 침묵 속에 쌓인 생활이었다. 그녀는 식구들 사이에도 대화가 많지 않다는 것을 알았다. 천상희는 권한열과 연민, 구성미와 연민 사이가 불편하게 보이는 이유를 조금씩 알게 되었다. 구성미는 외출을 하거나 자신의 방에 틀어박혀 있다가 권한열을 보면 생기가 살아났다.

사업에 집착하느라고 바쁜 권한열은 천상희에게 별다른 말을 하지 않았다. 이따금 구성미가 천상희의 입을 열게 했다. 구성미는 그녀가 어떻게 살아왔는지 꼬치꼬치 캐묻기도 했다.

그녀는 가정부 역할을 하며 언제 건강이 회복될지도 모르는 남편을 돌보는 반복적인 생활에 언어를 잃어가고 있었다. 육체적인 노동보다 정신적으로 빈약해 가는 그녀는 허전함에 빠져 들기도 했다.

한해가 저물고 1995년 새해가 밝았다. 천상희는 무감각한 시간 속에 맴돌고 있을 뿐이었다. 그러나 그녀의 가슴 속에는 알 수 없는 불씨가 항상 꿈틀거렸다. 여자의 본능에 집착하던 과거로 되돌아가고 싶은 심정과 현실에서 벗어나고 싶은 욕구는 그녀를 자신만의 세계로 빠져들게 했다.

방바닥에 엎드려 있던 천상희는 남편의 침대가 미세하게 흔들리는 소리에 벌떡 일어났다. 어디선가 악취가 났다. 남편의 대변을 받아내는 기구에 연결된 호스가 빠져서 시트가 대변으로 범벅이 되어 있었다.

한숨을 내쉰 그녀는 욕실로 가서 온수를 물통에 채웠다. 인기척을 느낀 그녀가 돌아보니 욕실 앞에서 연민이 빤히 바라보고 있었다.

연민은 남편을 돌보는 천상희를 수시로 도와주고 있었다. 그때마다 그녀는 짤막한 인사로 고마움을 대신했다. 묵묵히 그녀를 도와주지만 그녀는 말이 없었다. 대화를 하지 않아도 그들은 서로를 알 수 있었다. 말없이 욕실로 들어온 그가 온수를 채운 그릇을 들고 건넌방으로 갔다. 뒤따라간 그녀가 남편의 몸을 옆으로 눕히고 하의를 벗겨냈다.

남편 조재천의 하복부가 드러나고 축 늘어진 남성이 고스란히 보였다. 연민을 의식하는 천상희의 짙은 속눈썹이 떨렸다. 얼굴을 붉힌 그녀는 재빠른 손놀림으로 남편의 허벅지 사이를 익숙하게 씻겨내었다.

연민은 그녀의 빠른 손놀림을 보고 놀랐다. 나이보다 앳되어 보이는 그녀가 환자를 능숙하게 다루기 때문이었다.

천상희가 다시 온수를 가져오려고 그릇을 들었다. 말없이 보고 있던 연민이 그릇을 받아들고 욕실로 갔다. 그녀는 그가 다시 가져온 온수로 남편의 엉덩이와 허벅지 사이를 헹궜다. 그녀가 침대 시트를 갈아주는 동안 그가 그녀의 남편을 번쩍 들고 있다가 바로 눕혀 주었다. 그녀가 벗겨낸 침대시트를 들고 욕실로 가고 그는 물그릇을 들고 따라갔다. 시트에 묻은 오염물을 물로 씻어내던 그녀가 뒤따라 욕실로 들어오는 그에게 나지막하게 말했다.

"고마워요."

"말씀 낮추세요."

고마움을 표현하는 천상희의 인사에 연민의 짧은 대답이었다. 그가 그녀에게 말을 한 것은 처음이었다. 그들의 시선이 마주쳤다. 그녀는 그가 대학입시에 합격하고도 포기하고 있다는 것을 알고 있었다. 그러나 그녀는 그가 나이 어린 남자로 보이지 않았다. 그의 균형 잡힌 체구에서는 포용력이 넘쳐 보였다. 그리고 그의 눈빛에서는 배려 깊은 남자의 뜨거운 열정이 흘러나왔다.

잠시 멈추었던 그가 돌아서서 욕실을 나갔다. 그의 뒷모습을 빤히 바라보던 그녀는 물에 헹구어낸 침대시트를 다시 세탁기에 넣고 작동을 시켰다. 그리고 그녀는 걸레를 들고 방과 거실을 오가면서 바닥에 흘린 물을 닦아내었다. 세탁기에서 침대시트를 꺼내든 그녀는 밖으로 나갔다.

높게 떠오른 햇살이 쌓인 눈을 녹이는 따뜻한 날씨였다. 가지마다 쌓인 흰눈이 살랑거리는 겨울바람에 눈꽃이 되어 떨어져 내렸다. 건조대에 시트를 널던 천상희의 시선이 샌드백을 치고 있는 연민을 향했다.

겨울인데 운동복 상의를 벗은 그는 짧은 민소매의 셔츠 차림이었다. 샌드백을 두드리는 그의 팔에 드러나는 근육은 젊은 혈기였다.

샌드백을 두드리는 연민이 천상희를 힐끔 쳐다봤다. 그는 답답한 마음에 쌓이는 스트레스를 푸는 중이었다. 시간이 지날수록 드러나는 아버지의 비인간적인 추악함에 대한 반발이고, 아버지의 희생물이 되어 의식이 없는 남편을 간호하는 천상희의 모습에 동정심과 애틋함을 참지 못하는 분노였다. 그것은 아버지에 대한 증오이고 또한 그녀를 향한 연민이기도 했다.

샌드백을 치던 연민은 이마에 흘린 땀을 손바닥으로 문지르며 집안으로 들어갔다. 세탁물을 건조대에 널고 돌아선 천상희의 시선이 바닷바람이 불어오는 담장 너머로 향했다. 산자락 끝에 솟아 있는 노송들 사이로 수평선이 드러나 보였다. 그녀는 파도치는 바다의 풍경을 잃어버리고 살아왔다는 생각이 들었다. 천천히 걸음을 옮긴 그녀는 쪽문을 빠져 나와 노송들이 솟아있는 산자락을 향해 걸어갔다.

산자락 옆의 오솔길을 걸어 내려가니 모래사장이 펼쳐진 바다가 보였다. 파도를 밀고 온 바람이 그녀의 스커트 자락을 휘말렸다. 철썩이는 파도소리는 반복적인 생활에 갇혀 요동치는 그녀의 심장소리 같았다. 아득한 곳에서 달려온 파도는 그녀의 멍울진 가슴에 하얀 포말을 일으키며 부서졌다.

갑자기 그녀는 바다 멀리 끝없는 여정을 떠나고 싶었다. 가슴 속 깊이 뜨거워지려는 불씨를 식히고 싶었다. 갈매기처럼 웅어리진 울음을 토해내고 싶었다. 운동화를 벗어든 그녀는 모래사장을 걸었다. 바다에서 밀려든 파도가 그녀의 발등에 모래를 덮어놓고 사라졌다. 바다 속을 향해 한 발자국 내밀었다.

차디찬 겨울 바닷물이지만 천상희는 왠지 짜릿함을 느꼈다. 신기루가 있을 것 같은 수평선 끝까지 걷고 싶은 마음이었다. 다시 한 걸음을 옮기던 그녀는 인기척에 깜짝 놀라서 뒤돌아보았다. 언제 왔는지 연민이 잔잔한 미소가 깃든 눈빛으로 그녀를 바라보고 있었다.

"위험해요."

"언제?"

"감기 들어요. 겨울 바다는 이따금 사람을 유혹하지요."

천상희는 자신도 모르게 의미 없는 웃음을 흘렸다. 빤히 바라보는 연민의 시선이다. 그는 그녀의 웃는 모습이 철없는 소녀 같았다. 그는 자신의 점퍼를 벗어 슬그머니 그녀의 어깨 위에 올려주었다.

마주보는 그들의 눈빛이 반짝였다. 그의 점퍼에 감싸인 그녀는 따뜻함을 느꼈다. 그가 말없이 그녀의 손에 들고 있는 운동화를 잡았다.

그녀의 운동화가 그의 손에 끌려갔다. 그는 운동화를 들고 그녀의 발밑에 엎드렸다. 그녀를 올려다보는 그가 자신의 어깨를 잡으라는 눈짓을 했다. 그는 어깨를 붙잡고 의지하는 그녀의 발에 운동화를 신겨주었다. 그가 그녀의 다른 발을 들어올렸다. 바닷바람이 불어와 그녀의 스커트를 휘감았다.

스커트 속이 드러나 보인 그녀는 얼굴을 붉혔다. 스커트 자락을 여미던 그녀가 균형을 잃고 휘청거렸다. 그는 자신의 어깨에 매달리며 비틀거리는 그녀를 붙잡았다. 그의 손아귀에 잡힌 것은 그녀의 둔부였다.

여인의 체취가 묻어나는 감촉에 그는 당황했다. 하지만 그는 내색을 하지 않고 그녀의 발에 운동화를 신겨주고 일어섰다. 그들은 마치 약속이라도 한

듯이 모래사장을 걸었다. 머리 위에서는 갈매기들이 소리를 내며 맴돌았다. 불어오는 바람이 그녀의 머리를 날렸다. 그녀는 이따금 바라보는 그의 시선을 의식하였다. 그때마다 그녀는 발을 헛디딘 것처럼 흔들렸다.

결국 그녀는 움푹 튀어나온 자갈에 걸려 뒤뚱거렸다.

"어멋!"

"조심해요."

그녀는 넘어지지 않으려고 그에게 매달렸고 그가 그녀의 허리를 붙잡았다. 겸연쩍은 미소로 바라보는 그의 눈가에 미소가 생겨났다.

그녀에게서 흐르는 여인의 체취. 그는 새삼스럽게 그녀가 여자라는 것을 의식했다. 그녀에게서 흘러나오는 여자의 향기는 그가 항상 추측하던 어머니의 포근함이고 여동생 같은 귀여움이었다.

그들은 어색한 모습으로 다시 걷고 있었다. 그런데 그의 팔이 여전히 그녀의 허리를 감싸고 있었다. 그는 팔을 푼다는 것이 도리어 어색하다고 생각했다. 아니 그는 그녀에게 더 다가가고 싶었다. 그녀 또한 별안간 정색을 할 수 없었다. 아니 그녀도 허리를 감고 있는 그의 팔에서 전달되는 따스함이 편안했다. 옷깃을 스치며 엉거주춤 걷던 그의 시선이 그녀를 향했다.

"바다에 자주 왔어요?"

"아뇨. 별로."

"말 낮추라니까요."

"아직."

그가 그녀의 허리를 감았던 팔을 풀었다. 그런데 팔을 푸는 그의 손이 그녀의 손에 잇닿았다. 그는 자신도 모르게 그녀의 손을 붙잡았다. 흠칫하는 그녀의 손이 그의 손아귀에 들어가 있었다. 왠지 그녀는 그의 손을 잡고 있는 것이 자연스러웠다. 그러나 조금은 쑥스러운 그녀가 그를 힐끔 쳐다봤다.

"연민 씨는?"

"네?"

"바다에 자주 와요?"

"고교 때 친구들과…. 나한테는 누나인데, 씨자를 붙이니 어색하네요."

그녀는 배시시 미소를 지었다. 누나라는 호칭이 부담스럽지 않고 가깝게 느껴졌다. 모래사장을 걷던 그녀가 저녁식사 준비를 할 시간이라고 말했다.

그들은 걷던 길을 되돌아 집으로 향했다. 그들은 많은 대화를 하지 않았지만 오래 전부터 서로를 알고 있었다는 느낌이 들었다. 아니 무언의 침묵 속에서도 그들의 대화는 느낌으로 전달되었다. 바다에서 불어오는 찬바람에 유리 창문이 덜컹거렸다. 그녀가 설거지를 하는 동안 그는 집안 청소를 하였다.

뒤늦게 출근 준비를 마친 권한열이 안방에서 나왔다. 구성미가 그의 서류 가방을 들고 그림자처럼 뒤따랐다. 거실을 지나는 권한열의 시선이 빗자루로 바닥을 쓸고 있는 연민을 힐끔 쳐다봤다.

권한열은 입맛을 다시며 현관으로 향했다. 아들이 어떻게든 유학을 갈 생각으로 예전에 볼 수 없었던 행동을 하는 것이라고 생각했기 때문이었다.

그를 뒤따르던 구성미도 연민을 빤히 쳐다보고 지나갔다. 구성미는 운전사가 열고 기다리는 승용차 문 앞에서 남편에게 서류가방을 건네주며 말했다.

"여보, 연민이 요구를 들어주면 안 돼요?"

"안 돼! 당신이 개입할 문제가 아냐."

권한열은 한 마디로 아내의 말을 묵살하였다.

구성미는 사라지는 승용차를 물끄러미 바라보다가 집 안으로 들어갔다. 그녀는 봉걸레로 바닥을 닦고 있는 연민이 안타까웠다. 얼마 있으면 다시 대학입시의 계절이 돌아온다. 그러나 연민은 대학입시에 합격하고도 거의 1년 동안 배회하며 다른 대학에 가려는 생각도 하지 않고 있었다.

구성미는 남편과 연민의 냉랭한 분위기가 답답하기만 했다. 그렇다고 그녀가 나설 수도 없었다. 남편의 완고한 성격을 잘 알고 있는 그녀로서는 속수무책이었다. 구성미는 요즘에 부쩍 가정주부로서 소외감을 느끼고 있었다. 경제권이 있는 것도 아니고 자신의 뱃속에서 낳은 아들이 있는 것도 아니었다.

특별하게 그녀가 신경 쓸 집안일이 있는 것도 아니었다.

주방으로 들어간 구성미는 열심히 일하고 있는 천상희의 모습을 보고 더욱 자신이 무력하게 느껴졌다. 그만 둔 개성댁보다 천상희가 더 깔끔하게 집안을 정돈하기 때문이었다.

구성미는 나이가 들어가면서 살집이 올라 스트레스를 받고 있었다. 그녀는 문득 마사지를 받으러 갈 생각을 하며 세면장으로 들어갔다.

연민의 도움으로 집안일을 끝낸 천상희는 전화기를 들고 미간을 찌푸렸다. 오늘은 그녀의 남편이 정기적으로 병원에 가서 치료를 받는 날이었다. 그런데 병원차가 도착하지 않았고 병원 전화도 계속 통화중이었다.

점심시간 이전에 남편의 진료를 끝내야 하겠기에 그녀는 답답하기만 했다.

누구에게 하소연할 수도 없는 천상희는 전화기를 들었다가 놓기를 반복했다. 그때 2층에서 내려오던 연민이 천상희의 모습을 봤다. 전화기 앞에 무릎을 꿇고 수화기를 들고 있던 그녀가 일어서면서 안절부절 못하였다.

연민이 천상희의 등 뒤로 다가갔다.

"왜, 그래요?"

"병원차가 안 와서. 전화도 계속 통화중이고."

연민은 난색을 하고 있는 천상희의 표정이 안타까웠다. 그는 천상희의 남편이 정기적으로 병원에 진료를 받으러 간다는 것을 알고 있었다. 고개를 돌려 쳐다보며 일어서던 그녀가 뒤뚱거렸다. 스커트 자락이 탁자 유리에 걸린 것이었다. 그가 재빨리 그녀의 손을 잡고 일으켜주면서 말했다.

"내가 모시고 갈게요."

"어떻게?"

"할 수 있어요."

천상희의 의아스러운 눈빛에 연민은 부리나케 2층으로 올라갔다. 방한복을 걸친 그는 자신이 타고 다니는 지프차 열쇠를 챙겼다. 그는 우선 지프를 현관문 앞에 세우고 들어와 건넌방으로 들어갔다. 그는 의식 없이 누워있는 남편 조재천의 목까지 두꺼운 담요와 이불로 감쌌다. 조재천의 목을 한 팔로 감싸서 안히고 등을 돌린 그가 어찌할 바를 모르는 그녀에게 말했다.

"업을 테니 밀어줘요."

주춤하던 천상희가 등을 돌리고 있는 연민을 향해 남편을 밀어 올렸다. 연민은 짐을 들어올리듯이 그녀의 남편을 등에 업고 가뿐하게 일어섰다. 빠른 걸음으로 현관을 나선 그가 열어놓은 지프의 뒷문 앞에 섰다. 그리고 다시 그녀에게 명령하듯이 말했다.

"먼저 타서 무릎 위에 매형의 머리를 눕혀요."

어리둥절해서 보고 있던 천상희가 연민의 말에 이끌리듯이 지프에 올라탔다. 연민이 등을 돌리고 차 안으로 들어가 조재천을 눕혔다.

남편의 머리를 무릎 위에 얹은 그녀는 그때서야 안도의 한숨을 내쉬었다.

지프 안은 미리 히터를 틀어 놓아 따뜻했다. 연민은 말없이 병원을 향해 조심스럽게 차를 운전했다. 천상희는 뒤늦게 연민이 남편을 매형이라고 호칭한 말을 떠올렸다. 그녀는 왠지 낯설고 거북하다고 느꼈다.

묵묵히 운전을 해서 병원에 도착한 연민은 응급실 앞에 지프를 세우고 의료진들을 불러왔다. 의료진들이 조재천을 들것에 실어 진료실로 옮겼다. 천상희는 남편이 진료를 받는 동안 원무과로 가서 병원차를 보내주지 않은 것에 대하여 항의를 했다.

연민은 복도의 대기 의자에 앉아 있었다. 그는 언제 회복될지 모르는 남편을 돌보는 천상희가 시간이 갈수록 안타깝고 애틋하였다. 가식적이고 이율배반적인 아버지로 인한 피해자였기에 그는 더욱 그녀를 애잔하게 느꼈다.

아버지가 성인군자의 탈을 쓰고 수단 방법을 가리지 않고 자신의 야망을 실현시키는 삶을 살아왔다는 것이 그는 부끄러웠다.

모두가 깊은 잠에 빠진 적막이 깃든 밤이었다. 천상희는 잠을 이루지 못하고 남편의 침대가 있는 방을 오가고 있었다.

자신의 방에 웅크리고 누워 있던 그녀는 벌써 여러 번 일어났다가 눕기를 반복하였다. 오늘 뿐만 아니라 그녀는 3일간 잠을 설치고 있었다. 한동안 호전되는 것만 같던 남편이 이따금 흘리는 신음소리가 심상치 않았다.

천상희는 새벽같이 일어나 식구들의 아침 식사 준비를 했다. 식구들의 식사가 끝난 후에 그녀는 서둘러 집안일을 마쳤다. 그리고 정기적인 진료를 받으러 가는 날이 아니지만 병원에 전화를 걸어 차를 보내달라고 했다. 그녀가 남편과 병원에 가는 모습을 보고 연민이 뒤따랐다.

시간이 갈수록 천상희는 연민의 도움과 관심을 자연스럽게 받아들이게 되고 의지가 되었다. 연민 또한 아버지를 대신하는 마음을 받아주는 그녀가 고마웠다. 하지만 그녀의 흔적을 뒤쫓는 그의 감정이 어쩌면 변명인지도 모른다. 그가 그녀를 애틋하게 느끼는 감정은 단순하게 아버지 때문만은 아니었다. 그녀는 그의 젊은 혈기를 일깨우는 여자이기도 했다. 그는 대기실에 앉아 있는 그녀에게 다가갔다.

"뭐라고 그래요?"

"날씨가 추워서 그런지 감기 때문이라고 하네. 열도 높고 걱정스러워 며칠 잠을 못 잤어. 그런데 폐렴이 될 가능성이 높다고 하니."

천상희가 입을 손으로 가리며 하품을 했다. 마주친 두 사람의 눈빛이 반짝였다. 연민은 핼쑥해진 천상희의 모습이 안타까웠다. 그러나 오히려 그녀의 피곤한 눈빛에는 촉촉한 여자의 향기가 배어 있었다.

아직도 청순한 분위기의 그녀는 어린 여동생처럼 앙증맞은 귀여움이 엿보였다. 순간적으로 애틋함을 느낀 그는 그녀를 위로하고 싶은 충동에 슬그머니 그녀의 손을 잡아 주었다.

천상희의 남편이 진료를 받는 동안 연민은 먼저 병원을 나왔다. 더 이상 그녀 곁에 있으면 자신의 감정을 억누를 수 없을 것만 같았다. 그는 그녀를 향한 감정이 뜨거워진다는 것이 두려웠다. 그래서인지 그녀와 같이 갇혀 있는 울타리를 벗어나고 싶었다. 그것은 아버지에게서 떠나고 싶은 생각이기도 하였다. 그러니 그는 더욱 유학에 대한 집념에 사로잡힐 수밖에 없었다.

막상 병원에서 지프차를 몰고 나온 연민이었지만 갈 곳이 마땅치 않았다. 마땅치 않다기보다는 흘러가는 시간이 무의미하고 마음을 안정시킬 곳이 없었다. 그는 친구를 만나 점심 식사를 하고 결국 집으로 돌아왔다. 현관문을 열고 거실로 들어온 그는 왠지 집안이 쓸쓸하게 느껴졌다. 구성미는 외출을 했는지 흔적도 없었다.

주방에서 물을 마시고 층계를 오르려던 연민은 발걸음을 멈추었다. 무심코 지나쳐 봤던 소파에 천상희가 웅크리고 잠들어 있는 모습이 보였다.

남편 때문에 며칠간 잠을 이루지 못했다는 그녀의 말이 떠올랐다. 잠시 바라보던 그는 소파로 다가갔다. 그리고 조심스럽게 그녀의 어깨를 흔들었다.

"방에 들어가서 자요."

"……."

"방에 들어가서 자라고요."

깊은 잠에 빠진 천상희는 꿈쩍도 하지 않았다. 연민이 몇 번인가 흔들어도 그녀는 고른 숨소리만 흘렸다.

그는 지쳐 잠든 그녀가 안타까워 모른 체할 수도 없었다. 주춤거리던 그는 그녀의 허리와 목 밑에 팔을 넣고 들어 올렸다. 그래도 그녀는 깨어나지 않고 그의 가슴에 얼굴을 묻었다. 그는 그녀를 안고 건넌방으로 들어갔다. 침대 위에는 조재천이 여전히 의식 없이 누워 있었다.

미닫이문 사이로 보이는 뒷방의 방바닥에 이부자리가 깔려 있었다. 그는 뒷방으로 가서 이부자리 위에 그녀를 눕혔다. 순간 허리를 숙였던 그는 얼어붙은 것처럼 꼼짝할 수 없었다. 청초한 모습으로 잠들어 있는 그녀의 모습이 그의 가슴을 설레게 했다.

살포시 감고 있는 눈에 드리워진 짙은 속눈썹, 나이보다 앳되어 보이는 그녀의 미모는 전혀 때 묻지 않은 천사 같았다. 스커트 밑으로 뽀얀 피부가 드러난 허벅지는 탄력이 넘쳤다. 숨을 들이마실 때마다 알맞게 부풀어 오른 그녀의 젖가슴이 들쑥날쑥하였다. 그녀의 입술을 뚫어지게 내려다보던 그는 심장이 멎을 것만 같았다.

그는 습기가 어린 그녀의 도톰한 입술을 훔치고 싶은 충동에 휘말렸다. 그녀에게서 짙은 향기가 흘러 나왔다. 인형처럼 오목조목한 미모와 함께 성적인 매력이 묻어나는 여인의 체취였다. 심장이 두근거리는 그는 자신도 모르게 그녀에게 다가가고 있었다. 그는 이미 그녀의 몸을 껴안고 엎드려 있었다.

그녀의 입술 위에 입술을 마주한 그는 맥박이 요동치고 숨조차 쉴 수 없었다. 감미롭고 부드러웠다. 그의 손은 어느새 그녀의 블라우스 위를 더듬고 있었다. 아담하지만 탄력이 넘치는 그녀의 젖가슴이 그의 손바닥 안에 들어왔다. 그는 젖가슴을 손아귀에 움켜쥐고 터트리고 싶은 감정이 솟구쳐 부르르 떨었다. 입술과 입술을 조심스럽게 마찰하던 그는 상체를 들어 올리고 숨을 멈추었다. 무슨 소리인가 들리는 것 같아서 놀란 것이다.

주위를 두리번거리는 그의 시야 속에는 지붕에 쌓였던 눈송이가 유리 창문 아래로 떨어져 내리고 있었다. 그녀의 남편은 여전히 꼼짝도 하지 않고 그녀는 옅은 숨결을 흘리고 있었다.

그는 왠지 그녀의 얼굴 빛이 상기된다고 느꼈다. 하지만 깊은 잠에 빠져든 것이라고 안심을 했다. 돌아서려는 그의 마음과는 달리 다시 허리를 굽히고 있었다. 입술이 그녀의 입술로 다가갔다. 입술과 입술이 다시 마주쳤다.

뜨겁게 달아오르는 감정. 그는 그녀의 입술을 혀로 핥았다.

달콤한 충격에 빠져들었던 그는 얼른 몸을 일으켰다. 숨소리가 가늘어진 그녀의 어깨가 흠칫하고 움직였기 때문이었다. 그는 더 이상 금지된 행동을 할 수 없었다. 그는 뜨겁게 달아오르는 흥분을 억제하면서 뒤돌아섰다. 그는 못내 아쉬운 눈빛으로 그녀를 바라보며 주춤거리다가 방을 나왔다.

그가 방을 나가고 그녀는 살며시 눈을 떴다. 그녀는 잠결에 묘한 느낌을 받고 잠에서 깨었었다. 그의 입술에 당황했지만 그녀는 꼼짝할 수가 없었다. 거부해야 한다는 생각과는 달리 그녀는 짜릿한 쾌감에 몸서리쳤다. 숨겨져 있던 본능의 불씨가 피어올랐다. 그녀는 단지 그의 입술과 젖가슴을 보듬는 손길에 반응조차 할 수 없었다.

천상희는 양팔로 젖가슴을 감쌌다. 잠시 뜨거워지려던 가슴이 허전하기만 했다. 잠재되어 있던 여자의 본능이 그녀 자신도 모르게 뜨거워져 있었다. 그녀는 단지 연민을 자신을 도와주는 남자로 생각하고 있지 않았다는 사실을 자각했다. 언젠가부터 그녀는 무의식적으로 연민을 남자로 상대하고 있었던 것이었다. 그녀는 허벅지 사이가 촉촉해진 것을 느꼈다.

연민의 균형 잡힌 체구와 이목구비, 그리고 젊은 혈기에 비해 자상함이 무의식중에 그녀의 마음 한구석을 사로잡았던 것이었다. 남편의 보살핌과 집안일이 힘들어도 그녀는 어느새 그가 옆에 있다는 것이 의지가 되었다. 그녀는 그가 단순히 도와주는 것만이 아니라는 것을 느낄 수 있었다. 그녀를 바라보는 그의 눈빛에는 남자의 열정이 담겨 있었다. 그녀는 청혼을 하던 당시의 남편에게서 느끼지 못한 감정을 연민에게 강렬하게 느꼈다.

세상에는 특별히 음란한 여자라든가 또한 특별히 정조가 굳은 여자가 따로 있는 것이 아니라고 한다. 그에 대한 감정이 특별했기에 그녀는 잠에서 깨어났어도 그의 스킨십을 방관했던 것이다.

천상희는 비로소 연민도 같은 감정을 갖고 있다는 것을 알 수 있었다. 그녀는 그가 더 깊은 관계를 시도했다고 해도 거부하지 못했을 것만 같았다. 다만 그녀는 병든 남편이 있는 여자이고, 그는 지금까지 그녀를 보살펴 주고 있는 아버지 친구의 아들이라는 벽이 존재하고 있는 것이었다.

밤이면 사람들이 불나방처럼 흥청거리는 번화가로 모여들었다. 특히 음식점들이 즐비한 주점에는 고달픈 하루를 푸념하거나 내일의 희망으로 취한 사람들로 북적거렸다. 매캐한 담배 연기 속에서 연민은 친구의 형인 안종호와 마주앉아 있었다. 술이 얼큰해진 안종호가 연민을 게슴츠레 바라봤다.

"왜. 술 안 마셔?"

"별로 마시고 싶지 않아요."

"무슨 걱정거리라도 있니?"

"내가 지금 뭐를 하고 있는지, 답답해."

안종호가 소주 한 병을 비우는 동안 연민은 잔을 들었다가 놓기를 반복했다. 연민은 술을 마시지 않아도 혼란한 생각에 저절로 취하는 것 같았다. 빤히 쳐다보던 안종호는 그가 대학 진학문제로 우울해 보이는 것 같았다.

"넌, 왜 대학을 포기했니?"

"형, 난, 내가 하고 싶은 일을 하고 싶어."

"그게 뭔데?"

"음악과 영화로 인생을 담아내는 거야."

"그러지 말고 정치를 해라. 네 아버지도 원하잖아."

"난, 그래서 더 싫어. 난, 아버지의 인생에 끼어들기 싫어."

안종호는 완벽한 권한열과 달리 섬세한 성격을 소유한 연민의 인간미가 돋보였다. 결단력 있고 추진력 강한 아버지인 권한열보다는 연민에게서는 감성적이고 문학적인 요소가 잠재돼 보였다.

그들은 탁자 위에 놓인 잔을 들어 마주치고 마셨다. 술잔을 내려놓은 연민이 안종호의 잔을 채워주며 불쑥 말했다.

"형, 나는 요즘 힘겹게 사는 사람들이 너무 안타까워."

"힘겨운 사람이 하나둘이 아니잖아. 그러니까, 그 사람들을 위해 정외대로 들어가."

"내가 아는 여자가 있어."

"여자라고?"

"병든 남편을 돌보며 똑같은 생활을 반복하며 사는 여자인데, 그 여자는 자신이 존경하는 사람이 남편을 병들게 만들었다는 것을 모르고 있어. 난 그 여자가 너무 애틋해서 견딜 수가 없어."

"너, 혹시 그 여자를 사랑하는 거 아니냐?"

"사랑?"

안종호가 묻는 말을 되물어 보는 연민은 쓴 웃음을 지었다. 하지만 그는 천상희에 대한 자신의 감정이 무엇이었는지 되돌아봤다. 그는 지금까지 누구를 사랑한다는 감정을 가진 경험이 없었다. 자신을 낳아준 아버지에 대한 원망이 사랑인지 몰라도 천상희에 대한 감정은 달랐다. 보듬어주고 싶고, 젊은 혈기로 끓어오르는 남자 심장을 뜨겁게 하는 여자였다.

늦은 밤이 되어서야 연민은 안종호와 헤어졌다. 어둠에 싸인 거실에는 희미한 조명등만 켜져 있었다. 현관에 놓인 아버지의 구두를 보고 그는 조심스럽게 발걸음을 옮겼다. 그는 술을 조금 마셨는데도 취기가 오르는 것 같았다. 욕실로 들어간 그는 발가벗고 샤워기 밑에 섰다. 쏟아지는 물줄기 밑에 서서 달아올랐던 열기를 식혔다. 세면장 문을 열고 나서던 그가 멈추어 섰다. 희미한 어둠 속에 뽀얀 얼굴빛의 여인이 눈을 크게 치뜨고 있었다.

세면장으로 들어오려던 천상희와 마주친 것이다. 어깨가 드러난 하얀 슬립을 걸친 천상희가 놀라는 눈빛으로 서 있었다. 거실 창문으로 들어오는 달빛에 슬립을 걸친 그녀의 속살까지 드러나 보였다. 연민의 시선을 의식한 그녀가 양팔로 앞가슴을 가렸다. 빤히 쳐다보던 그가 그녀의 어깨를 덥석 껴안았다. 당황한 그녀의 목소리가 자그마하게 흘렀다.

"술, 마셨어?"

"아니. 난, 어떤 여자에게 항상 취해 있는 걸."

"여자? 무슨 말?"

연민의 가슴에 안겨 있는 천상희는 옅은 알코올 냄새를 느꼈다.

그녀에게 노골적으로 껴안는 그의 모습은 처음이었다. 그러나 그녀는 별로 거부하고 싶지 않았다. 그가 인식하는지 모르지만 그녀는 이미 그의 스킨십을 경험했기 때문인지도 모른다.

연민이 의혹의 눈빛을 보내는 그녀의 얼굴을 두 손으로 받쳐 들었다.

"그 여자 이름이, 상희야. 천상희!"

"무슨 말이야! 정말, 술 취했나 봐."

"아니."

"가서 자."

말을 하던 천상희는 읍하며 숨을 들이마시며 눈동자를 크게 떴다. 연민의 입술이 그녀의 입술을 덮어 누른 것이었다. 갑작스런 그의 행동에 당황한 그녀는 식구들의 눈치도 두려웠다. 그녀는 그의 가슴에 손을 뻗으며 피하려고 허우적거렸다. 그러나 그럴수록 그녀를 껴안는 연민의 팔에 힘이 들어갔다.

"이. 이러면 안 돼."

"상희를 보는 내 자신이 힘들고 두려워."

"연민."

천상희는 또 다시 연민의 가슴 속에 갇히며 입술을 빼앗겼다.

그의 입술에서 벗어나려고 좌우로 고개를 피했다. 그러나 그의 입술이 그녀의 목덜미와 귓가에 열기를 불어 넣었다. 입술이 그의 입속으로 빨려 들어갔다. 그녀는 갑자기 다리에 힘이 풀리고 쓰러질 것만 같았다.

맥이 풀린 천상희는 연민의 가슴 속에 갇혀 무방비 상태가 되었다. 아니 그녀의 피부에 뻗어있는 감각기관들이 예민하게 반응하여 돌기를 일으키었다. 잠자고 있던 불꽃들이 그녀를 뜨겁게 달구었다. 어느새 그의 입술을 받아들이고 있는 그녀의 다리가 휘청거렸다. 그의 입속으로 혀가 빨려 들어가는 순간, 그녀는 자신도 모르게 그의 어깨에 팔을 얹어놓고 있었다. 그러나 그녀는 '이제 그만, 이건 아냐' 라는 마음 속 말을 수없이 외치고 있었다.

연민의 손길이 천상희의 허리를 감아 잡아당겼다. 그녀는 현기증이 일으킬 정도로 아찔하였다. 하복부가 잇닿은 그녀는 뜨거운 남자의 혈기에 휩싸였다. 엷은 슬립 겉에 잇닿은 우람하게 솟은 남성. 그녀는 다시 그에게서 벗어나야 한다고 생각했다.

"연민 씨. 우리 이러면 안 돼."

"아무 말도 말아요. 당신을 사랑하고 있어."

천상희는 남편에게도 듣지 못했던 사랑한다는 말을 들었다. 연민의 입술은 다시 그녀의 몸을 더욱 달아오르게 했다. 그의 억센 팔로 둔부가 당겨지고 그녀는 남자의 불같은 남성이 슬립을 뚫고 허벅지 사이를 파고 들 것만 같았다.

다리에 힘을 주는 그녀의 몸은 그에게 맡겨진 상태였다. 슬립 어깨끈이 흘러내리고 젖가슴이 드러났다. 그녀의 젖가슴을 바라보는 연민의 이글거리는 눈빛이다. 그는 그녀의 젖가슴에 머리를 묻었다. 그리고 젖가슴과 젖꼭지를 혀로 핥았다.

그는 생전에 느껴보지 못한 어머니의 젖가슴을 탐닉하고 있는 것이었다. 균형을 잃고 뒷걸음질 친 그녀가 벽에 등을 대고 섰다. 그녀는 흥분하는 모습을 보이지 않으려고 주먹을 움켜쥐고 고개를 외면하였다.

여성의 성욕은 혈관 내에서 생긴 하나의 규율이다. 그녀는 젖가슴을 파고드는 그의 머리를 끌어안고 싶은 충동을 견디고 있었다.

본능을 숨기려는 것은 고통이었다. 그 고통은 그녀의 마지막 남아있는 자존심이었다. 그녀의 양쪽 젖가슴을 타액으로 적시며 젖꼭지의 돌기를 일으킨 그가 그녀의 손을 잡아끌었다. 정조를 지키려는 그녀의 마지막 이성은 육체가 이끄는 본능에 지배당하고 있었다.

층계 위로 이끌려 올라간 그녀는 남자의 체취로 가득한 그의 방안에 들어섰다. 그가 그녀를 안아서 침대 위에 눕혔다. 그리고 그녀가 걸치고 있던 슬립이 그의 손에 의해 벗겨지고 있었다. 벗겨진 그녀는 정지된 시간 속에 멈추어 있었다. 꼼짝도 않고 반듯이 누워있던 천상희는 뒤늦게 두려움을 느꼈다. 그녀는 연민의 방에서 나가야 한다는 생각으로 상체를 일으켰다. 그러나 침대 위로 올라온 그가 그녀를 껴안아 다시 눕혔다.

그녀를 내려다보는 그의 이글거리는 눈빛, 유리 창문으로 들어오는 달빛에 발가벗겨진 그녀의 나신이 조각처럼 드러났다.

곡선을 이룬 천상희의 나신은 앙증맞으면서도 성숙한 여인의 체취로 가득했다. 단지 혼돈의 늪에 빠진 그녀는 눈을 감고 있을 뿐이었다.

그가 그녀의 입술에 입술을 포갰다. 그녀의 몸속에서 숨겨졌던 불씨가 다시 피어올랐다. 그녀의 혀와 젖가슴과 젖꼭지가 그의 타액으로 적셔졌다. 입술을 깨물고 있던 그녀의 어깨와 허리가 경련을 일으켰다.

달빛을 받은 그녀의 하복부에는 가지런한 음모가 돋아난 둔덕이 도톰하게 솟아 있었다. 그의 혀끝이 그녀의 허리를 거쳐 둔덕에 열기를 불어 넣었다. 억제되었던 본능의 파도 속에 휩싸인 그녀는 둔부를 좌우로 비틀었다.

그가 그녀를 빤히 내려다보았다. 그녀는 천천히 고개를 저었다. 뒤늦게 거부하는 동작이었다. 그것은 그녀의 본능과는 다른 의미였다.

그녀의 표정은 도리어 연민의 욕정을 부채질했다. 그는 입속으로 젖꼭지를 빨아 당겨 혀끝으로 마찰했다. 그리고 그의 손길이 허벅지를 지나 음모를 쓰다듬었다. 음순을 스치고 지나다니는 그의 손길에 그녀는 하마터면 신음을 토할 뻔했다. 모포를 움켜잡고 있던 그녀는 또 다른 충격에 눈동자를 크게 떴다. 그리고 숨을 멈추며 짧은 신음을 흘렸다. 동시에 그의 양팔로 체중을 지탱하며 숨을 몰아쉬었다. 상체를 일으킨 그녀의 눈동자가 일그러졌다.

흘러나오는 신음을 삼키고 있는 것이었다. 남편에게서 느껴 보지 못한 너무나 감격적인 희열이었다. 겨울의 은은한 달빛이 흐르는 방안은 습한 열기와 끈적이는 마찰음으로 가득했다. 물결처럼 흔들리는 남녀의 발가벗은 육체. 그녀는 숨조차 쉴 수 없는 희열의 회오리에 휘말려 있었다.

몽롱한 눈동자로 쳐다보는 그녀의 눈빛이다. 남자의 허리를 부둥켜안으려던 그녀의 손이 침대 모포를 움켜쥐었다. 새삼스럽게 그녀는 남편이 아닌 건장한 남자를 의식한 것이다. 그러나 그녀의 육체는 남자를 깊이 받아들이려고 허리를 들어 올렸다. 그녀는 치를 떨며 머리를 침대 깊숙이 묻었다. 뜨거운 열기를 몰고 오는 불길이었다. 온몸이 불길에 휩싸인 그녀는 손에 잡힐 듯 잡히지 않는 안개를 잡으려고 허우적거렸다.

불길은 그녀의 몸속까지 스며 들어와 숨겨진 살갗을 불살랐다. 그리고 그녀는 보이지 않는 정상으로 솟아올랐다가 추락하기를 거듭했다.

그는 다소곳이 몸을 맡기고 있는 그녀의 모습이 정말 사랑스러웠다. 몸속으로 남성을 밀어 넣을 때마다 흠칫 흠칫거리고, 때로는 눈을 지그시 감기도 하며 놀라는 눈빛을 하는 그녀는 마치 처음으로 성관계를 하는 처녀 같기도 하여 순수하고 귀여웠다. 그는 그녀의 첫 번째 남자가 되는 기분이었다. 격렬한 희열에 정신마저 희미했다. 더 이상 남편의 여자가 아니었다.

그의 그윽한 눈빛과 불같은 정열에 그녀는 몸과 마음이 정복당하고 있었다. 때로는 그녀를 대신하여 남편을 보살펴 주던 그가 그녀의 본능마저 일깨워 주는 남자가 된 것이다. 그녀의 육체는 그에게 소유되어 끝없는 희열의 물결에 휘말리고 있는 것이다. 그러나 그녀는 이를 악물고 신음을 삼켰다.

그는 그녀의 작은 반응들에 오히려 더욱 흥분이 되었다. 정숙한 여자의 몸짓으로 모든 것을 내맡기고 있는 그녀가 오히려 선정적이었기 때문이었다.

주먹 쥔 손을 어깨 위로 늘어트리고 있는 그녀는 이따금 고개를 돌렸다. 발가벗은 몸이 흔들리며 입술을 깨무는 그녀는 간혹 허벅지를 벌리며 희열을 참지 못해 흘러나오는 신음을 삼키고 있었다.

거친 숨소리와 하복부가 부딪는 소리가 어우러졌다. 발가벗은 여자의 육체를 끌어안은 남자의 몸이 율동하는 밤은 깊어지고 있었다.

몇 번인가 오르가슴의 정상에서 추락하며 황홀한 늪 속에 빠져 안간힘을 쓰고 있었다. 그녀는 정숙한 여자의 모습을 지키려고 꿋꿋하게 입술을 깨물고 있었다. 점점 정신마저 혼미해져 반복적으로 숨을 들이마셨다. 그때 흘러넘치는 정액의 으깨지는 소리가 이어졌다.

그들은 서로의 몸을 부둥켜안고 거친 숨을 몰아쉬었다. 그리고 그는 그녀를 소유했다는 쾌감에 젖어 들었다. 그에게는 신비스러운 경험이었다. 그녀는 자궁 속까지 뜨겁게 달아오르게 하는 정액을 느끼며 비로소 남편이 아닌 남자의 여자가 되었다는 생각을 했다. 그것은 젊은 그가 그녀의 남자가 되었다는 포만감이고 새롭게 느끼는 희열에 감격하는 여자의 본능이었다.

그녀는 사실 남편이 사고를 당한 후에 짧지 않은 시간을 고독 속에 흘려보냈다. 차라리 성에 대한 만족감을 몰랐다면 그 시간이 고독하지는 않았을 것이다. 그 고독은 정신뿐만 아니라 육체적인 고통이었다. 그런데 그의 육체관계는 그녀가 예상치 못했던 격렬한 정사였다.

지극하게 감동시키는 성의 경험은 여자에게 잊을 수 없는 충격이며 변화이다. 그녀는 하복부가 뻐근하고 뼈마디가 녹아 버리는 몽롱한 상태가 되었다. 그런데도 그가 젖꼭지를 돌돌 말아 굴릴 때마다 그녀는 흠칫하며 경련을 했다. 여자가 조금의 창녀와 같은 성향이 없으면, 대체로 그 여자는 마른 나무토막이라고 했다.

"내 여자야."

그의 말이 싫지 않았다. 아니 그녀의 가슴 속에 잠재되었던 외로움을 위로하는 아늑함이었다. 격렬한 성적인 희열을 느꼈던 그녀는 부끄럽기도 했다. 그러나 그녀는 그의 여자가 되었다는 만족감에 다시 처녀시절로 되돌아간 감정이었다.

그가 젖꼭지를 잡고 빨아 당겼다. 전율하는 쾌감에 그녀는 몸서리쳤다. 문득 그녀는 혼자 있을 남편이 떠올랐다.

"그만 봐 줘. 그이 소변 받아낼 시간이야."

"음?"

그는 속삭이는 목소리를 듣고 그녀를 풀어 주었다.

찬바람이 부는 추운 날씨이지만 정오에 유리 창문으로 들어오는 햇살은 따뜻했다. 천상희는 남편의 시트를 갈아 끼우고 잠시 자신의 침대에 누웠다. 지난밤의 연민에게 안겼던 희열이 스멀스멀 피부를 타고 느껴졌다. 남편과의 부부관계에서 느끼지 못했던 환희였다. 격렬한 정사 탓인지 잠이 올 것만 같았다. 그러나 천상희의 머릿속에는 친구를 만나러 나간 연민의 모습이 자꾸 떠올랐다.

여자는 성적인 희열을 통해 여자로 길들여지고 마지막 남자의 애인이 되기를 원한다고 했던가. 몸속을 마찰 당하던 순간의 전율이 다시 살아나는 것만 같았다. 그녀는 허벅지 사이에 손을 넣고 힘을 주다가 섹스에 민감해지는 자신을 부정하며 고개를 저었다.

사랑은 하나만이 존재하는 것이 아닐 것이다. 그녀는 남편과는 다른 사랑에 빠졌다고 자위를 한다. 그녀는 남편의 아내이지만 연민의 여자로 존재하고 싶었다. 비록 그가 다른 여자의 남자가 된다고 해도 그녀는 그를 잊을 수가 없을 것 같았다. 그러나 그녀는 결코 자신의 마음을 그에게 드러내고 싶지는 않았다. 어쩌면 남편을 대신하는 남자에 대한 그녀만의 숨겨진 사랑이었다.

하루가 지나고, 이틀이 지나면서 천상희와 연민 사이에는 다른 사람이 모르는 애정의 눈빛이 교환되어 가고 있었다.

육체관계를 맺은 남녀는 정신적으로도 하나가 되고 싶은 욕구를 갖기 마련이다. 그는 그녀의 곁을 스쳐 지나가며 슬그머니 손을 잡기도 했고, 그녀가 남편을 보살피는데 도움이 필요할 때면 여지없이 그가 나타났다. 그가 그녀만의 남자가 아니라, 남편을 보살펴 주는 보호자이기도 했다.

늦은 밤이 되어 창문을 흔드는 바람이 세차게 불어댔다. 잠을 설친 그녀는 일어났다 눕기를 반복하다가 갈증을 느껴 주방으로 갔다.

거실의 벽시계가 자정을 알리고 있었다. 물을 마시고 돌아선 그녀는 깜짝 놀랐다. 층계에서 내려온 연민이 빤히 쳐다보고 있는 것이다. 그녀는 그의 시선을 직시할 수 없어 고개를 돌리고 주방을 나왔다. 그때 그가 그녀를 등 뒤에서 껴안았다. 그녀는 흠칫하며 작은 목소리로 말했다.

"올라가서 자."

"뭐가 두려운 거야?"

"연민."

"난, 상희 씨만 있으면 두렵지 않아."

그녀는 고개를 돌려 눈을 흘겼다. 그가 재빨리 그녀의 얼굴을 양손으로 감싸고 키스를 했다.

그녀는 그의 그윽한 눈빛만 봐도 짜릿했다. 그가 그녀를 바로 세워 끌어안았다. 그리고 다시 입술을 찾았다. 그녀는 가벼운 키스만으로도 짜릿했다. 그러나 그녀는 혀를 빨아 당기려는 그의 얼굴을 밀어냈다.

"우리 이러면 안 돼."

"내가 싫은 거야. 난 요즘 잠을 못 자겠어."

그는 밀치려는 그녀의 손목을 움켜쥐었다. 이글거리는 그의 눈빛을 의식한 그녀는 고개를 돌렸다. 다시 그가 그녀의 머리를 감싸며 입술을 찾았다.

그의 가슴에 안겨 입술을 빼앗긴 그녀는 파르르 떨었다. 그리고 다리가 휘청거렸다. 간신히 그의 가슴에서 벗어난 그녀는 도망치듯이 남편이 있는 건넌방으로 들어갔다. 그런데 방문을 닫으려던 그녀는 뒤쫓아 들어온 그를 보고 화들짝 놀랐다.

"왜 이래?"

"난, 나 자신을 속이기 싫어."

눈을 휘둥그렇게 뜬 그녀는 침대 위에 있는 남편과 그를 번갈아 쳐다봤다. 그녀는 아무리 남편이 의식이 없었지만 조심스러웠다.

곤혹스러운 그녀의 마음도 모르고 그가 그녀의 입술에 키스를 했다. 그녀는 그가 정말로 철없는 소년 같아서 어이가 없었다. 그런 그는 막무가내로 그녀의 손목을 잡고 뒷방으로 들어갔다. 그녀는 당황할 수밖에 없었다.

"안 돼. 제발 가서 자."

그는 말없이 그녀를 번쩍 안아서 이부자리 위에 눕혔다. 그의 가슴 밑에 갇힌 그녀는 숨소리조차 낼 수가 없었다.

그가 그녀의 슬립을 벗겨내려고 하였다. 큰 소리도 낼 수가 없는 그녀는 그를 밀치려고 안간힘을 썼다. 그러나 그의 건장한 체구를 당해낼 수는 없었다.

그의 손에 그녀의 슬립이 발밑으로 미끄러져 내려갔다. 그녀는 결국 한 오라기도 걸치지 않은 알몸이 되었다.

순식간에 운동복을 벗어던진 그는 그녀의 양팔을 누르며 입술을 찾았다. 그녀는 눈을 흘겼지만 눈을 감고 입술을 허락하였다. 입술과 입술이 마찰하며 타액으로 적셔졌다. 그녀의 혀가 그의 입속으로 빨려 들어갔다. 파르르 떠는 그녀는 그의 혀를 받아들이고 뜨거운 반응을 보이기 시작했다.

그를 거부하려던 그녀는 처음보다 더 뜨겁게 달아올랐다. 그녀는 젖가슴을 파고드는 그의 머리를 끌어안았다. 뒤늦게 그녀는 그의 스킨십에 반응하는 자신의 모습에 얼른 팔을 풀고 모포를 움켜쥐었다.

젖꼭지가 그의 입속에서 유린당하는 순간 그녀는 아찔한 현기증을 느꼈다. 이따금 남편을 의식하는 그녀의 시선이 건넌방으로 향했다. 그녀는 남편을 의식할수록 더욱 흥분이 되었다. 그럴수록 건넌방에 누워있는 남편 조재천의 감은 눈가에선 눈물방울을 흘러 내리고 있었다.

여자의 육체는 아름다움이고 꽃이었다. 그가 내려다보는 그녀의 아래는 이슬을 머금은 진홍빛깔의 꽃잎 같았다.

방안은 습한 열기가 흘러 넘쳤다. 그가 치받을 때마다 발가벗겨진 그녀의 나신이 힘없이 흔들렸다. 그녀의 나신이 조금씩 위로 밀려나갔다. 벽시계의 시침 돌아가는 소리는 멈추지 않고 그들의 숨소리는 점점 더 격해지고 있었다. 그녀는 섹스를 밝히는 여자로 보이고 싶지 않았다. 신음소리를 흘리지 않으려던 그녀는 기어코 그의 등을 움켜잡으며 매달렸다. 뜨거운 불방망이가 목구멍까지 치솟는 쾌감에 그녀는 기절할 것만 같았다.

그는 성적인 희열에 폭발하는 그녀의 모습에 남자라는 자부심을 느꼈다. 그때 벽시계가 새벽 두 시를 알리는 멜로디를 울리고 있었다.

그는 폭풍처럼 그녀를 몰아붙였다. 그녀는 파도에 휘말리는 조각배처럼 흔들렸다. 오르가슴의 정상을 넘나드는 그들의 숨소리는 바위에 부딪치는 파도의 포말처럼 부서져 나갔다. 그가 그녀의 이마에 흘러내린 머리카락을 쓸어 올려 주었다. 쌍꺼풀이 짙어진 그녀가 습한 목소리를 흘렸다.

"나, 이제 어떡해?"

"어떡하기는? 그냥 운명에 맡기는 거지."

"그런 말이 어디 있어?"

"내 여자를 안고 있는 이 순간 말고 중요한 것이 있을까."

그녀는 입술을 깨물었다. 몸속의 남성이 더욱 굵어지며 숨겨진 살갗들을 마찰했기 때문이었다. 황홀한 쾌감 속에서 그녀는 그의 말 이상으로 다른 것을 생각하고 싶지 않았다. 그녀는 허벅지를 들어 올려 그의 허리를 감쌌다.

그는 더욱 격렬하게 그녀의 몸속을 헤집었다. 그녀는 정신이 혼미해지는 절정의 늪을 헤매며 흐느끼는 신음을 흘렸다.

유학에 대한 미련을 버리지 못했던 그의 생활은 무료했었다. 그러나 그녀에게 마음이 빼앗긴 그의 하루하루는 새로운 생활의 발견이었다. 그가 지금까지 살아오면서 느끼지 못했던 기쁨이었다. 그는 그녀의 눈빛만 봐도 사랑스럽고 뿌듯했다. 그는 남자가 자신의 여자를 소유한다는 감정이 무엇인지 알게 되었다. 그녀 또한 그가 곁에 없다는 것을 상상할 수도 없었다.

그녀의 생활 중에 변한 것이 있었다. 그가 외출해서 늦게 들어오면 기다려지는 것이었다. 그러나 그녀가 힘들어 하는 것은 남편의 건강이 점점 악화된다는 것이었다. 그녀는 남편이 존재하기에 그에게 사랑받는 여자라고 생각했다. 그것은 남편으로 인해 여자가 되었지만 그를 통해 여자의 본능을 알게 되었다는 기쁨이었다.

그는 가족의 시선을 피해 그녀의 방을 드나들었다. 그는 때로 자신의 방에서 그녀와 밤을 지새우기도 했다. 그의 손길에 익숙해진 그녀는 다소곳하게 발가벗겨지기를 기다렸다. 그리고 암사슴처럼 그의 가슴을 파고들었다. 그들에게는 이기적인 조건도 없었고 단지 순수한 감정을 불태우는 욕망만이 존재했다.

그러는 사이 겨울이 물러가고 파릇파릇하게 돋아나는 풀잎들이 봄소식을 알리고 있었다. 저녁나절에 연민과 천상희는 다정하게 손을 잡고 바닷가를 거닐고 있었다. 석양으로 물든 수평선으로부터 밀려오는 파도 위를 갈매기가 여유롭게 선회하고 제법 따스한 바닷바람이 불어오고 있었다. 그들은 사람들이 운집한 모래사장에 도착했다.

강원도에서 주최하는 춘계음악회가 열리고 있었다. 많은 인파가 몰려드는 중앙에는 무대를 단장하는 행사요원들이 분주하세 움직였다. 석양을 밀어내는 어둠이 내려앉기 시작하고 서치라이트 불빛이 행사장을 밝혔다.

시선이 마주친 연민과 천상희는 관중들의 뒤편에 있는 노송 밑에 자리를 잡고 앉았다. 개막을 알리는 악단의 연주와 함께 사회자가 나와서 인사를 했다. 그리고 백댄서들을 동반한 남자 가수가 나와서 노래를 불렀다. 이어서 한창 인기가 많은 여자 가수가 선정적인 차림으로 나왔다. 청중들의 휘파람소리와 박수갈채가 터져 나왔다. 반주가 시작되고 백댄서들의 율동과 함께 여자 가수가 관능적 몸짓으로 노래를 했다.

연민의 시선이 천상희에게 향했다. 그의 팔에 기대 관람에 집중하고 있는 그녀의 눈빛이 반짝였다. 그녀는 때로 보조개가 드러나는 눈웃음을 지었다. 연민은 여가수보다 그녀가 더 아름다워 보였다. 갑자기 귀여우면서도 관능적으로 보이는 그녀를 소유하고 싶은 욕구가 끓어올랐다.

자리에서 일어난 그는 그녀의 등 뒤로 가서 다리를 벌리고 앉았다. 뒤를 힐끔 쳐다본 천상희는 여전히 공연을 하는 무대로 시선을 옮겼다. 연민은 천상희를 바짝 끌어당겨 허벅지 위에 앉혔다. 그리고 그녀를 끌어안았다. 그의 스킨십에 익숙한 그녀는 대수롭지 않게 생각하고 끌어안는 그의 팔을 잡았다. 더욱이나 누구의 시선과 눈치도 필요 없는 둘만의 자유로운 공간이었다.

그의 허벅지 사이에 바짝 등을 끌어안긴 그녀는 편안한 자세로 다리를 뻗었다. 그녀에게서 흘러나오는 강한 여인의 체취는 성욕을 자극하는 여자의 향기였다. 그는 팔에 힘을 주어 재킷을 걸친 그녀의 젖가슴을 움켜쥐었다. 심장이 멎을 것 같은 충동으로 그의 하복부는 불끈거리며 솟아올랐다.

그녀의 재킷을 치켜들고 들어간 그의 손길이 블라우스 속을 더듬었다. 급히 숨을 멈춘 그는 브래지어를 밀어 올리고 젖가슴을 움켜쥐었다. 그리고 그녀의 젖꼭지가 그의 손가락 사이에서 돌돌 말려졌다. 공연 관람에 열중이던 그녀는 별안간 짜릿해지는 쾌감에 흠칫하였다. 그녀는 그의 깊은 애정을 받아들였다.

그녀는 이미 그의 완전한 여자였다. 온몸의 신경이 한 곳으로 몰리는 쾌감을 느끼는 그녀는 주위 시선을 의식할 수밖에 없었다. 그녀는 스커트 자락을 펴서 하복부를 가렸다. 끓어오르는 욕구를 주체할 수 없는 그는 가벼운 신음을 흘렸다.

"정말 미쳤어?"

"응. 이대로 죽어도 좋아."

그는 그녀의 하복부를 끌어당기며 뜨거운 숨결을 흘렸다. 그녀는 더 이상 무슨 말도 할 수 없었다. 이미 속 깊숙이 틀어박힌 그의 하복부였다.

밤바다에서 불어오는 바람이 그들의 열기를 식히고 있었다. 그녀는 아직도 몸속에서 꿈틀거리고 있는 것을 의식했다. 그녀는 짧은 시간이었지만 긴장된 순간이었고 격렬했던 섹스였기에 현기증마저 느꼈다.

공연장면에 집중하고 있는 관중들의 함성과 박수소리가 들렸다. 사람들의 눈치를 살피던 그녀는 그의 허벅지를 꼬집으며 눈을 흘겼다.

숨을 몰아쉰 그녀는 그에게 벗어나 앉으며 스커트 속의 팬티를 추켜 입었다. 멋쩍은 웃음을 흘린 그는 얼른 흘러내린 바지를 끌어올려 여몄다.

열기가 식고 나니 그는 그녀를 마주하기가 쑥스러웠다. 그는 슬그머니 일어났다. 그가 일어나는 기척을 느끼고 그녀도 따라 일어났다. 그리고 그녀는 공연히 주먹을 쥐고 그의 가슴을 두들겼다.

"정말 못됐어."

"귀여워 죽겠네."

그는 그녀가 5살이나 많은 여자가 아니라 여동생 같았다.

그는 가슴을 치는 그녀를 피해 뒷걸음질쳤다. 입술을 깨문 그녀가 주먹을 쥐고 그의 가슴을 계속 치려고 했다. 그가 뛰기 시작하고 그녀도 뒤따랐다.

하복부가 뻐근한 그녀가 휘청거렸다. 도망치던 그가 뒤돌아서서 그녀를 붙잡았다. 그의 가슴에 안긴 그녀의 눈망울이 촉촉했다.

어두운 바닷가에 그들의 모습은 검은 실루엣으로 남아 있었다.

열

화창한 날씨가 이어지고 정원의 나뭇가지에는 파릇하게 피어나던 새싹들이 어린아이 손바닥만큼 커지고 있었다. 아침 식사가 끝나고 권한열은 출근 전에 서재에서 서류를 검토하고 있었다. 그가 운영하고 있는 기업들에 대한 계획이었다. 그는 자신의 나이를 생각해서라도 장래의 사업구도에 대해 생각하지 않을 수 없었다.

권한열에겐 사업을 도와줄 동반자가 마땅하게 없었다. 사업을 상속받을 연민은 유학을 고집하고 있었다. 나이 어린 딸, 연지에게 사업을 물려 줄 수도 없었다. 장래에 사업을 이끌어 갈 것이 염려되는 그는 경영제도를 바꾸기로 결심했다. 이미 그의 기업체들은 주식회사의 요건을 갖추고 주식공개도 끝낸 상태였다. 지금까지는 그가 직접 회사들을 이끌어가며 간부들로 운영했으나 각 회사에 전문경영인 사장제도를 채택하기로 했다.

권한열은 우선 운영하고 있는 권한건설과 호텔권한, 마트사업, 그리고 화물운송회사와 물류보관을 하는 창고업과 유통회사를 독립시켰다. 그리고 각 회사의 간부들 중에 유능한 인사를 선발하여 사장으로 임명하고 경영을 책임지게 하려는 것이다.

출근준비를 하고 거실로 가던 그는 TV화면을 보고 있었다. 아내인 구성미가 소파로 가서 앉았다. 식사를 마친 연민과 설거지를 하려던 천상희도 소파로 가서 TV 화면을 주시했다.

텔레비전 화면에는 삼풍백화점 붕괴된 현장을 방송하고 있었다. 화면을 주시하던 천상희의 어깨가 흠칫하였다. 연민이 블라우스를 걸친 천상희의 등에 손을 집어넣었기 때문이었다. 다행히 TV 화면을 주시하는 그들은 그녀의 블라우스 속으로 들어간 그의 손을 눈치 채지 못하고 있었다.

그녀는 가끔 그의 짓궂은 스킨십을 받아주었다. 그런데 브래지어를 들추고 들어온 그의 손이 젖가슴을 움켜쥐었다. 그녀의 젖꼭지가 그의 손가락 사이에서 돌돌 말려졌다.

그녀는 짜릿한 쾌감에 흠칫하며 곁눈질하였다. 장난기가 가득한 그의 눈빛에 그녀는 눈을 흘겼다. 눈을 흘기던 그녀는 권한열과 구성미를 의식했다.

TV 화면을 주시하던 권한열과 구성미가 천상희와 연민을 번갈아 보았다. 권한열은 이내 TV 브라운관 화면에 집중하였다. 빤히 쳐다보던 구성미도 시선을 돌렸다. 그들에게 눈치가 보였는지 천상희가 연민의 허벅지를 살짝 꼬집었다. 통증을 느낀 연민은 자신도 모르게 헉하고 숨을 들이켰다.

권한열은 여전히 TV를 주시하고 있으나 구성미가 연민과 천상희를 날카롭게 쳐다봤다. 순간 구성미는 자신의 눈을 의심했다. 천상희의 블라우스 속에서 연민의 손이 빠져 나가는 것 같았기 때문이다.

빤히 쳐다보던 구성미는 자신의 판단이 잘못된 것이라고 생각하였다. 천상희가 소파에서 일어서며 연민을 향해 하얗게 눈을 흘겼다.

권한열이 출근을 하고 구성미는 친구 동생 결혼식에 참여하려고 나섰다. 그녀는 주방에서 일하고 있는 천상희의 뒷모습을 한참 바라봤다.

구성미는 모르는 척했지만 천상희가 연민에게 눈을 흘기던 모습을 보았던 것이다. 그만큼 그들이 친근해진 것이다. 그러나 여자의 직감인지 몰라도 천상희의 몸매는 예전보다 더욱 성적 매력이 돋보였다.

"상희 씨, 나 결혼식에 다녀올게."

"네. 다녀오세요."

주방 일을 하던 천상희가 현관을 나서는 구성미를 뒤따랐다. 대문 앞에는 권한열을 출근시키고 온 운전사가 승용차를 대기시켜 놓고 있었다.

대문으로 향하던 구성미가 돌아서서 현관 앞에 서 있는 천상희를 바라봤다. 그때 천상희가 목례로 인사를 했다. 주춤거리던 구성미가 물었다.

"요즘, 남편은 어때?"

"점점…… 안 좋아지는 것 같아요."

"상희 씨 정성을 봐서라도 건강을 회복해야 하는데…"

구성미는 천상희가 우울한 표정이지만 혈색은 좋아졌다고 느꼈다.

되돌아선 그녀는 대기하고 있던 승용차에 올라탔다.

천상희는 평소에 관심이 없어 보이던 구성미의 위로가 고마웠다.

집안일을 마친 천상희는 남편의 시트를 갈아끼워 주었다. 남편의 생기 없는 얼굴을 한동안 내려다보던 그녀는 길게 한숨을 내쉬었다. 벽시계가 벌써 정오를 알리고 있었다. 바쁘게 움직인 오전이 순식간에 지나갔고, 그녀의 등은 땀으로 축축했다. 간단하게 샤워를 마친 그녀는 주방으로 가서 점심식사 준비를 했다.

가스레인지에 찌개냄비를 올려놓은 천상희는 의자에 앉아 창밖을 내다보았다. 벌써 담쟁이 넝쿨 잎이 돋아나 바람에 흔들리고 있었다. 그녀는 미래를 알 수 없는 하루하루가 막연하기만 하였다. 남편을 보살피며 지탱할 수 있는 것은 열정으로 가득한 연민의 눈빛이었다.

찌개가 끓어 넘칠 것 같은 느낌에 그녀는 벌떡 일어나 가스레인지 스위치를 껐다. 설거지했던 그릇을 정리하는 천상희의 머릿속은 연민을 떠올리고 있었다. 그녀는 식사준비를 마치고 낮잠을 자고 있는 그를 깨우러 갈 생각을 했다. 바쁜 손놀림을 하다 보니 그릇을 담아 놓은 바구니가 쓰러졌다. 그녀는 싱크대 밑으로 떨어지려는 그릇을 잽싸게 받았다. 그릇을 들어 다시 정돈을 하던 그녀가 흠칫하며 뒤돌아보았다.

"깜짝이야!"

"왜, 놀래?"

천상희의 등을 껴안은 연민의 그윽한 눈빛이 마주쳤다. 그의 가슴에 안긴 그녀의 얼굴이 환하게 밝아졌다. 그의 손에 그녀의 젖가슴이 잡혀 있었다. 그녀는 이내 새침한 표정으로 눈을 흘겼다.

"인기척이라도 하지."

"무슨 생각을 하였기에…. 내가 세면장에 들어갔다가 나오는 것도 모르고 있던데."

세면을 하고 나왔던 연민은 주방에 있는 천상희를 한동안 바라보고 있었다. 그리고 등을 지고 일어선 그녀의 뒷모습이 사랑스럽다고 느꼈다.

살랑거리는 스커트 자락 위에 드러난 그녀의 탐스러운 엉덩이에서 눈을 뗄 수가 없었다. 앙증맞아 보이는 통통한 몸매에 나긋한 허리가 그를 유혹하는 것만 같았다.

천상희는 눈동자를 크게 떴다. 연민이 고개를 돌리고 있는 그녀의 입술에 키스를 한 것이다. 양손에 그릇을 들고 있던 그녀는 엉거주춤한 자세로 그의 입술을 받아들였다. 그는 거기서 그치지 않고 한 손으로 그녀의 목을 껴안았다. 그리고 그녀의 입술을 벌리고 혀를 빨아 당겼다.

천상희의 어깨가 파르르 떨렸다. 혀와 혀가 엉키고 연민은 불같은 욕정에 사로잡혔다. 자고 일어난 그의 하복부는 불끈거리며 솟아올랐다. 그것이 엉덩이에 밀착해 있었다. 그가 그녀의 스커트를 걷어 올렸다. 그리고 팬티를 밀어 내렸다. 그녀는 그가 어떤 행동을 하려는지 알 수 있었다.

"하지 마. 식사나 해."

"난, 사랑하는 여자만 있으면 돼."

천상희의 블라우스 속으로 들어간 연민의 손이 브래지어를 밀어 올렸다. 그녀의 젖꼭지가 그의 손끝에 휘말렸다. 그의 혀가 그녀의 목덜미를 키스하며 더운 열기를 뿜어냈다. 그리고 그의 손에 밀려 내려간 자그마한 팬티가 발밑으로 낙엽처럼 떨어졌다. 삽시간에 흥분한 그녀는 그릇을 놓치고 싱크대를 붙잡았다.

연민은 몸 전체가 뜨거운 늪 속으로 빨려 들어가는 것 같았다. 그녀는 그의 허리에 허벅지를 감고 매달리며 바들바들 떨었다. 그녀는 몸속으로 뜨거운 용액이 솟구쳐 들어오는 것을 느꼈다. 그도 그녀의 몸속에서 흘러나온 체액이 남성을 휘감는 쾌감에 그녀를 안고 있기도 힘겨웠다.

천상희는 버티고 서 있는 연민의 가슴에 묻혀 있었다. 고요한 침묵 속에 담쟁이 잎이 흔들리는 소리까지 들렸다. 그런데 현관문이 삐걱거리는 소리가 들렸다. 그는 재빨리 그녀를 내려놓았다. 얼굴빛이 하얗게 질린 그녀는 허겁지겁 바닥에 떨어진 팬티를 허벅지 위로 끌어 올렸다. 연민도 마찬가지로 허둥대며 팬티와 운동복 하의를 걸쳤다.

동시에 거실로 나온 그들은 정신이 아득하고 현기증이 났다. 결혼식장에 갔던 구성미가 벌써 현관 안으로 들어선 것이다.

하이힐을 벗고 거실로 들어선 구성미는 그들을 바라보고 묘한 느낌을 받았다. 다소 상기되어 있는 그들의 표정과 야릇한 열기가 예민하게 만들었다.

연민의 하의 밖으로 빠져나온 러닝셔츠, 다소 헝클어진 천상희의 머리카락은 뭔가 다급했던 상황을 대변하는 것 같았다.

시선이 마주친 그들 사이에 순간적인 침묵이 흘러갔다. 남녀 사이의 끈적끈적한 상황을 떠올리는 구성미가 오히려 당황스러웠다. 꼼짝하지 않고 바라보던 그녀의 시선이 그들이 나왔던 주방으로 향했다.

천상희가 그녀의 시선을 따라 주방을 뒤돌아보았다. 구성미의 눈치를 살핀 천상희가 묵례를 하며 침묵을 깼다.

"다녀오셨어요. 식사는요?"

"아, 먹고 왔어."

혼이 나간 사람처럼 서 있던 연민이 슬그머니 층계를 올라갔다. 천상희는 뚫어지게 쳐다보는 구성미의 시선을 의식하며 세면장으로 들어갔다. 세면장에 들어섰지만 그녀는 정신이 아찔하고 식은땀이 났다. 한동안 두근거리는 가슴을 진정시킨 그녀는 허벅지 사이로 흘러내리는 욕정의 배설물을 씻어냈다. 그녀가 거실로 나왔을 때는 구성미의 모습이 보이지 않았다.

제법 노곤해지는 오후였다. 구성미는 재롱을 부리는 딸 연지를 바라보다가 창문가로 다가섰다. 그리고 급히 커튼 뒤로 몸을 숨겼다.

천상희가 건조대에 세탁물을 널고 있고 연민은 대문으로 향하는 길을 쓸고 있었다. 구성미는 호기심으로 그들의 모습을 주시했다.

세탁물을 다 넌 천상희가 스커트를 여미며 구부리고 앉았다. 정원수 사이에 돋아난 잡초를 뽑는 천상희의 엉덩이가 탐스럽게 드러나 보였다. 쓰레질을 마친 연민이 그녀 옆으로 다가갔다. 그리고 그도 잡초를 뽑았다.

말이 없는 그들의 모습이지만 구성미는 숨을 죽이고 주시했다. 그런데 연민이 일어섰다. 그리고 천상희 옆으로 다가갔다.

"그만해. 힘들어."

"괜찮아."

"힘들다니까."

연민이 천상희의 어깨를 잡고 일으키려고 했다. 그런데 천상희가 집 쪽으로 시선을 돌렸다. 그때 이들을 주시하던 구성미가 내밀었던 머리를 커튼 뒤로 숨겼다.

천상희가 연민을 피했다. 그가 다시 다가서며 그녀의 손을 잡았다. 천상희가 거실 방향을 힐끔거리며 작은 목소리로 말했다.

"조심해야 돼. 사모님이 눈치 챈 것만 같아."

"그럴 리가."

연민이 슬며시 천상희의 손을 놓았다.

구성미는 그들이 무슨 말을 하는지 알 수는 없었다. 그러나 손을 잡고 있던 그들의 표정은 다정해 보였다. 마치 오누이 사이 같기도 하고 연인처럼 보이기도 했다. 그러고 보니 그들은 얼굴형도 그렇고 눈과 입이 죽은 천주영을 닮아 있었다. 구성미의 미간이 찌푸려졌다. 민감하게 생각하지 않을 수 없었다. 나이를 떠나서 친숙해진 남녀가 정이 깊어지면 단순하지 않은 관계가 될 수 있다는 예감이었다. 욕정은 두 살갗의 우연한 접촉에서 생기고, 털어 놓고 하는 이야기는 두 감수성의 우연한 접촉에서 생긴다고 한다.

구성미는 며칠 내내 연민과 천상희의 모습을 떠올리며 고심했다. 남편에게 이 사실을 말한다면 믿어 줄는지도 확신이 서지 않았다. 공연히 말했다가 부작용을 일으키면 그들뿐만 아니라 자신의 입장도 난처해지는 것이다.

구성미는 끈적끈적함으로 남아있는 그들 사이의 모습을 지워버릴 수 없었다. 그리고 그들의 지난 시간들을 되돌아보았다. 천상희를 적극적으로 도와주고 있는 연민이 평범하지 않다는 것을 구성미는 새삼스럽게 느꼈다. 물론 연민이 남편과 달리 자상하고 섬세한 성격이라는 것은 구성미가 잘 알고 있었지만 예전에 볼 수 없었던 연민의 모습이었다.

지난 시간뿐만 아니라, 구성미는 그들을 예리하게 주시했다. 식구들의 시선을 피해 마주치는 그들의 눈빛. 연민을 향한 천상희의 자잘한 눈웃음. 그가 스치며 지나가는 그녀의 손을 잡는 광경까지도 구성미는 놓치지 않았다.

혼자서 마음 조리던 구성미는 결국 남편과 침대에 누운 잠자리에서 입을 열었다.

"연민이, 유학 보내 주세요."

"당신이 관여하지 말라고 했잖아."

"벌써, 1년이 넘도록 연민이 아무 일도 하지 않고 있잖아요."

권한열이 방관하고 있는 것처럼 보이지만 사실 아들 문제로 고민하고 있는 중이었다. 그가 운영하는 기업에 사장들을 영입한 이유 중 일부는 아들 때문이기도 했다. 연민이 언제 경영에 참여할지 모르는 것이다. 그가 잠자코 있는 모습을 보고 구성미가 눈치를 살피며 조심스럽게 말했다.

"연민이와 상희 사이가 아무래도 이상해요."

"무슨 말이야?"

"그냥 직감인데 오누이 이상으로 다정해 보여요. 남녀 관계는 모르잖아요."

권한열은 담담하게 듣고 있지만 사실 놀라고 있었다. 그는 아직도 아들이 어리게만 보였다. 그런데 여자문제가 나오니 아들이 장성했다는 것을 느꼈다. 천상희와의 끈질긴 악연도 문제이지만 아들이 여자를 생각할 수 있는 나이가 되었다는 것이 뿌듯하기도 했다.

입가에 희소를 흘린 그가 혼잣말처럼 말했다.

"꼬리를 흔드는 여자가 문제지. 여자 책임이야."

구성미는 딸이 있는 엄마 입장에서 남편이 야속했다. 물론 그녀도 남편의 요구를 받아들였기에 그의 여자가 되어 있는 것이다. 하지만 그녀는 천상희를 안고 있는 연민을 상상하며 질투심이 일어났다.

아들 문제 때문에 권한열은 잠이 올 것 같지 않았다. 그렇다고 더 이상 아들을 방관하고 있을 문제는 아니었다.

며칠 후 퇴근한 권한열은 구성미에게 연민을 서재로 올라오게 하라고 말했다. 구성미의 말을 듣고 연민은 꺼림칙했다. 분명히 유학을 포기하고 대학에 진학하라고 할 것만 같았다. 연민은 서재로 가서 퉁명스러운 표정으로 아버지와 마주 앉았다. 그를 빤히 쳐다보던 권한열이 입을 열었다.

"너, 여자 생겼니?"

"무슨 말씀을? 아뇨."

연민은 순간 흠칫하였다. 아버지가 부른 목적이 천상희와의 관계를 눈치챈 까닭인 것만 같았다. 그는 아버지를 직시할 수가 없었다. 권한열이 한동안 그를 뚫어지게 쳐다봤다. 그리고 입맛을 다시면서 말했다.

"여자는 얼마든지 있어. 여자는 남자 잘 만나기에 달렸으니 남자의 소모품이야."

"……."

"꼭, 유학을 가야겠니?"

"네? 네!"

의외의 질문에 얼떨떨하던 연민은 이내 밝은 표정을 지었다. 그는 언제든지 아버지의 왕국에서 탈출해서 자신의 꿈을 펼칠 준비가 되어 있었다.

권한열은 너무도 좋아하는 아들에게 고집으로 다룰 수가 없다는 생각을 했다. 그가 고심하던 아들의 문제에 결단을 내렸다.

"그래 그럼, 아버지도 조건이 있다."

"네, 말씀하십시오."

"내가 병들고 늙으면 사업을 이어받을 마음을 항상 갖고 있어야 한다. 난 네가 아버지 사업을 국내 굴지의 기업으로 키워주기를 바라는 마음이다."

"네. 물론입니다."

연민은 사실 아버지의 사업에 관여하고 싶지는 않았다. 부도덕하고 비인간적인 방법으로 끌어 모은 사업을 이어받는다는 것은 아버지의 인간성까지도 승계 받는다는 것이다. 그러나 자신을 낳아준 아버지를 실망시키고 싶지 않았고, 우선 유학을 가는 것이 목적이었다.

권한열의 결단에 연민은 더 이상 다른 말이 필요 없었다.

봄인가 했더니 어느새 녹음이 우거지고 있었다. 병원 대기실 복도에는 하나같이 표정이 밝지 못한 환자들과 보호자들의 발걸음이 끊이지 않았다. 천상희는 남편의 진료가 끝나기를 기다리고 있었다.

어깨를 늘어뜨린 그녀는 우울한 마음을 지울 수 없었다. 남편의 건강이 날로 심각해져서 다시 병원에 입원시켜야 할지 모르는 상황이었다. 물론 병원에서도 마땅한 치료방법이 없다고 하기에 심란하기만 했다.

천상희의 의지를 더욱 상실하게 한 것은 연민이 결국 유학을 떠나고 만 것이다. 남편의 병세 악화는 그가 떠나버린 충격에서 벗어나지 못하던 그녀를 좌절감에 빠트리는 것이었다.

그리고 그녀는 한동안 또 다른 고민을 하였다. 연민의 아이를 임신한 것이다. 그녀는 남편과의 결혼생활에서 임신이 되지 않았기에 방심한 것이다. 의식이 없는 남편의 아내이기에 다른 사람의 시선이 두려웠다. 그러나 천상희는 아기를 낳기로 결심했다. 뱃속에 든 아기가 남편을 생각하는 그녀의 아기이기도 하고 연민에게서 생명을 받은 아기라고 생각했다.

그녀는 어느 여자보다 건강한 아기를 낳고 싶었다. 연민은 그녀 곁을 떠나면서 그녀에게 의지가 되는 아기를 남겨 주었다. 비록 고독한 시간들이 되겠지만 그녀는 결코 희망을 잃지 않으리라고 다짐했다.

한창 무더위 속에 태양이 뜨거운 불볕을 쏟아내고 있었다. 하얀 소복 차림의 천상희가 공동묘지에 있는 남편의 비석 앞에 앉아 있었다. 끝내 그녀의 남편은 세상을 하직했다. 그녀는 홀로 앉아 하염없이 눈물을 흘렸다. 그녀가 위로받고 의지할 사람은 없었고 단지 앞으로 태어날 새 생명뿐이었다.

눈물로 얼룩진 그녀의 시야에는 세상을 떠난 남편과 여자의 본능을 일깨워 준 연민의 모습이 번갈아 떠올랐다. 한동안 그녀는 남편의 무덤 앞에서 떠날 기미를 보이지 않았다. 해가 뉘엿뉘엿 저무는 시간에서야 그녀는 일어섰다.

산비탈을 내려가는 그녀의 머리 위로 하얀 나비가 맴돌며 따라가고 있었다.

덧없는 세월이 흘렀다. 어린 딸을 등에 업은 천상희는 짐 보따리를 들고 강릉 중앙시장을 힘겹게 걸어가고 있었다.

그녀는 시장변두리 가게의 셔터 문을 올리고 들어갔다. 그곳이 그녀의 살림집이며 양장점이었다. 그녀가 남편 장례식을 마치고 나니 권한열은 그녀에게 독립하게 해 주었다. 의지할 곳이 없는 그녀는 서운하기도 했지만, 적지 않은 액수의 생활기반 자금을 주는 권한열이 고맙기만 했다.

천상희는 시장터에 가게가 달린 집에 보증금을 주고 보금자리를 마련했다. 그리고 임신한 몸을 끌고 의상 디자이너학원에 다녔다. 처녀시절의 꿈을 이루어 생활기반을 닦기 위해서였다.

양장점을 시작했으나 쉽지는 않아서 생활비와 집세를 내기도 벅찼다. 그녀는 인형 같은 아기를 낳았지만 자신을 꼭 닮은 딸이기에 조금은 실망스럽기도 했다. 그러나 아기는 그녀에게 단 하나밖에 없는 혈육이고 희망이었다.

결코 평안하지 않은 삶의 천상희가 의지하는 것은 어린 딸뿐이었다. 손님이 주문한 의상 원단 보따리를 내려놓은 그녀는 칭얼대는 어린 딸에게 젖을 물렸다. 아기를 내려다보는 그녀의 눈동자에 미소가 가득했다.

고개를 들고 무심코 시선을 옮긴 그녀의 미간이 찌푸려졌다. 다리를 절뚝거리는 남자가 가게 앞에 멈추어 섰다.

천상희는 왠지 낯익은 남자의 모습이기에 의아해 했다. 남자의 회색 빛 눈동자는 동공의 움직임이 없었다. 한쪽 눈을 실명한 남자였다. 초췌한 몰골의 남자는 양장점 간판을 잠시 바라보다가 그냥 지나쳐 갔다.

지팡이에 몸을 의지하고 걸어가는 남자는 권한열의 충복이었던 민철만이었다. 절뚝거리는 걸음으로 시장 안을 벗어난 그는 송정해변으로 향해 걸었다. 풍광이 아름다운 송정해변에는 권한열을 비롯한 부유한 기업인들의 주택들이 넓은 공간을 차지하고 있었다.

민철만은 벌써 3시간 이상을 권한열 저택 대문 앞에 앉아 있었다. 그는 버림받았던 권한열 회장을 만나러 온 것이다.

민철만은 권한열에게 린치를 당하여 한쪽 눈을 잃었다. 거기다 무릎관절마저 손상을 당했다. 그러나 그는 권한열을 원망할 수 없었다. 권한열이 자신에게 새로운 삶을 주었던 은인이기도 하지만, 자신이 저지른 실수 탓이기 때문이었다. 하지만 어려운 역경 속에 빠진 그는 마지막으로 권한열의 도움이 절실히 필요했다. 민철만 그의 아들은 폐암 말기선고를 받아 생명이 위태롭고 아내는 우울증에 시달리고 있었다. 식구들의 병원비커녕 당장 끼니를 연명하기도 힘들었다.

민철만은 주말이기에 권한열이 저택으로 돌아올 것이라고 판단하여 기다리는 중이었다. 그는 주머니에서 담배갑을 꺼내들었다. 달랑 마지막 남은 담배 한 가치가 있었다. 담배갑을 구겨 집어던진 그는 담배를 입에 물었다. 라이터 불을 켜서 붙인 그는 담배 연기를 깊이 빨아들였다가 내뿜었다. 그리고 벌떡 일어났다.

노송들이 서 있는 해안 길로 검은 승용차가 올라오고 있었다. 권한열의 승용차임을 직감한 철만은 피워 물었던 담배를 발로 비벼 끄려다가 끄트머리를 잘라버리고 꽁초를 주머니에 집어넣었다.

저택 앞에 주차하는 승용차 앞으로 민철만이 달려들었다. 운전석 문이 열리고 체격이 우람한 남자가 나왔다. 운전기사였다. 민철만도 익히 알고 있던 박후식 기사였다. 박후식이 민철만임을 알고 눈살을 찌푸렸다.

"민 지배인 아닙니까. 무슨 일이요?"

"권한열 회장님을 잠깐 뵙고 싶은데."

난처한 표정을 지은 박후식 기사가 승용차 뒷좌석 유리창 안을 들여다봤다. 그때 뒷좌석의 문을 열고 권한열이 차 밖으로 나왔다.

소식이 없던 민철만의 출현에 권한열은 달갑지 않았다. 과거 속에 묻어버린 사람이었다. 민철만이 미간을 찌푸리고 노려보는 권한열 앞에 다가서서 땅바닥에 덥석 무릎을 꿇었다.

"회장님! 면목이 없지만 도와주십시오."

"자네와의 인연은 끝나지 않았나?"

"마지막 간청입니다. 폐암 선고를 받은 아들은 생명이 위태롭고 아내마저 정신치료를 받고 있습니다."

"식구를 보살피지 못하는 것은 자네가 무능한 탓이야. 내가 자네 식구까지 책임져 줘야 하나?"

"제 탓이라는 것을 잘 알고 있습니다. 제발 한 번만 살려 주십시오."

코가 땅에 닿도록 절을 하며 민철만은 두 손을 모아 간절하게 애원을 했다. 한쪽 눈밖에 없는 그의 눈동자에 눈물이 맺혔다. 그가 손을 잡으려고 하자 권한열이 한 발 뒤로 물러섰다. 다시는 그를 보고 싶지 않았던 권한열의 얼굴에는 냉소가 번졌다.

"자네 목숨이 도대체 몇 개야! 이미 살려 줬잖아. 다시는 자네를 볼 이유가 없어!"

"다시는 나타나지 않겠습니다. 다만 저는 죽어도 좋으니 식구들을 살리게
해 주십시오."

"허어! 그만 가서 남은 목숨 부지하고 열심히 살아. 너하고 인연은 끝났어."

민철만의 뺨에 눈물이 주르륵 흘러 내렸다. 간절하게 애원하던 그의 눈동
자에 핏발이 섰다. 기다리고 있을 식구들을 떠올리던 그는 이대로 물러설 수
없다고 생각했다. 아울러 한쪽 눈을 잃고 다리를 절름거리는 불구자가 되었
어도 원망하지 않았던 분노가 치밀어 올랐다. 지팡이를 집어든 그는 휘청거
리며 일어섰다. 권한열을 향하는 그의 핏발이 맺힌 눈동자가 이글거렸다.

"연연이 끝났다고? 당신이 내게 돌려 줄 것이 있어."

"이 사람이 완전히 정신이 나갔구먼! 뭘 돌려줘?"

"내가 알고 있는 당신 비밀의 대가!"

"하하! 비밀은 없어. 대가라고! 세상 사람들이 네 말을 믿지도 않을 테고."

권한열이 상대하기도 귀찮다는 표정으로 돌아섰다. 절뚝거리며 다가선 민
철만이 권한열의 팔을 붙잡았다. 그러나 권한열이 뿌리치는 바람에 민철만이
바닥에 넘어졌다. 다시 일어선 민철만이 침을 튀기며 악을 썼다.

"철면피 같은 인간! 내가 당신을 잘 알고 있지! 약한 자를 밟고 군림하는
위선자! 당신의 개노릇을 했던 내 인생이 부끄러워 모든 사실을 밝힐 거야!"

"이런 못난 놈. 불쌍해서 거뒀더니 배은망덕하려고 그래! 이 봐. 박 기사!"

"네."

동태를 살피고 있던 박후식 기사가 권한열 앞으로 다가섰다. 무척 격앙된
권한열의 모습이었다. 민철만이 우락부락한 박후식을 의식하여 뒷걸음쳤다.
권한열이 눈을 부릅뜨고 민철만을 가리켰다.

"뭐하고 있어? 저 인간, 다시는 나타나지 못하게 해."

"네? 네!"

박후식 기사가 반신반의하는 눈빛으로 권한열과 민철만을 번갈아 쳐다봤

다.

거역할 수 없는 권한열의 명령이었다. 박후식 기사가 민철만의 멱살을 움켜쥐었다.

젊은 시절 뒷골목 건달로 잔뼈가 굵은 민철만이었다. 그러나 세월만큼 병들고 허약해진 그는 중심을 잃고 비틀거렸다.

박후식 기사의 우람한 체격에서 뿜어져 나온 주먹이 민철만의 배를 강타하였다. 안간힘을 쓰며 버티려던 민철만이 옥! 하고 바닥에 푹 엎어졌다. 박후식 기사는 쓰러진 그를 구둣발로 짓이겼다.

배를 잡고 웅크린 민철만의 몸이 비탈길을 굴러 내려가 흙투성이가 되었다. 그를 일으켜 세운 박후식 기사가 주먹을 휘둘렀다.

민철만은 저항도 못하고 박후식 기사의 주먹과 구둣발에 난타를 당했다.

옷이 너덜너덜 찢겨진 민철만은 저항할 힘도 없이 땅바닥에 나뒹굴었다. 그의 피멍이 든 얼굴과 몸에는 붉은 선혈이 낭자하였다.

날카로운 눈빛으로 바라보던 권한열이 몸을 돌렸다. 그리고 뒤도 돌아보지 않고 집안으로 사라졌다.

열 하나

20 12년 겨울이었다. 원단재단 작업을 하던 천상희는 긴급뉴스를 하는 TV화면을 주시하고 있었다. 나이 40이 넘어 45세의 그녀의 얼굴에는 세월의 흔적만큼 잔주름이 엿보였으나 아직도 동안을 유지하고 있었다.

소파에는 18세의 고교 여학생 둘이 앉아 있었다. 어느새 처녀티가 완연한 여고 졸업반 천상희의 딸 조지나와 지나의 친구 채연이었다. 채연이 기지개를 켜며 하품을 했다.

"야, 재미없다. 다른 데 돌려."

지나가 리모컨을 집어 들고 채널을 돌렸다. 전년도 연예대상 시상식을 재방송하는 화면이었다. 화면에는 허벅지와 앞가슴이 드러나는 걸 그룹이 빠른 템포의 율동으로 노래를 하고 있었다.

뉴스를 주시하던 천상희는 고개를 돌려 들고 있던 쪽가위로 원단을 자르고 있었다. 지나와 채연이 걸 그룹의 노래와 율동을 따라 하는 걸 바라보았다. 허벅지가 드러난 미니스커트를 걸친 채연과 핫팬티 차림의 지나가 흥이 나서 몸을 흔드는 모습에 미간을 찌푸렸다.

천상희는 권한열 아들 연민을 생각해서 아들 낳기를 원했었다. 그러나 지나를 아들 못지않게 정성을 다해 키웠다.

어려서부터 무용을 잘했던 지나는 중학교에 들어가서 체조선생님의 권유로 리듬체조를 시작했었다. 그런 정성을 저버리지 않고 지나는 주위 사람들의 칭찬을 받으며 자랐다. 학업성적이 항상 상위권이면서도 전국 리듬체조대회에서 우승을 하기도 했었다. 천상희는 어려운 여건 속에서도 딸의 성장을 뿌듯한 마음으로 바라보며 살아왔다. 그런 딸이 대학에 진학하기를 원했다. 그래서 수능시험도 보았다. 발표를 하지 않았지만 상위권 예상으로 서울대학교도 욕심을 낼 수 있었다. 그보다도 예체능대학에서 우선 선발 제의가 들어왔지만 대학 학자금을 조달할 형편이 되지 못했다. 하지만 권한열에게 도움을 청하는 일이 있더라도 딸을 대학까지는 가르치고 싶었다. 그런데 졸업을 앞두면서 지나는 실망시키기 시작했다.

항상 학교와 집밖에 모르던 지나는 친구들과 어울려 다니기 시작하면서 천상희가 부끄러울 정도로 난해한 옷을 입고 밖으로 나돌아다녔다. 그리고 연예인이 되겠다고 고집을 하고 있었다. 천상희의 반대에도 불구하고 지나는 대학을 포기하고 연기학원에 보내달라고 조르는 중이었다.

원단을 펴놓고 자르기 시작한 천상희는 한숨을 내쉬었다. 그렇다고 그녀는 딸의 의기를 꺾어 마음을 상하게 하고 싶지는 않았다.

어린 시절의 지나는 그녀의 말에 절대 순종하던 딸이었다. 천상희는 딸이 친구들을 잘못 만나서 변한 것만 같았다. 자식이 크면 부모가 다루기 힘들다는 말을 그녀는 절실하게 실감하고 있는 상태였다.

천상희는 부모의 반대를 꺾고 결국 유학을 떠난 연민을 떠올렸다.

지나는 근심하는 천상희가 보라는 듯이 유연한 허리를 흔들며 노래를 흥얼거렸다. 채연은 글래머 스타일의 볼륨감 넘치는 엉덩이를 격하게 흔들며 무아지경에 빠져 있었다. 채연에 비해 지나는 리듬체조로 단련된 몸매로 날렵하고 곡선미 넘치는 허리를 가볍게 흔들고 있었다. 서구적인 채연의 미모에 비해 지나는 천상희를 닮아 인형처럼 귀엽고 콧날이 오뚝하였다. 그러나 지나는 천상희보다 키가 커서 날씬하고 몸매가 균형을 이루었다.

천상희와 지나가 같이 다니는 모습을 보고 자매지간으로 오인하는 사람도 있었다. 천상희는 자신이 나이 들어 보이지 않고 젊어 보인다는 말이기에 싫지는 않았다.

한창 흥겹게 몸을 흔들던 채연이 TV 화면을 향해 손가락질을 하며 큰소리로 외쳤다.

"야! 연우다."

"그런데, 연우가 왜 나오지?"

"바보야, 아이시대가 6주 동안 연속 1위이고, 연우가 작곡상 받잖아."

"아, 아이시대의 '나를' 연우가 작곡했지."

"그럼, 요즘 연우 모르면 간첩이지."

걸 그룹의 공연에 이어 TV 화면에는 작곡가 시상식을 하고 있었다.

사회자의 발표에 이어 갑자기 시상식장이 아우성으로 가득해졌다.

시상식장 분위기와 어울리지 않는 카키색 점퍼 차림의 남자가 무대로 성큼성큼 걸어 나왔다. 그러나 서글서글한 눈빛과 뚜렷한 윤곽을 가진 그의 외모에서는 카리스마가 넘쳐 흘렀다.

연우가 상패와 꽃다발을 받고 마이크 앞에 섰다. 관람석에서 또 한 차례 박수갈채와 함성이 터져 나왔다. 특히 소녀 팬들은 손을 흔들면서 껑충껑충 뛰었다. TV를 보고 있는 지나와 채연도 손을 흔들며 펄쩍펄쩍 뛰었다.

연우는 원래 혜성같이 연예계에 나타난 남자배우였다. 그가 출연한 영화가 상영되었을 때도 사람들은 그가 누구인지 몰랐다.

그의 첫 출연 작품이기 때문이었다. 그리고 영화가 흥행할 줄은 아무도 예상하지 못했다. 그 영화는 애정 첩보영화였다. 영화가 개봉되고 입소문을 통해 관객이 4백만을 돌파하고부터 그의 이름이 알려진 것이다. 뿐만 아니라 그 영화로 인해 국제영화제에서 인기 남우상 수상을 했고, 그가 영화에서 직접 부른 '어느 날'이 수록된 음반 판매량이 20만장을 넘어섰을 뿐만 아니라, 방송국 음악 프로그램을 장악하고 있었다.

그의 인기는 치솟았고 특히 소녀 팬들의 열광적인 사랑을 받았다.

배우와 가수로 인기를 독차지한 연우는 스스로 연예기획사 '샤인'을 설립하였다. 샤인은 '샤인미디어' 약자였다.

아이돌 스타가 많았던 시대인 만큼 평론가들은 뒤늦게 연예계에 나온 그의 인기가 단명할 것이라고 판단했다. 그렇기에 연예기획사 샤인미디어를 설립한 그의 행동은 오만이라고 혹평했다. 그러나 무모하다고 여겼던 그의 기획사는 성공적이었다. 그가 직접 작곡한 노래를 부른 가수들이 연속적으로 인기차트 상위권을 차지했다.

스타의 꿈을 간직한 많은 젊은이들은 연우의 샤인 연습생으로 들어가는 것을 영광으로 생각하고 있었다. 하지만 그에 대하여 자세히 알고 있는 사람은 없었다. 그의 본명이 연우가 아니라는 것 이외는 그의 나이조차 확실하게 알 수 없었다. 다만 그의 나이가 40대 전일 것이라고 추측할 뿐이었다.

TV 화면에 다른 시상 장면들이 이어지고 지나와 채연은 시큰둥한 표정을 지었다. 껌을 잘근잘근 씹던 채연이 손가방에서 손거울을 꺼내 들고 얼굴을 들여다봤다. 그녀는 나이에 비해 짙은 화장을 하고 있었다. 그런데도 아이라인을 다시 수정한 그녀가 천상희를 힐끔 쳐다보며 눈치를 살폈다.

그녀들에게 무관심한 천상희는 의상 제작에 열중이었다.

채연이 지나에게 귓속말을 했다.

"우리 놀러 가자."

"어딜."

"항구 오빠가 클럽에 가자고 했어."

"항구?"

지나가 키들거리며 웃었다. 채연이 사귀고 있는 대학생 이름이 임한구였기에 항구라고 별명을 붙인 것이다.

지나도 채연의 애인 한구를 알고 있었다. 고교시절에 레슬링을 했기에 체격이 우람하고 장신이었다.

웃음을 흘리던 지나가 엄마인 천상희를 바라봤다. 지나는 엄마의 눈치도 보였지만 애인과 만나는 친구를 외톨이로 따라가기도 싫었다.

"둘이 만나는데 내가 왜 따라가니?"

"아냐, 오빠가 친구 데리고 온다고 했어."

"글쎄."

"같이 놀다 오면 되잖아."

채연과 달리 지나는 주위에 남자 친구들은 많으나 깊이 사귀는 남자는 없었다. 지나가 채연과 가깝게 지내는 것은 연예인이 되고 싶은 꿈이 같았기 때문이었다. 그리고 채연은 연예계 상식과 연예인들에 관한 소식, 그리고 연예인으로 입문하는 정보에 대해 자세히 알고 있었다.

지나는 남자에게 관심은 없었고 채연이 알고 있는 정보 상식들이 필요했다. 채연이 일어서며 지나를 잡아끌었다.

"니 엄마한테 우리 집에 간다고 그래."

별로 탐탁지 않은 지나가 머리를 긁적거리며 엄마인 천상희에게 다가갔다.

작업에 열중인 천상희는 그녀를 쳐다보지도 않았다. 지나는 천상희 턱밑에 얼굴을 빠짝 대고 배시시 웃었다.

"엄마, 나 채연네 집에 가서 놀다 와도 되지?"

"저녁 먹을 시간인데?"

"언제는 채연이 집에서 밥 안 먹었나?"

"늦지 않게 빨리 와."

작업하기 바쁜 천상희는 딸이 귀찮았다. 손님이 주문한 날짜에 맞추어 의상을 완성해야 하기에 마음이 조급했다.

엄마의 승낙을 받은 지나는 상큼한 미소를 띠우며 돌아섰다. 그리고 채연에게 윙크를 했다. 천상희는 가게 밖으로 나가는 그녀들을 힐끔 돌아보고는 다시 의상 재단에 열중하였다.

손을 맞잡고 가게 문을 나선 지나와 채연은 깡충거리는 걸음으로 시장 길을 나와 도로변에 나섰다. 채연이 지나가는 택시를 향해 손을 흔들었다. 그녀들은 새장에 갇혔다가 풀려난 기분이 되어 택시에 올라탔다.

택시 뒷좌석에 나란히 앉은 그녀들은 해방감에 양손을 들어 손바닥을 마주쳤다. 택시가 달리기 시작한 거리에는 어둠이 깃들고 있었다. 채연이 다시 손거울을 꺼내 얼굴 가까이 대고 들여다 보았다. 지나는 아무래도 채연이 사귀고 있는 남자에게 단단히 빠져 들었다고 생각했다.

"먼저 사귀던 재식이보다 항구(한구) 오빠가 좋으니?"

"응, 나한테 잘해 주잖아. 인물은 별로지만 돈도 많고. 내가 가수가 되도록 도와준데."

한구의 집은 서울이지만 대학교가 강릉이기 때문에 학생으로 와 있었다.

"……"

"항구 오빠, 아버지가 방송국 PD잖아."

자랑스럽게 말하는 채연에게 지나가 부러운 시선을 보냈다. 그리고 지나는 은근히 자존심이 상했다. 까만 눈동자를 깜박이던 지나가 말했다.

"뒷받침을 해 주는 사람이 있어도 재능이 먼저이고 운도 있어야지."

"얘는? 본인 능력보다 배경이 있어야 돼. 아무리 능력 있으면 뭐하니. 은정이나 미나가 노래 잘해서 가요차트를 차지한 건 아니잖아. 춤추는 모습도 완전 막대기더라. 은정이는 기획사 사장하고 그렇고 그런 사이고, 미나는 GN그룹 아들 주영국의 후원을 받아서 그렇대."

"그건 나도 알아."

"미나는 주영국이 살림집까지 차려주고 드나든다고 하더라. 스타가 되려면 반드시 스폰서가 필요해. 그런데 여자는 남자하고 달라."

지나는 채연이 말하는 의미를 충분히 알아듣고 있었지만 말을 할 수가 없었다. 한창 자신의 얘기에 심취한 채연이 택시기사의 눈치를 살피며 목소리를 낮추었다.

"여자는 몸이 배경이야. 재벌이나 기획사 오너들은 스타가 될 가능성 있는 여자들을 놔두지 않거든. 배경 없이 성공한 애들은 대부분이 그렇게 출발했어."

채연의 말에 지나는 새삼스럽게 연예인이 된다는 것이 쉽지 않음을 깨달았다. 시내 중심지에서 택시를 내린 채연은 커피숍으로 지나를 데리고 들어갔다. 실내를 두리번거리던 채연이 구석진 탁자 앞에 앉았다. 지나도 그녀 옆에 나란히 앉았다.

"아직, 오빠 안 왔네."

채연이 다시 손거울을 꺼내 얼굴 화장을 고쳤다. 지나는 채연과 만나면 거침없이 스킨십을 하던 한구를 떠올리니 공연히 따라온 것만 같았다. 지나는 채연이 한구 말고도 육체적으로 가까웠던 다른 남자가 있었다는 것을 알고 있었다.

그녀는 채연이 좋아하게 된 한구와 어느 정도 깊은 관계인지 궁금했다.

"너, 같이 잤니?"

"호호!"

"한구 오빠하고?"

"응."

"정말!"

"오빠, 내 남자야."

채연이 묘한 웃음을 흘리며 다리를 꼬고 앉았다. 채연의 짧은 미니스커트가 걷어 올려지고 허벅지뿐만 아니라, 볼륨감 넘치는 엉덩이까지 드러났다.

고개를 돌려 두리번거리던 채연이 입구 쪽을 향해 손을 흔들었다. 지나가 고개를 돌려보니 한구와 체격이 왜소한 남자가 같이 오고 있었다. 탁자 앞으로 다가온 한구가 지나를 보고 싱긋이 웃었다.

"지나도 왔구나. 반갑다."

"네."

지나가 경색된 표정으로 고개를 까닥하였다. 한구가 탁자 맞은편 의자로 가서 앉았다. 생글생글 웃으며 바라보던 채연이 발딱 일어나서 한구 옆으로 옮겨갔다. 그의 옆에 앉으려던 남자가 어정쩡한 모습으로 주춤거렸다.

한구가 그를 가리키며 말했다.

"아, 내 친구 최웅수야. 지나 옆에 앉아."

"웅수 오빠. 만나서 반가워."

한구의 팔에 매달린 채연이 환한 미소를 지으며 인사를 했다. 지나는 시선도 주지 않고 목례를 했다. 웅수가 지나를 뚫어지게 바라보았다. 그리고 경색된 표정으로 지나 옆에 가서 앉았다. 채연은 시선도 의식하지 않고 한구의 뺨에 입술을 대고 입맞춤을 했다.

그들의 모습을 보고 웅수의 시선이 지나를 향했다. 그러나 지나는 여전히 무표정하게 앉아 있었다. 체격이 왜소하고 깡마른 웅수 이마의 굵은 주름살은 나이가 들어보였다.

종업원이 주문을 받으러 다가왔다. 웅수가 각자의 의향을 물어 보고 음료수와 커피를 주문했다. 채연과 한구는 웅수와 지나의 시선에도 아랑곳하지 않고 자신들의 얘기에 열중하며 웃음을 흘렸다. 지나가 배달된 음료수를 반 잔도 비우지 않았는데 채연과 한구가 손을 잡고 일어섰다.

"우선 저녁 식사하면서 술 한 잔 하자."

웅수가 일어서서 그들을 뒤따라갔다. 지나는 일어서서 그들의 뒷모습을 보다가 멀찌감치 뒤따라 걸었다.

이따금 웅수가 지나를 뒤돌아봤다. 그들이 간 곳은 근처에 있는 생선 횟집이었다. 저녁시간이라서 넓은 가게 안에는 손님들로 가득했다. 다가온 종업원에게 웅수가 소주와 생선회를 주문했다.

지나는 자주 곁눈질하는 웅수의 시선이 달갑지 않았다. 어깨를 웅크리고 앉은 그의 모습에서는 전혀 젊은 패기를 찾아볼 수가 없었다. 또한 지나는 우락부락하게 불량배처럼 생긴 한구를 채연이 좋아한다는 것이 이상하게만 보였다.

주문한 음식이 배달되고 한구가 각자의 잔에 소주를 따랐다. 그리고 잔을 들어 올렸다.

"자! 술 한 잔씩 하지. 위하여!"

"위하여!"

응수의 목소리가 체구에 비해 유난히 크고 우렁찼다. 술잔을 마주친 지나는 술을 마시는 그들을 멀거니 쳐다보았다. 그리고 왠지 갑갑해지는 마음에 소주 한 잔을 단숨에 들이마셨다.

어차피 왔으니 아무 생각 없이 즐거운 기분이 되고 싶었다. 술이 목구멍에서 내장까지 넘어가자 짜르르 하는 느낌에 지나는 눈살을 찌푸렸다.

모두 한 잔씩 비운 그들은 서로 빈 잔을 채워 주었다. 눈치를 살피던 응수가 주춤거리며 지나의 빈 잔을 채워 주었다. 응수에게 무관심한 지나를 보고 채연이 한 마디 했다.

"지나야. 응수 오빠 술 좀 따라줘. 뭘 그렇게 새침하니."

"그래, 지나가 한 잔 따라줘라."

한구가 채연의 말에 맞장구를 쳤다. 지나가 마지못해 응수의 빈 잔을 채워 주었다. 한구의 시선이 응수와 지나를 번갈아 쳐다보았다. 한구는 지나에게 깊은 관심을 가진 응수의 표정을 보고 빙그레 웃었다. 그도 채연과 사귀기 전에는 지나에게 먼저 접근했었다. 앙증맞은 미모와 체조로 단련된 그녀의 몸매는 남자들의 호기심을 불러일으키지 않을 수 없었다. 한구가 응수와 지나를 번갈아 쳐다봤다.

"응수야. 지나 예쁘지? 넌, 지나를 파트너로 만난 것을 영광으로 생각해야 돼."

지나를 추켜세우는 한구와 시선이 마주친 응수는 웃음으로 대신했다. 옆에 앉은 채연이 한구의 허벅지를 꼬집으며 눈을 흘겼다. 그녀의 질투어린 눈빛에 한구는 어색한 미소를 지었다.

술잔이 오고 가기 시작했다. 웅수와 한구가 캠퍼스에 일어났던 일들을 얘기했다. 지나와 채연은 남자들의 무용담에 조금은 지루했다.

지나와 채연은 지루함을 메우느라 서로 술잔을 주고받았다. 소주 몇 잔을 연거푸 마신 채연이 한구의 귀에 입술을 가까이 대고 무슨 말인가 귓속말을 했다. 술이 거나해진 한구가 자리에서 일어났다.

"채연이가 재미없대. 우리 나가자."

밖으로 나온 채연의 손을 잡고 앞서 가던 한구가 오색의 네온사인이 번쩍거리는 클럽 앞에 멈추어 섰다.

한구가 손짓을 하고 클럽 안으로 들어갔다. 붉은 카펫이 깔린 층계를 따라 내려간 클럽 홀에는 환각적인 조명과 밴드가 연주하는 현란한 일렉트릭 사운드와 사이키델릭 음향으로 요란하였다. 스테이지 앞에서 춤을 추는 남녀들의 모습과 함께 여기저기 숨넘어가게 질러대는 고함에 귀가 멍멍할 정도였다.

종업원의 안내를 받고 그들이 좌석에 앉으니 바로 기본으로 맥주와 안주가 탁자 위에 놓여졌다. 썩 기분이 내키지 않았던 지나였다. 그러나 막상 흥청거리는 분위기의 클럽에 들어오니 기분이 들떴다. 채연이 각자의 유리잔에 맥주를 거품이 흘러내리도록 따랐다. 한구가 맥주잔을 치켜들었다.

"자! 우리 기분 좋게 놀자! 위하여!"

"위하여!"

모두들 잔을 들고 마주쳤다. 채연이 지나를 빤히 쳐다보더니 한구와 무슨 말인지 귓속말을 주고받았다. 그리고 지나에게 술을 권했다. 밴드의 연주음악이 절정을 이루고 홀 안은 점점 광란에 휩싸였다.

연주곡이 흘러나오고 반라의 댄서들이 야릇한 몸짓으로 나와 안무를 펼쳤다. 젊은이들이 우르르 스테이지로 몰려 나갔다. 맥주잔을 비우던 그들도 스테이지로 나가서 몸을 흔들었다. 지나는 웅수의 시선이 향하는 댄서들을 바라봤다. 팬티까지 드러내 보이는 댄서들의 니트가 벌어져 젖가슴도 드러나 보일 정도였다.

지나는 묘한 눈빛으로 쳐다보는 응수의 눈빛을 피해 돌아서서 몸을 흔들었다. 분위기에 젖어서 채연이 권하는 술잔을 거부하지 않고 받아마셨던 지나는 현기증이 났다. 그러나 그녀는 광란의 젊음과 음악의 시간과 공간의 물결 속에 머물러 있기에 즐거울 뿐이었다.

그들은 춤을 추다가 갈증을 느끼면 술을 마시기를 반복하였다.

어느 순간 지나는 아득한 시간 속으로 한없이 흘러가고 있었다. 음악소리도 들리지 않고 아무도 없는 공간에서 몸을 흔들고 있었다. 그녀는 너무나 많은 술을 마셨는지 정신마저 몽롱했다.

춤을 추고 있던 그녀는 비틀거리며 좌석으로 돌아와 앉았다. 소리 없는 물체들이 흐느적거리며 그녀의 시야에서 맴돌고 있었다.

"얘! 지나야! 술 취했니?"

"웅! 아냐."

고개를 숙이고 앉아있던 지나가 게슴츠레 눈을 떴다. 채연이 그녀의 어깨를 흔들고 있었다. 몽롱한 의식 속에 지나는 배시시 미소를 지었다. 그녀는 자신을 바라보고 있는 그들의 모습이 흐릿하게 확대되어 보이는 것에 고개를 흔들었다. 채연도 술이 취했기에 한구의 팔을 잡아끌었다.

"오빠! 그만 가자. 힘들어."

"그래, 나도 취했어."

채연이 한구의 허리에 팔을 두르고 사람들이 오고가는 복잡한 통로를 걸어 나갔다. 멍하니 쳐다보던 지나는 길게 숨을 들이마시고 자리에서 일어서다가 비틀거렸다. 쳐다보고 있던 응수가 얼른 그녀를 부축하려고 했다. 그러나 그녀가 그의 손을 뿌리쳤다.

"괜찮아요. 나, 술 안 취했어요."

지나는 결코 술에 취했다는 것을 인정하고 싶지 않았다. 아니 술에 취한 모습을 보이고 싶지 않았다. 정신을 가다듬은 그녀는 다리에 힘을 주고 천천히 통로를 걸어 나갔다. 그러나 자꾸만 헛딛는 것만 같았다.

통로를 지나다가 어깨를 부딪친 여자가 그녀를 흘겨보았다. 고개를 숙여 미안함을 표시한 그녀는 간신히 클럽을 빠져 나왔다.

어둠이 짙게 깔린 도로변의 건물들에는 불빛이 꺼져 있었다. 왕래하는 사람도 보이지 않았다. 지나가는 차량들도 보이지 않았다. 택시를 기다리는 사람들만이 옹기종기 모여 오락가락하고 있었다.

한구의 팔짱을 끼고 흐느적거리던 채연이 걱정스러운 표정을 지었다.

"오빠! 어떡하지?"

"우리는 괜찮지만, 너하고 지나는 집까지 걸어갈 수도 없고?"

한구의 집은 서울이었다. 그는 멀지 않은 곳의 원룸에서 자취를 하고 있었다. 고개를 돌린 채연의 시선이 지나를 향했다. 지나는 가로수에 기대어 고개를 푹 숙이고 있었다. 채연은 지나가 어지간히 술에 취했다는 것을 알 수 있었다. 채연의 눈치를 살피던 한구가 말했다.

"음. 차도 없고 늦었으니 내 방에 갈래?"

"그럴까?"

채연이 지나를 다시 힐끗 돌아보면서 되물었다. 조심스럽게 말하는 그녀이지만 한구를 향하는 눈빛은 반짝거렸다.

채연이 지나에게 다가갔다. 간신히 몸을 지탱하고 있는 지나는 빨리 집으로 가고 싶은 마음뿐이었다. 채연이 지나의 팔을 흔들었다.

"너, 술 취했나 보구나?"

"아, 아니 괜찮으니 걱정 마."

"택시도 없고 늦어서 어떡하니. 한구 오빠 방에 가서 자고 아침 일찍 나오자."

"아침 일찍?"

"그래, 어쩔 수 없잖니."

"그래."

대답하는 지나가 비틀거렸다. 그녀는 당장 쓰러져 잠을 자고 싶은 마음뿐이었다. 채연은 한구의 자취방을 갔었기에 잘 알고 있었다. 그녀가 지나의 손을 잡고 걸어가기 시작하고 한구와 웅수가 뒤따랐다. 차도 다니지 않기에 그들은 차도를 건너 골목길로 들어섰다. 골목 안에는 여인숙과 대학생들을 상대로 하는 원룸 건물들이 즐비했다.

막다른 골목의 3층 건물 입구에서 한구가 앞장서서 층계를 걸어 올라갔다. 3층에서 채연과 지나는 도어의 번호열쇠를 누르고 들어가는 한구를 뒤따라 들어갔다. 싱글침대와 책상, 옷장, 그리고 간단한 주방기구가 있는 단출한 방 안이었다. 문을 닫으려던 채연이 한구에게 물었다.

"웅수 오빠는?"

"슈퍼에 들렀다 올 거야."

조금 있으려니 웅수가 큰 비닐봉지를 들고 들어왔다. 그리고 방바닥에 맥주와 마른안주들을 쏟아 놓았다.

그의 시선이 침대 위에 올라앉아 있는 지나를 향했다. 벽에 비스듬히 등을 의지한 그녀는 두 다리를 뻗은 자세였다.

그녀의 눈동자는 초점을 잃은 눈빛이었다. 웅수는 지나가 들으라는 듯이 큰 목소리로 말했다.

"자, 우리 입가심으로 한 잔씩 하지."

"웅수 오빠, 술 안 취한 모양이네."

"맥주는 괜찮아."

"지나야, 이리 와."

채연이 지나에게 손짓을 했다. 정신이 몽롱한 지나는 오직 잠을 자고 싶은 심정뿐이었다. 그렇다고 그들이 보는 앞에서 쓰러져 잘 수는 없었다. 그들은 맥주와 안주를 둥글게 둘러싸고 바닥에 마주 앉았다.

그들은 각기 서로의 잔에 맥주를 따랐다. 지나는 힘없이 잔을 들었다. 그리고 그들과 잔을 부딪고 술잔을 입으로 가져갔다.

지나는 얼른 잠을 자고 싶은 마음에 단숨에 술잔을 비웠다. 그리고 그녀는 엉금엉금 침대 위로 기어 올라갔다.

그녀는 자신도 모르게 누워 천장을 올려다보고 있었다. 천장의 사각 무늬가 빙글빙글 돌아가고 그들의 웃음소리가 동굴 속에서 메아리치듯이 들렸다. 채연이 침대 위에 누워 있는 지나를 힐끗 쳐다봤다.

"쟤는 술 취했나 봐. 우리끼리 마시자."

"지나가 술에 약하구나."

"춤추는 모습이 예쁘던데."

"웅수 오빠, 지나한테 반했구나."

맥주잔을 주고받는 그들은 제각기 한 마디씩 하며 웃고 떠들었다. 자정을 넘긴 밤은 점점 깊어가고 있었다. 술에 취해 정신을 잃은 상태에서 지나는 꿈을 꾸고 있었다.

꿈에 엄마의 호된 꾸지람에 그녀는 변명도 못하고 있었다. 그녀는 어디서 자고 왔느냐고 다그치는 엄마를 피해 자신의 방으로 들어가 누웠다.

눈을 감고 있던 지나는 엄마의 체취를 느꼈다. 걱정스러운 눈빛으로 내려다보는 엄마가 그녀에게 모포를 덮어주었다. 그런데 갑자기 그녀는 가슴이 답답하고 걸치고 있는 옷을 벗어버리고 싶었다. 그녀의 마음을 아는지 엄마가 그녀의 옷을 벗겨주었다. 시원함을 느낀 그녀는 다리를 펴고 혼수상태에 빠져들었다.

얼마의 시간이 지났을까. 지나는 하복부가 뻐근한 통증을 느꼈다. 그녀는 눈을 뜰 수가 없었다. 쓰라린 통증을 유발하는 압박감에 벗어나려고 안간힘을 쓰지만 온몸에 힘이 빠져 꼼짝할 수가 없었다. 그녀로서는 생전 처음 몸속을 파고드는 이질감이었다. 허우적거리던 그녀는 간신히 눈을 떴다. 창문으로 스며드는 가로등 불빛이 어두운 방안으로 스며들고 있었다. 간신히 몸을 일으키려던 그녀는 외마디 소리를 질렀다.

"아 윽! 누구?"

"쉿! 조용히 해. 촌스럽게."

지나의 목소리는 남자의 우악스러운 손바닥에 의해 사라졌다. 그녀는 자신의 허벅지를 타고 앉은 남자의 검은 그림자를 보고 심장이 멎을 것만 같았다.

어둠 속의 남자는 웅수였다. 그녀의 입을 우악스럽게 손바닥으로 막고 있는 웅수는 거친 숨을 흘리고 있었다.

그녀는 쓰라린 통증을 느끼는 허벅지 사이를 비집고 들어오려는 흉물을 의식했다. 그녀는 강제로 순결을 빼앗기고 있었다.

술에 취해 정신을 차릴 수 없는 지나는 오직 남자의 힘에서 벗어나야 한다고 생각했다. 그의 가슴에 손을 뻗은 그녀는 허벅지를 모으며 온 힘을 다해 벗어나려고 버둥거렸다. 그러나 그가 양 팔을 움켜쥐고 누르고 있어 그녀는 꼼짝도 할 수 없었다. 그래도 그녀는 안간힘을 쓰며 허우적거렸다.

지나의 양쪽 허벅지는 거친 숨을 내뿜는 웅수의 무릎에 눌려 있었다. 왜소한 체격이지만 그는 남자였다. 그는 간신히 그녀의 허벅지 사이에 틀어박힌 남성을 그녀의 몸속으로 밀어 넣으려 했다. 남자의 힘을 당해낼 수 없는 그녀는 머리가 터지는 것처럼 고통스럽고 진땀만 흘릴 뿐이었다. 하복부가 드러난 그녀의 몸이 힘없이 흔들렸다.

지나의 몸을 유린하는 웅수는 충혈된 눈빛으로 헐떡거리는 숨소리를 뿜어냈다. 그리고 또 다른 여자의 안타까운 신음소리가 있었다. 그 소리에 지나의 시선이 반사적으로 침대 밑을 향했다. 가물가물한 의식 속에서도 지나는 놀랄 수밖에 없었다.

발가벗은 두 남녀가 엉켜 있었다. 한구의 가슴 아래 깔린 채연이 흘리는 신음이었다. 한구의 허리에 허벅지를 감고 매달려 아등바등하는 그녀의 발가벗은 나체. 지나와 채연의 시선이 마주쳤다. 차마 바라보기에 민망한 광경이기에 지나는 눈을 감아버렸다.

지나의 양 팔을 누르고 있는 웅수는 헐떡거리고 있었다. 그는 몸 입구에 걸친 남성을 깊숙이 삽입하려고 진땀을 흘리고 있었다. 극도로 흥분하고 있는 그는 거의 사정하기 직전이었다. 그러나 지나가 허벅지에 힘을 주고 있어 삽입하기가 쉽지 않았다. 그녀는 가물가물한 의식 속에서도 허벅지에 힘을 주며 그에게서 벗어나려고 몸을 비틀었다.

"가만히 있어!"

응수는 한구와 채연이 엉켜있는 모습에 더욱 흥분하여 헐떡거렸다. 그는 채연과 한구가 오래 전부터 육체관계를 갖고 있는 것을 알고 있었다. 그녀가 거부한다고 포기할 수 없는 그는 그녀의 다리를 벌리며 무릎으로 짓눌렀다. 통증을 느낀 그녀는 입술을 벌리며 허벅지를 벌렸다. 간신히 그녀의 허벅지를 벌린 그가 엉덩이를 내리눌렀다. 희미한 의식 속에 눈을 감고 있던 그녀가 화들짝 놀랐다.

지나는 몸속을 치밀고 들어오는 이질감에 허우적거렸다. 그리고 자포자기가 되어버린 그녀의 다리에 힘이 풀리고 있었다. 의식을 잃어가면서도 최소한의 자존심을 지키고 싶었기에 소리도 지르지 못하고 입술을 깨물었다. 처음으로 남자와 관계를 하여 순결을 잃는다는 표정을 친구에게 보이고 싶지 않은 그런 자존심이었다.

마른 장작처럼 매달린 응수가 숨을 깊이 들어 마셨다. 지나는 몸속을 헤집고 들어온 흉물이 뿜어내는 분비물을 느끼고 토할 것처럼 역겨웠다. 저항할 기운도 의지도 잃은 그녀는 정신이 혼미해지며 눈앞이 가물가물하였다. 단지 안간힘을 쓰며 남자에게 매달리는 채연의 감정을 이해할 수가 없었고, 쓰라린 통증 속에 의식이 가물가물할 뿐이었다.

얼마의 시간이 지났을까. 혼절하듯이 정신을 잃었던 지나가 눈을 번쩍 뜨고 일어났다. 창문으로 아침햇살이 들어오고 있었다. 그제서야 그녀는 잠들었던 곳이 집이 아니라는 것을 알았다. 방바닥에는 한구와 채연이 끌어안은 채 잠들어 있었다. 그녀는 머리뿐만 아니라 하복부가 뻐근하였다. 아직도 술기운이 남아있는 그녀는 비로소 간밤을 떠올렸던 것이다.

벌떡 일어난 지나는 벗겨진 하복부를 내려다보며 현기증을 느꼈다. 끈적이고 불결한 감촉. 그녀는 방바닥에 떨어져 있는 팬티와 핫팬티를 집어 허벅지 위로 끌어올렸다. 그리고 주위를 살피는 그녀의 시야에는 끌어안고 잠든 채연과 한구의 모습뿐이고 응수는 보이지 않았다.

좌절감에 젖은 그녀는 한동안 웅크리고 앉아 있다가 일어섰다. 자신의 모습을 친구에게 보이고 싶지 않은 지나는 비틀거리며 한구의 원룸을 나섰다.

집에 도착한 지나는 엄마의 눈치를 살필 수밖에 없었다. 가게 안에 엄마인 천상희의 모습이 보이지 않았다. 지나는 발자국소리를 죽여 살림방이 있는 뒷문 앞으로 다가섰다. 그때 뒷문이 열리며 천상희가 나왔다.

천상희는 그렇지 않아도 집에 들어오지 않는 딸을 걱정하며 늦게까지 작업을 했던 것이다. 그녀는 딸을 보자마자 와락 소리를 질렀다.

"너. 어디서 자고 오는 거야!"

"채연이네 간다고 했잖아."

"엄마가 기다리는데 빨리 들어와야지."

"내가 어린애야!"

지나는 도리어 신경질을 부리며 뒷문을 왈칵 열어젖히고 들어갔다. 어의가 없는 천상희는 딸의 뒷모습을 멀거니 쳐다봤다. 지나는 엄마에게 죄책감을 느끼면서도 잔소리를 듣기 싫어서 신경질을 낸 것이다.

화장실로 들어간 지나는 옷을 벗었다. 온몸의 피부 위로 징그러운 벌레가 기어다니는 것만 같아서였다.

벗어들었던 팬티를 세탁기에 넣으려던 지나는 뒤늦게 눈물을 흘렸다. 팬티에 묻은 핏물을 들여다보던 그녀는 바닥에 털썩 주저앉았다. 그리고 그때서야 그녀는 자신이 무슨 일을 당했는지 심각하게 생각했다.

그녀의 두 눈에서 굵은 눈물이 주르륵 흘러 내렸다. 새삼스럽게 순결을 잃은 감정이 북받쳤다. 한참 웅크리고 있던 그녀는 채연의 당당한 모습을 떠올렸다. 한구와 성관계를 하면서도 전혀 두려워하지 않던 채연이었다. 오히려 어둠 속에서 그녀의 눈동자는 꿈을 꾸듯이 황홀한 표정이었다.

지나로서는 채연이 어떤 감정으로 성관계를 하는지 알 수는 없으나 그녀의 몽롱한 눈빛은 잊을 수 없었다. 어차피 순결을 잃은 상태이니 채연처럼 당당해지고 싶었다.

입술을 굳게 다문 지나는 순결을 잃은 것이 아니라 잠시 실수로 넘어진 상처일 뿐이라고 자위를 했다. 그리고 지금까지의 시간을 잊어버리고 새롭게 인생을 시작하고 싶었다. 그것은 더욱 연예인이 되고 싶은 욕망을 끌어올리는 결심이었다. 그 결심은 치욕적인 강릉을 벗어나 새로운 여자가 되게 했다.

여자는 태어나면서부터 여자가 아니고, 성적인 역할을 통해 새로운 여자로 태어나는 것이라고 했다. 지나는 좌절보다는 달관하고 싶었다. 그러나 실망할 엄마가 걱정되었다. 들고 있던 팬티에 비누칠을 하여 핏자국을 대충 지우고 세탁기 속에 던져 넣었다.

그녀는 샤워기에서 쏟아지는 물줄기에 발가벗고 섰다. 사타구니 속의 분비물을 박박 문질러 닦아내는 그녀의 눈동자에 눈물방울이 맺혔다.

천상희는 친구 집에서 자고 왔다는 딸을 너무 윽박질렀다고 생각했다. 그녀는 안쓰럽고 미안하기도 했던 딸을 위해 식사준비를 서두르고 있었다.

지나가 화장실 문을 열고 나왔다. 뒤돌아본 천상희는 딸의 얼굴에 핏기가 없고 핼쑥하기에 걱정스러웠다.

"어디 아프니?"

"아냐."

"밥 먹어야지?"

"먹기 싫어."

지나는 엄마에게 시선도 주지 않고 자기 방으로 들어갔다. 천상희는 쌀쌀맞은 딸의 뒷모습을 바라보며 미간을 찌푸렸다.

연예인이 되려고 서울로 보내달라는 딸의 요구를 들어줄 수는 없었다. 딸자식을 험한 세상에 내놓고 싶은 부모는 없다. 그것은 어린아이를 발가벗겨 길거리에 내놓는 것이나 마찬가지다. 그렇다고 자식의 인생을 부모가 원하는 대로만 할 수도 없기에 그녀는 한숨을 내쉬었다.

열둘

늦은 봄의 화창한 날씨가 이어지는 서울의 도심지는 인파로 북적였다. 인파 속에는 반팔과 반바지 차림으로 성급하게 여름을 맞이하려는 사람들 모습도 보였다. 특히 충무로는 예나 지금이나 다름없이 유행과 예술의 거리이며 거대 쇼핑도시를 연상케 하는 공간이었다. 각종 브랜드 매장, 백화점, 보세가게 등이 밀집되어 있었다. 또한 쇼핑과 함께 일식과 양식 등 다양한 음식점과 헤어샵, 은행과 극장 등 많은 편의시설이 있었다.

승용차가 즐비하게 주차되어 있는 도로변 건물 안으로 젊은이들이 드나들고 있었다. 그리고 건물 2층으로 향하는 계단에 젊은이들이 줄지어 서 있고 입구에는 고딕체의 '(주) 샤인미디어 엔터테인먼트' 라는 간판이 걸려 있었다. 그동안 '샤인' 은 신인 가수를 음악차트 상위권에 진입시키는 데 성공했다. 그것은 설립자이고 대표(사장)인 연우의 인기몰이 때문이었다.

샤인은 직접 영화제작을 하겠다는 계획을 언론을 통해 보도했다. 그리고 가수와 연기자 신인 발굴을 위한 공개 오디션을 실시하고 있었다. 스타를 꿈꾸는 젊은이들에게 연우는 선망의 대상이었기에 샤인의 오디션은 언론이 예상한 것보다 많은 지원자들이 몰려들어 치열한 경쟁률을 보였다. 오디션 대기실의 지원자들의 모습과 표정은 천태만상이었다.

시선을 끄는 외모에 각자 개성을 살리는 의상을 걸친 지원자들, 스포티한 점퍼를 걸쳤지만 남다른 이미지가 풍기는 남자, 짙은 화장에 화려한 의상을 걸친 여자, 앞가슴이 드러나도록 패인 민소매와 허벅지가 드러나는 스커트를 두른 여자, 긴장을 풀려고 껌을 질겅질겅 씹는 여자 등등 대기실의 광경은 마치 터미널 대합실 같았다.

다른 사람의 시선은 아랑곳하지 않고 춤을 추며 예행 연습하는 지원자와 대본을 들고 악을 쓰는 지원자도 있었다. 오디션을 치루고 나오는 사람들의 표정도 각양각색이었다. 예비 합격한 사람은 가족이나 친지들에 휩싸여 두 팔을 벌리고 환호하거나 탈락한 사람들은 눈물을 흘리며 서럽게 울기도 했다. 줄을 지어 대기하고 있는 남녀들 속에는 채연의 모습도 보였다. 그리고 그녀 뒤에는 지나가 긴장한 표정으로 서 있었다.

채연은 오디션에서 보일 춤을 떠올리며 이따금 볼륨감 넘치는 허리와 엉덩이를 흔들었다. 지나 또한 걱정스럽기는 마찬가지였다. 가수보다는 연기자가 되고 싶은 지나는 암기했던 드라마의 대사를 떠올리고 있었다.

연예인이 되고 싶은 지나는 기어코 엄마의 허락을 받아낸 것이다. 허락한 천상희는 지나가 평범한 여자로 행복하기를 바랄 뿐이었다. 험난한 세상에 딸을 내놓기 두려운 엄마의 마음이었다. 또한 지나를 지원해 줄 경제적인 여건도 아니었다. 그러나 지나는 친구 채연이 서울로 간다는 말을 듣고 방문을 걸어 잠그고 자신의 뜻을 굽히지 않았다. 채연이 남자 친구 한구의 도움으로 서울에 기거할 방을 마련했던 것이다. 채연은 지나에게 자신의 방에서 같이 있으며 오디션을 보자고 했다.

천상희는 고민 끝에 딸의 소원을 들어 주었다. 천상희는 딸의 요구를 허락하는 대신 조건을 내세웠다. 반드시 채연과 같은 숙소에 있고 생활비는 아르바이트로 충당하라는 것이었다. 그리고 오디션에 떨어지면 집으로 돌아오라는 조건이었다.

다섯 명씩 한 조가 되어 오디션을 치루고 있었다. 한 시간 이상을 기다린 끝에 채연과 지나가 속한 조가 오디션장으로 들어가는 순서가 되었다. 오디션을 치룬 조의 지원자들이 모두 울상이 되어 어깨를 축 늘어뜨리고 나왔다. 기다리고 있던 지나는 더욱 긴장하여 심장이 덜컹거렸다.

지원자들을 안내하는 직원의 호명소리가 들렸다. 지나는 긴장한 탓에 귀가 멍멍하고 잘 들리지도 않았다. 대기했던 지원자들이 오디션 장소로 들어가고 지나는 채연의 뒤를 따라 마지막으로 들어갔다.

그녀와 같은 조는 모두 여자 지원자들이었다. 카메라의 렌즈와 다섯 명의 면접관의 시선을 의식한 지나는 다리가 후들거리며 떨렸다.

면접관들은 각기 자신의 명찰을 가슴에 달고 있었다. 그들은 자신이 갖고 있는 응시원서와 지원자들을 일일이 확인했다. 다만 제일 우측에 있는 면접관만이 명찰이 없었고 카메라로 연결된 모니터를 주시하고 있었다. 제일 먼저 들어가 서 있는 지원자의 이름이 불려졌다.

"이름이 서지은?"

"네!"

"업소에서 가수로 활동한 경험이 있다고?"

"네, 조금 했습니다."

면접관들의 시선이 세련되어 보이는 그녀에게 향했다. 그녀에게 질문한 면접관의 가슴에 달린 명찰에는 오만태라고 적혀 있었다. 그는 오디션을 주관하는 '샤인'의 기획부장이었다.

오만태 부장이 옆에 앉은 면접관에게 귓속말을 했다. 명찰이 없는 면접관이었다. 모니터를 주시하는 그가 말없이 고개를 끄덕였다.

오만태 부장의 옆에 비스듬히 앉은 면접관은 흘러내린 머리카락이 앞이마를 덮고 있었다. 젊고 뚜렷한 이미지에서 흘러나오는 신비로움, 지나는 그 면접관이 TV에서 자주 보았던 '샤인'의 대표 연우라는 것을 알 수 있었다. 연우의 카리스마에 압도당한 지나는 심장이 두근거리고 숨조차 쉬기 힘들었다.

그녀를 주시한 면접관이 말했다.

"그럼, 한 번 해 봐."

주춤거리던 그녀는 팝송을 부르며 몸을 흔들어 춤을 추었다. 노래 도중에 면접관이 손을 들어 중지시켰다. 그리고 면접관들이 차례대로 지원자의 개인 환경이나 지원한 목적을 묻기도 하고 각자 소지한 능력을 테스트하였다.

대표인 연우는 지원자들에게 시선도 주지 않고 묵묵히 카메라에 연결된 모니터 화면을 주시하고 있었다. 오디션에 임한 지원자들이 노래와 연기를 보일 때마다 면접관들은 귓속말을 하거나 지원서를 살폈다. 때로는 시큰둥한 면접관의 모습에 지원자들의 표정도 각기 다르게 변했다. 대체적으로 지나가 속한 조의 지원자에게 좋은 반응을 보이는 면접관은 없었다.

이번은 채연의 순서가 되었다. 연우의 옆에 있는 면접관이 그녀를 힐끔 쳐다봤다.

"키도 크고 건강해 보이는군. 춤과 노래가 특기라고?"

"네? 네."

"그럼, 노래 불러봐."

채연도 긴장하기는 마찬가지였다. 짙은 화장을 하고 있는 그녀의 표정은 굳어 있었다. 면접관들의 시선이 몸에 달라붙는 스키니진을 걸친 그녀를 향했다. 볼륨감이 지나쳐 그녀의 풍만한 둔부가 터질 것만 같았다.

머뭇거리던 채연이 몸을 흔들면서 노래를 불렀다. 어설픈 시작이지만 리듬을 타기 시작한 그녀의 율동은 선정적인 무희의 춤사위 같았다.

면접관이 손을 들어 채연의 노래를 중지시켰다. 그녀가 긴장한 탓에 음정이 오락가락했기 때문이었다. 육감적인 앞가슴을 양팔로 가리고 면접관의 반응을 기다리는 그녀였다. 그러나 석연치 않은 면접관들의 표정, 노래를 중지시킨 면접관의 입가에 미소가 떠올랐다. 비웃는 미소였다.

"춤은 잘 추는데, 능숙하지만 개성이? 채연 씨도 업소에서 노래 불렀나?"

"아닌데요."

"그럼, 춤 췄군."

"아네요."

고개를 끄덕인 면접관이 채연의 원서를 옆으로 젖혀 놓았다. 다른 면접관들은 그녀를 거들떠보지도 않았다. 실망하는 표정이 역력한 그녀의 얼굴빛이었다. 면접관들의 시선이 지나를 향했다.

마지막으로 지나 차례가 된 것이다. 연우 옆에 앉은 면접관이 힐끔 쳐다보다가 다시 그녀를 관심 있게 살폈다.

"나이가 무척 어려 보이네, 정말 고등학교를 졸업한 건가?"

"네. 올해 졸업했습니다."

면접관의 물음에 당황한 지나는 말을 더듬었다. 연우를 제외한 면접관들의 시선이 그녀를 향했다. 그리고 눈빛을 주고받은 면접관들끼리 귓속말을 하였다. 낙심을 하던 채연이 그녀를 주시했다. 응시원서를 들여다본 면접관이 다시 그녀에게 말했다.

"연기나 가수학원에 다녀본 경험이 있나?"

"없습니다. 하지만 저어, 저는 꼭 연예인이 되고 싶습니다. 합격만 시켜 주신다면 잘 해낼 자신 있습니다."

"어떻게 지원을 하게 됐지?"

"친구의 도움을 받았습니다."

"연예인이 되는 길이 쉽지는 않은데, 목적이 뭐지?"

"저는 아버지의 얼굴도 모르고 홀로 되신 어머니 밑에서 자랐습니다. 꼭 성공하여 저를 키워 주시느라 고생하신 어머니를 보살펴 드리고 싶습니다."

"그래, 그럼, 뭘 준비했는지 해 봐요."

주춤하던 지나는 노래하기 전에 춤을 추었다. 올려 붙은 엉덩이를 불쑥 내밀었다가 흔드는 앞가슴, 허리의 유연한 움직임. 잠자코 있던 연우가 그녀를 힐끔 쳐다봤다. 그녀는 율동과 함께 유행한 노래를 불렀다.

그녀의 목소리는 약간 비음이 섞인 미성이었다. 상큼 발랄한 표정으로 노래하며 춤을 추는 그녀의 몸매는 깜찍하고 앙증맞았다. 그러나 오디션이 처음이라 긴장한 그녀는 간혹 음정이 틀리고, 손과 발의 움직임이 어딘가 자연스럽지 못하게 보였다. 면접관이 손을 들어 그녀의 노래를 정지시켰다. 면접관은 기대했던 것과 다른지 아쉬운 표정을 지었다. 면접관의 표정에 지나는 절망감을 느꼈다. 면접관이 의무적인 말투로 질문했다.

"혹시, 다른 거 준비한 거 있어요?"

"연기를 해 보고 싶어요."

"그래, 그럼 해 봐요."

마른 침을 꿀꺽 삼킨 지나는 암기하고 있던 드라마의 대사를 떠올렸다. 마지막까지 희망을 놓고 싶지 않은 그녀였다. 노래할 때의 모습과는 다르게 그녀의 표정은 내면적인 깊이가 있어 보였다. 감정을 끌어올린 그녀는 간절한 목소리를 흘렸다.

"나한테 왜 이러는데! 나한테 뭐가 필요한 거야? 나를 돈으로 살 수 있다고 생각한 거야? 네 마음이 고작 그거였어? 나를 갖는다고 해도 마음만은……."

절박감 속에 애잔한 표정을 지은 지나의 목소리는 감정에 치우쳐 격앙되기도 했다. 그리고 암기했던 대사가 떠오르지 않는 순간 그녀는 나머지 희망도 꺼져가는 것을 의식했다. 자신도 모르게 복받치는 슬픔을 느낀 그녀의 눈동자에 눈물이 맺혔다. 그녀는 반드시 합격하겠다는 절실한 감정에서 간신히 대사를 마무리했다. 모든 열정을 쏟아 부은 결과이지만 지나 스스로도 실망스러웠다. 지나의 오디션이 끝나고 대기하고 있던 직원이 지원자들을 나가라고 손짓하였다. 지원자들이 줄을 지어 출구 방향으로 걸어 나가고 있었다. 그때까지 한 번도 지원자들에게 말하지 않았던 연우가 손을 들었다.

"잠깐만!"

오디션을 끝내고 나가려던 지원자들과 면접관들의 시선이 연우를 향했다. 출구로 나가려던 지나의 시선이 그를 향했다. 순간 그녀는 얼어붙은 듯이 꼼짝할 수가 없었다. 그의 이마에 흘러내린 머리카락 사이로 드러난 눈빛 때문이었다. 뚜렷한 윤곽의 외모와 서글서글한 눈동자에서 뿜어져 나오는 카리스마. 역시 여자들의 로망인 연우였다. 지나는 그의 눈동자 속으로 빠져들 것만 같았다.

"조지나, 잠깐 남아있어."

머뭇거리던 지원자들이 출입구를 빠져 나갔다. 뒤따라 나가던 채연이 지나를 돌아봤다. 영문을 모르는 지나는 의아스럽게 생각하며 정면을 향해 섰다. 뚫어지게 쳐다보고 있는 연우의 눈동자와 시선이 마주쳤다.

젊은이들의 우상인 그의 강렬한 눈빛이었다. 그녀는 그의 눈동자 속으로 빨려 들어가는 것만 같아서 가슴이 두근거렸다. 빤히 쳐다보던 연우가 응시 원서를 뒤적이더니 그녀에게 요구했다.

"강릉이라. 음, 옆으로 돌아서 봐요."

"……."

"음, 다시 정면으로 서고."

"……."

"뒤로 돌아볼까?"

영문을 모르는 지나는 연우의 요구에 따라 몸의 방향을 틀었다. 그녀를 세심하게 쳐다보는 그의 눈빛이 반짝였다. 마네킹처럼 잘 다듬어진 그녀의 자태, 미소가 깃들어 보이는 그녀의 짙은 눈동자는 유혹적이었다. 리듬체조로 단련된 그녀의 몸매는 반듯하고 유연하였다. 올려 붙은 도톰한 엉덩이와 나긋한 허리는 어린 나이에 비해 여성미가 넘쳐 흘렀다.

다른 면접관들이 연우와 지나를 번갈아 쳐다봤다. 모니터를 주시하던 연우가 지나에게 여러 가지 표정 연기를 해 보라고 요구하기도 했다. 그녀는 당황스러웠으나 그의 지시대로 활짝 웃음을 터트리기도 하고 뾰로통하게 입술을 내밀었다가 분노를 참지 못하는 눈빛으로 노려보았다.

지나의 동작과 표정을 세심하게 살피던 연우가 천천히 고개를 끄덕였다. 면접관들의 시선이 그를 향하고 잠시 침묵이 흘렀다. 그녀를 한동안 쳐다보던 그가 옆자리의 면접관을 향해 말했다.

"오 부장. 조지나는 스페셜로 하세요. 가수로 키우기는 아까운 비주얼인데."

"아, 네. 알겠습니다."

연우는 오만태 부장에게 지시를 하고 면접서류에 몇 글자 적어 넣었다. 그는 조지나에게서 풍기는 이미지와 함께 첫 제작하려는 영화의 배역을 떠올린 것이다. 지나는 꿈을 꾸는 것만 같았다. 연우에게 시선을 고정시킨 그녀는 넋을 잃고 있었다. 그녀를 힐끔거리며 쳐다보던 면접관들끼리 무슨 말인지 대화를 주고받았다. 그리고 오만태 부장이 그녀에게 말했다.

"조지나 씨, 나가서 기다려요."

"네."

출입구를 빠져 나오는 지나는 다리가 후들거리고 떨렸다. 생전 처음으로 느끼는 감격에 그녀의 눈동자에는 눈물이 맺혔다. 가수보다는 연기자가 되고 싶었던 그녀였다. 전혀 예상치 않았던 연우의 평가에 감격한 그녀는 허공을 걷는 기분이었다. 기다리고 있던 채연이 그녀에게 다가왔다.

"왜? 너도 오디션 잘못 본 거니? 어떻게 될 것 같니?"

"나, 가수는 아냐."

"무슨 말이야?"

"나는, 연기를 해야 되나 봐. 오 부장인가? 그 사람이 기다리래."

"연기? 정말?"

감정이 격해 있는 지나는 목이 메어 대답을 할 수 없었다. 눈물이 글썽글썽해진 지나가 고개를 끄덕였다. 채연이 부러운 눈빛으로 쳐다보았다. 그녀들은 자판기에서 커피를 뽑아들고 대기실 한 구석에 자리를 잡고 앉았다. 대기실에는 아직도 오디션을 보기 위해 기다리는 사람들과 오디션을 끝내고 기쁨과 좌절의 표정을 하고 나오는 사람들로 혼잡하였다.

채연은 오디션 평가가 좋지 않아 이미 포기한 상태였다. 그러나 그녀는 지나를 위해 같이 기다리고 있었다. 두 시간이 지나도록 지나에게 별다른 연락이 오지 않아서 기다리기 지루하였다. 지나는 조급한 마음에 어깨에 메고 있던 가방을 내려놓았다가 다시 메기를 반복하였다.

휴대폰 벨소리가 울렸다. 하품을 하던 채연이 손가방에서 휴대폰을 꺼내 들었다.

"아! 오빠!"

"어떻게 됐어?"

"실수를 많이 해서 틀렸어."

"그럼, 어떡하지, 고생만 하고."

"다른 기획사 오디션 봐야지."

"나, 서울에 왔어. 지금 건너편 커피숍에 있는데 빨리 와."

"어떡하지? 지나 때문에 기다려야 하는데. 하여튼 알았어."

통화를 끝낸 채연은 지나의 눈치를 살폈다. 자신은 포기했지만 고향에서 같이 올라온 친구를 놔두고 갈 수는 없었다. 그녀의 통화를 옆에서 듣고 있던 지나가 눈동자를 깜박거렸다.

"언제, 연락 받을지 모르니. 넌 가 봐."

"괜찮겠어?"

"괜찮아. 내가 도리어 미안하다."

"그럼, 한구 오빠 만나고 있을게. 전화해."

손가방을 집어든 채연이 빠른 걸음으로 대기실을 빠져 나갔다. 채연이 가고 지나는 대기실이 한산해지는 시간까지 연락오기를 기다렸다. 그러나 지원자들이 오디션을 끝내고 모두 빠져 나가도 연락이 없었다.

오디션을 보던 사무실 문이 열렸다. 대표 연우를 둘러싼 면접관들이 나왔다. 그러나 그들은 지나를 거들떠보지도 않고 지나쳤다. 대기하고 있던 그녀가 일행의 뒤에서 걷고 있는 오만태 부장에게 다가갔다.

"저, 기다리라고 해서."

"아, 조지나. 어떡하지?"

곤혹스런 표정을 지은 오만태 부장이 지나를 빤히 쳐다봤다. 그리고 앞에 가고 있는 연우에게 다가가 대화를 하고 그녀에게 다시 돌아왔다.

"지금 스케줄이 바빠서, 내일 오전에 사무실로 올 수 있어?"

"네? 네."

"그럼, 내일 보도록 하지."

오만태 부장은 두 말하지 않고 빠른 걸음으로 연우 일행을 뒤쫓아갔다.

기쁨으로 가득한 지나는 계단을 껑충껑충 뛰어내려 단숨에 샤인 건물을 빠져 나왔다.

밖에는 작은 빗방울이 떨어지고 있었다. 옷을 촉촉하게 적시면서 그녀의 행운을 축하해 주는 이슬비였다. 누구보다도 엄마에게 소식을 전하고 싶은 그녀는 어깨에 메고 있던 가방을 풀어 휴대폰을 꺼내들고 버튼을 눌렀다.

"엄마! 나야."

"응, 그래. 오늘 오디션 본다고 하더니 어떻게 됐니?"

"아직은 몰라."

"발표가 언제인데?"

"발표보다, 나더러 비주얼이 좋다고 연기를 하라는 것 같아."

"그게 무슨 말이니?"

"하여튼 합격한 거나 마찬가지야."

"다행이구나. 밥 제때에 먹고, 항상 조심해야 한다."

"내가 어린앤가. 하여튼 알았어."

지나는 걱정스러워하는 엄마를 떠올리며 통화를 끝내고 다시 채연에게 전화를 했다. 채연은 한구를 만나고 있었다. 지나는 채연이 기다리고 있는 식당으로 갔다. 오디션 결과가 좋지 않은 채연은 지나를 보고 시큰둥한 표정이지만 한구가 박수를 쳐주었다.

"지나야, 축하한다."

"아직 어떻게 될지 모르는 걸."

"일단은 좋은 결과잖아. 자, 축하주 한잔해."

한구가 지나 앞에 유리잔을 놓으며 맥주를 따라 주었다. 그렇지 않아도 갈증을 느꼈던 그녀는 단숨에 잔을 비웠다. 들뜬 기분에 지나는 맥주 몇 잔을 마셨다. 그러나 이내 그녀는 그들과 같이 있는 자리가 무색해졌다. 귓속말을 주고받는 그들이 그녀의 눈치를 살피는 것만 같아서였다.

지나가 객지에서 의지할 사람은 채연뿐이었다. 그러나 채연의 관심은 오직 한구에게 있었다. 소외당한 심정으로 주위를 두리번거리던 지나가 슬그머니 자리에서 일어났다.

"나, 가 볼 데가 있어서 먼저 갈게."

"어디 가려고?"

"친구한테 연락이 와서."

"누구인데?"

"넌 모를 거야, 초등학교 친구라서."

채연이 의아스럽게 지나를 바라봤다. 지나는 어색한 미소를 지어보이고 식당을 나왔다. 그녀가 친구를 만난다고 한 것은 변명일 뿐이었다. 낯선 서울에서 그녀가 갈 곳은 없었다. 외톨이가 된 그녀는 오디션 결과에 대한 기쁨으로 외로운 마음을 달랬다. 거리를 배회하던 그녀는 밤이 이슥하여 채연과 같이 사용하고 있는 자취방으로 돌아왔다.

늦은 시간인데도 채연은 돌아와 있지 않았다. 지나는 채연이 한구와 같이 어디선가 자고 들어올 것이라고 생각했다. 한 침대에서 부둥켜안고 있을 그들의 모습을 떠올리는 지나는 왠지 자취방이 쓸쓸하기만 했다. 그러나 샤인으로부터 좋은 소식이 오기를 기대하는 그녀는 일찍 잠자리에 들었다. 하지만 기대가 큰 만큼 쉽게 잠을 이룰 수가 없었다.

샤인 건물 내의 복도는 오디션을 하던 날의 혼잡함은 사라지고 한적하기만 했다. 이따금 회사 직원들이 바쁜 걸음으로 지나다녔다. 지나는 벌써 사흘째 복도와 휴게실을 오가며 대기하고 있었다. 이따금 드나드는 스타를 선망어린 눈빛으로 바라보는 지나는 샤인으로부터 어떤 통보도 받지 못하고 있었다. 다만 오만태 부장이 그녀에게 기다리라는 말을 하고 지나쳐 갔을 뿐이었다.

지나를 지나쳐 간 오만태 부장은 서류철을 들고 빠른 걸음으로 대표실로 들어갔다. 연우는 첫 제작할 영화 '하얀 늪' 시나리오를 검토하고 있었다. 연우 앞으로 다가간 오만태 부장이 책상 위에 서류철을 펴놓았다. 그가 펴놓은 서류철 안에는 영화홍보를 할 포스터와 홍보물 견본들이 들어 있었다.

"디자인부에서 만든 하얀 늪 샘플입니다."

시나리오를 옆으로 밀어낸 연우가 포스터 견본을 유심히 살폈다. 그는 과히 만족하지 않는 표정을 지었다. 고개를 갸웃거린 그가 들고 있던 볼펜으로 샘플을 두들겼다.

"칼라가 너무 복잡하고, 여운을 남기는 이미지가 없는데."

"샘플을 더 만들라고 할까요?"

연우는 대답을 망설이며 고심을 했다. 그가 처음으로 제작하려는 '하얀 늪'은 멜로물이지만 스릴러의 영상미를 강조하는 작품이었다. 그렇기에 홍보물 자체도 대중에게 예술적인 어필을 해야 한다고 생각했다. 그런데 그가 생각했던 것보다 홍보샘플들이 단순하고 고급스럽지 못했다.

"대중이 시나리오 내용을 예측하게 하는 것보다 의혹과 질문을 던질 수 있어야 할 텐데. 색채는 블랙 위주 계열이 좋을 것 같고, 오히려 단순함이 궁금증을 유발시킬 수 있어요."

"네 그럼, 대표님 지시를 전하고 샘플을 다시 만들라고 하겠습니다."

"너무 급히 서두르지 말라고 하세요."

오만태, 그는 방송국 PD 출신으로 샤인의 기획부장이었다. 홍보기획 및 소속 연예인들의 포괄적 일정관리, 섭외, 계약, 마케팅 전략 등만이 아니라 연습생 관리까지 담당하고 있어서 샤인의 주요 간부였다. 그는 홍보물들을 서류철에 정리해 넣고 돌아섰다. 그리고 잠시 멈추더니 다시 돌아섰다.

"대표님, 그런데 조지나는 어떻게 할까요?"

"조지나?"

바쁜 일정에 연우는 조지나를 잊고 있었다. 그는 강한 비주얼을 의식했던 그녀를 떠올렸다. 사실 그는 첫 제작 영화 배역을 두고 고민하고 있었다. 기성 배우는 대중에게 고정적인 이미지를 갖고 있어 탐탁지 않았고, 신인을 주연으로 캐스팅한다는 것은 모험이었다. 아직 어떤 결정도 하지 못하고 있기에 그는 난처한 표정을 지었다. 오만태 부장이 다시 말했다.

"며칠째 대기시키고 있어서요."

"음. 당분간 연기 공부를 시키지. 누가 좋을까. 라운식 감독, 요즘 뭐 하지?"

"시나리오는 보냈지만."

라운식은 원래 연극계에서 실력을 인정받은 감독이었다. 국제영화제에 출품한 문예영화로 영상미를 인정받은 그였지만 대중영화로는 흥행작품이 없었다. 그러나 연우는 과감하게 첫 영화 작품 감독으로 라운식을 일찌감치 염두에 두고 있었다. 연우는 그가 연기학원을 운영하고 있다는 것을 떠올린 것이다.

"라 감독 학원 이름이 뭐지?"

"프라임 아카데미인 걸로 압니다."

"프라임으로 조지나를 보내던지, 하여튼 라 감독에게 특별히 부탁해요."

"네. 알았습니다."

오만태 부장은 대표실을 나와서 자신의 사무실로 갔다. 그는 라 감독에게 전화를 걸어서 연우의 말을 전달하고 대기실로 갔다. 웅크리고 앉았던 지나가 그를 보고 벌떡 일어났다. 오만태 부장은 지나에게 당분간 연기수업을 받으라면서 라 감독을 찾아가라고 하였다. 그녀는 구십도 각도로 허리를 굽혀 오만태 부장에게서 명함을 건네받고 단숨에 건물을 나왔다.

연우는 의자에 몸을 깊숙이 묻고 영화 배역의 캐스팅에 관하여 고민을 했다. 여자 주역도 마땅하지 않지만 남자 주역도 문제였다. 그만큼 그는 첫 영화

제작에 모든 정성을 쏟고 있었다.

남자 주역 캐스팅이 마땅치 않으면 그는 자신이 할 수밖에 없다는 생각이었다. 그는 복잡한 생각을 뒤로 밀어두고 다시 시나리오 검토를 시작했다.

시나리오를 들여다보려던 연우의 시선이 입구로 향했다. 사무실 문이 열리고 나시 티셔츠 위에 니트웨어를 걸친 여인이 들어섰다. 몸에 착 달라붙는 바지를 걸친 그녀의 몸매는 곡선미가 두드러져 보였다. 연우는 담담한 표정으로 책상에서 벗어났다. 그리고 미소를 짓고 있는 그녀에게 소파 의자를 가리켰다.

"앉아, 웬일이야?"

"웬일이라니요? 연우 씨가 바쁘니 내가 찾아와야지요."

"……."

"시나리오는 나왔나요?"

연우는 대답 대신 고개를 끄덕이며 이마에 흘러내린 앞머리를 쓸어 올렸다. 그녀는 미스코리아 출신의 여배우 배수진이었다. 배수진은 연우와 육체관계까지 맺고 있는 연인 사이였다.

그녀는 연우가 제작하려는 첫 영화 작품 '그림자 향기'의 주연배우로 캐스팅되기를 바라고 있었다. 그러나 아직까지 그에게 확실한 대답을 듣지 못해 답답한 심정이었다. 연기생활 5년이 지난 배수진이지만 흥행한 작품은 없었다. 그렇기에 톱스타가 되기를 바라는 그녀의 마음은 더욱 조급했다.

연우는 그녀의 마음을 잘 알고 있었다. 하지만 그는 그녀의 평범한 연기와 이미지가 대중에게 부각될 수는 없다고 판단하고 있었다. 그는 소파 옆의 소형냉장고에서 음료수 캔을 꺼내 그녀에게 건네주었다.

"요즘, 들어온 작품 없어?"

"섭외도 없지만, 짜증나서 죽겠어요."

"왜?"

"기가 막혀서. 나더러 에로물 비디오를 하자고 그래요. 미치겠어요."

배수진은 신경질적으로 음료수 캔을 따서 마셨다. 슬그머니 그녀를 바라보는 연우의 입가에 비소가 흘렀다. 꿈을 안고 연예계에 들어서는 여배우들은 부지기수였다. 하지만 웬만한 미모나 연기력이 없는 여배우들은 대부분 소리도 없이 사라져 버린다. 그만큼 연예계는 혼탁한 경쟁을 이루고 있었다. 다리를 꼬고 앉은 그녀가 넌지시 물었다.

"배역은 어떻게 됐어요?"

"아직."

연우는 간단한 대답으로 배수진의 물음을 회피하였다. 그녀는 더욱 궁금함을 견디지 못해 꼬고 앉은 다리를 흔들었다.

짧은 스커트 밑으로 뽀얀 허벅지가 드러나 보여도 그녀의 표정은 자연스러웠다. 도리어 그녀는 그의 시선을 유도하듯이 허벅지 위에 다리를 들어 올렸다. 하지만 그는 표정변화 없이 탁자 위의 신문을 펼쳐 들었다. 손에 들고 있던 캔을 내려놓은 그녀가 마지못해 물었다.

"하얀 늪, 크랭크 인은 언제 해요?"

"글쎄. 지금 스토리보드가 작업 중이고, 시놉시스가 완성되면 배역도 정해야 되고."

"그럼 언제 크랭크 인할지 모르겠네요."

"그렇지도 않아. 계획대로 진행 중이니까."

배수진이 말하는 '하얀 늪'은 연우가 제작하려는 영화를 말하는 것이다.

연우는 꼬치꼬치 캐묻는 그녀가 귀찮다고 생각했다. 그녀의 이미지에 적합한 배역을 정하지 못했기 때문에 확답을 할 수도 없었다. 들고 있던 신문을 내려놓은 그의 시선이 그녀를 향했다. 배수진은 비로소 자신에게 향하는 그의 시선을 의식하고 뾰로통한 표정을 지었다.

"나, 어떡해요?"

"뭘."

"솔직히 말해 줘요. 주연으로 누구를 생각하고 있어요?"

"그게 문제야, 수진인 기다려 봐."

연우의 아리송한 대답이었지만 배수진의 표정이 조금 밝아졌다. 다리를 좌우로 흔들던 그녀가 소파에서 일어났다. 그리고 연우가 앉은 소파 팔걸이에 걸터앉았다. 두 사람의 시선이 마주쳤다. 그녀는 그의 목에 팔을 감고 기대어 입술을 가져갔다. 입술과 입술이 포개지고 그녀는 그의 무릎 위로 옮겨 앉았다. 그의 가슴에 비스듬히 안긴 그녀가 속삭였다.

"오늘 저녁식사, 같이할 거죠?"

점점 낮 시간이 길어지고 있는 서울의 밤거리는 오가는 인파들로 활기를 띠었다. 어둠이 내려앉은 밤거리를 밝히는 휘황찬란한 불빛이 새로운 세계를 만들어내고 있었다. 샤인의 건물주차장에 멈춘 승용차 운전석에서 연우가 내려섰다. 배수진과 식사를 하고 그는 숙소로 돌아온 것이다. 조수석 문이 열리고 배수진도 내려섰다.

샤인이 있는 7층 건물은 연우의 소유였다. 그는 5층을 숙소로 사용하고 있었다. 야간작업을 하는 직원들이 아직도 남아있는 사무실 창문들은 훤하게 불빛이 흘러나오고 있었다. 그러나 그가 들어간 건물 복도는 조용하기만 했다. 승강기 앞에서 그는 등 뒤에 서 있는 배수진을 돌아봤다.

"늦었는데, 집에 안 들어가?"

"오늘 연우 씨와 같이 있을 거야."

배수진은 자연스럽게 연우의 팔에 팔짱을 끼고 다가섰다. 맥주를 마신 탓에 그녀의 볼이 발그스름했다. 연우는 이따금 자신의 숙소에서 자고 갔던 그녀이기에 대수롭지 않게 생각했다.

건물의 5층부터는 애초에 그가 직접 빌라형의 주택으로 설계하여 건축했었다. 고급 인테리어로 꾸며진 중앙의 넓은 거실과 확 트인 주방은 남자 혼자 살고 있다는 생각이 들지 않게 정결하였다.

베란다에 드리워진 검은색 블라인드 사이로 서울 야경의 불빛이 스며들고 있었다. 연우가 스튜디오로 사용하는 작업실에는 피아노와 시퀀서, 오디오,

인터페이스 등 작곡에 필요한 장비들이 놓여 있고, 대형 침대가 보이는 침실 외에도 다른 방들로 통하는 문이 보였다.

거실로 들어선 연우는 배수진을 부담스럽지 않게 여기며 옷장이 있는 방으로 들어갔다. 티셔츠와 반바지 차림의 간편한 복장을 하고 나온 그는 피아노가 놓인 방으로 들어갔다. 피아노 앞에 앉은 그는 건반을 두드렸다. 그의 손가락이 가볍게 움직이고 잔잔한 멜로디가 흘러나왔다.

배수진 또한 낯설지 않은 표정이었다. 피아노를 연주하는 연우의 뒷모습을 보면서 그녀는 걸치고 있는 옷을 벗었다. 브래지어와 팬티 차림으로 그녀는 욕실 문을 열고 들어갔다. 발가벗은 그녀는 물줄기가 쏟아지는 샤워기 밑에 섰다. 물방울이 맺힌 거울 속에 그녀의 몸매가 농염하게 드러났다.

샤워를 마친 배수진은 연우의 가운을 걸치고 욕실에서 나왔다. 그녀는 수건으로 젖은 머리를 말리면서 피아노를 치고 있는 그의 등 뒤로 다가갔다. 힐끔 뒤돌아보는 그의 손은 멈추지 않고 건반을 두드렸다. 언제나처럼 그녀는 그의 서글서글하고 깊은 눈동자 속으로 빨려 들어가는 것만 같았다.

"나, 안아줘요."

배수진은 연우의 등에 바짝 다가가서 껴안았다. 그러나 피아노 건반 위의 그의 손가락은 멈추지 않았다. 그가 별다른 반응을 보이지 않으니 그녀가 노골적으로 피아노 앞을 막아섰다. 그리고 그의 무릎 위에 걸터앉았다. 그가 비로소 건반을 치던 손을 멈추고 그녀를 빤히 쳐다봤다. 가운이 벌어진 틈으로 그녀의 앞가슴이 드러나 보였다.

젖가슴을 드러낸 배수진이 연우의 목에 팔을 감고 매달렸다. 유혹이 깃든 그녀의 눈빛을 마주한 연우의 표정은 변화가 없었다. 그러나 그녀는 감정을 드러내지 않는 그에게서 항상 신비스러움을 느꼈다. 그에게는 여자의 마음을 사로잡는 마력이 있었다. 그녀는 그의 마력을 무너트리고 싶은 욕구에 휘말렸다.

배수진이 연우의 목에 감은 팔에 힘을 주어당기며 입술을 찾았다. 빤히 쳐다보고만 있던 그가 그녀의 허리를 끌어안았다. 그리고 그들의 입술과 입술이 포개졌다. 혀와 혀가 엉키고 그들은 서로를 부둥켜안았다. 고조된 숨결을 흘리던 그녀의 입에서 습기 어린 목소리가 흘러나왔다.

"나, 보고 싶지 않았어요."

잠시 바라보던 연우가 배수진을 번쩍 들어 안고 일어나서 침대가 놓인 방으로 들어갔다. 그녀를 침대 위에 눕힌 그는 그녀의 가운을 풀어 헤쳤다. 그리고 서슴없이 젖가슴을 움켜쥐고 젖꼭지를 빨았다.

유년시절을 어머니도 없이 자란 그는 유독 여자의 젖가슴에 집착을 하는 습관이 있었다. 젖꼭지가 그의 입속으로 강하게 빨려 들어가고 배수진은 온몸이 뜨거운 불길 속으로 빨려 들어가는 것만 같았다.

"아, 연우 씨."

연우가 성관계를 가졌던 여자는 배수진만이 아니었다. 유학생활 동안 외국 여자와 관계를 했을 뿐만 아니라, 스스로 옷을 벗고 그의 가슴에 안기려는 여자도 있었다. 배수진도 후자에 속하는 여자였다. 그는 그녀가 섹스에 민감하며 쉽게 달아오른다는 것을 익히 알고 있었다. 젖꼭지를 유린하는 그의 손에 의해 가운이 벗겨진 그녀는 조각만한 팬티만 걸친 상태였다.

젖꼭지를 빨리는 쾌감에 배수진은 아랫입술을 지그시 깨물었다. 그리고 그녀는 연우가 걸치고 있는 티셔츠를 서둘러 벗겨냈다. 동시에 그가 그녀의 팬티를 벗겨냈다. 그녀를 내려다보는 그의 눈빛이 이글거렸다.

화사하게 달아오른 얼굴과 잘 가꾸어진 그녀의 몸매였다. 더욱이나 남자의 손길에 길들여진 그녀의 육체는 선정적이었다.

연우의 균형 잡힌 가슴 밑에 갇힌 배수진의 눈빛은 간절하였다. 그녀는 그에게 소유당하는 여자가 아니고 그를 정복하는 쾌감을 느꼈다.

젊은 여자들의 로망인 그의 여자가 되었다는 만족감이었다. 그의 혀끝이 젖가슴과 허리를 거쳐 하복부로 내려가며 뜨거운 입김을 불어 넣었다. 그의 혀끝이 잇닿을 때마다 그녀는 점점 뜨겁게 달아올라 허리를 비틀었다.

"연우 씨."

참을 수 없는 쾌감에 배수진은 파르르 떨었다. 한참동안 서로를 부둥켜안은 그들은 거친 숨을 토해냈다. 습한 열기로 가득한 방안에 침묵이 흘렀다. 격렬했던 정사에 지친 배수진은 들어 올렸던 허벅지를 늘어트리고 있었다. 그녀는 몸속에서 여전히 살아 움직이듯이 용솟음치는 물체를 의식했다. 또 다른 쾌감에 젖은 그녀는 흘기듯이 눈을 치뜨고 그를 올려다보았다.

"어떻게 할 거예요?"

"뭐를?"

"'하얀 늪' 말예요. 나는 어떻게 하냐고요? 그리고 우리 결혼도."

"그 말. 안 들었던 걸로 할게."

연우가 정색을 하며 몸속에 박힌 이물질을 빼냈다. 그리고 배수진의 몸 위에서 내려가 반듯이 누웠다.

그녀는 냉정한 표정을 하고 있는 그가 야속했다. 물론 그녀가 결혼을 전제로 그를 만나고 있는 것은 아니었다. 또한 그녀 스스로 그의 침대로 들어갔던 것이 육체관계의 계기가 된 것이었다. 그러나 가까운 주위사람들 중에는 그녀와 그의 은밀한 관계에 대하여 알고 있었다.

"정말, 나하고 결혼할 생각 없어요?"

"결혼할 목적이었어? 아니면 스타가 되려고 내가 필요했던 거야?"

"그건 아니지만."

"육체를 미끼로 접근했다면 다른 남자를 찾아봐."

감정이 없는 연우의 목소리에는 거부할 수 없는 카리스마가 실려 있었다. 배수진은 실망스럽기도 하지만 적절치 않은 시기에 자신의 의사를 전달했다는 생각이 들었다.

다음 기회를 기다릴 수밖에 없는 그녀는 그를 향해 옆으로 누워 눈웃음을 지어 보였다. 그리고 슬그머니 손을 뻗어 그의 가슴을 쓰다듬었다.

한편 지나는 라운식 감독에게 연기지도를 받기 시작하고 희망으로 가득한 나날을 보내고 있었다. 하지만 대본을 암기하고 감정을 잡아 연습을 하는 과정이 쉽지는 않았다. 뿐만 아니라 연우는 그녀에게 무술 감독의 연기지도도 받게 하였다. 리듬체조로 단련된 그녀는 무술의 기초연기가 힘들기는 하지만 유연하게 소화해냈다.

배수진은 드라마나 영화를 모니터한 부분을 라 감독에게 연기테스트 받고 호된 꾸지람을 받기도 했다. 그러나 라 감독은 다른 사람에게는 지나의 연기를 칭찬하면서도 내색을 하지 않았다. 연우가 특별지도를 부탁했던 만큼 라 감독도 그녀의 재질을 인정하기에 기초연기력을 다듬어 주고 싶었기 때문이었다.

연습생들이 모두 귀가하고 학원 안은 고요한 적막이 깃들었다. 지나는 텅 빈 연습실 구석에 웅크리고 앉아 있었다.

연기자가 된다는 설렘으로 하루하루를 보내고 있는 그녀에게 걱정거리가 생긴 것이다. 채연이 한구와 동거생활을 시작했기 때문이었다. 그들은 지나의 시선을 아랑곳하지 않고 애정행위를 하였다.

한구가 채연을 위해 구해 주었던 집이었고, 그들의 눈치가 보인 지나는 며칠째 찜질방을 이용하고 있었다. 그렇다고 엄마에게 사정을 얘기하고 도움을 청할 수도 없었다. 간신히 생활을 유지하는 엄마도 그녀를 도와줄 여력이 없을 것이다. 엄마의 근심거리만 만들어 줄 것이고 당장 연기를 포기하라고 할 것이 뻔했다. 하루 종일 굶은 탓에 허기진 그녀의 수중에 이제는 찜질방비로 충당할 돈도 없었다.

연습실 유리창 밖에 걸어오는 학원경비 아저씨 모습을 보고 지나는 벌떡 일어섰다. 그녀는 소지품이 담긴 큰 가방을 힘겹게 들고 연습실을 나갔다. 건물 밖으로 나온 그녀는 희뿌연 하늘을 올려다보며 손바닥을 펼쳤다.

빗방울이 떨어지고 있었다. 우중충한 날씨만큼이나 마땅히 갈 곳이 없는 그녀의 마음도 우울했다.

샤인 건물 앞에 멈춘 검은 승합차에서 연우가 내려섰다. 그리고 운전석에서 오만태 부장이 내려섰다. 그들은 어깨를 나란히 하고 건물 입구에 있는 층계를 올라갔다. 출입문을 열고 들어서려던 연우가 멈칫하였다. 입구 옆에 큰 가방을 옆에 낀 조지나가 쭈그리고 앉아 있었다.

그를 발견한 지나가 일어나 허리를 굽혀 인사를 했다.

"안녕하세요."

"여기서 뭐하는 거지?"

"저, 아르바이트하고 싶어요. 사무실 청소도 괜찮아요."

"청소를 한다고?"

"네."

"글쎄? 연기공부는 하고 있나?"

"네."

대답하는 지나의 눈빛이 반짝거렸다. 공손하게 손을 앞으로 모은 그녀의 수줍은 표정. 갑작스럽게 나타난 그녀의 황당한 요구에 연우는 황당하기만 했다. 어쩌면 신선해 보이는 그녀의 어색한 미소와 함께 보조개가 깊게 드리워졌다. 오만태 부장을 힐끔 쳐다본 연우가 주춤거리다가 말했다.

"오늘은 늦었으니 내일 얘기하지."

"저, 친구 집에서 있었는데. 오늘, 그냥 여기 있으면."

"무슨 말? 왜?"

"잘 곳이."

지나는 말끝을 잇지 못했다. 친구의 동거생활을 이유로 잠 잘 곳이 없다는 대답을 하기가 염치 없고 민망하였다. 그러나 연우는 그녀의 말을 이해할 수 있었다. 지방에서 스타를 꿈꾸며 올라온 젊은이들이 많았고, 그녀의 응시원서에 집이 강원도 강릉이라고 적혀 있었던 것이 떠올랐다.

강릉하면 같은 고향이었다. 연우의 시선이 지나의 큰 가방으로 향했다. 그리고 당돌한 그녀의 말에 어의가 없었다. 그는 흔한 일이라서 그녀를 무시하고 싶었다. 그러나 몸을 돌리려던 그가 돌아섰다.

왠지 그녀에 대한 깊은 호기심에서였다. 마네킹처럼 또렷한 미모와 균형 잡힌 몸매로 서 있는 그녀의 모습이 그에게 각인되었다. 잠시 생각을 하던 그가 오만태 부장에게 물었다.

"여자 연습생들 숙소가 남아 있나?"

"연습생이 많고 비좁아서 여관방까지 이용하고 있습니다."

"그렇군. 어쩌지."

"숙소를 더 마련할까요?"

"음? 그러지 말고 당분간 4층에 비어 있는 방을 이용하게 하세요."

"네. 대표님이 불편하지 않으시겠어요?"

4층은 연우의 숙소가 있었다. 연우는 복도를 사이에 두고 자신의 숙소와 마주하고 있는 방을 떠올린 것이다. 그 방은 오만태 부장이 한동안 사용했던 숙소였다. 지나를 힐끔 쳐다본 연우가 오만태 부장을 향해 고개를 끄덕였다.

"불편할 건 없을 걸. 어차피 비어 있는 방이니."

"그럼, 조지나 씨. 같이 올라가 봐요."

오만태 부장도 고개를 끄덕였다. 연우가 빠른 걸음으로 출입문을 열고 들어갔다. 뒤이어 오만태 부장도 건물 안으로 들어갔다.

눈치를 살피던 지나는 가방을 들고 오만태 부장의 뒤를 따라갔다. 승강기 안에 들어선 연우와 오만태 부장은 소속 가수들의 일정관리에 대한 계획을 검토했다.

3층에서 승강기가 멈추어 서고 오만태 부장이 내려서고, 주춤거리던 지나도 뒤따라 내렸다. 지나는 말없이 걸어가는 오만태 부장을 따라 사무실로 들어갔다. 그는 어정쩡하게 서 있는 지나에게 소파에 잠시 앉아 기다리라고 했다. 출장을 다녀온 그는 들고 들어온 서류를 정리하고 있었다.

사무실 벽에는 샤인 소속 연예인들의 사진과 포스터들이 액자처럼 붙어 있었다. 오만태 부장은 지나가 기다리고 있다는 것을 잊은 듯이 서류 검토에 열중이었다. 그의 모습은 간부직원이라기보다 연예인처럼 곱상한 외모였다. 반듯하게 빗어 넘긴 머리와 단정한 옷차림으로 깔끔한 성품이라는 인상을 심어 주었다. 서류를 정리하다가 그녀에게 시선을 옮긴 오만태 부장이 망설였다.

"음. 내가 같이 갈 필요가 없겠는데."

"……?"

"4층에 가면 대표님 숙소 맞은편에 빈 방이 있어. 내가 예전에 쓰던 방이니 당분간 사용하기는 불편하지 않을 거야. 올라가 봐요."

"네."

소파에서 일어난 지나는 깍듯이 인사를 하고 가방을 집어 들었다.

당장은 잠잘 곳이 마련되었기에 그녀는 안심이 되었다. 그러나 새로운 환경에 임하는 그녀의 마음은 설렘과 함께 두렵지 않을 수 없었다.

오만태 부장이 사무실을 나서려는 그녀를 불러 세웠다.

"아, 그리고, 이 서류를 대표님께 전해 드려요."

오만태 부장이 지나에게 서류가 들어 있는 각봉투를 건네주었다. 그녀는 각봉투와 가방을 각각 오른손과 왼손에 들고 사무실을 나와 승강기 앞에 다가섰다. 그녀가 4층에 내려서니 양쪽으로 유리벽이 있는 복도가 보였다. 유리벽은 흰색 조각 무늬로 이어져 있어서 실내를 확인할 수는 없었다.

지나는 자신이 기거할 방을 확인하느라고 잠시 걸음을 멈추어 섰다. 그녀의 시선이 오른편의 이중 도어 장치가 있는 방문으로 향했다. 그녀는 직감으로 연우의 숙소라고 판단했다. 그녀는 우선 맞은편 방문 앞에 서서 손잡이를 돌렸다. 잠겨 있지 않은 방문이 열리고 자동으로 전등불이 들어왔다.

오만태 부장이 혼자 사용했다고 하기는 넓은 방이었다. 비어 있던 방이지만 옷장과 소파, 그리고 커튼이 쳐진 안쪽에는 침대가 놓여있었다. 거실 한 편에는 간단한 주방시설과 욕실이 있어 사용하기 편리해 보였다. 탁자 위에 가방을 내려놓은 그녀는 오만태 부장에게 건네받은 각 봉투를 들고 망설였다.

그녀는 새삼스럽게 연우를 마주하기가 두렵다는 생각을 했다. 그녀가 모든 젊은이들의 우상인 그를 혼자서 만난다는 것은 영광이었다. 감히 생각도 못했던 일이었다. 혼자만 있는 그의 숙소를 들어가야 하겠기에 가슴이 두근거렸다. 마른 침을 삼킨 그녀는 방문을 열고 나와 맞은편 방문 앞에 섰다.

그녀는 촌스럽게 보이지 않게 하려고 긴장을 했다. 벨을 누르려고 뻗은 그녀의 손가락이 떨렸다. 그녀는 자신이 누른 벨소리에 깜짝 놀라서 한 발자국 뒤로 물러섰다. 실내에서 들려오는 소리에 예민해진 그녀의 청각이 곤두섰다. 소리도 없이 방문이 열렸다. 그리고 헐렁한 반바지와 티셔츠를 걸친 그의 모습이 나타났다.

"음 왜?"

"저기, 오 부장님이."

연우의 서글서글한 눈동자를 마주한 지나는 말도 잇지 못하고 각봉투를 내밀었다. 그가 각봉투를 받아들고 서류를 꺼내 들춰 보았다. 지나는 여전히 긴장하여 마른 침을 꿀꺽 삼켰다.

그녀는 그에게서 비밀스러운 향기가 흘러나온다고 생각했다. 그것은 그녀가 이제까지 느껴보지 못한 남자의 체취였다. 서류를 들여다본 그가 담담한 표정으로 고개를 끄덕였다.

"고마워. 방은 마음에 들어?"

"네."

시선을 마주할 수 없는 지나는 고개를 숙여 작은 목소리를 흘렸다. 그녀는 자신의 소임을 다했다는 안도감을 느끼며 돌아섰다. 그런데 방문을 닫으려던 연우가 그녀를 돌려 세우게 했다.

"저녁식사는 했어?"

"……."

"아직 못한 모양이군. 나도 안 먹었으니 같이 하지?"

그녀는 대답을 하지 못하고 어색한 미소를 흘렸다.

사실 그녀는 뱃속에서 쪼르륵 소리가 나고 있었다. 뒤늦게 그와 시선을 마주했다. 빤히 바라보는 연우의 입가에 미소가 떠올랐다. 미소를 띠는 그의 모습은 전혀 그녀가 생각하는 젊은이의 우상이 아니었다. 부담스럽지 않고 자상한 오빠같이 친근함을 느끼게 했다.

"괜찮아, 들어와."

그녀는 자석에 끌리듯이 그의 숙소로 들어갔다. 그가 그녀의 어깨를 당겨 거실로 이끌었다. 순간 그녀는 깊이 들이마신 숨을 멈추었다. 온몸의 신경이 그의 손끝이 닿은 곳으로 몰리는 것만 같았다. 그러나 그는 담담한 표정으로 거실 한쪽에 보이는 주방으로 들어갔다.

그는 수도꼭지를 틀어 냄비에 물을 채우면서 그녀에게 말했다.

"난, 라면 좋아하는데, 괜찮지?"

"네."

지나는 뒤도 돌아보지 않고 물어보는 연우의 등을 바라보며 간신히 대답했다. 그녀는 그에게 친근감을 느끼면서도 꿈속에 살고 있는 남자를 대하는 것만 같았다. 레인지 위에 냄비를 올려놓은 그가 돌아서며 그녀에게 말했다.

"라면 끓일 줄 알지?"

"네."

"미안하지만, 샤워 좀 하고 나올 동안 끓여봐."

그녀는 자신이 할 수 있는 일이기에 비로소 밝은 미소를 지었다. 그녀는 서슴지 않고 주방으로 다가갔다. 방으로 들어가는 연우를 힐끗 돌아본 그녀는 냉장고 문을 열었다. 그에게 라면을 맛있게 끓였다는 칭찬을 받고 싶었다. 남자 혼자 사는 집인데도 냉장고 안에는 고추와 파, 그리고 양파 등 채소뿐만 아니라 오렌지, 딸기 등의 과일도 있었다.

지나는 엄마가 가르쳐 주었던 라면 끓이는 방법을 떠올렸다. 펄펄 끓는 물에 우선 라면을 넣었다. 그리고 라면이 끓기 시작하자 설탕과 우유와 식초를 조금 넣었다. 아울러 치즈 한 장을 넣고 마지막으로 파를 썰어 넣었다. 보글보글 끓고 있는 라면을 보는 그녀는 연우가 어떤 반응을 보일는지 긴장이 되었다. 무심코 뒤를 돌아보던 그녀의 얼굴이 화끈거렸다. 연우가 욕실 문을 열고 나오고 있었다. 그런데 반바지 차림에 상체를 드러내 놓고 나온 것이었다.

근육이 드러나는 균형 잡힌 남자의 체격이었다. 남자가 없는 가정에서 자란 지나로서는 당황할 수밖에 없었다. 그런데 그는 그녀의 시선에도 아랑곳하지 않고 주방으로 들어왔다. 그가 냉장고 문을 열고 냉수를 마시는 동안 그녀는 심장이 두근거려 꼼짝할 수가 없었다.

그가 그녀의 등 뒤로 다가섰다. 그리고 그녀의 어깨 너머로 끓고 있는 라면을 보면서 킁킁거렸다.

"오! 맛있겠는 걸."

지나는 연우가 자신의 체취를 맡고 있는 것만 같아서 들이마신 숨을 멈추었다. 아니 그녀가 등 뒤에 다가선 그를 예민하게 의식하고 있었다. 싱그러운 비누냄새와 함께 풍기는 남자의 체취, 오감을 곤두세웠던 그녀가 흠칫하였다. 그가 그녀의 어깨를 토닥거린 것이다.

"어디서 배웠지?"

"어머니."

말끝을 흐린 그녀는 반사적으로 한 걸음 물러섰다. 무표정하게 고개를 끄덕거린 그가 주방을 나갔다.

그녀는 문득 무시를 당하는 것만 같아 기분이 언짢았다. 나이는 20년 정도 어리지만 그녀도 여자로서 자존심이 있었다. 어린애 취급하는 그의 태도에 조금은 반발심을 느꼈다. 끓인 라면을 그릇에 옮겨 담고 반찬을 꺼내 식탁 위에 올려놓은 그녀는 큰 소리로 당당하게 말했다.

"라면 불어요. 빨리 드세요."

"아, 그래."

그가 다시 주방으로 들어와 식탁 앞에 앉았다. 다행히도 이번엔 그가 티셔츠를 걸치고 왔기에 그녀는 시선을 피할 필요가 없었다.

그가 라면 한 젓가락을 집어 후후 불더니 입에 집어넣었다. 식탁 앞에 마주앉은 그녀는 그의 평가를 기다리며 눈치를 살폈다. 그가 고개를 끄덕거렸다.

"음! 맛있군. 제법인데."

연우의 한 마디에 흡족한 지나는 엷은 미소를 띠었다. 굶주렸던 그녀도 젓가락을 들고 라면을 먹었다. 식사를 하는 동안 그들 사이에 침묵이 흘렀다. 그는 정말 맛있게 라면 한 그릇을 비우고 국물까지도 남김없이 마셨다. 그리고 그녀를 빤히 바라보더니 말했다.

"오 부장이 사용했었지만 식사는 불편할 거야. 여기서 같이 식사하는 게 어때?"

"여기서요?"

"음. 내 식사도 좀 도와주고."

"저는 좋지만."

"그렇게 하도록 하지."

"……."

"그리고 참! 아르바이트를 하고 싶다고 했지?"

"네."

"오 부장에게 말해서 사무실에 적당한 일자리를 마련하도록 할 테니, 연기 수업은 열심히 해야 돼."

"네, 감사합니다."

지나는 연우의 말에 감격하여 삼키려던 라면이 목에 걸렸다. 급히 물을 마신 그녀는 배려를 해 주는 그를 위하여 무언가 해야 할 것 같았다. 식사를 마친 그가 신문을 펼쳐들었다. 젓가락을 내려놓은 그녀가 그에게 물었다.

"커피 타 드릴까요?"

"음, 난, 조금 달게 먹어."

급히 자리에서 일어선 지나는 커피포트에 물을 넣고 스위치를 눌렀다. 그녀는 그가 자신을 쳐다보고 있는 것만 같아서 뒷머리가 근질거렸다.

그녀가 커피를 타서 그의 앞에 내려놓았다. 한동안 신문을 보고 있던 그가 커피 잔을 집어 드는 모습을 보고 그녀가 물었다.

"식사를 직접 해서 드셨나요?"

"주로 밖에서 생활하니까. 필요한 게 있으면 배달시키든지 청소하는 아줌마에게 부탁하고 있지."

연우는 신문에서 시선을 떼지 않으며 말했다. 지나는 식탁 위에 놓인 반찬 그릇을 냉장고에 집어넣었다. 그리고 식사가 끝난 그릇들을 설거지통에 넣고 씻었다. 설거지를 끝내고 그녀는 어정쩡한 모습으로 수건에 손을 문질렀다. 커피를 마시던 그가 담담한 표정으로 불쑥 말했다.

"연기 공부는 할 만해?"

"네."

"잠깐 앉아 봐."

지나는 조심스럽게 연우와 식탁을 마주하고 앉았다. 들고 있던 신문을 옆으로 내려놓은 그가 신중한 눈빛으로 그녀를 빤히 쳐다봤다.

그는 오디션 당시에 그녀에게 느꼈던 이미지를 다시 떠올렸다. 인형처럼 깜찍한 미모이면서도 여성으로서의 성적인 매력과 열정이 담겨 있는 이미지는 기성 배우들에게 찾을 수 없는 특출함이었다.

"집이 강릉이라고 했던가?"

"네. 어머니 혼자 계세요."

"나도 강릉이 고향이야. 어머니는 연기자가 되는 걸 원하시나?"

"처음에는 반대하셨어요. 지금도 걱정하시지만."

"어머니가 뭐하시는데?"

"작은 양장점을 하세요."

연우가 고개를 끄덕였다. 지나는 다시 오디션을 치루는 심정이어서 긴장이 되었다. 뚫어지게 쳐다보는 그를 마주할 수가 없었다. 긴장도 되지만 깊고 그윽한 그의 눈빛이 깊숙한 폐부까지 들여다보는 것 같았다.

연우는 그녀의 특이한 페이스를 살리는 작품을 만들고 싶었다. 연기에 도전하다가 좌절하는 젊은이들도 많기 때문에 염려가 되는 것이었다.

"연기는 만들어서 하면 언밸런스의 그림이 되는 거야. 자기가 맡은 배역에 몰입할 수 있어야 돼. 지나의 타고난 페이스와 비주얼은 연기자로서 큰 행운이야. 하지만 내면의 연기를 살리지 못하면 생명이 없는 인형에 불과해."

"······?"

"그래서 희로애락을 겪은 배우의 연기는 깊이가 있지. 그런 경험이 없는 배우는 수련을 통해 경험을 쌓을 수밖에 없어. 지나는 어려서 연애도 못 해 봤을 테니, 아직 남자와 교제한 경험도 없겠지?"

"네?"

지나가 얼굴을 붉히며 되물었다. 남자와의 육체관계를 해본 경험에 대해서 물어보는 것이라고 생각한 그녀는 동그란 눈동자를 크게 떴다.

연우는 되묻는 그녀의 의도를 의식하고 엷은 미소를 띠었다. 그리고 다시 고쳐서 말을 했다.

"내 말은 여자 배역으로서 연애에 대한 감정을 이해하지 못할 것이라는 말이지."

"아닌데요. 저, 애인도 있었어요. 하지만 남자보다는 연기자가 되는 것이 더 중요해서 헤어졌어요."

"애인이 있었다고?"

그녀의 당돌한 대답이 의외라고 생각한 연우가 눈동자를 크게 뜨고 쳐다봤다. 그녀는 어린아이 취급당하는 것이 싫어서 말했던 것이다. 당당하게 여자라는 것을 부각시키고 싶은 그녀는 문득, 순결을 잃어버렸던 순간을 떠올렸다. 이에 그녀는 어떤 배역도 소화할 수 있다는 자신감을 보이고 싶었기에 얼떨결에 말했던 것이다.

연우는 지나의 순결한 이미지만을 인식하고 있었기에 반신반의하였다. 그러나 더 이상 자세하게 이성 관계에 대해서 물어볼 수는 없었다. 다만 그녀에게는 심오한 매력이 감추어져 있다는 것을 다시 확인할 수 있었다. 다른 여배우에게서 찾아볼 수 없는 열정이 담긴 그녀의 비주얼을 영상에 옮기고 싶은 그의 욕구는 더 강렬해졌다.

한창 폭염으로 시달리는 계절이다. 에어컨을 작동시켜 놓은 회의실 안이었지만 열기로 가득했다. 연우는 그동안 수정해 오던 시나리오를 완성하였다. 그리고 라 감독을 비롯한 스탭진들과 스토리보드와 애니메이션을 검토하고 있었다. 연우가 스토리보드를 작성한 담당 팀장의 설명을 중지시켰다.

"아, 거기서는 미디엄 샷을 하지 말고 풀 샷을 해서 페이드 인해야 할 것 같은데, 라 감독님은 어떻게 생각하세요?"

"대표님 의향은 알지만, 스토리 전개를 알려야 할 거 같은데."

"그게 필요해요. 관객 스스로 질문하는 영상이 집중도를 높이는 결과잖아요."

"다음 앵글 연결이 어색할 텐데."

"그건, 다음 포커스에서 이미지만 오버랩시키고 시놉시스 전환을 하는 것이 좋을 겁니다."

"그렇다면 시각적으로 관객에게 스토리를 연상시키겠군요."

다섯 시간째 마라톤 회의를 하고 있어 회의실에 있는 스탭진들은 지쳐 있었다. 언제 마무리할지 모르기에 연우가 회의를 중단시키고 휴식시간을 갖기로 하였다. 회의에 참여했던 사람들은 하품을 하기도 하고 기지개를 펴면서 회의실을 빠져 나갔다. 연우는 라 감독과 배역에 관한 논의를 하다가 자신의 방으로 들어갔다. 그의 방에는 배수진이 와서 기다리고 있었다.

소파에 앉아 있던 배수진이 일어났다.

"끝났어요?"

"아니."

소파에 가서 앉은 연우가 탁자 옆의 작은 냉장고를 열고 음료수 캔 두 개를 꺼냈다. 캔 하나를 배수진 앞에 놓은 그는 캔을 따서 벌컥벌컥 마셨다. 회의 결과에 관심이 깊은 그녀는 음료수 캔을 쳐다보지도 않았다.

"어떻게 됐어요?"

"뭘."

"릴리스 예상 날짜가 잡혔어요?"

"아직. 내년 바캉스를 예상하는데."

연우는 자꾸만 캐묻는 배수진이 귀찮기도 했다.

주연여자 배역을 하고 싶어한다는 배수진이 뻔히 알고 있었다. 그는 그녀에게 주역을 맡길 생각이 없지만 무시할 수는 없기에 여러 가지로 검토 중이었다. 그녀가 다시 그의 눈치를 살폈다.

"그럼, 배역은요?"

"라 감독과 협의 중이지만, 수진인 도경이 배역을 해야 할 것 같아."

"도경이라고요?"

배수진이 미간을 찌푸리며 다시 물었다. 그녀는 이미 시나리오 원본을 읽어 본 상태였기에 스토리 전개에 대해서 잘 알고 있었다.

국제간에 얽힌 기업의 정보스릴러이지만 두 자매와 혼혈아인 남자 사이의 애정이 바탕이었다. 언니 역할인 도경은 전반부만 클로즈업되는 배역이었다.

그는 대답 없이 묵묵히 듣고 들어온 시나리오를 들쳐 보았다. 자신의 희망이 관철되지 않은 배수진은 씁쓸한 표정을 지었다. 그녀는 사실상 주연배우인 도경의 여동생 역할을 바라고 있었다. 시무룩해진 그녀가 다시 물었다.

"언제 리허설 들어가요?"

"사계절을 담아야 하는데, 지금도 늦었어."

"토미, 그러니까 준서는 누구예요?"

"마땅한 사람이 없어. 내가 해야 할 것 같아."

"도연이 역할은요?"

"수진인 모를 거야. 신인을 캐스팅할 생각이니까."

배수진은 남자 주역을 연우가 맡아야겠다는 것 외에는 모든 것이 언짢았다. 연우는 계속해서 캐묻는 그녀가 귀찮았다. 양미간을 찌푸린 그는 시나리오를 들고 소파에서 일어났다. 그는 다시 회합에 참석해야 할 장소로 가는 것이 편하다고 생각했다. 정색을 하고 방을 나가는 그를 바라보는 그녀는 서운함을 느끼지 않을 수 없었다.

한동안 앉아 있던 배수진은 직원들의 사무실로 갔다. 사무실 벽에는 영화 홍보에 사용할 홍보물과 이미 캐스팅이 확정된 배우들 사진들이 부착되어 있었다. 유독 그녀의 시선이 멈춘 사진은 주연 여배우의 사진이었다. 옆모습을 촬영한 사진에는 '조지나'라는 이름이 적혀 있었다.

인형 같은 미모와 날씬한 몸매에서 풍기는 분위기는 같은 여자인 그녀도 특이한 매력을 느꼈다. 사무실을 나가려던 배수진이 멈추어 섰다. 그녀의 시선이 소파에서 오만태 부장과 대화를 하고 있는 여자에게 향했다.

여고생 티를 벗지 못한 동안의 얼굴. 배수진은 그녀가 사진 속의 조지나라는 것을 알 수 있었다. 무슨 얘기를 하고 있는지 그녀는 이따금 보조개를 드리운 미소를 띠고 있었다. 민소매에 짧은 스커트를 걸치고 있는 그녀의 미모는 사진보다 청순하고 앙증맞았다.

지나는 오만태 부장으로부터 리허설과 첫 촬영일정에 대한 설명을 듣고 있었다. 그녀는 오만태의 설명을 한 마디도 빼놓지 않고 일정 계획표 위에 덧붙여 메모를 했다.

오만태는 연우의 각별한 지시가 있었기에 그녀가 실수하지 않도록 꼼꼼하게 시간까지도 설명했다.

"리허설 아침에는 5시쯤 일어나 준비해야 할 거야. 식사와 샤워를 6시까지는 끝내고, 미용실에 가서 분장을 마쳐야 하니까. 미용실과 차량은 미리 연락해 놓을 테니 공항으로 가서 촬영준비를 하고 기다려. 스탭진이 호텔에서 첫 촬영을 마치고 갈 테니, 공항 촬영을 마치면 5시쯤 광화문으로 이동할 계획이니."

"네."

"잠깐만!"

설명을 하던 오만태는 휴대폰을 꺼내 들었다. 진동으로 해 놓은 그의 휴대폰에 전화가 걸려온 것이다. 꼼꼼하게 설명을 하던 그는 전화를 받고 무척 당황하였다. 지나는 눈치를 살피는 오만태를 물끄러미 쳐다봤다. 시계를 들여다보며 그가 입을 가리고 목소리를 낮추었다.

"아, 정말 미안해. 바빠서 그랬어."

"……."

"금방 나갈게."

지나는 목소리를 낮추어 사정조로 통화를 하는 오만태의 모습이 평소와 다르고 새롭게 느껴졌다. 통화를 끝낸 오만태가 다시 시계를 들여다보았다. 그리고 황급하게 자리에서 일어서면서 그녀에게 강조하듯 말했다.

"하여튼 차질 없이 준비하고, 궁금한 점은 전화하면 가르쳐 줄게. 난, 약속이 있어서 나가봐야 돼."

"네."

설명하던 자료를 집어든 오만태는 황급히 일어서서 사무실을 나갔다. 지나도 일어서려고 하는데 배수진이 천천히 소파로 다가갔다.

배수진과 지나의 시선이 마주쳤다. 긴 속눈썹을 깜박이며 바라보는 지나의 짙고 동그란 눈동자. 배수진은 주연을 빼앗겼다는 생각에 불끈 질투심이 일어났다. 그녀는 코웃음을 치며 물었다.

"네가 조지나냐?"

"네, 선배님."

자리에서 벌떡 일어난 지나가 고개를 숙여 깍듯이 인사를 했다. 지나는 간혹 TV 드라마나 스크린에서 보았던 배우임을 알아보고는 양손을 가지런히 모으고 공손한 태도를 보였다.

이제 처음 연기에 도전하는 지나로서는 긴장하지 않을 수 없었다.

배수진은 마치 신체검사를 하듯이 지나의 주위를 돌았다. 그리고 날카로운 눈빛으로 그녀의 아래 위를 살피며 눈살을 찌푸렸다.

"나, 배수진이야. 고생이 많겠구나."

"네. 감사합니다."

"잘 해 봐."

배수진은 짧은 말을 뱉어놓고 돌아서서 사무실 입구를 향해 걸어갔다.

유난히 또닥거리는 하이힐 소리를 남기며 걸어가는 그녀의 뒷모습이다. 그 모습을 지나는 멀거니 서서 바라보며 씁쓸한 표정을 지었다. 석연치 않은 여운을 남기고 사라지는 배수진의 말을 떠올리는 지나는 고개를 갸웃거렸다.

샤인 건물을 나온 배수진은 치미는 울화를 참을 수 없었다. 연우에게 멸시를 당한 기분이었다. 물론 주연을 조건으로 그와 교제를 하고 있던 것은 아니었다. 단지 그가 좋아서 그녀 스스로가 접근했던 것이다. 그러나 육체관계까지 하면서 무시를 당한다는 것은 자존심이 허락하지 않았다. 그렇다고 그를 결코 놓치고 싶지도 않았다.

건물 주차장으로 들어간 배수진은 자신의 승용차를 향해 가다가 멈추어 섰다. 출구를 향하는 승용차가 그녀 앞을 지나갔다.

그녀의 시선이 승용차 안을 향했다. 운전석에 있는 사람은 그녀와 막역한 사이로 지내는 오만태 부장이었다. 한때 그녀에게 이성적으로 접근했던 남자이기도 했다.

배수진은 무심코 오만태의 승용차를 세우려고 손을 들었다가 내렸다. 운전석에 낯익은 여자가 앉아 있었기 때문이었다. 그리고 오만태의 오른팔이 여자의 어깨를 감싸고 있었다. 그의 구애를 거절했지만 그녀는 묘한 질투심을 느꼈다. 그러나 그녀가 익히 알고 있는 여자이기에 피식 미소를 지었다.

요즘 지나의 일상생활은 오직 시나리오에 몰두하는 것이다. 식사를 하거나 잠을 자거나 연기에 대한 생각뿐이었다. 주위에서는 그녀를 대작 영화의 주연으로 캐스팅한다는 것은 무모한 도전이라고 했다. 그리고 연우와 그녀 사이를 이성관계로 보는 루머가 떠돌았다. 연예계에서 그런 루머들은 당연하기도 하지만 그렇지 않아도 처음 연기도전에 두려운 그녀를 더욱 경직시키는 것이었다.

혼란스러운 생각에 잠겨 있던 지나는 머리를 흔들었다. 두려운 생각들을 떨쳐버린 그녀는 탁자에 놓인 '하얀 늪'의 시나리오와 스토리보드를 챙겨들었다. 그녀는 어떤 일이 있더라도 자신의 꿈을 포기할 수 없었다. 대사를 외우고 주인공인 도연의 연기를 완벽하게 소화시키면 모든 억측들을 종식시킨다고 생각했다.

사무실을 나온 지나는 위층의 숙소로 올라갔다. 외부인이 드나들지 않는 복도는 적막이 깃들어 있었다.

요즘 한층 바빠진 연우는 언제 귀가할는지 모른다. 그러나 그녀는 그의 숙소 방문 앞에 섰다. 도어의 비밀번호 열쇠를 누르고 들어간 그녀는 서둘러서 저녁식사 준비부터 했다. 연기 연습하는 그녀의 유일한 의무였다.

식사 준비를 끝낸 지나는 자신의 숙소로 돌아가서 시나리오 대사를 외우며 연기 연습에 몰입했다. 그러다가 도저히 감정이 잡히지 않으면 영화나 드라마 CD를 작동시킨 드라마 속에 자신을 대입시켰다.

그녀가 고민스러워하는 카메라 앵글이 있었다. 초반부 포커스부터 남자 주인공과 키스를 하는 장면이었다. 지나는 순결을 잃었지만 키스는 물론 스킨십도 경험하지 못했다. 그녀가 더욱 걱정스러워하는 것은 남자 주인공 준서의 역할을 연우가 맡기로 확정되었다는 사실이었다. 그녀는 단지 연기일 뿐이라고 스스로 다짐하지만 경험도 없었기에 막연하고 두려웠다.

그런 고민을 하던 그녀는 자신도 모르게 잠이 들었다. 그리고 얼마의 시간이 지났는지 눈을 뜨니 유리창 밖은 어둠이 짙어져 있었다.

지나는 연우의 숙소에서 설거지를 하고 있었다. 커피를 마시던 그가 설거지를 하고 있는 그녀의 뒷모습을 의아스럽게 쳐다봤다.

"왜, 또?"

"이, 이게 안 빠져요."

양손으로 그릇을 들고 당기는 지나가 얼굴을 찡그렸다.

연우가 그녀에게 다가갔다. 설거지통에 담가놓았던 그릇이 포개져 빠지지 않았기 때문이었다. 순간 그녀는 들이마신 숨을 멈추었다. 등 뒤에 서 있던 그가 포옹하듯이 그녀의 어깨너머로 양팔을 뻗쳤다.

남자의 넓은 가슴을 의식한 그녀는 꼼짝하지 못하고 몸을 웅크렸다.

"이런 정도는 알아야지. 이럴 때는 따뜻한 물에 이렇게 그릇을 담그고, 위에다 찬물을 넣으면 되는 거야."

지나는 힘들지 않게 빠져나오는 그릇을 보고 환한 미소를 지었다. 신기하다는 표정으로 뒤를 돌아보는 그녀의 눈빛이 그와 마주쳤다. 그리고 그녀는 호흡을 멈추었다. 그녀의 눈앞에 그의 입술이 바짝 다가와 있었다. 무슨 말인가 하려는지 머뭇거리는 그에게서 흘러나오는 남자의 향기에 그녀는 심장이 두근거렸다.

연우는 자신의 모습이 드러난 지나의 큰 눈동자를 뚫어지게 바라봤다. 그는 그녀의 깊고 맑은 눈망울 속으로 빠져들 것만 같았다. 그녀의 모습은 곧 터트릴 꽃망울 같았다. 그는 그녀를 돌려세워 마주보았다. 그리고 천천히 손을 들어 그녀의 이마에 흘러내린 머리카락을 손가락으로 쓸어 올려 주었다. 그녀는 아득한 꿈속에 갇힌 것처럼 아찔하였다. 마른 침을 삼키는 그의 목 줄기가 꿈틀거렸다.

지나는 이성에 대한 감정도 느끼지 못한 상태에서 순결을 잃어버린 아픈 추억이 있었다. 연우의 체취는 생전 처음으로 그녀가 느끼는 남자의 향기였다. 점점 다가오는 그의 입술에 그녀는 당황할 뿐이었다. 그가 빤히 올려다보는 그녀의 양볼을 두 손으로 감쌌다. 그의 입술이 그녀의 입술 위에 포개졌다. 동그란 눈동자를 크게 뜬 그녀는 들이마신 숨을 멈출 뿐이었다.

연우는 입술을 덮어 누르며 지나를 지그시 끌어안았다. 매끄럽고 달콤한 그녀의 입술과 가슴 속에 안긴 나긋한 몸매라 그는 마치 미지의 세계에 있는 요정을 안고 있는 것만 같았다.

그의 가슴 속에서는 뜨거운 욕구의 불씨가 피어올랐다. 그때 현관문 열리는 소리가 들렸다. 늦은 시간에 그의 숙소를 찾아올 사람은 없었다.

현관을 향하는 연우의 눈빛이 예민해졌다. 지나의 시선도 현관을 향했다. 거실로 들어서는 여자가 있었다. 그 여자는 연우의 현관문 비밀번호를 잘 알고 있는 배수진이었다. 연우는 슬며시 지나를 풀어놓고 거실로 나갔다.

"이 시간에 웬일이야?"

거실로 들어선 배수진은 걸음을 멈추고 지나를 뚫어지게 바라봤다. 그녀는 '하얀 늪'의 주연배우로 캐스팅되었다는 어린 여자라는 걸 알고 있었다. 그런데 배수진은 자신의 눈을 의심했다. 무심코 보았던 잔상이 떠올랐다. 언뜻 봤지만 그들이 끌어안고 있었던 것 같았다. 또한 그들 사이에 흐르는 묘한 분위기에 예민해지는 여자의 직감이었다.

"너, 왜, 여기 있니?"

"아, 내가 옆의 빈방을 숙소로 사용하라고 했어. 지나를 알고 있었나?"

배수진의 날카로운 물음에 연우가 대신 대답하고 되물었다.

지나는 도둑질하다가 들킨 심정이었다. 아울러 밤늦게 찾아온 배수진을 의아스럽게 생각했다. 지나는 뒤늦게 그녀에게 인사를 했다.

"선배님, 안녕하세요."

"사무실에서 봤어요."

배수진은 손가방을 소파 위에 내려놓으며 언짢은 표정을 지었다. 지나는 그녀의 자연스러운 행동으로 연우의 숙소에 찾아온 것이 처음이 아니라는 것을 알 수 있었다. 그리고 왠지 그녀와 연우의 끈적끈적한 관계가 연상되었다. 어쨌든 지나는 그녀와 대면하는 자리가 불편하였다.

"저는 이만 가 볼게요."

"음, 그래. 리허설 준비 잘 하고."

담담한 표정으로 촬영 준비를 강조한 연우가 작업실로 향해 갔다. 지나는 배수진에게 깍듯이 고개 숙여 인사를 하고 현관을 나섰다.

연우가 연주하는 피아노 멜로디가 흘러 나왔다. 지나의 뒷모습을 빤히 바라보던 배수진은 작업실로 향해 발걸음을 옮겼다. 피아노 건반을 치고 있는 연우의 등 뒤에 다가선 그녀는 은근히 화가 치밀었다.

배수진은 주연을 빼앗긴 심정이라 분했지만, 지나의 숙소를 같은 건물 안에 정한 연우의 처세가 의심스러웠다. 더욱이나 바로 옆방이다. 물론 오만태 부장이 사용하던 빈방이라고 하지만 그의 숙소까지 드나들게 한다는 것은 이해하기 힘들었다.

그녀는 뾰로통한 표정으로 중얼거렸다.

"난, 연우 씨한테 뭐예요?"

피아노를 치던 연우가 돌아앉았다. 돌아앉은 그의 팔꿈치에 건반에서 단음이 흘러나왔다. 그는 수진의 말을 이해하지 못하겠다는 표정을 지었다. 빤히 쳐다보는 그의 눈초리가 가늘게 흔들렸다.

"갑자기 무슨 말을?"

"조금이라도 배려해 줄 수 없어요."

"어떤 배려를 원해?"

"밤늦게 연우 씨 숙소에 있는 여자를 보는 내 심정이 어떻겠어요."

"수진이도 밤늦게 왔잖아."

연우의 표정은 석고상처럼 변화가 없었다. 순간 배수진은 화가 치밀어 주먹을 움켜쥐고 부르르 떨었다. 그녀로서는 여러 차례 육체관계까지 했던 남자에게서 들을 수 없는 말이었다. 속눈썹이 가늘게 떨리는 그녀의 얼굴빛이 하얗게 변했다.

"어떻게 그런 말을 할 수 있어요? 차라리 내가 알지 못하게 다른 여자와 연애를 하면 몰라도."

"내가 연애를 한다고 생각하는 모양이지, 생각이야 자유지만."

"그럼, 여기에 다른 여자도 불러들일 수 있다는 말예요?"

"내가 수진이를 불러들였나, 들어오지 말라고도 안 했지만. 난, 누구에게도 속박당하고 싶지 않아. 만약 다른 여자와 연애를 한다고 해도 눈치 볼 필요도 없고."

배수진은 연우가 자유로운 생활 속에서 예술 활동하기를 원하는 것은 잘 알고 있었다. 그녀는 홧김에 감정을 드러냈지만 결코 그를 떠날 생각은 없었다. 말이 길어지면 감정의 골만 깊어진다는 것을 의식한 그녀는 자신의 감정을 죽이고 미소를 지었다. 그녀는 슬며시 그의 무릎에 걸터앉았다. 그리고 그의 목덜미에 팔을 감았다.

"미안해요 연우 씨, 사랑을 받고 싶어서 그랬어요."

"오늘은 일찍 들어가, 피곤하니."

"알았어요."

배수진은 억지로 상큼한 미소를 지어 보였다. 그리고 연우의 입술에 입술을 포갰다. 그러나 그는 무감각한 표정으로 있었다. 그녀가 벌떡 일어나더니 그의 머리를 젖가슴에 끌어안고 이마에 입맞춤을 했다.

그녀가 거실로 가서 소파 위에 놓인 손가방을 집어 들었다. 그는 마지못해 작업실에서 나와 현관을 나서는 그녀를 배웅했다.

비상등만 켜진 복도에는 배수진의 하이힐 소리만 메아리쳤다. 주차장으로 내려간 그녀는 승용차 운전석에 올라앉아 수심에 잠겼다. 연우에게 자신 탓이라는 변명을 하고 쫓겨 나오듯이 나온 그녀의 가슴 속에는 분노의 불길이 타오르고 있었다. 그렇다고 불만을 해소할 방도도 없었다.

옛말에도 홧김에 서방질한다는 말이 있다. 한숨을 내쉰 배수진은 술이라도 한 잔 하고 싶은 심정이었다. 휴대폰을 꺼내들고 생각하던 그녀는 여자를 태운 승용차의 운전석에 앉았던 오만태 부장을 떠올렸다. 피식 미소를 흘린 그녀는 오만태의 휴대폰 번호를 눌렀다. 신호음이 떨어지고 그녀는 대뜸 오만태의 이름을 불렀다.

"만태야, 어디야?"

"술 취했나. 내 이름을 막 불러."

"우리 친구 사이잖아."

"친구 만나고 집에 가는 중인데. 웬일로 전화했지?"

오만태의 웃음소리에 배수진은 지난날을 떠올렸다. 지금은 허물없는 사이지만 배수진이 연우와 깊은 관계를 맺기 전이었다. 평소에 깊은 관심을 보이던 오만태가 그녀에게 데이트를 청했었다. 그의 청을 받아들이지 않았던 기억을 떠올린 그녀가 빙긋이 미소를 띠고 말했다.

"술 한 잔 사줘."

"그거야 어렵지 않지. 지난번에 갔던 일식집으로 갈까?"

"일식집보다 나, 기분 우울하니까. 나이트 데려가 줘."

"허허, 갑자기 나이트는?"

"싫어? 싫으면 관두고. 요즘 누구하고 데이트하는지 난 알아."

"무슨, 말이야? 하여튼 블루에 가 있을게."

통화를 끝낸 배수진은 승용차의 시동을 걸면서 엷은 웃음을 흘렸다. 분명히 자신이 목격했는데 오만태가 음흉스럽게 시치미를 잡아떼기 때문이었다.

세상에는 비밀이 존재하지 않지만, 생명이 존재하는 시간 속에 새로운 비밀이 탄생한다. 특히 남녀 사이에는 원하지 않아도 순간의 감정이 비밀을 만들어낸다.

수진이 약속장소에 도착하여 나이트클럽 안으로 들어가니 오만태가 기다리고 있었다. 그들은 서슴없이 맥주잔을 주고받았다. 그리고 잡담으로 웃고 떠들며 쌓인 스트레스를 해소했다.

우울했던 배수진은 오만태가 권하는 술잔을 거부하지 않고 받아 마셨다. 거나하게 취한 그녀가 주먹으로 오만태의 등을 후려쳤다.

"야! 너, 연애중이지?"

"헐! 술 취했구먼. 내가 무슨 연애를. 수진이에게 거절당한 내가 여자가 어디 있어."

"웃기지 마! 뭐가 겁이 나서 거짓말을 하는 거야?"

"겁이 나서 연애 못하나? 그럴 만한 여자가 없지."

싱글거리는 웃음을 흘린 오만태가 실눈을 뜨고 배수진의 표정을 훔쳐보았다. 술기운이 오른 배수진의 얼굴이 붉어져 있었다. 그녀가 하얗게 눈을 흘기며 핀잔을 했다.

"미쳤구나. 네가 무슨 왕자라도 되니?"

"수진이 같은 여자가 있으면 몰라도."

"지금도 내가 그렇게 좋아?"

"왜? 대표한테 채였나? 나한테 올래?"

"까불고 있어. 우리 춤출래?"

배수진의 눈동자에 미소가 가득 피어났다. 오만태의 시선이 스테이지에서 춤을 추는 사람들을 향했다. 그리고 맥주잔을 기울이는 그녀를 빤히 쳐다봤다. 그녀를 바라보는 그의 눈빛은 평상시와 달랐다. 그는 무슨 생각을 하는지 심사숙고하는 표정을 지었다. 그리고 그녀도 모르게 회심의 미소를 지었다.

"괜찮겠어?"

"웃기지 마! 나, 술 안 취했어."

그렇게 말을 하면서 배수진은 휘청거리며 오만태가 내민 손을 잡고 일어섰다. 발라드 음악이 흐르는 스테이지에는 짝을 이룬 젊은 남녀들이 춤을 추고 있었다. 오만태는 그녀의 손을 잡고 마주서서 천천히 스텝을 밟아 나갔다.

다리에 힘이 풀린 그녀는 그의 가슴에 머리를 묻었다. 오만태는 그녀가 취하도록 술을 마시는 이유가 있는 것 같았다.

"무슨 일 있었어?"

"아니, 무슨 일은."

"아무래도 이상한데?"

"사실은, 그 계집애 때문에 기분 나빠. 그 계집애가 왜 거기 있냐고."

배수진은 오만태를 올려다보며 울컥 분통을 터트렸다. 취기로 가득한 그녀의 눈동자가 붉게 물들어 있었다. 스텝을 멈춘 그가 그녀를 빤히 내려다봤다.

"누구? 아! 조지나 말하는구나."

오만태는 마구 웃어댔다.

"웃지 마. 기분 나빠."

"대표 성격 알잖아. 사람을 인격체로 보지 않고 작품 구성요소로 보는 거."

오만태의 말은 사실이었다. 연우는 일상생활 자체를 음악과 영화의 예술적인 관념으로 바라보며 사는 남자였다. 그러나 여자의 집념은 남자의 야심과 같이 그렇게 단순한 것이 아니었다.

배수진은 대가를 바라고 그와 깊은 관계를 맺고 있는 것만은 아니었다. 단지 사랑을 받고 싶었기에 버림받은 심정이었다.

여가수의 흐느끼는 노래가 흘러나오고 짝을 이룬 남녀들이 끌어안고 춤을 추었다. 오만태의 가슴에 안긴 배수진도 리듬에 맞추어 움직였다.

그러나 연우를 떠올리는 그녀는 불끈 치솟는 분노를 가라앉힐 수가 없었다. 도저히 기분전환을 할 수 없는 그녀는 오만태에게서 벗어나며 시큰둥한 표정을 지었다.

"술이나 마시자."

"취한 거 같은데."

걱정스러워하는 오만태의 말을 무시하고 배수진은 좌석으로 돌아와 앉았다. 씁쓸한 표정으로 뒤쫓아온 그가 그녀 옆에 앉았다. 그녀는 스스로 잔에 맥주를 따라 단숨에 들이마셨다. 그리고 다시 빈 잔을 채우고 그의 잔에도 술을 따랐다.

"너도 한 잔 해. 오늘은 술 마시고 모든 걸 잊어버리고 싶어."

"지금도 취한 것 같은데."

"왜? 내가 잡아 먹을까 봐 겁나니?"

"그래, 술이나 마시자."

억지웃음을 지어보인 오만태는 잔을 들어 배수진의 잔에 부딪쳤다. 배수진은 주저하지 않고 또 한 잔을 비웠다. 그러나 오만태는 술잔을 들었다 놓기를 반복하며 그녀가 잔을 비울 때마다 술을 따라주었다.

시간이 갈수록 클럽 안의 분위기는 고조되었다. 그들은 자정이 가까울 무렵에 술좌석에서 일어났다. 배수진은 시야가 가물거려 자신의 의지보다 많이 취했다는 것을 의식했다. 오만태의 부축을 받은 그녀는 비틀거리는 걸음으로 클럽을 나왔다. 그리고 주차장으로 가던 그녀가 화단 경계석 위에 주저앉으며 그의 부축을 뿌리쳤다.

"후후! 우리 술 한 잔 더 하자."

"나는 내일 아침 회의에 참석해야 돼."

"쫌팽이!"

"나도 술 취했어. 다음에 마시자. 내가 택시 태워줄게."

오만태는 혀 꼬부라진 소리를 하는 배수진을 빤히 내려다보았다. 고개를 숙이고 있던 그녀가 그의 팔을 잡아 당겼다. 그리고 그를 옆에 주저앉혔다. 현기증을 느낀 그녀는 그의 어깨에 머리를 기대며 길게 숨을 뱉어냈다.

"나를 놔두고 혼자 가려고! 술에 취했는데 혼자 집에 가라고! 정말 매너 없네."

"그럼, 내가 집에 데려다 줄게."

"안 돼. 술 마신 거 알면 아빠한테 혼나. 술 깨고 가게 데려다 줘."

"어딜?"

"집에 가야지."

횡설수설하던 배수진이 풀썩 고개를 숙였다. 주위를 살피는 오만태의 눈빛이 갑자기 예리해졌다.

그는 사실 의도적으로 술을 조금밖에 마시지 않았다. 방송국 PD로 명성이 있던 그가 샤인의 기획부장으로 신임을 받으려 했던 것은 그만의 비밀이 있었기 때문이었다. 그는 샤인에 충성하는 것이 아니었다. 그의 궁극적인 목적은 샤인을 파멸시키는 것이었다.

연우의 비밀스러운 신상에 대하여 매스컴은 갖가지 추측 기사들을 만들어내고 있었다. 샤인의 설립비와 운영비로 차입한 그의 사채가 눈덩이처럼 불어나 있다고도 하였다. 매스컴의 영향 탓인지 샤인의 상장된 주식이 하향곡선을 긋고 있어 곧 회사가 문을 닫을 것이라는 루머도 떠돌았다. 사실 그런 루머들은 오만태가 조작해서 언론에 흘린 것이었다.

생각에 잠겼던 오만태가 고개를 푹 숙이고 있는 배수진을 노려보았다. 그는 어차피 한창 주가가 치솟는 샤인이라는 나무를 쓰러트리는 것이 목적이었다. 나무의 잔가지가 병들수록 나무 뿌리째 흔들어 뽑아낼 수가 있을 것이다. 어쩌면 그녀를 이용할 수 있는 절호의 기회였다.

굳은 표정을 지은 그가 그녀의 어깨를 붙들고 흔들었다.

"수진 씨, 안 되겠다. 데려다 줄게."

"음?"

고개를 들어 멍하니 쳐다보던 그녀는 도리어 그의 무릎에 풀썩 엎드렸다.

평상시 사무적이던 그의 표정이 굳어졌다. 주위를 살피는 그의 시선이 빌딩 사이에서 번쩍이는 호텔 간판을 향했다.

그는 그녀의 팔을 어깨에 올려 일으켜 세웠다. 그녀를 부축하며 그는 호텔로 향해 갔다. 술 취한 사람들이 지나다니는 유흥가 거리에서 누구도 그들에게 시선을 주는 사람은 없었다. 축 늘어져 걸음을 옮기던 그녀가 정신이 조금 드는지 그를 올려다보며 피식 웃었다.

"야. 나, 술 안 취했다고."

"알았어. 조금 있다가 집에 가자고."

"호호! 쫌팽이. 너, 나 좋아하지?"

"소리 지르지 마. 사람들이 배수진을 알아보면 어떡해."

"어떤 놈이. 야! 너, 나 갖고 싶니?"

그는 대답 없이 쓸쓸한 미소를 지었다. 호텔로 들어간 그는 사람들의 시선을 피해 그녀를 구석진 자리에 앉혀놓고 프런트로 가서 요금계산을 했다. 그리고 그녀를 부축해서 승강기를 이용해 올라갔다.

늦은 시간이라서 승강기를 이용하는 사람은 없었다. 객실로 들어간 그는 그녀를 침대 위에 눕혔다. 그녀는 인사불성이 되어 축 늘어져 있었다. 블라우스가 풀어져 그녀의 젖가슴이 농염하게 드러나 있었고 치켜 올라간 스커트 밑으로는 손바닥만한 보라색 팬티가 드러나 보였다.

그녀를 내려다보던 오만태는 소파에 앉아 담배를 피워 물었다. 한동안 골똘한 생각에 잠겼던 그가 일어나서 그녀가 걸친 옷을 벗겨냈다.

팬티와 브래지어만 걸친 수진의 선정적인 몸매가 드러났다. 그는 자신의 옷도 벗고 팬티 차림으로 욕실로 들어갔다.

욕조에 물을 틀어 놓고 샤워를 했다. 차분하게 샤워를 마친 그는 욕실에서 나와 그녀를 침대에서 일으켰다. 눈도 뜨지 못하는 그녀를 욕실로 데려고 들어갔다. 그리고 그녀를 욕조 안에 집어넣었다. 물을 삼킨 그녀가 숨을 멈추고 허우적거렸다.

"풋! 뭐야?"

기겁을 하는 그녀의 모습에 그가 재미있다는 표정으로 웃었다. 눈을 크게 뜬 그녀가 주위를 두리번거렸다. 팬티 차림으로 웃고 있는 그였다. 그리고 그녀는 팬티와 브래지어를 걸친 상태에서 호텔의 욕조 안에 들어가 있는 자신을 의식했다. 그녀는 울상을 하고 뇌까렸다.

"왜? 다 젖었잖아. 난 몰라. 가만 안 놔둘 거야."

그가 유쾌한 웃음을 흘리며 욕실문을 닫고 나갔다. 술에 취한 배수진은 욕조에서 나가려고 허우적거렸다. 욕실을 나온 그는 태연하게 소파에 앉아 그녀가 나오기를 기다렸다.

그녀가 어떤 반응을 보일는지 모른다. 다만 그는 그녀의 반응에 따라 대처할 계획이었다. 그녀가 샤워를 하고 정신을 차렸는지 얼마 지나지 않아 욕실에서 나왔다.

그녀는 발가벗은 몸을 가운으로 감싸고 나와서 젖은 머리를 수건으로 털어말렸다. 속옷이 물에 젖었기에 대충 짜서 걸어놓고 나온 것이다. 샤워를 했지만 머리가 뻐근하고 쓰러질 것만 같았다. 침대 위로 올라가 모포를 당겨서 덮고 누운 그녀는 소파에 앉아 잡지책을 뒤적이고 있는 그를 힐끔 쳐다봤다.

"만태 씨는 거기서 자. 나, 조금만 자고 일어날 건데, 건드리지 마."

그는 말없이 엷은 미소를 흘렸다. 그녀에게 무슨 말을 한다는 것이 오히려 이상했다. 눈을 감은 그녀는 자꾸만 그가 거슬리고 신경이 쓰였다. 어쩌면 연우의 품에 안겨 있을 상황을 생각하니 외롭다는 생각도 들었다. 잠시 침묵이 흐르고 그녀는 공연히 다시 강조해서 말했다.

"나, 건드리면 안 돼. 엉뚱한 생각 안 할 거지?"

"글쎄?"

그는 여전히 잡지책을 뒤적이며 혼잣말처럼 대답했다. 그리고 천천히 소파에서 일어났다. 그녀를 바라보는 그의 입가에 빙긋이 미소가 흘렀다. 그녀는 그가 침대로 다가오는 모습을 보고 모포를 가슴에 끌어당겨 움켜쥐었다.

"왜 이래? 오지 말라니까."

"내가 뭘 어쨌다고. 친구가 혼자 자게 놔두면 매너가 아니지. 소파에서 자기도 힘들고."

"혹시 딴 생각하는 거 아니지?"

"글쎄라고 했잖아. 수진이를 안고 싶었지만."

"무슨 말이야. 내가 누구 여자인지 알잖아."

"수진이가 누구의 소유물이 아니잖아. 감정을 가진 인격체잖아."

"이러지 마."

모포를 끌어안은 그녀가 몸을 웅크렸다. 침대 위로 올라간 그가 그녀의 몸 위에 체중을 실은 것이다. 그를 밀쳐내려고 할수록 그녀가 덮고 있던 모포가 벗겨졌다. 밀려 내려간 모포가 침대 밑으로 떨어지고 그녀가 걸쳤던 가운이 벌어졌다. 그는 어느새 팬티마저 벗은 알몸이었다.

"우리가 한두 살도 아니고, 하루저녁 같이 잔다고 세상이 변할 건 없잖아."

"싫어."

가운이 풀어 헤쳐진 그녀는 발가벗겨진 상태나 마찬가지였다. 이미 그의 가슴 아래 깔려 있었다. 그리고 젖가슴이 그의 손아귀에 들어가 있었다. 그녀는 문득 연우에게 버림을 당했을지도 모른다는 생각에서 도피하고 싶었다. 현실에서 일탈하고 싶은 욕구에 휘말리고 있는지도 모른다.

"만태 씨, 정말, 나 갖고 싶어?"

"수진 씨는 소유물이 아니라니까, 자신의 감정에 충실할 권리가 있어."

"……"

"오늘은 멈추어진 시간이고 내일이면 잊어버릴 시간일 뿐이야."

그녀는 그의 말이 자신의 마음을 대변하는 것 같았다.

젖가슴을 보듬던 그의 손바닥에 젖꼭지가 휘말렸다. 그녀는 숙취 때문에 저항할 기운도 없었고 묘한 충동의 물결에 휘말렸다.

그의 입술이 그녀의 눈앞에 다가오고 있었다. 왠지 낯설게 느껴진 그녀는 머리를 좌우로 젖히며 그의 입술에서 벗어나려고 했다.

"안 돼."

고개를 흔들던 그녀는 들이마신 숨을 멈추었다. 그가 그녀의 목에 팔을 두르고 당기면서 입술을 포갰다. 낯선 감촉은 오히려 그녀를 야릇한 흥분으로 이끌었다. 저항할 기운도 없는 그녀의 몸은 축 늘어져 있었다. 강렬한 남자의 체취에 휘말리게 하는 키스는 그녀의 거부할 의지도 잃게 했다. 그의 입속으로 혀가 빨려 들어가고 그녀는 옅은 신음을 흘렸다.

그는 입속으로 빨아 당긴 혀를 애무하며 배수진의 표정을 살폈다. 그녀가 옅은 신음을 흘렸다. 그녀는 취중이어서인지 모든 감각기관들이 전율하는 짜릿함을 느낀 것이다. 거부할 의사가 없는 그녀의 표정이다. 그녀를 빤히 내려다보는 그의 눈빛이 예리해졌다. 눈을 지그시 감고 있는 그녀의 입술을 벌리고 혀를 밀어 넣었다. 동시에 어깨를 파르르 떨던 그녀가 그의 입술을 빨아 당겼다. 혀와 혀가 엉키고 늘어져 있던 그녀의 손이 그의 어깨를 껴안았다.

서로의 타액을 들이마시는 그들은 육체적인 욕구에 휘말린 남녀일 뿐이다. 그러나 그는 계획에 없던 의외의 결과에 쾌재를 불렀다.

그가 목표로 하는 과정을 순조롭게 만들 수 있는 요인이기 때문이었다. 그의 머릿속에는 미끼도 없는 낚시에 걸린 그녀를 놓치지 않고 철저히 이용할 방법을 떠올렸다.

농도 깊은 키스를 하던 그는 그녀의 젖가슴에 머리를 묻었다. 읍하며 그녀가 입술을 벌리고 숨을 들이마셨다. 그가 그녀의 젖가슴을 움켜쥐고 젖꼭지를 입속으로 빨아 당긴 것이다. 눈을 번쩍 치켜뜬 그녀는 젖가슴을 파고드는 그의 머리를 보듬어 안았다. 그리고 허리를 들썩거렸다. 단단하게 발기한 남성이 자신의 허벅지 사이를 쿡쿡 찌르는 것을 의식했기 때문이었다.

그는 젖꼭지를 농락하는 동시에 팔을 밑으로 뻗었다. 그의 손이 그녀의 허벅지 사이를 더듬었다. 그러자 허리를 들어 올린 그녀의 허벅지가 점점 벌어졌다. 그는 그녀의 몸속으로 미끄러지듯 남성이 빨려 들어가는 감각에 들이마신 숨을 멈추었다. 잠시 경직이 지나가고 그녀는 다리를 들어 올려 그의 허벅지를 감았다. 호텔 객실 안은 거친 숨소리와 습한 열기가 흘렀다. 그들은 쾌락의 들판을 달리는 야수처럼 헐떡거렸다.

얼마의 시간이 흘렀을까, 상체를 들어 올린 그녀는 그의 등을 움켜쥐고 숨을 멈추었다가 축 늘어졌다. 그녀는 숙취로 인한 두통과 함께 격렬한 정사에 기진맥진하였다. 그들의 가슴과 허벅지가 잇닿은 곳에는 땀으로 흥건하였다. 의도적으로 그녀의 성감을 끌어 올리던 그도 참을 수 없는 오르가슴에 경직되었다. 그는 그녀의 허리를 들어 올리며 뜨거운 용액을 여성 속에 쏟아 넣었다. 그녀는 또 다른 쾌감에 고개를 치켜들고 입술을 질근 깨물었다. 거친 숨을 흘리던 그의 입가에 희소가 번졌다.

육체적인 희열에서가 아니라, 무엇보다도 그녀를 정복했다는 만족감에서였다. 그것은 연우의 여자였던 그녀의 몸속에 자신의 배설물을 쏟아 넣었다는 통쾌함이었다. 아울러 샤인에 대한 그의 증오심이 더욱 끓어올랐다.

열셋

그 랜드호텔은 외국 바이어들이 주로 이용하는 특급호텔이었다. 이른
아침부터 사람들이 호텔 입구로 드나들고 있었다.

영화 촬영 장비를 나르는 사람들과 스텝진들이 분주하게 움직이고 도로를
정리하는 교통경찰의 모습이 보였다. 샤인의 첫 영화작품인 '하얀 늪'의 리
허설 현장이었다.

언론에서는 대단한 시놉시스라며 큰 관심을 갖고 있어 카메라를 든 기자들
도 모여 있었다. 하지만 '샤인'에서 촬영장면이 매스컴에 노출되는 것을 차
단하고 있어서 기자들은 입구에서 서성거렸다.

검은색 승합차와 흰색 승용차가 호텔 앞에 멈추자 카메라 기자들이 우르르
몰려갔다. 기자들의 스포트라이트를 받으며 승합차에서는 연우가 승용차에
서는 배수진이 각기 내렸다. 그들은 카메라 셔터를 누르는 기자들 사이를 지
나 호텔 입구를 향해 빠른 걸음을 옮겼다. 마이크를 든 기자들 몇 명이 검은
선글라스를 쓰고 걸음을 옮기는 연우의 앞을 막아섰다.

"제작비가 100억원이 넘는다는 말이 사실입니까?"

"제작비 조달은 어떻게 합니까?"

"동원될 인원이 몇 명입니까?"

"신인 여배우를 캐스팅했다는데, 정말입니까?"

"어느 정도 흥행을 예상합니까?"

빗발치는 기자들의 질문에 연우는 침묵으로 호텔 안으로 들어갔다. 무표정하게 호텔 안으로 사라지는 그의 뒷모습은 신비스럽기까지 하였다. 멀거니 바라본 기자들이 투덜대기 시작했다.

"유명세를 하네. 너무 도도한 거 아냐."

"언론을 무시하면 별로 안 좋을 텐데."

"도대체 그렇게 많은 제작비를 어떻게 조달하지?"

"G(권한)그룹 회장 아들이란 말도 있던데."

언론 기자들도 연우에 대해서 자세히 알고 있는 사람은 없었고 루머만 흘릴 뿐이었다. 그만큼 그의 신상정보와 사생활은 베일에 싸여 있었다.

기자들을 뒤로하고 그가 승강기를 타고 올라간 곳은 영화의 첫 컷을 촬영할 7층이었다. 복도와 룸에는 촬영준비를 마친 장비와 스탭진들이 기다리고 있었다. 연우와 배수진이 각기 가운을 걸치고 카메라 앞에 섰다. 연우가 남자 주인공, 배수진은 애인으로 첫 정사장면을 회상하는 장면이었다.

한참을 촬영하고 있는데 어린아이가 뛰어들었다. 동시에 라 감독이 손을 들어 촬영을 중단시켰다. 그리고 다시 촬영을 시도했다. 그런데 다시 촬영에 들어갔던 연우가 미간을 찌푸리며 촬영을 중단시켰다.

"오늘은 아무래도 안 되겠어."

모든 스탭들의 의아스러운 눈빛이 연우를 향했다. 라 감독이 그에게 다가섰다. 라 감독도 그렇지만 지나의 연기가 아무래도 어색해 보였기 때문이었다. 라 감독은 일정대로 촬영을 한다는 것이 쉽지 않을 것 같아서 한숨을 내쉬었다.

"계획대로 촬영이 쉽지 않을 것 같은데."

"조금 차질이 있겠지만, 비주얼은 시나리오와 완벽해요."

라 감독은 연우의 평가를 존중하지만 아무래도 연기가 서툰 지나가 썩 마음에 내키지는 않았다. 물론 그도 그녀를 지도했기에 그녀의 이미지와 재능을 인정했다. 하지만 그녀의 연기를 끌어올리는 고된 작업이 필요하기 때문이었다. 그렇다고 처음부터 여주인공을 다시 캐스팅하자고 할 수는 없었다.

연우가 잠시 생각에 잠겨 있더니 카메라를 피해 자리를 옮겼다. 그리고 지나를 손짓해서 불렀다. 그녀는 촬영을 중단한 이유가 자신의 연기 부족 탓이라고 생각하고 엉거주춤한 자세로 그에게 다가섰다. 그의 시선이 그녀의 아래 위를 오르내렸다.

"의상이 그것 밖에 없어? 문화 홍보가 아니잖아."

대답 없이 시선을 떨어트린 지나는 연우의 따가운 눈빛을 의식했다. 의상이 별로 없는 그녀로서는 나름대로 최선을 다한 것이었다. 그가 천천히 고개를 저었다.

"내일 다시 촬영하고, 나하고 같이 갈 준비해."

"어디를?"

지나가 물어 보기도 전에 연우가 걸어나갔다. 스탭들과 조연 배우, 그리고 엑스트라 배역들이 촬영이 중단된 이유도 모르는 채 돌아갈 준비를 하고 있었다. 멀리서 바라보고 있던 배수진은 지나 때문이라고 생각하며 짜증스러운 표정을 짓고 있었다. 그리고 오만태가 방관하는 태도로 바라보고 있었다.

오만태로서는 촬영이 계획대로 되지 않기를 바라는 마음이었다. 호텔 입구를 향하던 연우가 돌아서서 오만태를 손짓해서 불렀다. 오만태는 속내와 다른 표정을 하고 부리나케 연우를 향해 갔다.

"네, 대표님."

"호텔에 연락하고 내일 일정을 다시 세워. 내일 오전에 호텔 촬영하고 광화문으로 옮길 테니."

"알겠습니다."

대답을 하는 오만태는 오직 샤인의 발전을 위해 헌신하는 간부 직원의 태도로 보였다. 오만태의 뒤에 서 있는 배수진은 대합실을 나가는 연우와 지나를 날카롭게 쳐다보고 있었다.

호텔 주차장에서 연우는 지나를 자신의 승용차에 태웠다. 영문을 모르는 지나는 온 신경을 곤두세웠다. 호텔을 벗어난 승용차는 도심지로 들어가 백화점 주차장으로 들어갔다. 침묵과 무표정으로 백화점 안으로 걸어 들어가는 연우였다. 지나는 지남철에 이끌리듯이 그를 따라갈 뿐이었다.

그가 발걸음을 멈춘 곳은 유명메이커의 여성의상 전문점이었다. 전시품들을 살펴본 그는 대뜸 의상을 집어 들고 지나에게 입어 보라고 했다. 그녀로서는 상상도 못할 고가의 메이커 의상이기에 주춤거렸다.

"저는?"

"지나를 위해서가 아냐, 작품에 필요해."

쑥스러운 표정을 짓던 지나가 의상을 들고 탈의실로 들어갔다. 스포티한 의상으로 갈아입고 나온 그녀의 자태는 날씬하면서도 역동적이어서 역시 달랐다.

눈빛을 반짝이던 연우는 또 다른 의상을 준비하고 있었다. 화려하고 심플한 디자인이었다. 그렇게 그녀가 의상을 갈아입기를 일곱 번이나 하였다. 그리고 그가 지갑을 꺼내들면서 종업원에게 말했다.

"모두 포장해 줘요."

"네? 네."

눈을 크게 뜨고 바라보던 종업원이 연우가 내민 현금카드를 받아 결제를 했다. 그뿐만이 아니라 그는 지나를 데리고 다니면서 구두와 운동화, 그리고 가방 등 여성용품을 구입하였다.

그가 마지막으로 간 곳은 액세서리를 파는 곳이었다. 그는 목걸이를 직접 그녀의 목에 걸어주며 마네킹을 살피듯 살폈다.

그녀는 눈앞에 다가온 그의 입술을 느끼며 깊이 숨을 들이마셨다. 그의 입술이 포개지던 순간을 떠올린 것이다. 그러나 그는 여전히 표정 변화 없이 여성들이 소유하고 싶어하는 액세서리와 소품들을 구입하였다.

백화점에 배달을 주문하고 그는 그녀를 태우고 샤인으로 갔다. 그리고 문화부에 다녀온다면서 그녀를 내려 주었다.

숙소로 들어간 지나는 기진맥진하여 소파에 주저앉았다. 지금까지 살아오면서 오늘처럼 그녀가 신경을 집중했던 날은 없었다.

잠시 한숨을 돌린 그녀는 점심식사도 하지 못했기에 허기를 느꼈다. 시계의 시침이 오후 다섯 시를 넘어가고 있었다. 그의 숙소로 들어간 그녀는 급한 대로 라면을 끓여 먹으면서 저녁식사 준비를 했다.

현관의 벨소리를 듣고 액정화면을 보니 백화점 배달원이었다. 거실 소파 위에는 배달된 크고 작은 쇼핑백이 수북하게 쌓였다. 해가 저물고 연우가 숙소로 돌아왔다. 그도 식사를 하지 못했는지 그녀가 차려주는 식사를 남김없이 먹어 치웠다. 식사를 마친 그가 거실로 가더니 쌓여있는 쇼핑백들을 보고 그녀를 불렀다.

"이걸, 여기 두면 어떡하지?"

"네?"

"이건, 지나 소품이니 가져가."

"……."

"그리고, 내일부터 도우미가 올 테니 주방은 신경 쓰지 말고 연기에 전념해."

'네' 하고 대답하는 지나는 기쁜 마음에 자신도 모르게 배시시 웃으려다가 아랫입술을 물었다.

그녀는 백화점에서 그가 정말 소품으로 구입한 줄만 알았었다. 그녀로서는 감히 엄두도 못 낼 물건들이었다. 그리고 주방 일에 신경 쓰지 않아도 된다는 말이 고마웠다. 한편으로는 그녀는 자신이 해야 할 일을 빼앗긴 것만 같았다. 얼마 되지 않는 기간이지만 그녀가 만든 음식을 먹는 그의 모습을 보고 흐뭇했기 때문이었다.

그녀는 머뭇거리다가 쇼핑백을 챙겨 들었다. 부피도 크고 많은 쇼핑백을 챙겨들기는 쉽지 않았다. 자신의 숙소로 돌아온 그녀는 쇼핑백들을 살펴보면서 환한 미소를 지었다. 어깨가 드러나는 블라우스로 갈아입고 거울 앞에 섰다. 앞가슴이 드러나 보일 듯하여 선정적이지만 그녀는 흡족한 미소를 흘렸다.

눈꽃처럼 하얀 레이스가 달린 원피스가 시선을 끌었다. 원피스를 다시 입어보려고 갈아입었던 블라우스와 스커트를 벗었다. 팬티와 브래지어만 걸친 그녀는 원피스를 들고 거울 앞에 섰다. 원피스의 특이한 디자인이 마음에 들기에 살펴보던 그녀는 인기척을 듣고 고개를 돌렸다. 그리고 당황한 그녀는 들고 있던 원피스로 황급히 앞가슴을 가렸다.

"어 맛! 대표님."

갑자기 현관문을 열고 그가 들이닥친 것이었다. 그의 손에는 그녀가 미처 챙기지 못한 쇼핑백 하나가 들려져 있었다.

빤히 쳐다보는 그의 눈빛은 전혀 흔들림이 없었다. 얼굴을 붉힌 그녀가 돌아서서 원피스를 걸쳤다. 그는 태연하게 소파 주위를 돌아 그녀의 등 뒤로 다가섰다. 그리고 그녀가 걸친 원피스 지퍼를 올려주었다.

"마음에 들어?"

"네."

"다행이군."

그녀의 등 뒤에서 거울을 바라보던 그의 눈빛이 반짝였다. 거울 속에 원피스를 걸친 그녀의 모습은 인형처럼 앙증맞으면서도 여성의 매력이 돋보였다.

그녀의 앞모습을 직접 확인하려는 듯이 그가 그녀의 어깨를 붙들고 돌려세웠다. 가슴 속까지 꿰뚫어 보일 것 같은 그의 눈빛에 그녀는 꼼짝할 수 없었다.

그가 그녀의 손을 잡고 천천히 당겼다. 시간이 멈춘 것처럼 그들의 시선이 마주쳐 있었다. 그는 부드럽게 그녀를 가슴 속으로 끌어안았다. 너무나 자연스러운 그의 행동에 그녀는 두려움조차 느낄 틈이 없었다. 영화의 한 장면처럼 그가 그녀의 입술에 입술을 포갰다. 심장이 팔딱거리는 지나는 그의 뜨거운 눈빛을 감당할 수 없어 눈을 감았다.

입술과 입술이 마주하고 지나는 현기증과 동시에 묘한 짜릿함에 젖었다. 그녀로서는 처음으로 야릇한 감정을 느끼는 키스였다. 그는 그녀가 처음으로 키스를 경험하게 하는 남자였다. 그의 입술이 두 번째던가. 그러나 그녀는 어찌할 바를 모르고 그의 가슴에 갇혀 있을 뿐이었다.

숨을 멈추고 있던 그녀는 흠칫하였다. 그녀의 입술을 벌리고 그의 혀가 치밀고 들어온 것이다. 잠시 이질감에 눈동자를 크게 떴던 그녀는 파르르 떨었다. 입속으로 들어온 그의 혀가 이끌어내는 자극이 그녀의 모든 신경을 건드리는 것만 같았다. 그리고 그가 그녀의 혀를 자신의 입속으로 부드럽게 빨아당겼다.

다리에 힘이 풀린 그녀는 주저앉을 것만 같았다. 그녀 자신의 몸을 지탱하기도 힘들었다. 꼿꼿하게 서 있으려 하지만 몸은 점점 그의 가슴에 묻혀 의지했다. 혀가 그의 입속에서 애무를 당할수록 그녀는 맥박이 요동치고 온몸이 나른해졌다. 진한 키스를 시도하던 그가 그녀의 턱을 붙잡고 내려다봤다.

"예쁜데."

연우의 깊숙한 눈동자 속에 그녀의 모습이 드러났다. 그녀는 그때서야 수줍어하며 안절부절했다.

그가 손가락으로 그녀의 입술을 유리알을 다루듯이 문질렀다. 그의 입가에는 마치 장난꾸러기 소년처럼 희미한 미소가 떠올랐다. 슬며시 그녀를 풀어준 그는 정색을 하였다.

"일찍 자도록 하지, 내일은 힘들 테니."

슬며시 돌아선 그가 현관문을 열고 나갔다. 그녀는 전기에 감전된 사람처럼 현관문을 바라보고 있을 뿐이었다.

젊은이들의 우상인 그가 그녀를 특별하게 생각한다는 것은 연기자가 되는 것과 다른 또 하나의 행운이었다. 그는 그녀에게 샤인의 대표 이상으로 존경하는 로망의 남자였다.

남자를 존경하는 여자의 감정은 이성에 대한 사랑 이상의 본능적 파급을 일으킨다고 한다. 그녀는 촬영에 대한 압박감으로 일찍 침대에 누웠으나 잠이 오지 않았다. 공연히 그의 숙소를 향해 귀를 기울이기도 하고 살며시 현관문으로 다가가기도 했다.

뒤척이다가 잠이 든 그녀는 휴대폰의 알람소리를 듣고 간신히 눈을 떴다. 부리나케 일어난 그녀는 세면장과 방을 드나들면서 분주하게 움직였다. 준비를 마친 그녀는 그의 식사가 걱정되었다. 다른 날 같으면 그녀가 식사준비를 했지만 도우미가 오고부터 그는 아침식사를 외식하는 날이 많았다.

그의 숙소로 가서 살며시 문을 열고 들어갔다. 주방 식탁 앞에 앉아있던 그가 그녀를 발견하고 손짓을 했다. 그는 빵과 우유를 먹고 있던 중이었다.

"괜찮으면 같이 먹어. 바쁠 때는 격식 차릴 수도 없어."

그를 대하는 그녀의 마음은 예전 같지 않았다. 다가설 수 없는 위압감과 두려움에 경직되었지만 그의 스킨십으로 그녀는 여자라는 자부심을 느낄 수 있었다. 하지만 그에 대한 존경심만은 변함이 없는 그녀는 왠지 쑥스럽기도 했다. 간단하게 빵과 우유로 아침식사를 대신한 그가 그녀를 미용실까지 태워다 주었다.

호텔에는 라 감독과 스탭들, 조연 배우, 그리고 엑스트라, 연출자들이 일찍부터 준비하고 있었다. 어제 소화해내지 못한 일정을 서둘러 마치기 위해서였다. 연우의 배려 덕분에 스포티한 의상을 차려입고 나온 지나는 사람들의 시선을 끌었다. 지나보다 조금 늦게 도착한 배수진은 현장에서 서둘러 분장을 했다.

리허설로 자신감을 얻은 지나는 몇 번의 시도 끝에 공항에서의 첫 촬영을 끝냈다.

'하얀 늪' 의 촬영팀과 연기자들이 광화문으로 이동을 했다. 출근시간이 지낮기에 도로는 혼잡하지 않았다. 그리고 이미 연락을 받은 경찰들이 촬영현장 주변의 교통정리를 하고 있었다.

액션 연기를 앞두고 두려운 지나는 계단 구석에 쭈그리고 앉았다. 겁도 나고 긴장으로 인한 심한 압박감 때문이었다. 스토리 보드를 살피면서 연우와 대화를 하던 라 감독이 지나를 힐끔 바라봤다. 아무래도 첫 액션 연기를 하는 지나가 불안해 보였기 때문이었다.

라 감독을 따라 연우의 시선이 지나를 향했다. 근심스러운 라 감독의 눈빛을 의식한 연우가 지나에게 다가갔다. 동그란 눈동자로 올려다보는 지나와 내려다보는 그의 시선이 마주쳤다. 그가 그녀의 팔을 붙잡아 일으켰다. 그리고 옥상으로 그녀를 데리고 올라갔다.

"괜찮아. 나를 믿고 용기를 가져. 잘 해낼 수 있어."

"그렇지만."

"난, 지나를 믿어. 이제 시작일 뿐인데."

지나는 대답 없이 고개를 끄덕였다. 그녀의 눈동자에 이슬 같은 눈물방울이 맺혔다. 그녀는 겁도 났지만 자신을 믿으려는 연우가 핀잔을 받을 것이 두려웠다. 또한 그녀로 인해 영화 제작이 계획대로 되지 않으면 그는 엄청난 금전적인 타격을 받을 것이 두려웠다. 신중하게 바라보던 그가 그녀의 눈가에 맺힌 눈물방울을 손가락으로 닦아 주었다. 그리고 그녀의 등을 토닥여 용기를 북돋아 주었다.

"자, 애들처럼 보이지 말고 준비해."

지나는 무엇보다도 연우의 격려가 큰 힘이 되었다. 준비가 끝난 스탭들이 라 감독의 사인만 기다리고 있었다. 아래층 계단으로 내려간 연우와 지나, 그리고 조연 배우들도 마찬가지였다. 손을 들었다가 내리는 '레디액션!' 이라는 라 감독의 목소리가 비상구 계단에 메아리쳤다.

얼마 후 '컷!' 하는 메가폰을 통해 들리는 라 감독의 목소리에 모든 스탭들과 출연자들이 긴장을 풀고 잠시 숨을 돌렸다. 얼굴이 하얗게 질린 지나는 난간 밑에 주저앉았다. 연우와 라 감독, 그리고 스탭들이 카메라를 들여다보며 모니터를 했다. 라 감독은 의도했던 것보다 의외로 성공적이어서 고개를 끄덕였다. 연우의 시선이 지나를 향했다.

스탭들이 옥상과 건너편 창문, 그리고 지나의 몸에 와이어를 설치해 주고 있었다. 연우는 그녀가 잘 해낼지 근심스러웠다. 그는 라 감독을 쳐다보며 혼잣말처럼 말했다.

"해낼 수 있을까? 아니면……."

"직접 해내야지, 현장감이 필요해."

라 감독이 굳은 표정으로 말했다. 연우가 음료수 캔을 들고 지나에게 다가갔다. 와이어 장착을 마친 그녀는 그에게 믿음을 주려고 미소를 지어 보였다. 그가 그녀의 와이어 고정 핀과 매듭 고리를 잡아당겨 안전점검을 확인했다. 그리고 그녀에게 음료수 캔을 건네주었다.

"할 수 있겠어? 아니면 대역을 쓰고."

"아뇨. 내가 할 거예요."

지나는 자신이 맡은 역을 소화하겠다는 의지였지만, 연우는 그녀가 사고라도 당하면 촬영에 지장 있을 것이 걱정되었다.

처음으로 액션 연기에 도전하면서도 두려워하지 않는 그녀의 보조개를 드리운 미소. 몸에 착 달라붙는 검은 전투복을 걸친 그녀의 몸매가 더욱 매력적으로 드러나 보였다. 다시 촬영 시작을 알리는 라 감독의 박수소리가 들렸다.

"자, 자, 모든 준비하고. 위험하니 한 번에 끝내자고."

휴식을 취하던 스탭과 연기자들이 제자리로 돌아갔다. 지나는 다시 도움닫기를 준비하고 특수기동대로 분장한 조연들이 서둘러 움직였다.

촬영이 끝나고 식사시간이었다. 배시시 미소를 지으며 지나가 연우의 손을 잡고 일어섰다. 그들은 식당차에 줄지어 서 있는 연기자들 뒤에 가서 섰다. 그녀가 뒤에 다가서는 그를 힐끔 돌아봤다. 그녀를 향해 있는 그의 그윽한 눈빛, 그녀는 공연히 주위의 눈치를 살피며 얼굴을 붉혔다.

식사 배급을 받은 그들은 식판을 들고 다시 모닥불 가로 가서 앉았다. 식사를 하던 그녀가 훈제연어 토막을 집어 들었다. 그리고 말없이 그의 식판에 올려놓았다. 시선을 마주친 그들은 미소를 흘렸다. 식사를 마치고 모두들 자유로운 시간을 가졌다.

연우와 라 감독을 비롯한 촬영진들은 촬영된 장면들을 모니터하며 논의하고 있었다. 일찌감치 잠을 청하려고 텐트나 차량에 들어가 있는 사람도 있었다. 지나는 모포로 몸을 감싸고 모닥불가에 앉아 있었다.

"와아! 오로라다!"

누군가의 외침에 지나의 시선이 하늘로 향했다. 모든 사람들의 시선이 한군데로 몰렸다. 북쪽 하늘 위로 초록색 포물선이 길게 드리워져 있었다. 은하수 같은 물결을 이루고 있는 광경은 신비스러웠다. 점점 짙어가는 환상적인 광경에 그녀는 감탄하지 않을 수 없었다. 벌린 입술을 다물지도 못하는 그녀 옆으로 연우가 다가왔다. 그리고 불쑥 그녀에게 물었다.

"오로라가 무슨 뜻인지 알아?"

"모르는데요."

"오로라의 유래는 '아우로라' 라는 로마신화에 나오는 여신의 이름이지. 에오스 여신이라고도 하는데 티탄의 신족인 히페리온과 테이아의 사이에서 탄생한 딸이라고 전해지지."

"아."

"태양신 아폴로와는 오누이고 달의 여신 셀레네와는 자매간이라는군. 아스트라이오스의 아내가 되어 바람과 별의 어머니가 되는데, 매일 아침 태양이 떠오르면 장밋빛 손가락으로 밤의 장막을 거두는 여신이라네."

연우의 설명을 듣는 지나는 넋을 놓고 오로라를 바라보았다. 시간이 지날수록 불가에 있던 사람들이 하나둘씩 잠자리를 찾아 떠나고 적막이 깃들었다. 연우가 나뭇가지를 들고 모닥불을 헤집었다. 불티가 폭죽처럼 퍼지며 튀었다. 깜짝 놀라는 지나를 보고 연우는 개구쟁이 소년처럼 재미있다는 표정을 지었다. 그리고 또 모닥불을 나뭇가지로 헤집었다. 더 많은 불티가 사방으로 번졌다.

"아잉! 하지 마세요."

기겁을 하며 뒤로 물러앉는 지나의 표정을 보고 연우가 웃음을 터트렸다. 그를 흘겨 본 그녀는 뒤늦게 그가 의도적으로 짓궂게 한다는 것을 알았다.

몸에 튀어 오른 불티를 털어낸 그녀가 새침한 표정으로 종알거렸다.

"못 됐어요. 꼭 애들 같아요."

"지나가 귀여워서 그래."

"피잇! 내가 뭐 어린앤가요."

연우는 지나의 놀라던 모습을 반복해서 생각하며 미소를 흘렸다.

그녀의 숙소는 여자 스탭들과 같이 사용하는 퓨전버스였다. 모두들 숙소를 찾아가지만 그녀는 잠이 올 것 같지 않았다. 하지만 피곤한 탓에 저절로 나오는 하품으로 그녀는 얼른 손으로 입을 가렸다. 엷은 미소를 지은 그가 그녀에게 물었다.

"어린 시절을 어떻게 보냈지?"

"글쎄요. 그냥, 엄마 말에 따르는 평범한 딸이었지요."

"어린 시절부터 연기자가 되고 싶었던 건가?"

"아니요. 리듬체조를 했었는데, 졸업반이 되면서 연기자가 되고 싶었어요. 물론 친구 때문에 그랬지만. 내가 할 수 있는 게 별로 없었고요. 대표님은 학창시절에도 인기가 많았겠어요."

"난, 별로. 그런 걸 모르고 자랐지."

지나는 여자들에게 인기가 많은 연우에 대한 관심이 깊었기에 빤히 쳐다봤다. 무슨 말을 하려는지 골똘히 생각하는 그의 표정에 그녀는 더욱 궁금했다. 모닥불을 응시하는 그가 천천히 입을 열었다.

"난, 부유한 가정에서 태어났지만 항상 외로웠지. 가정이 아니라 사육당하고 있다는 감정이었으니까. 아마 나를 낳아준 어머니를 그리워했는지도 몰

라. 생모의 얼굴도 모르고 자랐으니까. 그래서인지 길러준 어머니를 싫어했어. 여자를 믿지 못했지."

"그래도 연애했던 여자는 많았을 것 같은데요?"

"연애와 사랑은 달라. 같이 웃고 싶은 사람과 평생 같이 있고 싶은 사람이 다르고."

"어떤 여자와 평생 같이 있고 싶은 거예요?"

"이거 취조당하는 기분인데."

"죄송해요. 그런 뜻이 아니었는데."

코웃음을 치는 연우의 예리한 시선에 지나는 겸연쩍은 미소를 흘렸다.

그녀는 공연한 질문을 했다고 생각하면서도 그에 대한 궁금한 점이 많았다. 뒤늦게 그가 빙긋이 웃으며 대답했다.

"괜찮아. 지금 같이 있고 싶은 여자와 있으니까."

"누구?"

"지나와 있잖아."

"네? 에이, 놀리지 마요."

지나는 연우가 좋아하는 여자가 있다는 말로 알아들었기에 상대가 누구인지 궁금했던 것이었다. 그런데 농담으로 넘기는 그의 말에 그녀는 실망스러웠다. 실망 속에서도 그녀는 공연히 얼굴을 붉혔다. 그리고 그의 스킨십을 떠올리며 어쩌면 그가 자신을 좋아하는지도 모른다고 생각했다.

지나가 연우를 은연중에 흠모하고 있는 것은 사실이었다. 그것은 단지 젊은이들의 우상으로서가 아니고 남자로 느끼는 감정이었다. 그녀는 나뭇가지를 잡고 땅바닥에 촬영하고 있는 영화 제목 '하얀 늪'을 썼다가 지우기를 반복했다.

그녀는 바닥에 써놓은 글씨를 물끄러미 바라보는 그를 힐끔 쳐다봤다.

"하얀 늪."

땅바닥의 글씨를 바라보는 연우는 자신이 맡은 배역을 상기한다. 도경을 사랑하던 준호의 가슴에는 새로운 애정이 움트고 있었다. 연우는 실제 준호의 입장이라면 처제가 될 도연을 사랑할지 모른다고 생각했다. 그것은 어쩌면 지나가 도연이라는 캐릭터를 연기하고 있기 때문인지도 모른다. 그가 불쑥 그녀에게 물었다.

"내가 지나를 놀린다고 생각해?"

"자꾸, 짓궂게 하지 마요."

"왜? 그럼, 이 시간까지 내가 여기 왜 있다고 생각해?"

"몰라요. 저 그만 가서 잘래요."

지나는 연우의 물음을 무시하고 일어섰다. 그의 말을 어떻게 받아들여야 할지 혼란스럽기 때문이었다. 그의 말이 놀림으로 하는 말 같지는 않았다. 그러나 잘못 대답을 했다가는 더 놀림을 당할 것만 같아서였다.

여자들의 숙소로 걸어가다가 뒤를 돌아본 그녀는 그의 뒷모습이 왠지 쓸쓸해 보였다. 어디선가 늑대의 울음소리가 들려왔다.

국내 주식시장은 불안정한 국제경제로 주가가 폭락하고 있었다. 그런 와중에도 주가가 상승곡선을 긋고 있는 기업들이 있었다. 주가상승 기업 중에 하나인 샤인의 주가는 매일같이 선두를 달리고 있었다. '하얀 늪' 제작 과정의 완성도에 관한 정보들이 조금씩 매스컴에 유출되면서 매입자가 증가하기 때문이었다. 더욱이나 엔터테인먼트 사업이기에 의외로 사람들의 관심을 불러일으켰다.

오만태는 신문들을 뒤적이며 경제란을 살피고 있었다. 날마다 치솟고 있는 샤인의 주가를 반가워해야 할 그의 표정은 굳어졌다. 그가 목적하는 바와 다른 방향으로 흘러가고 있기 때문이었다. 그동안 그가 샤인과 연우에 대한 악성 루머를 언론에 흘린 보람도 없었다. 그는 샤인에 남아있기보다는 차라리 정면으로 도전하지 않으면 목적을 달성할 수 없을지도 모른다는 불안감이 들었다.

한파가 몰아치는 도심 거리에 사람들은 빙판길을 종종걸음치고 있었다. 연말을 앞두고 있었지만 사무실 안에 있는 직원들은 분주하게 움직이고 있었다. 그만큼 샤인의 업무량이 늘어났기 때문이었다.

잠시 일손을 놓고 창밖을 바라보던 오만태의 시선이 복도 유리창을 향했다. 두꺼운 코트 깃을 올린 배수진의 모습이 보였다. 눈빛을 반짝인 오만태가 자리에서 일어났다. 그리고 빠른 걸음으로 사무실을 나가 두리번거렸다.

복도를 돌아가는 배수진의 뒷모습이 보였다. 쫓아간 배수진은 승강기 앞에 서 있었다. 승강기가 멈추어 서는 벨소리와 함께 문이 열렸다. 부리나케 다가간 그가 승강기에 오르려는 그녀의 팔을 붙잡았다.

"수진 씨, 잠깐만."

"왜?"

배수진의 달갑지 않은 표정에 오만태가 희죽 웃었다. 그는 무조건 그녀를 비상계단으로 향하는 복도 끝으로 잡아끌었다.

"잠깐만."

"왜 이래?"

주위의 시선을 의식하는 배수진은 마지못해 오만태에 의해 끌려갔다. 비상계단으로 나간 그녀는 미간을 찡그리며 그의 손을 뿌리쳤다.

"뭐하는 짓이야?"

"왜, 이리 쌀쌀맞을까. 하루저녁이면 만리장성을 쌓는다는데."

"착각하지 마. 하룻밤 엔조이를 했을 뿐인데, 촌스럽게 왜 이래? 나를 잘못 생각했어."

"여자는 참 편리하네. 마음대로 엔조이하고, 불륜이 아닌 로맨스가 되고. 과연 연우한테 정숙한 여자가 될 수 있을까? 우리 서로 좋은 게 좋을 텐데."

"협박하는 거야? 어림없는 소리 하지 마."

순간 배수진은 기겁해서 뒷걸음을 쳤다. 오만태가 그녀를 껴안고 입술을 덮쳤기 때문이었다. 그녀는 그를 뿌리치려고 안간힘을 썼다. 그러나 남자의 힘을 당할 수는 없었다. 그가 강제로 그녀의 입술에 입술을 포갰다. 그녀는 입술을 굳게 다물고 고개를 흔들었다. 그녀를 껴안은 채 그가 씨근덕거렸다.

"침대에서 무척 뜨거워지더군. 오늘 밤, 어때?"

"뭐라고, 내가 그런 여자인 줄 알았어? 망신당하기 전에 이거 놔!"

배수진은 오만태에게서 벗어나려고 뒤틀면서 악을 썼다. 그녀의 목소리가 비상계단에 울려 퍼졌다. 그때 아래층의 비상계단으로 나오는 문이 열리고 있었다. 그리고 그녀의 울려 퍼지는 목소리를 듣고 슬며시 문이 닫혔다.

닫힌 문틈으로 귀를 기울이고 있는 남자가 있었다. 그는 영화 제작 및 기획 담당매니저인 홍 부장이었다. 홍 부장은 다음 촬영 스케줄이 잡힌 알래스카 로케이션 장소를 물색하려고 잠시 귀국한 것이다. 무심코 비상계단을 이용하려던 그는 뜻밖의 목소리에 귀를 기울이게 된 것이었다. 언뜻 그가 올려다보았지만 분명히 배수진과 오만태였고, 그들이 예전부터 친숙하다는 것도 알고 있었다.

"이런다고 눈도 깜박하지 않아. 사람들 부르기 전에 놓으란 말이야."

홍 부장이 엿듣고 있는 줄 모르는 배수진이 목소리를 높이고 있었다. 그러나 오만태는 전혀 동요하지 않고 그녀의 허리를 끌어당기며 느긋한 표정을 지었다.

"글쎄, 그렇게 하지 못할 걸. 수진에게서 연우는 이미 떠났어. 그래서 수진인 화가 나 있고. 주역을 빼앗기고 스토리 줄거리 역할에 만족하진 않겠지? 수진인 최고의 스타덤에 오르고 싶은 거야. 그건 결국 샤인을 파멸시키려는 내 목적과 같은 것이지."

"파멸? 목적이 같다고? 착각하지 마."

"흥분하지 말고 생각해 봐. 내가 수진일 스타덤에 올려주고, 우린 복수를 하는 동지가 되는 거야."

"무슨 이유로?"

"나중에 알게 되겠지만, 나는 반드시 연우를 고통스럽게 만들 거야."

물론 배수진은 연우에게 배신당했다는 분노에 휩싸여 있었다. 아무리 장래가 약속되지 않은 교제였다고 하지만 육체를 허락했던 여자의 심정은 단순하지 않았다. 더욱이나 '하얀 늪'에서 그녀가 맡은 역할은 스토리 전개를 위한 조역에 불과했다. 무시와 분노는 복수심의 불씨이기도 했다. 그러나 그녀는 오만태의 갑작스러운 제안이 혼란스러울 수밖에 없었다. 샤인이 무너지기를 바라는 오만태의 심정을 알 수 없기 때문이었다.

연예계에 종사하는 사람이라면 방송국 PD로 인기가 있었던 오만태의 능력을 인정하지 않는 사람은 없었다. 그의 굳은 표정과 복수심으로 이글거리는 눈빛이 그녀의 마음을 동요하게 만들었다. 빤히 바라보며 깊게 숨을 들이마시는 오만태의 얼굴에는 절실한 진정성이 드러나 보였다.

"외로운 싸움이지만, 난 샤인을 무너뜨릴 자신 있어. 수진이만 믿어 준다면."

"……."

"이 달에 스카이화장품 광고 CF 모델이 바뀐다는 것은 알고 있겠지. 수진이가 계약하도록 해 줄게. 같은 동지가 되는 약속이야."

"스카이?"

"음, 그건 시작일 뿐이야."

오만태가 다짐하는 말에 배수진의 눈빛이 반짝였다. 스카이화장품은 국내 굴지의 유명 메이커 화장품이며, 여자배우라면 누구나 욕심을 내는 CF였다. 톱클래스(정상급) 여배우라면 공식처럼 거치는 화장품 CF여서 그녀에게는 거부할 수 없는 유혹이었다. 배수진은 연우가 보라는 듯이 톱클래스 여배우가 되고 싶었다. 하지만 그녀는 연우를 놓치고 싶지는 않았다.

"조건이 있어."

"뭔데, 말해 봐."

"우리 사이는 비밀로 해 줘."

"그건, 나도 바라는 조건이야."

그들의 눈빛이 마주쳤다. 그리고 오만태의 입술이 점점 배수진의 입술로 다가갔다. 그가 그녀의 목을 껴안고 입술을 포갰다. 그녀는 눈을 감았다. 그녀는 더 이상 거부하지 않고 그의 입술을 받아들였다. 그들의 은밀한 계약이 이루어진 것이다.

아래층의 비상계단으로 향하는 문이 슬며시 닫혔다. 밤이 이슥해지고 있었다. 그들은 약속 장소인 음식점에서 만나 식사를 하고 클럽으로 갔다. 그들은 같은 목적을 가진 동지로서 술을 마시며 가슴에 쌓인 분노를 털어냈다. 클럽에서 나온 그들은 약속된 조건을 이행이라도 하듯이 호텔로 들어갔다. 한 번의 일탈이 동기가 된 그들은 서슴없이 서로를 껴안았다.

발가벗은 배수진을 내려다보는 오만태는 서두르지 않았다. 자신의 목적에 한 걸음 더 가까이 다가갔다는 그의 눈빛은 먹잇감을 노리는 야수와 같았다.

그의 혀끝과 손길이 그녀의 예민한 피부들을 샅샅이 누비고 다녔다. 그녀 또한 은밀하고도 부담 없는 남자이기에 오직 희열의 쾌감에 빠져들었다.

그녀가 연우와 정사에서 느꼈던 격렬한 엑스터시였다. 순간 그녀는 연우가 빤히 훔쳐보고 있다는 환상을 떠올렸다. 그녀의 질투를 불러일으키던 지나를 바라보던 연우의 눈빛이기도 했다.

끈적이는 숨결이 거듭되는 시간이 지나고 있었다. 오만태의 무릎 위에 걸터앉은 배수진의 상체가 치솟다가 추락을 거듭했다. 연우의 시선을 의식하는 그녀는 더욱 흥분하였다. 아니 그에게 분풀이를 하고 싶은 마음이다. 다른 남자에게서 느끼는 그녀의 희열은 그에 대한 보복이기도 했다.

그의 목에 매달려 몸부림치던 그녀는 어느 순간 치를 떨며 상체를 뒤로 젖혔다.

열넷

'하얀 늪'의 해외 로케이션이 호주에서 강행되고 있었다. 도경의 배역이 없는 촬영이라 배수진을 제외한 연기자와 제작진만 참여했다. 테러단체의 요구조건에 따라 USB와 도경을 교환하기 위해 도연이 직접 접선을 시도하는 현지 촬영이었다.

한국은 강추위가 물러가고 있는 계절에 비해 호주는 막바지 여름이었다. 촬영을 하던 연출팀과 연기자들이 유카리나무 그늘 밑에 모여 있었다. 강렬한 태양이 대지를 뜨겁게 달아오르게 하지만 습도가 높지 않아서 그늘 밑은 시원한 편이었다.

잠시 휴식시간이 지나고 촬영팀이 분주하게 움직였다. 더위를 식히며 대본을 들여다보며 앉아있던 연기자들도 천천히 제 자리로 옮겼다. 연기자들의 위치를 확인하는 라 감독의 표정이 상기되었다.

"레디 액션!"

이렇게 시작해서 호주의 촬영은 끝내고, 다음 스위스 로케이션을 끝낸 스탭들과 연기자들이 호텔 식당에 모였다. 해외 촬영의 마지막이었다.

그동안 노고를 격려하는 연우의 인사말에 이어서 저녁식사와 함께 여흥을 즐겼다. 분위기가 달아오르고 술잔이 오고갔다. 지나는 식사를 끝내고 슬며시 자리에서 일어나 밖으로 나갔다. 힘들었던 로케이션이 끝나고 보니 그녀는 비로소 반호프 거리의 정결한 풍경에 감탄했다.

어둠이 내린 거리에는 고풍의 건물들이 줄지어 있었다. 밤을 밝히는 불빛 아래 은행, 보험회사, 증권회사를 비롯한 백화점과 유명브랜드 지점들이 몰려 있는 쇼핑의 거리에는 많은 사람들이 왕래하고 있었다.

차도가 없는 거리였다. 넋을 놓고 바라보고 있던 지나가 인기척을 느끼고 고개를 돌렸다.

"여기 있는지 모르고 찾아 다녔네."

"저를? 왜요?"

지나의 등 뒤로 다가서는 사람은 연우였다. 그녀는 자신이 해야 할 일이 아직 남았는지 모른다는 생각을 했다. 회사의 오너로서 바쁜 시간을 보내야 할 그였기 때문이었다.

바지주머니에 손을 넣고 서서 쳐다보는 그의 눈빛은 그윽했다. 그녀는 공연히 가슴이 두근거렸다. 그녀는 샤인의 소속 연기자였고 그는 오너였다. 그러나 이제는 여자와 남자의 감정에서 벗어날 수 없었다.

"같이 걷고 싶은데."

"네, 저도 걷고 싶어요."

연우의 청을 받아들인 지나가 배시시 미소를 흘리며 고개를 까닥하였다. 연우가 천천히 발걸음을 옮겼다. 그들은 길가의 상점들을 눈여겨보며 말없이 걸었다. 광장으로 이어진 거리의 끝에는 가슴이 확 트이도록 넓은 호수가 있었다. 호수 근처에는 중고시장과 산책로가 있었고 데이트를 즐기는 연인들의 모습이 보였다.

그들은 잔잔한 물결을 이루고 있는 호숫가의 난간에 다가섰다. 젊은 외국인 연인들이 다정하게 손을 잡고 유쾌한 웃음을 흘리며 지나다녔다. 난간대에서 호수를 바라보다가 키스를 하는 연인들의 모습도 보였다.

연우가 지나를 힐끔 쳐다봤다. 그리고 그녀의 어깨에 손을 얹어 감쌌다. 그녀는 그의 손길이 어색하지 않았다.

"외국 사람들만 보여서 낯설어요."

"낯설다고?"

"다른 세상에 온 거 같아서요."

"언어만 다를 뿐, 모두 같은 사람인 걸."

"대표님은 오랜 유학생활을 했다고 들었는데, 외국생활이 좋았어요?"

"글쎄, 좋았다고 하기보다는."

그가 말을 중단하고 어둠이 내려앉은 호수를 응시했다. 그녀는 그의 표정이 갑자기 경직된다고 느꼈다. 그의 눈동자에 깃든 고독함이 더욱 신비롭고 비밀을 간직한 듯이 보였다. 잠시 침묵하던 그가 입을 열었다.

"도피지. 현실 도피."

"네?"

"가족들과 있는 현실이 외로워서 도피했던 거야. 그런데 현실에서 벗어나니 또 다른 현실도 외롭더라고."

"네? 무슨 말."

"결국은, 외로움에 익숙해진 거지. 고통스러우면 차라리 고통을 즐기라고 했잖아."

그녀는 알쏭달쏭한 연우의 말이 이해가 되지 않았다. 하지만 그는 많은 여자들의 사랑과 시선을 받는 스타였다. 그리고 남자였다. 남자가 외롭다는 것은 여자의 사랑을 받지 못하기 때문이라고 그녀는 단순하게 생각했다. 어쩌면 변명 같고 이율배반적인 그의 말이었다. 그녀는 문득 배수진을 떠올렸다.

"배수진 씨를 어떻게 생각하세요?"

"어떻게 생각하다니?"

"집에도 찾아오기에."

"흠, 뭐라고 말할까. 사는 동안 스쳐 지나가는 사람도 많으니."

헛웃음을 흘린 연우의 표정은 결코 거짓이 없어 보였다. 그러나 그녀는 그가 말하는 의미를 확실하게 알 수 없었다.

여자의 직감으로 그와 배수진 사이가 평범하지 않다는 것은 느낄 수 있었다. 혹시 육체관계까지 맺어진 연인 사이인가? 결혼을 약속한 사이인가? 아니면 단순한 엔조이 상대라는 것인가? 그녀는 갖가지 추측을 떠올렸다.

문득 그녀는 그가 호주 로케이션 당시에 했던 말을 떠올렸다. 연애와 사랑은 다르고, 같이 웃고 싶은 사람과 평생 같이 있고 싶은 사람은 다르다는 말이었다.

남자들은 모두 같은 마음일까. 아니면 연우의 인생관만 특별한 것은 아닌지. 그녀는 자신도 모르게 그의 이성관에 대해 집착했다.

"어떤 여자가 이상형이세요? 물어보면 안 되는 말인가?"

"이미 물어봤잖아."

"죄송해요."

"죄송할 것까지는."

그는 당돌한 질문을 하는 그녀를 빤히 바라보며 빙긋이 웃었다. 그녀는 공연한 질문을 한 것 같아서 얼굴을 붉혔다. 그런데 그가 감싸고 있는 그녀의 어깨를 토닥거렸다. 그리고 그녀를 가슴으로 끌어당겼다. 시선이 마주친 그녀의 눈동자가 불빛에 반사되어 반짝거렸다. 그가 나지막한 목소리로 말했다.

"난, 항상 창가에 놓고 바라보며, 가꾸고 싶은 장미가 좋아. 지나처럼."

그의 그윽한 눈빛에 그녀는 가슴이 두근거렸다. 어떤 말도 할 수 없는 그녀는 언젠가 그가 했던 말을 상기시켰다. 지금 같이 있고 싶은 여자와 있다는 그의 말이 농담이 아니라는 생각을 했다.

그의 시선이 그녀의 입술을 향했다. 그녀는 천천히 다가오는 그의 입술을 의식하고 사르르 눈을 감았다. 입술과 입술이 마주했다. 이미 그의 키스에 익숙해진 그녀였다.

그녀는 그의 입술을 받아들이고 발돋움을 했다. 그가 그녀의 허리를 끌어

안으며 진한 키스를 했다. 그녀는 그의 목에 팔을 두르고 매달렸다. 그녀의 허리를 껴안았던 그의 팔이 그녀의 도톰하고 탄력 넘치는 엉덩이를 움켜쥐었다. 그들의 모습은 취리히의 밤에 애정을 표현하는 연인들 중의 하나였다.

산책을 하고 돌아오는 그녀의 발걸음이 가벼웠다. 세상을 모두 가진 것처럼 가슴이 벅찼다. 해외 로케이션을 끝냈고, 여자들의 로망인 그의 애정을 느꼈을 뿐만 아니라, 주연배우 대우를 받게 된 그녀는 호텔 독실을 배정받았다.

그녀로서는 더 이상 바랄 것이 없었다. 이제 귀국해서 나머지 보충촬영만 하면 된다는 성취감에 젖었다. 부리나케 호텔숙소 문을 열고 뛰어 들어간 그녀는 거울 앞에 섰다. 그의 키스를 받았던 순간의 감정이 고스란히 살아났다. 손가락으로 입술을 문지르며 키스하던 순간을 떠올리니 얼굴이 화끈거렸다.

짜릿한 쾌감에 행복이라는 단어를 떠올렸다. 춤을 추듯이 빙글빙글 몸을 돌리던 그녀는 욕실로 들어갔다. 내일을 위해 오늘의 피곤함을 씻어내고 싶었다.

걸치고 있던 옷을 훌훌 벗어 던진 그녀는 샤워기 밑에 섰다. 쏟아지는 물줄기 아래 발가벗고 서니 한결 기분이 상쾌해졌다. 물방울이 흘러내리는 나신이 거울 속에 드러났다. 리듬체조로 단련된 몸매는 각선미가 넘치면서도 통통하고 앙증맞았다. 샤워를 마친 그녀는 큰 수건을 몸에 두르고 욕실을 나왔다. 들뜬 마음에 쉽게 잠이 올 것 같지 않았다.

거울 앞에 선 그녀는 수건으로 젖은 머리를 말리며 콧노래를 흥얼거렸다. 탁자 위에 놓인 가운을 집으려던 그녀의 시선이 입구를 향했다. 호텔 방문이 스르르 열린 것이다. 깜짝 놀란 그녀가 양팔을 모으며 몸을 사렸다.

"어멋! 어떻게?"

"샴페인 한 잔 같이 마시고 싶어서."

문을 열고 들어선 사람은 연우였다. 그의 어정쩡한 표정이었다.

지나는 잠금장치를 어떻게 열었는지 의아스러웠다. 그리고 늦은 시간에 그의 방문은 전혀 뜻밖이었다. 마치 호텔에서의 촬영장면처럼 그가 나타난 것이었다. 당황한 그녀가 양손으로 앞가슴의 가운을 움켜쥐었다. 잠시 머뭇거리던 그가 들고 있던 샴페인 병을 탁자 위에 내려놓고 미소를 띠웠다.

"문이 열려 있네. 어디 가려고 했나?"

"아, 아뇨."

지나가 묻고 싶었던 말이었다. 그녀는 급한 마음에 방문을 닫지 않은 것을 뒤늦게 알았다.

가운이 흘러내릴 것만 같아서 그녀는 다리를 조아리며 뒤돌아섰다. 그가 그녀의 등 뒤로 다가서더니 슬며시 끌어안았다. 깊게 숨을 들이마신 그녀가 고개를 돌려 쳐다봤다. 가슴 속까지 꿰뚫어보듯이 뚫어지게 바라보는 그의 눈빛이 그녀는 두렵기까지 했다. 그런데 가까이 다가오는 그의 입술이 있었다.

"주무셔야지요?"

"힘들었지."

그녀는 그의 입술을 거부할 의사가 없었다. 가운 앞자락을 움켜쥔 그녀는 그의 입술을 받아들이고 있었다. 입술이 포개지고 그녀는 온몸에 힘이 풀렸다.

남자의 강한 체취였다. 열정으로 가득한 남자의 향기. 문득 그녀는 배수진의 앙칼진 눈빛을 떠올렸다. 그리고 연우의 진심을 알고 싶었다.

그에게서 한 발자국 벗어난 그녀가 마주보고 섰다. 그가 그녀의 어깨를 붙들었다. 그녀는 평생 같이 있고 싶은 여자가 누구인지 묻고 싶었다. 그런데 그녀는 아무 말도 할 수 없었다. 평상시와 다르게 이글거리는 그의 눈빛. 베드신 촬영 당시에 그녀의 하복부를 지그시 누르던 열기였다. 두려움을 느낀 그녀는 고개를 살래살래 흔들었다.

"저는 아직."

"내가 사랑하고 싶었던 여자는, 지나야."

그가 그녀를 끌어당기더니 입술을 포갰다. 마치 '하얀 늪'의 마지막 촬영장면 같았다. 하지만 거칠어지는 그의 숨소리와 간절한 눈빛은 연기가 아니었다. 어쩌면 그가 적극적인 애정 표현을 해 주기를 그녀도 원하고 있는지도 모른다.

다리에 힘이 풀린 그녀는 그의 목에 팔을 감고 매달렸다. 입술을 헤집고 들어오는 그의 혀를 의식한 그녀는 숨을 멈추었다.

다리가 후들거리고 나른해진 그녀의 입속으로 들어온 그의 혀가 그녀의 혀를 감싸며 예민한 자극을 불러 일으켰다. 그리고 그녀의 혀가 그의 입속으로 빨려 들어갔다. 그녀는 온몸의 신경이 빨려 들어가는 짜릿함에 파르르 떨었다. 그녀가 걸치고 있던 가운이 스르르 미끄러져 발밑에 흘러내렸다.

농도 깊은 키스를 하는 그의 손길이 그녀의 젖가슴을 보듬어 안았다. 젖가슴이 그의 손아귀에 애무를 당하고 그녀의 모든 신경이 예민해졌다. 그녀의 혀가 그의 혀에 휩싸였다. 그녀는 그에게서 전달되는 열기에 숨을 쉴 수조차 없었다.

섹스 자체에 우월감을 가진 남자는 능동적이지만, 여자의 성욕은 혈관 내에서 생긴 하나의 규율이기에 자극을 받을수록 민감해지는 것이다.

"대표님?"

"널 사랑해."

잠시 키스를 멈추고 내려다보는 그의 눈빛은 열정으로 가득했다. 초롱초롱한 눈빛으로 올려다보는 그녀의 까만 눈동자. 큰 눈망울에 깜박이는 속눈썹. 인형처럼 앙증맞은 그녀의 미모와 몸매는 성적인 매력도 흘러 넘쳤다. 한창 무르익어가는 꽃봉오리의 향기. 남자의 가슴에 불을 지피는 달콤한 향기였다. 그녀의 허리를 껴안은 그의 손에 힘이 들어갔다. 그가 그녀의 나신을 번쩍 들어 가슴에 안았다. 황급히 젖가슴을 가리며 당황하는 그녀의 눈빛. 그의 뜨거운 심장이 요동치는 소리. 그가 그녀를 안고 침대로 향해 갔다.

침대에 반듯이 눕혀진 그녀의 발가벗은 나신은 잘 다듬어진 조각 같았다. 그녀를 내려다보는 그가 혼잣말처럼 중얼거렸다.

"요정 같은 여자. 사랑하고 싶은 여자."

"대표님?"

그녀는 남자에게 사랑한다는 고백을 처음 듣는 것이었다. '하얀 늪' 촬영을 위한 연기가 아니고 현실이었다. 그것도 많은 여자들의 인기를 받고 있는 남자의 고백이었다. 그녀는 그의 여자가 된다는 것이 두렵지는 않았다. 다만 처음으로 애정을 느끼는 남자에게 발가벗은 육체를 보인다는 수줍음이었다.

"요즘, 지나는 내 삶에 희망이야."

그의 마음은 진심이었다. 지금까지 살아오면서 정신적인 사랑으로 여자를 상대한 기억이 별로 없었다.

그는 사실 오디션에서 그녀를 마주한 순간에 신선한 충격을 받았다. 하지만 그 충격은 나이는 어려도 신인으로 육성할 수 있는 특별한 비주얼 때문이라고만 생각했다. 그러나 시간이 지나면서 그는 그녀가 여자로 느껴졌다. 아니 오랜 세월동안 기다렸던 여자 같았다.

정지된 시간 속에 그들의 시선이 마주쳐 있었다. 그가 두 손으로 그녀의 얼굴을 감싸고 내려다보았다. 복숭아를 잘라 엎어 놓은 것처럼 풋풋하고 팽팽한 젖가슴, 잘 발달된 허리선, 뽀얗고 포동포동한 허벅지와 도톰하게 솟은 둔덕을 감싸고 있는 가지런한 음모. 그녀의 나신을 내려다보는 그의 눈빛이 이글거렸다. 그의 강렬한 눈빛에 지나는 고개를 돌렸다.

반듯한 자세로 누워 가슴에 손을 모은 지나는 지그시 눈을 감았다. 모든 것을 체념하고 그를 받아들이려는 그녀의 마음이었다.

이미 한 오라기도 걸치지 않은 그녀의 나신이었다. 그가 가슴 아래 누워있는 그녀를 부드럽게 껴안았다. 그리고 그녀의 귓불에 키스를 했다. 젖가슴을 움켜쥔 그의 손끝에서 그녀의 젖꼭지가 돌기를 일으켰다.

긴장했던 그녀는 점점 짜릿짜릿해지고 뜨거운 열탕 속으로 빠져드는 것만 같았다. 그의 입술이 물고 있는 귓불로 온몸의 신경이 몰리는 아찔함을 느꼈다. 그러나 어떻게 해야 할지 모르는 그녀는 늘어뜨린 손으로 침대 모포를 움켜쥐었다. 그의 혀끝이 귓불과 목덜미를 거쳐 젖가슴으로 이어지는 순간 그녀는 파르르 떨었다. 진절머리를 일으키는 쾌감이었다. 그녀는 그를 밀어내고 싶은 심정이었다. 그가 젖가슴을 쥐고 젖꼭지를 입속으로 빨아들인 것이다. 묘한 쾌감을 느낀 그녀는 저절로 입술을 벌렸다.

순결을 잃었던 당시 최웅수와의 거부감이 아니고 묘한 기대감이었다. 그리고 젖꼭지가 혀끝에 돌돌 말려지는 순간 그녀는 어깨를 움츠리며 경련을 일으켰다.

들이마신 숨을 멈춘 그녀는 몸을 뒤틀고 싶었다. 자극을 견디지 못한 그녀는 모포를 움켜쥐고 있는 손에 힘을 줄 뿐이었다. 그의 혀끝이 뱀의 혓바닥처럼 그녀의 살갗을 훑고 내려갔다. 그의 혀끝이 그녀의 허리를 지나 허벅지, 그리고 무릎까지 오르내렸다. 그녀는 점점 모든 신경이 마비되는 황홀함에 빠져 들었다.

"음, 대표님."

아득한 쾌감에 빠져들었던 그녀는 급히 숨을 들이켰다. 고개를 든 그녀는 일그러진 눈빛으로 밑을 바라봤다.

남자의 건장한 체구였다. 어느새 발가벗은 연우의 균형 잡힌 어깨의 근육이 드러나 보였다. 그리고 그의 머리가 그녀의 허벅지 사이에 묻혀 있었다. 그녀는 머리를 좌우로 틀며 허리를 들어 올렸다.

"대표님."

"지나, 지나의 모든 것을 사랑하고 싶어."

내려다보는 연우의 붉어진 눈동자가 이글거렸다. 그의 머리를 움켜잡으려던 지나는 다시 침대 모포를 움켜쥐었다. 그리고 아랫입술을 깨물었다. 그녀는 생전 처음으로 감당하기 힘든 성적인 쾌감에 저절로 허리를 좌우로 비틀었다. 어찌할 바를 모르는 그녀는 단지 여자로서의 생리적 본능에 휩싸일 뿐이었다.

연우는 남자와 교제를 했었다는 그녀의 말을 떠올렸다. 그녀가 얼마나 성적인 경험이 있는지는 모른다. 하지만 청순해 보이기에 조심스러웠다.

그녀는 성적인 쾌감을 느껴본 경험이 없었다. 처음으로 전위 행위에 뜨겁게 달아올라 정신이 몽롱한 상태였다. 그녀는 성 입구를 마찰하는 이질감에 밑을 내려다보았다. 오감을 예민하게 하는 열기였다. 허벅지 사이에서 무릎을 꿇고 있는 그의 모습에 그녀는 눈을 휘둥그렇게 떴다. 그녀의 하복부에 불끈 솟은 남성이 잇닿아 있었다.

그녀는 남자가 없는 가정에서 자랐기에 남자의 신체를 자세히 볼 기회가 없었다. 그리고 순결은 잃었지만 남자의 성기를 직접 보기는 처음이었다.

그의 등을 끌어안고 있는 그녀는 몽롱한 눈빛이었다. 그녀는 희미한 정상을 향한 능선에서 정신을 잃고 있었다. 보일 듯 보이지 않는 안개 속의 열기였다. 심장을 뜨겁게 달구는 바람 속에 그녀는 발가벗고 서 있었다. 그런 그녀는 잡히지 않는 투명체를 잡으려고 안간힘을 썼다. 그러나 아무리 손을 뻗어도 잡히지 않았다. 아니 도저히 손을 뻗을 기력이 없었다. 하지만 뿌리칠 수 없는 유혹이었다. 열기 속의 유혹은 그녀의 주변을 돌며 사라지지도 않았다. 그녀는 그 유혹의 열기를 몸속 깊이 받아들이려고 허우적거렸다.

안타까움에 그녀는 뻗은 손에 무엇인가 무조건 움켜쥐었다. 그러나 움켜쥔 것은 그의 허리였다. 그녀를 희롱하듯이 주위를 맴돌던 유혹의 열기가 그녀의 몸속으로 스며들려고 했다. 그리고 몸속을 뜨겁게 달구는 열기가 오르가슴을 참으려던 그가 뜨거운 정액을 뿜어낸 것이다. 그녀는 무엇인지 모를 안타까움을 느꼈다.

유혹의 형체는 사라지고 그가 토해내는 숨소리만 들렸다. 왠지 안타까운 그녀는 단지 남자의 정액을 받아들였다는 충만감에 젖었다. 순결을 잃었던 좌절감을 씻어내는 위안이기도 했다.

그의 여자가 되었다는 것은 그의 사랑과 그녀 자신의 사랑을 확인할 수 있는 결과였다. 그러나 배수진을 떠올리는 그녀는 불안하기도 했다. 배수진과 자신 사이에 있는 그의 진심을 전혀 알 수 없기 때문이었다.

격렬한 정사 뒤이어 오는 침묵이었다. 부둥켜안은 그들은 거칠었던 호흡을 진정시키고 있었다. 그가 슬며시 그녀의 얼굴을 감싸고 내려다봤다.

"지나는, 내 심장의 꽃이야. 내가 가꿔야 할…."

그녀가 동그랗게 눈을 뜨고 그를 올려다보았다. 그녀의 마음을 감동시키는 말이기도 했다.

"사랑스러워 미치겠다."

충격으로 입술을 벌린 그녀가 그를 올려다봤다. 그의 짓궂은 표정과 눈빛. 그녀는 하얗게 눈을 흘겼다. 그러나 이내 부끄러움으로 시선을 외면했다. 그가 그녀를 으스러지도록 껴안고 키스를 했다. 그녀의 탐스런 둔부를 토닥인 그는 그녀에게서 벗어나 나란히 누웠다. 창문 커튼 사이로 밤하늘이 드러나 보였다. 반짝이는 별들로 가득한 하늘이었다.

열다섯

꽃 샘추위로 몸을 절로 움츠러들게 하던 계절도 가고 가로수가 초록빛으로 변하고 있었다. 매화꽃망울이 터지는 도로를 걷는 사람들의 옷차림이 한결 가벼워졌다.

오만태는 사무실 창가에 서서 턱을 받치고 있었다. 그로서는 일생일대의 결심을 하지 않을 수 없었다. 한성엔터테인먼트에서 손을 내민 것이다.

오만태가 샤인에 사직서를 내야 하는 동기는 분명했다. 샤인에 입사한 목적을 달성할 수 없기 때문이었다. 그의 목적은 오직 개인적인 원한 때문에 여러 가지 방법을 동원했지만 샤인은 타격을 받지 않았다. 주가와 언론 조작에 주춤했던 샤인의 주가는 도리어 상승곡선을 긋고 있었다. 아울러 '하얀 늪'의 홍보영상이 방송을 통해 나간 후 사람들의 관심과 인지도는 더욱 높아갔다.

오만태는 결국 경쟁상대 회사로 자리를 옮겨 정면으로 샤인에 타격을 주는 방법을 선택할 수밖에 없다는 결론을 내린 것이다. 그리고 요즘에 와서 그를 대하는 연우의 태도가 변했다는 것도 중요한 요인이었다. 그에게 어떤 지시도 내리지 않을 뿐더러 시선도 주지 않았다. 회사 내에서도 따돌림을 받은 상태였다. 아무래도 그가 의심하기 시작했다는 느낌이다.

날카로운 눈빛으로 창문 밖을 응시하던 오만태는 돌아섰다. 그는 자신의 책상 앞에 앉아 심호흡을 했다. 그리고 서랍을 열어 미리 준비했던 사직서를 꺼내 상의 안주머니에 넣었다.

시계는 정오를 가리키고 있었다. 연우가 '하얀 늪' 마지막 편집작업을 검토하고 대표실로 가 있을 시간이었다.

사무실을 나온 오만태는 대표실 문 앞에서 노크를 하려고 손을 뻗었다. 그리고 다시 심사숙고하고 각오를 다졌다.

그는 힘 있게 노크를 했다. 침착하게 노크를 하고 기다렸다가 문을 열었다. 연우는 책상 위에 놓인 서류들을 검토하고 있었다. 앞이마에 흘러내린 머리카락을 쓸어 올리며 오만태를 쳐다봤다.

"음. 오 부장."

오만태는 왠지 연우의 눈빛이 차갑게 느껴졌다. 예전 같으면 반갑게 맞이했을 그였다. 그러나 오만태는 그의 변한 태도에 큰 의미를 부여하고 싶지 않았다. 오만태는 당당한 걸음으로 그에게 다가갔다.

그런데 그의 시선은 다시 책상 위의 서류를 향했다. 완전히 오만태를 무시하고 관심이 없다는 태도였다. 주먹을 불끈 쥔 오만태가 입을 열었다.

"잠깐, 개인적인 면담을 해도 괜찮겠습니까?"

"무슨?"

미간을 찌푸리고 쳐다보는 연우의 냉랭한 눈빛이다. 그도 오만태가 찾아온 목적을 알고 있는 것일까? 오만태가 상의 호주머니에서 사직서를 꺼내 책상 위에 올려놓았다. 사직서를 내려다보는 연우의 눈빛이 흔들렸다.

그러나 표정에는 변화 없이 담담했다. 다만 오만태가 사직서를 제출하기를 기다렸다는 표정으로 형식적인 말투를 흘렸다. *

"왜? 아쉬운데. 어디 좋은 자리가 있나?"

"영화제작 성공을 축하해 드리지 못할 것 같군요."

"글쎄. 어떤 것이 성공인지 모르지. 하여튼 앉아."

연우가 소파를 가리켰다. 그리고 책상을 벗어난 그가 소파에 가서 앉았다. 오만태도 뒤따라 소파에 가서 앉았다. 연우가 소파 옆에 놓인 작은 냉장고에서 음료수 캔을 꺼내 오만태 앞의 탁자 위에 올려놓았다.

"그동안 열심히 해 줘서 고마운데 갑자기 왜 그러지?"

"개인적인 사정이 있어서요."

"개인적인 사정이 뭔데?"

"솔직히 말해도 될는지 모르겠지만…."

오만태가 어금니를 물면서 한 박자 쉬었다. 되도록 연우가 타격을 받기를 바라는 마음이었다. 물론 이미 그의 계획은 모두 물거품이 된 상태이지만 앞으로의 계획을 통보하고 싶었다. 그러나 오만태가 할 말을 예측하기라도 하듯이 담담한 연우의 표정에 울컥 화가 치밀었다.

"내가 샤인이 무너지기를 바라고 있다는 것을 알고 있습니까?"

"글쎄, 왜, 그럴까?"

"당신 집안이 파멸하기를 바라니까."

"파멸이라고?"

그때서야 연우가 예리한 눈빛으로 오만태를 쳐다봤다. 오만태는 비로소 연우를 당황하게 만들었다고 생각하며 희미한 미소를 지었다. 고개를 끄덕인 오만태가 침착한 어조로 말했다.

"그 이유를 알게 될 기회가 앞으로 많을 겁니다."

"무슨 이유인지 모르지만, 협박인가?"

"테레우스왕은 자신의 부인 프로크네의 어린 여동생 필로멜라를 강간하고 누설하지 못하도록 혀를 잘라버리지요. 그것을 알게 된 프로크네는 자신의 아들 이티스를 죽여 여동생의 복수를 합니다. 그런데 당신은 운이 좋더군요."

"음. 재미있는 얘기군."

잠시 미간을 찌푸렸던 연우가 태연한 표정을 지었다. 그러나 그는 내심 오만태의 말을 되새기고 있었다. 이미 연우는 오만태가 충실한 사냥개 노릇을 하던 적이라는 것을 알고 있었다. 다만 그 진의를 파악하는 중이었다. 그렇기에 오만태가 꼬리를 나타내기를 기다리고 있었다.

"진실은 반드시 드러나기 마련입니다. 그 진실을 숨기려는 사람이 불행하지요."

"글쎄. 일단은 오 부장이 사직을 하는 사유라고 받아들이지. 그러나 진실을 숨기려는 사람은 없어. 다만 오염된 쓰레기는 태워 버리든지, 묻어 버리지."

연우는 오만태의 말에 직접적인 반응을 보이고 싶지 않았다. 성난 개는 상대를 가리지 않고 물려고 덤벼들기 마련이다. 연우에게 심적인 타격을 주려던 오만태는 더 이상 할 말은 없었다.

그러나 너무나 명쾌하게 사직 처리가 되기에 울화가 치밀었다. 입을 굳게 다물고 쳐다보던 오만태가 비웃음을 흘렸다.

"배수진과 무관하다고는 말 못하겠지요?"

"그건, 오 부장이 알고 있는 그대로야."

"잘 관리하시지."

"두 발 달린 짐승이니까."

연우가 양손을 펼쳐 보이면서 부정도 긍정도 아닌 표정을 지었다. 그러나 그는 자신과 배수진과의 관계를 오만태가 눈치 채고 있다는 것을 알고 있었다. 비아냥거리는 듯하는 오만태의 표정이다.

"미스 배를 안아보니 무척 뜨겁더군요."

"아, 그렇군. 로렌스가 말했던가. 여자가 조금의 창녀성향이 없으면 마른 토막이라고."

연우는 사실 오만태의 말에 놀라고 있었다. 그러나 이미 아무런 의미가 없는 육체관계였기에 정신적으로 동요가 되지 않았다. 다만 더 이상 그와 승강이를 하고 있을 필요가 없다고 생각했다. 그는 입가에 미소까지 지어 보이며 일어섰다.

"그럼, 성공하기 바라네. 오늘은 시간이 없으니 나중에 식사라도 같이하지."

"그럴 일은 없을 겁니다."

오만태도 자리에서 벌떡 일어났다. 그러나 자기 스스로에게 화가 치밀었다. 연우에게 타격을 주기 위해 고심 끝에 자폭을 한 것이었다. 그런데 결과는 목적을 달성하기 위해 이용하려던 배수진을 겉으로 드러내 보였을 뿐이었다. 그래서 자존심이 상했지만 당당하게 입구를 향해 걸어나갔다.

오만태가 나가고 연우는 손가락으로 책상을 두들겼다. 그는 무엇보다도 자신과 샤인의 이미지를 신비롭게 보이려고 신상정보와 사생활을 노출하지 않고 있었다. 그래서 아직까지도 사람들은 그를 신비스러운 베일에 가려진 연예인이고 오너로 알고 있었다. 매스컴에서도 그의 신상정보나 사생활을 모르고 있었다.

연우는 지나의 신상정보도 특별 관리하고 있었다. 영화가 개봉되기 전에 그녀에 대한 궁금증을 유발시키기 위해서이기도 하지만, 특히 배수진과 달리 그는 자신과 동일하게 그녀를 보호하고 싶었다. 그래서일까 매스컴의 루머를 염려하여 지나의 숙소를 옮겨주었다.

연우가 소유하고 있던 아파트였다. 그 아파트에 오만태가 살고 있었다. 안 그래도 오만태를 해고시키려는 생각도 하고 있었다. 다만 그의 의도를 파악하고 있었을 뿐이었다.

연우는 오만태가 어느 정도인지 모르지만, 자신의 신상에 대해 알고 있으리라고 짐작한다. 오만태가 알고 있는 신상정보를 이용하려고 할 것이 분명했다. 그러나 그가 언젠가는 감당해야 할 문제였다. 다만 연우의 기분을 상하게 하는 것은 왠지 배수진에게 당했다는 피해의식이었다.

배수진은 애초에 연우가 마음에 담아두지 않던 여자였다. 그러나 그의 자긍심을 건드리는 여자였다.

날카로운 눈초리로 정면을 응시하던 연우는 기획실의 여직원을 호출했다.

그는 여비서에게 오만태가 제출한 사직서를 수리하고 기획실 팀장이던 고영수를 기획부장으로 발령하도록 지시했다.

여직원이 나가고 연우는 잠시 오만태의 말들을 떠올리며 고개를 저었다. 잊어버리고 싶은 혼란스러움이기에 책상 위에 놓인 서류에 집착했다.

연우는 '하얀 늪'을 개봉하기 전에 영화에 관련된 부가사업을 추진할 계획이었다. 우선 외국 영화도 수입 배급하고, 영화에 관련된 의류와 액세서리 상품을 판매하는 사업이었다.

연우가 영화에 관련된 콘텐츠사업을 계획하게 된 것은 샤인의 브랜드를 개발해서 공동 투자하자는 기업주의 제안에 착안한 것이다. 그는 샤인을 상징하는 'SI'라는 브랜드의 로고와 영화캐릭터를 상표등록을 하려는 준비 중이었다. 영화가 개봉되기 전에 브랜드 이미지를 살리는 부가사업을 추진함으로써 수익과 영화홍보 등, 일석이조의 효과를 달성하려는 것이었다.

영화 캐릭터를 소재로 하는 의류와 그리고 인형 등 액세서리를 판매하는 사업이 국내에서는 외국처럼 활성화 되지 않고 있었다. 사업계획서를 들여다보고 있던 연우의 시선이 출입문을 향했다.

노크하는 소리가 들린 것이다. 문을 열고 들어선 사람은 스포티한 의상의 지나였다.

"바쁘신가 봐요."

"응, 홍보 사진 촬영 끝났어?"

"네, 식사는 하셨어요?"

"아직."

지나는 스키니 바지를 걸치고 있어서 몸매가 더욱 늘씬하고 앙증맞았다. 그러나 그녀의 몸매는 예전보다 볼륨감이 있어 성숙해 보였다. 생글거리는 미소를 지은 그녀의 뺨에 보조개가 드러났다. 그녀가 살랑거리는 발걸음으로 그에게 다가갔다.

지나를 바라보는 연우의 애정이 깃든 눈빛이다. 그가 책상에서 벗어나 그녀에게 다가갔다. 그리고 그녀의 어깨를 붙들고 빤히 바라봤다. 천천히 한 걸음씩 다가섰다. 뒷걸음을 친 그녀가 책장을 등지고 짙은 눈썹을 깜박였다. 그녀의 얼굴 가까이 그의 입술이 다가오고 있었다.

"누가 들어오면 어쩌려고."

"들어오라고 하지?"

동그랗게 눈을 뜨고 올려다보는 지나였다. 그가 그녀의 입술에 입술을 포갰다. 그녀의 손에 들려 있던 쇼핑백이 맥없이 바닥에 떨어졌다. 다소 두려운 표정이던 그녀가 그의 목에 팔을 걸고 입술을 받아들였다. 아니 그녀도 적극적으로 키스를 했다.

그동안 그녀는 그와 여러 번의 육체관계를 가졌었다. 그녀는 완벽한 그의 여자였다. 더욱이나 주의의 시선을 피한 그들의 은밀한 애정은 더욱 열정적이었다.

"시장하시잖아요. 나도 배고파요."

지나가 연우의 목에 두른 팔을 풀었다. 그녀는 바닥에 떨어진 쇼핑백을 집어 들고 소파로 가서 앉았다. 뒤따라 소파에 앉은 그가 쇼핑백을 여는 그녀를 빤히 바라봤다.

그녀가 쇼핑백에서 꺼낸 것은 포장지에 싸인 도시락이었다. 탁자 위에 펼쳐 놓은 도시락 안에는 김밥과 유부초밥이 들어 있었다.

"드세요. 같이 먹으려고 사왔어요."

배시시 눈웃음을 지은 그녀가 그의 앞에 도시락을 가지런히 챙겨 놓았다. 애정으로 가득한 눈빛이 마주친 그들은 도시락 음식을 먹고 있었다.

볼이 터지도록 음식을 입안에 넣고 그가 그녀에게 물었다.

"지나가 만들었으면 더 맛있었을 텐데."

"다음에 만들어 드릴게요."

"오늘 저녁에 기자회견 있는 거 알지?"

"네."

"의상 준비했나?"

"그냥 편한 모습을 보이면 안 될까요?"

"아니, 고 부장에게 준비하라고 시켰어. 지나는 브랜드로 내놓을 제품의 모델이 되는 거지."

그녀는 그가 계획하고 있는 부가사업에 대해 알고 있었다. 고개를 끄덕인 그녀가 일어나서 소파 옆에 놓인 작은 냉장고를 열었다.

물병을 꺼내려고 그녀가 허리를 굽혔다. 음식을 입속에 넣고 우물거리는 그의 시선이 그녀를 향했다. 허리를 굽힌 그녀의 아담한 둔부는 탄력이 넘쳐 보였다.

열여섯

고 층 빌딩의 레스토랑 창문으로 도심지의 전망이 한눈에 내려다보였다. 조용한 분위기의 레스토랑 안에는 잔잔한 피아노 선율이 흐르고 있었다. 여유로운 손님들의 모습과는 다르게 창가에 마주보고 앉아있는 남녀는 오만태와 배수진이었다. 두 사람은 서로 눈치를 살피고 있었다. 그런데 배수진은 절망스러운 표정을 하고 있었다.

오만태는 배수진과의 관계를 연우에게 밝힘으로써 타격을 주려고 했다. 그러나 그가 예상했던 것처럼 효력은 미약했다.

배수진은 그가 자신과의 관계를 연우에게 폭로했다는 말을 듣고 혼란스러웠다. 그녀로서는 연우를 결코 놓치고 싶지 않았기 때문이었다. 그러니 오만태를 원망하는 그녀의 눈빛이다.

"나쁜 놈. 비밀로 하자고 약속했잖아. 난, 그럴 수 없어!"

"어차피 끝장난 관계 아닌가? 아직도 미련이 남았어?"

"넌, 나를 이용하려고 연우 씨에게 거짓말을 했던 것뿐이야. 난 못들은 말로 할 테니, 다시는 나를 만날 생각하지 마!"

"글씨는 지울 수 있어도, 귀에 담은 말은 없앨 수는 없지."

"치사한 자식. 내가 가만 있을 줄 알아? 두고두고 보복할 거야."

"그럴 수 있을까? 넌, 내 여자야."

배수진이 오만태의 뺨을 후려치려고 손을 뻗었다. 그녀의 손목을 움켜쥔 그의 얼굴에는 비아냥거리는 웃음이 흘렀다. 연우에게 타격을 주려는 그로서는 어쩔 수 없었고 언젠가는 밝혀질 일이었다.

배수진의 원망스러운 눈빛과는 다르게 그는 자신만만한 표정이었다. 얼굴이 붉으락푸르락하는 그녀가 그의 손을 뿌리치며 일어섰다.

"거지 같은 놈. 두고 봐!"

"결국, 나한테 돌아올 걸."

입구로 향하는 배수진의 등 뒤에 대고 오만태가 뇌까렸다.

레스토랑을 나가는 그녀의 모습을 바라보고 있는 오만태의 입가에는 미소가 번졌다. 그는 손가방에서 수첩을 꺼내들어 펼쳤다.

연우에게 사표를 제출한 오만태는 BS(빅스타 엔터테인먼트)의 기획부장으로 자리를 옮겼다. 그의 수첩에는 소속 연예인들의 일정표가 빼곡하게 적혀 있었다. 수첩 끝에는 배수진의 이름과 일정도 적혀 있었다. 배수진도 빅스타로 소속을 옮기기로 약속했던 것이었다.

볼펜을 꺼내든 오만태는 배수진의 이름을 지우려다가 동그라미를 쳤다. 골똘하게 생각하던 그는 휴대폰을 꺼내들었다. 저장된 단축번호를 누른 그는 휴대폰의 착신음을 기다리며 느긋한 표정으로 의자에 등을 기대고 앉았다. 낭랑한 여자 목소리가 튀어나왔다.

"응, 오빠! 어디야?"

"나, 지금 을지로인데 언제 올 거지?"

"엄마 눈치가 보여서 그랬어. 지금 가는 중이야."

"언제까지, 엄마 그늘에서 살 거야."

"그럼 어떡해. 기다리기 싫으면 관둬."

"아냐, 그런 뜻이 아니고, 빨리 보고 싶어서 그래."

"피잇! 기다려."

잠시 당황했던 오만태는 그녀가 기다리라고 했지만 다행이라고 생각했다. 쉽게 토라지며 만만치 않은 그녀지만 그가 집착할 수밖에 없는 여자였다.

그는 기다리는 동안 소속 연예인들의 일정표를 살폈다. 그리고 휴대폰을 통해 일정을 확인시켜 주었다. 통화를 하던 그의 시선이 입구를 향했다.

키가 후리후리하고 날씬한 여인이 레스토랑 안으로 들어섰다. 플레어 스커트에 미색 니트웨어를 걸친 그녀는 오만태가 기다리는 여자였다.

단아하면서도 도도해 보이는 그녀의 자태와 화사한 차림새는 부유한 가정의 여자라는 것을 느낄 수 있었다.

그녀의 이름은 권연지. NBS방송회사의 아나운서로 주말의 클래식 음악 프로그램 진행자였고, TV 화면에서 볼 수 있는 그런 그녀였다.

오만태가 같은 방송국 PD로 있으면서 교제를 하게 되었다. 아니 그가 의도적으로 접근한 여자였다. 상큼한 표정으로 다가온 그녀가 그와 탁자를 마주보고 앉았다.

"차가 밀려 짜증났어."

"시내는 일반 교통이 편하던데."

"사람들이 많아서 더 짜증나."

"비행기 타고 다녀야 편하다고 하겠네."

오만태가 그녀 앞에 놓인 유리잔에 냉수를 따라 주었다. 쓴웃음을 지은 그녀가 다리를 꼬며 유리잔을 집어 들었다. 힐끔 쳐다보는 그의 시선이 그녀의 드러 올려진 스커트 밑으로 향했다. 뽀얀 피부로 드러난 그녀의 뽀얀 허벅지. 마른 침을 삼킨 그가 탁자 앞으로 다가앉았다.

"며칠 시간 낼 수 없어?"

"왜?"

"같이 여행 가고 싶어서."

"방송스케줄도 그렇고. 엄마가 허락하지 않을 걸."

여자종업원이 주문을 받으러 다가왔다. 오만태의 시선이 권연지를 향했다. 물 한 모금을 마신 그녀는 종업원을 쳐다보지도 않고 다리를 흔들며 레몬주스를 주문했다. 종업원이 가고 오만태가 탁자 앞으로 다가앉으며 권연지의 대답을 재촉했다.

"일박이일도 안 돼?"

"당일이면 몰라도."

"당일로 무슨 여행을. 이틀 정도는 다녀와야지."

"오빠, 엉큼한 생각하는구나. 안 돼!"

단호한 말과 함께 하얗게 눈을 흘기는 권연지의 모습에 오만태는 겸연쩍었다. 그는 여러 번 그녀를 자신의 여자로 만들려고 시도했었다. 그러나 그녀는 완고한 가정의 영향인지 스킨십 이외는 허락하지 않았다.

그는 목표물을 잃어버린 심정이었다. 어떻게 하든지 그녀가 자신에게 깊은 관심을 갖게 하는 것이 목적이었다.

"나, 샤인에서 BS로 옮겼어."

"왜?"

"BS에서도 오래 있지 않을 거야. 독립할 생각이야. 오빠가 혹시 내 얘기 안 해?"

오만태는 권연지의 오빠를 잘 알고 있어 물었던 것이다.

"독립? 그럼, 기획사를 방송국 PD가 더 좋아 보였는데."

"평생 월급쟁이 노릇을 할 수는 없잖아."

"독립하려면 우리 오빠한테 도움 받아. 오빠 만나게 해 줄까?"

"언젠가는 만나겠지."

오만태가 눈을 가늘게 뜨고 창밖을 응시했다. 그는 문득 부유한 자와 가난한 자의 심정이 비교되었다.

가난한 자를 착취하고 부를 누리는 사회에 대한 분노에 휩싸여 있는 오만태였다. 화폐가치로 행복을 저울질할 수는 없다. 죽음에 임박한 사람이 통장

잔액이 많다고 결코 행복할 수는 없다. 그러나 현실은 부를 누리는 사람들이 행복해 보인다.

권력과 부를 누리는 자에게 원한을 가진 오만태였다. 그들이 고통스러워하는 모습을 보고 싶은 것이 그의 목적이었다. 그의 앞에 앉아있는 권연지도 마찬가지였다. 그가 짓밟고 싶은 것은 부의 상징이었다. 그런데 부유한 자들은 자기방어를 위해 가식의 옷을 두껍게 걸치고 있었다. 그리고 걸치고 있는 가식이 벗겨져도 그들은 가난한 사람처럼 고통스러워하지 않았다.

권연지는 주문했던 주스를 빨대로 빨아 마시고 있었다. 그녀의 티 없이 맑은 피부는 전혀 세상 물정에 때 묻지 않은 순수함을 표현하고 있었다.

화폐로 높이 쌓아 올린 담장 안에서 보호받고 있는 여자의 표정이었다. 여행을 가자고 하는 오만태의 의도를 곰곰이 생각하는 그녀였다.

권연지는 결혼까지도 생각할 만큼 그에게 관심은 있었다. 그러나 부족함이 없는 집과 보통 가정의 남자와 미지의 결혼, 어느 것도 선택하기가 쉽지 않았다.

그녀가 긴 속눈썹을 깜박이며 주스잔을 내려놓았다.

"오빠, 정말, 나하고 결혼하고 싶어?"

"그럼, 내 미래는 연지를 위해 존재하는 걸 알잖아. 연지가 원하면 무엇이든 할 수 있어."

"호주에 있는 오빠 부모는 뭐라고 그래?"

"물론, 연지 사진도 보여 드렸고, 만나면 무척 예뻐할 거야."

순간 당황하는 오만태였다. 그러나 그는 주저하지 않고 자랑스럽게 말했다. 그의 부모가 호주로 이민해서 살고 있는 것은 사실이었다. 하지만 그는 고아원 출신으로 입양되었다는 사실만큼은 그녀에게 밝히지 않았다. 그는 어떻게든지 그녀가 여행에 대한 관심을 갖고 대답하기를 기다리고 있었다. 그는 고개를 끄덕이는 그녀를 재촉했다.

"같이 여행 갔으면 좋겠는데. 하루 시간 낼 수도 없어?"

"하루라면 가능할 것 같아."

"언제?"

"허락받으면 연락할게. 그런데 배고프다."

"뭐 먹고 싶어?"

"음. 친구하고 같이 갔던 성내동 해물전문점이 있는데, 맛있던데…"

"그래, 그럼 거기로 가지."

권연지가 기다렸다는 듯이 자리에서 일어났다. 레스토랑을 나서며 오만태를 쳐다보는 권연지의 해맑은 미소가 보였다.

승강기를 기다리면서 그녀가 그의 겨드랑이에 팔을 쑥 넣고 팔짱을 꼈다. 승강기 안에는 그들뿐이었다. 주위를 두리번거리던 그가 그녀의 어깨를 껴안았다. 그리고 그녀의 입술에 입술을 포갰다. 흠칫하던 그녀가 그의 입술을 받아들였다. 이미 프렌치 키스까지는 허락했던 그녀였다.

성큼 다가온 봄을 느끼지만 강원도의 바닷가는 싸늘한 바람이 불어오고 있었다. 강릉시내에 들어서면 바닷바람이 몰고 오는 짜고 비릿한 냄새를 의식할 수 있었다.

시내 변두리를 향하는 길을 달리는 승용차가 있었다. 그 승용차가 멈춘 곳은 낡은 벽돌로 둘러싸인 우중충한 건물 앞이었다. 승용차의 운전석에서 내린 사람은 오만태였다. 건물을 바라보는 오만태는 크게 한숨을 내쉬었다. 건물 앞에는 잡초가 우거져 있고 빛바랜 고아원 간판이 걸려 있었다.

시온의 집. 이미 폐쇄된 고아원이기에 인기척도 없었다. 그가 입양되기 전에 머물렀던 고아원이었다.

잠시 추억을 회상하던 그는 다시 승용차에 올라앉아 곰곰이 생각하다가 가속페달을 밟았다. 그 승용차가 도착한 곳은 권한열의 권한호텔이었다. 권한호텔은 강원도에서 제일가는 규모였고, 예전보다 더욱 많은 손님이 드나들고 있었다. 승용차에서 내린 오만태는 호텔 프론데스크로 다가갔다. 여직원이 오만태에게 다가섰다.

"손님, 무엇을 도와 드릴까요?"

"혹시, 박후식 씨라고, 여기 근무하고 계십니까?"

"아! 박 지배인님요. 무슨 일 때문에 그러시는데요?"

"꼭, 만나 볼 일이 있어서요."

"지금은 자리에 안 계신데요. 아, 저기 들어오시네요."

정중하게 답변하던 여종업원의 시선이 호텔 출입구를 향했다. 오만태가 바라본 호텔 입구에는 단정한 정장의 중년 남자가 들어서고 있었다.

오만태는 여직원에게 고맙다는 표시를 하고 입구를 향해 걸어갔다. 그는 박후식의 앞으로 가서 허리를 굽혀 인사를 하면서 명함을 내밀었다.

"박후식 지배인 되시죠. 저는 오만태라고 합니다."

"아, 그러세요. 무슨 일로 저를."

박후식은 전혀 안면이 없는 사람이기에 의아스런 표정을 지었다. 더욱이나 명함은 연예계 기업이었다.

오만태는 그가 알아보지 못하는 것이 당연하다고 생각했다.

"기억하실지 모르지만 제가 전화를 드렸었지요. 제 외삼촌 되시는 분, 민철만 씨를 찾고 싶다고 해서."

"아, 기억나요. 그러나 도움될 만한 것이 없어서. 하여튼 사무실로 가시죠."

박후식이 오만태를 사무실로 안내하였다. 사무실로 들어간 박후식이 자판기에서 손수 커피를 뽑아 권했다. 가운데에 탁자를 마주하고 앉은 박후식은 별로 탐탁지 않은 표정을 지었다. 사실 그는 민철만에 대하여 잊지 못할 기억을 갖고 있었다. 직접 주먹을 휘둘러 혼절시킨 선배였기 때문이었다. 그러나 권한열 회장의 명령에 따를 수밖에 없었던 어쩔 수 없는 상황이었다.

당시 권한열의 운전기사로 있으면서 민철만에게 했던 가혹한 행위를 지금까지도 후회하고 있었다. 그러나 그도 살기 위해 마지못해 하수인이 되었던 일이었다. 그런 그는 오만태의 전화를 받고 떠올리고 싶지 않은 과거이기에 외면하려고 했었다. 그러나 너무도 간절한 오만태의 요청을 거절할 수 없었다. 그러나 막상 그를 마주하니 당황스러웠다.

"전화로도 말했지만, 사실 민 선배에 대해서 별로 아는 것이 없어서."

"아, 민철만 외삼촌이 선배셨군요. 마지막 만나신 것이 언제쯤입니까?"

"노 대통령 방북했던 해였지. 민 선배가 권한열 회장님을 만나러 왔었지."

"그 이후로 만나신 적은 없고요?"

"그 후로는 몰라. 먹고 살기 바쁘니. 다만, 거진 횟집에서 여러 번 봤다는 소문은 들었어."

오만태는 실망하지 않을 수 없었다. 박후식은 자신이 민철만에게 했던 가혹행위를 말할 수는 없었다. 오만태가 꼬치꼬치 캐물었으나, 그는 단호하게 모른다는 대답을 했다. 사실 그는 민철만에 대하여 알고 있는 것도 없었다.

침울한 표정을 짓고 있던 오만태가 어깨를 늘어트리고 일어섰다.

호텔을 나온 오만태는 팔짱을 끼고 서서 골똘히 생각했다. 그는 외삼촌을 찾는다는 조카행세를 하느라고 의도적으로 시종일관 안타까운 표정을 지어 보였던 것이다. 그는 민철만의 소재를 알게 된 것만으로도 다행이라고 생각했다.

해수욕장과 항구가 있는 거진은 인구가 많지 않은 지역이었다. 강릉에서 거진까지 멀지 않은 거리였다. 승용차를 세워 놓은 주차장으로 걸어가던 그가 멈추어 섰다. 옆으로 지나쳐가던 젊은 여자가 그에게 다가오고 있었다. 그녀와 같이 가고 있던 그가 바라보고 있었다.

그로서는 면식이 없는 여자였다. 아니 연예인이 되려는 여자들을 많이 대면했기에 모를 수도 있었다. 글래머 스타일의 그녀는 짧은 반바지와 앞가슴이 드러나는 나시 티를 걸치고 있어 더욱 볼륨감이 돋보였다.

"샤인, 오 부장님이시죠?"

"그런데요. 누구?"

"기억 못하시나 보다. 저 오디션 봤던 채연이에요. 떨어졌지만."

"아, 그러고 보니, 알 것 같기도 하군."

오만태는 육감적인 몸을 흔들며 노래를 부르던 그녀의 모습을 어렴풋이 떠올렸다. 야간업소의 무희 같은 선정적인 춤이라 기억한 것이다.

채연은 그가 기억해 주는 것만으로도 무척 기분이 좋았다. 자신을 과시하고 싶은 그녀는 뒤에 서 있는 남자를 힐끔 돌아봤다. 체격이 크고 건장한 남자는 채연의 애인 임한구였다. 채연은 오디션에 실패한 후에 여러 연예기획사를 돌아다녔다. 그러나 그녀를 받아들이는 기획사는 없었다.

대학에 재학 중인 임한구는 동거생활을 하다시피 그녀의 방에서 머물렀다. 그들은 임한구의 부모에게 생활비를 받으려고 강릉으로 내려온 것이다. 가수의 꿈을 버리지 못하는 그녀는 오만태를 만난 것이 물에 빠진 사람이 지푸라기라도 잡는 심정이었다.

"바쁘신가 봐요. 샤인 훈련생이라도 들어갈 수 없나요?"

"나, 샤인에 없어. BS로 옮겼어."

"아, BS라면, 빅스타요? 거기는 유명 연예인도 많던데."

"아직, 기회가 없었던 모양이군."

"네, 빅스타. 좋은데."

채연이 허리를 비비꼬며 애교가 가득한 미소를 지었다. 그녀의 아래 위를 훑어보던 오만태의 입가에 엷은 웃음이 흘렀다.

마치 남자를 유혹하려는 몸짓이었다. 그녀를 향하던 그의 시선이 먼발치에서 바라보고 있는 임한구를 살폈다. 그는 그가 그녀와 평범한 관계가 아님을 느낄 수 있었다.

"연예인이 되려면 사생활부터 조심해야 돼. 무슨 말인지 알아?"

"알아요. 그렇지만, 과거 없는 스타가 있나요. 모두 숨길 뿐이잖아요."

"그건 연기가 특출한 경우지. 루머에 오르는 연예인은 성공할 수 없어."

"저, 어린애 아녜요. 여자가 배경 없이 어떻게 스타가 될 수 있겠어요. 은정이는 기획사 사장 세컨드라는 것을 다 알고, 미나는 GN그룹 아들 주영국의 애첩이 되고 인기가 많잖아요."

"걔네들은 순수하지 않아. 잠시 반짝이다 사라지는 인기라는 걸 몰라?"

오만태는 채연의 맹랑한 말에 입맛을 다셨다. 그녀와 같은 생각으로 연예인이 되려다가 몸만 망치고 좌절당한 여자들이 부지기수였다. 그러나 채연은 자신을 거부하는 그의 변명이라고 생각했다. 임한구를 의식하고 뒤를 돌아보는 그녀는 어떻게든지 자신의 의지를 전달하고 싶었다.

"저, '하얀 늪' 에 캐스팅된 조지나 친구예요. 지나도 순수하지는 않아요. 운이 좋을 뿐이지요."

"무슨 말?"

"지나도 순수하지 않고 과거가 있어요. 남자관계가."

"하여튼 내가 지금 시간이 없어서. 나중에 찾아와."

머뭇거리는 채연의 말을 웃음으로 넘긴 오만태가 명함을 꺼내 내밀었다. 그는 그녀가 자신의 성공을 위해 친구를 시샘한다고 생각하여 하찮게 넘겼다. 거진을 다녀와야 하고 더 이상 말할 필요도 없기에 명함을 건네준 것이었다. 하지만 명함을 받아든 채연은 자신의 소망이 이루어질지도 모른다는 희망으로 마음이 들떴다. 그녀는 사실 언론을 통해 지나의 이름을 들을 때마다 질투를 느끼지 않을 수 없었다.

연예인을 지망하는 여자들의 간절함을 수없이 대면했던 오만태였다. 그는 채연의 말을 대수롭지 않게 흘리고 승용차에 올라탔다.

거진에 도착한 오만태는 횟집들이 줄지어 있는 거리를 걸어가고 있었다. 그는 횟집마다 들어가 민철만을 수소문했다. 그가 확인하고 싶은 민철만의 이름을 아는 사람이 없었다. 해변도로의 마지막 횟집까지 도착했다. 바닷바람을 막기 위해 낡은 타이어를 이용해 지붕을 엮은 오래된 횟집이었다.

기웃거리던 오만태는 출입문을 열고 들어섰다. 오랜 세월만큼이나 출입문이 삐걱거렸다. 가게 안은 어둠침침하고 비릿한 냄새가 풍겼다. 안쪽 문이 열리고 머리가 희끗희끗한 여인이 앞치마에 손을 문지르며 나왔다. 손님을 반기는 기색도 없는 여인은 삶의 경쟁에서 벗어난 시골 아낙네 표정이었다.

"어쩌지요. 배가 안 들어와서, 오늘 장사할 물건이 없는데."

"아, 사람을 찾으러 왔습니다."

"누구를?"

"혹시, 민철만 씨라고 아십니까?"

순간 여인은 무척 경계하는 눈빛으로 오만태를 바라봤다.

여인은 마치 사나운 짐승을 만난 것처럼 두려워하는 표정이었다. 오만태는 자기 스스로가 긴장하는 모습을 보인 탓이라고 생각했다.

미소를 지어 보이려는 그의 표정이 어색했다. 피해의식을 느끼듯 한 걸음 뒤로 물러선 여인이 되물었다.

"왜? 우리 남편을 찾으시나요?"

"아, 돌아가신 제 형님의 친구 되십니다. 형님이 꼭 찾아보라고 해서."

"지금 안 계세요."

"언제쯤 오시나요? 만나뵙고 싶은데."

여인은 대답 대신 오만태의 아래 위를 훑어보았다. 그는 자신의 의지를 보이기 위해 의자를 당겨 앉았다.

민철만을 기다릴 생각이었다. 멈칫거리던 여인이 미간을 찌푸렸다.

"언제 올지 몰라요."

"어디 가셨는데요? 서울에서 내려왔습니다. 형님이 살아계실 때 제일 친한 친구분이라고 해서."

"말 안 하고 나가니 나도 잘. 혹시, 낚시 갔을지도…."

"낚시를, 주로 어디로 가세요?"

"방파제에 갔을지도…."

여인이 마지못해 대답했다. 오만태는 마냥 기다릴 수는 없었다. 슬그머니 의자에서 일어난 그는 출입문 유리로 밖을 내다보았다. 길 끝의 방파제 너머로 파도를 몰고 오는 바다가 펼쳐져 보였다.

"방파제가 가깝군요. 다녀오겠습니다."

오만태는 뚫어지게 쳐다보는 여인에게 꾸벅 인사를 하고 출입문을 열고 나섰다. 천천히 발걸음을 옮긴 그는 방파제에 도착했다.

파도를 마주하고 앉아 낚싯대를 드리운 사람들의 모습이 보였다. 강릉에서 자라난 그에게 낯설지 않은 광경이었다. 하지만 방파제는 해안을 따라 길게 늘어져 있어 민철만의 모습을 찾기가 쉽지 않았다.

오만태는 점퍼 주머니에서 오래된 지방신문을 꺼내들었다. 펼쳐든 신문 기사에는 빛바랜 사진이 있었다. 민철만이 선거사범으로 수갑을 찼던 모습이었다. 오만태가 민철만을 알아볼 수 있는 유일한 사진이었다.

그는 일일이 낚시꾼들을 살피며 해변을 걸었다. 해안이 끝나는 지점까지 당도했다. 그러나 그는 민철만을 확인할 수 없었다. 돌아서려던 오만태가 고개를 돌리고 예리한 눈빛을 발했다. 해안이 끝나는 지점이 암석들로 쌓여 있었다. 암석 위에 밀짚모자를 눌러 쓴 남자가 낚싯대를 드리우고 있었다.

오만태는 신문기사에 실렸던 민철만의 사진을 떠올렸다. 그는 천천히 암벽 위로 올라섰다. 흰 턱수염이 무성하게 자란 남자는 분명히 사진 속의 인물이었다.

세월을 낚듯이 앉았던 민철만이 잽싸게 낚싯대를 낚아채었다. 벌떡 일어선 그가 낚싯줄을 거둬들였다. 파장을 일으키며 끌려오는 물고기, 낚싯줄 끝에 매달려 퍼덕이는 감성돔을 그가 움켜쥐었다. 그리고 절뚝거리는 걸음으로 감성돔을 어망에 집어넣었다.

오만태는 슬그머니 민철만의 옆에 가서 쪼그려 앉았다.

"많이 잡으셨어요?"

민철만은 묵묵히 낚시 바늘에 미끼를 끼웠다. 그리고 바다를 향해 낚싯줄을 던져 넣었다.

그런 그는 담배를 피워 물고 나서야 오만태를 힐끔 쳐다봤다. 오만태는 그의 눈동자를 보고 흠칫하였다. 한쪽 눈동자에 동공의 움직임이 없고 뿌옇고 흉측스러운 안구가 번쩍였다. 깊게 숨을 들이마신 오만태가 슬며시 물었다.

"성함이 민철만 씨, 아니십니까?"

"당신 누구요?"

미간을 찌푸린 민철만이 착 가라앉은 목소리로 되물었다. 오만태는 경계하는 그의 눈빛이지만 다행이라고 생각했다. 오만태가 자신의 명함을 꺼내 내밀었다.

"저는 방송국 PD로 있던 오만태라고 합니다."

"그런데, 무슨 일로?"

"돌아가신 박재필 기자가 제 외삼촌 되십니다."

흠칫 놀라는 민철만의 한쪽 눈동자가 확대되었다. 그러나 그는 이내 담담한 표정으로 바다를 향해 시선을 옮겼다. 오만태는 무슨 질문으로 그의 대답을 들을지 망설여졌다. 어쩌면 자신이 알고 있는 진실을 확인하는 것이었다. 그런데 침묵을 지키던 그가 먼저 입을 열었다.

"재필이에게 사죄하는 마음으로 살고 있소. 내 죗값을 치르고 있는 거지."

"……?"

"용서를 바라고 싶지는 않소. 다만, 나를 이렇게 만든 그 놈이 원망스러울 뿐이오. 권한열, 그 악마에게 충성했던 내 자신도 원망스럽소."

오만태는 독백처럼 흘리는 민철만의 목소리를 듣고만 있었다. 주름살이 쪼글쪼글한 민철만의 시선은 지난 세월을 바라보듯이 먼 수평선을 향해 있었다. 그는 초등학교 동창이었던 박재필과 동병상련의 마음이었다. 동공이 멈추어진 그의 뿌연 안구에 습기가 맺혔다. 침묵을 깨고 오만태가 입을 열었다.

"사실. 저도 민 선생님이 원한을 갖고 제 삼촌을 살해하지 않았으리라 믿습니다. 도리어 민 선생님이 원한을 가졌으리라 생각합니다. 다만 제 삼촌의 억울한 죽음을 밝히고 싶습니다. 그리고 제가 찾아온 목적은 권력과 재물을 움켜쥔 사람들의 실상을 밝히고 싶습니다. 도움을 주셨으면 합니다."

"……"

"이 땅에 다시는 민 선생님이나 제 삼촌같이 억울한 일을 당하는 사람이 없으면 좋겠습니다."

"난 전세에서 풀지 못할 업보를 갖고 세상을 살았소. 가진 자들의 하수인이었지. 뒤늦게 그들에게 돈이란 욕망의 수단이고, 여자도 소모품이라는 것을 알았지만. 이미 한 세상을 마감해야 하는 나이가 됐구려. 내 잘못된 삶이 무슨 도움이 될지 모르지만."

민철만은 지나간 기억을 떠올리며 담담하게 말했다. 그는 자신의 의도대로 인생을 살아오지 않은 것을 후회하고 있었다. 아니 그 자신의 욕망을 위해 가진 자들의 꼭두각시 노릇을 했던 것이었다.

의미심장한 말로 시작하는 그의 숨김없는 말에 오만태는 놀랄 수밖에 없었다. 오만태가 모르고 있던 진실들이었고 숨겨졌던 음모였다.

열일곱

서울 프린스호텔 앞에는 인파로 혼잡하였다. 영화 '하얀 늪' 개봉 전의 기자회견 장소였다. 각 언론사와 매스컴의 카메라 기자들, 그리고 영화에 출연하는 배우들에게 관심이 깊은 팬들이 호텔 앞을 가득 채우고 있었다. 도로 교통을 정리하는 경찰의 호각소리와 자동차 경적이 신경을 날카롭게 했다.

기자회견이 시작되고 검은 나비넥타이에 정장 차림의 연우와 짧은 미니드레스를 걸친 지나가 앞장서서 중앙무대로 나왔다. 그리고 라 감독을 비롯한 배수진 등 출연진이 뒤를 이어 모습을 나타냈다. 드레스를 걸친 지나의 모습이 사람들의 눈길을 끌었다. 앞가슴이 깊게 드러나 보이는 그녀는 아찔한 매력을 느끼게 했다.

번쩍이는 카메라 플래시 불빛과 셔터를 누르는 소리. 화기애애한 분위기 속에 출연진의 인사말이 있었다. 지나는 자연스러운 모습으로 연우와 농담을 주고받기도 했다. 단지 배수진은 그들의 모습을 침통한 표정으로 바라봤다.

지나는 신인 배우이지만 기자들은 매우 깊은 관심을 가졌다. 그녀를 일약 스타덤에 오르게 하는 순간이었다.

기자들의 질문 공세가 이어졌다. 기자 한 사람이 연우에게 언제 결혼하며 이상형이 누구냐고 물었다. 그는 당장이라도 결혼할 수 있다면서 지나를 이상형이라고 하는 유머를 흘렸다.

'하얀 늪' 홍보를 위한 재치 있는 그의 답변이었다. 그의 유머에 장내는 웃음바다가 되었고 야유를 하는 일부 여성 팬들도 있었다. 그러나 당사자인 지나는 단순한 감정이 아니어서 얼굴을 붉혔다.

기자회견을 성공리에 끝낸 연우와 지나는 회사 샤인으로 돌아왔다. 매스컴의 기자들도 그들을 취재하기 위해 따라왔다. 연우는 지나를 신비에 싸인 여배우로 만들려고 기자들의 취재를 거부하라고 지시했다. 그는 제작진과 회의실에서 일정을 토의하고 자신의 방으로 갔다. 그의 지시를 받은 지나가 기다리고 있었다.

소파에 앉아 연예잡지를 뒤적이던 지나가 일어서면서 배시시 미소를 지었다. 빙긋이 웃음을 흘린 연우가 지나를 껴안았다. 그녀는 기자회견 장소의 의상차림이었다. 앞가슴이 패인 드레스 속으로 맑은 피부가 드러나 보였다. 그녀는 모든 사람들의 시선을 받는 공주가 된 기분이었다. 그도 또한 그녀처럼 사랑스러운 여자는 처음이었다.

"정말 예뻤어."

"고마워요."

보조개를 드리운 상큼한 지나의 미소였다. 그윽한 연우의 눈빛으로 입술이 천천히 다가갔다. 그의 가슴에 안긴 그녀가 사르르 눈을 감았다.

입술과 입술이 포개지고 그는 그녀를 힘껏 껴안았다. 그녀는 하복부에 잇닿은 열기를 느꼈다. 키스를 하던 그녀가 슬며시 그를 밀어내며 눈을 흘겼다.

지나가 돌아서는 모습을 보고 연우는 아쉬웠다. 그는 다시 그녀의 등을 껴안았다. 싱그러운 그녀의 향기. 그의 손끝이 그녀의 드레스 앞가슴으로 들어갔다. 그녀가 흠칫하는 동시에 브래지어 속으로 들어간 그의 손이 탄력 넘치는 젖가슴을 보듬었다. 고개를 돌린 그녀가 입술을 내밀며 쫑알거렸다.

"하지 마요. 누가 들어오면 어떡하라고."

"두려울 것 없는데."

지나는 사실 짜릿해지는 감촉에 거부할 의사도 없었다. 이미 그를 통해 성적인 희열을 느끼기 시작한 그녀였다. 그가 다시 그녀의 입술에 입술을 포갰다. 혀와 혀가 엉키며 그녀는 돌아서서 그의 목에 팔을 둘렀다.

그때 인터폰에서 벨소리가 울렸다. 한 번 두 번 계속되는 벨소리에 미간을 찌푸린 연우가 그녀를 풀어 주었다.

"응, 무슨 일이지?"

"회장님이 오셨습니다."

버튼을 누르고 있던 연우가 못마땅한 표정을 지었다. 뒤로 물러서 있던 지나는 의아스러운 눈빛을 했다. 인터폰으로 들려오는 여비서의 목소리는 지나가 샤인에서 처음 듣는 '회장님'이라는 호칭이었다.

어느 기업의 회장님인지는 몰라도 지나는 자신이 있을 장소가 아니라고 생각했다. 출입구로 향하는 그녀에게 그가 손짓을 했다.

"괜찮아. 지나가 있어도."

출입문이 열리고 여비서의 안내를 받으며 노인이 들어섰다. 그는 지팡이를 들고 있는 머리가 반백이 된 노인이었다. 그렇지만 그 노인에게서 카리스마가 뿜어져 나오는 위엄이 서려 있었다. 그 뒤로 남자 수행비서와 여자가 뒤따라 들어왔다. 그 여자는 다름 아닌 배수진이었다. 숨을 죽이고 살피던 지나는 의아스러운 표정을 지었다. 연우가 허리를 굽혀 노인에게 인사를 했다.

"어쩐 일로 아버님이?"

"이 놈아! 설날이 지나도록 네가 안 오니 내가 올 수밖에!"

노인이 소파에 앉으며 버럭 소리를 질렀다. 그러나 연우는 표정 변화 없이 시선을 외면하고 있었다.

실내를 두리번거리며 살피던 노인의 시선이 지나를 향했다. 예리한 노인의 눈빛에 지나는 긴장이 되었다. 방안에는 침묵이 흘렀다. 지나를 잠시 스쳐 지나간 노인의 시선이 연우를 향했다.

"그래, 영화가 언제 개봉된다고?"

"이번 달 말입니다."

지나에게는 모두 낯선 광경이었다. 노인을 안내했던 여비서 미스 김이 지나 옆에 다가서 있었다. 공손하게 손을 앞으로 가지런히 하고 있는 미스 김을 향하는 지나는 의혹으로 가득한 눈빛이었다.

노인과 연우가 대화하는 모습을 바라보던 미스 김의 시선이 지나를 향했다. 눈치를 살피던 미스 김이 손으로 입을 가리고 지나에게 짤막하게 귓속말을 했다.

"대표님의 아버님, 권한그룹 회장님."

그 말을 듣던 지나는 급히 숨을 들이마셨다. 연우의 아버지가 권한그룹의 회장이라는 사실을 모르고 있었다. 뿐만 아니라 그의 가족이나 가정에 대한 사항도 전혀 알고 있지 않았다. 가족에 대해서 그가 말해 주지 않았지만 베일에 싸인 그의 신상정보를 자세히 알고 있는 사람도 없었다. 그녀는 갑자기 연우가 근접할 수 없는 다른 세상의 남자라고 느껴졌다.

연우, 그의 본명은 '권연민' 이었다. 노인은 그의 아버지 '권한열' 이었다.

건설회사로 사업을 시작한 권한열은 대형마트와 호텔, 그리고 물류 유통, 운수사업 등 12개의 방계회사뿐만 아니라 내부자금을 관리하는 권한캐피탈 사채은행을 거느린 그룹의 총수가 되어 있었다. 그러나 그는 예순을 훨씬 넘긴 나이였다.

늙어가는 권한열을 불안하게 만드는 것은 권한그룹을 인수할 후계자 문제였다. 후계문제에 전혀 관심 없이 독자적인 길을 걷고 있는 하나밖에 없는 아들이 권한열은 안타깝기만 했다.

잠시 침묵이 이어지고 눈치를 살피던 배수진이 엷은 미소를 띠고 권한열이 앉아 있는 소파 뒤로 다가갔다. 그리고 권한열의 어깨를 주물렀다.

"아버님, 요즘 건강이 더 좋지 않다고 홍 박사가 말했다던데."

홍 박사는 한국대학병원의 권한열 주치의였다. 권한열은 연우의 말을 담담하게 듣고만 있었다.

사람들의 시선이 권한열에게 유난히 친밀감을 보이는 배수진을 향해 있었다. 연우는 오만태와 관계까지 맺은 그녀를 무시할 수밖에 없었다. 지나는 권한열을 아버님이라고 하는 배수진의 돌발적인 호칭을 듣고 놀랄 수밖에 없었다. 지나는 모르고 있었지만 배수진은 권한열이 거느린 방계회사 권한화학의 사장 배석진의 딸이었다. 그래서 권한열은 자신의 아들이 배수진과 결혼하리라 생각하고 있었다. 그리고 권한열은 아들이 권한의 후계자기 되기를 바라고 있었다. 그러나 연우는 그의 사업을 인계받을 생각이 전혀 없었다.

생각에 잠겼던 권한열이 한숨을 내쉬며 아들 연우를 바라봤다.

"연민아. 언제 자금을 회수하려고. 또 자금을 투자하냐?"

"벤처사업을 하려고요."

"무슨 사업?"

"미디어에 관련된 의류와 게임, 소모품 브랜드를 상표 등록했습니다."

권한열의 고집도 대단하지만 아들을 꺾지는 못했다. 아들의 오랜 유학생활 탓도 있지만 별로 대화도 없는 부자지간이었다. 그러나 그는 누구보다도 아들을 사랑했기에 아들이 하는 일이 자랑스럽기도 했다.

권한열은 담배를 꺼내 물으니 배수진이 라이터를 켜서 불을 붙여 주었다. 그 모습에 연우가 미간을 찌푸렸다.

"건강도 안 좋으신데, 담배 끊으세요."

"사람 보내라. 그리고 집에도 들려."

권한열의 말은 연우가 원했던 사업자금을 주겠다는 의미였다. 권한열 자신도 자금 압박을 받고 있는 상태이지만 아들의 요구를 묵살할 수는 없었다.

권한열은 판교주변지역에 아파트를 건립하기 위해 토지를 매입하는 중이었다. 토지 소유자와 분쟁으로 힘겨운 상태이고, 토지 보상과 매입자금은 만만치 않은 액수였다. 무엇보다 아들을 먼저 생각하는 권한열의 마음과 달리

아들 연우는 묵묵히 듣고만 있었다.

담배 몇 모금을 빨던 권한열이 자리에서 일어섰다. 배수진이 옆에 놓인 지팡이를 들어서 그에게 건네주었다. 실내를 둘러본 그가 입구를 향해 걸음을 옮겼다. 그리고 멈추어 서며 뒤돌아서서 연우를 바라봤다.

"그리고 넌, 나이 마흔이 되면서 결혼 안 하니? 손자를 안아보고 싶구나."

"기대하지 마세요. 전, 결혼 안 해요."

단호한 연우의 대답에 권한열의 시선이 배수진을 향했다. 그러자 지나의 눈동자가 동그랗게 떠졌다. 연우의 나이가 마흔이라는 말에 지나는 놀라지 않을 수 없었다. 그의 나이는 기껏해야 서른이 갓 넘어 보였기 때문이었다.

연우에게 시선을 향한 배수진이 엷은 미소를 지었다. 그리고 입술을 삐죽 내밀어 보이며 권한열의 팔을 잡았다.

"아버님, 연민 씨 좀 혼내주세요."

"애비 소원이다. 더 늙기 전에 손자를 안겨다오."

배수진이 연우를 연민이라고 호칭했다. 지나는 연우라는 이름을 본명으로 알고 있었다.

배수진과 권한열의 말에 연우는 무관심한 표정이었다. 그러나 배수진은 권한열이 그의 배우자로 자신을 선택하고 있다는 말로 알아듣고 만족하여 눈웃음을 흘렸다. 하지만 그녀를 향해 연우는 날카로운 눈빛을 던지고 천천히 고개를 흔들었다.

"마음에 담아 놓은 여자는 있습니다."

"그래? 누구? 수진이?"

"만약, 결혼할 생각이라면, 나중에 말씀 드릴게요."

"빠를수록 좋겠다."

권한열은 아들의 말이 반갑기만 했다. 그러나 배수진은 어두워지는 표정으로 변했다. 연우가 마음에 담아 놓은 여자가 자신이기를 바라고 있었다.

한편 배수진은 오만태와의 관계에 대한 자격지심으로 불안한 마음을 지울 수가 없었다. 그녀는 눈을 가늘게 뜨고 연우와 지나를 번갈아 쳐다봤다. 여자의 직감인지 그녀는 지나를 의식하지 않을 수 없었다.

돌아선 권한열이 발걸음을 옮기고 수행비서가 출입문을 열고 기다렸다. 권한열에 뒤이어 수행비서와 미스 김이 따라나섰다. 연우는 아무 일도 없었다는 듯이 책상을 향해 갔다. 배수진은 그 자리에 머물러 있었다. 서먹서먹하고 겉으로 드러나지 않는 감정이 침묵 속에 묻혀 있었다.

지나는 뜻밖에 알게 된 연우의 신상정보에 당황하고 있었다. 스스럼없이 한 침대에서 잠을 자고 뜨거운 육체관계를 가지는 남자였다. 그보다 자신에게까지 모든 것을 비밀로 했던 그가 원망스러웠다. 그를 원망한다는 것은 그에 대한 사랑을 새삼스럽게 느끼게 하는 것이었다. 그는 무슨 생각에서인지 그녀에게 시선도 주지 않았다. 잠시 주춤거리던 그녀는 눈치를 살피는 배수진을 의식하고 밖으로 나갔다.

연우는 지나가 사라진 후에 의자에 앉아 묵묵히 서류철을 뒤적거렸다. 둘만의 시간을 기다리던 배수진이 그를 빤히 바라보다가 책상 앞으로 다가섰다. 배수진은 오만태와의 관계에 죄책감을 느끼면서도 연우의 마음을 확인하고 싶었다. 아니 어떻게든지 오해 아닌 오해를 변명하고 싶었다.

"연민 씨. 시간 좀 내줘요."

"그럴 필요가 없다는 것을 잘 알 텐데."

쳐다보지도 않고 내뱉는 연우(연민)의 냉정함. 배수진은 온몸의 피가 싸늘하게 식어가는 감정이었다.

애걸복걸 매달려도 눈도 깜짝하지 않을 그의 태도였다. 배수진의 실낱 같은 희망도 와르르 무너졌다. 그러나 그녀는 끝까지 침착함을 잃지 않았다.

"연우 씨가 바쁘니 그럴 거예요. 그럼 다음에 식사 같이해요."

애써 미소를 지은 배수진은 돌아섰다. 연우는 문을 열고 나가는 그녀에게 시선도 주지 않았다. 그는 그녀의 처신을 탓할 수도 있었다. 그러나 그녀에게 정신적인 애정도 없었고 인간적으로는 그녀가 안타깝기도 했다.

그녀가 선택한 인생에 끼어든다는 자체가 버거웠고, 그녀 나름대로 행복하기를 바랄 뿐이었다.

샤인을 나온 지나는 우울한 마음으로 자신의 숙소인 아파트로 돌아왔다. 대기업의 총수가 연우의 아버지라는 사실, 권한열을 아버님이라고 호칭하는 배수진. 그 모든 것들이 충격적인 사실들로 그녀를 혼란하게 만들었다.

그의 여자에서 이방인이 되는 소외감에 젖었다. 그리고 새삼스럽게 그에게 모든 것을 의지하고 있던 자신을 의식했다.

갑작스럽게 스며드는 고독함. 지나는 누군가에게 자신의 외로움을 위로 받고 싶었다. 새삼스럽게 연우에게 의지하고 있던 감정. 그러나 떠올린 사람은 단 하나의 가족인 엄마의 모습이었다. 몇 번인가 걸려왔던 엄마의 전화도 받지 못했었다. 바쁘기도 했지만 너무 갑작스럽게 변한 환경에 빠져들어 엄마에게 연락마저도 소홀했던 죄책감이 들었다.

어깨가 시리도록 스며드는 허전함. 소파에 웅크리고 앉았던 그녀는 휴대폰을 꺼내 들었다. 오랜만에 누르는 엄마의 전화번호였다.

착신을 기다리는 시간도 지루했다.

"엄마."

"응. 지나야. 잘 지냈어? 몸은 괜찮아? 식사는 잘하고?"

연이어 말하는 엄마인 상희의 걱정스러운 목소리. 딸을 걱정하는 상희의 목소리는 누구보다도 반가운 목소리였다.

지나는 왈칵 눈물이 흐르며 목이 잠겼다.

"응, 엄마 미안해."

"미안하긴, 우리 딸만 건강하면 엄마는 행복하단다. 그런데 목소리가 왜 그래? 감기 들었니?"

"아니, 엄마 목소리 들으니 반가워서."

"못된 계집애. 전화도 안 하고. 티브이에서 네 모습 보고 있어. 그리고 사람들에게 자랑했단다. 내 딸이 자랑스러워."

"응, 엄마 사랑해. 그리고 항상 고맙게 생각하고 있는 거 알지?"

"그래, 실수하지 말고, 집에 한 번 들러라. 보고 싶구나."

"응, 알았어. 엄마가 있어서 행복해."

"그래, 나도 그렇단다."

지나는 눈물이 앞을 가려 더 이상 통화를 계속할 수 없었다.

사람은 가족을 떠나봐야 가족의 소중함을 안다고 했다. 더욱이나 단 두 식구만 의지하고 살아온 지나에게 엄마는 소중함, 그 이상의 존재였다.

통화를 끝낸 지나는 한동안 넋을 놓고 앉아 있었다. 그리고 어떤 일에도 실망하지 않으리라고 다짐했다.

엄마의 목소리는 그녀에게 용기를 북돋우는 활력소였다.

덜그럭하는 소리에 지나가 청각을 곤두세웠다. 현관문 잠금장치가 열리는 소리였다. 그녀의 아파트 잠금장치 번호를 아는 사람은 연우(연민)뿐이었다.

그녀는 얼굴에 얼룩진 눈물을 문지르며 소파에서 일어섰다. 현관으로 들어선 그가 거실로 들어서며 점퍼를 벗었다. 그녀는 묵묵히 그의 점퍼를 받아 들었다. 그가 그녀를 빤히 쳐다봤다.

"왜? 울었어?"

지나는 대답 없이 연우의 시선을 외면했다. 그의 말은 그녀의 마음을 더욱 여리게 만들었다. 감정을 억누른 그녀는 그의 점퍼를 옷걸이에 걸어 놓으려고 돌아섰다. 왠지 새침한 그녀의 표정이다. 그의 입가에 엷은 미소가 번졌다.

그는 그녀가 오해하고 있다는 생각을 했다. 슬며시 그가 그녀의 등을 껴안았다.

"섭섭했던 모양이군. 언젠가는 말하려고 그랬어. 단지 시간을 놓쳤을 뿐이지."

"……"

"난, 어떤 일이 있어도 지나를 배신하지 않아."

여자의 원망은 남자의 야심과 같이 그렇게 쉽사리 사라지지 않는다. 그러나 여성의 실상은 다를 수도 있다. 애정이라는 감정으로 말미암아 여자는 끊임없이 자기 기만을 하고 있을 뿐이다.

연우가 지나를 돌려 세우고 마주섰다. 그녀가 어깨를 끌어안으려는 그를 밀치려고 했다.

"놓으세요."

"토라진 모습이 더 사랑스러워."

그윽한 눈빛으로 바라보는 연우였다. 지나가 그를 흘겨보았다. 그녀의 턱을 받쳐 든 그의 입술이 가까이 다가왔다. 그에게서 벗어나려는 지나였다. 그러나 그의 입술이 그녀의 입술 위에 포개졌다. 마지못해 입술을 허락하는 그녀의 눈동자에 맺혀 있던 이슬이 반짝였다.

여자는 성적인 역할을 통해 길들여진다고 했던가. 연우가 지나의 엉덩이를 손으로 감싸고 들어올렸다. 그는 팔에 힘을 주어 그녀를 바짝 끌어안았다. 혀와 혀가 엉키고 허공으로 들어올려진 그녀는 그의 목덜미에 팔을 감고 매달렸다. 그녀는 잇닿은 하복부에서 전달되는 열기를 느꼈다. 전류에 감전된 것처럼 전율하는 그녀였다.

프렌치 키스로 미안함을 표시한 그가 그녀를 내려놓고 내려다봤다. 그녀는 의도적으로 새침한 표정을 지었다.

"보지 마요. 몰라요."

"나, 배고파."

연우가 빙긋이 웃으며 배를 내밀고 문질렀다. 그리고 그녀의 도톰한 둔부를 손바닥으로 더듬었다. 흠칫 놀란 그녀가 허리를 비틀어 피하면서 하얗게 눈을 흘겼다. 소년 같은 장난스러운 그의 모습에 그녀는 비로소 눈웃음을 지었다. 그녀는 부리나케 주방으로 들어갔다. 그러나 연우가 올 것이라고 예상하지 못했고 준비해 놓은 반찬이 없었다.

지나는 엄마가 만들어 주었던 반찬들을 떠올렸다. 우선 김치와 삼겹살을 적당히 잘라 버무려서 기름을 넣고 볶았다.

김치찌개를 만들려는 것이었다. 재료가 익을 동안 김을 잘라 레인지 위에 올려놓고 참기름과 식용유를 뿌려 주물렀다. 기름기가 골고루 섞인 다음 뒤적이며 볶았다. 그동안 익어가고 있는 김치찌개 재료에 물을 붓고 다시 끓였다.

빠른 손놀림으로 장조림을 만들기 위해 달걀을 삶아 내었다. 끓고 있는 김치찌개에 라면사리를 넣고 콕콕 눌렀다. 그녀는 순식간에 김치찌개와 김볶음, 달걀장조림을 만들어 낸 것이다. 그리고 스팸 야채볶음을 만들기 위해 부지런히 움직이다가 거실을 힐끗 쳐다봤다.

TV 화면을 주시하고 있던 연우의 시선이 그녀를 향했다. 마음이 급한 그녀는 볶아낸 스팸과 햄, 야채에 깨를 뿌려 주었다.

지나의 뒷모습을 바라보던 연우가 일어섰다. 돌아서서 식사준비를 하는 그녀의 모습이 사랑스러웠다. 가녀린 허리와 스커트 자락을 찰랑이는 앙증맞은 엉덩이가 매력적이었다. 그는 발소리를 죽여 그녀의 등 뒤로 다가섰다. 그리고 슬그머니 그녀를 껴안았다. 그러나 놀라지 않고 뒤돌아보는 그녀의 표정에 그는 쑥스러웠다.

지나는 이미 연우의 장난스러운 행동에 익숙해져 있었다. 하지만 그가 아무에게나 순수한 마음을 표현하는 것이 아니고 그녀이기 때문이었다. 그녀가 고무장갑 낀 손으로 야채와 스팸조각을 싸서 그의 입에 넣어 주었다.

"괜찮은지 맛 좀 볼래요."

"음, 맛있다. 솜씨도 빠르네."

연우는 입 속에 든 음식을 씹어 먹으며 지나의 음식솜씨를 칭찬했다. 맛있게 먹는 그를 보고 지나는 기분이 좋았다.

남자에게 음식 솜씨를 찬사 받고 싶은 여자의 본능이다. 그런데 끓고 있는 김치찌개를 들어 올리려던 그녀가 갑자기 손을 들으며 허리를 비틀었다.

"아잉. 하지 마요. 찌개 넘쳐요."

소년처럼 얼굴을 붉힌 연우가 재미있다는 듯이 웃음을 흘렸다. 슬그머니 그녀의 앞가슴으로 손을 넣은 그가 젖가슴을 움켜 쥔 것이다.

그는 생모의 얼굴도 모르고 자랐다. 분유로 성장했기에 항상 어머니의 젖가슴이 그리웠다. 다른 여자에게 표현할 수 없는 그의 감정이었다.

"아이! 하지 말라니깐. 난 몰라."

지나가 어찌할 바를 모르고 울상을 지었다. 연우는 도리어 그녀의 모습이 귀엽고 사랑스러웠다. 몸을 뒤틀던 그녀가 고무장갑 낀 손으로 그의 얼굴을 문질렀다. 그때서야 그는 얼굴에 묻은 양념을 털어내며 그녀를 풀어 주었다. 그녀가 하얗게 눈을 흘겼다.

"못 됐어요. 꼭 애들 같아."

겸연쩍은 연우는 마른 웃음을 터트렸다. 그리고 지나를 도와 식탁 위에 찌개와 반찬을 올려놓았다. 그들은 마주 앉아 식사를 시작했다. 그녀는 자신이 차려준 음식을 맛있게 먹는 그의 모습에 뿌듯했다. 그녀가 숙소를 옮기고 나서 처음 맞이하는 둘만의 오붓한 식사였다.

식사가 끝난 후에 연우는 설거지를 하는 지나 주위를 서성거리다가 욕실로 들어갔다. 샤워를 하고 나온 그에게 그녀가 커피를 타주었다. 커피 잔을 집어든 그는 신문을 뒤적거리다가 욕실로 들어가는 그녀를 힐끔 바라봤다.

아파트 단지 전체가 적막에 휩싸이는 어둠에 싸인 밤이었다. 고요함이 깃들어 있는 실내에 욕실로부터 흘러나오는 물소리. 연우는 발가벗고 서 있을 지나의 나신을 떠올렸다.

오늘 따라 그녀를 안고 싶은 욕구가 일었다. 슬그머니 일어선 그는 발돋움을 하고 욕실문 앞으로 다가갔다. 뿌연 유리문으로 드러나는 그녀의 실루엣. 흘러나오는 물소리에 귀 기울인 그의 심장이 두근거리며 달아올랐다.

발가벗은 지나는 샤워기 밑에 서서 보디샴푸를 적신 타월로 몸을 문지르는 중이었다. 벽거울 속에 거품이 흘러내리는 그녀의 나신이 드러났다. 수건으로 허벅지에 거품을 일구어내던 그녀는 화들짝 놀랐다. 욕실문이 열리고 불빛이 스며들어온 것이었다. 문을 열고 서 있는 연우의 눈빛이다. 그렇지 않아도 급하게 서두르던 그녀는 두 손으로 젖가슴을 가리며 쭈그려 앉았다.

"난 몰라. 빨리 닫아요."

"뭘, 그렇게 놀래?"

연우가 천연덕스럽게 욕실로 발을 들여 놓았다. 돌아서 앉아 있는 지나는 당황할 수밖에 없었다. 그러나 그가 주저하지 않고 그녀에게 다가왔다. 다급해진 그녀는 세숫대야에 담긴 물을 그에게 끼얹었다.

"뭐예요? 나가요!"

"자, 잠깐만."

"미쳤나 봐. 빨리 안 나가요."

물을 흠뻑 뒤집어쓰고도 연우는 천연덕스럽게 지나의 등 뒤로 다가왔다.

그는 우격다짐으로 그녀가 쥐고 있던 수건을 낚아챘다. 그리고 그녀의 등을 문질렀다. 웅크리고 앉은 그녀가 한 팔을 휘두르며 소리 질렀다.

"뭐예요. 싫어요. 빨리."

"빨리 문 닫고 들어오라면서."

"그게 아니라."

"그게 아니긴. 빨리 닦아줄게. 내 요정을 내가 예쁘게 가꿔주는데 누가 뭐래."

"아잉! 난 몰라."

그는 거부하는 그녀를 무시하고 막무가내로 그녀의 몸을 수건으로 문질렀다. 어린아이를 목욕시키듯이 그녀의 팔을 낚아 채어 거품을 일구어냈다. 점점 몸을 웅크리는 그녀는 울상을 짓고 있을 수밖에 없었다. 수건으로 거품을 일으키는 그의 손이 둔부와 허리 밑을 향했다. 그녀가 다시 세숫대야에 담긴 물을 그에게 마구 튕겼다.

"정말, 가만 두지 않을 거야."

물을 잔뜩 뒤집어쓰고 나서야 그는 웃음을 터트리며 물러섰다. 그녀가 입술을 앙다물었다. 그러나 그녀는 더 이상 일어설 수가 없었다. 그가 문을 닫고 나가고 그녀는 배시시 미소를 지었다.

그의 짓궂은 장난이 싫지 않았다. 오히려 그와 더 허물이 없어졌다는 느낌이었다. 샤워를 마친 그녀는 머리와 몸의 물기를 닦아낸 후 망설였다. 걸쳤던 스커트와 셔츠를 넣은 세탁기는 이미 동작중이었다.

혼자 있다면 나가서 옷을 입으면 되겠지만 그가 있어서 나갈 수가 없었다. 그가 올 것이라고 생각 못해서 미처 옷을 준비하지 못한 상태였다.

그녀는 큰 수건을 몸에 두르고 살며시 욕실문을 열고 나갔다. 발수건을 집어 들려던 그녀는 몸에 두른 수건을 움켜쥐었다. 주방에서 나오는 그와 마주친 것이다.

그가 빙긋이 웃으며 다가섰다. 그리고 대뜸 그녀를 번쩍 들어서 안았다. 그녀는 피할 사이도 없이 그의 가슴에 안겼다. 눈을 동그랗게 뜬 그녀는 주먹으로 그의 가슴을 마구 두들겼다.

"하지 마! 왜 이래?"

"나의 요정."

그는 도리어 그녀를 으스러지도록 껴안으며 입술을 찾았다. 향긋한 샴푸 냄새와 풋풋한 여자의 체취. 고개를 좌우로 흔들며 피하던 그녀의 입술이 그의 입술에 포개졌다. 눈을 사르르 감는 그녀의 팔이 자연스럽게 그의 목에 팔을 두르고 매달렸다. 그는 터질 것 같은 그녀의 입술을 탐닉하며 침대로 다가갔다. 연우는 침대 위에 눕힌 그녀의 혀를 입속으로 강하게 빨아 당겼다. 그녀가 걸치고 있던 수건이 미끄러져 내려가고 윤기 흐르는 피부가 드러났다.

그는 걸치고 있는 가운과 팬티를 서둘러 벗었다. 발가벗은 그들의 알몸이 창문으로 스며드는 도심지의 불빛에 실루엣으로 드러났다.

그에게서 뿜어 나오는 열기가 그녀의 귓가에 맴돌았다. 그녀도 이제는 그의 혀를 받아들이는 데 익숙해져 있었다. 그의 입속으로 젖꼭지가 빨려 들어가고 그녀는 참을 수 없는 짜릿함에 몸서리쳤다. 그녀가 붙잡으려던 안개는 그녀의 가슴 속에서 성감의 불씨를 일으키고 있었다.

그녀는 자신도 모르게 침대 모포를 움켜쥐었다. 젖꼭지를 일으켜 세우던 그의 혀끝이 점점 밑으로 향하며 타액으로 적시고 있었다.

그녀는 자신도 모르게 그의 허리를 움켜쥐고 당겼다. 연거푸 이어지는 엑스터시. 지금까지 경험했던 능선을 넘어 또 다른 정상을 바라보고 있었다. 구름 속에 드리워진 환희를 움켜쥐려는 그녀의 안타까움이었다. 진액이 으깨지는 마찰음 속에 감각과 신경만이 살아 움직이는 열기의 공간이었다.

몽롱한 눈동자로 안타까워하는 그녀의 표정이다. 다른 날보다 무척 민감한 반응을 보이는 그녀 모습에 그는 참을 수 없는 절정감에 도달했다.

그의 남성에서 뿜어져 나오는 뜨거움을 느낀 지나는 진절머리를 쳤다. 뜨거운 늪으로 변한 그녀의 몸 속에서 무엇인가가 용솟음쳤다.

얼마의 시간이 흘렀는지 알 수는 없으나 잇닿은 그들의 가슴이 땀으로 흥건했다. 그들은 부둥켜안은 상태로 거친 숨을 진정시켰다. 빤히 내려다보는 그의 눈빛에 그녀는 부끄러워 시선을 외면했다.

그가 그녀의 이마에 흘러내린 머리카락을 쓸어 올리며 입술에 키스를 했다. 그리고 그녀 곁에 나란히 누웠다. 남녀의 육체적인 결합은 정신적인 사랑을 승화시키는 원동력이며 한층 더 격렬하고 감미로운 것이다.

커튼 사이로 은하수 가루처럼 쏟아져 스며드는 달빛. 발가벗은 그들의 육체가 조각처럼 드러나 있었다. 그녀는 감고 있던 눈을 뜨고 그를 힐끔 바라봤다. 균형 잡힌 근육이 드러난 체구와 이목구비가 뚜렷한 그의 여자라는 것에 행복함을 느꼈다.

그의 시선이 그녀를 향했다. 빙긋이 웃음을 흘린 그가 그녀를 향해 돌아눕더니 그녀를 끌어안았다. 그녀는 점점 그의 손길에 익숙해지는 여자가 되어가고 있었다. 그가 그녀의 젖가슴을 더듬었다. 그리고 그녀의 젖꼭지를 손가락 사이에 끼고 주물렀다. 어깨를 움츠린 그녀가 눈을 흘겼다.

"아파요."

"여자에게 집착하는 건, 지나가 처음이야."

그가 젖꼭지를 쥐고 있는 손가락에 힘을 빼고 돌돌 굴렸다. 그녀는 묘한 쾌감을 느끼며 그의 말을 음미했다.

정신적 육체적으로 완전한 사랑을 하는 남녀가 서로에게 집착을 한다는 것은 당연한 일인지도 모른다. 그것은 어쩌면 결혼을 의미하는 것이다. 진정 그의 여자가 된다는 것은 당연히 결혼해서 아내가 되는 것이다. 그러나 그녀는 배수진처럼 결혼을 목적으로 그와 깊은 관계를 맺은 것은 아니었다. 단지 서로가 애정을 갖고 있는 것만은 확실했다. 그 확신은 약속되지 않은 감정의 불안한 미래일 뿐이었다. 그 또한 그녀와 같은 심정이었다. 다만 그가 지금까지 상대했던 여자와 그녀는 달랐다.

그는 어린 시절부터 고아처럼 살아왔다. 생모를 모르고 태어나서 완고하고 독선적인 아버지 밑에 자라서인지는 몰라도 항상 정에 굶주렸다. 그리고 사춘기시절부터 느꼈던 아버지에 대한 모멸감은 그를 분노하게 만들었다. 그의 분노는 그가 처한 현실을 탈피하고 새로운 세계를 만들고 싶은 열정으로 만들었다. 다른 사람에게 드러낼 수 없는 열정의 불길이었다.

"난, 현실이 싫어. 아니 나만의 세상을 만들고 싶어."

그녀는 혼잣말처럼 흘리는 그의 말을 곰곰이 되새겼다. 그러나 그가 말하는 의도를 알 수는 없었다. 다만 그의 표정에는 신비스러움이 깃들어 있었다.

언젠가는 폭발할 것 같은 화산 같았다. 그녀를 바라보는 그의 눈빛은 다정하고 부드러웠다. 그러나 그녀가 이따금 느끼는 그의 내면에 숨겨진 열정은 두려움까지 느끼게 했다.

"대표님이 무서울 때도 있어요."

"왜?"

"몰라요. 다만, 대표님의 그런 모습이 좋아요."

"난, 앞으로 대표님이라고 부르지 않았으면 좋겠는데."

그가 젖꼭지를 애무하던 손을 멈추었다. 짜릿한 쾌감에 젖었던 그녀가 옆으로 누워 그를 마주보며 눈동자를 크게 떴다.

그가 그녀를 껴안은 팔에 힘을 주며 뚫어지게 쳐다봤다. 그리고 손가락으로 그녀의 도톰한 입술을 문질렀다. 그녀는 마땅한 호칭이 떠오르지 않았다. 무엇보다도 다른 사람의 이목이 조심스러웠다. 루머가 퍼지면 타격을 받을 그가 걱정스러웠다. 더욱이나 나이 차이가 20여년이나 더 많다는 것을 알게 된 그녀였다.

"하지만 사람들이?"

"그렇다면, 둘이 있을 때는 이름을 부르던지, 오빠라고 부르지."

"그래도 되나요?"

"난, 좋지."

그녀는 오빠라는 단어를 소리 없이 되뇌었다. 남자가 없는 가정에서 자라난 그녀였기에 어린 시절부터 부르고 싶은 호칭이었다. 이미 그녀는 정신적 육체적으로 그의 여자가 되어 있었기에 호칭에 민감하지 않았다. 다만 그를 의지할 수밖에 없는 그녀는 배수진을 떠올리며 불확실한 미래가 두려울 뿐이었다. 그녀는 단순하게 스캔들로 끝나는 그의 여자가 되고 싶지 않았다.

열여덟

유행에 민감한 젊은 여자들이 몸매를 드러내고 다니는 거리였다. 사진 축제가 열리고 있는 충무로 거리에는 영화관, 출판사, 인쇄공장, 카메라 전문점 그리고 프린팅 업체들이 몰려 있었다. 영화의 메카라고 불리는 거리에는 연예기획사 간판들도 적지 않았다.

오만태가 자리를 옮긴 빅스타(BS)는 오랜 전통과 많은 연예인을 배출한 연예기획사였다. 빅스타의 사장실이었다. 오만태는 심각한 표정을 하고 있는 곽 사장과 마주앉아 있었다.

빅스타에서 제작한 영화 '영혼의 거울' 개봉을 앞두고 문제가 발생한 것이었다. 원래 샤인의 '하얀 늪' 보다 일찍 개봉하려던 것이다. 그리고 하얀 늪과 테마가 비슷해서 먼저 촬영을 시작했던 영화였다.

곽 사장이 고민하는 것은 촬영 도중에 현실감 있는 스토리로 각본을 수정한 탓에 아직도 편집조차 끝내지 못하고 있는 상황이었다. 그렇다고 테마가 비슷한 '하얀 늪' 보다 뒤에 상영을 하면 관객들이 식상할 것이 분명했다. 잘못하면 제작비도 건지지 못할 형편이었다.

오만태는 곽 사장이 고민하는 기회를 놓치고 싶지 않았다. 어쩌면 샤인에 타격을 입힐 뿐만 아니라, 빅스타를 이용할 수 있게 될 곽 사장에게 신임을 받을 기회였다.

오만태는 샤인의 모든 운영자금이 권한그룹에서 흘러나온다는 것을 알고 있었다. 그는 그 자금이 비자금이고, 엄연히 세금 포탈이라는 증거도 확보하고 있었다. 궁리를 하던 오만태가 바짝 다가앉아 낮은 목소리로 말했다.

"어쩌면, '하얀 늪' 개봉을 늦추든지, 중단시킬 수 있을지도 모릅니다."

"어떻게?"

"법적으로 문제가 있는 제작비라는 것이 밝혀진다면."

"문제가 있는 제작비라고? 사채 때문인가?"

"그 정도로는 안 되지요. 사채 쓰는 기획사가 한둘입니까. 샤인 대표 연우가 권한그룹 회장 아들(연민)이라는 것은 알고 있지요?"

"음. 나도 요즘 소문으로 들었어."

"제작비가 권한 비자금에서 조달된 것이라면."

동그랗게 뜨고 바라보는 곽 사장의 눈동자였다. 출입구를 바라본 그들은 서로의 말에 귀를 기울이며 귓속말을 했다.

20여 분 후에 오만태는 손가방을 들고 빅스타를 나왔다. 의미심장한 미소를 입가에 흘리던 그는 승용차를 몰고 나갔다. 얼마 후 그는 광화문 네거리의 커피숍에서 일간지 신문기자를 만나고 있었다. 한동안 귓속말을 주고받은 그는 서류봉투를 건네주었다.

강남대로 주변에 우뚝 솟은 고층 빌딩들. 도로가에 멈추어 선 승용차와 승합차에서 남자들이 몰려 나왔다. 그들이 향하는 곳은 권한그룹 본사건물이었다. 건물 입구로 들어가려던 그들은 경비직원에 의해 저지당했다. 그리고 연락을 받은 관리과 과장과 직원들이 앞으로 나섰다.

"무슨 일로 오셨습니까?"

"서울지검 수사과에서 나왔습니다."

그들 중에 한 남자가 앞으로 나서며 신분증과 압수수색 영장을 관리과장에게 내밀었다. 신분증을 내민 남자는 수사과 검사였다.

그들과 대치하고 있던 직원들이 우왕좌왕하며 물러서고, 관리과장이 상급 간부에게 급히 전화연락을 취했다. 검사의 지휘를 받은 수사관들이 권한그룹의 각부서로 발걸음을 옮겼다. 수사관들을 태운 승강기 문이 닫혔다.

허둥지둥 발걸음을 옮기는 권한의 직원들. 삽시간에 권한의 분위기는 찬물을 끼얹은 듯이 살벌해졌다. 권한열 회장실로 들어가는 입구의 비서실도 마찬가지였다. 하얗게 질린 여비서가 전화를 집어 들었다. 출타중인 권한열에게 연락을 취하기 위해서였다. 앞으로 나서는 비서실장에게 진두지휘하는 검사가 의무적인 말투를 흘렸다.

"서울지검에서 나왔습니다. 자금 횡령과 세금포탈에 관하여 압수수색을 하겠습니다."

비서실 직원들은 회장실 문을 열고 들어가는 수사관들을 속수무책으로 바라볼 뿐이었다. 수사관들은 증거를 확보하기 위해 분주하게 움직였다.

비서실과 각 부서도 마찬가지였다. 컴퓨터 본체와 서류들이 박스에 옮겨졌다. 권한의 각 부서 사무실들 책상과 금고가 열려졌고 어수선한 분위기가 이어졌다.

한 시간 가량 지난 후에 지팡이에 의지한 권한열이 수행원들과 사무실로 들어섰다. 그러나 이미 수사관들이 압수수색을 끝내고 돌아갈 시간이었다. 비서실장의 보고를 받은 권한열은 잠시 날카로운 눈빛으로 압수수색 영장을 들여다봤다. 그의 눈치를 살피는 직원들은 숨을 죽이고 있었다. 그는 치미는 울화를 억제하지 못해 내뱉었다.

"세금포탈이라고? 우리 권한이 국가 경제를 위해 얼마나 많은 세금을 내고 있는데. 어떻게 정치를 하는 거야!"

권한열은 지방의원을 거쳐서 국회의원을 지낸 경력이 있었다. 그러나 소속 정당과 입장 차이가 많아 더 이상 정치에 참여하지 않고 있었다.

자신의 방으로 들어간 그는 비서실장을 물러가게 하고 의자에 앉아 잠시 생각에 잠겼다. 산전수전을 다 겪은 그는 침착하게 전화기 다이얼을 눌렀다. 착신음이 떨어지고 그의 목소리에 힘이 들어갔다.

"황 차장검사. 어떻게 된 일이야?"

"아, 죄송합니다. 미리 연락을 못 드렸습니다."

"지금 정부에 권한 신세지지 않은 놈 있어. 왜들 이래? 연락도 없이."

"죄송합니다. 상부지시가 있어서 어쩔 수 없었습니다."

"어떤 놈이 지시한 거야?"

"그게 아니라. 투서가 들어와서 형식적인 수사일 뿐입니다."

"투서라고? 어떤 놈이?"

"저희도 조사 중입니다. 익명인데, 증거자료까지 있어서 불가피했습니다. 회장님도 조심해야겠습니다."

"익명? 확인되는 대로 황 차장이 나한테 먼저 알려줘."

"네. 회장님에게 피해가지 않게 하겠습니다."

권한열은 집어던지듯이 전화기를 내려놓았다. 그러나 황 차장검사의 말에 안심이 되지 않았다.

근래에 기업간의 경쟁이 심화되고 있으나 권한이 투서를 받을 이유가 없었다. 권한은 유동자산과 자기자금 구성도가 가장 건전한 그룹 중에 하나였다. 기업 운영에 철두철미했던 그였지만 왠지 불안한 생각에 수화기를 다시 집어 들었다. 그는 혹시나 아들에게까지 피해가 갈 것 같아서 걱정되었던 것이다.

"나다."

"네, 아버지."

"검찰이 입수수색을 하고 갔다. 걱정 안 해도 되겠지만, 혹시 모르니 이번에 건네준 자금관리 조심해야 한다."

"무슨 말이신지?"

"회계장부 정리 잘하라고 시키고, 흔적을 남기지 마라."

전화기를 내려놓은 권한열은 눈을 감고 심호흡을 했다. 한동안 심근경색

질환을 치료받았던 그는 요즘 들어 다시 가슴이 답답하고, 이따금 구토, 설사 증상 등 소화 장애에 시달렸다.

지난 세월 그가 건강을 유지할 수 있었던 것은 불같은 욕망 때문이었다. 그가 더 이상 바라고 싶은 야망은 없었다. 다만 그룹의 총수로 성공하는 동안 권한열 자신을 괴롭히는 것은 고독함이었다. 원만하지 않은 가정에 안주할 수 없었던 권한열의 욕망은 스스로 고독에 이르는 병에 빠트린 것이다.

고독이란 사람과 사람 사이에 놓여 있는 욕망을 채워 나가려는 사람이 만들어 놓은 덫이다. 그는 한 단계씩 욕망을 달성할 때마다 쾌감을 느꼈다.

고독함을 위로받은 것이다. 인간의 욕망은 윤리와 도덕을 망각시키고 영혼을 파괴하기도 한다. 권한열이 쌓아 올린 권한은 야망만으로 이루어진 그룹이 아니었다. 그가 스스로 파괴한 자신의 영혼뿐만 아니라, 그에게 짓밟혀 고통스러워하는 영혼도 있었다.

그는 정신마저 나약하게 만드는 지난 세월을 부정하고 싶었다. 사회지도자로 추앙받았던 그의 과거 속에는 잊어버리고 싶은 어둠의 시간이 존재하기 때문이었다.

종로의 뒷골목에는 주점과 음식점들이 즐비하고 서민들의 발걸음이 끊이지 않는다. 주점 안에는 술 취한 사람들의 목소리와 고기 굽는 연기가 자욱했다. 오만태는 구석진 자리에서 신문사 편집국장 김준태와 마주 앉아 있었다. 오만태는 그동안 친구를 통해 샤인과 권한에 대한 언론 공세를 펼쳤던 것이다.

김준태. 그는 오만태와 같은 고아원 출신이었다. 오만태가 해외로 입양될 때 김준태는 국내에서 입양되었던 절친한 사이였다. 그들 사이에는 비밀이 없었기에 김준태는 오만태의 모든 것을 알고 있었다. 김준태는 형제 같은 오만태에게 도움이 되지 않아 안타까웠다. 술이 취한 오만태는 몹시 흥분한 상태였다. 김준태는 연거푸 술잔을 들이키는 오만태를 위로했다.

"내 힘으론 어쩔 수 없었어. 검찰에선 형식적인 조사로 종결지었어. 윗선의 압력을 받은 모양이야. 사장도 다시는 그 기사를 올리지 말래. 사표 제출하라고 하지 않은 게 다행이지."

"개 같은 세상. 돈과 권력이 판치는 세상. 그렇다고 내가 이대로 포기할 것 같아!"

거듭되는 김준태의 말을 듣고 있던 오만태가 주먹으로 탁자를 후려쳤다. 술병이 떨어져 깨지는 소리와 함께 손님들의 시선이 그들을 향했다. 분통을 터트린 오만태가 글라스에 소주를 따라 벌컥벌컥 들이마셨다. 권한의 권한열의 비리를 검찰에 투서를 했고, 김준태가 기사화 했으나 모두 물거품이 되었던 것이다. 오히려 권한열의 비리를 공식적으로 무마시켜준 결과였다.

오만태는 실행하는 계획마다 수포로 돌아가니 분통이 터지지 않을 수 없었다. 샤인의 주가 조작뿐만 아니라, 매스컴을 통한 루머와 권한 비자금 조성에 관한 투서를 해도 그의 계획은 거대한 장벽에 부딪쳤다.

그는 길게 숨을 내쉬며 주먹을 불끈 쥐었다. 멈출 수 없는 원한이었다. 이제 시작일 뿐이고 그에게는 샤인과 권한을 무너트릴 또 다른 계획들이 있었다.

화창한 날씨였다. 오만태는 승용차를 몰고 영동고속도로를 달리고 있었다. 열려진 차창으로 지나치는 푸른 산과 들이 물결처럼 흘러갔다. 조수석에는 선글라스를 착용한 권한열의 딸 권연지가 앉아 있었다. 차창으로 들어오는 바람결에 머리카락이 휘날리는 그녀는 오디오에서 흘러나오는 노래를 따라 흥얼거리고 있었다.

권연지의 화사한 옆모습을 훔쳐보는 오만태의 입가에 엷은 미소가 떠올랐다. 그녀는 오디오에서 흘러나오는 음악에 맞추어 손가락으로 허벅지를 가볍게 두드렸다.

스커트 자락이 밀려 올라간 그녀의 뽀얀 살결의 허벅지가 드러나 있었다. 권한에 타격을 가하려던 계획이 실패했던 결과와 달리 그의 표정은 밝았다.

그의 요구를 받아들인 그녀와 여행을 떠나게 된 기쁨이었다. 그러나 그는 결코 한가하게 여행을 즐기는 것만은 아니었다.

권연지. 그녀는 권한그룹 권한열 회장의 딸이었다. 오만태는 권한열에게 직접 도전하기 위한 수단으로 그녀에게 접근했던 것이다. 물론 그가 처음부터 그녀를 이용하려고 했던 것은 아니었다. 재벌의 딸이며 텔레비전 방송 아나운서인 그녀는 남자들의 로망이었고, 그는 단순한 감정으로 그녀를 좋아했기에 집착했었다. 하지만 권한에 대한 그의 원한은 그녀에 대한 감정보다 절박했다.

주말의 고속도로에는 강원도로 향하는 차량이 꼬리에 꼬리를 물고 달려갔다. 이따금 권연지의 표정을 살피는 오만태의 눈빛이 날카로워졌다. 결혼에 집착하도록 만들 계획이다. 그리고 그는 뜻대로 되지 않을 것을 대비하여 준비한 계획도 떠올렸다. 그의 치밀한 계획에 대해 아무것도 모르는 그녀가 환한 미소를 띠며 기지개를 폈다.

"오래간만에 시외로 나오니 기분 좋은데, 고마워 오빠."

"난, 무엇보다 연지와 함께 하는 시간만으로도 행복한데."

"피잇! 오빠 말은 진정성이 없어. 다른 여자들한테도 그러지?"

"아직도 내 맘을 몰라?"

"그런 건 아닌데, 너무 쉽게 자주 듣는 말이라서."

"연지를 사랑하니까."

오만태의 그윽한 눈빛이다. 권연지는 그에게 항상 듣는 말이기에 감동적이지는 않았다. 살짝 눈을 흘긴 그녀는 오디오의 발라드 곡을 골랐다. 발라드 부르는 남자가수의 감성적인 목소리가 흘러 나왔다. 그의 어깨에 비스듬히 머리를 기댄 그녀가 작은 목소리로 노래를 따라 불렀다.

영동고속도로 장평IC를 지나고 지루함을 느낀 권연지가 입을 벌리고 하품을 하였다. 오만태의 시선을 의식한 그녀는 얼른 손으로 입을 가리고 배시시 미소를 지었다. 그는 얼마 되지 않아 사르르 눈을 감는 그녀를 보고 빙긋이 웃음을 흘렸다.

진부를 지나 횡계에 도착할 때까지 그녀는 잠들어 있었다. 동계올림픽 준비가 한창이라 주변을 보고 싶어 승용차를 세웠다. 그리고 그가 슬그머니 그녀의 입술에 키스를 했다.

"어, 어디야?"

잠에서 깨어난 그녀가 그를 밀치며 물었다. 그가 다시 그녀의 입술에 키스를 했다. 그녀는 마지못해 그의 입술을 받아들였다. 그의 혀가 그녀의 입술을 헤집고 들어갔다. 그리고 혀를 입속으로 강하게 빨아 당겼다. 눈을 동그랗게 치켜뜬 그녀가 그의 가슴을 주먹으로 두들기며 밀어냈다.

"미쳤나 봐. 사람들 보는데."

"그래 난, 연지한테 미쳤거든."

"못 됐어."

겸연쩍은 웃음을 흘린 그가 운전석 문을 열고 내려섰다. 사진기를 집어든 그는 뒤따라 내리는 그녀를 부추겨 기념사진을 촬영하자고 했다.

주변에는 단체 여행객과 아이들을 동반한 부부, 젊은 연인 등 관광객들로 혼잡하였다. 그는 신혼부부에게 사진촬영을 부탁하고, 그녀와 함께 나란히 서서 포즈를 취했다. 그리고 그는 그녀를 모델로 하는 사진을 촬영했다.

횡계에서 간단하게 식사를 마친 그들은 강릉을 거쳐 설악산으로 들어갔다. 관광객들이 연지를 힐끔힐끔 쳐다봤다. TV 화면에서 자주 보았던 그녀의 낯익은 이미지 때문이었다. 그는 사람들의 시선이 두렵지 않았다. 오히려 그녀와 같이 있는 모습을 드러낼수록 그의 목적 달성에 가까워지는 것이었다.

하지만 그녀는 시선을 피하려고 선글라스뿐만 아니라, 모자를 깊이 눌러쓰고 다녔다.

관광객들 사이에 휩싸인 그들의 마음은 각기 달랐다. 그는 느긋한 표정을 하고 있지만 내심 그녀의 일거일동에 신경을 곤두세우고 있었다.

그녀는 모처럼만에 도시를 탈출한 여유로움을 느끼고 싶었다. 그런데 우연하게도 그녀가 근무하는 방송국 직원들을 마주치게 되었다. 강원도의 자연다큐를 촬영 중인 제작진이기에 그녀는 조심스럽기도 했다.

설악산을 돌아본 오만태는 하조대를 거쳐 해변도로를 따라 남쪽으로 승용차를 몰았다. 점차 녹색으로 변하는 숲과 그리고 파도가 출렁이는 해수욕장들이 여름을 기다리고 있었다.

정동진에 도착했을 때는 붉게 드리워졌던 낙조를 몰아내고 어둠이 내려앉아 있었다. 오만태는 다시 차를 돌려서 북쪽으로 향했다. 강릉을 지나쳐 가니 권연지가 의아스런 눈빛을 했다.

"어디 가는 거야?"

"저녁 식사도 하고, 쉴 곳으로 가야지."

"강릉에 있는 우리 집으로 가지. 아니면 우리 별장으로 가던지."

"식사를 해야 되잖아."

"우리 엄마, 강릉에 내려와 있어."

"다음에."

오만태는 권연지의 가족에 대해 누구보다 잘 알고 있었다. 하지만 그의 계획으로는 그녀의 가족 앞에 당당하게 모습을 나타낼 단계가 아니었다. 우선 그는 그녀의 마음을 차지하는 것이 급선무였다. 그는 그녀의 말을 무시하고 설악산을 향해 승용차를 몰았다. 설악산이 철옹성처럼 둘러싸인 리조트호텔에 도착했다.

잘 가꾸어진 정원. 이국적인 호텔 건물의 웅장함. 나이트클럽 간판의 오색찬란한 불빛이 그들을 유혹하고 있었다. 대기하고 있던 호텔직원이 승용차에 다가왔다. 버킹검의 근위병 같은 제복을 걸친 직원이 승용차 문을 열어주었다. 그는 허리를 굽혀 깍듯이 인사하는 직원에게 승용차 열쇠를 건네주었다.

승용차에서 내린 오만태는 권연지의 눈치를 살폈다. 그는 사전에 호텔예약을 하고 내려온 상태였다.

차에서 내린 그녀는 다소 두려운 눈빛으로 주위를 돌아봤다. 야외 공연이 있는지 호텔 정원에 가설무대가 설치되어 있었다. 서치라이트 불빛 아래 악기와 전자 음향기기, 그리고 공연을 준비하는 사람들의 모습이 보였다. 그녀의 눈치를 살피던 그가 환한 표정으로 말했다.

"모처럼 여행을 왔으니 밤경치도 즐기고, 스트레스도 풀어야지."

"공기가 맑고 상쾌한데, 그런데 배고파."

의외로 부담감 없는 표정을 하는 권연지의 모습에 오만태는 비로소 안심이 되었다. 그는 주저하지 않고 그녀의 손을 잡고 호텔로 들어갔다.

그는 이탈리안 레스토랑으로 그녀를 데리고 들어갔다. 구석진 곳의 스테이지에서 하얀 드레스를 걸친 여인들이 연주하는 첼로와 피아노 선율이 은은하게 흐르는 실내였다. 쉐프가 직접 다가와서 인사를 하며 그가 예약했던 메뉴를 확인했다.

식탁 위에는 이태리식 보양식인 훈제 민물장어, 이태리식 민어구이, 한우 채끝등심구이 등과 와인 한 병이 놓여졌다. 그는 눈동자를 반짝이는 그녀의 표정을 보고 흐뭇하지 않을 수 없었다. 그가 와인 병을 들어 그녀 앞에 내밀었다.

"자! 여행 온 기념으로 기분 좋게 한 잔 하지."

"나, 술 못하는 거 알잖아. 그러나 오늘은 마시고 싶어."

그녀는 흔쾌히 유리잔을 들어 내밀었다. 빙긋이 웃음을 흘린 그가 그녀의 잔에 와인을 따라 주었다.

그들은 잔을 부딪고 와인을 마셨다. 얼굴을 찡그렸던 그녀는 의외로 달콤한 맛에 잔을 비웠다. 하지만 목구멍으로 들어간 짜릿함이 내장까지 스며드는 것을 느꼈다. 그는 다시 그녀의 빈 잔을 채워 주었다. 그리고 그녀의 눈치를 살폈다.

"강릉에서 태어났으니, 설악산에 자주 왔겠네?"

"아니, 별로. 서울에서 학교를 다녔으니까. 세 번인가 왔었지."

"남자하고?"

"아니 어렸을 때 친구하고."

그는 그녀의 남자관계를 알고 싶었다. 그녀는 그가 묻는 말의 의미를 알아

채고 눈을 흘겼다. 그가 선웃음을 흘리며 와인 잔을 들어 마셨다. 그는 그녀가 와인을 마시기를 권했다.

"외국 사람들은 와인을 음료수로 생각해. 한 잔 더하지."

"그래도 난, 취할 것 같은데."

주저하던 그녀가 잔을 들어 마셨다. 그러나 그녀는 와인 한 모금 마시더니 잔을 내려놓았다. 그는 그녀의 마음을 확인할 틈을 엿보고 있었다. 그러나 잘 못했다가는 도리어 역효과를 일으킬 것이 조심스러웠다.

"난 말이야. 사실 하루도 연지를 생각하지 않는 시간이 없었어."

"피잇! 또, 그런 말한다."

"정말이라니까. 연지는 내 마음을 못 느껴?"

"그건, 알아. 하지만."

"하지만?"

그녀의 말을 기다리는 그는 긴장되었다. 그를 빤히 쳐다보는 그녀의 눈빛이 그녀도 그가 싫은 것은 아니었다. 그렇다고 그에게 절실한 애정을 느끼는 것도 아니었다. 그녀도 연애경험이 있었고 아버지가 권하는 결혼 대상자도 있었다. 권한열이 권하는 남자는 권한의 부회장 진기남의 아들 진승원이었다.

권한그룹의 개발국장을 담당하고 있는 진승원은 미국 예일대학에서 경제학을 전공한 엘리트였다. 권연지와 같은 나이였다. 항상 단정한 모습이었고 아버지 진기남처럼 성실하여 장차 권한의 재원으로 선망 받는 남자였다. 그러나 그녀는 너무도 고지식하고 빈틈이 없어 보이는 진승원에게 특별한 감정을 느낄 수 없었다.

나이가 서른이 넘어가는 권연지는 결혼에 대한 생각을 하지 않을 수 없었다. 그렇다고 오만태에게 애정을 느끼는 것은 아니지만, 틀에 박힌 결혼생활은 하고 싶지 않았다. 숨이 막힐 것 같은 진승원보다는 오만태의 적극적이고 자유로운 분위기가 편했다. 오만태에 대한 그녀의 감정은 어차피 결혼이 전제 조건이라는 것을 부인할 수 없었다.

"단순한 감정에 빠져들 나이가 아니잖아."

"나이? 연지는 아직도 여고생처럼 순수하고 아름다워. 뭐가 두려워?"

"우리 엄마는 연애보다, 결혼 상대자를 만나기를 바래."

"결혼? 난, 너를 사랑해. 연지와 무덤까지 같이 가고 싶어. 연지의 행복을 책임질게."

그는 바짝 다가앉았다. 마주치는 그녀의 맑은 눈동자는 선뜻 그의 말을 받아들이기가 두려웠다. 부모의 그늘에서 안주하며 살았던 그녀는 결혼에 대한 자신감이 없었다. 무엇보다도 그녀 자신의 마음이 확고하지 않은 만큼, 남자와 결혼을 해야 한다는 이유가 분명치 않았다. 그러니 그녀로서는 그의 진정성을 의심하지 않을 수 없었다.

"정말 나를 사랑해? 나하고 결혼하고 싶은 이유가 뭐야?"

"사랑하는데 이유가 어디 있어. 실망시키지 않을게."

그의 눈빛은 간절했다. 아니 그는 자신의 목적을 달성하기 위해 그녀가 절실하게 필요했다. 그러나 그녀는 그에게 확고한 대답을 할 수 없었다. 다만 인물이나 능력이 다른 남자에게 뒤지지 않는 그를 놓치고 싶지는 않았다. 그녀 자신도 답답함에 잔을 들어 와인을 꿀꺽 삼켰다.

권연지의 혼란스러워하는 표정이다. 오만태는 일단 그녀의 마음을 흔들어 놓았다는 것에 자신감을 얻었다. 하지만 그녀가 쉽게 마음을 열지 않을 것은 확실했다.

호텔 밖에서 공연이 시작됐는지 음악소리와 전자 기기소리가 들렸다. 레스토랑 안에 있던 손님들이 하나둘씩 일어나서 나갔다. 그는 더 이상 지체한다는 것은 시간 낭비라고 생각했다.

"답답하니 우리도 나가볼까."

자리에서 일어선 오만태는 권연지를 데리고 호텔 밖으로 나갔다. 어디서 몰려왔는지 많은 관중들이 운집한 가운데 가설무대 위에서는 사회자가 출연할 가수를 소개하고 있었다. 밴드의 전주곡에 이어서 허벅지와 앞가슴을 드러낸 걸 그룹이 무대 위로 뛰어 올라왔다. 현란한 율동과 발랄한 노래가 울려 퍼졌다.

오만태는 권연지의 손을 잡고 파라솔이 있는 둥근 탁자에 가서 나란히 앉았다. 그리고 간단한 과일안주와 맥주를 종업원에게 주문했다.

흥겨운 노래와 춤에 연지의 표정이 밝아졌다. 사람들이 노래에 맞추어 박수를 쳤다. 그녀도 박자에 맞추어 손뼉을 쳤다. 그가 자신의 잔에 맥주를 따르고 슬며시 그녀의 잔도 채워 주었다.

그녀는 걸 그룹의 공연에 집중하고 있었다. 걸 그룹에 이어서 남자 아이돌 그룹이 출현하였다. 가수와 보컬그룹의 공연에 분위기가 한창 무르익어갔다. 기분이 들떠 있던 그녀가 자리에서 일어서며 배시시 미소를 지었다. 그가 의아스럽게 처다봤다.

"어디?"

"화장실."

돌아선 그녀가 호텔을 향해 빠른 걸음을 옮겼다. 그녀의 뒷모습을 바라보는 그의 눈빛이 그윽했다. 스커트 자락을 찰랑거리는 그녀의 둔부가 육감적이었다. 그는 슬그머니 점퍼 주머니에서 작은 약병을 꺼내들고 다시 주위를 살폈다. 그가 만약을 위해 미리 준비했던 최음제 성분이 강한 물약이었다.

날카롭게 주위를 살피는 그의 눈빛이다. 모든 사람들이 공연에 집중하는지 모든 시선이 무대를 향하고 있었다. 그는 재빠르게 약병을 열어 그녀의 맥주잔에 쏟아 넣고 흔들었다. 잔뜩 긴장했던 그는 심호흡을 하며 호텔 입구를 주시했다.

관람객들의 환호와 박수가 이어졌다. 호텔 입구를 나서는 그녀의 모습이 보였다. 갑자기 관람을 하던 사람들이 폭소를 터트렸다. 무대 위에 나온 코미디언의 익살맞은 몸짓과 유머 때문이었다.

제자리에 돌아와 앉은 그녀도 밝은 웃음을 흘렸다. 그가 그녀의 손을 슬며시 움켜잡았다. 힘든 일을 경험하지 않은 그녀의 피부는 여리고 보드라웠다.

다시 까르르 터지는 관람객의 웃음소리. 코미디언들의 우스꽝스런 모습에 빠져든 그녀는 그의 손길을 의식하지 못하고 있었다. 손을 맡긴 채 그녀는 마냥 즐거운 표정으로 웃음을 터트렸다. 그도 보조를 맞추어 웃음을 흘리며 슬그머니 그녀의 손에 맥주잔을 쥐게 해 주었다.

"자, 한 잔 해."

"미치겠어. 쟤들 모습 좀 봐."

그녀는 웃음을 참지 못해 그의 어깨를 주먹으로 두들겼다. 그리고 그녀는 무의식적으로 그가 건네주는 맥주잔을 받아 들었다.

갈증을 느낀 그녀는 맥주를 들이키며 여전히 웃음을 멈추지 않았다. 그녀는 반쯤 마시고 잔을 내려놓으며 미간을 찌푸렸다. 그러나 잠시 후 그녀는 남겨 놓았던 맥주를 마저 마시고 빈 잔을 내려놓았다.

예민하게 그녀의 동태를 살피던 그의 입가에 엷은 미소가 떠올랐다. 가수들이 등장하여 이어지는 공연은 관람하는 관중의 열기를 뜨겁게 했다. 어디선가 터진 폭죽이 밤하늘을 오색찬란하게 만들었다. 그의 어깨에 머리를 기댄 권연지가 하품을 하며 가라앉은 목소리를 흘렸다.

"나, 졸린데 어떡하지."

"그럼, 그만 들어갈까?"

그녀의 대답을 기다리는 그의 질문이 아니었다. 그가 바라던 계획을 실천하는 것이었다. 그의 손을 잡고 일어선 그녀의 다리가 휘청거렸다. 그녀는 눈앞이 빙글빙글 돌아가는 것 같아서 그를 의심할 여지도 없었다. 다만 어렴풋이 맥주를 마셨다는 기억에 마실 줄 모르는 술에 취한 것이라고 생각했다.

오만태는 권연지를 부축하여 호텔 안으로 들어섰다. 걸음을 옮기는 동안 권연지는 자꾸만 눈꺼풀이 내려앉고 가슴이 답답했다.

그녀는 습관적으로 가던 자신의 집으로 향하는 것이라고 생각했다. 그녀를 잠시 소파에 앉힌 그가 프런트로 가서 예약된 객실 열쇠를 받았다. 멍하니 바라보던 그녀가 중얼거렸다.

"내 가방은?"

"음, 내가 가져올 테니 잠시만 기다려."

그는 가방을 챙기는 그녀의 모습에 아직은 약 효과가 완전하지 않다고 생각했다. 그러나 그녀의 무의식적인 습관이었다. 그녀의 눈치를 살핀 그는 프런트에서 승용차 열쇠를 받아 주차장으로 내려갔다. 그가 승용차에서 가방을 찾아 들고 왔을 때 그녀는 소파에 웅크리고 있었다.

그녀의 몽롱한 눈동자였다. 자신의 가방을 확인하고 희미한 미소를 흘렸다. 그는 그녀를 데리고 예약된 객실로 들어갔다. 그녀는 한동안 벽에 기대서서 몽롱한 눈동자를 깜박거렸다. 낯선 객실 안을 둘러보던 그녀는 희미하게 호텔 객실이라는 것을 의식했다. 그녀는 비로소 머리를 흔들었다.

"여긴 어디야?"

"어디긴, 졸립다면서."

"오빠는 어디서 자고?"

"난, 소파에서."

선웃음을 흘린 그녀는 흐느적거리며 들고 있던 가방을 침대 위에 던졌다. 그리고 침대 위에 벌렁 드러누웠다.

그는 탁자 위에 신문을 펼쳐 놓고 그녀의 동태를 살폈다. 1분, 2분…… 5분 가량 지났을까, 그녀가 벌떡 일어났다. 그가 예민한 눈빛으로 그녀를 곁눈질했다. 사실 그녀는 잠에 취해 정신이 없었다. 그녀는 자신의 침대 위에서 잠들었다고 생각했다.

그녀는 잠들기 전에 습관적으로 샤워를 하는 버릇이 있었다. 왠지 끈적끈적해서 일어났던 것이었다. 휘청거리는 걸음으로 일어선 그녀는 벽을 의지하여 욕실로 들어갔다. 그녀는 육체와 정신이 분리된 상태였다.

그는 무엇인가 잘못되고 있다고 생각하여 긴장을 했다.

잠시 후 샤워를 마친 그녀가 욕실문을 열고 나왔다. 큰 수건을 들고 나온 그녀는 완전히 발가벗은 상태로 바닥에 주저앉았다.

그는 당황하지 않을 수 없었다. 그러나 이내 그녀가 약효과로 정신을 차리지 못한다는 것을 알았다.

현기증으로 시야의 물체가 빙글빙글 돌아가고 꼼짝할 수도 없었다. 두 다리를 쭉 뻗고 벽에 기대 앉아 눈을 감고 있는 그녀였다. 넋을 잃고 있던 그녀는 엉금엉금 기어 침대 위로 올라갔다. 소파에 앉아있는 그는 그녀의 일거일동을 숨죽여 바라보고 있었다. 그녀는 침대 밑에 떨어진 수건을 집으려다가 소스라쳐 놀랐다.

"어멋! 오빠 왜 여기 있어?"

그녀는 자신의 방이라고 착각하고 있었다. 그녀는 얼핏 침대 모포로 앞가슴을 감추었다. 그런데 소파에 앉아 있는 그의 표정은 빙긋이 웃음을 흘렸다. 그리고 태연하게 등받이에 몸을 기대며 느긋한 표정을 지었다.

"난, 소파에서 잔다고 했잖아."

멍한 표정으로 바라보는 그녀의 흐릿한 눈동자가 되었다. 그녀는 그와 같이 여행을 왔던 것과 공연을 보며 즐거워하던 순간의 희미한 기억을 떠올렸다. 이미 한 객실에서 하룻밤을 지낼 수밖에 없다는 결론이었다. 그녀는 무엇보다도 만사가 귀찮았다. 쏟아지는 잠을 참을 수 없었고 손가락 하나도 까딱할 수 없는 지경이었다.

"거기서 자야 돼. 나, 조금만 자고 일어날게."

눈꺼풀을 깜박이며 종알거리던 그녀는 모포를 끌어안고 침대 위에 쓰러졌다.

침묵이 흘렀다. 어디선가 들리는 부엉이 울음소리와 함께 밤이 깊어가고 있었다. 그의 모든 촉각은 그녀를 향해 있었다. 얼마의 시간이 지났을까. 객실 안에는 그녀의 규칙적인 숨소리만 흘렀다. 그는 심호흡을 하고 일어섰다.

모포를 뒤집어쓰고 침대 위에 쓰러져 있는 그녀의 모습이었다. 그는 그녀의 상태를 확인할 생각이었다. 조심스럽게 그녀의 어깨를 흔들었다. 그녀가 뒤척였다. 모포가 밀려 내려가고 그녀의 볼륨감 넘치는 둔부가 드러났다. 덮고 있는 모포를 천천히 벗겨냈다. 그녀는 꼼짝도 하지 않았다. 그는 마른 침을 삼켰다. 겉모습보다 더 농익은 그녀의 젖가슴이다. 나이만큼이나 무르익은 그녀의 몸매였다.

그는 두려워할 필요가 없다고 생각했다. 그의 계획이 완벽하게 이뤄지고 있었다. 그는 여유로운 표정으로 점퍼를 벗어 옷걸이에 걸었다. 바지와 팬티까지 벗은 그는 의식 없이 쓰러져 있는 그녀를 힐끔 쳐다보며 욕실로 들어갔다.

샤워를 하고 나온 그는 한결 기분이 상쾌해졌다. 아니 정신을 잃고 침대 위에 누워있는 그녀의 발가벗은 나신에 자극을 받았다. 그의 하복부에는 벌써 발기한 남성이 우뚝 솟아 있었다. 침대로 올라간 그는 그녀 옆에 비스듬히 누웠다. 그의 손이 그녀의 입술과 목덜미, 그리고 젖가슴을 더듬고 내려갔다.

그녀의 살갗은 핏줄까지 드러나 보일 정도로 맑고 깨끗했다. 온실에서 자란 장미꽃송이 같은 그녀였다. 젖가슴을 더듬고 내려간 그의 손길이 그녀의 허리와 허벅지를 쓸어 내렸다.

그녀의 다리를 벌리고 흉물이 그녀의 질 속으로 삽입이 되었다.

"엄마얏!"

"사랑해."

그는 거친 호흡을 흘리며 허리를 내리눌렀다. 눈동자를 크게 뜨고 경악하는 그녀는 쓰라린 통증과 함께 남자의 이글거리는 눈빛에 당황하지 않을 수 없었다.

그녀가 조심스러워 하던 일을 당한 것이었다. 가물가물한 의식 속에 그녀는 무조건 거부해야 한다고 생각했다.

그녀는 그를 밀어 내려고 안간힘을 쓰지만, 온몸에 힘을 줄 수가 없었다. 더욱이나 이미 결합이 이루어진 이상 골반이 뻐근한 상태였다. 그리고 머리가 뻐개지는 것처럼 고통스러웠다.

그를 거부할 의지마저 상실했다. 어차피 그를 결혼 상대자로 받아들일 수밖에 없다면 추한 모습을 보이고 싶지 않았다. 그녀의 눈동자에 눈물이 맺혔다.

"나, 실망시키지 않을 거지?"

"넌, 내 여자야."

"정말이지?"

"이젠, 날 믿어야지."

그들의 시선이 마주쳤다. 그녀의 눈동자에서 눈물이 흘러내렸다. 아직까지 남자와 육체관계를 가진 경험이 없었다. 그러나 불가항력의 상태로 고이 간직했던 순결을 포기할 수밖에 없었다. 그렇게 상상하던 미래의 꿈이 너무나 허망하게 무너지고 있었다.

그의 이글거리는 눈빛이 더욱 빛났다. 그녀를 소유하게 된 그는 권한그룹을 정복한 것처럼 통쾌했다.

사정을 끝나자, 거친 숨을 내뿜는 그가 그녀를 부둥켜안았다. 그녀는 순결의 상실과 함께 희미한 의식에 잠겼다.

열아홉

오만태는 자신의 사무실 소파에 앉아 커피를 마시고 있었다. 대부분의 직장인들이 퇴근준비를 서두르는 시간이었다. 하지만 어느 연예기획사든지 업무특성상 퇴근시간이 따로 있는 것은 아니었다. TV 화면을 주시하던 그는 빙긋이 웃음을 흘렸다. 사타구니를 문지르는 권연지의 실수를 다른 사람들은 눈여겨보지 않지만, 그에게는 특별한 의미가 있었다. 남자들의 로망인 그녀를 정복했다는 흡족함이었다.

발가벗은 권연지의 육체를 떠올리는 그는 또 다른 계획을 실행하려는 중이었다. 손에 들고 있는 각봉투로 탁자 위를 두드리며 날카로운 눈빛으로 정면을 응시했다.

각봉투 안에는 민철만에게 넘겨받은 USB저장장치가 들어 있었다. 민철만은 박재필을 살해하면서 빼앗은 USB라고 하면서 번민하고 있었다.

이 땅 위에 살고 있는 사람들은 누구나 욕망을 갖고 있다. 현재보다도 내일 살아갈 환경이 더 좋기를 바란다. 그러나 인간은 감정의 동물이다. 동물과 달리 인간의 욕망은 감정에 지배당할 수도 있다. 또한 건강하게 오래 살고 싶은 것도 욕망이다. 하지만 인간은 자연의 일부이기에 운명을 거역할 수는 없다.

따라서 많은 재물과 권력을 쥐게 된 사람일수록 생명에 대한 애착심이 강할 수밖에 없다.

권한열 회장은 나이가 들고 건강이 악화되면서 요즘 많은 갈등에 쌓였다. 죽음에 대한 두려움에 어느 때보다도 공들여 쌓은 기업에 대한 애착심이 엄습하였다. 자신이 살아 있는 동안에 아들이 후계자가 되어 그룹을 보전해 주기를 바라는 심정이다. 하지만 그의 소망은 안개 속에 갇혀 있어 잠을 이룰 수가 없었다.

전등도 켜지 않은 권한그룹 회장의 집무실에서 지난밤에도 잠을 설친 권한열은 소파에 앉아 깜박 잠이 들었다.

어둠침침한 집무실에 전화 벨소리가 울렸다. 한 번, 두 번…… 무거운 눈꺼풀을 치켜뜨던 그는 귀찮은 생각이 들었다. 회장실 문이 열리고 여비서의 모습이 보였다.

"회장님, 전화 왔습니다. 안 계시다고 할까요?"

"누군데?"

"검찰이라고만 하면서, 급한 전화라고 하는데요."

"알았어."

권한열은 마지못해 소파에 비스듬히 앉았던 몸을 일으켰다.

지난번 언론사건 이후로 걸려오는 전화가 반갑지는 않았다. 더욱이나 판교에 건설하려는 아파트부지 문제로 골머리를 앓고 있어 편치 않은 상태였다. 택지조성을 해야 할 단계인데 토지 중앙에 틀어박힌 토지 소유자가 이민자이기에 협상이 쉽지 않았다. 수화기를 집어든 그는 가라앉은 목소리를 흘렸다.

"권한열입니다. 누구시오?"

"힘없는 사람들을 짓밟느라고 얼마나 노고가 많으십니까."

"누구야! 당신."

"진실을 밝히려는 사람. 비밀은 존재하지 않다는 것을 알리려는 사람."

검찰에서 걸려온 전화가 아니었다. 쇳소리 같은 남자의 목소리가 기분이 좋지 않았다. 이가 갈리도록 불쾌한 목소리였다.

권한열은 장난 전화라고 하기에는 의미 깊은 목소리였다. 미간을 찌푸린 그는 와락 소리를 질렀다.

"어떤 놈이 장난 전화야?"

"장난? 당신이야말로 장난삼아 사람들을 고통스럽게 했지. 파렴치한 인간. 당신이 짓밟은 어린 소녀를 기억하겠지."

"뭐라고?"

전화기를 내려놓으려던 권한열이 자세를 고쳐 앉으며 주위를 두리번거렸다. 아득한 기억 속에 사라진 일이 떠올랐다. 권한을 일으키던 욕망으로 가득한 그의 과거는 행복한 건만은 아니었다. 외로움과의 싸움이었다. 고독함을 달래기 위한 어두운 시간이었다. 그러나 그가 누구인가. 이미 공소시효가 지난 일이었다.

"무슨 말을 하려는 거야! 미친놈이구먼."

"그럴지도 모르지. 당신이 미치게 만들었으니. 우선, 당신의 기억을 살려줘야겠군. 택배로 보내주지. 장윤식 당신 표정 보고 싶지만, 다시 전화하지."

통화가 끊기고 수화기 너머로 전파음만 들렸다. 권한열은 뒷골이 당기고 숨을 쉬기조차 힘들었다. 수화기를 떨어트린 그는 소파에 주저앉았다. 어둡게 변하는 그의 얼굴이다.

누구일까? 과거에 돈을 요구하며 협박을 했던 박재필은 존재하지 않았다. 그의 치부를 알고 있는 사람은 없었다.

소파에서 벌떡 일어선 권한열은 서성거렸다. 공소시효가 지난 일이지만 세상에 밝혀진다면 지금까지 쌓아온 기업과 그의 명예가 치명적인 타격을 받을 것이다. 생각조차 할 수 없는 일이었다.

시대가 변했다. 젊은 시절과 달리 대처할 방안도 떠오르지 않았다. 현기증을 일으킨 그는 벽을 잡고 휘청거렸다. 비틀거리며 책상으로 가서 서랍을 열었다. 복용중이던 약을 꺼내 입속으로 털어 넣었다.

출입문이 열리는 소리에 그는 흠칫 놀라서 뒤를 돌아보았다. 여비서가 허리를 굽혀 인사를 하고 작은 상자를 들고 들어와 그의 책상 위에 올려놓았다. 상대가 보낸다는 택배가 도착한 것이다.

여비서가 나가고 권한열은 책상 위에 놓인 상자를 뚫어지게 바라보고 있었다. 폭발물이라도 보냈는지 모르니 두려웠다. 한 걸음씩 다가간 그는 상자를 들고 흔들었다. 의외로 가벼웠다. 포장지를 뜯는 그의 손이 떨렸다. 상자 속에는 달랑 USB저장장치 케이스가 들어 있었다. 깊게 숨을 들이마신 그는 컴퓨터에 USB를 넣고 동작시켰다.

모니터 안에는 어둠침침한 배경 속에 남녀가 별장 안으로 들어가는 모습이다. 그리고 적나라한 정사장면에 이어 별장을 나오는 남녀의 사진이 있었다.

권한열 자신의 강원도 별장이었다. 그리고 이어서 사진과 같은 별장 배경으로 하는 사진이었다. 마우스를 클릭하는 그의 손이 떨리고 호흡이 빨라졌다. 발가벗겨진 소녀가 침대 위에 의식을 잃고 쓰러져 있었다. 윤곽이 흐릿한 남자의 머리가 소녀의 허벅지 사이에 묻혀 있었다. 한동안 소녀의 음부를 탐닉하던 남자가 천천히 상체를 일으켰다. 이제 갓 피어나는 소녀의 나신이 드러났다. 소녀의 허벅지 사이에 무릎을 꿇고 앉은 남자의 뒷모습들의 사진들이었다. 그리고 하악! 엄마 얏! 하는 갑작스럽게 들리는 소녀의 비명소리와 의식을 잃었던 소녀가 상체를 일으켰다. 남자의 어깨너머로 공포에 질린 소녀의 눈동자가 드러나 보인 사진이었다. 더 괴로운 것은 소녀의 고통스러운 목소리였다.

"아저씨! 왜 이러세요?"

"나를 좋아한다면서. 내가 시키는 대로 한다고 했지."

"그러나, 이건 싫어. 아파요."

"널, 여자로 만들어 주려는 거야."

권한열은 황급히 USB작동을 멈추고 주위를 돌아보았다. 하얗게 질린 그의 얼굴빛이다. 다시는 기억하고 싶지 않은 과거의 그림자였다.

힘없이 의자에 주저앉은 그는 머리를 감쌌다. 원본을 없애버린 사진과 USB 가 어떻게 존재할 수 있었던가. 누가 무슨 목적으로 보낸 것인지도 전혀 알 수 가 없었다.

당혹스러운 권한열은 대처할 방법이 막연하여 침묵 속에 빠져 들었다.

짙은 적막 속에 전화벨이 울렸다. 전화기를 향하는 그의 긴장하는 눈동자 와 엄습하는 불안감을 진정시키며 그는 천천히 수화기를 집어 들었다.

그는 침착하게 상대방의 말을 기다렸다. 역시 쇳소리 같은 불쾌한 남자의 목소리가 들렸다.

"물건은 잘 받아봤습니까?"

"당신 누구야?"

권한열은 다소 격앙된 목소리로 되물었다. 그리고 상대방의 목소리가 정상 이 아니고 변조된 것을 알 수 있었다. 수화기 너머로 들리는 비웃음소리였다.

"후훗! 기억이 나는 모양이군. 내가 누구냐고? 아, 나를 밝히는 것이 예의겠 지. 우선 고아원에 있던 '이은영'을 기억했을 테지. '시온의 집'에 있던 꿈 많 은 소녀."

"내가 그걸 어떻게 알아. 당신이 은영?"

"왜 이러실까. 난, 남자야. 당신이 무참하게 짓밟은 소녀. 그 어린 소녀가 나 의 누나야. 추악한 인간."

권한열은 모든 것을 명확히 알 수 있었다. 그런데 그 소녀에게 남동생이 있 을 줄은 전혀 몰랐던 사실이었다. 하지만 성난 들짐승에게 당황하는 모습을 보이면 오히려 약점을 드러낸다는 것은 당연한 이치였다. 상대방의 목적을 물어본다는 것도 스스로 먹잇감이 되는 것이었다. 하지만 무시할 수도 없기 에 당당하게 맞설 수밖에 없었다.

"세상에는 본의 아니게 상처를 받은 사람들은 많아. 뭘 바라는 건지 몰라도 이미 소멸시효가 지난 일이고, 충분히 보상해 줬던 일이야."

"보상? 그 일로 평생 정신병원에서 고통스러워 했는데 보상이 끝났다고! 더러운 놈. 내 누님이 보상을 원했어? 누님이 당신의 더러운 욕구에 희생당하기를 원했냐고?"

몹시 흥분한 남자의 목소리가 들렸다. 충격을 받은 권한열은 통증을 느끼는 가슴을 움켜쥐었다. 그러나 차분하게 대응했다.

"나도 국가경제를 위해 희생한 사람이야. 그 아이도 원했던 일이고. 내가 보살펴 주기를 바랐던 거야. 단지, 그 아이를 좋아했던 순간적인 감정 탓이지만."

"어린 소녀를 상대로 순간적인 감정이었다고? 그렇게 한 여자의 영혼이 보상됐다고 생각해? 더러운 인간. 아직 그 대가는 끝나지 않았어. 죽기 전에 회개할 기회를 주지. 천 억을 준비해 둬. 아니면 당신을 평생 저주하고 고통스럽게 할 테니."

남자의 차가운 말투에 권한열은 들이마신 마른 침을 꿀꺽 삼켰다. 많은 역경을 물리쳤던 그로서도 감당할 수 없는 협박이었다. 그러나 상대의 말에 무너질 그가 아니었다. 그는 코웃음을 치며 나직하면서도 단호하게 말했다.

"난, 쓰레기 같은 협잡꾼에게 일원도 지불할 생각이 없어."

"과연 그럴까. 궁금할 거야. 강원지방지에 '시온의 집'을 찾는다는 광고를 내면 궁금증을 풀어주지. 오늘은 이쯤에서 끝내지."

"이봐! 난 연락할 일도 없고."

권한열이 말을 끝내기도 전에 남자가 일방적으로 통화를 끝냈다. 힘없이 수화기를 내려놓은 그는 소파에 깊이 몸을 묻고 앉았다. 목덜미가 뻐근하고 가슴에 심한 통증을 느꼈다. 충격적인 상대의 말에 신경을 쏟았던 탓인지 맥이 풀리고 현기증을 느꼈다.

권한열을 가장 막막하게 만드는 것은 상대에 대한 정보가 없다는 것이다. 상대를 제압하려면 상대에 대한 정보를 알고 냉정함을 잃지 않는 것이다.

갖가지 대처 방법을 떠올렸다. 한동안 심사숙고하던 그는 수화기를 집어 들었다. 황 부장검사에게 전화를 넣은 그는 초조한 마음으로 기다렸다.

"나, 권한열이요."

"아! 네. 회장님."

"사적으로 부탁할 일이 있는데, 전화해도 괜찮겠소?"

"네. 말씀하십시오."

권한열은 강원도 고아원 '시온의 집'에 있던 소녀의 행방과 그녀의 남동생에 관한 신상정보를 확인해서 통보해달라고 부탁했다. 그는 특별히 외부에 드러나지 않도록 탐문조사해서 빠른 시일내에 알려달라는 말을 잊지 않았다.

황 부장검사는 권한열의 후원을 받고 검찰청 부장검사까지 승진한 정치검사였다.

권한열은 황 검사로부터 고아원 소녀 '이은영'의 신상정보를 알 수 있었다. 정신병원에 입원했던 그녀는 여러 번의 자살 시도를 하던 끝에 결국은 사망했다고 했다. 그러나 고아원에 같이 있던 소녀의 오빠는 호주로 입양되었으나 그 후의 행방은 묘연하다고 했다.

심사숙고하던 권한열은 수화기를 들고 번호를 눌렀다. 그가 전화하는 상대는 외무부 차관이었다. 권한열이 국회의원 시절에 밀접한 관계를 가졌던 강 차관이었다. 그는 강 차관에게 식사를 같이하자는 말과 함께 소녀의 오빠에 대한 신원 파악을 부탁했다.

통화를 끝낸 권한열은 조급하고 답답하여 서성거렸다. 며칠 동안 그의 마음을 불안하게 만들었다. 세월이 흘러 그도 잊어버리고 있던 과거로 인해 협박을 받으리라고는 생각도 못했던 일이었다.

한숨을 내쉰 그가 소파에 앉으니 전화벨 소리가 울렸다. 무심코 수화기를 집어 들었던 그는 잔뜩 긴장하였다.

소녀 이은영의 오빠로 짐작되는 남자의 목소리였다.

"권한열 회장님. 아직 건재하시군요."

"너 같은 놈하고 대화하지 않는다고 했잖아."

"정말 그럴까? 당신이 쌓아온 생애가 무너져도."

"네 놈이 어떤 짓을 하던 상관없어."

"그렇다면 권한빌딩 건물이 어떻게 되는지 잘 봐두라고, 다음은 당신 아들이야."

"뭐라고? 네 놈! 목숨이 둘이야!"

상대방이 전화를 끊고 권한열은 가슴을 붙들며 주저앉았다. 숨조차 쉴 수 없이 가슴에 통증을 느낀 것이다. 그는 급히 소파에 올라앉아 인터폰을 연거푸 눌렀다. 요란한 인터폰 벨소리에 비서실장이 급히 뛰어 들어왔다.

"회장님!"

"빌딩, 경비! 안, 안전점검!"

숨넘어가는 목소리를 흘리는 권한열이 비서실장을 향해 팔을 뻗었다. 비서실장이 다급하게 권한열에게 다가와 부축했다. 희미한 눈동자로 비서실장을 쳐다보던 권한열은 의식을 잃고 고개를 떨어트렸다.

연우는 서울시 홍보모델로 지나를 부탁하는 시청국장과 통화를 하고 있었다. 그녀를 위해 바라고 싶었던 사항이기에 그는 흔쾌히 승낙을 했다. 소파로 다가오는 그를 바라본 지나의 눈가에 눈웃음이 떠올랐다.

그녀로서는 자신을 더욱 드러낼 수 있는 기회이기에 흡족하지 않을 수 없었다. 그녀는 처음으로 CF모델이 된 것이고 만만치 않은 개런티를 받게 된 것이다.

다시 전화벨소리가 울렸다. 그들의 시선이 전화벨이 울리는 책상으로 향했다. 소파로 다가오던 연우가 잠시 멈추어 서서 고개를 갸웃거렸다. 다시 수화기를 집어든 그가 갑자기 당황하는 표정을 지었다.

"아버지가요?"

"……."

"어디 계신데요?"

"……."

"알았습니다. 곧 갈게요."

수화기를 내려놓은 연우는 당황하지 않을 수 없었다. 그렇지 않아도 요즘 건강이 좋아 보이지 않았던 아버지가 쓰러졌다는 것이다.

지나는 전화를 받은 그가 갑자기 침통한 표정이 되는 것에 긴장이 되었다. 그녀는 그가 통화한 내용이 궁금하지 않을 수 없었다.

"무슨 일예요?"

"아버지가 쓰러지셔서 병원에."

"네? 어떡해요?"

"심근경색으로 약을 복용하셨는데."

"병원에 가보셔야겠네요."

지나는 걱정스러웠으나 연우에게 도움도 줄 수 없는 입장이었다.

연우는 병원응급실로 실려 갔다는 아버지가 몹시 걱정되었으나 망설였다. 그녀는 그의 심정을 이해할 수 있기에 먼저 소파에서 일어섰다. 잠시 머뭇거리던 그가 돌아서서 나가려는 그녀의 팔을 잡았다.

"어디 가려고?"

"병원부터 다녀오세요."

"아니, 지나도 같이 가."

"병원을 같이?"

연우는 의아스럽게 바라보는 지나에게 고개를 끄덕였다. 하지만 그녀는 조심스러울 수밖에 없었다. 지금까지 그녀는 그의 식구들 앞에 나선다는 것을 생각해 보지 않았다. 주춤거리던 그녀는 앞서서 나가는 그를 따라 나섰다. 그녀를 승용차에 태운 그는 직접 운전하여 병원으로 향했다.

병원에 도착한 연우는 빠른 걸음으로 응급실로 향했다. 그러나 권한열은 이미 일반병실로 옮겨진 상태였다. 그가 병실을 찾아가니 계모 구성미와 딸 권연지가 와 있었다.

권한열은 의외로 상태가 호전됐는지 침상에 누워 있었다. 침상으로 다가간 연우가 아버지 권한열을 살피며 걱정스러운 표정을 지었다.

"어떠세요?"

"걱정하지 마라. 난 아직 끄떡없다. 그런데 너는 별 일 없니?"

"별 일이라니요?"

"아니, 노파심에서."

"하여튼 다행이네요. 조심하세요."

"늙어 병드는 것은 어쩔 수 없지. 그러나 염려 마라."

권한열은 아들까지 협박을 당할지 모른다는 생각에 더 충격을 받았었다. 그러나 협박을 받았던 사유를 감추고 싶은 과거였기에 밝힐 수는 없었다.

지나는 연우를 따라 왔지만 낯선 분위기여서 그냥 다소곳이 서 있었다. 그녀는 자신에게 시선을 보내는 구성미와 권연지에게 가볍게 목례를 했다.

구성미와 권연지는 지나가 낯설지 않았다. 연우가 제작한 '하얀 늪' 주연으로 출연하여 한창 인기몰이 중인 신인 여배우라는 것을 매스컴을 통해 알고 있었기 때문이다. 그러나 지나가 연우와 함께 병원까지 왔다는 것은 왠지 어색하게 보였다.

권한열을 살펴보던 연우가 돌아섰다. 그리고 지나를 의아스럽게 바라보는 구성미와 권연지의 눈빛을 의식했다. 그는 식구들에게 지나를 정식으로 소개하려는 의도로 데리고 왔던 것이다. 그가 그녀를 손짓해서 불렀다. 그리고 한 걸음 다가서는 그녀를 소개했다.

"다들 알고 있을 거야. 앞으로 자주 보게 될 테니 인사해."

"조지나예요. 잘 부탁드립니다. 그리고 회장님, 조속히 쾌유하시기 바랍니다."

지나의 인사를 받은 구성미와 권연지가 답례 대신 고개를 까딱해 보였다. 그러나 그들은 여전히 지나의 출현을 이해하지 못하는 표정이었다.

구성미는 갑자기 기침을 하는 권한열에게 다가갔고, 권연지가 지나를 힐끔 거리며 살폈다. 지나는 권연지를 연우의 여동생이며 TV에서 보았던 방송국

아나운서라는 것을 뒤늦게 알아챘다.

권연지가 묘한 눈빛으로 연우를 쳐다봤다.

"오빠가 여자를 인사시키는 것은 처음이네."

"음, 결혼할 생각이야."

"결혼한다고?"

"결혼을?"

예기치 않은 연우의 말에 모두들 이구동성으로 놀라는 표정을 지었다. 그리고 연우와 지나를 번갈아 쳐다봤다. 지나 또한 그의 갑작스런 말에 당황하지 않을 수 없었다. 그러나 단호한 말투를 아무렇지 않게 흘린 연우는 담담한 표정을 짓고 있었다.

권한열에게 다가선 그가 이어서 말했다.

"아버지 소원대로 결혼할 테니 건강 찾으세요."

"글쎄, 반갑기는 하지만, 갑작스런 일이라서."

힘없는 목소리를 흘리는 권한열도 놀라기는 마찬가지였다. 그런데 그를 바라보는 구성미와 권연지의 표정이 굳어졌다.

권연지가 연우의 옆구리를 툭 치며 눈짓을 하고 병실을 나갔다. 할 말이 있으니 그에게 밖으로 나오라는 의미였다. 지나의 표정을 살핀 그는 주춤거리다가 병실을 나섰다. 기다리고 있던 권연지가 근심스런 표정을 지었다.

"정말, 조지나와 결혼할 생각이야?"

"왜? 내가 언제 결혼한다는 여자가 있었나?"

"그건 아니지만."

"그런데 왜?"

"나이도 20년이나 어리고, 지나도 그렇게 생각해?"

동그랗게 눈을 뜨고 쳐다보던 권연지가 미간을 찌푸렸다. 그녀는 부모에게 오만태와의 결혼을 승낙 받을 기회를 엿보고 있었다. 이미 그의 여자가 된 그녀는 결혼을 서두를 수밖에 없는 입장이었다. 그런데 식구들 앞에서 오빠가 먼저 결혼 얘기를 꺼내니 권연지로서는 충격이었다.

"배수진이가 아니었어?"

"그런 말, 한 적 없는데. 그 말하려고 부른 거니?"

"그것보다도, 아버지 상태가 안 좋은데, 오빠가 결혼 얘기를 해서."

"상태가 좋아지신 거 아니었나?"

"아냐. 홍 박사가 수술해야 된다고 그랬어."

권연지는 결혼에 대한 승낙을 받아야 하는 시기에 아버지의 건강까지 악화되어 혼란스러웠다. 더욱이나 오빠까지 결혼 얘기를 하니 곤혹스러웠다.

연우는 침울한 여동생의 표정을 심각하게 받아들였다. 홍 박사는 권한열 회장의 주치 의사였기에 병세에 관한 설명을 의심할 여지가 없었다. 권연지가 다시 이어서 말했다.

"심근경색 증세가 악화되어 수술을 해야 하는데, 문제가 있나 봐. 혈소판감소증이라던가. 그래서 혈소판 수혈이 필요해서 힘든 상황인가 봐."

"음. 내가 홍 박사를 만나봐야겠네."

연우는 지금까지 아버지의 삶을 부정하고 살아왔었다. 그것은 아버지에 대한 연민이기도 했다. 단 한 번도 아버지를 이해하려 하지 않았던 그는 애틋한 생각이 들었다. 주치의에게 자세한 얘기를 듣기 위해 그는 부리나케 복도를 걸어나갔다. 그의 뒷모습을 쳐다보던 권연지는 조급한 생각이 들었다.

권연지는 이미 오만태의 여자라는 것을 부정할 수 없었다. 모든 것을 체념한 그녀는 부모에게 결혼승낙을 받을 기회를 엿보는 중이었다. 그런데 오빠의 결혼선언으로 그녀는 마음이 더욱 조급해졌다.

권연지는 평상시 독신주의자 같은 오빠의 생활을 잘 알고 있었다. 그렇기에 오빠가 결혼 발표를 하리라고는 꿈에도 생각하지 못했었다.

복도 끝을 바라보던 권연지의 얼굴이 경직되었다. 권한그룹 부회장 진기남이 개발기획본부장과 나란히 걸어오고 있었다. 개발기획본부장 진승원은 진기남 부회장의 아들이고, 권한열 회장이 권연지에게 결혼을 권했던 남자였다. 나이가 들어 허리가 구부정한 진기남에 비해 아들 진승원은 전혀 빈틈을 보이지 않고 바른 자세로 걸어왔다.

그들은 권한열의 갑작스런 발병 소식을 듣고 위문을 온 것이다. 권연지의 시아버지가 될지도 모를 진기남이 다가와 깍듯이 허리를 굽혀 인사를 했다.

"얼마나 놀라셨습니까?"

"감사합니다."

정중하게 인사를 하는 진기남의 인사에 권연지는 다소곳한 자세로 답례를 했다. 그리고 그녀는 진승원과 간단히 눈인사를 주고받았다. 권연지는 왠지 자신의 모습이 초라해지는 것 같았다. 배우자가 될지 모를 남자 앞에 그녀 자신은 이미 오만태에게 순수함을 잃었다는 자격지심 때문이었다.

권연지가 병실문을 열고 그들을 안내했다. 진기남은 병실 안으로 들어가고 진승원이 머뭇거리며 권연지를 쳐다봤다.

"더, 아름다워지셨습니다."

"고맙습니다."

진승원의 찬사에 권연지는 다소 당황하였다. 그녀를 현미경으로 들여다보는 듯한 그의 맑은 눈빛이었다. 그가 그녀에게 먼저 들어가라고 손을 펼쳐 보였다. 그들이 병실로 들어가니 진승원을 발견한 구성미가 엷은 미소로 반겼다. 진기남 부회장이 병상으로 다가가 권한열을 위로하며 업무에 관한 대화를 나눴다.

권연지는 뒤에 서 있는 진승원이 자꾸만 신경이 쓰였다. 그녀가 뒤를 돌아보니 그가 무슨 의미인지 살짝 고개를 끄덕였다.

진승원도 그녀와 혼담이 있었던 것을 알고 있었다. 그는 아버지 진기남에게 들었으나 긍정도 부정도 하지 않았다. 그에게 여자가 있었던 까닭도 있지만 그도 야망이 넘치는 남자였다.

진승원은 무엇보다도 아버지의 모습이 안타까웠다. 권한열과 같은 나이이면서도 구부정한 허리를 굽실거리는 아버지가 애틋하였다. 다른 사람들은 그를 조용하고 반듯한 젊은이라고 하지만 그는 내심 권한그룹의 권좌를 노리고 있었다. 그리고 권한열의 아들 연우가 그룹의 후계자가 되는 것을 거부하고 있다는 것을 알고 있었다. 자신이 권한의 후계자가 되기 위해 여인에 대한 사랑보다 욕망에 집착하여 인내의 시간을 보내고 있는 것이다.

진기남 부자가 병실을 나가고 왠지 서먹서먹한 분위기가 흐르고 있었다. 구성미는 병상 옆의 의자에 가서 앉았다. 그리고 눈을 감고 있는 권한열의 손을 잡았다.

지나는 외톨이가 되어 창가에 다소곳이 서 있었다. 구성미가 고개를 돌려 지나를 바라봤다. 그녀는 연우가 선택한 지나에 대해 호감을 가질 수 없었다.

"부모님은 뭐하시나요?"

"강릉에서 어머님이 한복점을 하세요."

"그럼, 어머니 혼자 계신다고?"

"예. 아버지는 일찍 돌아가셔서 얼굴도 모르고 자랐어요."

"학교는?"

"강릉 XX여고를 졸업했습니다."

"그럼, 여고를 졸업하고 바로 배우를 지망했단 말인가?"

"네."

지나는 긴장을 해서 성심껏 대답하면서도 취조를 당하는 기분이었다. 더욱이나 학력을 대답할 때는 열등감에 주눅이 들었다.

지나의 대답을 듣고 있던 권연지의 입가에 비웃음이 흘렀다. 구성미가 시선도 주지 않고 혼잣말처럼 중얼거렸다.

"홀어머니 밑에서 자랐으니 오죽하겠어."

"그러게 말이야. 오빠가 어떻게."

권연지가 맞장구를 쳤다. 지나는 동정인지 비웃음인지 모를 그녀들의 말에 병실을 나가고 싶은 심정이었다.

병실문이 열리고 대화가 중단되었다. 병실로 들어서는 연우의 모습에 지나는 비로소 안도의 한숨을 내쉬었다. 그가 함께 있다는 자체가 그녀에겐 의지가 되었다. 그런데 그의 표정은 밝지 않았다. 연지가 그에게 다가섰다.

"오빠, 홍 박사가 뭐라고 그래?"

"힘든 수술이 될 것이라는데. 내가 검사 받은 후 혈소판 수혈을 하기로 했어."

"무슨 검사를?"

"혈액검사와 혈소판 동정 여부를 알기 위해 유전자 검사를 해야 한다는군."

침울한 표정을 지은 연우가 병상 앞으로 다가섰다. 측은한 눈빛으로 아버지를 내려다보던 그가 지나가 서 있는 창가로 다가갔다.

평소에 아버지를 멸시했던 연우였다. 그러나 막상 아버지의 건강이 예상보다 심각하기에 충격을 받았다. 걱정스러운 지나가 그를 빤히 쳐다봤다. 시선이 마주친 그는 그녀를 안심시키려고 엷은 미소를 지었다.

가랑비가 내리는 밤이었다. 아파트 거실 유리창에 빗방울이 맺혀 흘러내렸다. 지나는 벅차고 설레는 마음으로 연우가 돌아오기를 기다리고 있었다. 그가 가족들 앞에서 결혼하겠다며 소개하는 순간 꿈을 꾸고 있는 것만 같았다. 물론 그녀의 소망이었지만 현실로 나타난 일이었다.

유리창에 부딪치는 빗방울이 그녀를 축하하는 멜로디처럼 들렸다. 마음이 들뜬 그녀는 연우에게 다른 날보다 아름다운 모습을 보이고 싶었다.

화장대 앞에 앉아 거울을 들여다보았다. 립스틱을 집어 들고 멜로디를 흥얼거렸다. 그러나 이내 립스틱을 집어넣고 머리를 다듬었다. 그가 민낯을 더 좋아하기 때문이었다.

지나는 누구에게인가 기쁜 소식을 전하고 싶었다. 그녀가 먼저 소식을 전할 사람은 홀로 있는 엄마였다. 다른 사람은 몰라도 그녀의 결혼을 가장 축복해 줄 사람이었다. 찾아본 지도 오래 됐고 연락도 자주 못했기에 새삼스럽게 미안하기도 했다.

스마트폰을 집어 들고 번호를 누르니 연결음이 끊어지기 직전에 통화가 됐다. 그녀는 투정부터 했다.

"엄마, 왜 이렇게 전화를 안 받아?"

"지집애. 전화도 잘 안 하면서. 오늘은 웬일이니?"

"헤헤. 엄마 목소리 듣고 싶어서."

"그래, 너, TV에 자주 나오더구나. 축하한다."

"고마워 엄마. 사랑해."

"나도 사랑한다. 우리 딸, 장하다. 보고 싶구나."

"미안해, 엄마. 나도 엄마 보고 싶어. 나, 돈도 많이 벌었어. 엄마 선물 사가
지고 내려갈게."

"그래 기다리마."

"그리고, 엄마?"

지나는 막상 기쁜 마음을 전달하려니 말을 할 수가 없었다. 자주 엄마를 찾
아보지 않았기에 더욱 감정부터 앞섰다. 그녀는 심호흡을 하며 휴대폰을 고
쳐 잡았다. 그녀의 말을 재촉하는 어머니 상희의 목소리가 흘러 나왔다.

"왜?"

"나. 결혼할 거야."

"뭐라고?"

"결혼한다고."

지나가 또박또박 끊어서 말을 했다. 상희는 예기치 않은 딸의 말에 어안이
벙벙하였다. 천상희에게는 이제 갓 스물을 넘긴 어린 딸이었다. 그런데 결혼
이라니. 상희는 어리광을 부리는 것이라고 생각할 수밖에 없었다.

"애는, 엄마 놀리지 마. 어린 나이에 무슨 결혼이니. 장난하지 말고 이번 주
라도 내려와라."

"아냐, 정말이라니까. 그 사람하고 같이 내려갈게."

"뭐라고?"

천상희는 비로소 딸의 말이 사실이라는 것을 느꼈다. 그러나 그녀로서는

믿을 수 없는 사실이었다. 그녀는 양손으로 수화기를 붙들고 벌떡 일어섰다. 그녀가 들고 있던 재단 가위가 바닥에 떨어졌다. 딸의 말을 어떻게 받아들여야 할지 눈앞이 아득했다. 자랑스럽게 말하는 지나의 목소리가 다시 들렸다.

"우리 회사 대표님인데, 나를 성공하게 만들어준 남자야."

"너, 무슨 말을 하는 거니?"

"나를 사랑하고, 나도 사랑하는 남자라니까."

"엄마는, 갑자기 무슨 말을 해야 할지 모르겠구나. 그런 일이 있으면 미리 의논했어야 되지 않니?"

천상희의 목소리를 듣고 지나는 엄마가 무척 당황했다는 것을 느낄 수 있었다. 하여튼 지나는 엄마에게 기쁜 마음을 전달하여 흐뭇했다. 그때 현관문 열리는 소리가 들렸다. 그녀는 연우가 왔다는 것을 알고 급하게 말했다.

"염려 마, 엄마. 길게 통화할 수 없으니 내려가서 말할게."

"그래, 하여튼 내려와라."

천상희는 통화를 끝내고도 한참동안 수화기를 들고 있었다. 딸이 결혼할 남자가 있다는 소식은 그녀에게 충격이었다. 딸을 외지에 보내놓은 외로움 속에 살아왔던 그녀였다. 하지만 딸이 성공하는 모습을 매스컴을 통해 보는 것만으로도 위안이 되었다. 하지만 그녀는 딸이 결혼을 할 정도로 성장했다는 것을 의식하지 못했던 것이다.

이틀 후였다. 조간신문에 권한그룹의 권한열 회장이 건강악화로 병원에 입원했다는 기사가 보도되었다. 사람들을 더욱 놀라게 한 것은 권한열 회장의 아들이 연우라는 사실과 그가 아버지의 소원대로 결혼을 결심했다는 기사였다. 그런데 그가 결혼상대자로 지목한 여자가 신인여배우 '조지나' 라는 내용에 사람들은 반신반의하였다.

매스컴은 신비에 싸인 연우에 관한 정보를 얻으려고 혈안이 되어 있었다. 그를 추적하던 기자들이 병원으로 들어가는 그와 지나의 모습을 촬영했고, 인터뷰를 요청했던 것이다. 그는 어차피 가족에게 지나와 결혼할 의사를 보였기에 두려워할 필요가 없다고 생각하여 인터뷰에 응하고 사실을 밝혔다.

권한열이 갑자기 쓰러져 병원에 입원했다는 기사를 읽고 있는 오만태는 흐뭇한 미소를 지었다. 그가 권한열을 협박했던 것이다. 하지만 연우가 조지나와 결혼한다는 기사에는 놀라지 않을 수 없었다. 어렴풋이 그들 관계를 짐작은 하고 있었지만 충격적인 일이었다.

오만태는 권한열을 보복하는 범위 안에 지나를 포함시키지 않은 것이 후회스러웠다. 신문기사를 다시 살피던 오만태는 조지나를 이용하여 연우에게 타격을 입힐 궁리를 했다. 그러나 방심했기에 그녀의 신상정보를 알 수 없었다. 샤인의 오디션 당시에 그녀에 대해 알고 있던 정보가 고작이었다.

오만태는 문득 지나의 친구 채연을 떠올랐다. 강원도 거진에서 우연히 만났던 채연이 지나를 시샘했던 말이 생각났다.

"저, 하얀 늪에 캐스팅된 조지나 친구예요. 지나도 순수하지는 않아요. 지나도 비밀이 있어요. 과거에는 남자관계가."

그 당시 오만태가 대수롭지 않게 흘려들었던 채연의 말이었다. 단지 그녀가 샤인에 들어오고 싶은 욕구에 지나를 험담하는 말이라고 무심하게 여겼었다. 언젠가 찾아와서 도와달라고 간청하던 채연의 모습이 떠올랐다.

오만태는 조지나를 이용할 만한 정보를 그녀가 갖고 있는지도 모른다고 생각했다. 그는 스마트폰을 집어 들고 저장된 전화번호들을 살폈다. 미심쩍었던 채연의 번호가 저장되어 있었다. 통화 버튼을 누르니 다행스럽게도 신호음이 울림과 동시에 무척 반기는 채연의 목소리가 튀어나왔다.

"네, 오 부장님. 그렇지 않아도 찾아뵈려고 했었는데요."

"그래, 요즘 어떻게 지내지?"

"그냥, 오 부장님 연락 기다리면서 학원에 나가고 있어요."

"학원만 나간다고 되나. 타고난 재질이 있어야지."

오만태는 의자에 비스듬히 등을 기대며 느긋하게 다리를 뻗고 앉았다.

채연을 조급하게 만들려는 것이다. 아니나 다를까. 다급하게 사정조로 변한 그녀의 애교 섞인 목소리가 또박 또박 흘러 나왔다.

"부장님, 은혜는 평생 잊지 않을 테니, 저 좀 키워주세요."

"도와주려고 하지만, 채연이는 더 공부를 해야 할 것 같은데."

"아잉! 앞으로 더 열심히 할게요."

"방법이 없는 건 아니지만."

"뭔데요. 실망시켜 드리지 않을게요. 성공할 수만 있다면, 부장님 말씀이라면 무엇이든 들을게요."

바짝 달려드는 채연의 말에 오만태는 빙긋이 웃었다. 그가 생각했던 대로 그녀는 쉽게 올가미에 걸려든 것이다. 그는 소속 연예인들의 일정을 기록하는 수첩을 들추었다. 수첩에는 출연 요청을 하거나 섭외중인 방송국, 공연장, 대형클럽 명칭이 메모되어 있었다. 그가 뜸을 들이는 동안 조급해진 채연의 목소리가 들렸다.

"부장님! 듣고 계세요?"

"음, 그래. 클럽 무대에서 경험을 쌓을 수 있어?"

"그럼요. 그렇게 해 주실 건가요?"

"문자를 넣어 줄게, 준비하고 찾아가 봐."

"정말요? 고맙습니다. 정말 고맙습니다. 은혜 안 잊을게요."

오만태는 머리가 땅에 닿도록 인사를 하는 채연의 모습을 상상하며 흐뭇한 표정을 지었다. 그런데 권한열이 쓰러져 병원에 입원하고 나니 막상 그의 계획에 차질이 생겼다. 물론 권한열을 괴롭혔다는 것은 성공적이었다. 하지만 직접 연락을 취할 수도 없고 권한열의 과거를 언론에 유포시킨다는 것도 문제가 있었다. 그래서 여러 가지 계획을 시도했으나 번번이 수포로 돌아갔다.

언론과 정계, 그리고 정부기관 등등 권한열의 압력이 닿지 않는 곳이 없었다. 인터넷을 통해 그의 추악한 과거를 유포시키고 있으나 오히려 그쪽에서 명예훼손과 허위사실 유포로 고발해 놓은 상태여서 경찰에서는 추적 수사중이었다. 그리고 웬만한 방법으로는 큰 타격을 받을 권한열이 아니었다.

신림동 사거리 유흥가 주변에는 대형주점과 클럽, 그리고 모텔들이 즐비하다. 특히 네온사인으로 밝혀진 밤이면 청소년부터 젊은이와 중장년까지 다양한 형태의 연령대들이 모여들어 흥청거렸다. 게다가 음식 가격이 강남 등에 비해 저렴해 저녁이나 주말이 되면 신림역 상권은 사람들로 북새통을 이룬다. 또 신림역 상권은 쇼핑을 통한 소비보다 유흥을 통한 소비가 강세를 보였다.

오색의 간판이 번쩍이는 대형 나이트클럽 안으로 젊은 남녀들이 몰려 들어갔다. 통로를 지나서 광장같이 넓은 홀 안에는 손님들로 가득했다. 사이키델릭한 조명과 음악소리로 정신이 혼미할 정도였다. 무대 앞에는 무아지경 속에 춤을 추고 있는 남녀들의 모습이 서치라이트 불빛에 드러났다.

무대 위에는 백댄서의 율동과 여가수의 노래가 한창이었다. 볼륨감 넘치는 몸매를 흔들고 있는 여가수는 오만태의 추천을 받고 공연중인 채연이었다. 아직은 풋풋한 나이의 그녀의 몸매는 글래머여서 무척이나 선정적이었다.

그녀가 노래를 끝내자 손님들의 박수와 함께 앙코르가 쏟아졌다. 그녀가 다시 노래를 했다. 채연은 사람들 앞에서 노래하는 것만으로도 기뻤지만, 그 대가로 돈을 벌 수 있기에 더욱 뿌듯했다. 그녀는 관능미 넘치는 허리와 굴곡을 드러내 둔부를 흔들며 빠른 박자의 노래를 하고 있었다. 그리고 그녀의 시선이 한 곳에 머물렀다. 그곳 소파에는 클럽 사장과 오만태가 앉아 있었다. 그녀는 무대에 오르기 전에 그가 클럽에 와 있다는 연락을 받았었다.

선정적인 몸짓으로 노래를 하던 채연이 오만태를 향해 윙크를 했다. 그녀를 바라보던 그가 웃음을 흘렸다. 노래를 끝낸 채연은 무대 뒤의 대기실로 들어가 니트웨어를 걸치고 가방을 집어 들었다.

채연은 자신을 돌봐주는 오만태를 찾아가지 않을 수 없었다. 부리나케 대기실을 나온 그녀는 홀로 들어가 오만태에게 향했다.

"저도 한 잔 주세요."

"수고했어."

오만태의 옆자리에 앉은 채연이 배시시 미소를 지었다. 그가 그녀 앞에 글라스를 놓고 맥주를 따라 주었다. 같이 앉아있던 클럽 사장이 묘한 눈빛으로 그녀를 쳐다보며 웃음을 흘렸다.

"콘티도 좋고 노래를 잘 하니 손님들 반응이 괜찮은데요. 오 부장님 덕분입니다."

"다행이네요."

채연을 뚫어지게 바라보던 클럽 사장이 글라스를 들어 술을 권했다. 그들은 술잔을 들어 마주치고 맥주를 마셨다. 무대 위에 있는 남자가수의 발라드 노래가 잔잔하게 흘러나오고 있었다. 플로어에서는 남녀가 짝을 이루고 춤을 추는 모습이 보였다. 채연은 어떻게든지 오만태에게 고마움을 표현하려고 가까이 다가앉았다. 맥주잔을 비운 클럽 사장이 그들을 번갈아 쳐다보더니 자리에서 일어섰다.

"그럼, 즐거운 시간 되십시오."

"왜, 같이 마시지요?"

"난, 할 일이 있어서."

클럽 사장은 오만태에게 의미 있는 눈빛을 보내고 걸어갔다. 사라지는 사장의 뒷모습을 쳐다본 채연이 다시 배시시 미소를 지었다. 순간 그녀는 손가방에 넣어둔 스마트폰이 진동하는 것을 느꼈다.

그의 눈치를 살피며 확인해 보니 남자친구인 임한구에게서 걸려온 전화였다. 공연이 끝나면 그녀가 전화한다고 했었다. 채연은 자신의 미래가 담긴 중요한 순간이라서 임한구의 전화를 무시했다. 시침을 떼고 오만태를 바라보는 그녀의 속눈썹이 깜박거렸다.

오만태는 짙은 메이크업을 하고 있는 채연을 빤히 바라봤다. 그리고 비어 있는 그녀의 술잔을 채워 주며 넌지시 물었다.

"할 만해?"

"그럼요. 너무 고마워요. 그런데 이곳에서만 해야 되나요?"

"왜?"

"아니 시간이 남아서요."

"욕심 내지 마. 차차 경험을 살려야지."

그녀는 그의 잔을 채워주며 눈웃음을 지었다. 그녀는 더 많은 곳에서 노래를 하고 싶은 속내가 드러나 보이는 것만 같았다. 그녀에게는 순수함보다는 마치 야간업소에서 오랫동안 일을 했던 여자의 능숙함이 드러나 보였다. 그가 술잔을 집어 들고 그녀 앞으로 내밀었다.

"더, 마셔도 괜찮겠어?"

"괜찮아요. 부장님과 마시고 싶었어요."

놓칠 수 없는 후원자였다. 그녀는 이런 기회를 절대로 놓칠 수 없었기에 그의 마음을 흡족하게 하려고 노력할 수밖에 없었다.

그와 술잔을 마주친 그녀는 단숨에 맥주를 들이켰다. 그도 술잔을 비웠다. 그는 다시 술잔을 채우는 그녀를 지그시 쳐다봤다. 그의 시선을 의식한 그녀가 쑥스러운 미소를 지었다.

"왜요? 제가 이상한가요?"

"아니, 오늘 더 섹시해 보이네."

"하, 부장님은."

"그런데 말이야."

그는 친밀감을 느끼도록 슬그머니 그녀의 손을 잡았다. 그녀는 흠칫하였지만 손을 빼내지는 않았다. 얼굴빛이 발그스름해진 그녀는 시선을 외면하고 그의 말을 기다렸다. 그는 조지나의 신상정보를 알고 싶었으나 성급하게 물으면 역효과를 일으킬 것 같아 지금까지 참았던 것이다.

"조지나가 고향친구라고 했지?"

"네."

"부럽지 않아?"

"부러워요. 하지만 마음대로 되나요."

"염려 마. 내가 채연이를 키워줄게."

"정말예요? 감사합니다. 실망시키지 않고, 꼭 보답할게요."

고개를 숙이고 있던 그녀의 치켜보는 눈동자가 반짝였다. 그윽하게 쳐다보는 그의 눈빛에 남자의 열기가 깃들어 보였다. 그의 손아귀에 들어있는 그녀의 손이 꿈틀거렸다. 그녀는 왠지 가슴이 두근거렸다. 차마 시선을 마주할 수 없는 그녀는 그의 목소리만 듣고 있었다.

"그런데 조지나를 잘 알고 있나?"

"그럼요, 어릴 때부터 동네 친구인 걸요."

"지나에게 비밀이 있다고 했지? 남자관계라고 했던가?"

"그건?"

그녀는 거진에서 그를 만났던 기억을 떠올렸다. 지푸라기라도 잡는 심정으로 연예인으로 성공했던 여자들을 비교해서 말했던 것이다. 순간적인 실수로 생각하고 그녀는 결코 친구의 치부를 들춰내고 싶지 않았다. 그녀가 잠시 고심하는 모습을 보고 그가 다그쳐 물었다.

"거진에서 만났을 때, 그 말을 했던 것 같은데."

"별 거 아닌데요. 남자 친구가 있었다는 말이었어요. 그런데 왜, 그 말을."

"그냥 우리 빅스타와 경쟁사인 샤인 소속이라서."

"지나를 빅스타로 데려오게요?"

"그건 모르지. 그냥 알아 두려고."

채연은 속으로 안도의 한숨을 내쉬었다. 친구를 험담하기도 싫었지만, 이미 유명세에 오른 지나와 같은 기획사에 있게 된다는 것은 거북할 것 같았다.

순간 오만태는 그녀가 거짓말을 하고 있다는 것을 느꼈다. 단순한 방법으로 그녀의 입을 열 수가 없을 것 같았다. 그는 슬쩍 그녀의 어깨에 팔을 올려 끌어당겼다. 그리고 술잔을 들었다.

"자! 오늘은 채연이의 성공을 기원하는 의미에서."

"부장님 덕분예요."

눈웃음을 지은 채연이 잔을 들었다. 여자 가수의 잔잔한 발라드 노래가 흐르고 플로어에서는 짝을 이룬 남녀들이 춤을 추고 있었다. 맥주를 마시던 그녀는 다시 스마트폰이 진동하는 것을 의식했다. 잔을 비운 그가 자리에서 일어섰다. 그녀는 그가 클럽을 나가려고 하는 줄 알고 자리에서 일어섰다. 그런데 그가 빙긋이 웃으며 손을 내밀었다.

"우리 춤출까?"

"저, 사교춤 못 춰요."

"그냥 리듬만 맞추면 돼."

그녀는 마지못해 그의 손을 잡고 일어섰다. 플로어에 나서자마자 그가 팔을 뻗어 그녀의 허리를 붙들었다. 그의 가슴에 안긴 그녀는 급히 숨을 들이마셨다. 그녀는 남자 친구인 임한구와 오랫동안 육체관계를 맺고 있어서 성감에 민감해진 상태였다. 그런데 그의 가슴에서는 임한구와 다른 세계의 남자 체취가 풍겼다. 임한구는 단지 대학생으로서 젊은 혈기였고 그에게서는 상류사회의 남자 체취가 풍겼다.

긴장할 수밖에 없는 채연은 그의 리드에 따라 조심스럽게 스텝을 밟았다. 그녀는 순간적으로 들이마신 숨을 멈추었다. 그의 손길이 둔부를 감싸기 때문이었다. 그리고 둔부를 껴안은 그의 손에 힘이 들어갔다. 잇닿은 하복부에서는 열기를 느꼈다. 발기한 남성이 그녀의 하복부에 밀착되어 있었다.

얼굴이 화끈거리는 그녀는 시선을 마주할 수 없어 그의 가슴에 머리를 기대고 있었다. 점점 그에게 밀착되는 그녀는 온몸이 나른해졌다. 스텝을 밟는 다리가 휘청거렸다. 그가 스테이지 구석으로 그녀를 리드해 갔다. 사람들의 시선을 피한 어두운 곳이었다. 갑자기 숨을 멈춘 그녀가 그를 올려다봤다.

"부, 부장님."

"넌, 스타의 재질이 있어. 난, 네가 좋아."

스텝을 멈춘 그가 습한 열기로 젖은 목소리를 흘렸다. 그의 손이 그녀의 니트웨어 속을 더듬었다. 브래지어 속으로 스며든 그의 손아귀가 그녀의 풍만한 젖가슴을 보듬었다. 그리고 그의 다른 손이 순식간에 그녀의 짧은 스커트 벨트 속을 헤집었다. 그녀의 볼륨감 넘치는 둔부도 그의 손아귀에 들어가 있었다.

"부장님, 저, 저는."

"괜찮아. 남자 친구가 있었던 것은 알아. 그러나 지금 순간은 잊어. 누구에게나 존재하는 비밀은 지켜줄게."

그녀는 그의 손길을 거부할 수도 없었다. 남차 친구 임한구를 알기 전에도 다른 남자와 성관계를 가졌던 그녀였다. 이미 육체의 본능에 익숙한 그녀가 순결에 집착할 것도 아니었다. 무엇보다도 그녀의 꿈을 실현시켜 줄 그를 외면할 수 없었다.

후원자와 은밀한 관계 속에 성공한 연예인의 사례들이 그녀를 유혹하였다. 아니 그의 스킨십으로 그녀는 성적인 충동에 휘말리고 있었다.

"채연인 멋진 몸을 갖고 있어."

그의 귓속말에 마취당하는 것처럼 그녀는 습한 열기에 빠져들었다.

술에 취했는지도 모른다. 그녀를 부둥켜안고 흐느적거리던 그가 그녀의 입술을 찾았다. 지그시 눈을 감은 그녀는 그의 입술을 받아들이고 있었다. 그녀의 입술을 탐닉하던 그가 그녀를 끌어안은 팔에 힘을 주었다. 그리고 나직하게 말했다.

"내 마음 알지? 오늘 밤 채연이와 같이 있을 거야."

그녀는 긍정도 부정도 하지 못했다. 조금은 두려웁기도 하지만 야릇한 흥분에 도취되고 있었다.

그녀는 그를 따라 플로어를 벗어났다. 좌석으로 돌아온 그는 잔에 남은 맥주를 마시고 입구를 향해 걸어나갔다. 잠시 멈추어 선 그녀는 그의 뒷모습을 바라봤다. 그리고 자석에 이끌리듯이 그를 따라 나섰다.

클럽을 나온 그는 지나가는 택시를 향해 손짓하여 세웠다. 그녀는 주춤거리다가 그가 열어준 택시문 안으로 들어갔다. 그가 그녀의 옆에 들어와 앉으며 그녀의 어깨를 부드럽게 끌어당겼다. 그녀는 마치 오래된 연인처럼 그의 어깨에 머리를 기댔다. 택시는 멀지 않은 곳의 호텔 앞에 멈추어 섰다.

택시에서 내린 그는 그녀의 어깨를 껴안고 호텔 안으로 들어갔다. 늦은 시간이어서인지 프런트는 한가하고 직원들만 보였다. 객실 열쇠를 받아든 그가 그녀를 승강기 앞으로 데리고 가서 그윽한 눈빛으로 쳐다봤다. 그녀는 새삼스럽게 임한구를 떠올리며 경색된 표정을 지었다.

승강기에 오른 그녀는 현기증으로 어지러움을 느꼈다. 그녀의 가방 속에 들어있는 스마트폰이 또 진동했다. 그의 눈치를 살피는 그녀는 전화를 기다리고 있을 임한구를 생각하며 죄책감에 젖었다.

하지만 이미 돌아가기는 늦었다. 그녀의 혼란스러운 심정을 위로하듯이 그가 그녀의 어깨를 토닥거렸다. 객실문 앞에서 주춤거리던 그녀는 그의 손에 이끌려 객실 안으로 들어갔다.

벽에 기대선 그녀는 화려한 객실 안을 물끄러미 바라봤다. 임한구와 몇 번 들어왔던 모텔과는 다른 고급스러운 실내의 인테리어 분위기에 억눌리는 기분이었다. 또한 그의 유혹을 떨쳐버리지 못하고 들어온 객실이 낯설기만 했다. 그녀의 마음과는 달리 그는 서슴없이 양복 상의를 벗어 걸었다. 그리고 그녀에게 다가왔다.

그는 그녀를 부드럽게 껴안았다. 꼿꼿이 서 있던 그녀는 얼굴 가까이 다가오는 그의 입술이 갑자기 생소하게 느껴졌다. 하지만 그녀는 눈을 감고 그의 입술을 받아들였다. 가벼운 키스 후에 그가 그녀의 혀를 입속으로 빨아 당겼다. 그리고 그가 그녀를 부둥켜 안았다. 다시 예민해진 그녀는 그의 어깨 위에 팔을 얹었다.

그녀의 허리를 당기고 있던 그의 팔에 힘이 들어갔다. 그녀는 잇닿은 하복부에서 전해 오는 열기를 느꼈다. 그의 손에 의해 그녀의 짧은 스커트 호크가 풀어졌다. 그녀의 허리를 당기던 그의 손은 그녀의 둔부를 움켜쥐었다. 그리고 그의 다른 손이 그녀의 니트웨어 속을 더듬었다.

브래지어 속으로 들어온 손이 젖가슴을 움켜쥐자 그녀는 현기증을 느꼈다. 나른해진 그녀는 그의 뜨거운 키스를 능동적으로 받아들였다. 그녀의 입속으로 그의 혀가 밀고 들어왔다. 타액을 교환하는 그들은 점점 뜨거운 열기에 휘말렸다.

그녀의 젖꼭지가 그의 손가락 사이에서 돌기를 일으켰다. 다리에 힘이 풀린 그녀가 휘청거렸다. 농도 깊은 키스를 하던 그가 그녀를 빤히 쳐다봤다.

"채연인 아름다워."

그의 상투적인 말이었으나 그녀는 많은 연기자들을 상대했던 그의 칭찬이니만큼 단순하게 받아들여지지 않았다. 다만 그녀는 잠시 흥분했던 모습을 보인 것이 부끄러웠다. 그녀는 하복부에 잇닿은 그의 남성이 발기하여 짓누르는 것을 의식했다. 그가 시선을 외면하고 있는 그녀에게 가벼운 미소를 지었다.

"내가 먼저 씻을까? 처음은 아닐 테고. 채연이가 먼저 씻지."

흥분을 가라앉히지 못하는 그녀는 망설였다. 그의 말은 서먹서먹했던 그녀를 편안하게 만드는 것이었다. 그녀는 하복부에 잇닿은 그의 남성이 꿈틀거리는 것을 느꼈다. 이미 호크가 풀어진 그녀의 스커트가 발밑으로 흘러내렸다. 팬티 차림의 그녀는 최소한의 순수함은 표현하고 싶었다. 하지만 과한 표현은 어색할 것 같았다. 그녀는 시선을 외면하고 그의 가슴에서 벗어났다.

소파로 가서 앉은 그가 리모컨을 집어 들고 TV를 켰다. 그녀는 옷장 옆의 공간으로 가서 니트웨어와 셔츠를 벗었다. 브래지어와 팬티 차림의 그녀는 그의 눈치를 살폈다. 그리고 양팔로 앞가슴을 감춘 그녀는 몸을 사리며 욕실로 재빨리 들어갔다.

샤워기 밑에 선 그녀는 타월에 바디샴푸를 적셔 발가벗은 몸에 거품을 일구어냈다. 그녀를 기다리고 있을 임한구가 떠올랐다. 그녀는 어쩌면 임한구를 잊어야 할 남자라고 생각했다.

샤워를 끝낸 그녀는 큰 타월로 몸을 감싸고 욕실 문틈으로 내다보았다. 등을 지고 있는 그의 모습이 보였다. 그녀는 젖가슴을 감춘 타월을 붙들고 욕실 문을 여는 동시에 부리나케 침대 위로 올라갔다. 모포를 뒤집어 쓴 그녀는 심장이 두근거렸다. 그녀는 숨을 죽이고 그의 거동을 살폈다.

그는 그녀를 바라보며 싱긋이 웃음을 흘렸다. 그녀는 사냥꾼의 올가미에 완전하게 걸려든 먹잇감이었다. 그는 서두르지 않고 옷을 벗어 팬티 차림으로 욕실로 들어갔다. 샤워를 하는 동안 그는 다음 계획을 떠올리고 있었다. 그는 오래 전부터 권한열이 판교에 아파트 건립을 추진하고 있는 것을 파악하고 있었다.

그녀는 그가 욕실로 들어간 후에 일어나 손가방을 집어 들었다. 그리고 스마트폰 배터리를 해체시켰다. 혹시 임한구에게서 또 다시 걸려올지 모르는 전화 때문이었다. 지금 순간만큼은 현실에 충실하고 싶은 그녀였다. 아니 그녀는 미래의 꿈을 위해 자신을 투자하고 있는 것이다. 얼마 지나지 않아 욕실 문이 열렸다.

욕실에서 나온 그는 모포 밖으로 얼굴을 내밀고 있는 그녀를 힐끔 쳐다봤다. 벽을 향해 머리를 돌린 그녀는 눈을 감고 있었다. 그는 팬티도 걸치지 않은 발가벗은 상태였다. 잠시 객실안을 둘러보던 그는 전등 스위치를 내리고 침대 위의 조명등만 남겨 놓았다. 흐릿한 붉은 조명등 아래의 방안은 아늑한 분위기가 흘렀다.

침대 위로 올라간 그는 그녀의 옆에 누웠다. 그리고 그녀의 목 밑에 팔을 넣어 당겼다. 그는 부드럽게 그녀의 발가벗은 알몸을 가슴에 껴안았다. 그녀는 양팔로 젖가슴을 감춘 자세로 눈을 감고 있었다. 그의 입술이 그녀의 입술로 다가갔다. 숨소리를 죽이고 있던 그녀가 눈을 떠서 그를 빤히 쳐다봤다.

그녀에게 지금 상황은 이미 엎질러진 물이고 그에게서 벗어날 수도 없었다. 그러나 그녀는 마지막 자존심을 느꼈다. 매니저나 후원자에게 몸만 더럽히고 흔적도 없이 사라지는 연예인 지망생도 많이 보았기 때문이었다. 그녀는 그의 입술을 손가락으로 막으며 나직하게 물었다.

"제, 몸이 필요한 거예요. 아니면 저의 재능이 필요한 건가요?"

"둘 다."

그에게 그녀의 물음은 무의미한 것이었다. 다만 그는 그녀에게서 조지나에 관한 정보를 알아내는 것이 중요했다. 그리고 그녀의 관능적인 육체는 그의 성욕을 자극하고 있었다.

그는 그녀가 발가벗은 알몸이 되고도 앙큼하게 경계하는 말에 엷은 웃음을 흘렸다. 그녀가 마음에 상처를 받지 않도록 조심하는 것도 중요했다.

애인까지 있는 그녀가 남녀 관계에 대한 경험이 적지 않을 것이라고 그는 생각했다. 그는 그녀가 얼마나 성에 대해 민감한지 모르지만, 그녀를 만족시키는 것도 목적을 이루는 데 큰 효과가 있다고 생각했다.

그는 슬그머니 그녀의 발가벗은 몸 위로 올라갔다. 그녀는 지그시 내려다보는 그에게 다시 종알거렸다.

"정말, 저의 재능을 인정하세요?"

"그럼, 나는 가능성이 없는 여자는 눈여겨보지도 않아."

대답과 함께 그는 그녀의 얼굴을 감싸고 입맞춤을 했다. 불안감마저 사라진 그녀는 그의 입술을 받아들이며 눈을 감았다.

그는 문득 권한열의 딸 권연지를 떠올렸다. 그녀를 안심시키려던 그는 문득 권연지를 떠올리고 갑작스럽게 흥분을 했다. 그의 손아귀에는 탐스러운 그녀의 젖가슴이 쥐어져 있었다. 그녀의 육체는 나이 많은 권연지의 성숙한 몸보다 더 볼륨감이 넘쳤다.

모든 것을 체념한 그녀는 능동적으로 오직 순간의 감정에 몰두했다. 입술과 입술, 그리고 혀와 혀가 엉키며 타액을 교환하였다.

그녀의 얼굴빛이 열기로 달아올랐다. 그는 손아귀에 움켜쥐고 있는 젖가슴을 혓바닥으로 핥았다. 젖가슴을 타액으로 적신 그의 혀끝에서 그녀의 젖꼭지가 휘말렸다.

전위행위는 섬세하고 예민했다. 그녀는 자신도 모르게 그의 머리를 끌어안았다. 그녀가 임한구와 관계를 하면서 느꼈던 감각과 다른 짜릿함이었다. 임한구는 짧은 시간의 애무도 귀찮게 생각했다. 자신의 욕구에 충실한 그는 참지 못하고 삽입하는 경우가 허다했다. 물론 여자의 성감 핵심포인트는 질내의 자극이지만 때로는 아쉽기도 했던 그녀였다.

오랜 애무 끝에 신음을 흘린 그들은 서로를 부둥켜안고 삽입이 되었다. 포만감에 젖은 그녀는 들이마신 숨을 멈추었다가 내뿜었다. 그는 더 이상 움직이지 않고 나직하게 물었다.

"이젠, 나를 믿을 거지?"

"네에, 부장님만 믿고 있어요."

간신히 대답하는 그녀의 목소리가 떨렸다. 모든 오감이 예민해지는 그녀는 말하기조차 거북했다. 몽롱한 눈빛으로 올려다보는 그녀의 둔부가 꿈틀거렸다.

"그런데, 왜 사실대로 말 안 하지?"

"뭐, 뭐를요?"

입술을 지그시 깨문 그녀는 허리를 비틀었다. 그리고 살갗이 마찰당하는 쾌감을 참지 못하고 그의 허리를 당겼다. 성감에 휘말리고 있는 그녀의 안타까운 심정과는 달리 그는 느긋한 표정으로 말했다.

"조지나에게 비밀이 있다고 했잖아?"

"그건, 친구인데, 어떻게 말해요."

"누구나 비밀은 있어. 그러나 시간이 지나면 추억일 뿐이야. 난, 너나 친구를 도와주려는 거라고. 단지 직업상 모든 정보를 알아야 대처할 수 있기 때문이라고."

그는 분명히 지나에게 숨겨진 비밀이 있다고 확신했다. 그러려면 그녀를 안심시켜야 하기에 그녀가 이해하도록 설명을 한 것이다.

"부장님, 뭐를 알고 싶어서."

"앞으로 내가 시키는 대로 할 거지? 그렇지 않으면 너를 믿을 수 없잖아."

"네, 네! 말씀."

"조지나, 처녀가 아니었지?"

"네."

"그 남자가 누구야?"

"최응수라고."

"최응수? 뭐하는 남잔데?"

"대학생예요."

"나, 만나게 해 줄 수 있지?"

"……?"

"만나게 해 줄 수 있냐고?"

"네? 네."

그녀는 그에게 최응수를 만나게 하려면 임한구가 걸림돌이 되었다. 예기치 않은 상황이 벌어질 것이 두려웠다. 그러나 그녀는 이미 그의 남성을 받아들인 상태였고, 자신의 꿈을 위해서도 그의 요구를 거절할 입장이 아니었다.

그녀는 기다렸다는 듯이 그의 등을 껴안고 둔부를 들썩였다. 발가벗은 그들의 육체가 하나가 되어 파도처럼 흔들렸다. 여자들을 잘 알고 있는 그의 성적인 기교는 그녀를 열기의 늪으로 빠트리기 충분했다. 오직 남자의 욕구에 수동적이던 그녀로서는 감당할 수 없는 엑스터시였다.

객실 안에는 숨 가쁜 신음소리, 살갗이 잇닿는 소리, 분비물 마찰소음이 빠르게 흘러 넘쳤다. 그 습한 열기가 오랫동안 이어졌다.

그녀는 처음으로 느끼는 격렬한 희열에 정신마저 혼미했다. 그는 그녀를 이용하기 위해서는 그녀의 정신과 육체 모두가 필요했다. 육체적인 만족을 느낀 여자는 대부분 마음도 받치기 마련이라는 판단이었다.

급히 숨을 들이마신 그는 그녀의 허리를 부둥켜안고 엎드렸다. 긴 시간의 정사지만, 사정하기는 너무 아쉬웠다.

잠시 진정시킨 그는 그녀의 몸에서 떨어졌다. 그리고 그녀의 둔부를 잡고 돌려서 엎드리게 했다. 희열의 열기 속에서 숨을 고르고 있던 그녀는 무의식적으로 엎드렸다. 발가벗은 남녀의 거친 열기로 가득했던 객실 안이 침묵으로 휩싸였다. 거친 호흡을 진정시킨 그가 그녀의 몸에서 미끄러져 내려갔다. 그는 슬그머니 그녀의 목에 팔을 두르고 끌어안았다.

　동상이몽. 격한 정사 후에 지친 그들은 각기 다른 꿈을 꾸며 잠에 빠져들고 있었다.

스물

영화 '하얀 늪'이 개봉한 지 한달 만에 누적관람수가 800만 명을 넘어섰다. 샤인의 첫 작품이기에 대단한 흥행이었다. 기존의 기획사뿐만 아니라, 평론가들마저도 달갑지 않아 했던 작품이 돌풍을 일으키고 있어 앞으로 관람수가 얼마나 증가할지는 아무도 예상하지 못하고 있었다.

샤인 사무실에 근무하는 직원들은 전투에서 승리한 병사들처럼 활기찬 모습이었다. 그러나 정작 기뻐해야 할 당사자 연우는 근심어린 표정으로 앉아 있었다.

아버지 권한열의 혈소판 수혈을 위해 연우는 혈액검사를 했었다. 부자관계이지만 동정항원 동정여부가 필요하다기에 유전자 검사도 받았다. 그런데 그가 전혀 예상치 않은 결과를 받았다. 아버지와 그의 유전자가 전혀 일치하지 않아 수혈이 불가하다는 결론이었다. 시간이 급한 권한열은 병원이 알선해 준 혈소판 수혈을 받을 수밖에 없었다.

연우는 아버지와 유전자가 다르다는 것을 믿을 수 없기에 대학병원에 가서 다시 검사를 의뢰했다. 그러나 결과는 같았다. 이해할 수 없는 암울한 어둠이 그의 머릿속을 지배했다.

그럼 죽은 어머니에게 다른 남자가 있었다는 말인가.

어머니의 불륜? 그는 인정할 수 없었다. 그가 알고 있는 아버지라면 가능한 일이었다.

영화기획사들은 샤인의 '하얀 늪' 흥행실적에 긴장하고 있었다. 개봉 당시만 해도 잠시 스쳐가는 호기심이고, 시간이 갈수록 대중의 관심에서 벗어날 것이라고 예상했기 때문이었다.

오만태도 마찬가지였다. 아니 그는 직접 권한열뿐만 아니라, 연우에게 타격을 주려고 노력했었다. 하지만 결과는 그의 기대와 달랐다.

골똘히 생각하던 오만태는 시계를 확인했다. 권연지가 방송프로그램을 끝낼 시간이었다. 그는 권연지를 이용하는 계획만큼은 반드시 성공시키고 싶었다. 스마트폰을 집어 들고 권연지의 전화번호를 눌렀다. 그러나 권연지는 전화를 받지 않았다. 모든 일이 왠지 그의 계획대로 이루어지지 않는 것 같아 불만스러웠다.

오만태는 계획이 어긋나고 시간이 갈수록 스스로의 감정을 억제할 수 없었다. 그럴 때마다 그가 마음을 터놓고 만날 사람은 신문사 편집국장으로 근무하는 친구 김준태 기자뿐이었다. 그에게 도움을 받기도 하지만 연예계의 정보를 기사자료로 제공하기도 했다. 오만태는 내려놓으려던 스마트폰을 집어 들고 번호를 눌렀다.

포장마차 안에는 삼겹살 굽는 냄새와 매콤한 연기가 가득했다. 주로 직장인들이 많이 이용하는 주점이었다. 기자 김준태는 자신보다 더 취한 오만태를 걱정스럽게 바라봤다. 숯불이 타오르고 있는 둥근 식탁 위에는 벌써 빈 소주병이 여러 개 놓여 있었다. 그리고 그는 두 시간째 오만태의 푸념을 듣고 있었다.

"하 하, 별거 아냐. 난, 할 수 있어. 누나의 원한을 되갚아 줄 거야. 세상 여자들은 우리 누나와 다르더라고. 끄윽! 순결? 정조? 그런 거 없어. 몸만 가지면 쉽게 따라오기 마련이더라고. 여자들 별 거 아니라니까."

"만태야. 너 변하고 있는 거 아니니? 너의 본심은 그게 아니잖아. 누나를 생각해서라도 그러면 안 되지."

"우리 누나가 당한 것처럼 모두, 짓밟아 버릴 거야."

"넌, 변하고 있어. 너의 누나 인생을 망친 놈과 똑같아지는 거야. 여자들에게 상처를 주는 것은 네가 누나를 짓밟는 것과 같다는 걸 몰라?"

"말조심 해! 그 놈과 난 달라. 우리 누나가 고통스러워 할 때, 아무도 안 도와줬어. 세상 여자들은 누나와 달라. 쓰레기일 뿐이야."

"그렇게 생각하는 게 문제야. 마치 즐기고 있는 것 같아서 염려된다. 네가 도리어 당할 수도 있어."

"흥! 그럴지도 모르지. 하지만 난, 끄떡없어. 두고 봐. 그 놈이 고통을 견디다 못해 내 발밑에 엎드려 비는 걸 꼭 보고 말 테니."

"누나가 살아 있다면 과연 그렇게 생각할까?"

"자! 술이나 들자고. 넌, 내 친구야."

몸을 가누지 못하고 흐느적거리는 오만태가 술잔을 내밀었다. 김준태는 마지못해 술잔을 집어 들었다.

술 취한 손님들의 와자지껄하며 떠드는 소음과 혼탁한 분위기. 술잔을 비운 김준태는 넋두리를 하는 오만태를 지그시 쳐다봤다.

오만태의 모습은 굶주린 야수 같았다. 그는 그가 여배우 배수진과 육체관계를 가졌고, 권한열 회장의 딸 권연지의 순결마저 유린한 사실을 알고 있었다. 물론 오만태가 누나의 원한을 복수하기 위해서 그녀들을 이용하려는 것이지만, 김준태 기자는 그가 오히려 즐기고 있다는 것을 느낄 수 있었다.

그런데 그는 샤인 오디션에 참여했던 채연을 이용할 목적으로 육체관계를 했다고 자랑스럽게 말했다. 여자들을 단지 보복의 이용물로 상대하는 그의 눈빛은 정상이 아니고 광적이었다.

김준태 기자는 오만태가 목적과 상관없이 다른 연예인 지망생들도 유혹하여 관계를 맺은 사실도 알고 있었다. 그는 분명히 여자들을 정복할 때마다 희열을 느끼고 있었다. 김준태 기자는 친구로서 진심으로 그가 절망에 빠지는 모습을 보고 싶지 않았다. 또한 그로 인해 사람들이 더 이상 상처받지 않기를 바라는 마음이었다.

"세상에 원한은 또 다른 원한을 만들기 마련이야. 이미 세상을 떠난 네 누나도 네가 행복하기를 바랄 거야. 업보라고 생각하고 그만 멈출 수 없니?"

"너 내 친구 맞아? 그런 소리 말아. 넌, 내 누나의 고통스러워하는 모습을 보지 않아서 몰라. 스스로 목숨을 끊은 누나의 마음을 알 수 없겠지. 두고 봐! 난, 해낼 거야."

술에 취한 오만태의 깊은 눈동자에는 광기가 흘렀다. 김준태 기자는 착잡한 심정에서 술잔을 기울였다.

오만태는 친구의 말을 이해하지 못하는 것은 아니었다. 하지만 또 다른 계획들을 떠올리는 그의 입가에 미소가 흘렀다. 술에 취한 그는 샤인 소속 연예인들을 포섭할 계획을 넋두리처럼 친구에게 밝히고 있었다.

스물 하나

강원도 강릉의 한적한 바닷가 암초 위에 낚시꾼들이 낚싯대를 드리우고 있었다. 푸른 수평선으로부터 밀려온 파도가 암초에 부딪쳐 하얀 거품을 일구어냈다. 낚시꾼들 중에는 한쪽 눈만 번쩍이는 노인이 있었다. 그는 다름이 아닌 민철만이었다. 검게 그을린 얼굴에는 굵은 주름이 잡혔고 머리가 희끗희끗했다. 그의 옆에는 파커를 걸친 남자가 앉아 있었다.

10분 전부터 와서 앉아있는 이는 다름 아닌 연우(연민)였다. 아니 권한그룹 권한열의 아들 권연민이었다. 연민은 이따금 민철만의 옆모습을 힐끗힐끗 쳐다봤다. 그러나 민철만은 무관심한 표정으로 바다를 응시하고 있었다.

연민 아니 연우는 유전자 검사의 예기치 않은 결과에 고민할 수밖에 없었다. 그 사실을 누구에게도 알리지 못하던 그는 아버지의 운전기사였던 민철만을 수소문해서 찾아온 것이다.

묵묵히 수평선을 바라보던 민철만이 낚싯대를 채더니 끌어 올렸다. 펄떡거리는 물고기가 물결을 가르고 끌려 올라왔다. 그는 요동치는 물고기를 잡아 어망 속에 집어넣고 다시 미끼를 달아 바다에 던져 넣었다. 그리고 담배를 꺼내 피워 물더니 길게 연기를 뿜어냈다. 그리고 연우를 힐끔 쳐다봤다. 동공이 움직이는 한쪽 눈이 흉측스러웠다.

시선이 마주친 연우가 가볍게 목례를 했다. 외면하려던 민철만이 다시 연우의 아래 위를 훑어봤다. 하지만 이내 그의 시선은 바다를 향했다.

침묵이 이어졌다. 연우가 어망을 들여다보며 입을 열었다.

"매일, 이렇게 나오시나요?"

"그냥 시간을 낚는 게지."

무뚝뚝한 민철만의 대답에 연우는 답답함을 느꼈다. 그는 민철만이 먼저 자신을 알아보기를 기다렸던 것이다. 그는 아버지와 민철만의 관계를 누구보다 잘 알고 있었다.

민철만은 연우의 아버지 권한열의 측근이었다. 그는 어린 소녀를 강제로 성추행했던 아버지의 지시를 받고 박재필을 살해했던 남자였다.

연우는 민철만의 죄를 묻기보다 아버지를 탓하고 싶었다. 부실공사 현장을 감추기 위해 중장비 기사까지 매몰시켜 결국은 사망하게 만든 아버지였다. 그러나 하수인이었던 민철만도 결국은 아버지에게 버림받고 말았다.

그는 아버지를 원망했을 민철만의 마음을 충분히 이해할 수 있었다. 또한 권한열의 아들을 달갑게 생각하지 않을 것이다. 하지만 그는 슬며시 물었다.

"저어, 모르시겠어요?"

민철만이 연우를 뚫어지게 쳐다봤다. 뿌연 한쪽 동공이 멈추어진 민철만의 눈빛이 연우를 주시했다. 고개를 갸웃거리는 그를 보고 연우가 다시 말했다.

"안종호 아시지요. 제가 종호 형님의 후배입니다.

"종호?"

"제 아버님은 장 한자 열자, 되시고요."

"자네가 권 회장 아들? 그럼 연민?"

"네."

"어릴 적 모습이 남아 있군. 날 찾을 이유가 없을 텐데."

싸늘한 말을 뱉어낸 민철만은 연우를 외면했다.

그는 정말 권한열을 위해 죽으라면 죽는 시늉까지 했었다. 너무 지나친 것이 도리어 화근이었다. 그는 권한열이 알지 못하게 국회의원 선거자금 조달을 하는 것이 충성이라고 생각했었다. 그러나 그 결과는 그를 불구자로 만들어 놓았다.

늙고 삶의 의지마저 잃어버린 민철만은 과거를 회한할 수밖에 없었다. 잠시 침묵이 흐르고 연우가 입을 열었다.

"저는 아저씨 심정을 누구보다 잘 압니다. 저도 아버지의 인간성을 원망합니다. 그러나 저를 낳아준 아버지이기에 어쩔 수가 없고, 아버지 대신 사죄하고 싶습니다. 용서하십시오."

민철만은 묵묵부답으로 시선도 주지 않았다. 그가 피워 물은 담배연기가 바닷바람에 휘날렸다.

연우는 자신이 알고 있는 아버지의 비밀 외에 그가 무언가 알고 있으리라고 믿고 강원도로 내려온 것이다. 아니 그는 유전자 검사 결과가 자신의 출생과 관계가 있다고 생각했다. 사춘기 시절부터 그는 아버지의 비인간적인 행위들에 거부감을 느꼈었다.

"어린 시절 저를 귀여워 해 주던 아저씨를 생각합니다. 사실은 우리 아버지가 혈소판 감소 수술을 받았습니다. 언제 돌아가실지 모르겠기에 아버지가 생전에 지은 죄를 대신하고자 합니다. 아버지에 대해서 말씀해 주시면 고맙겠습니다."

"다, 지난 일인 걸. 나도 죗값을 치루는 것이지. 이제 안다고 해결될 일이 아니지."

"물질적인 것보다는, 마음이 중요한 것 같습니다."

"언젠가도 권한열 회장에 대해서 물어보고 간 사람이 있었는데."

먼 바다를 바라보는 민철만은 추억을 떠올리고 있었다. 연우는 그가 마음을 열었다는 것을 알 수 있었다. 민감해진 연우가 그의 말을 재촉했다.

"누군데요?"

"오 뭐라던가? 아, 오만태라고 했지. 박재필(기자)이 외삼촌이라고 하는 것 같았는데."

"오만태라고요? 그가 뭐를 물어 봤는데요?"

"그 사람도 아버지에 대해서 잘 알고 있더군. 권한열 회장이…."

민철만이 오만태를 만나서 했던 말들은 대부분 연우도 이미 알고 있는 사실들이었다. 민철만은 권한열이 고아원 소녀를 추행하고 협박을 받았던 일을 서두로 꺼냈다. 그리고 공사현장 사고를 은폐하고 건축 공정을 단축하려고 인명구조를 소홀히 해서 조재천(지나의 친부)을 가사상태로 만들었던 사건들은 민철만의 말이 아니어도 연우는 아버지의 과거에 실망하고 있었다.

"저도 알고 있는 사실입니다만, 그 소녀는 어떻게 됐나요?"

"정신병원에 입원했다가 자살했다는 소문을 들었는데…."

"자세히 아는 사람이 없을까요?"

"글쎄, 남동생이 있었다는데, 아마 입양을 갔다고 하지?"

연우는 다른 것보다 소녀의 남동생이 있었다는 사실과 오만태가 탐문하고 다녔다는 것에 민감해질 수밖에 없었다. 스스로 사표를 내고 나간 오만태였다. 아버지의 과거가 언론에 유포되었던 것과 오만태가 연관되어 떠올랐다. 그러나 그가 아버지와 자신에게 도전해야 하는 이유는 물론 확증도 없었다. 다만 오만태가 의도적으로 샤인을 험담하는 루머를 퍼뜨렸고, 아버지의 과거를 파헤치고 다닌다는 것은 엄연한 사실로 드러났다.

연우가 민철만에게 가장 듣고 싶은 것은 자신이 누구인가였다.

"혹시 제 생모가 어떻게 돌아가셨는지 아십니까?"

"그냥, 사모님이 건강이 악화되어 돌아가신 걸로 아는데."

"그럼, 혹시 제 어머님에게 다른 남자라도."

"그럴 분이 아니셨네. 아버님과 부부 사이가 원만하지는 않았지만 고상하고 인자하신 분이셨지."

"그럼, 아버님에게 다른 여자라도?"

민철만이 힐끔 연우를 쳐다봤다. 그는 권한열에게 지시를 받고 비행기에 오르는 한경숙을 직접 확인했기에 기억하지 않을 수 없었다. 그는 물고 있던 담배꽁초를 비벼 끄고 다시 담배를 피워 물었다. 길게 연기를 뿜어낸 그가 입을 열었다.

"한경숙. 권한열 회장의 내연녀였고 정보원이었지. 경쟁회사인 주영(천주영의 주영건설, 천주영 딸 천상희, 천상희 딸 조지나)에서 근무하며 정보를 빼내 권한열 회장에게 보고했었어. 그런데 내가 그 일에 말려들지만 않았어도…."

"무슨?"

그는 한참 동안이나 침묵을 지켰다. 그는 그 시대에 어쩔 수 없는 상황이었지만 후회하지 않을 수 없었다. 담뱃재를 털어내는 그의 손가락이 떨렸다. 연우는 그의 괴로워하는 모습에 저절로 긴장이 되었다. 그가 길게 한숨을 내쉬었다.

"이제 와서 후회해도 소용이 없지만, 그 시대에는 어쩔 수 없는 일이었어. 그러나 나는 죽을 때까지 박재필과 천주영 가족에게 사죄하는 마음으로 살아야 하는 업보를 타고 난 게지. 솔직한 마음인데, 자네 아버님을 저주하기도 하지만."

"……?"

"변명 같지만, 나는 친구를 죽게 만든 하수인일 뿐이야. 그리고 주영, 천주영의 주택, 그 화재로 천주영 부부와 아들이 사망했지. 그런데 권한열 회장은 자신이 화재 살인사건을 지시해 놓고 태연하게 살아남은 그 딸과 노모를 보살폈지. 자네 아버지는 인면피를 뒤집어쓴 악마야."

연우는 새로운 사실에 아버지가 얼마나 비인간적이고 악독한지 새삼스럽게 느꼈다. 그는 그런 아버지의 아들이라는 것이 부끄러웠다. 그는 자신의 핏속에 아버지의 피가 흐르고 있다는 사실도 잊어버리고 싶었다. 천주영 가족을 찾아가서 아버지 대신 무릎 꿇고 사죄하고 싶은 심정이었다.

"그, 천주영 씨 살아남은 가족은 어떻게 됐나요?"

"모르고 있었나? 노모는 사망했고, 물류센터 공사현장에 매몰되었던 조(조재천, 지나 친부) 기사가 천주영 딸의 남편이라는 것을…. 조 기사도 결국 죽었지만."

"네?"

연우는 놀라지 않을 수 없었다. 눈이 휘둥그레진 그가 넋을 놓고 민철만을 뚫어지게 쳐다봤다. 조재천이라면 그가 너무나도 잘 알고 있는 남자였다. 천상희의 남편 조재천. 그는 믿고 싶지 않은 사실에 천천히 머리를 가로 저었다. 그가 부정하고 싶은 과거를 확인시키는 것처럼 민철만이 고개를 끄덕거렸다.

"자네 집에 들어가서 같이 살았던 천상희가 천주영의 딸이었지. 자네 아버지처럼 이중인격을 가진 사람은 없어."

"천상희라고요?"

충격을 받은 연우는 온몸의 피가 싸늘하게 식어가는 것 같았다. 아버지에 대한 실망으로 인한 반발과 집안 분위기가 싫어서 외롭게 방황하던 청년 시절이었다. 얼굴도 모르는 어머니를 그리워하던 시절이었다. 감옥살이 같은 집에서 탈출하고 싶었던 순간들이었다. 그 순간들, 그가 위로를 받았던 여자가 바로 천상희였다.

파도 위로 비행하는 갈매기 떼들이 구슬피 울며 날갯짓을 퍼덕였다. 지난 세월을 잊고 살았던 연우는 아버지를 원망하기보다는 자신을 탓하고 싶었다.

천상희는 가혹한 아버지의 욕망에 희생되어 의식불명이 되었던 조재천의 아내였다. 그리고 끓어오르는 젊은 혈기에 사랑할 수밖에 없었던 여자였다. 그는 깊이 몰아쉬었던 숨을 길게 뿜어냈다.

"천상희는, 지금, 어디 있나요?"

"잘 모르지만, 강릉을 떠나지는 않은 걸로 아네."

연우는 언젠가 찾아봐야 할 여자라고 생각했다. 그렇지만 많은 세월이 지났고 모든 것을 알게 된 상태에서 그녀 앞에 나타난다는 것 자체가 두려웠다.

문득 연우는 자신의 유전자에 관한 의문을 풀 수 있는 열쇠를 한경숙이 갖고 있을지도 모른다는 생각을 했다.

"그, 한경숙이라는 여자는?"

"권한열 회장의 지시를 받고 내가 공항까지 데려다 줬어. 이민을 보낸 걸로 아는데, 그 후 소식은 나도 모르지."

"혹시, 그 여자에게 자식은 없었나요?"

"없었던 걸로 아는데. 다만."

"네?"

"한경숙이 공항에서 권한열 회장을 저주하면서 했던 말이……?"

"무슨 말을?"

"결국은 자식 때문에 고통스러울 것이라고 했네. 혹시 자네 집에 가정부로 있던 김정례가 살아 있다면 뭔가 알지도…, 아니면 한경숙 본인만이 알겠지. 그런데 그건 왜 물어보나?"

"그냥, 아버님이 직접 말하시지 않으니, 돌아가시기 전에 알아두어야 할 것 같아서요."

"운명은 재천이라던데, 죽음 뒤에 남는 건 없어."

왠지 여운을 남기는 민철만의 말이었다. 그는 한경숙이 여객기 탑승하기 전에 보여준 독기어린 표정이 너무도 생생했기 때문이었다.

연우는 궁금증을 풀기는커녕 더욱 의혹만 깊어졌다. 의혹과 함께 그는 자신이 아버지의 아들이 아닐 것이라는 혼란스러움에 휩싸였다. 혼란스러운 의혹은 그가 홀로 괴로워할 번민이었다.

서울로 돌아온 연우였다. 그는 한경숙을 찾는다는 광고를 인터넷에 올렸다. 아울러 폐쇄된 고아원 '시온의 집'에 대해 알고 있는 사람이나 종사했던 사람을 찾는다는 내용도 게재하였다.

그는 큰 기대를 걸지 않았지만 한경숙을 알고 있다는 전화가 여러 통 걸려왔다. 하지만 그가 찾고 있는 한경숙이 아니거나 확실치 않은 정보였다.

연우가 인터넷에 광고를 올린 후 '시온의 집'을 찾는 이유를 묻는 전화가 걸려왔다. 그곳에서 근무했던 보모라고 했다. 그는 원생으로 있던 이은영에 대해서 물었다. 다행스럽게 보모는 은영에 대해 알고 있었다. 귀엽고 동생들을 잘 보살펴 주어서 뚜렷이 기억한다고 했다.

그런데 건강하던 이은영이 갑자기 시름시름 앓더니 자폐증 증세를 보여 정신병원에 입원시켰다고 했다. 그리고 고아원이 폐쇄된 후에는 이은영의 행방에 대해서는 모르고 있다는 대답이었다. 잔뜩 기대를 걸었던 연우는 실망하지 않을 수 없었다.

그리고 다시 '시온의 집'에 대해서 잘 알고 있다는 전화가 걸려왔다. 젊은 남자의 목소리였다.

"시온의 집을 왜 찾으십니까?"

"그곳에 있던 원생을 찾고 싶어서 그런데, 어떻게 되십니까?"

연우는 아버지의 추악한 과거가 드러나는 일이기에 조심스럽게 되물었다. 잠시 침묵하는 시간이 지나갔다. 그는 상대가 주춤거린다는 것은 시온의 집과 관계가 깊거나 자세히 알고 있다는 생각이 들었다. 그는 대답을 기다리기 답답하기도 하지만 상대를 안심시키기 위해 다급하게 자신의 신원을 밝혔다.

"저는 샤인의 대표 연우입니다."

"알고 있습니다."

"알고 있다고요?"

상대가 자신을 알고 전화를 했다는 말에 연우는 반신반의했다. 어쩌면 시온의 집에 대한 정보를 제공한다는 조건으로 큰 대가를 바라는지도 모르기 때문이었다. 그렇다면 거짓 정보일 수도 있었다. 그는 조금은 실망스러울 수밖에 없었다. 그런데 그의 의심을 알고 있다는 남자의 목소리가 들렸다.

"확실치 않지만, 시온의 집을 찾는 이유도 알고 있고요."

"그럼, 이은영이라는 원생을 아십니까?"

"물론이죠. 제가 그곳의 원생으로 같이 있었으니까요."

"사례는 할 테니, 먼 곳이 아니면 지금 만날 수 있겠습니까."

"대신, 저를 만났다는 말은 누구에게도 하지 않기로 하는 조건입니다."

"그리죠."

통화를 끝낸 연우는 부리나케 사무실을 나왔다. 복도에서 마주친 직원들이 황급히 나가는 그를 의아스럽게 바라봤다.

승용차에 올라탄 그는 가속 페달을 밟았다. 차량들이 혼잡한 도로를 곡예 운전하듯이 몰고 나갔다. 다행히 약속장소는 멀지 않은 서울역 근처의 커피숍이었다. 연우가 커피숍으로 들어가니 구석진 곳에 앉아있던 젊은 남자가 손을 들었다. 노타이에 회색 양복을 걸쳤고 안면이 없는 전혀 낯선 남자였다. 탁자로 다가간 연우가 조심스럽게 물었다.

"제가 연우입니다만 혹시?"

"아, 통화했던 사람입니다. 앉으시지요."

앞치마를 두른 여종업원이 다가왔다. 연우를 기다리는 남자는 신문사 편집국장으로 근무하는 김준태 기자였다. 그를 마주하고 앉은 연우의 시선이 여종업원에게 향했다. '하얀 늪'으로 더욱 인기가 치솟고 있는 그를 알아보는 사람들은 많았다. 여종업원의 눈빛이 반짝였다.

그는 남자가 어떤 정보를 알고 있는지 궁금하지만 그에게 물었다.

"뭐, 드실까요?"

"날씨가 더운데."

"그럼, 주스가 어떠세요?"

말없이 고개를 끄덕인 김준태 기자는 신중한 표정을 지었다. 연우도 역시 말없이 여종업원에게 손가락 두 개를 펼쳐보였다. 종업원이 사라지고 연우가 명함을 꺼내 김준태 기자 앞의 탁자 위에 내려놓았다.

"뭐를 알고 계시는지 궁금하군요."

"제 말을 믿게 하려면 신원을 밝혀야겠지요."

김준태 기자는 이미 연우에 대해서 잘 알고 있었기에 명함을 살펴보지도 않고 호주머니에 넣었다. 그리고 자신의 명함을 꺼내서 연우 앞에 밀어 놓았다. 연우가 그의 명함을 집어 들고 들여다보며 고개를 끄덕였다.

"아, 김준태 씨로군요."

"이은영을 찾으신다고?"

"네."

"사망한 걸 모르시나요?"

"그건, 알고 있습니다. 제가 찾는 이유를 아신다고 했는데?"

"그럼, 왜 사망했는지도 아시겠군요?"

"네, 고인에게 죄송합니다만 꼭 알아야 할 일이 있어서."

"그런데 왜 찾으십니까?"

"그 소녀에게 남동생이 있었다는 말을 들었습니다."

연우가 심사숙고하는 김준태의 표정을 살폈다.

김준태는 사실 친구 오만태를 염려하여 연락했던 것이다. 오만태의 행동이 점점 예사롭지 않게 변하고 있어서 김준태 자신도 사회적인 책임감을 느낀 것이다. 잘못 되면 오만태 본인의 인생도 구렁텅이로 빠지지만 그로 인해 많은 사람들이 희생당할 것만 같았다.

"사실은 제가 만태의 절친한 친구입니다. 이렇게 만난 이유이기도 하지만 친구가 더 이상 타락하는 것을 보고 있을 수 없었습니다. 친구를 고발하는 것이 아니라, 더 이상 피해자가 없기를 바라기에 말씀드리는 겁니다. 만태의 성은 오 씨가 아니라 본래 이 씨입니다. 은영 누나의 남동생이고 해외로 입양되었었지요."

"네? 오만태가 이은영의 동생이라고요?"

김준태가 고개를 끄덕였다. 새로운 사실에 연우는 놀라지 않을 수 없었다. 여종업원이 주스를 가져다 놓기에 대화가 멈추었다. 종업원이 사라지고도 연우는 말을 잇지 못하고 침묵을 지켰다. 오만태에 대한 의혹이 드러났지만 머리를 가격당한 것처럼 아득하였다. 아버지로 인한 과거의 시간들이 또 다른 원한으로 살아나고 있는 것이었다.

"그 사실을, 알려고 했던 것이 아닙니까?"

"네."

"만태는 누나의 원한을 보복한다고 하지만, 나는 변해가는 친구가 두렵습니다."

"……."

"그 놈은 원래 숫기도 없이 착한 놈이었습니다."

연우는 김태준의 말이 암굴 속에서 들리는 메아리처럼 들렸다.

샤인의 주가를 폭락시키려던 일과 '하얀 늪' 영화제작에 관해 루머를 퍼트렸던 당사자가 오만태라는 것이 확실해졌다. 그리고 그는 계획적으로 배수진에게 접근해서 육체관계를 맺었던 것이다. 자신의 입으로 직접 그 사실을 말했던 그의 의도를 알 수 있었다.

오만태의 신원에 대해서 알게 되자 연우는 망연자실하였다. 그의 목적은 드러났지만 그의 계획은 알 수 없었다. 지금까지 그가 저지른 일들에 증거도 없었고 다만 심증만 갈 뿐이었다. 연우가 고심하는 중에 김태준이 일어서며 침묵을 깼다.

"더, 알고 싶은 게 있으면 연락하십시오. 직원이었으니 만태에 대해 잘 아실 겁니다. 어디까지나 친구를 생각해서 말씀드립니다. 다시 말하지만 저한테 들은 것으로 하지 마십시오. 약속하셨습니다."

"네, 그런데 사례를 해야겠는데 얼마를… 통장번호라도…."

"아닙니다. 아무리 세상이 각박해도 친구를 팔아서 사리사욕을 챙기지는 않습니다. 그럴 생각이라면 연락도 하지 않았습니다."

"그렇지만."

"약속은 꼭 지키십시오. 더 이상 말씀 드릴 것이 없으니. 그럼, 저는 이만."

고개를 숙여 보인 김태준가 뚜벅뚜벅 걸어나갔다. 갑자기 막막해진 연우가 그의 뒷모습을 바라봤다.

주위의 시선을 의식하듯이 그는 두리번거리며 커피숍을 나갔다. 연우는 오만태에 대항할 방법이 떠오르지 않았다. 하지만 법적으로 오만태를 대응하기 위해서는 증거가 필요하고 김태준과의 약속도 지켜야 하는 상황이었다.

한동안 깊은 생각에 잠겼던 연우가 자리에서 일어나 커피숍을 나갔다.

연우는 대부분 지나의 아파트에서 머물고 있었다. 약속된 사항은 아니지만 그들은 동거생활을 하게 된 것을 자연스럽게 받아들이고 있었다. 지나는 그를 위해 살림을 하게 되었고 살림살이도 조금씩 늘어갔다. 그녀도 시간 여유가 많은 것은 아니었다. CF 촬영이나 인터뷰, 그리고 매스컴과 방송국 초청도 늘어가고 있었다.

뒤늦게 연우는 지나의 바쁜 일정을 생각하여 가사도우미를 고용했다. 오전에 오는 도우미는 낮 시간에 와서 세탁과 집안 청소를 하고, 외식을 하는 경우를 제외하고는 식사준비는 그녀가 직접 했다. 그녀는 그를 위해 식사준비를 하는 시간이 즐거웠고 그도 또한 그렇게 해 주기를 바라는 마음이기에 흡족했다.

연우가 일찍 들어온다는 전화를 받고 지나는 서둘러 잡지사 미팅을 끝냈다. 그리고 집으로 돌아오던 길에 그가 좋아하는 고등어조림을 만들기 위해 마트에 들렀다.

아직 음식 솜씨가 서툰 그녀는 대부분 어머니에게 전화를 걸어 요리법을 배우고 있었다. 그런데 집으로 들어오니 벌써 그가 돌아와 있었다.

부리나케 주방으로 들어간 지나는 식사준비를 하면서 거실에 있는 연우의 눈치를 살폈다.

다른 날 같으면 그녀에게 다가와 스킨십을 했을 그가 왠지 침울한 표정인 것 같았다. 식사를 하면서도 연우는 말 한 마디 하지 않고 무언가 골똘히 생각을 하고 있었다. 침대에 나란히 누운 그녀가 그에게 물었다.

"오빠, 무슨 일 있었나 봐요?"

"아니, 무슨 일은…."

"그런데 표정이 안 좋아 보이네요."

"괜찮아. 생각할 일이 있어서."

"무슨 생각인데요? 다음 영화를 기획하고 있다면서요. 그래서 그래요?"

"아니, 지나를 어떻게 사랑할지 고민 중이지."

연우가 돌아누우면서 슬립만 걸친 지나를 껴안았다. 어머니의 가슴을 상상한다는 그의 손길이 어김없이 그녀의 젖가슴을 보듬었다. 그녀의 젖꼭지가 그의 손가락 사이에서 맴돌았다. 눈을 하얗게 흘긴 그녀가 그의 팔을 어루만졌다. 그의 손길에 익숙해지는 그녀였다.

그가 짧은 한숨을 내쉬며 불쑥 말했다.

"오만태 부장, 조심해."

"왜요?"

"우리 집안의 적이니까."

"왜 그런데요?"

"그건 차차 알게 될 거야. 차라리 모르게 되면 더 좋고."

"그래서 오빠 표정이 심각했나 봐요."

"그런데 만약 말이야. 내가 아버지의 아들이 아니라면 지나는 어떻게 할 거야?"

"무슨 말예요. 말도 안 되는 소리. 그렇지만, 오빠를 먼저 알았지, 회장님을 알았나요. 난, 오빠만 있으면 돼요."

연우를 바라보는 지나의 도톰한 볼에 보조개가 깊게 드리워졌다.

그는 유혹하는 듯이 눈웃음치는 그녀를 끌어안고 키스를 했다. 그녀는 날이 갈수록 성적인 본능에 민감해지고 있었다.

혀와 혀가 엉키고 그가 그녀의 몸 위에 체중을 실었다. 그녀의 보라색 슬립이 풀어 헤쳐졌다. 꽃잎처럼 펼쳐진 슬립 안에 그녀의 발가벗은 나신이 조각처럼 드러났다.

"내 곁을 떠나지 마."

"응."

피부를 스치는 손끝에 예민해지는 그들은 습한 열기에 휩싸였다. 결코 서둘지 않는 그들의 스킨십 속에 시간은 멈추어 있었다. 그녀의 젖가슴이 그의 타액으로 적셔지고, 거친 호흡이 핑크색 침대 등불 아래 흘러넘쳤다. 그녀의 매끈한 허벅지 사이로 그의 건장한 체구가 묻혔다. 입술을 벌린 그녀의 손이 그의 등을 움켜쥐었다.

스물둘

푸른 잎으로 단장한 정원수 사이로 장미 꽃송이들이 어우러진 초여름의 청명한 날씨였다. 강릉에 있는 권한열 회장의 저택 정원이다.

넝쿨나무가 우거진 테라스 밑에 식탁이 놓여 있고 권한열 회장의 아내 구성미의 모습이 보였다. 그녀와 가정부와 파출부들이 주방을 드나들며 테라스 식탁에 음식을 장만하고 있었다.

베란다 문으로 권한열이 휠체어를 타고 나왔다. 수술을 마치고 퇴원한 그는 건강을 회복하려고 강릉에 내려왔다. 그의 생일을 맞이하여 가족들이 모이기로 한 것이다. 탁자 옆으로 휠체어를 굴리고 다가온 권한열이 신문을 펼쳐 들었다. 그가 음식이 담긴 쟁반을 들고 나오는 아내를 힐끔 쳐다봤다.

"애들은 왜, 아직 안 와?"

"연민(연우)이한테 금방 전화 왔어요. 강릉 시내 들어왔다고."

대답하는 권한열의 아내 구성미의 시선이 바다를 향했다. 나무 울타리 너머로 보이는 소나무 숲의 얕은 동산 위로 카키색 지프차가 올라오고 있었다. 집으로 향하는 지프차를 보고 구성미가 앞치마에 손을 닦으며 말했다.

"저기, 오는 모양이에요."

신문을 펼쳐들었던 권한열의 시선이 다가오는 지프차를 향했다. 육중한 엔진소리와 함께 지프차가 정원입구에 와서 멈추어 섰다. 운전석 문이 열리고 연우의 모습이 드러났다. 그리고 조수석에서 블라우스와 스커트 정장을 걸친 앳되어 보이는 여자가 내려섰다. 연우가 지나를 데리고 온 것이다.

빤히 쳐다보는 권한열과 달리 지나쳐 보려던 구성미가 탐탁지 않은 표정을 지었다. 구성미는 연민이 자신이 낳은 아들은 아니지만 그룹의 며느리에 걸맞는 여자와 결혼하기를 바랐던 것이다. 병원에서 보았던 지나의 가족환경뿐만 아니라, 나이 차이가 많아서 마음에 들지 않았다.

권한열은 자신의 소원대로 아들이 결혼하겠다는 말이 반갑기는 했다. 그러나 어느 정도 환경이 갖추어진 집안의 여자이기를 바랐다. 하지만 아들의 선택을 무조건 반대할 수는 없어 지켜보고 있는 상태였다.

테라스로 다가온 연우는 아버지를 보고도 담담한 표정을 지었다. 대신 지나가 권한열 앞으로 다가가서 다소곳이 허리를 굽혔다.

"생신, 축하드립니다."

"음, 왔구나."

구성미는 가볍게 고개를 끄덕이고 집안으로 들어갔다. 연우가 권한열 옆의 의자에 앉으며 지나에게 앉기를 권했다. 눈치를 살피며 주춤거리던 그녀가 스커트자락을 감싸며 의자에 앉았다. 그녀는 안경너머로 살피는 권한열의 시선을 의식했다. 조심스러울 수밖에 없는 그녀의 얼굴은 굳어 있었다. 권한열이 들고 있던 신문을 펼치며 연우에게 말했다.

"신문에 영화가 대박 났다고 실렸더구나. 그만큼 수입은 있었니?"

"처음 제작한 거라서. 괜찮았어요."

손해나는 장사는 하지 말아야지."

연우는 아버지의 말에 무관심한 태도를 보였다. 그는 불안해 보이는 지나가 걱정스러웠다. 그는 그녀가 앉은 의자 위로 팔을 뻗었다. 그리고 그녀의 어깨를 토닥이며 안심시켰다. 그녀는 음식준비를 하느라고 바쁘게 움직이는 구성미와 가사도우미를 보고 자리에서 일어섰다. 식사준비를 도우려는 생각에 그녀는 베란다를 통해 주방으로 들어갔다.

지나의 주춤거리는 모습을 보고 구성미가 힐끔 쳐다봤다. 못마땅하다는 표정으로 바라본 구성미가 채소가 담긴 그릇을 집어 들었다.

"그냥 앉아 있어요. 옷만 버릴 텐데."

"괜찮아요."

미소를 지은 지나가 구성미가 들고 있는 그릇을 받아 들고 테라스로 나갔다. 연우는 주방에서 나오는 그녀를 흐뭇한 미소로 바라봤다.

거의 음식준비가 다 될 무렵에 검은색 중형 승용차가 정원 입구에 와서 정차하였다. 모두의 시선이 정원 입구를 향했다. 승용차 문이 열리고 정장을 차려입은 남자가 내려섰다.

남자를 바라보는 연우의 미간이 찌푸려졌다. 음식 그릇을 내려놓던 지나의 시선이 조수석으로 걸어가는 남자에게 멈추었다. 남자에 의해 열려진 조수석 문에서 양장을 걸친 권연지가 화사한 모습으로 내려섰다.

지나의 놀라는 눈빛과 연우의 경직된 표정으로 분위기가 바뀌었다. 권연지와 같이 걸어 들어오는 남자는 오만태였기 때문이었다.

연우와 지나는 놀라지 않을 수 없었다. 어떻게 권연지와 오만태가 같이 올 수 있는 것인가. 그러나 권한열과 구성미의 표정은 달랐다. 딸이 동반하고 오는 남자를 유심히 살피는 눈빛이었다. 밝은 웃음으로 테라스로 다가온 권연지가 권한열 앞에 섰다. 그리고 겸연쩍은 표정으로 오만태를 가리켰다.

"아빠, 제가 소개드린다고 했던 만태 씨예요. 우리 아빠."

"오만태입니다."

오만태가 다소 상기된 표정으로 권한열에게 허리를 숙여 넙죽 인사를 했다. 권연지는 오빠의 결혼선언에 충격을 받고 서둘러 결혼하겠다는 의사를 어머니에게 밝혔었다. 권한열은 딸이 결혼 상대자를 데리고 온다는 소식을 아내 구성미에게서 들었다. 부회장의 아들과 결혼하기를 바랐던 그는 마지못해 오만태의 인사를 받았다.

"아, 그래. 어서 와요."

권한열은 씁쓸한 표정을 지었다. 아들 회사에서 근무하던 직원이고 이미 만난 적이 있었기에 그의 기대에는 미치지 못했다.

오만태를 뚫어지게 바라보는 구성미의 눈빛이다. 그녀는 자신이 낳은 딸의 예비신랑이기에 깊은 관심을 가질 수밖에 없었다.

구성미는 말쑥한 오만태의 첫인상이 나쁘지는 않다고 생각했다. 권연지가 구성미의 팔을 붙잡고 서면서 오만태에게 시선을 옮겼다.

"여긴, 우리 엄마."

"오만태입니다. 잘 부탁드립니다."

오만태가 구성미에게 깍듯이 인사를 했다. 연우는 망연자실한 표정으로 앉아 있었다. 오만태가 계획적으로 여동생에게 접근했다는 것을 알 수 있었다.

지나는 권연지가 오만태와 같이 나타난다는 것을 전혀 예상치도 않았지만, 그를 조심하라는 연우의 말이 불현듯 떠올랐다. 권연지가 연우의 눈치를 살피며 말했다.

"오빠는 잘 알고 있을 테고. 나도 결혼할 생각이야."

"형님, 오래간만입니다."

오만태가 반가운 표정으로 연우 앞으로 다가섰다. 그러나 연우는 오만태와 결혼한다는 동생의 말에 충격을 받았다. 절대로 있을 수 없는 일이기에 그는 오만태에게 시선도 주지 않았다.

오만태의 가증스러운 모습이 역겨웠다. 당장 자리를 박차고 일어나 두드려 패고 싶은 심정이었다. 의자에 버티고 앉은 그가 여동생을 노려봤다.

"결혼? 누구하고?"

"만태 씨하고."

권연지는 오빠의 날카로운 시선에 흠칫했다. 원래 연우는 가족들 앞에서도 표정 변화가 없었다. 그런데 다른 날과 달리 부릅뜬 그의 눈빛이다. 그러나 그녀도 당당하게 마주 바라봤다. 어려서부터 금지옥엽처럼 자라난 그녀였다. 연우가 코웃음을 쳤다. 오빠의 표정에 권연지는 더욱 화가 났다.

"왜, 난, 결혼하면 안 되나?"

"결혼은 네 자유야. 다만, 상대가 누구냐가 문제지."

"만태 씨가 어때서? 오빠 회사에서 사표를 쓰고 나왔다고?"

"그건 당사자에게 물어봐. 당사자가 더 잘 알 테니…."

오만태는 날카로운 연우의 눈빛을 의식하고 슬며시 쓴웃음을 지며 시선을 외면했다. 그는 연우가 자신의 신분에 대해 알고 있다는 것을 전혀 모르고 있었다. 다만 샤인을 모략했다는 것과 배수진과의 관계 때문이라고 생각했다. 그들 사이에 벌어지고 있는 암투를 다른 사람은 알 수 없었다.

"왜들, 그러니? 아버지 생일에…. 다들 우선 앉자."

구성미가 핀잔을 하며 권한열의 눈치를 살폈다. 연우는 아버지의 생일을 축하하기 위해 모인 가족들 앞이었기에 참을 수밖에 없었다. 오만태와 결혼하지 못할 이유를 말하면 동생이 좌절할 것이고 난장판이 되기 때문이었다.

그는 아버지를 통해 여동생의 결혼이 타당치 않은 이유를 전달할 기회를 엿볼 수밖에 없다고 생각했다.

탁자를 중심으로 모두들 둘러앉았다. 권한열의 좌우에는 연우와 구성미, 그리고 연우 옆에는 지나. 구성미 옆으로 권연지와 오만태가 나란히 앉았다.

구성미가 준비된 케이크에 촛불을 켰다. 담담한 표정으로 앉아있던 권한열이 촛불을 불어 껐다. 박수와 함께 생일 축하 노래가 이어졌다.

"아빠! 축하해요."

"축하 드립니다."

"축하 드려요."

권연지와 오만태, 그리고 지나가 권한열의 생일을 축하했다. 연우가 묵묵히 권한열 앞에 글라스를 내려놓고 와인 병을 들었다. 권한열이 묵묵히 글라스를 집어 들었다.

"조금만 드세요. 건강에 안 좋으니."

"와인은 괜찮다."

지나가 연우의 잔을 채워주고 각자 옆에 있는 가족에게 와인을 따라 주었다. 그들은 권한열의 생일을 축하하는 잔을 들어 올렸다. 겉으로 화기애애한 것처럼 보이지만 그들의 심정은 각기 달랐다.

서먹서먹한 분위기에서 식사가 시작되었다. 식사 중에 구성미는 권연지를 사이에 두고 오만태에게 여러 가지 질문을 하고 있었다. 사위가 될지도 모르기에 궁금할 수밖에 없었다.

식사가 끝날 무렵 권한열이 정원을 향해 휠체어를 굴렸다. 연우가 수저를 놓고 슬며시 일어나더니 권한열의 휠체어를 밀고 나갔다.

그는 벼랑 끝인 울타리 근처에서 휠체어를 세웠다. 그들이 바라보고 있는 벼랑 끝에는 높은 하늘 밑에 푸른 파도가 밀려오고 있었다.

연우는 갑자기 흰머리가 늘어나는 아버지가 측은해 보였다.

"아버지도 이젠 늙으셨군요."

"아직 염려 없다."

머리를 쓸어 올리는 권한열이 자신만만한 표정을 지었다. 연우는 여동생의 결혼에 대해서 말할 기회라고 생각했다. 하지만 오만태와 관계된 아버지의 과거를 들추어내야 하기에 조심스러웠다. 눈치를 살피며 주춤거리던 그가 입을 열었다.

"연지의 결혼, 어떻게 생각하세요?"

"어떻게 생각하긴. 왜? 너하고 결혼이 겹칠 것 같아서 그러니?"

"아뇨. 저는, 언제 결혼을 하든 상관이 없습니다."

"결혼도 기업이나 마찬가지로 시기를 놓치면 안 된다. 여자는 더욱 그렇지. 연지가 좋다면 어쩔 수 없잖니. 그런데 왜?"

권한열이 연우를 힐끔 쳐다봤다. 연우는 우선 아버지의 숨겨진 과거를 알고 있다는 것을 밝히기가 쉽지 않았다. 그러나 어차피 언젠가는 알게 될 일이었다. 그는 깊이 숨을 몰아쉬었다.

"오래 전 강릉에 '시온의 집'이라는 고아원이 있었지요?"

"네가 어떻게 아니?"

"'이은영'이라는 원생도 알고 계실 테고요."

"너? 알고 있었니?"

연우는 수평선을 바라본 채 묵묵히 고개를 끄덕였다.

권한열은 영원히 감추고 싶은 비밀이었다. 아들이 그 사실을 알고 있으리라고는 전혀 예상치 않았기에 놀라지 않을 수 없었다. 그를 뚫어지게 쳐다보는 권한열의 얼굴빛이 하얗게 변했다. 그러나 지울 수 없는 과거였기에 달관할 수밖에 없었다. 연우는 아버지와 시선을 마주할 수 없었다.

"연지가 결혼하려는 오만태가 이은영의 남동생입니다."

"뭐라고?"

"네, 고아원에서 같이 있다가 해외 입양을 갔던 남동생."

충격을 받은 권한열은 양팔로 가슴을 움켜쥐며 옅은 신음을 흘렸다. 연우는 물론 아버지가 충격을 받을 것이라고 예상했다. 그는 얼굴빛이 변하는 아버지의 어깨를 얼른 붙들었다.

"괜찮으세요?"

"음, 괜찮다. 미안하다."

"그래도 연지를 결혼시키실 생각이십니까?"

권한열은 대답 대신 고개를 가로 저었다. 그는 오만태의 신원을 알았더라면 아들보다 먼저 딸의 결혼을 단호하게 반대했을 것이다. 그는 협박 전화를 했던 장본인이 누구인지 알 수 있었다. 그러나 그는 생각하고 싶지 않은 과거의 일을 더 이상 아들과 대화하고 싶지 않았다. 또한 자신의 과거를 인정해야 하기에 마땅한 대처 방안도 떠오르지 않았다.

권연지는 오만태와 함께 어머니를 마주보고 대화하고 있었다. 그러나 실상 그녀는 울타리 가까이 서 있는 오빠와 아버지를 힐끔힐끔 쳐다보며 신경을 곤두세우고 있었다. 아무래도 그녀는 자신의 결혼에 대해 부정적이라고 느꼈기 때문이었다.

오만태는 일차적으로 그녀의 가족들 앞에 모습을 드러낸 것으로 만족하였다.

연우가 권한열의 휠체어를 밀고 테라스로 돌아왔다. 그런데 권한열의 표정이 싸늘하게 식어 있었다. 오만태는 아무래도 자리를 피해야 되겠다는 예감을 느꼈다. 그는 옆에 앉은 권연지에게 가자고 눈짓을 했다. 그런데 연우가 먼저 지나의 어깨에 손을 얹으며 말했다.

"가야지. CF 촬영 준비도 해야 하고."

지나는 그렇지 않아도 어색한 분위기에 긴장하고 있었다. 그녀는 연우의 말이 너무도 반가웠다. 의자에서 일어선 그녀가 권한열과 구성미를 향해 다소곳이 인사를 했다.

"생신 축하드립니다. 편히 쉬세요."

"음, 그래. 시간 내서 내려오고. 네가 와야 연민(연우)이도 온다."

권한열은 지나에게 예전보다 밝은 표정을 지어 보였다. 그러나 구성미는 그녀의 인사를 시큰둥하게 받아들였다.

오만태는 일어서려다가 어정쩡하게 주저앉았다. 정원을 걸어나가는 연우와 지나의 다정한 뒷모습을 바라보는 권연지의 속눈썹이 가늘게 떨렸다. 그들이 올라탄 지프가 멀어져 가고 눈치를 살피던 오만태가 부스스 일어섰다.

"저도 일이 있어서 가겠습니다. 다시, 생일 축하드립니다. 건강하십시오."

"더, 놀다가 가지?"

구성미는 벌떡 일어나면서 아쉬운 표정을 지었다. 하지만 권한열은 시선도 마주치지 않으려 했다.

오만태는 갑자기 권한열의 표정이 굳어진 이유를 알 수 없었다. 그는 다시 한 번 권한열에게 인사를 했다.

"다음에 찾아뵙겠습니다."

"그래요. 오늘 대접이 시원치 않았는데, 다음에 맛있는 음식 해 놓고 연락할게요."

권한열 대신 구성미가 대답했다.

걸음을 옮기려던 오만태가 권연지를 쳐다봤다. 그리고 권한열과 구성미의 눈치를 살폈다. 같이 일어설 줄 알았던 그녀가 그냥 앉아 있었기 때문이었다.

"연지 씨, 가야지?"

"난, 내일까지 휴가 냈어요. 먼저 올라가세요."

권연지의 말에 오만태는 난처할 수밖에 없었다.

그는 강원도에 내려온 틈을 이용해 그녀와 함께 드라이브를 할 생각이었다. 권한열의 가족이 되려면 무엇보다도 그녀를 완전하게 자신의 여자로 만들어야 하기 때문이었다. 그렇다고 그는 다시 주저앉을 수도 없기에 그녀를 뚫어지게 쳐다봤다.

구성미가 권연지를 핀잔했다.

"이왕 내려왔으니 같이 구경이라도 하지 그러니."

"연지는 할 말이 있으니 남아라."

권한열이 구성미의 말을 가로막았다. 구성미는 의아스러운 눈빛으로 남편과 딸, 그리고 오만태를 번갈아 쳐다봤다. 권연지는 오만태와의 결혼을 아버지에게 승낙 받을 기회라고 생각했던 것이다.

엉거주춤하던 오만태의 얼굴에 순간적으로 씁쓸한 표정이 흘렀다. 그는 공손히 인사를 하고 정원 사이로 걸어 나갔다.

오만태의 승용차마저 사라지고 테라스에 침묵이 흘렀다. 구성미는 남편이 무슨 의도로 딸에게 남으라고 했는지 궁금했다.

권연지는 그녀 나름대로 결혼할 의지를 굳힐 생각이었다. 그런데 권한열이 먼저 단호한 목소리를 흘렸다.

"연지가 결혼은 안 된다. 다른 남자라면 몰라도…."

"왜요? 왜, 안 된다는 거예요?"

"여보, 처음 보고 그런 말을 해요?"

권연지와 구성미가 이구동성으로 반박했다. 가늘게 눈을 치뜬 권한열의 표정은 흔들림이 없었다. 그녀들은 의아스러운 눈빛으로 번갈아 쳐다봤다. 권한열이 그녀들의 말을 무시하고 냉정한 말투로 다시 말했다.

"그 자에 대해서 모를 거야. 난 알아. 고아 출신으로 해외 입양되었던 자야. 근거도 없는 그런 자를 어떻게 받아들여?"

"근거가 무슨 소용예요. 사람만 착실하면 되잖아요. 조지나도 마찬가지던데요."

딸을 두둔하는 구성미가 권한열의 말에 반기를 들고 나섰다. 하지만 권연지는 아버지가 원하는 사윗감을 잘 알고 있기에 아무 말도 하지 못하고 있었다. 권한열은 오만태가 딸의 결혼 상대가 아니라는 것을 말하고 싶었다. 그러려면 자신의 과거를 드러내야 하기에 난처했다.

"나를 협박한 놈이야. 그뿐만 아니라, 사회를 좀먹는 벌레 같은 놈이라고. 그래도 그 놈하고 결혼을 해야겠니? 그렇다면 너는 내 딸이 아니다."

"협박이라고요. 당신을 협박했다고요? 무슨 일로."

"나중에 기회 되면 알게 될 거야. 차라리 내 말대로 진(승원) 국장과 결혼해라."

구성미는 딸의 장래를 생각하기에 답답했다. 그러나 권연지는 진승원을 다시 선택할 수는 없었다. 만약 그를 선택한다면 평생 열등의식에 빠져 있을 것 같았다. 그녀는 오만태와의 결혼을 포기할 수 없는 입장이기에 아버지를 설득하는 방법뿐이 없었다. 그녀는 어떻게든지 자신의 의사를 관철시키고 싶었다.

"아버지가 이해해 주면 안 돼요? 저는 만태 씨와 결혼할 거예요."

권한열은 의외로 강하게 반발하는 딸을 빤히 노려봤다. 구성미는 딸의 의견을 존중해 주고 싶지만 남편의 말을 무시할 수 없었다. 남편을 협박할 정도라면 그녀가 생각하는 사윗감이 아니었다. 그녀는 충격을 받을 딸이 안타까웠다.

"아버지 말씀도 생각해 봐야 될 것 같다. 아버지를 협박했다고 하잖아."

"그럴 만한, 이유가 있겠지요. 본인 잘못이라면, 오늘 왔겠어요?"

권연지가 퉁명스럽게 말했다. 구성미는 딸을 두둔하고 싶었으나, 부녀관계가 벌어지는 것을 원치 않았다. 딸의 장래를 위해서는 남편의 의사를 존중하지 않을 수 없었고 또한 애지중지하는 딸이 상처받지 않기를 바라는 마음이었다.

"너, 그 사람 사랑하니? 남자는 얼마든지 있어."

"결혼해야 돼."

구성미의 염려스러운 말에 권연지는 고개를 숙이며 나직하게 읊조렸다. 그것은 그녀 자신을 위로하는 말이기도 했다. 권연지의 힘없는 목소리에 구성미가 남편의 눈치를 살폈다. 문득 불길한 예감이 들었기 때문이었다.

"지금까지 넌, 안 그랬잖아. 혹시, 같이 잤니?"

"응."

마지못해 대답하는 권연지의 나직한 목소리였다. 구성미는 차마 물어보기 어려운 질문을 했던 것이다. 시선이 마주친 권한열과 구성미가 눈을 동그랗게 떴다.

구성미가 길게 한숨을 내쉬었다. 그녀가 애지중지하며 키운 하나밖에 없는 딸이었다. 그녀는 청천벽력 같은 딸의 말에 놀라지 않을 수 없었다. 잠시 침묵이 흐르고 권한열이 침착한 목소리로 말했다.

"연지는 어린 시절에 성격이 활달해서 남자 애들하고도 잘 어울렸어. 잘 넘어졌고 무릎이 깨져 피가 흘러도 울지 않았지. 사람이 살면서 많은 경험을 하게 돼. 넘어져서 다쳤다고 생각하는 게 좋을 거다."

구성미의 눈동자가 습기로 젖었다. 그녀는 권한열의 아내가 되기 전에 깊은 관계를 가졌던 한석호를 떠올렸다. 그 당시만 해도 그녀는 한석호의 여자로 존재하는 것만이 유일한 행복이라고 생각했었다. 그러나 현실에서는 흘러

간 기억일 뿐이었다. 딸의 눈가에 맺힌 눈물을 쳐다보는 그녀는 실망할 수도 없었다.

사실 권연지는 오만태와 적극적으로 결혼을 서두를 만큼 깊은 애정을 느낄 수 없어서 갈등을 느끼고 있었다. 다만 망설이다가 어이없이 순결을 주게 된 것이었다. 그런데 늦은 나이에 묘한 감정을 알게 되었다. 성적인 역할로 여자는 다시 태어나는 것이다. 그녀는 넘어져서 다친 상처라는 아버지의 말이 위로가 되지만 쉽게 결정할 수는 없었다.

스물셋

무교동 유흥가는 밤이면 유난히 나이트클럽 간판이 휘황찬란하게 번쩍 거렸다. 거리를 지나는 여인들은 허벅지와 앞가슴을 노출하고 몸매 를 드러내 보이려 했다.

도로변에는 갖가지 승용차들이 줄지어 주차되어 있었다. 임한구는 운전석 에 앉아 연거푸 전화번호를 누르다가 이맛살을 찌푸렸다.

임한구는 나이트클럽에서 공연하고 있는 채연을 기다리는 것이 습관처럼 되었다. 공연이 끝날 시간이 지났어도 그녀의 모습이 보이지 않았다. 전화하 다가 지친 임한구는 운전석 문을 열고 나왔다. 요즘에 그는 더욱 그녀에게 집 착하고 있었다. 그녀가 야간업소에서 공연하며 돈을 벌기 시작하면서 변한 것만 같아서였다.

강원도에서 올라온 후에 채연은 모든 것을 임한구에게 의존했었다. 생활비 뿐만 아니라, 학원 수업비와 교통비까지도 그의 지원을 받았다. 어느 날 그녀 는 목돈이 생겼다면서 평수가 넓은 빌라로 이주를 했다. 그는 흡족하게 생각 했다. 그런데 그 후로 그녀는 전화도 잘 받지 않고 이따금 지방 공연을 다녀왔 다면서 아침에 돌아오는 경우도 있었다.

임한구는 자신의 여자라고 믿고 있던 채연을 의심하지 않을 수 없었다. 그녀는 예전과 다르게 피곤하다면서 스킨십조차도 피하는 눈치였다. 그녀를 기다리는 그는 초조하기만 했다. 어느 날은 술이 잔뜩 취해서 나오기도 했다.

승용차 주위를 서성거리는 임한구는 클럽 입구에서 나오는 여자들을 놓치지 않고 살폈다. 나이트클럽 입구로 술에 취한 여자가 흐느적거리며 남자의 부축을 받고 나왔다. 그리고 택시를 세운 남자가 여자를 태우고 사라졌다. 임한구는 그런 광경을 한두 번 목격한 것이 아니었다. 그때마다 그는 신경을 곤두세우고 스마트폰 번호를 눌렀다.

조바심으로 서성거리다가 뒤를 돌아보는 그의 시선이 클럽 입구로 향했다. 육감적인 몸매를 드러낸 채연의 모습이 보였다.

임한구는 얼핏 돌아서서 채연의 동태를 살폈다. 그녀의 뒤를 따라 나오는 중년 남자가 있었다. 그녀가 돌아서서 미소를 흘렸다. 무슨 말인가 하더니 남자가 그녀의 손에 지폐를 쥐어 주었다. 가볍게 인사한 그녀가 손을 흔들고 도로변으로 다가섰다. 두리번거리던 그녀가 임한구의 등 뒤로 다가섰다.

"오빠, 오래 기다렸어? 미안해."

"왜 이렇게 늦은 거야?"

"손님들이 자꾸 앵콜하잖아. 사장님도 몇 곡 더 부르라고 그러고."

"전화라도 해 주면 안 돼? 넌, 왜, 전화도 안 받아?"

"전화할 시간이 어디 있어. 와서 기다리지 않으면 되잖아."

채연이 도리어 짜증스러운 목소리를 흘리며 조수석으로 다가가서 왈칵 문을 열었다. 어의가 없는 임한구는 치미는 화를 참았다. 쾅! 소리가 나도록 문을 닫는 그녀를 바라본 임한구는 운전석으로 들어가 시동을 걸었다.

어두운 도심의 대로는 자동차 불빛으로 혼잡했다. 그는 감정을 억제하고 그녀에게 물었다.

"공연하는 클럽이 점점 늘어나네. 그러다가 언제 정식으로 데뷔할 거야?"

"그럼 어떻게 해. 오빠 부모에게 매달릴 수만 없잖아. 그리고 걱정 마. 난 엄연히 빅스타 소속이야. 부장님이 곧 데뷔시켜 준댔어."

임한구는 채연의 말을 믿을 수 없었다. 탐탁지 않게 생각하는 그의 표정에 그녀는 더욱 짜증이 났다.

그녀는 며칠 전에 오만태 부장이 우선 케이블 TV방송에 출현시켜 준다는 말을 떠올렸다. 그녀의 꿈을 키워줄 사람은 오직 오만태뿐이었다. 꿈만이 아니라 그녀를 경제적으로 풍요롭게 만들어 주는 사람도 오만태였다.

채연은 임한구의 깊은 관심이 점점 거추장스러워지고 있었다. 물론 그녀에게 성적인 본능을 일깨워 준 남자였지만 상황은 변하고 있었다. 그녀는 그가 접근할 때마다 오만태가 떠올랐다. 자신의 욕구에 충실한 임한구보다는 섬세하고 때로는 거친 오만태와의 육체관계에 만족하고 있었다.

사직터널을 빠져 나온 승용차가 독립문 사거리에서 혼잡한 차량에 밀려 멈추었다. 임한구는 급회전을 시켜 육교 밑을 가로 질렀다. 그때 맞은편에서 오는 차량이 급정거를 했다. 브레이크 페달을 밟는 금속성 소리와 함께 그는 주택가 골목으로 들어갔다. 난폭한 그의 운전에 놀란 채연이 소리를 질렀다.

"왜 그래? 오빠 미쳤어!"

"기다리기 짜증나잖아."

임한구는 채연에 대해 화풀이를 한 것이다. 채연의 빌라로 들어간 임한구는 여전히 찌푸린 얼굴로 소파에 털썩 주저앉았다. 그녀는 그가 화나 있다는 것을 알고 묵묵히 식사준비를 했다. 그들은 대화도 없이 식사를 끝냈다.

설거지를 하는 그녀의 뒷모습을 빤히 바라보던 그는 아무래도 화해를 해야만 될 것 같았다. 오늘 따라 그녀의 뒷모습이 관능적으로 보였다. 같은 침대를 쓰고 있어도 근래 한 달이 넘도록 그는 그녀를 안아보지 못했다. 물론 그녀가 피곤하다든지 생리 때문이라든지 이유를 달고 피했기 때문이었다. 그리고 그도 자존심이 허락지 않아 접근하지 않은 탓도 있었다. 그는 슬며시 일어나서 그녀의 등 뒤로 다가가 껴안았다.

"왜, 이래! 오빠 미쳤나 봐. 그릇 깨뜨릴 뻔했잖아."

"사랑스러워서 그래."

"피곤해. 빨리 설거지하고 자야 내일 일한단 말이야."

쌀쌀맞은 그녀의 목소리에 그는 겸연쩍은 웃음을 흘렸다. 서성거리던 그는 욕실로 들어가 샤워부터 했다. 다른 날보다 정성껏 샤워를 마친 그는 주방 안에 있는 그녀를 힐끔거리며 방으로 들어가 살피다가 전등 스위치를 끄고 침대 등불만 켜놓았다. 그녀가 어떤 변명을 하더라도 관계하기로 각오한 그였다.

침대에 누운 그는 청각을 곤두세웠다. 주방에서 들리는 물소리, 그릇 정리하는 소리가 이어졌다. 그는 숨소리까지 죽이며 그녀의 발자국소리까지 예민하게 듣고 있었다. 욕실문이 열렸다가 닫혔다. 그녀의 발가벗은 몸을 상상하자 그의 하복부가 불끈 솟아올랐다.

방문 앞으로 다가오는 그녀의 발자국소리에 그는 잠이 든 것처럼 눈을 감았다. 그런데 그녀가 무엇을 하는지 정적이 흘렀다. 그는 저절로 심장이 고장난 모터처럼 덜컹거렸다.

방문 열리는 소리가 났다. 잠시 멈추어선 그녀가 쫑알거렸다.

"왜, 벌써 전등을 껐지."

그리고 이어서 전등불이 켜졌다. 그는 잠든 척하고 있었지만 눈이 부셨다. 화장대 앞에 앉은 그녀가 로션을 바르는 소리가 들렸다. 전등불이 꺼지고 그녀가 침대 위로 올라왔다. 그녀에게서 흘러나오는 상큼한 비누냄새와 로션냄새가 그를 흥분시켰다. 그는 참지 못하고 그녀를 껴안았다.

"잠든 줄 알았더니?"

"오늘은 사랑하고 싶다."

"나, 피곤해. 오빠 그냥 자."

"아니, 오늘은 핑계대지 마."

그녀는 젖가슴을 더듬는 그의 손길을 의식하고 미간을 찌푸렸다. 순간 그녀는 오만태를 떠올리고 거부감을 느꼈다. 그러나 모처럼만에 요구하는 그를 거부할 수 없었다. 그러나 전혀 관계를 하고 싶은 감정이 아니었다. 그녀는 그의 키스가 마치 어린아이에게 입맞춤을 하는 것처럼 느껴졌다. 그는 원래 여자의 감정을 배려하는 타입이 아니었다.

그가 그녀의 몸 위로 올라가 풍만한 젖가슴을 움켜쥐었다. 그녀는 의무적으로 그의 손길을 받아들이고 있었다. 반듯한 자세로 천장을 올려다보는 그녀는 마치 남자의 성적 도구가 된 심정이었다.

그는 변함없이 젖가슴을 움켜쥐고 젖꼭지를 강하게 입속으로 빨아 당겼다. 그녀는 잠시 온몸의 신경이 한 곳으로 몰리는 것 같았다.

침대 등불에 드러난 그의 그림자가 벽에 길게 드리워져 일렁거렸다. 그녀가 예상했던 바와 다르지 않게 그의 전희 애무는 잠시뿐이었다. 상체를 일으킨 그가 그녀의 허벅지를 벌렸다. 기대하지도 않았지만, 무언가 아쉬운 그녀의 눈빛. 그녀는 허벅지 사이에 무릎을 꿇고 앉은 그의 모습이 낯설기만 했다.

거칠어지는 그의 숨소리. 그러나 그녀는 나무토막처럼 있으면서 빠른 시간에 그가 행위를 끝내기를 바랄 뿐이었다. 얼마 후 급히 오른 오르가슴의 정상에서 추락한 그였다. 그녀는 몸속으로 스며드는 이물감에 그를 빤히 올려다봤다. 그리고 짜증스러운 목소리를 흘렸다.

"오빠, 그냥 자라고 했잖아."

그녀는 그를 밀어내듯이 벌떡 일어나 앉았다. 침대에 벌렁 누운 그는 잠시나마 그녀를 정복했다는 쾌감에 거친 숨을 몰아쉬지만 한편으로는 씁쓸했다.

만족스러운 성관계가 아니었다는 아쉬움보다는 그녀의 태도가 그의 자존심을 상하게 만들었다. 침대에서 벗어나는 그녀의 육감적인 나신이 희미한 침대 등불에 드러났다.

그는 다시 관계를 하고 싶은 욕구가 치미는 눈빛으로 그녀를 빤히 바라봤다. 그는 아직도 발기된 상태였다. 그러나 그녀는 그의 시선이 귀찮기만 했다. 또한 몸속을 적시고 있는 분비물이 역겹게 느껴졌다. 분비물을 씻지 않고는 잠을 이룰 수가 없을 것 같으면서도 그녀는 씻는 것조차 귀찮았다.

그녀는 넋을 잃고 쳐다보는 그의 시선을 무시하고 방문을 열고 나갔다. 방을 나간 후에 그는 불안감에 휩싸였다. 아무리 생각해도 예전의 그녀가 아닌 것만 같았다. 육체관계를 하는 동안의 표정도 달라졌고 평소의 말씨와 태도가 변해 있었다. 그녀의 육체에 다른 남자의 흔적이 남아있는지도 모른다는 의심을 지울 수가 없었다. 그녀는 전화도 잘 받지 않았고 그를 대하는 눈빛조차도 달라진 것을 느낄 수 있었다.

오만태는 레스토랑에서 채연과 마주앉아 식사 중이었다. 그의 시선이 문득 벽에 설치된 TV를 향했다. 권한건설의 아파트 건설 사업이 원활하지 못한다는 뉴스였다. 그는 권한그룹 소식에 민감하지 않을 수 없었다. 채연이 스테이크를 썰어 그의 접시에 올려주었다.

"부장님, 뭐하세요. 드세요."

"음, 그래."

TV 화면을 뚫어지게 주시하던 오만태가 들고 있던 포크로 스테이크 조각을 집어 들었다. 배시시 미소를 짓는 그녀가 그의 옆으로 자리를 옮겨 앉았다. 입안에 들어있는 음식을 씹는 그의 시선이 다리를 꼰고 앉은 그녀를 향했다. 짧은 스커트 밑으로 육감적인 그녀의 허벅지가 드러나 보였다. 그녀는 그의 시선을 오히려 반기는 표정이었다.

"부장님, 저, 방송출연 언제 해요?"

"좀 기다려. 신곡부터 발표해서 정식 데뷔하고."

"곡이 저한테 안 맞는다고 바꾼다고 하던데요."

"채연이한테는 발라드가 안 어울린다는군."

채연은 클럽에서 공연하게 된 것도 행운이라고 생각하지만, 사실 신곡 발표나 방송출연에 큰 기대를 걸고 있었다. 하지만 기다리기가 너무 지루하고 조바심이 났다. 어떻게든지 오만태의 마음을 사로잡아 꿈을 실현시키고 싶었다. 그는 조급하게 생각하는 그녀를 흘깃 쳐다봤다.

"요즘도 애인 만나나?"

"부장님은? 벌써 헤어졌고, 저는 부장님뿐이 없어요."

눈을 곱게 흘긴 채연의 얼굴빛이 발그스름해졌다. 그녀는 왠지 부끄러움을 느껴 오만태의 팔을 붙잡고 눈웃음을 지었다. 그는 그녀가 완전히 자신의 올가미에 걸려들었다는 것을 알 수 있었다. 그는 슬그머니 팔을 뻗어 그녀의 허리를 감쌌다. 그리고 주위를 살피는 그녀에게 말했다.

"전에 내가 만나게 해달라고 했던 사람 말이야."

"누구요?"

"그 왜, 있잖아. 조지나와 교제했던 남자."

"아, 응수 오빠요?"

채연은 말을 해 놓고 아차 싶었다. 무심코 이름과 오빠라는 칭호까지 말해 버린 것이었다. 그녀는 얼핏 손으로 입을 가리고 오만태의 표정을 살폈다. 입가에 엷은 희소를 흘린 그가 고개를 끄덕였다.

"그래, 성이 뭐야?"

"최 씨요."

"최응수? 그 친구 만나게 해 줘."

채연은 갑자기 꿀 먹은 벙어리처럼 대답을 하지 않았다. 그녀는 솔직히 최응수를 만난 지도 오래 됐고 연락할 방법도 없었다. 최응수와 연락하려면 임한구를 통해야만 가능한 일이었다. 하지만 가뜩이나 의심하고 있는 한구가 문제였다. 그녀는 임한구가 오해하지 않도록 설득하기가 난처했다.

오만태가 그녀의 대답을 독촉했다.

"그 친구에게 사례는 넉넉히 해 줄게. 왜? 문제가 있어?"

"그건, 아니지만."

"채연이를 위해 중요한 일이야."

"저를 위해서라고요?"

"음. 샤인에서 '하얀 늪' 성공 축하 리셉션 공연을 한다는군. 조지나도 공연에 출현한대. 아마 가수로도 데뷔시키려나 봐. 그런데 채연이가 나갈 예정인 방송에 조지나를 캐스팅한다는 정보가 있어."

"지나를요."

오만태의 말에 채연은 바짝 긴장을 했다. 그리고 질투심을 느꼈다. 학창시절에도 그녀보다 지나의 인기가 많았기에 열등의식이 있었다. 그녀는 오만태의 요구를 거절할 입장도 아니었다. 그녀는 임한구를 설득할 방법을 떠올렸다. 그동안 도움만 받았던 임한구와 그의 친구들에게 식사를 제공하는 기회를 만들면 최웅수를 만날 수 있을 것 같았다.

NBS TV방송국 공개홀 입구에는 방청을 하려는 사람들과 출연하는 가수를 보려는 팬들이 운집하고 있었다. 인기가수가 들어갈 때마다 사람들은 환호하며 들썩거렸다. 그러나 누구의 시선도 받지 않고 바쁜 걸음으로 들어가는 두 남녀가 있었다. 뒤늦게 공연 캐스팅 연락을 받은 채연과 오만태였다.

원래 지나가 출연하기로 확정된 뮤직쇼 프로그램 공개 방송이었다. 오만태는 방송국으로부터 채연을 출연시키라는 갑작스런 연락을 받았다. 지나가 사정상 출연하지 못하게 되었다는 것이다. 채연으로서는 행운의 기회였다. 그들은 빠른 걸음으로 공개홀로 향하는 층계를 올라갔다. 대기실로 들어갔다.

급히 연락을 받은 채연은 담당 코디네이터가 없어 직접 메이크업을 서둘러야 할 입장이었다. 처음으로 방송 출현하는 신인가수이기에 그녀는 긴장하지 않을 수 없었다. 두려운 그녀가 의지할 사람은 오만태뿐이었다.

걸음을 옮기는 그녀가 오만태의 팔을 붙잡았다.

"톡시(Toxic)를 꼭 불러야 돼요?"

"왜, 너한테 어울려. 채연인 국내가수 노래 부르면 안 돼. 신곡이면 몰라도."

오만태는 모처럼의 기회를 놓치고 싶지 않았다. 채연이 원곡을 부른 가수만 못하면 좋은 반응을 얻기 힘들기 때문이었다. 그녀를 위해서라기보다 빅스타의 평판을 생각해서였다. 대기실로 향하던 오만태가 멈칫하였다. 맞은편에서 권연지 아나운서가 오고 있었다. 그는 팔을 잡고 있는 채연의 손을 풀어내며 말했다.

"대기실에 가 있어."

채연은 의아스런 표정으로 대기실을 향해 갔고 오만태는 권연지에게 다가갔다. 멈추어 서 있는 권연지가 다가서는 그를 잔뜩 노려보았다. 그리고 대기실로 들어가는 채연을 힐끔 쳐다봤다.

짧은 핫팬티에 가슴이 드러나는 의상을 걸친 그녀의 몸매는 관능적이었다. 아버지의 결혼 반대에 부딪쳐 고민스러웠던 권연지였다.

오만태가 반가운 표정으로 묻지도 않은 대답을 했다.

"우리 소속 가수, 출연이 있어서."

"……."

"저녁식사 같이 할 수 있지?"

권연지는 가늘게 눈을 뜨고 노려보기만 했다. 그녀는 아버지의 결혼 반대로 고민 중이었다. 그런데 여자와 나란히 오는 그의 모습에 그녀는 실망하였다. 더욱이나 그와 팔짱을 끼고 미소 짓는 여자의 모습은 무척 다정해 보였다. 권연지는 어떻게든지 그와 결혼하려고 고심 중이었다.

권연지는 자신의 마음도 몰라주는 오만태의 태도에 순간적으로 좌절감이 들었다. 오만태의 표정에는 진실성이 없었다. 그녀가 어떤 감정인지 알 수 없었고 만나서 반갑기만 했다. 그리고 단지 그는 그녀를 확고하게 자신의 여자로 만들 생각뿐이었다.

"오늘 몇 시쯤 끝나지?"

대답이 없는 권연지의 눈썹이 가늘게 떨렸다. 그녀는 뺨이라도 후려치고 싶은 심정이었지만 그럴 만한 가치도 없다고 생각했다. 그녀는 입술을 굳게 다물고 그를 무시하고 지나쳐 갔다. 당황한 오만태가 그녀의 뒷모습을 빤히 쳐다봤다. 그러나 스커트 속의 흔들리는 둔부를 바라보는 그의 입가에 옅은 웃음이 흘렀다. 발가벗겨진 그녀의 나신이 떠오른 것이다. 이미 그의 여자가 된 그녀였기에 안심하는 웃음이었다.

'하얀 늪' 흥행 성공 리셉션 공연이 있는 날이었다. 혼잡한 입장객 물결 속에서 취재진의 열기도 뜨거웠다. 연우의 인기만큼이나 많은 입장객들이 몰려온 공연은 대성황을 이루었다. 또한 가수로 거듭나는 지나의 출연에 관객들의 반응은 뜨거웠고 성공적이었다. 연우는 입장 수입을 모두 불우아동을 위해 기부하겠다고 말했다.

공연이 끝나고 연우는 지나를 축하해 주기 위해 그녀의 대기실을 찾았다. 그는 그녀를 껴안고 키스를 해 주었다. 취재진의 카메라 램프가 뻔쩍거렸다. 그들은 이미 연예계 커플로 인정받은 상태여서 남의 이목을 두려워하지 않았다. 취재진이 사라지고 꽃다발을 든 남자가 지나의 팬이라며 대기실로 찾아들었다. 대학생으로 보이는 깡마른 체구에 키가 작은 남자였다. 지나는 무심코 남자에게서 꽃다발을 받아들다가 흠칫 놀랐다.

그는 다름 아닌 임한구의 친구 최응수였다. 지나의 순결을 더럽혔던 남자였다. 그녀는 온몸의 피가 빠져 나가는 것처럼 오싹하였다. 얼굴이 하얗게 질린 지나는 연우의 눈치를 살폈다.

최응수가 희쭉 웃었다.

"더, 예뻐졌네."

"누구세요?"

지나는 일단 최응수를 모른다고 할 수밖에 없었다. 이제 스타로 발돋움하게 된 현실을 무너트리고 싶지 않았다. 더욱이나 사랑하는 연우를 실망시킬 수는 없기에 두려웠다. 겁에 질린 그녀는 한 발자국 뒷걸음쳤다. 그가 그녀 앞으로 한 걸음 다가섰기 때문이었다.

"날 모른다고? 나, 한구 친구야."

"몰라요. 왜 그러세요?"

지나는 들고 있던 꽃다발을 떨어트리고 또 한 걸음 물러섰다.

그녀는 연우와 시선을 마주치기조차 두려웠다. 연우는 당황한 표정으로 그녀와 웅수를 번갈아 쳐다봤다. 광적인 팬들을 자주 봐왔던 연우가 미간을 찌푸렸다. 뚫어지게 바라보던 연우가 최웅수와 지나 사이를 막아섰다.

"당신 뭐야? 경찰 부르기 전에 나가."

"왜 이러십니까? 나 지나 애인이었소."

"뭐라고? 이 사람이 정말."

연우가 최웅수의 멱살을 움켜쥐었다. 그의 깡마른 몸은 연우의 건장한 체구에 비길 바가 되지 못했다. 최웅수의 몸이 들어 올려졌다. 당장이라도 주먹을 휘두를 것 같은 연우의 기세에 최웅수는 겁에 질린 표정이었다. 그러나 그의 입가에 묘한 미소가 떠올랐다.

"날 건드리면 좋지 못할 겁니다."

"정말, 미친 놈 아냐?"

"왜, 이러쇼? 지나가 내 여자였다는 걸 밝히면 당신한테도 안 좋을 텐데."

연우가 지나를 쳐다봤다. 두 손을 가슴에 모은 그녀는 여전히 겁에 질린 표정이었다. 연우는 뭔가 심상치 않음을 느끼고 웅수의 멱살을 풀어주었다. 웅수가 옷깃을 바로잡으며 눈치를 살폈다. 그는 채연을 통해 오만태를 만나 사주를 받은 것이었다. 그는 대뜸 희소를 흘렸다.

"역시, 내가 모든 것을 덮어 줄 수도 있소."

"뭐라고?"

"지나가 내 여자였었다는 사실을 영원히 묻어버릴 수도 있다는 말이지. 다만 조건이 있소."

"조건?"

"난, 지나를 잊지 못해 고통스러웠소. 고통에 대한 보상으로 일억 정도는 필요하오."

당당한 모습으로 변한 최웅수가 탁자 위에 걸터앉았다. 연우가 지나와 최웅수를 번갈아 쳐다봤다. 그리고 그의 입가에 비웃음이 떠올랐다. 협박치고는 너무나 어설프고 각본에 짜인 듯 단순해 보였다. 물어보지도 않은 조건을 내세우는 말도 어색하였다. 씁쓸한 표정을 지은 연우가 의자에 몸을 젖히고 앉아 최웅수를 노려봤다.

"나도 과거에 여자가 있었어. 난, 현재의 지나를 사랑해. 그러니, 네 마음대로 해."

"그럼, 할 수 없지. 나중에 후회할 거요."

연우의 말에 깊은 감동을 받은 지나의 눈동자에 눈물이 글썽거렸다. 최웅수가 걸터앉았던 탁자에서 일어났다. 그러나 뭔가 아쉬운 듯이 머뭇거렸다. 너무 명확하고 간단한 연우의 대답에 최웅수는 할 말을 잊은 것 같았다. 주춤거리던 그가 입구로 돌아섰다. 그때 연우가 그의 어깨를 움켜쥐었다.

"확실하게 하고 나가야지."

"마음대로 하라면서."

"내가 2억을 줄 수도 있어. 여기서 공연 있다는 걸 어떻게 알았어?"

"그, 인터넷에서…."

최웅수는 사실 오만태에게 들었던 것이었다. 당당하던 것과 달리 당황하는 그의 표정은 주눅이 들어 보였다. 너무도 서툴고 미숙한 협박이었다. 미간을 찌푸린 연우가 그의 목줄기를 움켜잡고 들어올렸다. 고개가 쳐들린 최웅수가 뒷걸음질쳤다. 당장이라도 주먹을 휘두를 것 같은 연우의 표정이었다.

"인터넷이라고? 지나가 출연한다는 홍보는 하지도 않았는데. 넌, 누구 지시를 받은 거야? 누구야? 네가 말하기에 따라 너는 유치장에 가던지, 나한테 2억을 받고 편히 갈 수도 있어."

최웅수에게는 연우의 말이 유혹이었다. 유혹과 두려움의 갈등에 싸인 그의 표정이 완연하게 드러나 보였다. 그는 사실 소심하고, 누구를 협박할 성격이 되지 못했다. 그는 연우의 유도심문에 넘어간 것이다.

연우가 다시 그를 다그쳤다.

"누구야? 말 안 하면 너만 범죄자가 되는 걸 몰라."

"사실은, 돈을 받을 수 있다기에…."

"누가 그래?"

"채연이가 소개한 남자."

"채연이가 누구야?"

"지나 친구."

"그놈 이름을 말해!"

"오만태라고. 나도 처음 만나는 남자라서…."

최웅수의 목줄기를 잡고 있던 연우의 손이 부르르 떨렸다. 그가 갑자기 최웅수를 밀어붙였다. 뒷걸음질치던 최웅수는 의자에 걸려 나동그라졌다. 겁에 질린 그가 얼굴을 찡그리며 일어섰다. 연우가 눈을 부릅뜨며 내뱉었다.

"쓰레기 같은 인간! 다시 한 번 나타나면 감옥에 쳐넣을 줄 알아. 그 놈한테 가서 허튼 수작하지 말라고 그래. 빨리 꺼져."

뒷걸음치던 최웅수가 출입문을 열고 허둥지둥 뛰쳐나갔다. 열린 출입문이 흔들거렸다. 오만태의 또 다른 계략과 마주친 연우는 착잡한 심정이었다.

그는 더욱 애착이 가는 지나를 쳐다보며 지켜주고 싶은 심정을 느꼈다. 몸을 사리며 바라보고 있는 지나는 숨기고 싶었던 과거를 그가 알게 되어 두려웠다. 한 편으로는 과거까지 감싸는 그에게 감동하면서도 너무나 벅찬 그의 사랑이기에 의심하는 마음이기도 했다.

한숨을 내쉰 연우가 천천히 지나에게 다가갔다. 그리고 그녀를 끌어안고 등을 토닥거렸다.

"괜찮아. 내가 지켜줄 테니, 염려 마."

연우의 가슴에 안긴 지나는 말없이 눈물을 흘릴 뿐이었다. 연우는 현재의 지나를 사랑한다는 말을 할 수 있었던 자신에게 놀라고 있었다. 그는 가정이라는 울타리를 벗어나려고 하면서 스스로 자신의 주변에 울타리를 쌓고 있었다. 그는 지나를 사랑함으로써 자신의 울타리를 벗어 던졌던 것이다. 사랑을 알았을 때에 비로소 삶은 눈을 뜬다고 하지만 고통을 수반하기도 한다.

스물넷

긴 사연을 토해 놓은 민철만은 다시 낚시 바늘에 미끼를 달고 바다로 던져 넣었다.

연우는 아버지의 간곡한 부탁도 외면하고 고향에 내려온 것이다. 권한열은 자신의 핏줄이 아니라는 것을 알면서도 연우를 권한그룹의 총수로 만들려고 했었다. 그래서 이사회를 소집하고 연우를 참석하라고 했던 것이다.

아버지의 심정을 연우는 누구보다 잘 알고 있었다. 한경숙 외에는 연우가 권한열의 친 아들이 아닌 것을 알고 있는 사람은 권한열 본인과 연우 자신뿐이었다. 그런데도 권한열은 연우를 친아들 이상으로 의지하고 있었다.

병석에서 일어나지 못하는 권한열은 이미 자신의 지분을 연우에게 양도한 상태였다.

권한그룹의 총수자리를 호심탐탐 노리고 있는 사람들이 많다는 것을 연우는 뻔히 알고 있었다. 특히 여동생 권연지와 결혼하게 될 기획본부장 진승원 이사의 영향력이 커지고 있었다. 그런데 정작 반겨야 할 동생 권연지가 고통스러워하고 있다는 것을 연우는 잘 알고 있었다. 진승원에게 내연녀가 있다는 것을 권연지가 알게 된 것이다.

연우는 피를 나누지 않은 여동생이지만 권연지가 안타까웠다. 권연지를 위로하고 도와야 하는 현실이었다. 그러나 연우가 현실에 뛰어든다는 것은 아버지의 아들로 되돌아가는 것이다. 아버지의 사업을 인수받는다는 것은 얽힌 운명으로 다시 돌아가는 것이다. 현실은 바로 과거의 연속이다.

과거에서 탈출하려는 갈림길에 연우는 혼란스럽기만 했다. 아버지가 아닌 아버지의 욕망에 희생된 친부모. 그리고 사랑했던 여인이 같은 핏줄의 남매 사이였다는 사실. 더욱이나 결혼까지 하려던 여자가 누나에게서 태어난 자신의 딸이라는 운명을 받아들일 수는 없었다.

어느 운명도 용납할 수 없는 연우는 차라리 자신을 포기하고 싶은 절망감에 빠져 있었다. 낚싯대를 던져 놓고 묵묵히 바다를 향해 앉아있던 민철만의 시선이 등 뒤를 향했다. 길게 드리워진 그림자. 무심코 뒤를 돌아본 연우의 눈빛이 흔들렸다. 그리고 이내 바다를 향하는 연우의 표정은 경직되었다.

바람에 흔들리는 트렌치코트를 걸치고 있는 여자, 그녀는 지나였다. 얼어붙은 듯이 서 있는 그녀를 의식한 연우는 길게 한숨을 내쉬고 일어섰다.

연우를 향한 지나의 눈동자에는 눈물이 글썽거렸다. 연우는 굳은 표정으로 갯바위를 내려가고 있었다. 길게 드리워졌던 지나의 그림자가 연우의 뒤를 따랐다. 지나의 머리카락이 바닷바람에 휘날렸다. 바다 위를 날아온 갈매기들이 그들의 머리 위에서 비행을 하며 날갯짓을 했다.

사각거리며 밟히는 모래 위에 발자국이 이어졌다. 한동안 묵묵히 걷던 연우는 멈추어 바다를 향해 섰다. 뒤따라온 지나가 그의 옆에 다가와서 웅크리고 앉았다. 연우를 올려다보는 지나의 눈동자가 이슬을 머금은 듯 반짝거렸다. 잠시 침묵 속에 눈치를 살피던 지나가 습기 어린 목소리를 흘렸다.

"난, 오빠가 뭐라고 해도 믿어요. 그리고, 사랑해요."

"……?"

"오빠도 날, 사랑하는 걸 알아요. 나, 안 버릴 거죠?"

한숨을 크게 내쉰 연우는 대답 대신 지나를 일으켜 세워서 트렌치코트 깃을 올려 주었다.

지나의 눈동자에서 굵은 눈물방울이 흘러내렸다. 정작 가슴 아파서 울고 싶은 사람은 연우 자신이었다. 아니 속으로 통곡하고 있었다.

연우가 아버지의 아들이 아니라는 비밀을 간직하고 있듯이 지나가 자신의 딸이라는 것은 그만이 간직하고 있는 비밀이었다.

"우리, 같이 죽을까?"

혼잣말처럼 뇌까린 연우는 다시 돌아서서 걸음을 옮겼다. 지나도 연우를 따랐다. 바닷가에는 이미 제철 장사를 끝낸 가게들이 줄지어 있었다. 어느 가게에서인가 세월이 지난 구슬픈 팝송 멜로디가 은은하게 들려왔다.

"넌 죽기 싫으면, 연예인 당장 그만둬."

"예? 왜요?"

"내 대신, 권한그룹 총수로 가라."

지나는 걷던 걸음을 멈추며 눈을 크게 떴다. 어이없다기보다는 장난치는 소리로 알아들었다.

"말도 안 돼."

"내 말 잘 들어. 내 지분 모두 지나, 너한테 넘겨준다. 당장은 힘들겠지만 그룹총수로 있으면서 경영공부도 하고…."

"내가 어떻게 그런…."

"할 수 있어. 우리나라 대통령도 여자잖아. 가자 이사회 회의장으로."

모래사장 끝에 도착한 연우는 낙엽이 떨어지는 가로수 길을 걷다 말고 서울로 가기 위해 걷고 있었다.

자신의 운명을 아는 사람은 없다. 다만 부딪치고, 꺾이고, 넘어졌다가 다시 일어서는 고통의 삶속에 행복이 존재한다.

고통은 인간에게 해를 주는 것만이 아니고 희망을 안거주기도 한다.

❖ 정선교 작품연보

	발표년월일	장르	발표작품명	발표지	발행처
1	1993. 10. 09	단편소설	푸른 소리	성남문학 제17집	성남문인협회
2	1993. 11. 01	단편소설	바위탑	문학세계 11,12월호 통권 20호(신인상)	문학세계
3	1993. 07. 10	짧은소설	꽃과 바람	성보교지 2호	성보여자고등학교
4	1994. 07. 20	단편소설	1004	소설미학 7인작품집(우리들의 날개)	소설미학동인
5	1994. 07. 20	단편소설	슬픈 선율은 흐르고	소설미학 7인작품집(우리들의 날개)	소설미학동인
6	1994. 07. 01	단편소설	아픔이 알배고	월간 문학세계 7, 8월호 통권 제24호	문학세계
7	1994. 09. 05	단편소설	물림터	성남문학 제18집	성남문인협회
8	1994. 11. 24	단편소설	시인과 아카시아	경기문단(아직도 그날은)	경기도문인협회
9	1995. 05. 01	단편소설	흙에 취해서	진천문학 제13호	진천문인협회
10	1995. 03. 28	단편소설	우정과 슬픔	음성문학 제5집(음성군 100주년 기념)	음성문인협회
11	1995. 09. 01	단편소설	오지에서 생긴 일	월간 문예사조 9월호	문예사조사
12	1995. 09. 15	단편소설	남한산성의 슬픔	성남문학 제19집	성남문인협회
13	1995. 11. 05	단편소설	돈이 싫어졌거든요	문학세계문인회 제1집(푸른 햇살 속으로)	문학세계문인회
14	1996. 03. 30	단편소설	흉터	소설미학 제2집(높은 벽)	소설미학동인회
15	1996. 04. 15	꽁트	낙후민	성남예술 제3집	성남예총
16	1996. 10. 05	단편소설	증거	계간 시대문학 가을호 제37호	시대문학
17	1996. 05. 20	꽁트	논골 사람들	진천문학 제14집	진천문인협회
18	1996. 08. 01	꽁트	도끼병	월간 『영업소장』 8월호	프로영업
19	1996. 09. 01	꽁트	깜짝 긴장	월간 『영업소장』 9월호	프로영업
20	1996. 10. 20	단편소설	다이아몬드	성남문학 제20집	성남문인협회
21	1996. 12. 01	단편소설	슬픈 X-세대	월간 문학세계 12월호	도서출판 천우
22	1997. 07. 20	꽁트	전과장의 주판	성남예술 제4집	성남예총
23	1997. 08. 01	단편소설	종이 비행기	월간 문학세계 8월호(38호)	도서출판 천우
24	1997. 08. 20	단편소설	계약결혼	성남문학 제21집	성남문인협회
25	1998. 06. 20	단편소설	잘못된 만남	성남문학인선집	성남문인협회
26	1998. 06. 20	단행본	계약결혼	정선교 소설집(경기도 수혜)	한누리미디어
27	1998. 07. 25	단편소설	감원시대	월간 문학세계 8월호(49호)	도서출판 천우
28	1998. 10. 10	단편소설	고추가 익을 무렵	성남문학 제22집	성남문인협회
29	1998. 10. 15	꽁트	소달구지와 난장이	성남예술 제5집	성남예총
30	1999. 06. 22	단편소설	봉선화 꽃구름	성남문학 제23집	성남문인협회
31	1999. 07. 01	단편소설	교사 봉달이	월간 문학세계 7월호(제60호)	천우
32	2000. 02. 02	꽁트	가장 작은 짐	성남예술 제6집	성남예총

	발표년월일	장르	발표작품명	발표지	발행처
33	2000. 06. 01	단편소설	슬픈 금요일 밤의 느낌	월간 문학세계 6월호	천우
34	2000. 09. 01	단편소설	무서운 무	성남문학 제24집	성남문인협회
35	2000. 12. 16	단편소설	매매혼인	강친회 창간호	강친회
36	2001. 01. 30	단편소설	모시고 잡아오다	성보 제9집(교지)	성보여자고등학교
37	2001. 05. 01	단편소설	자가용차 1	월간 문학세계 5월호	천우
38	2001. 05. 25	시	고도제한	월간 비전성남	성남시
39	2001. 06. 20	단행본	벗을 수 없는 멍에	정선교 장편소설(경기도 수혜)	한누리미디어
40	2001. 06. 25	단편소설	금당산 사내	성남문학 제25집	성남문인협회
41	2001. 07. 20	꽁트	3류 인생과 저택주인	진천문학 제19집	진천문인협회
42	2001. 09. 01	단편소설	금지된 사랑	계간 공무원문학 창간호	공무원문인협회
43	2001. 10.	꽁트	산성동 나비	성남시민글모음집(초대작품)	성남시
44	2001. 12. 01	단편소설	멍에를 지고	계간 지구문학 겨울호 제16호	지구문학
45	2002. 02. 18	짧은 소설	비장의 모기는 MP3 플레이어	경기예술 제13호	경기예총
46	2002. 03. 15	꽁트	급히 끄는 컴퓨터	경기문학 제27호	경기문인협회
47	2002. 05. 10	꽁트	애인	재성남강원도민 창간호	재성남강원도민회
48	2002. 05. 19	단편소설	금지된 사랑	주간뉴스(주간지 연재)	주간뉴스신문사
49	2002. 04. 15	단편소설	꽃길이	2002성남문학인 작품선집	성남문인협회
50	2002. 09. 02	단편소설	아버지의 슬픔	성남문학 제26집	성남문인협회
51	2002. 10. 25	단행본	교사 봉달이	정선교 소설집(성남시 수혜)	도서출판 글나무
52	2002. 12. 01	단편소설	논골 홍길동	월간문학 12월호 제406호	한국문인협회
53	2002. 12.	짧은 소설	산성동의 밤, 부드러운 속살	성남시민 글모음집, 향토문인작품	성남시
54	2003. 01. 27	꽁트	원조교제	성남예술 제9집	성남예총
55	2003. 01. 27	꽁트	원수와의 밤	성보 제10호(교지)	성보여자고등학교
56	2003. 02. 28	꽁트	닭대가리	경기문학 제28집	경기문인협회
57	2003. 03. 01	단편소설	흡연하는 여자	계간 공무원문학 봄호(통권 7호)	공무원문인협회
58	2003. 09. 30	단행본	종이 여인	정선교 장편소설집(양장본)	한누리미디어
59	2003. 11. 22	꽁트	똥개신세	경기문학 제29집	경기문인협회
60	2003. 12. 01	단편소설	반쪽	계간 해동문학 겨울호(통권44호)	해동문학
61	2003. 12. 15	단편소설	벼랑 꽃	이 땅을 빛낸 문인들	천우
62	2004. 02. 17	단편소설	마지막 시집살이	성남예술 제10집	성남예총
63	2004. 04. 20	단편소설	생리중	성남문학인선집	성남문인협회
64	2004. 06. 01	단편소설	음악 속에 울음소리	계간 해동문학 여름호(통권46호)	해동문학
65	2004. 06. 20	단행본	반쪽	정선교 소설집(경기도 수혜)	도서출판 문예촌

	발표년월일	장르	발표작품명	발표지	발행처
66	2004. 09. 01	단편소설	남편의 여자	계간 해동문학 가을호(통권47호)	해동문학
67	2004. 08. 02	단편소설	재회	성남문학 제28집	성남문인협회
68	2004. 10. 28	단편소설	매미와 해당화	평창문학 제15집	평창문인협회
69	2004. 12. 08	단편소설	성형	2004 이 땅을 빛낸 문인들	천우
70	2005. 01. 10	단편소설	사랑 찾기	계간 참여문학 신년호(제20호)	도서출판 문예촌
71	2005. 03. 01	꽁트	의심	경기예술문화 ScoPe	경기예총
72	2005. 05. 10	단편소설	도피의 계절	계간 포스트모던 여름호(통권15호)	포스트모던
73	2005. 06. 01	단편소설	잔혹	계간 해동문학 여름호(통권50호)	해동문학
74	2005. 06. 01	단편소설	아파트 여인들	계간 공무원문학 여름호	공무원문인협회
75	2005. 06. 01	단편소설	선물	계간 소설가 여름호	한국문인협회
76	2005. 06. 01	단편소설	사돈	성남문학 제29집	성남문인협회
77	2005. 07. 30	단편소설	난동	대한민국공무원문인협회 작품집	도서출판 태극
78	2005. 10. 05	단편소설	평창강의 슬픔	평창문학 제16집	평창문인협회
79	2005. 11. 01	꽁트	모전여전	경기 펜문학 제4호	경기펜클럽위원회
80	2005. 12. 01	단편소설	길을 잃은 몸짓	계간 공무원문학 겨울호	공무원문인협회
81	2005. 12. 23	단편소설	델리에서 만난 여인	2005 이 땅을 빛낸 문인들	천우
82	2006. 03. 01	단편소설	변질	계간 해동문학 봄호(통권53호)	해동문학
83	2006. 03. 01	단편소설	차가운 음성	계간 포스트모던 봄호	포스트모던
84	2006. 05. 12	단행본	바람 부는 성남	정선교 장편소설집(성남시 수혜)	한누리미디어
85	2006. 06. 01	단편소설	저주의 딸	월간 문학세계 6월호(통권143호)	천우
86	2006. 07. 01	단편소설	여심	월간 세계뉴스문학 7월호	뉴스문학
87	2006. 09. 01	단편소설	후회	계간 아세아문예 가을호(창간)	아세아문예
88	2006. 09. 01	단편소설	혼자 서는 자리	계간 해동문학 가을호(통권55호)	해동문학
89	2006. 10. 13	단편소설	평창장마	평창문학 제17집	평창문인협회
90	2006. 09. 01	단편소설	창녀점보	계간 한국문학세상	한국문학세상
91	2006. 12. 01	단편소설	차기의 남자	계간 공무원문학 겨울호	공무원문인협회
92	2006. 12. 11	단편소설	캠프 화이어	한국을 빛낸 문인들 명작선	천우
93	2007. 03. 01	단편소설	미친갱이	계간 해동문학 봄호(통권57호)	해동문학
94	2007. 04. 01	단편소선	혼돈	월간 문학저널(통권44호)	문학저널
95	2007. 04. 07	단편소설	콩가루 집안	계간 한국문학정신 봄호	도서출판 들꾀
96	2007. 05. 01	단편소설	지뢰를 밟은 사람	월간 문학세계 5월호	천우
97	2007. 05. 05	단행본	길 잃은 몸짓	정선교 소설집	도서출판 태극
98	2007. 06. 01	꽁트	초보엄마	계간 한국문학정신 여름호	도서출판 들꾀

	발표년월일	장르	발표작품명	발표지	발행처
99	2007. 09. 01	단편소설	낯설은 전화	계간 해동문학 가을호(통권59호)	해동문학
100	2007. 10. 01	꽁트	운전면허	계간 한국문학정신 가을호	도서출판 들뫼
101	2007. 10. 05	단편소설	생일선물	평창문학 제18집	평창문인협회
102	2007. 12. 01	단편소설	산행	계간 한국문학세상 겨울호	한국문학세상
103	2007. 12. 12	장편소설	동거	정선교 장편소설집	한국문학세상
104	2007. 12. 01	단편소설	출두	계간 포스트모던 겨울호	포스트모던
105	2008. 01. 01	중편소설	모던 걸	창조문학신문(1천만원 고료 신춘문예 당선)	창조문학신문사
106	2008. 03. 01	단편소설	허무	계간 해동문학 봄호(통권61호)	해동문학
107	2008. 03. 01	단편소설	웃음	월간문학 3월호(통권469호)	한국문인협회
108	2008. 03. 01	단편소설	가면	계간 공무원문학 봄호	공무원문인협회
109	2008. 03. 25	단편소설	깨달음	2007 명작선 한국을 빛낸 문인들	천우
110	2008. 04. 01	단편소설	브레이브 걸	문학저널 4월호(통권55호)	문학저널
111	2008. 05. 30	단행본	탄천	정선교·장편소설집(성남시 수혜)	천우
112	2008. 06. 01	단편소설	처제의 고백	계간 문학의 봄 여름호	예지사
113	2008. 09. 01	단편소설	신통력	월간 문학세계 9월호	천우
114	2008. 09. 01	단편소설	아버지 여자	계간 해동문학 가을호(통권63호)	해동문학
115	2008. 10. 01	단편소설	서영의 눈물	계간 문학의 봄 가을호	예지사
116	2008. 10. 01	단편소설	털복숭이	평창문학 제19집	평창문인협회
117	2008. 10. 20	중편소설	부탁	한국소설창작연구회 소설집(부탁)	한국소설창작연구회
118	2008. 12. 20	단편소설	대리운전	계간 한국문학세상 겨울호	한국문학세상
119	2009. 03. 01	장편소설	미움과 정	성동일보(종이신문 연재 시작)	성동일보사
120	2009. 03. 01	단편소설	시방지	계간 해동문학 봄호(통권65호)	해동문학
121	2009. 03. 01	단편소설	족쇄	계간 문학의 봄 봄호	예지사
122	2009. 03. 25	장편소설	무지개 그늘	계간 한국문학세상 봄호(연재 2010 겨울호까지)	한국문학세상
123	2009. 04. 01	단편소설	비애	2008명작선 한국을 빛낸 문인들	천우
124	2009. 08. 08	단행본	차가운 음성	정선교 소설창작집(성남시 수혜)	한누리미디어
125	2009. 09. 01	단편소설	거친 손	계간 해동문학 가을호(통권67호)	해동문학
126	2009. 10. 01	단편소설	망각	평창문학 제20집	평창문인협회
127	2009. 12. 01	엽편소설	그녀들의 신	계간 시세계 겨울호	천우
128	2010. 01. 10	단편소설	Foxy	계간 공무원문학	도서출판 태극
129	2010. 02. 01	단편소설	견녀	월간 문학공간 2월호(통권243호)	문학공간
130	2010. 02. 20	단편소설	luck girl	정문문학 제2집	정문문학회
131	2010. 02. 20	단편소설	비로용담	정문문학 제2집	정문문학회

	발표년월일	장르	발표작품명	발표지	발행처
132	2010. 06. 01	단편소설	변신	계간 해동문학 여름호(통권70호)	해동문학
133	2010. 03. 12	단편소설	속인	2009 명작선 한국을 빛낸 문인들	천우
134	2010. 06. 21	단편소설	실어증	한국소설창작 제2호(훔친 사랑)	한국소설창작연구회
135	2010. 07. 24	단편소설	똥개	문학세계 시세계동인 제1집(하늘비 산방)	문학세계 시세계 동인회
136	2010. 09. 01	단편소설	고문	계간 참여문학 가을호(통권43호)	도서출판 문예촌
137	2010. 10. 01	단편소설	잔인한 밤	평창문학 제21집	평창문인협회
138	2010. 11. 01	단편소설	이니셜	월간 문학세계 11월호(통권192호)	천우
139	2010. 12. 01	단편소설	이룰 수 없는 사랑	계간 글의 세계 겨울호(제15호)	글의 세계
140	2010. 12. 15	단편소설	이층 여자	성남탄천문학 제3호	탄천문학회
141	2011. 02. 01	단편소설	로벨리아 하우스'	월간 문학세계 2월호(통권199호)	천우
142	2011. 02. 01	단편소설	마지막 키스	월간 한맥문학 2월호	한맥문학
143	2011. 03. 01	단편소설	학력	계간 아세아문예 봄호	아세아문예
144	2011. 03. 01	단편소설	여인의 향기	계간 현대문학사조 봄호(제2호)	현대문학사조사
145	2011. 06. 10	단행본	성남 비타 美	정선교 장편소설집(성남시 수혜)	한누리미디어
146	2011. 06. 15	단편소설	절망	계간 글의 세계 여름호(제14호)	글의 세계사
147	2011. 06. 20	단편소설	민박집	계간 경기소설 여름호(2호)	경기소설가
148	2011. 09. 01	단편소설	임무	계간 해동문학 가을호(통권75호)	해동문학
149	2011. 10. 05	꽁트	불륜여행	한국신문학(통권 제19호)	한국신문학인협회
150	2011. 12. 01	단편소설	첫 경험	경기문학인(제3호)	경기문학인협회
151	2011. 12. 25	단편소설	그대에게	경기PEN문학(제9호)	국제펜경기지역위원회
152	2011. 12. 20	장편소설	명기와 진기	월간문학세계 1월호 210호부터 연재	(주)천우미디어그룹
153	2012. 01. 03	단편소설	이룰 수 없는 사랑	2011한국을 빛낸 문인들	〃
154	2012. 01. 10	단편소설	복상사	계간 공무원문학(제29호)	공무원문인협회
155	2012. 01. 20	단편소설	위험한 사랑	계간 경기소설(신년호)	경기소설가
156	2012. 03. 01	단편소설	시린 달빛	계간 해동문학 봄호(통권77호)	해동문학
157	2012. 03. 15	단편소설	끊을 수 없는 인연	성남탄천문학(제4호)	성남탄천문학회
158	2012. 06. 17	단편소설	첫 경험 여인	이리나(한국소설창작연구회 제3호)	한국소설창작연구회
159	2012. 06. 18	단편소설	전율	하늘비산방(문학세계문인회 카페동인3호)	월간문학세계문인회
160	2012. 06. 15	단편소설	슬픈 덩어리	계간 글의 세계(여름호 제18호)	글의세계
161	2012. 09. 01	단편소설	5억원짜리 친구	계간 해동문학 가을호(통권79호)	해동문학
162	2012. 10. 01	단편소설	제수씨	평창문학(제23집)	평창문인협회
163	2012. 11. 01	단편소설	연하남	격월간 문학의 봄(11-12월호 제21호)	글봄
164	2012. 11. 25	단편소설	아기최급	경기PEN문학(제10호)	국제펜경기지역위

	발표년월일	장르	발표작품명	발표지	발행처
165	2012. 12. 15	단편소설	졸부	계간 글의 세계 겨울호(제20호)	글의 세계
166	2012. 12. 27	단편소설	반지	경기문학인 제14호	경기문학인협회
167	2012. 12. 28	단편소설	개명	2012명작선『한국을 빛낸 문인』	(주)천우
168	2013. 01. 11	중편소설	하얀 겨울	정문문학 제3집	정문문학회
169	2013. 02. 10	장편소설	명기와 진기	정선교 로맨스장편소설집	(주)천우
170	2013. 02. 13	단편소설	버림	성남탄천문학 제5호	성남탄천문학회
171	2013. 03. 01	단편소설	사랑해선 안 될 사랑	폼엔아트 봄호	한국문학진흥회
172	2013. 03. 01	단편소설	연변댁	글의 세계 봄호(제28호)	글의 세계
173	2013. 05. 13	단편소설	술	한국불교문학 봄호(제28호)	한누리미디어
174	2013. 06. 01	단편소설	복원수술	계간 해동문학 여름호(통권82호)	해동문학
175	2013. 06. 15	단행본	찰코	정선교 장편소설집(성남시 수혜)	한누리미디어
176	2013. 09. 01	단편소설	그 이름 석자	계간 해동문학 가을호(통권83호)	해동문학
177	2013. 09. 10	단편소설	계약결혼 4	글의 세계 가을호(제23호)	글의 세계
178	2013. 09. 30	단편소설	입맞춤의 미학	한국소설창작연구회 제4집(글봄)	한국소설창작연구회
179	2013. 10. 01	단편소설	업자	평창문학 제24집	평창문인협회
180	2013. 11. 20	단편소설	행복의 미학	성남탄천문학 제6호	성남탄천문학회
181	2013. 11. 25	단편소설	과거완료	경기PEN문학 제11집	국제펜경기지역위
182	2013. 12. 01	단편소설	원스탑	계간 해동문학 겨울호(통권84호)	해동문학
183	2013. 12. 20	단편소설	남편의 홀대	경기문학인 제15집	경기문학인협회
184	2014. 01. 20	단편소설	새벽이슬	공무원문학 제31호	공무원문인협회
185	2014. 02. 01	단편소설	조강지처	2013 한국을 빛낸 문인들	(주)천우미디어그룹
186	2014. 02. 01	단편소설	블랙박스	Poem & Art 2월호	한국문학예술진흥회
187	2014. 03. 01	단편소설	똥통	계간 해동문학 봄호(통권85호)	해동문학
188	2014. 03. 01	단편소설	아내	아세아문예 봄호(통권32호)	(사)푸른 세상
189	2014. 03. 01	단편소설	불효	글의 세계 봄호(제25호)	글의 세계
190	2014. 03. 01	단편소설	김사장과 김검사	국제PEN문학 3, 4월호(통권119)	국제펜클럽한국본부
191	2014. 03. 01	단편소설	똥물	한국불교문학 봄호(제30호)	한누리미디어
192	2014. 07. 10	단편소설	돈을 문 돼지머리	2014『문학세계문인회』동인지 제5호	(주)천우
193	2014. 08. 01	단편소설	환청	월간문학 8월호	한국문인협회
194	2014. 09. 01	단편소설	나쁜 남자	계간 해동문학 가을호(통권87호)	해동문학
195	2014. 09. 10	단편소설	심한장난	글의 세계 가을호(제27호)	글의 세계
196	2014. 09. 30	중편소설	바길	한국소설창작연구회 제5호(바길)	한국소설창작연구회
197	2014. 10. 01	단편소설	과거완료	평창문학 제25집	평창문인협회

	발표년월일	장르	발표작품명	발표지	발행처
198	2014. 11. 28	단행본	시린 달빛	정선교 소설창작집	(주)천우
199	2014. 12. 01	단편소설	지명수배자와 나들이	계간 해동문학 겨울호(통권88호)	해동문학
200	2014. 12. 01	단편소설	간첩 여인	산성문학 창간호	산성문인협회
201	2014. 12. 01	단편소설	딸의 첫사랑	경기문학인 제16호	경기문학인협회
202	2014. 12. 15	단편소설	고소취하	성남 탄천문학 제7호	성남탄천문학회
203	2014. 12. 31	단편소설	파혼	2014 명작선 한국을 빛낸 문인	명작선선정위원회
204	2015. 01. 30	단행본	황금사장	정선교 장편소설집	(주)천우
205	2015. 03. 01	단편소설	충복	계간 해동문학 봄호, 통권89호	해동문학
206	2015. 06. 01	단편소설	정경유착	계간 해동문학 여름호, 통권90호	해동문학
207	2015. 06. 01	단편소설	야자	공간문학 6월호, 통권 307호	공간문학
208	2015. 06. 24	단편소설	천벌	하늘비 산방 제6호	문학세계문인회
209	2015. 09. 01	단편소설	남산	계간 해동문학 가을호, 통권91호	해동문학
210	2015. 09. 01	단편소설	누명	글의 세계 가을호, 통권31호	글의 세계
211	2015. 09. 25	단행본	하얀 늪	정선교 장편소설집(성남시 수혜)	한누리미디어

하얀 늪

지은이 / 정선교
발행인 / 김재엽
펴낸곳 / **한누리미디어**
디자인 / 지선숙
표지디자인 / 김경은

121-840, 서울시 마포구 잔다리로 35, 202호(서교동, 서운빌딩)
전화 / (02)379-4514, 379-4519
Fax / (02)379-4516
E-mail/hannury2003@hanmail.net
http://hannury/kt114.net

신고번호 / 제300-2006-61호
등록일 / 1993. 11. 4

초판발행일 / 2015년 9월 25일

값 **15,800원**

※저자와 협의하여 인지는 생략합니다.
※잘못된 책은 바꿔드립니다.
※이 책은 성남시 문화예술발전기금의 지원을 받아 출판 제작되었습니다.

ISBN 978-89-7969-630-1 03810